海天译丛

冬天的卡西诺

Casino d'hiver

Dominique Besnehard

［法］多米尼克·贝纳尔　著
　　　　　王小水　译

海天出版社
·深圳·

图书在版编目（CIP）数据

冬天的卡西诺 / (法) 多米尼克·贝纳尔著；王小水译. — 深圳：海天出版社，2021.1
（海天译丛）
ISBN 978-7-5507-2877-6

Ⅰ.①冬… Ⅱ.①多…②王… Ⅲ.①多米尼克·贝纳尔—自传 Ⅳ.①K835.655.78

中国版本图书馆CIP数据核字(2020)第053148号

版权登记号　图字：19-2020-031号
Originally published in France as:
Casino d'hiver by Dominique Besnehard
© Plon, un département de Place des Editeurs, 2014

冬天的卡西诺
DONGTIAN DE KAXINUO

出 品 人　聂雄前
责 任 编 辑　邱秋卡　胡小跃
责 任 校 对　岑诗楠
责 任 技 编　梁立新
装 帧 设 计　龙瀚文化

出版发行　海天出版社
地　　址　深圳市彩田南路海天综合大厦（518033）
网　　址　www.htph.com.cn
订购电话　0755-83460239（邮购、团购）
设计制作　深圳市龙瀚文化传播有限公司 0755-33133493
印　　刷　深圳市晶宇印刷有限公司
开　　本　787mm×1092mm　1/16
印　　张　26.25
字　　数　340千
版　　次　2021年1月第1版
印　　次　2021年1月第1次
定　　价　68.00元

版权所有，侵权必究。
凡有印装质量问题，请随时向承印厂调换。

献给我的孪生弟弟达尼埃尔，
我们之间如此不同，却又那么亲近。

"所有的相遇都不是偶然。"

——保尔·艾吕雅①

---

① 保尔·艾吕雅(1895—1952),法国超现实主义诗人。

前　言

2013年10月19日星期六。机缘巧合，生活把我重新带回了乌尔加特①，但真的是巧合吗？当晚，在乌尔加特卡西诺的影院内，我受邀介绍塞德里克·克拉皮斯②最新的电影——《中国益智游戏》，我在里面还出演了一个有趣的角色。随后影院将放映雅克·杜瓦隆③的一部新作——《爱情战争》……乌尔加特这座城市见证了我的童年，它的卡西诺点燃了我的梦想。雅克·杜瓦隆是我在影视行业的领路人。克拉皮斯在电影中赋予我一个编辑角色，兼职经纪人和制片人……面对如此多的巧合，我内心不免有一种异样的感受。但这些真的只是巧合吗？在这个秋日下午的晚间时分，我突然间撞见的，仿佛正是我这一生的缩影。

我再一次看到诺曼底地区一排排的雅致房屋；看到救济院的那栋砖头建筑，那里也是我初次登台表演之地；看到这里的小火车站，我从那儿坐上火车去了巴黎；看到这些笔直的街道，直通大海，似乎没有尽头，或者说尽头在地平线之处……我来到父母曾经营过的小超市前，这里除了被粉刷一新外，并无什么变化，只不过现在成了一家便利店。我认出了位于二楼的我的房间，那里的窗户正对着隔壁花匠家的货架，货架也依然立在那儿。那个时候的我，毫无恋乡之情。于是，在我刚刚达到有能力离开乌尔加特的年龄时，我毫不犹豫就走了。那时的我，太小，被照顾

---

① 法国卡尔瓦多斯省市镇。
② 塞德里克·克拉皮斯（1961—　），法国演员、导演，主要作品有《家庭气氛》等。
③ 雅克·杜瓦隆（1944—　），法国电影导演，代表作有《野丫头》等。

得太好，一切被计划得太过井井有条。似乎一切都已经提前书写好了，然而我渴望未知，梦想着昏暗的大厅、成排的照明灯以及红红的幕布。我期待更多的不可预知，更多的不期而遇，更多的冒险，更多的相遇，甚至可以说，更多的危险。我想自己选择自己的生活，决定自己的命运。

在电影放映之前，我漫步于这座城市的街道，不时遇见我们两兄弟儿时的一些伙伴，还有父母的一些老顾客。重新看到他们我很高兴，他们也是如此。他们都老了，我也是。几个月之后，我即将步入六十岁。年龄并不让我害怕。我一直喜欢整十的数字，但是六十岁，确实……我知道在这个年纪，欲望和梦想依然如故，并且在将来很长时间内仍然如此。我也知道我依然可以有美好的期待和宏伟的愿景，但同时也知道，这个年纪是一道关口。在这个年纪，人们第一次可以确定剩下的日子比活过的日子要少，能做的事情也比做过的事情要少了……可能正因如此，普隆图书出版公司的米里埃尔·贝耶建议我撰写回忆录，似乎恰好到了进行一次人生回顾的时刻？一直以来，我都很喜欢听故事，无论戏剧还是影视故事。我感觉自己的名字像是被刻在一根长链上，长链的源头可追溯至很久以前，而我自己也成了其中一个小小的链环。其实，当听到米里埃尔·贝耶的建议时，我有点犹豫，毕竟，当一个人还处于并将继续处于行动风风火火的时候，进行这样的尝试似乎有点为时尚早！但最终，她说服了我，告诉我现在应该轮到我来讲述一些故事、分享我的经历和我的经验，并尝试让其他人像我一样，爱上影视、戏剧及与之相关的一切。试着稍稍传达这样的激情、这样的热爱，它们是我的动力所在。当然，对自己的疑惑和犯过的错误，我也会直言不讳，并试着借此唤醒一些可能的欲望、好奇心，甚至使命感！最后，也是为了告诉大家，我们能够在梦想自己想要的生活的同时，让自己的生活与梦想的一样……

为了能厘清时间顺序，我需要一个对话者。我请求让-皮埃尔·拉瓦尼亚来担任这个角色，我与他相识良久，虽然彼此是两条平行线，但他在《首映》及之后在《摄影棚》①工作期间,我们这两条平行线还是经常相交的。他时不时迫使我抽出时间回顾从前,并向我提问,我得作答。之后,如同一位演员进入角色,他变成了我的声音以及我的笔尖。

虽然接受撰写回忆录的邀请时,我有些许犹豫,但与之相反,我很快就找到我想要的书名:《冬天的卡西诺》。对于一本自传而言,这样的书名似乎有点太过浪漫,我一生的心血都倾注于演出和艺术,当我从脑海深处探寻其中的关键时,首先浮现的正是这样一个场景:冬季的乌尔加特卡西诺。这是一栋小型的白色建筑,呈长条状,地处海滩和乌尔加特大酒店之间。卡西诺的右翼是一家剧院,紧挨着赌场和饭店。剧院结构简单,圆形的凸出部分朝向人行道,整体造型让人回忆起曾经的法兰西第二帝国、老式撑架裙以及早期的海滨浴场。简单、朴素却不失优雅,这座剧院的白色外观使其从大酒店的灰暗中脱颖而出,身后的大酒店是如此庞大,我们甚至觉得,这座剧院简直像位于悬崖的底部!在我少年时期,一到冬天,乌尔加特的各个街道就空空如也,卡西诺也随之关闭。虽然假期已过,白墙上依然可以看到夏日电影的海报。但它们都已破碎不堪,在风中凌乱,最后只会变成碎片,消失于黑夜中。这真让人感到无尽惆怅。与此同时,看着这座现已关闭甚至可以说被废弃于海边的小型剧院,一种伤感油然而生,不由得激发了我的想象。我幻想着它曾经美丽的样子,这里曾经历过许多电影首映式、庆典以及演出,它们为我们带来比日常生活更加美丽、更加宏伟也更加激奋人心的体验。幻想世界中的人们肯定也更漂亮、更迷人、更令人感动。我们只需推开剧院的大门,就步入了另一个世界,我幻想,不,应该说我知道,自己有一天也将身处那个世界之中。无论如何,在这个冬日,当我经过这个卡西诺时,这就是我要对自己述说的。除此之外,没有什么更好的解药可以排解孤独、忧虑和悲伤……

---

① 《首映》和《摄影棚》均为法国影视类杂志。

目 录

第一章　满怀期许的那些年

1　独特的童年 2
2　那些初次 37

第二章　选角的那些年

1　兄弟雅克 56
2　谢谢你！克洛德·贝里 72
3　梦想成真，玛尔琳 89
4　一个不存在的职业…… 99
5　《马丁·盖尔归来》和纳塔莉·贝伊的到来 124
6　明星与《明月照沟渠》 139
7　与莫里斯·皮亚拉陷入最糟……并奔向最好！ 159
8　有趣的挑战，勇敢的冒险和美丽的邂逅 185
9　碧翠斯·黛尔与《巴黎野玫瑰》 205
10　猎头……反被人猎！ 223

第三章　在雅美达的那些年

1　我的前面走着纳塔莉…… … 232

2　大明星！ … 249

3　丽娜和达琳达，心上的女子 … 264

4　苏菲·玛索和朗贝尔——世纪之恋 … 279

5　名叫"雪儿薇"的礼物 … 299

6　帕特里克，迷途的朋友 … 309

7　演员这个职业 … 318

8　青　苗 … 327

9　玛丽、让-路易、纳迪娜等人…… … 337

10　国王和疯子 … 346

11　传奇女星（和一位男星） … 351

12　终　局 … 366

第四章　新的生活

1　游戏规则 … 374

2　塞戈莱纳，惨淡收场的爱情 … 377

3　与生俱来的爱 … 404

第一章
满怀期许的那些年

1
独特的童年

我打小就闲不住，甚至在蹒跚学步之前，我仿佛就在白鸽林①的街道上爬来爬去了。这里是我的出生地，我爬进邻居家，爬进街对面的香烟店，那里的老板会亲切地把我抱起来。之后，我们一家在凡尔赛镇上小住了一年，父亲当时鬼迷心窍，把白鸽林的乳制品店卖了，却在城堡不远处另开了一家杂货店，后来店里生意一直不好。某日，我突然消失了，父母忧心如焚。那时我只有五岁。报警之后，大家开始帮助寻找。有人怀疑我被拐走了，我父母甚至以为我死了，而我当时只是尾随一个流浪汉，绕着圣路易小区的一个喷泉闲逛而已，就在我们家后面的小广场上。这样的流浪汉还不算是无家可归，他们只是身处社会边缘，自愿选择这种流浪街头、自由自在的生活方式，无所牵挂。直至晚上，才有人看到我和一个年纪与我相仿的女孩，静静地坐在一家咖啡馆内，正在听这个流浪汉讲故事。

一切的真正起源，正是在乌尔加特。我的父母于1960年定居于此，当时我六岁。重返家乡，仿佛让父母一下子找回了平衡感以及生意头脑。他们都出生于诺曼底。我的外祖父是一位农场主，家里有地也有些积蓄，称得上是位乡绅，平时总是板着个脸，表情严肃，受过一定教育，战时曾当过代理镇长，后来成了戴高乐主义坚定纯粹的支持者。他应该不想成为像父辈一样的农民，但身处那个时代，他没有太多的选择，被迫做了一辈子不喜欢的工作，后来把怨气撒在我母亲身上，也禁止她做自己想做

---
① 法国巴黎西北郊市镇。

和弟弟达尼埃尔（右）以及母亲阿尔贝蒂娜在白鸽林。

和弟弟达尼埃尔（左）以及父亲安德烈在白鸽林。

的工作——邮局公务员，虽然这是母亲的人生理想。我的祖父则恰好相反，他是一位面点师，一个非常有趣、热情洋溢的人，我估计他在外面应该有很多情妇。很显然，他厌烦了只会不停祷告的祖母。在祖母面前他满口谎话，让她生了几个孩子，使她不得空闲。这是一个大家庭，热热闹闹的，氛围很好。在家庭聚会时，经常会看到我祖父的一位女朋友，安弗雷太太，我至今还记得我曾冒昧发问：

"这是谁？他的二老婆吗？"

家人立刻让我闭嘴。我父亲是家中最小的孩子，他所有兄长都在战争期间成为战俘被抓走了，只有父亲留在了诺曼底。他被送进了圣马丹代贝萨塞①的一家面包店，也正是在那儿，他遇上了我母亲，像人们常说的那样，"是在镇里认识的"。他们的恋情受到外祖父的百般阻挠，外祖父

---

① 法国卡尔瓦多斯省市镇。

根本没想过把自己的女儿嫁给一个做面包的。我现在估计,他后来之所以让步,完全是因为我母亲怀孕了。我在三四年前偶然听到父母间的一次谈话,才得知这事。听到他们隐约间谈起这些往事,还是挺让人感慨的。因为此事,外祖父对自己的女儿很是恼火,甚至心理扭曲,以至于后来让我外祖母再次怀孕,这也是我会有一个年纪和我姐姐相仿的舅舅的原因。

  起先,我父母在鲁夫赖圣德尼镇上卖面点,之后因为父亲眼睛染恙,无法继续与面粉打交道,他们便去了白鸽林,开了一家乳制品店,从一开始生意就非常好。1954年2月5日,也正是在那儿的家里,我们这对双胞胎兄弟出生了。我是在达尼埃尔之后出生的,因此我成了哥哥,因为按照规矩,双胞胎中后出生的就是先怀上的。对于年长我们俩七岁的姐姐苏菲而言,我们的到来就是一个悲剧。在此之前,她是家里唯一的好女儿,父母的宝贝和心头肉,现在却不得不一下子与两个弟弟——不止一个——来分享父母的爱!这确实有点令她难以接受。由于弟弟达尼埃尔更得宠,也更脆弱,经常生病,因此她更多的时候选择针对他,而不是

1958年,我和弟弟达尼埃尔(右)的首张正式合照。

我。生活就是这样。同时，也正是多亏了她，我才在日后有机会发现《你好！朋友》这档欧洲第一电台的音乐广播节目，她当时天天在听；还有与节目配套的日报，我经常翻阅，对着上面让-马里·佩里耶①的照片浮想联翩。因此，在这件事上，我应该感激她，虽然每次我都要与她大战一番，才能在她的泰帕兹②唱机上听我那些雪儿薇·瓦丹③的唱片。苏菲与我之间的关系有时很复杂，她经常在我面前表现得很强硬。人们总是通过应对外界的伤害而成长。正如我们日常所说，那些无法摧毁我们的东西，最终会令我们变得更加强大。当其他人在寻找父爱或者兄弟之情的时候，我发现自己却一直在寻找一个姐姐。正因为如此，我才会与诸多女性朋友异常亲密，甚至亲如手足，比如纳塔莉·贝伊④、雪儿薇·瓦丹、玛尔琳·若贝尔⑤、碧翠斯·黛尔⑥等。

为了能在一个更漂亮的城市里生活，父亲曾希望在凡尔赛镇定居，这样可以换个环境，但由于在那里经历了诸多不顺，父母最终还是来到乌尔加特，在一家名叫"诺曼底女人"的小超市工作，里面什么都卖。他们不再是老板，而只是管理员，但毕竟这里的生意很好。尤其到了夏季，生意更是出奇得好。在他们安置好一切之前，我们兄弟俩被送到一个姑姑家住了数月，她在维尔市经营一家粮食店。我们甚至进了那里的一所学校。正是在那所学校里，我被一只狗给咬了。当时帮我缝合伤口的德吕克医生，就是米歇尔·德吕克的父亲！这个米歇尔·德吕克日后成了一名电视台体育记者。为此，我多年后还专门向德吕克医生要了一张他儿子的签名照。这也是我的第一张明星签名照！我和他最近刚刚在维尔参加了一个会议，两人因此得以重逢于儿时故地。

---

① 让-马里·佩里耶（1940—　），法国摄影师和电影导演。
② 法国公司，主要生产电唱机、电子元件、功率放大器等电子产品。
③ 雪儿薇·瓦丹（1944—　），法国国宝级摇滚女歌手，法国摇滚女歌手的先锋。
④ 纳塔莉·贝伊（1948—　），法国女电影演员，参演的主要影片有《各自逃生》等。
⑤ 玛尔琳·若贝尔（1940—　），法国女演员、歌手和作家，主要影视作品有《雨中怪客》《乱世冤家》《男性，女性》等。
⑥ 碧翠斯·黛尔（1964—　），法国女演员，因《巴黎野玫瑰》提名第12届恺撒奖最佳女演员。

二十世纪六十年代，和弟弟达尼埃尔（左）在乌尔加特，在父母经营的杂货店里，店名叫"诺曼底女人"。

父母亲夏季时非常劳碌，我们两兄弟因此分隔两地。分隔如此之久，以至于我们之间从未有过形影不离的关系，而且，我们本就是"假双胞胎"①，其实更像是一般的兄弟关系，双方之间既相互较劲又各自互补，亲近但不亲密。我弟弟不喜欢乡下，因此被送到维尔，待在祖母家，祖母是虔诚的天主教徒；而我则待在了人缘不好的外祖父家。意外的是，我与刚愎自用得有点过分的外祖父相处极其融洽。不得不提一件事，他家里有一台电视机。在那个年代，这可是个稀罕物件，更不用说是在乡下。至于外祖父买电视机的原因，只是为了方便他看戴高乐将军而已！但实际上，他什么都看，还对我说：

"坐我边上……"

那时候只有一个电视频道。我们爷俩就从头一直看到尾。我至今还

---

① 多米尼克·贝纳尔与达尼埃尔·贝纳尔是异卵双胞胎。

记得我当时特别迷一位漂亮的金发舞女,名叫泰莎·博蒙①,她之后还指导了帕特里克·迪蓬②的舞步……因此,要感谢我这位人缘糟糕的外祖父,让我有机会了解与电视有关的一切:电视剧(那会儿还不叫连续剧)、各种演出、插曲、舞蹈,当然也有时事、国际要闻等。这真是让我开了眼界。

当我们一家终于在乌尔加特团聚之后,弟弟依然最受宠爱,同时身子骨也最弱,最是形单影只、多愁善感,因此自然而然也成了全家人关注的中心。他患了肾炎,需要接受手术。没有人有空来管我,我最终对此也习以为常。我自由自在,可以任意走出家门,到街上各家商店以及各个邻居家串门。我在2006年离开雅美达③公司后,之所以会把我和米歇尔·费勒④创立的制作公司命名为"我的邻居",可能正源于此吧!我记得当时经常去一家服装用品小店,就在我父母的杂货店旁边。我留意各种衣

1969年7月20日,难得一次在乌尔加特的海滩露面。

---

① 泰莎·博蒙(1938—),法国女演员。
② 帕特里克·迪蓬(1959—),法国著名芭蕾舞演员。
③ 欧洲第一家艺术经纪公司,成立于1970年。
④ 法国知名制片人,代表作品有《郁金香方方》《博物馆喜剧》等。

料样品，用手去摸，沉醉于把它们按颜色分类的游戏……店主有两个女儿，都有着一头漂亮的金发。某天，有人发现其中一个女儿居然在卡昂①一家酒吧干妓女的勾当！这事引起轩然大波，因此我也被禁止再去她们家。此外，我还热衷于在傍晚时分到店里去找母亲，在她旁边扮演店员。母亲与她的顾客关系很好，他们愿意在母亲面前倾诉自己的生活，而我则在一旁装作若无其事地认真倾听。

我的身边总会出现一些善良的"仙女"。在白鸽林时，我父母的小店经营良好，于是他们雇了一个保姆，名叫伊薇特。由于母亲大部分时间都要照看小店和我弟弟，我经常和伊薇特待在一起。我觉得她很美。她在阅读《我们俩》②时浮想联翩，并给我讲述了里面的大部分故事，于是轮到我开始做梦……在内心深处，她是我爱过的第一个女人和第一位演员！她把自己用光的香水瓶送给我。我热衷于嗅它们的香味，把它们打开，关上，乐此不疲。直到有一天我差点儿因为吞下一个瓶塞而窒息，之后母亲便把它们都丢弃了！

到了乌尔加特，我的"仙女"是父母的一位顾客，人们称呼她吉塞勒小姐。她曾是"莫利纳"③的模特，常常驾驶着一辆阿尔法·罗密欧的蓝色敞篷跑车。她是美丽的化身，曾为《法兰西日报》做过模特。我曾把她的照片剪下来贴在一本记事本上。她非常喜欢我，还带我坐她的敞篷车兜风。这事让我姐姐很恼火，但母亲对此很放心，我只是跟一位模特天天待在一起而已，那时也还没有"超模"的说法！我觉得正是因为她，与她认识不久后，我才会喜欢玩芭比娃娃，给她们换衣服，设计并制作裙子，我甚至学会了缝纫！再之后，我就在心里对自己说，我以后也要进入时尚界工作。我父母的另一位客人，勒莫凡太太也曾在夏天照看过我们，因为祖父母没法连续两个月天天照顾我们。她曾带着我们和她的孩子一道前往

---

① 法国西北部城市。
② 法国通俗类周刊，创办于1947年。
③ 莫利纳时尚工作室，由英国时尚设计师爱德华·莫利纳于1919年创立于法国巴黎。

1　独特的童年

二十世纪六十年代初，在吉塞勒小姐的阿尔法·罗密欧敞篷跑车里。她是我的首位偶像。

海滩。作为巴黎人，她自然也喜欢时尚和演出，会阅读《周末法兰西》①，对各个演员和歌手的八卦新闻了如指掌，因此我们很乐意一刻不离地跟在她身后。

还有就是我的教母雅内特女士。她是我父亲的朋友，我猜她是我祖父的情人安弗雷太太的侄女。她于战时来到安弗雷太太家生活，因为当时在诺曼底谋个温饱比在巴黎毕竟要容易些。之后她嫁了人，丈夫口后成了巴黎十二区区长。我父母当时请她来当我的教母，她也很喜欢我。我觉得她一直感恩于战争期间我父亲一家对她的照顾。教母有点积蓄，因此常给我买礼物，相比而言，我弟弟的教母家境比较一般，因此他无法享受和我同等的待遇。我的教母也喜欢演出和艺术家，虽然她自己有两个儿子，她却更喜欢和我待在一起，分享她的喜悦。每次只要有机会，她就会带我去巴黎，我甚至有机会现场观看一场走秀。教母给我的感受是极其特别的，仿佛她可以迅速了解我是什么样的人，喜欢

---

① 阿歇特出版公司出版的法国八卦新闻周刊。

第一章 满怀期许的那些年

二十世纪七十年代，和我的教母雅内特女士一起，她也是我的仙女。

什么，想做什么。

在我十岁时，作为生日礼物，正是她带我去了巴黎，去奥林匹亚音乐厅看雪儿薇·瓦丹。那是一个精彩纷呈的活动，演艺节目丰富多彩，还请来了那个时代的一些明星：有刚刚借助歌曲《阿尔芒》大获成功的皮埃尔·瓦西琉，有通过歌曲《如果我有一把锤子》而声名大噪的国际巨星特里尼·洛佩兹（克洛德·弗朗索瓦后来用法语翻唱了此歌），当然还有势头火爆的披头士乐队。那是1964年2月，我们乘坐火车从多维尔①来到巴黎。巴黎！奥林匹亚音乐厅！对于那时的我而言，这简直像做梦！那是我见过的最大的演出厅（数年以后，当我重回旧地，我发现它并没记忆中那么大）。我们的位置很好，在前几排。直到今天，对于雪儿薇当天的出场顺序，依然众说纷纭：她当时是第一个还是最后一

---

① 法国下诺曼底大区卡尔瓦多斯省小城。

个出场？不管怎样，那晚我在看到她之前，已经观看了一些余兴节目，其中有皮埃尔·瓦西琉和特里尼·洛佩兹。之后是幕间休息，然后雪儿薇才现身唱了六首歌，最后是披头士出场。披头士的粉丝当时迫不及待要看到他们的偶像，以至于雪儿薇表演时，有些人在嚷叫、吹口哨、跺脚，扰乱她的演出。我不得不左右推搡才能看到我的偶像。这可把我气坏了。雪儿薇唱完最后一首歌后，教母问我是否想留下来，观看第二次幕间休息后"背头士"（教母就是这样称呼他们的）的表演，处于气头上的我干脆说了声"不"。因此，我应该是当晚唯一前往奥林匹亚音乐厅却没有观看披头士演出的观众！

  第一次听到雪儿薇的歌声，我就为之疯狂，那应该还是在令人生畏的外祖父家生活时。我在电视机旁第一次听到她唱《移动》，立刻就被她迷住了。随后，经过与姐姐的激烈争斗，我得以收听欧洲第一广播电台，在里面听到她的歌声。1963年，我九岁，购买的第一张碟片，就是她的一张黑胶唱片，名叫《听雨》。此后我又有了她的《和我一起》以及《我的朋友》。我一直保留着它们。为什么我的最爱是雪儿薇？其实我也说不清楚。也许仅仅是因为……那时的我正好遇见那时的她！至于希拉①，我就觉得她有点儿一般，弗朗索瓦丝·哈迪②的声音则有点软。雪儿薇恰好介于两人之间。我喜欢她厚重的声音，喜欢她的歌曲，喜欢她这个人。她金发、靓丽、魅力逼人。她就是明星，是我崇拜的明星。我当时购买了她所有的唱片，收集保存她的照片，甚至还写信给她，告诉她我有多么爱她。

  我向来喜欢不同类型的音乐、插曲和演出，自然而然地，我也一直希望能进入这个领域。我记得儿时曾随父母去观看一场木偶戏，里面有吉尼奥尔和尼阿弗龙③，其中一个木偶问现场观众，谁能上去把他的脸打

---

① 希拉（1945— ），法国歌手，主要演唱流行音乐。
② 弗朗索瓦丝·哈迪（1944— ），法国创作型女歌手，第一首歌曲《所有的男孩和女孩》一经推出就广受欢迎，被录制成多种语言。
③ 法国传统喜剧木偶戏中的人物。

烂。具体是哪一个我忘了,我一秒钟都没犹豫,立刻冲上台去,从操纵者手中夺过了木偶!我还记得在教养院时,自己打扮成达琳达①,演唱她的歌曲《小冈萨雷斯》,收获了一片掌声。那时我应该是八岁或九岁。掌管教养院的神甫是一位奇人。很多人都知道这个卢迪埃神甫有情人,但这并不妨碍他成为一个几近狂热的信徒。布道时,他滔滔不绝,还指责一些信众,认为他们不是虔诚的基督徒。孩子们第一次领圣体②那天,他总是要求家长举手确认已经到场!轮到我首次领圣体时,我提前通知了他,因为店里繁忙,我母亲脱不开身,将无法到场。但最后时刻,母亲还是安排好一切赶来了。神甫看到她时,当场表扬了她:

"你们看,这位女士工作繁忙,但她依然来了。"

当时,母亲和我都觉得非常不自在……

1961—1962年间,在乌尔加特教养院成为明星演员。

---

① 达琳达(1933—1987),法国女歌手和演员,出生于埃及开罗,于1954年赢得埃及小姐选美比赛冠军,1956年开始30年的歌唱生涯,在全球销售了1.4亿张唱片。
② 天主教七件圣事之一,被称为圣事中的圣事。

1 独特的童年

我也依然记得乌尔加特卡西诺的"偶像巡演",里面有埃尔韦·维亚尔①和米谢勒·托尔②;还有"小狮子乐队巡演",里面有埃贝尔·莱昂纳尔③;再往后几年,就是"欧洲第一广播电台颁奖典礼"了,这件盛事和环法自行车赛事同时举办。颁奖典礼的夜场是免费对公众开放的,由于我父母同意在店内张贴活动海报,他们得到了一些位置很好的入场券。我记得当时共有两场演出,其中一场的嘉宾有让-雅克·德布④、南希·霍洛威⑤、弗兰克·阿拉莫⑥;另一场有让-雅克·德布和达琳达,那天,达琳达穿了一件非常漂亮的白色长裙……不过,相比达琳达,我当时还是更喜爱年龄与我更接近一些的雪儿薇,因为这事,达琳达的弟弟奥兰多和我之间还经常互相打趣!就算发生天大的事,我也不愿错过这两场演出。从宣布的那一刻起,我已急不可待地期盼它们到来。

1966年5月,和达尼埃尔一起参加庄严的领圣体仪式。我们的第二次正式合照。

对于影视艺术,我也有同样的感受,这也是我生命的一部分。首先,这归功于我的保姆伊薇特,她给我阅读了一些插图小说;其次,要归功于我舅妈,她购买过一些影视杂志,例如《我的电影》以及《电影世界》。舅

---

① 埃尔韦·维亚尔(1946—),法国作曲家、歌手、演员,代表作有《卡普里没有了》。
② 米谢勒·托尔(1947—),法国歌手、作家。
③ 埃贝尔·莱昂纳尔(1945—),法国歌手、作家,二战中的俄罗斯飞机专家。
④ 让-雅克·德布(1940—),法国创作歌手,除唱歌外,他还拍摄了许多电影作品。
⑤ 南希·霍洛威(1932—),美国歌手,二十世纪六十年代很受法国观众喜爱。
⑥ 弗兰克·阿拉莫(1941—2012),法国歌手,在二十世纪六十年代取得巨大成功。

妈很漂亮，有些像吉娜·劳洛勃丽吉达①。我母亲与她的关系并不融洽，但得感谢她，让我有了浮想联翩的机会。每到晚上，翻开她那些杂志，看到里面精致的女演员和个个有着两排整齐玉牙的男演员，我就忘乎所以，仿佛进入另一个世界……之后，我开始自己购买《电影杂志》。当时的我，还没到阅读《电影纵览》或者《正片》的年龄，而《首映》和《摄影棚》还没创刊。乌尔加特有一家出售报纸、礼品和文具用品的商店，老板娘名叫阿格龙，她常常把雪儿薇·瓦丹的唱片留在一边，等着我有钱时去购买。我常在她那儿翻阅《电影杂志》周刊。这本杂志的封面上，每两期中，就会有一期是一个身穿浴衣的女星。这些年轻女演员的名字在今天可能不值一提，除了……对于一些狂热的电影粉丝之外！阿格龙女士和我父母熟识，因此对我很严格，有时甚至态度生硬地对我说：

"走开，到一边去，这不是你这个年纪的小孩该读的东西！"

我不免有些羞愧，于是只好步行到四公里之外的滨海迪夫②，这样就能不在她的眼皮子底下购买《电影杂志》了。

我观看的第一部电影，是《芭贝特上战场》，时间是1959年冬天。这部电影的导演是克里斯蒂安·雅克③，演员有碧姬·芭铎④、雅克·沙里耶以及弗朗西斯·布朗什。我那时仅五岁！我还记得，我们还住在白鸽林时，有一天经过巴黎的一条街，看到那里正在拍摄一部电影。我随后获悉，当天拍摄的电影就是《一夜之事》，导演是亨利·韦纳伊⑤，参演的有帕斯卡勒·珀蒂⑥、皮埃尔·蒙迪和罗歇·哈宁。我当时仅六岁。能看到拍摄现场，这让我印象深刻。我记得当时还有人邀请我父亲做群众演员。

---

① 吉娜·劳洛勃丽吉达（1927— ），意大利演员，欧洲电影界最突出的人物之一，代表作品有《郁金香方方》《巴黎圣母院》《塞万提斯》等。
② 法国卡尔瓦多斯省市镇。
③ 克里斯蒂安·雅克（1904—1994），法国著名导演、编剧，主要作品有《来自可可迪的男人》《黑郁金香》《娜塔莉》等。
④ 碧姬·芭铎（1934— ），法国电影女明星，被称为"性感小猫"。
⑤ 亨利·韦纳伊（1920—2002），导演、编剧、演员兼制片人，主要作品有《乡村争执》等。
⑥ 帕斯卡勒·珀蒂（1953— ），英国诗人，曾在皇家艺术学院接受过雕塑培训。

我对此很着迷，尤其是在看到帕斯卡勒·珀蒂的那一刻，我觉得自己心跳加速。在那个时代出品的电影中，《最长的一天》也令我记忆深刻，因为从某种意义上来说，这部电影讲述的就是我父母的故事。数年以后，我又观看了文森·明里尼①的《末日四骑士》，还有由奥托·普雷明格②执导、罗密·施耐德③主演的《红衣主教》，正是通过后一部作品，我才了解到，原来那场战争并不仅仅发生在诺曼底！

冬日的乌尔加特空空荡荡。卡西诺也关闭了。在浓雾中，墙上的海报破破烂烂，在风中飞舞，几乎给人阴森可怖之感，到处弥漫着无尽的伤感。幸运的是，父母亲经常会带我们去卡昂和多维尔看电影，里面有他们喜欢的演员：让·加潘④和费南代尔⑤。因此，我有机会看了费南代尔、布尔维尔以及克莱尔·莫里耶⑥主演的《黄油美食》，还有加潘、费南代尔和玛丽·杜布瓦⑦（塞尔日·卢梭⑧的妻子，后者是我将来在"雅美达"的同事，我与她也成了朋友）主演的《薄情岁月》，导演都是吉勒·格朗吉耶⑨。我姐姐想上特鲁维尔⑩的玛丽-约瑟夫高中，那是一所私人高中，因此她与加潘、弗洛朗斯以及瓦莱丽等明星的女儿成了朋友。我记得有一次，周五傍晚时分，我与父亲去学校接她，恰巧看到加潘也在等他女儿，他坐在自己的奔驰轿车里，显得沉默而尊贵。我们家当时只有一辆"燕子"牌小汽车，停在道路另一边。当时，我是第一次亲眼看见这样一辆庞然大物。对于还是孩子的我而言，加潘已垂垂老矣。我也是之后才了解到，他是一位如此重量级的演员。我还差点儿看到他出演《冬日的猴子》，因为当中有几场戏

---

① 文森·明里尼（1903—1986），美国导演，主要作品有《金粉世界》等。
② 奥托·普雷明格（1905—1986），美国导演，主要作品有《金臂人》等。
③ 罗密·施耐德（1938—1982），奥地利女演员，因主演《茜茜公主》而出名。
④ 让·加潘（1904—1976），法国演员，曾主演许多经典电影，主要作品有《大幻影》等。
⑤ 费南代尔（1903—1971），法国演员，主要作品有《八十天环游世界》等。
⑥ 克莱尔·莫里耶（1929— ），法国女演员，主要作品有《与玛格丽特的午后》等。
⑦ 玛丽·杜布瓦（1937—2014），法国女演员，主要作品有《最后的季节》等。
⑧ 塞尔日·卢梭（1930—2007），法国演员和经纪人，主要作品有《冷酷祭典》等。
⑨ 吉勒·格朗吉耶（1911—1996），法国电影导演兼编剧，主要作品有《黄油美食》等。
⑩ 法国卡尔瓦多斯省市镇。

在乌尔加特的信息中心拍摄，就在当地黑母牛岭上。我一获悉此消息，立马赶去现场，可惜还是晚了。我到时，摄制组已走了，我倍感失落。现场人去楼空，只剩下一间为拍摄临时搭建的小房子。我走了进去……里面空空如也！这只是个徒具空壳的背景屋而已。通过此事，我才了解到拍摄电影时，可以在一个地方拍摄室外场景，在另一个地方拍摄室内场景。

多维尔的莫鲁瓦高中教学楼正朝着大海，可惜后来被铲平了。某日，在教室窗口处，我曾远远看见电影《一个男人和一个女人》的拍摄，当时一辆福特野马跑车正开向海滩，我看到一些探照灯，还有忙乱的人群……我感觉自己当时像是被光吸引的一只蝴蝶，迷恋其中不能自拔，以至于在接下来周四的考试中漫不经心，考了个不及格。仅仅几天之后，在翻阅《西部法国》报纸时，我得悉我当时瞅见的演员是阿努克·艾梅[1]和让-路易·特兰蒂尼昂[2]，电影导演是一位年仅二十八岁的年轻人，名叫克洛德·勒卢什[3]。巧合的是，他的母亲还是我父母店里的常客，他的妹妹马蒂娜则是我一位女性朋友的好友。勒卢什太太很讨人喜欢，她很漂亮，眼睛明亮，略胖，家住滨海维莱尔[4]和乌尔加特之间。她曾和我母亲讲过她儿子从事电影行业，因此每当父亲送货去勒卢什太太家时，我就跟着去，希望能碰到克洛德。有一天，我居然真的看到他了，他和雅尼娜·马尼昂[5]待在一起，后者褐发碧眼，美貌出众，是《女孩和枪》的女主角。这是克洛德的早期电影作品，拍摄地点就在他家花园里。

自从电视机出现在我的生活中后，我就迷上了它。当时这还是个奢侈物件，我只能在周日下午到教养院神甫家去看电视。我们会看克洛

---

[1] 阿努克·艾梅（1932— ），法国电影女演员，主要作品有《八部半》等。
[2] 让-路易·特兰蒂尼昂（1930— ），法国演员、编剧与导演，曾获柏林电影节和戛纳电影节最佳男演员奖，主要作品有《爱》《巴黎最后的探戈》等。
[3] 克洛德·勒卢什（1937— ），法国电影导演、制片人、编剧及作家，主要作品有《偶然与巧合》《一个男人和一个女人》《八个视点》等。
[4] 法国卡尔瓦多斯省市镇。
[5] 雅尼娜·马尼昂（1938—2012），法国女演员，主要作品有《恶魔之岛》等。

德·圣泰利①的《青年剧场》，里面经常播映一些改编自经典作品的系列剧，之后还会播出一部电影，一般是西部片。我们家是等到1966年圣诞才有了电视机。从此，我再未错过任何综艺和演出节目，包括电视剧。我当时痴迷一部电视剧——《生活万岁》，讲述一位丧偶父亲带着三个小孩到他姐姐家居住的故事。我至今依然牢记着这部电视剧的演职人员：达尼埃尔·塞卡尔迪、克莱尔·莫里耶、奥兰·帕坎、勒内·勒菲弗、达妮埃尔·沃勒……让-夏尔·塔谢拉是编剧之一，格扎维埃·热兰和帕特里克·迪瓦尔等人正处于职业生涯初期。另外，我也很喜欢《独自在巴黎》这部剧，讲述一个年轻外省人离开父母，来到巴黎闯荡并成为橱窗设计师的经历，参演的有苏菲·阿加森斯基、皮埃尔·圣蒂尼、玛丽亚·帕科姆等人；我还喜欢《当自由来自天上》，里面有我热爱的热纳维耶芙·格拉德②，一位标致的金发美女。我最早在电影《弗拉卡斯上尉》中发现了她，之后便为之疯狂。在前三部《警察》③中，她饰演了路易·德·菲内斯④的女儿。当然，我也是电视剧《禁止通行》⑤的狂热粉丝，里面有玛尔琳·若贝尔和让·尚皮翁，让·科斯莫斯参与了剧情创作，弗朗索瓦·德·鲁贝创作了剧中音乐。总之，我什么都看，什么都收集，包括《电视周刊》《电影杂志》，还有从姐姐那里偷来的《你好！朋友》日报，我会剪下喜欢的文章和照片，贴在记事本上，这个本子在某种意义上也成了我的私密日记。我和弟弟一起改造了乌尔加特家里的阁楼，他在里面制作自己的木偶剧，那里可以说是他走向剧作家和导演之路的起点！而我把自己的宝贝都收藏在那里。那里就是我们的阿里巴巴宝藏。

我向来觉得自己与众不同。我并不热衷大部分同龄男孩喜欢的那些

---

① 克洛德·圣泰利(1923—2001)，法国电影导演兼编剧，主要作品有《菲菲小姐》等。
② 热纳维耶芙·格拉德(1944—　)，法国女演员，主要作品有《警察》系列等。
③ 法国导演让·吉罗(1924—1982)拍摄的系列电影，共六部。
④ 路易·德·菲内斯(1914—1983)，出生于西班牙，法国著名电影导演，演员，剧作家，成名作是《穿越巴黎》，另有代表作《虎口脱险》《奥斯卡》《大饭店》等。
⑤ 黑白电视剧，法国广播电视公司1967年7月开始播出。

在滨海迪夫初中,我在《可笑的女才子》里扮演特里索丹。

东西,不喜欢体育,不喜欢足球,我只喜欢歌曲、电视和电影。我梦想成为一名艺术家。我的女性朋友比男性朋友多。在教养院内,我甚至成功混入女孩队伍,而不愿与男孩们待在一起!这并不是说我希望成为一个女孩——只因我觉得跟她们在一起更有趣。我们一起筹备演出,穿着演出服疯疯癫癫。我记得自己曾在《可笑的女才子》①里面扮演特里索丹。在队伍中,我就像是乐队指挥或者是芭蕾领舞!没有人会在意我和我弟弟发音时"z""s"不分。这反而显得我们独特。因为我们显得有点天分,人们也就由之任之。不过,弟弟在学校的表现比我好得多。他是真正的优等生。十岁时,我还在浏览《你好!朋友》和《电视周刊》,他却开始购买《巴黎竞赛画报》了。他有头脑,我充满热血。很快,达尼埃尔就跳级了,比我高了一年级。这终于让我可以成为班里的第一名,不再是第二名了!班里的男孩觉得我很特别,我会搞笑,某种程度上还会让他们做梦。因此,我收获了某种程度上的尊重。

我上小学的时候,喜欢上了一个男孩。我至今还记得他的名字:让-马克·普雷。他父母离异,这在当时还是稀罕事。他父母没办法照顾他,于是把他寄养在乌尔加特的一户人家。每个人看到他都躲得远远的,我

---

① 十七世纪法国剧作家莫里哀(1622—1673)创作的剧目。

却很喜欢和他待在一起，一直保护他。他是我的朋友。这与欲念无关，仅仅是友情而已。我和他形影不离。看着他，我像是看到儿时的史蒂夫·麦奎因①。他有一头金发，脸蛋很漂亮，很容易脸红……我们离开后，我再也没有见过他，我很想知道后来他怎样了。

初中时期，我喜欢上了一位数学老师——奥特曼先生。我当时并不很喜欢这所滨海迪夫的学校。我在这儿并不快乐，可能是这里的氛围与我的精神世界相去甚远。我当时很苦恼。周围的学生似乎都笨笨的，个个显得无所事事。滨海迪夫镇里有一些"特雷菲梅拓"②的冶金工厂。这是一个共产党飞地，周围的乌尔加特和卡堡③都非常资产阶级化。这里坐落着一排排整齐且风格统一的棚房，让人感觉身处法国北部，置身于矿工住宅区。唯一的好处，就是人们有权——或者准确地说是有义务！——去观看所有共产党演唱家的演出：伊莎贝尔·奥布雷④、居伊·贝亚⑤、科莱特·马尼⑥……在工厂附近，有一家外表破烂的影院，里面总是放映一些史诗类巨作，例如《罗得岛铜像》《马西斯特对佐罗》《大力士对摩洛克》（里面有热纳维耶芙·格拉德！）以及一些恐怖电影和低成本电影。所有这些，我都非常爱看！我父母则不大乐意我去，他们觉得这些电影的情节并不煽情，而且……里面有些女演员穿着还是很暴露的。父母热衷于加潘和费南代尔的电影，因此也塑造了我的电影品位：我喜欢的电影，首先得受到大众欢迎……回来继续说滨海迪夫的初中，我有一位数学老师，英俊得令人发狂，或者说，我被他电到了！当时我的数学成绩简直一塌糊涂，但是为了取悦他，我试着努力学习和进步。然而努力并没用，我的数学成绩并未进步，我也没能引起他的注意。他很厌恶

---

① 史蒂夫·麦奎因（1930—1980），好莱坞硬汉派影星，主要作品有《巴比龙》等。
② 法国公司，成立于1962年，主要从事冶金、钢铁制造。
③ 也叫"卡布尔"，法国卡尔瓦多斯省市镇。
④ 伊莎贝尔·奥布雷（1938—   ），法国女歌手，主要作品有《美丽人生》等。
⑤ 居伊·贝亚（1930—2015），法国歌手、词曲作者，主要作品有《活水》等。
⑥ 科莱特·马尼（1926—1997），法国女歌手，主要作品有《棉之赞歌》《瓦窑厂》等。

我，或者说，我与他之间是一种奇怪的受虐和施虐的关系。我记得有次我表现极其糟糕，于是他让我跪在一把金属戒尺上。但是，我并不怨恨他。是否因为他觉得我是同性恋？虽然那时我还不知道"同性恋"这个词。或者他自己就是同性恋？二十世纪七十年代末，我回乌尔加特看望父母，某一天在街上碰见了他，他向我走来，我问他是否有子女，他回答说没有，然后他加了一句：

"我在学校时对您可能有些严格，是吗？"

这样看来，这事他依然记得。

我在滨海迪夫并没待多长时间。之后，我就去了多维尔的高中。我弟弟因为跳级的原因，比我更早进了高中，以至于我被分到某个班时，老师们都来问我是否和他一样天赋异禀！可以说，我之前有多么不喜欢滨海迪夫初中，后来在多维尔高中就有多么惬意。我每天乘坐巴士去学校，在开始的日子里，变化确实有点令我猝不及防。因为高中的人多了许多，有钱人家的子女也很多，这让我有些胆怯。其实，正是在多维尔，我理解了什么是阶级对抗，或者至少知道了什么是阶级差异，也正是在那儿，我见识了真正的富豪。在乌尔加特的冬日，街道上主要是一些普通民众：工人、住宅楼或者别墅的守门人等。我们作为小商贩人家的子女，已经能体味到个中细微的差别。然而在多维尔，我们感觉像是进了另一个世界。这里和我在电视上看到的一样，人们都不再穿着灰灰的夹克衫了。当时的多维尔正处于急剧变化中：公寓楼代替了别墅，一些在巴黎桑迪亚区致富的商人，开始到海边投资。这里有钱，环境舒适，而且条件便利……

在多维尔的高中，我遇上一个人，她在我生命中占据了极其重要的位置。她是一位法语老师，舍恩菲尔德女士，同样是善良的"仙女"。我现在依然会去看她。不过，她现在居住于南部，因此我每次去戛纳时，都会在她家短暂停留，和她共进午餐。她已超过八十高龄，但依然精神矍铄。她出生于犹太家庭，家族靠制售成衣而致富。尚未婚配，她就有了孩子,这在那个时代很是遭人非议。也许,正是因为这个原因,她离开了巴黎的一所重点高中,来到多维尔高中?或者仅仅是因为她受够了首都的氛围?无论怎样,她一到镇上,就宣布要创办一个戏剧社团。我当时不是她的学生,却是社团最早的成员之一。她和我们讲述她在法兰西喜剧院①度过的那些夜晚,让我们浮想联翩。她制作的第一部戏剧作品是拉比什②的《眼中尘土》③,我在里面饰演一个重要角色,使我的演技远远超出了在乌

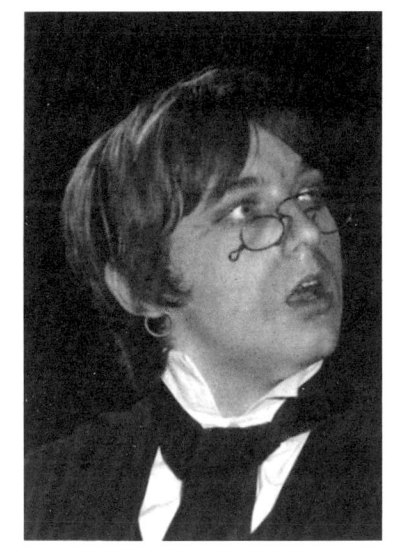

1971年6月,在多维尔高中,《眼中尘土》里的罗贝尔。

尔加特教养院时的表演水平!她让我们参与剧本创作,并进行真正意义上的排练。之后我们甚至进行巡演,参与了一个城市间的交流项目,前往德国布伦瑞克市④表演这部戏剧。那是我第一次走出国门,我们为此坐了整整一夜的车,也开始知道了打情骂俏……

在精神层面,舍恩菲尔德女士令我有了长足进步。她鼓励我多阅读。多亏了她,我才开始阅读《电视周刊》《电影杂志》以及《你好!朋友》之外的一些书籍。随着时间推移,我读到让·阿努伊⑤、安德烈·莫洛亚⑥、加缪和萨特。在高中最后一年,我们还推出了戏剧《禁闭》⑦。在多维尔

---

① 法国最古老的国家剧院。1680年10月21日奉路易十四之命创建。
② 欧仁·拉比什(1815—1888),法国作家,主要作品有《贝吕松先生的旅程》等。
③ 欧仁·拉比什与人合作写的一部喜剧。
④ 德国下萨克森州东部城市。
⑤ 让·阿努伊(1910—1987),法国戏剧家,主要作品有《安蒂冈妮》《小偷舞会》等。
⑥ 安德烈·莫洛亚(1885—1967),法国传记作家、小说家,法兰西学术院院士,主要作品有《贝尔纳·盖奈》《气候》,传记《雨果传》《巴尔扎克传》《雪莱传》等。
⑦ 萨特著名的哲理剧代表作,名句"他人即地狱"就是出自这部戏剧。

高中里排演《禁闭》，这简直就是挑衅！即使当时已经是"五月风暴"①之后。我在里面饰演"加西亚"，这个角色给我留下了美好的回忆。舍恩菲尔德老师是一个绝妙人物，日常穿着花花绿绿的宽大长衫，看起来像是从印度回来的女嬉皮士。我非常喜欢她。她会突然迷恋某个男学生，然后很快又置之不理，这引发了悲剧。我记得她曾痴心于一个帅气的男孩，虽然这个男孩支持右翼。几年之后，我曾在巴黎的阿尔玛餐厅偶然看到这个男孩，雅美达的办公室正好在这家餐厅楼上，当时与他共进午餐的居然是……让-玛丽·勒庞②！我马上躲了起来，担心被他认出来，招呼我到他那桌去。

多维尔的高中是典型的中产阶级营地，即便如此，"五月风暴"依然对这里产生了巨大冲击。我们周围乱成一片，各种各样的游行、大会和辩论，无休无止。我弟弟一向比我走得更快，他已经和托洛茨基人士接触，并开始阅读赫伯特·马尔库塞③的著作，而我则变成了叛乱分子、"左"派，与革命共产主义联盟④亲近。雪儿薇·瓦丹已被我遗忘！她让位于弗朗赛斯卡·索莱维尔⑤、皮娅·科隆博⑥、科莱特·马尼……马克西姆·勒福雷斯捷⑦成了我的新偶像。在排练戏剧以外的时间里，我主要和一个偏"左"翼的党派待在一起，幻想着建立一个新世界。我们有一位成员名叫达尼埃尔·卡比厄，头脑极其聪明，判断敏锐，有点像是我们的政治领袖。他推荐我们阅读马克思和黑格尔的著作，他所做的一切就是为了从政。之后，他真的成了卡昂市法国学生联盟的主席和革命共产主义联

---

① 1968年春天在法国发生的大规模学生运动。
② 让-玛丽·勒庞（1928—   ），法国政治家，极右党派国民阵线领导人，曾数次参加法国总统选举。
③ 赫伯特·马尔库塞（1898—1979），德裔美籍哲学家和社会理论家，法兰克福学派的一员，一生在美国从事社会研究与教学工作，被西方誉为"新'左'派哲学家"。
④ 革命共产主义联盟，第四国际原来的法国支部。2000年后，该党一度成为法国激进"左"翼力量的主要政党。
⑤ 弗朗赛斯卡·索莱维尔（1932—   ），法国女歌手、演员。
⑥ 皮娅·科隆博（1934—1986），法国-意大利血统的女歌手。
⑦ 马克西姆·勒福雷斯捷（1949—   ），法国著名歌手、演员。

盟负责人,并在1986年高中生反抗高等教育改革法案的运动中担任了主要策划人。2002年10月,年仅四十九岁的他因癌症英年早逝。我记得党派里还有一位名叫菲利普·瓦瑟尔的成员,同样非常聪明且有才华,非常迷恋绘画。五六年前的某日,我经过塞纳街,突然被街边一家画廊里的一幅画所吸引。画上有个坐着的男子,寥寥几笔,像是突然从梦中出现一样。我推开了门,询问这幅画的作者是谁。店员告诉我作者名叫……菲利普·瓦瑟尔!我当时还想可能是重名,否则也太过巧合了。但店员告诉我,这位画家来自特鲁维尔。真的就是他!于是我要求女店员请他过来:

"我和他是高中同学。"

在我的坚持下,店员同意了。能在四十年之后再聚首,这简直太奇妙了。之后,我和桑德里娜·伯奈尔①合作筹拍《王后游戏》,导演是卡罗琳·博塔罗②,就在得悉有投资方愿意出资拍摄这部作品当天,我买下了菲利普这幅画。我很喜欢它,它现在还挂在我家里。之后,我又找他买了一幅画。

刚到十四五岁的年纪,我就会在夏天去父母的店里干活,赚点零用钱。我在店里时,客人的数量翻了一番,来店里的人都觉得我亲切,令他们愉快……只要他们买的东西超过一公斤,我就送给他们一颗杏子。母亲跟我说:

"别这样,我们会破产的!"

我回道:

"不会的,我们不会因为多给了一颗杏子就破产,而且这能招揽更多的客人!"

至于父亲,他素来对这种小打小闹不屑一顾,更乐意到滨海迪夫镇的海边游艇俱乐部去工作。那里是一个游乐场所,他喜欢大海,而我喜

---

① 桑德里娜·伯奈尔(1967—),法国女星,在电影《初吻2》中崭露头角,1983年因在经典影片《致我们的爱情》中的精湛演技,年仅十六岁就获得恺撒奖最佳新人女演员奖。
② 卡罗琳·博塔罗(1969—),德国女导演、编辑,主要作品有《王后游戏》等。

欢待在店里，那里有我的——我自己的！——顾客！那会儿，我最要好的伙伴中，有一个朋友名叫热罗姆·皮诺，他还有一个弟弟叫弗朗索瓦。热罗姆长相英俊，像是波提切利①画中的人物，弗朗索瓦则长得有点儿磕碜。我和热罗姆成了朋友，我弟弟则和更聪明的弗朗索瓦成了好友。后来，我发现他们的父亲居然是阿兰·凯尔西②，顿时恍然大悟！我现在还经常琢磨，当时我之所以会喜欢上他的儿子，是否就是因为他！阿兰·凯尔西当时四十几岁，长相英俊，曾做过演员，出演过马塞尔·莱尔比耶③导演的《庞贝最后的日子里》，还有德尼·拉·帕特利埃导演的《贵族》和雅克利娜·奥德里导演的《德翁骑士的秘密》，甚至还出演过沙布罗尔的《连环杀手朗德吕》。他还是一位编剧，与时尚类电视剧制片人路易·格罗皮埃尔也有合作。他们俩和科琳娜·马尔尚一起，刚刚创作了《另一种生活》，还和让-克洛德·帕斯卡尔创作了《活着的时候》和《爱着的时候》，后者还演唱了里面米歇尔·勒格朗创作的片头曲。阿兰·凯尔西出生于大家族。他父亲克里斯蒂安·皮诺曾因参与抵抗运动被流放，据说，他还是让·穆兰④生前见过的最后一人；1956年至1958年间，他曾担任外交部部长，其间发生了著名的苏伊士运河事件⑤。阿兰·凯尔西的妻子跟他结婚前，曾与利奥波德·马尔尚生活在一起，马尔尚是科莱特⑥的密友，两人曾合作将科莱特的《亲爱的》改编为戏剧。凯尔西的妻子为人比较刻薄，生活并不那么如意，她老是责备凯尔西一夜之间抛妻弃子，丢下他们孤儿寡母。她和两个孩子住在蓬莱韦克⑦边上一个很大的别墅

---

① 桑德罗·波提切利（1445—1510），欧洲文艺复兴早期的佛罗伦萨画派艺术家。
② 阿兰·凯尔西（1928—2012），法国演员、制片人。
③ 马塞尔·莱尔比耶（1888—1979），法国电影工作者，在二十世纪二十年代以一系列无声电影成为前卫理论家和富有想象力的从业者。
④ 让·穆兰（1899—1943），第二次世界大战时期法国抵抗运动成员，全国抵抗运动委员会领导人，后在里昂遭到盖世太保逮捕。
⑤ 1956年7月，埃及总统纳赛尔宣布把英国和法国掌握的苏伊士运河公司收回国有，英法两国为了继续经营苏伊士运河，伙同以色列于同年十月底发动对埃及的侵略战争。
⑥ 西多妮·加布里埃尔·科莱特（1873—1954），法国女作家，主要作品有《克罗蒂娜》等。
⑦ 位于法国诺曼底区，当地出产的奶酪在法国享有盛名。

内,凯尔西时不时会来看望他们。她比较欣赏我,因为她知道我热爱演出、文学、戏剧和影视。在我面前,她也一向表现得很友善,她曾对我说:"虽然热罗姆和弗朗索瓦的父亲是个混蛋,但他能帮助你。"后来发生的事证实确实如此。

我刚和阿兰·凯尔西相识时,他就非常喜欢我,短暂相处后,他就感受到我的激情和强烈愿望,甚至到现场观看我们的演出《禁闭》。尽管我有些喜欢热罗姆,但是我并不认为我和他之间会发生些什么。至于热罗姆,他有不少女朋友,但我们总觉得他并不愉快。我们正处于充满危险的青春期,那些常常烂醉如泥的聚会见证了这个阶段。我人生中数次喝到不省人事的经历,都出现在那个时期。聚会都是在热罗姆的大房子里面进行的,周围有一片森林,我们一直喝到吐,然后整夜在林子里面游荡……弗朗索瓦更得到母亲的偏爱,因为弗朗索瓦是个文人,当然也有可能是因为热罗姆会让她想起阿兰·凯尔西。数年之后,热罗姆逐渐对戏剧丧失兴趣,重新与达尼埃尔·卡比厄走得很近,变成了"左"翼人士。我来到巴黎之后,曾见过他一次,那时他已经陷入毒瘾。几年之后,他就自杀身亡了。

舍恩菲尔德女士鼓励我们创作戏剧的同时,还带我们去观看很多演出。卡昂市喜剧团的创立人若·特雷阿尔属于让·维拉尔①的阵营,剧团的艺术家都推崇有思想且受大众欢迎的戏剧作品,卡昂喜剧团因此攀上巅峰。起初,因为舍恩菲尔德女士清楚我和我弟弟都很热爱戏剧,因此常常开车带我们去卡昂观看戏剧演出,甚至去巴黎。有时回来太晚,我们就直接睡在她家里。之后,这样的出行逐渐规范。我们租了一辆大客车,然后是两辆、三辆……在我们的戏剧团里,我什么都做,我甚至需要掌管一笔预算。我天天东奔西跑,招揽学生观众,贴宣传海报,总之,我完完全全地投入其中。也正是通过舍恩菲尔德女士,我发现了阿里亚娜·姆

---

① 让·维拉尔(1912—1971),法国演员和戏剧导演,阿维尼翁戏剧节的创始人,主要作品有《黑夜之门》《浑水》《死在马德里》等。

努什金①的《1789》以及哥尔多尼②的《小丑》和《一仆二主》，导演是乔尔焦·斯特雷勒③；尤其还有罗歇·普朗雄④编导的戏剧，例如弗朗辛·贝热和萨米·弗赖出演的《贝雷尼丝》⑤、让·布伊兹出演的《无耻之徒》以及米歇尔·奥克莱尔和伊夫·雷尼耶出演的《蓝白红之放肆之徒》……对我而言，这是一场真正的发现之旅！在此之前，我只是喜欢在沙特莱剧院⑥观看米歇尔·勒鲁瓦耶的《雏鹰》，同时热衷于追电视剧和雪儿薇·瓦丹的演唱会而已。

　　罗歇·普朗雄的戏剧给我留下了难以磨灭的印象。在为电影《马丁·盖尔归来》挑选演员时，我曾与他有过合作，我向达尼埃尔·维涅推荐他出演影片中的让·德科拉，借此，我也有机会更多地了解他的晚年生活。我喜欢这个男人，他是一位杰出的戏剧家，同时，也是一个优秀的人。一想到他，我至今心情难以平复。我曾专门为他组织过数次晚宴，喜欢聆听他的教诲，希望更多人能有机会认识他。我去看了他导演的最后一部戏剧，尤内斯库⑦的《阿麦迪》，2009年在西尔维亚-蒙福尔剧院演出。第二天，我们共进午餐，我向他吐露，有机会看到他的《贝雷尼丝》于我而言有多么重要。我至今依然记得当时他那发亮的眼睛……当时我对他患病之事一无所知。这是我最后一次见到他，后来他妻子打电话告诉我："您让他在临终前再一次感受到快乐……"如果真是如此，这是我之荣幸。

　　"五月风暴"开始后，我的生活曾一度丰富得令人难以置信。那段

---

① 阿里亚娜·姆努什金（1939— ），法国戏剧导演、电影导演、电影编剧。
② 卡洛·哥尔多尼（1707—1793），出生于威尼斯共和国的意大利剧作家，一生创作了大量的剧本，如《一仆二主》《女店主》《老顽固们》。
③ 乔尔焦·斯特雷勒（1921—1997），意大利戏剧"大师"，世界上最重要的导演之一，最著名的作品包括《阿乐金》《乔嘉人的争吵》《李尔王》等。
④ 罗歇·普朗雄（1931—2009），法国剧作家、导演、电影制片人。
⑤ 法国剧作家让·拉辛于十七世纪创作的一部五幕戏剧。
⑥ 位于巴黎一区的沙特莱广场。
⑦ 尤金·尤内斯库（1912—1994），荒诞派戏剧鼻祖之一，主要作品有《犀牛》《秃头歌女》等。

时间，我频繁地去观看戏剧和演出，只要能去的我都去。无论是乌尔加特卡西诺还是多维尔卡西诺，或者去卡昂、巴黎……我帮父母打工赚来的零花钱，还有生日和节日收到的钱，都被我花在剧院里了。只要有空，我就跑去巴黎，然后晚上就睡在我教母或者巴黎的姐姐家里，其间我什么演出都去看。无论是多米尼克·帕蒂雷尔①自导自演的、安德烈·鲁森②创作的《博博斯》③，还是洛朗·泰尔齐夫④自导自演的《动物园的故事》。我还珍藏着这些戏剧的节目单和台词本，把它们和我收藏的唱片以及照片放在一起。数年之前，我开始为许多男演员和女演员分类建立档案，绿色档案卡表示男演员，黄色表示女演员，每张卡里列出他们出演的电影、电视剧和戏剧作品；从那时开始，我还用玫瑰红色为看过的演出建立档案卡，卡上写明每场演出的时间、地点、演员名单并给出相应评价（"五月风暴"之后，人们不再打分了！）：A优秀；B良好；C一般；D差；E很差。这些穿孔的档案卡存放在一个小文件夹内，我至今依然保存着。雅克·塞雷⑤导演的《雏鹰》，1969年9月在沙特莱剧院演出，获得B的评价，其他获得B的作品有让-卢普·达巴迪和让·普瓦雷、米歇尔·塞罗、朱迪特·马格尔合作的《貂皮大衣》，雅克·沙龙和让·克洛德·布里亚利、热拉尔·拉蒂戈合作的喜剧《猜疑》（作者为费多），于1970年3月卡尔桑蒂戏剧节期间在卡昂剧院演出。不过，由亨利·瓦尔纳导演、波莱特·梅尔瓦尔和马塞尔·梅凯斯主演的《一起唱歌跳舞》，1970年4月在卡昂剧院演出时，只得到C的评价；让·阿努伊的《亲爱的安托万》，同年10月在香榭丽舍剧院上演却获得A的评价，这是我最喜欢的作品，遥遥领先于若尔热·拉韦利导演的《在昨日》。后者是阿尔诺·潘泰创作的戏剧，由德尔菲娜·塞里格、弗朗索瓦丝·法比安以及让-马克·博里主演，1972年2

---

① 多米尼克·帕蒂雷尔（1931—　），法国戏剧和电影演员。
② 安德烈·鲁森（1911—1987），法国剧作家，法兰西学术院院士。
③ 安德烈·鲁森1950年创作的一部戏剧作品。
④ 洛朗·泰尔齐夫（1935—2010），法国演员。
⑤ 雅克·塞雷（1928—　），法国演员、导演，代表作品有《压轴好戏》《零时刻》等。

月在蒙帕纳斯剧院上演,只获得B!

我当时对一切都好奇满满。不久后,多维尔高中的戏剧社团就和卡昂喜剧团建立了联系,我也不再畏惧邀请一些演员和导演来我们高中一起探讨戏剧。最早来我们学校的嘉宾中有皮埃尔·圣蒂尼,他出演过罗歇·维特拉克的《维克多还是孩子说了算》;还有纳迪娜·阿拉里以及一位年轻女演员,没错,她就是……迪亚娜·库莉丝①。我猜想,对于此次与少年戏剧爱好者之间的聚会,皮埃尔·圣蒂尼可能还有印象。伊夫·雷尼耶也来过我们学校,后来他出演了"穆兰警官"②。但真正让他名声大噪的,是和爱德华·梅克斯合作的电视剧《环球旅行者》。不过,即使在他名气如日中天的那些年里,他依然会和普朗雄、舍罗以及布尔塞耶合作,参演许多戏剧。他那会儿很酷,像个嬉皮士,住在自己的大众卡车内。他来我们学校那天,会场第一排的一个女生是我朋友,德语老师的女儿。她毫无疑问是学校的校花,所有男生梦想中的女朋友。会见结束后,他朝女孩眨了眨眼,就把她带走了!她跟着他上了他的卡车。这事简直引起了公愤!而且这女孩还未成年。八天之后,他又跑到另外一座城市玩去了,女孩回来了,情绪不佳。几年后,我再次见到伊夫·雷尼耶,他很清楚地记得我是那次活动的主持人,但居然完全忘了女孩之事!

当时,我周围所有的男性伙伴只想着追女孩、开派对,我却全身心投入戏剧,自然而然地,我反而变得更容易被男孩吸引……我自己对这样的变化有些措手不及。性欲,还有对女孩的性幻想,仿佛被深深埋藏于心底。不过,我当时也完全没想到,我弟弟在面临这些问题时,心中也并不是非常坚定,我甚至以为他那会儿正与许多女孩眉来眼去。我们相处融洽,但并不怎么分享各自心事。人们常说双胞胎心有灵犀,就我们而言,这种说法并不成立。在感情上,我理解我弟弟,但在实际生活中,我对他一无

---

① 迪亚娜·库莉丝(1946—),法国电影制片人兼演员,主要作品有《薄荷苏打水》《恋恋红尘》等。
② 法国电视一台在1976年至1982年间播出的一部系列电视剧,共70集,主角是一位警官。

所知，他也是如此，现在的情况略微好些。尽管如此，在那个时期，我其实并没有很困惑，我只是对自己说，我感兴趣的是戏剧、电视剧、电影、演出、女演员，虽然这些东西并不吸引其他同龄男孩。我对体育的兴趣非常之低，以至于毕业会考时，体测的压力令我身体产生了不适：考试当天，我居然阑尾炎发作！不过，我还是和几个女孩有过眉目传情的经历，也有了初恋。那是高二或高三时，我那会儿十八九岁，女孩名叫安娜·普瓦罗。从高二起，我们成了同班同学，她长得小巧漂亮，母亲是英国人，有些像佩屈拉·克拉克①。我当时和她一起做戏剧，希望她能继续从事戏剧表演，成为一名演员，并幻想着让她出演一些重要角色……我爱她，但很快我就发现，自己其实并不适合这样的恋爱，于是故事随之终结。

几年之前，在克利希广场②的一台取钞机前，我正准备取钱用于一趟朋友间的旅行，此时，我看见一位女士向我走来，一边走一边欢呼：

"哦！多米尼克！"

我看着她，一头雾水，问道：

"您是哪位？"

没想到，她就是安娜·普瓦罗。我甚至没能认出她。我没能认出自己的初恋女友！太丢脸了！这样伤害她，我深感难过。第二天，我给她发了条短信表达歉意。作为回应，她给我写了一封信，很是温馨，里面还有几张我们在舞台上的照片。

当时的我，还是更迷恋那些女演员，这也更加轻松愉快。在乌尔加特卡西诺，我看到《舍赫拉查德》③里的安娜·卡里娜，立刻深陷于她的魅力之中。但是要等到很久以后，我去到巴黎时，才有机会看到她与让-吕克·戈达尔④合作的电影。凭借《舍赫拉查德》，安娜·卡里娜登上《电

---

① 佩屈拉·克拉克（1932— ），英国歌手、演员、作曲家。
② 位于巴黎西北部，是巴黎四个区（8、9、17、18）的交会处。
③ 古代阿拉伯民间故事集《一千零一夜》里面的一个故事。
④ 让-吕克·戈达尔（1930— ），法国新浪潮电影的奠基者之一，主要作品有《精疲力尽》《芳名卡门》《随心所欲》。

影杂志》封面，我当然也购买了这期杂志。我当时最喜欢的女演员有达尼·卡雷尔、米莱娜·德蒙若、米雷耶·达尔克以及玛尔琳·若贝尔，其中玛尔琳·若贝尔是我的最爱。她们是我早期最迷恋的四位女演员，我为她们而疯狂。我最早看到达尼·卡雷尔是在滨海迪夫，我看了她的《男人中的小鼠》。来到乌尔加特之后，我常去卡西诺看电影，于是又在《傻子在巴黎》中看到她，造型非常性感；再往后，我看了她的《女囚犯》，这部电影我根本看不懂，但是她在里面有一些极其热辣的镜头。她还出演过《放荡女》，为此，我还特意询问父母，"放荡女"是什么意思？他们这样回答我："就是一个生活糟糕的女人。"这个回答令我颇为困惑，母亲后来谈论邻居服饰品店老板的女儿时，因为她被人发现是妓女，也说："这是一个放荡女！"我发现米莱娜，是在《OSS 117之杀手任务》中，当然，之后我也看了她主演的《米拉迪》。这些电影不见得多么精彩，但已足够令我迷上她！我迷上米雷耶·达尔克，是因为《北京的金发美女》，她在里面和爱德华·鲁滨孙①有对手戏，之后的《加利亚》让我更加迷恋她。我依然记得当时的电影海报，她在上面几乎一丝不挂。这部电影在乌尔加特卡西诺放映时，放映员还跟我说："这周会放一部性爱片！"我估计，小于十八周岁的未成年人是禁止入内的，但是他把我放了进去。我也成了米雷耶·达尔克的粉丝，她当时那么性感。但在所有女演员中，我最喜欢的还是玛尔琳·若贝尔。

雪儿薇·瓦丹和玛尔琳·若贝尔是我那时的至爱。我首次看到玛尔琳，是在电视剧《禁止通行》和《O侦探所之案宗》中，随后又在伊夫·罗贝尔的电影《幸运的亚历山大》中看到她和菲利普·努瓦雷的合作，之后她又出现在米歇尔·奥迪亚尔的《别把大爷当鸭子》中。此后，我看了她所有的作品：居伊·卡萨里尔根据阿尔贝蒂娜·萨拉森②的小说改编的

---

① 爱德华·鲁滨孙（1893—1973），罗马尼亚出生的美国演员，好莱坞黄金时代的当红明星，主要作品有《小恺撒》《盖世枭雄》《陌生人》等。
② 阿尔贝蒂娜·萨拉森（1937—1967），法国女作家，代表作为半自传体小说《距骨》。

同名电影《距骨》，我猜测这部电影也是禁止未成年人观看的（当时我是从卡西诺的后门溜进去的！）；当然还有若泽·乔瓦尼导演的《最后所知的地址》，她和利诺·文图拉主演；勒内·克莱芒导演的《雨中旅客》，她和夏尔·布龙松主演；让-保罗·拉佩纽导演的《乱世冤家2》，她和让-保罗·贝尔蒙多①主演；莫里斯·皮亚拉导演的《我们不能白头到老》，她和让·亚纳主演……我非常迷恋她，她外表火辣却富有亲和力。相比安妮·吉拉尔多，我更喜欢她，也理所当然选择加入她的阵营！她是我真正爱上的第一位女演员。那是一种近乎情欲的爱恋，我沉迷于她的声音、她的风姿、她的美丽，她能在同一场景中让人从欢笑转入哭泣，也可以在平凡之中令人陡升绮念。我也爱她的柔弱，她显得非常楚楚动人。这种特质，在安妮·吉拉尔多和凯瑟琳·德纳芙身上是看不到的！至于德纳芙，她已经拥有一切，无论大制作还是与大导演合作，不在意多我这么一个乌尔加特的崇拜者。而玛尔琳则不一样，我觉得她需要被呵护。这激发了我守护弱者的一面。我给她写信，告诉她我多么爱她。我曾先后给多位女演员写过信：热纳维耶芙·格拉德、玛尔琳……《电影杂志》上有这么一个专栏："他（她）们的通信地址？"，我从不会漏掉上面的信息。那时还没有互联网，我记得自己曾写信给杂志社，询问热纳维耶芙·格拉德的演艺生涯，杂志社居然给我写了回信。不过，在让·米特里创作的数卷《影视历史》中（我索要的圣诞礼物），居然没有格拉德的名字。这个圈子令那时的我着迷，它就是我生活的中心。我常常翻阅自己制作的档案卡，幻想着完美的演员名单……我列了一些女演员的影视作品清单，当中有些人今天已经销声匿迹或是被遗忘了，例如米雷耶·奥迪贝尔，出演《玛戈皇后》②和《虎警大队》的卡琳娜·彼得松，出演《摩加多尔人》并和雅克·布雷尔搭档出演《我的叔叔邦雅曼》的琳内·沙尔多内……

---

① 让-保罗·贝尔蒙多（1933— ），法国电影演员，动作片演员，主要作品有《狂人皮埃罗》《莱昂莫汉神甫》《精疲力尽》等。
② 改编自大仲马（1802—1870）的文学著作《玛戈皇后》，以十六世纪法国天主教与新教的不和为背景，讲述玛格丽特与亨利之间爱恨交缠的宫廷故事。

在我的偶像名单里，还是有几位男演员的。喜欢贝尔纳·韦尔莱，是因为电影《雏鹰：拿破仑二世传》，我把他的照片剪了下来，贴在记事本里。喜欢乔治·克莱斯，是因为他诸多的影视作品，今天他依然在做演员，还是艾德·哈里斯、安东尼·霍普金斯等演员的法语配音。我并未看过让·索雷尔的电影，但是我觉得他很好看。我喜欢的男演员中，还有乔治·热雷、热拉尔·拉蒂戈以及让-克洛德·布里亚利，后者是我理所当然的至爱。看到他时，十五岁的我浮想联翩。和玛尔琳·若贝尔一样，我为他制作了专门的相簿，剪下并收集与他相关的文章。我最早看到他是在电视上，当时播映了一部德尼·德拉帕特利埃导演的电影，主演还有达尼尔·达黎欧①，光影片的名字就很棒，叫《情人的眼睛》；再次看到他，是在爱德华·莫利纳罗导演的《亚森罗平对亚森罗平》中。他长相迷人，光芒四射，风趣幽默。在乌尔加特时期，我还看过他的另一部电影，《德·奥热尔伯爵的舞会》，导演是马克·阿莱格雷，改编自雷蒙·拉迪盖②的同名小说，主演还有布吕诺·加尔桑、米谢琳·普雷斯勒③和热拉尔·拉蒂戈等人。这部电影充满了隐晦的语言，讲述青春期尾声的暧昧情绪和心神不宁，给我留下了深刻的印象。我那会儿对女明星的热爱，像人们今天常说的，肯定与我"女性的一面"有关，不过，在寻找自身定位的过程中，我也许是在布里亚利身上感受到某些独特之处，它们引起了我的共鸣，并令我感动。或者，可能是我在他的身上看到自己的影子……我记得，在高中会考前一年里，自己曾在西班牙萨拉曼卡市找了份工作。这是我第一次独自出国。当时，我和另一个来自沙泰勒罗④的男孩，名叫帕特里斯，住在一个西班牙家庭里。我们住在一个房间里，我疯狂地迷上了他，给他买了一

---

① 达尼尔·达黎欧（1917—2017），法国著名女演员，主要作品有《梅耶林》《红与黑》和《查泰莱夫人的情人》。
② 雷蒙·拉迪盖（1903—1923），法国作家，主要作品有《魔鬼附身》等。
③ 米谢琳·普雷斯勒（1922— ），法国女演员，也是法国电影黄金时代的最后一位传奇人物之一，主要作品有《你到底从不从》《亲如手足》等。
④ 法国新阿基坦大区维埃纳省市镇。

大堆礼物。但是我们之间并未发生什么。当时的我，似乎也并不知道到底该做些什么。

从高二、高三开始，关于个人未来发展的问题就被郑重其事地摆在了我面前。随着时间的推移，我越发频繁地问自己："我想要怎样的未来？"最令我恐惧的未来规划，就是毕业会考之后，去卡昂的一所学校学习文学，然后成为一名教师。这根本不是我想要的生活。毫无疑问，我希望成为一名演员，但同时，虽然自己在台上表演时能感受到快乐，也取得了一点成绩，心中却不敢承认这样的梦想。我有严重的口齿不清，也没有出演青年男主角或者重要配角的经历，想做演员是不可能的。但是，我却在无意间走了一条捷径。谁能想到，时至今日，我已经出演了九十多部电影！我甚至在巴黎圆点剧院的舞台上演出过！但在那时，我只是很确定一件事，就是希望自己留在这个圈子，从事演艺事业。由于我之前花了很多时间来管理学校的戏剧社团，负责组织社团演出并主持一些讨论会，所以我觉得自己也许可以考虑往这个方向尝试。初恋女友安娜·普瓦罗的母亲有个朋友叫达尼埃尔·戈丹，是蒙帕纳斯喜剧院的舞台监督，我因此得以与他见面，并询问关于舞台监督工作的一些问题。他建议我圣诞节来剧院观看《亲爱的珍妮特·罗森伯格，亲爱的米斯特·库宁》，里面有埃夫利娜·凯尔[①]和让·托帕尔，是一部《情系信笺》[②]风格的作品，讲述一位小说家和一个年轻女粉丝之间的故事，上演时间是1970年12月25日或是1971年1月1日。当日演出厅只到了三位观众，因此演出并未如期举行，但是演员们邀请我们一起喝了一杯。正是通过这个机会，我遇到埃夫利娜·凯尔，随后我又在莫里斯·皮亚拉导演的《致我们的爱情》与她重逢。之后不久，蒙帕纳斯喜剧院上演了两部伊斯拉埃尔·霍罗维奇[③]的戏剧，导演是米歇尔·法加多，其中一部是洛朗·泰尔齐夫和科莱特·卡

[①] 埃夫利娜·凯尔（1936—2005），法国女演员，代表作有《致我们的爱情》等。
[②] 百老汇经典名剧，1989年由美国剧作家A.R.格尼创作。
[③] 伊斯拉埃尔·霍罗维奇（1939— ），美国剧作家、导演和演员。

斯特尔主演的《大麦糖》，另一部是马塞尔·达利奥主演的《寻找布朗克斯①的印度人》。达尼埃尔对我说：

"你待在舞台某个角落，这样就能看到一场演出的整个流程。"

我激动不已！这是我首次如此近距离地欣赏一场专业表演，甚至就在舞台腹地。达利奥来到现场，看到我时，问道：

"他是谁？"

"这个小伙子想……"达尼埃尔·戈丹回答他。

"但是我不同意！"

"这个小伙子专程从诺曼底赶过来，因为他想……"

"我演出时不想看到任何人在台上！出去！"

我只能待在观众席，这让我感觉很受挫。那是我早期与专业演员仅有的几次接触之一，我当时觉得达利奥面目可憎。我喜爱蒙帕纳斯喜剧院，喜爱它的海报，喜爱这个地方。米歇尔·法加多待我非常友善，跟我说我可以随时再来。

由于经济原因，我不可能去私立学校上学。在搜寻有关公立学校的信息时，我发现了国家高等戏剧艺术学院，人们通常称之为"布朗什学院"，因为它当时位于巴黎市布朗什路，里面开设了一个技术类专业——制片、导演和行政专业，就在喜剧班旁边。这正是我迫不及待想要去的地方。我姐姐对我说，那里都是一帮堕落分子和酒鬼。勒卢什女士建议我父母让我自己选择自己的道路，我教母也是如此。父母仅仅希望我能有一份正当的职业。1973年6月，我同时参加了毕业会考和布朗什学院的入学考试。入学考试除了戏剧历史和管理科目外，还要求表演一场戏。不久前，我们高中的一部戏剧作品曾引起不少关注，那是若泽·特里亚纳②创作的《杀手之夜》，讲述三个年轻人模拟杀害父母的故事。这个主

---

① 美国纽约市五个行政区之中最北的一个，居民主要以非洲和拉丁美洲后裔居民为主，是纽约有名的贫民区，犯罪率在全国排名前列。
② 若泽·特里亚纳（1931—2018），古巴诗人和剧作家。

题在当时是很大胆和前卫的。我早前在雷卡米耶剧院①看了这部剧,主演有弗朗西斯·于斯特、雅克·斯皮耶瑟、米谢勒·莫雷蒂和埃尔米纳·卡拉热兹,导演是罗歇·布兰,当时引起很大反响。之后的几个星期里,我都被弗朗西斯·于斯特迷住了!入学考试时,我就选择了这部作品里面的一个场景。我依然记得当时的评审考官有热拉尔·韦尔热、让·梅耶尔、校长皮埃尔·鲁迪,还有曾担任爱德华第七剧院主席的老演员克洛德·热尼亚,以及业务管理系主任路

1973年,乌尔加特娱乐城,在《杀手之夜》里,导演是我弟弟,我把自己当成弗朗西斯·于斯特。

易·勒科兹。克洛德·维勒梅茨也在场,他是著名剧作家及巴黎香小剧院前任院长阿尔贝·维勒梅茨的儿子。我很清楚,这次的考试,会改变我的一生!考试期间,我感觉一切都很顺利,回答问题时也没出什么差错。我确信自己能被录取。

考试后,我回到乌尔加特,那是一年中最好的季节,我却焦急地等待着考试的结果。公布成绩当天,我每次拨打学院的电话——8744430——都提示占线。于是我请求姐姐帮忙打这个电话,她在巴黎,会更容易些。到了晚上,她打电话给我:

"你没被录取。"

---

① 巴黎的一个剧院,位于巴黎七区雷卡米耶街3号,1908年落成,1978年关闭。

晴天霹雳！但是，我马上对自己说这不可能。我怎么会没被录取！第二天，我不停地拨打布朗什学院的电话，最后终于拨通了，一个人对我说……我被录取了！我姐姐肯定不是故意那样说的，只不过，我觉得她是那么不愿意我被布朗什学院录取，以至于有人告诉她这个消息，她并不愿意去深究。来到巴黎后，我弄清了个中蹊跷：当时接姐姐电话的是个西班牙人，姐姐说了一遍我的名字，他没听清，而姐姐也没再细问，他就答了句"他没被录取"。她知道我被录取了，在我动身去巴黎时，还警告我们的父母：

"他会学坏的，巴黎对于他而言，很危险……"

我觉得她是担心我，她知道我会变成同性恋者，这是她无法接受的。苏菲，就像塞戈莱纳·罗亚尔①，是一位铁娘子！而我的父母只这么回答她：

"不会的，没事。他通过了毕业会考，还考上了布朗什学院，应当让他做自己愿意做和喜欢做的事。"

这也是我为什么爱他们、尊敬他们的原因，虽然他们不是知识分子，但他们有世俗的智慧。

无论如何，我能在巴黎找到一间住处，还多亏了姐姐。她有一个女性朋友，父亲是蓬莱韦克一家很出名的奶酪工厂的总经理，在凯旋门路上有栋房子，阁楼上有一间房正准备出租。阁楼在第七层，没有电梯。和我姐姐的朋友住在一栋房子里，让我感觉不太舒服；但对于没有电话的我，也有方便之处。我报给别人她家的电话号码，这样她能帮我写下留言。她当时住在二楼，所住的房间正是……四十年后我现在居住的地方！我并不相信巧合……因为不愿意爬六层楼梯，她便把给我的留言贴在她的房门上。我弟弟的手脚一向比我要灵活，因此他帮我把房间整理了一番，母亲则给我买了一个很好的床垫，确保我至少可以睡个好觉！我九月份就到了巴黎。全新的生活也随之展开。

---

① 塞戈莱纳·罗亚尔（1953— ），法国女政治家，社会党成员，曾是弗朗索瓦·密特朗的顾问，也是法国首位进入总统选举第二轮的女性。

2
那些初次

我在1973年9月到了巴黎,从此踏上一段不可思议的旅程。通过了大学的入学考试,我步履轻快,终于可以做自己梦寐以求的事了。每天清晨,我揣着激动的心情前去布朗什学院。班里有洛朗·马莱、克里斯托夫·马拉瓦(我觉得他英俊非凡,因此……常盯住他看!)、埃夫利娜·布伊、克里斯蒂娜·布瓦松、卡特琳·弗罗、让-皮埃尔·达鲁森、范妮·科唐松、卡特琳·冈杜瓦……他们当中有些已经小有名气,例如卡特琳·弗罗已和玛丽亚·弗拉迪合作拍了一部电视剧;还有我的好友纳塔莉·朱韦,她非常俏丽,长得像西蒙娜·西蒙①。班上有另一个非常美貌的女生,名叫埃莱娜·卡尔扎雷利,我之后邀她出演了雅克·杜瓦隆的《一袋弹珠》和费里尼的《女人之城》。令我颇感惊讶的是,并不是班里所有的同学都像我这般痴迷于学习。我绝对是希望什么都去做、什么都去看的,每晚都去剧院。但有很多人经常缺席,有些人则习惯性迟到。我觉得难以置信,感觉他们并不怎么在意这个专业。当时的我觉得难以理解:他们有这样的机会学习这个专业,为什么会不热爱呢?

我非常喜欢下午的课,我们会在课堂上编排戏剧。我的老师当中,有一位叫米歇尔·法沃里,他不久之后进了法兰西喜剧院;还有热拉尔·韦尔热,他的事业一帆风顺,拍了很多电视作品,非常迷恋性感的米歇尔·阿尔贝蒂尼②。在这里,我还再次看到勒内·迪皮伊③,他曾导演过戏

---

① 西蒙娜·西蒙(1911—2005),法国电影女演员。
② 米歇尔·阿尔贝蒂尼(1953—   ),法国演员、编剧和作家。
③ 勒内·迪皮伊(1920—2009),法国演员、戏剧导演和剧作家。

剧《花街神女》，并管理过美丽宫剧院①和格拉蒙剧院（今天已经不存在了），他的儿子因吸毒过量而去世。对于年轻一代，他完全无法理解，显得有些格格不入。我们曾演过《宫中的胆小鬼》，这是他十几年前制作的一部戏剧，让-路易·特兰蒂尼昂和玛尔琳·若贝尔曾在格拉蒙剧院演出过这部戏剧。不过，我当时纯粹是因为喜爱玛尔琳·若贝尔才选择去他的班上，其他人都希望去热拉尔·韦尔热和米歇尔·法沃里老师的课堂，因为他们年轻、有创造力，而且很受市场的欢迎。我还黏上了勒内·迪皮伊——还是因为体内雌性荷尔蒙作祟！我成了他的助手。他的人情味打动了我，我感觉他受过伤害。我跟他在一起学到许多东西——包括……一些不该做的事情！他管理演员相当在行，但对于导演工作所知有限，他做的更多的是组织和安排。庆幸的是，我同时还会去看一些其他演出。圣马丁门剧院推出了帕特里斯·夏侯导演的《争执》，对当时的我是个极大的冲击。我因此了解了导演的工作，也明白这个工作可以形成多么巨大的差异。相比乌尔加特和教养院时期，我取得了长足进步！

我非常喜欢诗歌课老师马德莱娜·奥泽雷。这是一位传奇人物。她曾是《水中仙》中的造物主，而且是路易·朱韦②的至爱。《水中仙》是我了解的第一部神话作品，我很喜欢，也经常看。因为陆续和一些有钱男人生活在一起，她曾长时间离开戏剧舞台。我当她的学生的时期，她偶尔会重新登台表演，出演一些祖母类型的角色。在她出演《老枪》里努瓦雷的母亲之前，我曾在普朗雄的《下船》中看到过她。同学们都厌烦她的课，但因为是必修课，不得不去。而我却已经开始喜欢年老的女演员，因此喜欢她。她是一个很有趣的人，疯疯癫癫，和朱莉·德帕尔迪厄③是一个类型，但比她年长三十岁。她喜欢穿一些色彩艳丽的长裙，毫不忌讳把各种不搭的颜色混在一块儿！通过她，我了解了米歇尔·德·盖尔德罗德④的

---

① 位于巴黎七区布德罗路7号，是巴黎一家历史悠久的剧院。
② 路易·朱韦（1887—1951），法国演员、导演。
③ 朱莉·德帕尔迪厄（1973—   ），法国女演员，主要作品有《尖峰时刻3》等。
④ 米歇尔·德·盖尔德罗德（1898—1962），比利时剧作家，作品比较前卫。

戏剧。他们都来自比利时。她非常喜欢克里斯托夫·马拉瓦，他们俩在一起时，简直就像一对忘年恋人！克里斯托夫非常好看，略显羞涩，马德莱娜·奥泽雷为之倾倒。而克里斯托夫在谈到她时，总是显得很亲切。她也很喜欢我，当然……并不是同一种喜欢。有一次，我们两三个人受邀去她家做客。她给我们做了一份鸡肉配土豆条，她煎的土豆条真是一绝。晚餐后，她向我们展示她以前的海报。上面的她有天使一般的面孔，可以说连上帝也不忍苛责她。而且，她很乐意给我们讲述她的那些爱情故事，或者不如说是……性爱故事！我很认真地给她写了一些示爱信，她给我回了信。我记得在一封信里，她附上了罗贝尔·昂里科拍摄《老枪》时的一些照片。这些都被我保存了起来。

　　因为她是弗雷德里克·诺贝尔的教母，通过她的介绍，我认识了弗雷德里克。他曾和让·普瓦雷、米歇尔·塞罗出演《一笼傻鸟》，有着一双非常漂亮的眼睛，古灵精怪。他到处乱跑，也拉着我去。正是通过他，我才了解了当时巴黎人的生活。我们去那些最"潮"——那会儿我们还不说"酷"——的饭店，例如，殉道者街的"蓝玫瑰"以及奥塞尔街的"可可狮子"，那里经常有一些演员、舞者出入……我们一起去皮尔卡丹会展中心看玛琳·黛德丽①，去巴黎会议宫看丽莎·明尼里②和雪儿薇·瓦丹。他头脑灵活，胆大妄为，总能搞到一些入场券，没有任何事情让他胆怯。那段时间我们形影不离，但并未发生什么故事。他不是我喜欢的类型，估计我也不是他的菜。之后他去了美国，出演了一些音乐喜剧，还成了拉斯维加斯的"第一男孩"。二十世纪八十年代末，他回到法国，和内斯托尔·阿尔曼德罗关系密切，并与雅克·达维拉、热拉尔·弗罗-库塔等一帮人走得近。不久之前，他还在巴黎重演音乐剧《猫》。我和他现在仍有联系，他的眼睛依然漂亮，不过和我一样也变胖了。压力让人变胖。大学那

---

① 玛琳·黛德丽(1901—1992)，德裔美国女演员兼歌手，是好莱坞二三十年代唯一可以与葛丽泰·嘉宝分庭抗礼的明星，虽然没有得过奥斯卡奖，但其芳名在美国家喻户晓。
② 丽莎·明尼里(1946—   )，美国女歌手、演员、电视节目主持人，1972年她以电影《歌厅》获得奥斯卡最佳女主角奖。

会儿，我可一点儿也不胖。我留有一张我在《阿达莉》①剧组的照片，上面的我瘦得跟竹竿似的！我当时吃得肯定不像原来在家时那么多。虽然我在厨师学校的堂兄，因为与我关系密切，经常在周末来我的阁楼给我做饭，并让我品尝他从自己实习的吕克餐厅带来的美食。

父母会资助我一些钱，但我毕竟得自谋生路。多维尔的戏剧老师建议我去做群众演员。多亏了她，我得到法兰西喜剧院的一次面试机会，成了一名群众演员。那里等级森严，即便是皮埃尔·迪克斯②刚到这所庄严殿堂的时候，也只能从打扫卫生做起。群众演员只能待在地下室里，没有资格乘坐电梯！一开始，我只是一名群演替身，也就是说，如果某个群演没到，我们这些人就顶上去。有人会用电报提前通知我们。这与今天确实是不可同日而语。剧院会报销差旅费，而且，如果有机会代替某个缺席的群演，我们就可以领到酬金。终于等到这一天，我登上了舞台，之后……我就没再离开过。

我出演的第一部戏剧，是蒙泰朗③的《皇家港口》，要和弗朗索瓦·肖梅特对戏。当时半工半读的伊莎贝尔·阿佳妮，在里面饰演一名被砍头的年轻修女。这是一场令人极度厌烦的演出，尤其是对于我们这些群演：我们得穿着龙套服，在一半的时间内纹丝不动……但伊莎贝尔演出的那些夜晚，却给了我一种难以置信的体验。她一亮相，就像是神灵附体一样，某种奇妙的东西开始涌动。真是美妙！其他人只是照本宣科，她却演绎出了别样的精彩。太奇妙了……

弗朗索瓦·肖梅特似乎和我们一样不耐烦，他一直出演丑角。一天晚上，我崩溃了，因为焦急、等待……我疯狂大笑起来，然后大家都跟我一起疯笑，可现场正在演绎修女上断头台的悲惨故事！这事引起轩然大波。演出之后，一向对群演不太友好的总制片人吕西安·帕斯卡尔（他是

---

① 让·拉辛创作的最后一部戏剧，被认为是拉辛的杰作。
② 皮埃尔·迪克斯（1908—1990），法国导演、演员。
③ 亨利·德·蒙泰朗（1895—1972），法国作家，法兰西学术院院士。

吉塞勒·卡扎德絮①的丈夫），来到地下室，威胁要把我们都赶走，除非第一个笑出声的人自愿出来认罪。当然，我站了出来。他对我说：

"您居然还是布朗什学院的人！"

我们学校在外颇有声誉，人们因此觉得，这样一所公立大学的学生，应当都是完美的。而且布朗什学院的艺术主任让·梅耶尔当晚就在这场闹剧的现场。这样，我不仅会被法兰西喜剧院扫地出门，可能还会被布朗什学院开除！

剧院里年长的服装师艾丽斯，一向慈祥，建议我去向弗朗索瓦·肖梅特道歉，这样他可以给我解围。我循着迂回的走廊，七拐八拐，寻找肖梅特的包房，途中遇上伊莎贝尔·阿佳妮，她正和一些小配角开玩笑闲聊。和这些人在一起，她显得更放松：剧院里的老人们不是很喜欢她——法兰西喜剧院里一直存在着不同派系，她甚至没有上过戏剧学院，但是让-保尔·鲁西永，一位出色的男演员和男人，硬生生把她塞了进来。美丽可爱的伊莎贝尔表达了对我的支持和鼓励。我敲响了肖梅特房间的门。门打开了，他穿着短裤，我准备先回避。

"没事，没事，请进吧……"气氛略显尴尬。

"这么说，当时是您笑的？"

我回答说是的，然后赶紧加上一句，是他演的小丑引发了我的笑声。他马上回答道：

"您这样做的后果是很严重的。您要知道，我很敏感，我进入了自己的角色，您却在笑，仿佛是在嘲笑我一样。您既然来自布朗什学院，应当知道演员意味着什么！另外，您知道让·梅耶尔也在场吗？"

他的口气严厉而且尖锐，我连忙请求他的原谅，他也随之缓和下来：

"如果不是您来致歉，我肯定会要求开除您。不过，您也不是唯一笑的人，其他人也笑了，我们看看后续怎么处理吧！但我觉得您还是难免

---

① 吉塞勒·卡扎德絮（1914—2017），法国女演员，法兰西喜剧院的荣誉会员。

会受警告处分。"

我崩溃了。

离开剧院后,我跑去找阿兰·凯尔西,他是我在多维尔的玩伴的父亲。他曾跟我说过,到巴黎后会帮助我,之后他也确实言出必行。我当时帮他照看小孩,他和一个名叫埃莱娜·佩谢朗的女演员刚生了一个儿子,这样,我除了做群演之外,每月还能获得一些额外收入补贴开销。通过接触,他也了解了我对戏剧有多么热爱,因为他目睹我为所有演出以及所有演员制作档案卡。我们在一起时也经常讨论戏剧,我老是问他一些关于这个或那个演员的问题,例如科琳娜·马尔尚、让-克洛德·帕斯卡尔……他会回答我,给我建议,推荐我阅读一些小说、剧作或剧本。一到他位于卡内特的家中,我连忙向他讲述了所发生的一切,垂头丧气。他安慰我说:

"我和弗朗索瓦·肖梅特很熟,我会打电话给他,平息此事。我会和他说你是……"

我不知道他是否打了电话,我记得最后我收到一次口头警告,如同足球运动员犯规了一样,我在一周之内禁止参加演出,但并没被法兰西喜剧院辞退,也没被布朗什学院开除。之前那几个小时,我真是异常担心,感觉自己的梦想在一下午之间就会烟消云散!

某日,阿兰·凯尔西和我说,有人建议他制作一部大型电视剧,剧本改编自加斯东·贝赛特①的小说《我葡萄园里的葡萄》:

"这部作品讲述本世纪初法国西南地区葡萄种植户暴动的故事。我没有时间阅读这部小说,但希望你能去读,然后帮我做一个读书摘要。如果你觉得有趣,我再去看。"

我一夜间就读完了这本书。第二天,我用学校的公用电话打电话给他,其实从那时开始,我已经是一天到晚电话不停了,但很不方便的是,我身上得装满硬币!我告诉他,根据这部小说可以拍出一部好电视剧。

---

① 加斯东·贝赛特(1901—1977),法国作家、医生。

2 那些初次

1974年秋,首次出现在电视荧屏上,在阿兰·凯尔西的电视剧作品《我葡萄园里的葡萄》里。

和让-卢克·布泰一起,参加《我葡萄园里的葡萄》的摄制。我出演他儿子!

"你已经读完啦?全部读完啦?你疯啦!我正要去马赛,我会在旅途中读这本书,然后我们再谈,你对演员很了解,可以开始考虑你觉得适合演里面角色的演员。"

我很快就想到,让-卢克·布泰可以出演里面的男主角。他当时是法兰西喜剧院的签约演员,我在走廊上见过他。他那时二十七岁,相貌出众,有希腊雕像一般的轮廓,眼睛明亮而深邃,相当光彩照人。他应是剧中主角的完美人选。我向阿兰·凯尔西推荐了他,凯尔西说:

"我不认识他(布泰当时演出还很少,仅仅和克洛德·圣泰利在电视节目中出现过)。如果你觉得他合适,你可以问问他的意愿,然后安排一次见面。"

问他是否愿意?我,一个小小群演!这并不容易。在法兰西喜剧院,群众演员如果没有得到邀请,是不能进入签约演员的房间攀谈的。我担心他把我当成骗子,这在见习演员中很常见。无论如何,穿着龙套服装,我是无法和他搭上话的。一天,我准备去戏剧学院转转。我喜欢去那里闲逛,看看那些正在上课的演员。我在路上遇见了他,我便鼓起勇气,上前问好。他看着我:

"我们见过吧,是吗?"

"没有。"

"您是这里某个班上的吧?您在法兰西喜剧院做群演?"

"算是吧!我在布朗什学院学习,而且我在《皇家港口》和《阿达莉》中做过群演。"

"我也是,我也在布朗什学院进修过……"

我随后对他说,我有一个朋友名字叫阿兰·凯尔西,正在筹备一部电视剧,希望让他出演里面的男主角……

"什么时候?"

"这个夏天。"

"太好了,我没什么安排。这是我的电话号码,请您安排一次和凯尔西的会面。"

出乎我的意料,事情居然如此简单。

布泰住在塞尔旺多尼街上,离阿兰·凯尔西家不远,现在这里整条街几乎都被弗朗索瓦-玛丽·巴尼耶①买下了,帕斯卡尔·格雷戈里现在也住这里。到达见面地点后,凯尔西对他说:

"我对您的面孔有印象,但我不认识您,我现在主要拍摄电影和电视剧,已经不去看戏剧了,多米尼克跟我说您很出色。我相信他。也许您个子太高了点……不过,这里的屋顶确实矮了些……如果您愿意,我没问题。"

布泰回答说他本人也很乐意,但是这可能会和法兰西喜剧院的演出安排有冲突,因为他将要和妮科尔·卡尔方出演《水中仙》。我觉得如果他不出演《我葡萄园里的葡萄》,那简直就是巨大的损失。几天之后,他打电话给凯尔西,告知他《水中仙》被延后,他有时间了。我松了一口气!当然,我们再次见面了。

"马德莱娜·奥泽雷常和我说起您。"

他也是马德莱娜的学生。我们仨之后多次共进晚餐。当时法兰西喜

---

① 弗朗索瓦-玛丽·巴尼耶(1947—),法国小说家、剧作家、演员和摄影师。

剧院有人声称，布泰喜欢男孩子，但并无任何真凭实据。

但我们在一起时，完全不讨论此事，我也从未和任何人提起这事，甚至和阿兰·凯尔西也未提过。不过，我估计凯尔西其实什么都明白，他自己好像就有过类似的经历。他的首任妻子曾和我讲过，她有一次发现他和一个男人在床上！

签约《我葡萄园里的葡萄》那天，布泰对我说：

"这一切多亏了你，我今晚请你吃饭。"

我们当晚在一家地道的巴黎餐厅吃饭，离今天的蓬皮杜中心不远，现在那里已经变成了一家中国餐馆。吃饭时，他建议我辞掉群演这份工作：

"你在协助阿兰·凯尔西的影视工作，这将给你新的舞台和新的机会，你应当抓住这些机会。"

他询问了我一些以往的经历，也向我讲述了一些他的过往。他父亲是医生，父母完全不希望他当演员，他曾在里昂戏剧学院待过，其间和玛丽安·布瓦耶①谈过一场恋爱，之后来到巴黎。刚来时非常艰辛，幸运的是，马德莱娜·奥泽雷对他很好。我们并未过度袒露各自的秘密。我只是和他说，我自己一个人住。晚饭后，他对我说：

"我和你一起回去，我很想看看你阁楼的房间，这会让我回忆起自己刚到巴黎的时候。我们都经历过这些！"

之后，我才知道他当时和剧院的一个男演员在一起，只不过鲜有人知晓。两人非常亲密，是一种互相崇拜的关系。

之前在布朗什学院时，我希望在规定课程之外，再上一些表演课，因为我还未能完全放弃做演员的梦想。巴黎十一区的戏剧学院接收了我。让·谢弗里耶在那儿教书，他是玛丽·贝尔的丈夫。那时的他，依然算是英俊，他很喜欢我。一天晚上，他带着我和其他一些学生一起去吃晚餐，其间对我说：

---

① 玛丽安·布瓦耶（1948— ），法国女演员。

"多米尼克，您觉得自己天生就应该做制片人的想法是错误的。您完全可以做演员，您有自己的个性，您有趣而且特别……"

听到这些话，我很高兴，不过，我依然难以想象自己能成为一名演员。某日，我在走廊与他擦肩之际，他一把抓住我。我简直难以置信。我当时觉得他是一位老男人，应该有七十岁了，其实，他那会儿只有六十岁——正好是我现在的年纪！之后第二年，他就去世了。不久后，我把这件事告诉了让-克洛德·布里亚利。让他好是笑了一番，之后还经常拿此事来打趣：

"算了吧，如果有人被让·谢弗里耶给强暴了，那他就没资格说……"

为《我葡萄园里的葡萄》挑选演员时，我已经开始在"朋友簿"中选人了！我请来了曾到卡昂出席晚会的雷内·巴尔泰维，多维尔高中时期，她受邀参加过我们学校的诗歌朗诵活动。此外，我还参加了戏剧《伯里克利》的试镜。导演是一位非常有才华的英国人——特里·汉兹①，他当时决定，社会上任何人都可以前来试戏，不仅仅是法兰西喜剧院的演员。这引发轩然大波！试戏时，我依旧呈现了《杀手之夜》中的一个场景，另外还演了加缪《卡里古拉》中的一小段戏。剧中的女主角是法兰西喜剧院的一名年轻女演员，和导演一样，光芒四射，名叫吕德米娜·米卡埃尔。两人可谓一见倾心，很快就谈了一场轰轰烈烈的恋爱，几年之后有了一个女儿玛丽娜·汉兹。我见证了她的出世，而且看到日后她身上迸发的卓越才能。试演之后，我获得一个小角色。虽然我决定不做演员，但……又难免心痒难耐！我想演，但是又不敢。之后，阿兰·凯尔西提出，让我和他一起参与《我葡萄园里的葡萄》的拍摄，做他的助手，负责管理演员。我得做出选择。我并未犹豫太久。演员的职业，我一直都觉得可能性不大，并且当时的竞争已经很激烈。选择去拍摄《我葡萄园里的葡萄》，还能见到……让-卢克·布泰！于是，我谢

---

① 特里·汉兹（1941— ），英国戏剧导演，他创立了利物浦普尔曼剧院。

绝了特里·汉兹的邀请，选择和阿兰·凯尔西一起工作。阿兰还让我和《我葡萄园里的葡萄》的一位编剧接洽，之后我还成了这位编剧的助手，在电影上映之前，我们一起负责筹划了"艾格莫尔特①联欢节"。在联欢节上，我遇见了玛丽·昂里奥，埃玛努埃尔·德沃的母亲，并因此认识了儿时的埃玛努埃尔·德沃。

拍摄工作随之开始。我在纳博讷②连续工作了四个月。这份聘书，我还一直保存着。这是我的第一份聘书：

"阿兰·凯尔西聘任多米尼克先生为实习助理，聘期为七月至九月。"

凯尔西对我说：

"我现在不知道怎么支付你的薪水，你先来，我们会用群众演员的片酬来给你定薪，你的一些花费可以报销，我们管住。而且，我们也可以考虑给你一个角色。"

他真给了我一个角色……出演让-卢克·布泰的儿子，虽然当时我们只相差七岁！不过，这是一部长篇电视剧，观众会看着剧中的主人公老去。当我和让-卢克演对手戏时，他已经步入老龄，脸上敷着化妆乳胶，满是皱纹。当然，他提前跟我说过，我们的关系应保密，对阿兰·凯尔西也得只字不提。我不知道凯尔西是否有所怀疑，无论如何，他从未在我面前提过。那是我初次面对摄影机！而且还是和让-卢克演对手戏，我更加怯场。某天，在拍摄一场戏时，凯尔西建议：

和阿兰·凯尔西一起，他让我有机会首次负责选角，也让我首次有机会在镜头前出演角色。

---

① 法国加尔省市镇。
② 法国朗格多克-鲁西永大区奥德省市镇。

"玩闹时，你可以紧挨着他。"

我的背紧紧贴在了让-卢克身上！根本没有注意他的示意！我和凯尔西以及他的妻子埃莱娜一起住在一个城堡里，那里被临时收拾成了乡间的宿营地，演员们则住单间公寓。某日，可能是凯尔西的一个儿子要来，也许因为有一个客人，他提醒我：

"你可能得搬出去，去看看哪个男演员那儿能睡。"

让-卢克说：

"我那儿可以，我的公寓大……"

于是，我们双宿双飞。每天早上，我们双双来到拍摄地。当然会有一些流言蜚语，但从未有人怀疑过我。

我很享受这个时期，不仅因为我每天可以看到让-卢克，也因为在拍摄现场我很惬意。我记得拍摄第一天，天气炎热，我坐到地上想休息一会儿，阿兰·凯尔西看到后对我说：

"多米尼克，一个助手在拍摄时永远不能坐着，站起来！"

这事让我印象深刻，我至今铭记。这是一部关于葡萄种植者暴动的影片，我要到各个葡萄园找一些群众演员。他们很乐意参演，化妆时还互相打趣。我当时的兴奋之情溢于言表。怎会不兴奋呢？我是导演助理，管理着群众演员，我还恋爱了。这一切太美妙了。

我非常喜欢阿兰·凯尔西。2011年7月他去世了，我异常伤心。我们之间确实相隔遥远，但一直关注着彼此。晚年，他和玛丽-克洛德·邦塞尔生活在一起，这是一位杰出的女性，一位光彩夺目的女兽医，也是电视节目中的野生动物评论员。她女儿康斯坦斯·德蒙图瓦，是一位出色的选角导演，工作勤奋。

拍摄结束后，我带着让-卢克回了父母家。母亲盛情款待了我们一番，甚至在我们家旁边专门租了一间房。毫无疑问，父母已洞悉此事。我们之间从未就此交流过。我的弟弟曾向他们提起，父亲仅说了句：

"如果他不是'像这样'，他也不会从事这个行当。"

他们从未批评我,他们不是热衷指手画脚之人。这方面,我始终感激他们。我和让-卢克之间的感情,虽然他同时还爱着另一个人,持续了大约两年时间。我们之间相处得很好,大约每周见一次。我觉得,我对这个行业的热爱也非常打动他。在拍摄《一袋弹珠》时,我被雅克·杜瓦隆聘为助手。某日,让-卢克突然出现在现场,狠狠骂了我一顿,因为当时我迷上了德国演员迪特·斯奇多①。我们争吵得相当激烈!让-卢克随后来到芒通②,想重新夺回我。我们之间的关系开始不再和谐,随之就终结了。他后来迷上安托万·维泰③手下的一名演员——里夏尔·丰塔纳,此人很快招致我的厌恶!他们俩还率先自编自导了贝尔纳-玛丽·科尔代④的戏剧作品,走在了帕特里斯·夏侯前面。他们在小奥德翁剧院编排了《森林正前夜》,此后直到2011年,夏侯和罗曼·迪里才再次编排了这部作品。

《我葡萄园里的葡萄》拍摄结束后,我回到巴黎,我已不愿再回布朗什学院。我想工作,我知道自己想做什么:负责演员管理的导演助理。为什么是演员管理工作?可能是因为我自己没有胆量成为一名演员吧,也可能是因为演员总是能深深打动我。之前在拍摄现场,我发现演员们很快地就能与我愉快相处,我也如此。和他们在一起时,我仿佛有种如鱼得水般的自如。我倾听他们的想法,尊重他们,他们也尊重我,那时的我还不到二十岁,他们却愿意向我倾诉他们的忧虑和感受。他们需要我。与演员之间的这种和谐,对演员的这种热爱,从未在我身上消失过。演员是一个独特的群体,他们敏感而且脆弱。对绝大多数人而言,人生轨迹是可预见的,而他们的人生是不可预见的。正因如此,我爱他们,他们令我惊奇,令我感动,令我兴奋。再者,相比和一些融资

---

① 迪特·斯奇多(1948—1987),德国演员、制片人,主要作品有《水手奎雷尔》等。
② 法国滨海阿尔卑斯省市镇。
③ 安托万·维泰(1930—1990),法国演员、导演和诗人,战后法国戏剧核心人物。
④ 贝尔纳-玛丽·科尔代(1948—1989),法国剧作家和戏剧导演。

第一章　满怀期许的那些年

2009年11月，在卢瓦尔河畔科萨库尔市电影节，与米谢琳·普雷斯勒一起。

人共进午餐，和米谢琳·普雷斯勒或者达尼·卡雷尔①在一起，一边吃午餐一边听她们讲述亨利·维达尔②的趣闻逸事，显然有趣得多，不是吗？

不过，我首先要解决温饱问题。我在克洛德·勒卢什的《穷尽一生》中做过群演，还获得一份第十三影视公司③的聘书：

17个小时工作时间，片酬135法郎，另根据实际情况支付交通、服装等费用。如果您不愿支付18法郎的餐费，请自备零食。

一个时代的写照！我还在亚当·皮昂科的电影《十七岁时我们年少轻狂》里有一句台词，随后又在比尼埃尔的电影《自由的魅影》中露了个面，奇怪的是，我现在居然对当时的角色毫无印象。我还在寻找一些实习机会，当时想成为正式的第二导演助理。在电视台的实习是不作数的，需要有三次电影相关的实习经验。我写信给众多导演，毛遂自荐负责演员管理工作，信中附上自己的简历以及一封阿兰·凯尔西的推荐信。我记得那封推荐信是这样写的：

多米尼克在与人接触方面显示出很强的能力，他有能力辅助演员和艺术家的管理工作。

只有两名导演回复了我，布吕诺·冈蒂永和米歇尔·德维尔，但

---

① 达尼·卡雷尔（1932—　），法国女演员，主要作品有《女囚犯》《地狱》等。
② 亨利·维达尔（1919—1959），法国电影演员，代表作是《海牙》。
③ 克洛德·勒卢什于1960年创立的一家影视制作和推广公司。

是……他们都没有给我实习的机会。正在此刻,幸运之神蓦然降临。或者说,是命运。

相比在乌尔加特的时候,我此时对电影的兴趣更大了。我经常去法国电影园①,去拉丁区的各家影院,只要是人们关注的电影,我都会去看。我也会看一些经典影视作品,很长一段时间内,《游戏规则》②和《彗星美人》③是我最喜欢的两部电影。喜欢前者,是因为它在描述人际关系和阶级关系时并不显得老成世故;喜欢后者,是因为剧情讲述的就是戏剧圈的事,囊括了这个圈子的所有元素:野心、荣耀、竞争、时间的流逝……我弟弟在影视方面的口味要比我挑剔得多,这也影响了我的选择。与我不一样,他很早就获得聪明好学的好评,因此一直在学习深造。他先是通过了文科预科一年级的考试,随后在卡昂获得哲学学士学位,之后又在巴黎获得戏剧研究硕士学位,最后,他回到卡昂喜剧院,成了一名剧作家,现在是昂热④新剧院的秘书长。他也写戏剧,他的每部剧作,我都不会错过,我喜欢他作品中展示的纯粹、感性和隐忍的激情。

某日下午,我在圣安德烈艺术影院看完了雅克·杜瓦隆的第一部黑白电影《初生牛犊》,这部影片完美见证了他的青春和爱情。刚走出影院,我就碰上了曼努埃尔·迪鲁舒,他是《我葡萄园里的葡萄》的道具师,和我住在一条街上。那会儿,他妻子刚刚离开,他显得消沉而孤独。我们俩可谓同病相怜,晚上经常一起去参加聚会。我甚至还经常去他家洗澡,因为我的阁楼里没有浴室。我和他说起《初生牛犊》,告诉他这部电影有多棒,对我的冲击有多大,叫他一定得去看看。他听完大笑起来:原来,

---

① 由法国政府出资建立的私立文化设施,成立于1936年,目的是保存、修复和传播法国的电影遗产。
② 法国知名导演让·勒努瓦(1894—1979)的作品,描述第二次世界大战时期的上流社会。
③ 又名《四面夏娃》,约瑟夫·曼凯维奇(1909—1993)任编剧、导演,根据玛丽·奥尔的短篇小说《伊芙的智慧》改编。
④ 法国卢瓦尔河大区曼恩-卢瓦尔省省会。

1976年冬,在文森镇的达尼埃尔-索拉诺剧院,在戏剧《阿尔母罗什》中扮演让-卢克·布泰的助理,这也是他拍下的照片。

他已经步入电影圈了！我得知杜瓦隆是他的一位朋友，第二天他们还会一起享用晚餐。

"你没有理由不把他介绍给我认识。"

"你别期望太大。克洛德·贝里刚建议他改编约瑟夫·若弗的畅销书《一袋弹珠》，这是弗朗索瓦·特吕弗推荐的项目，但也可能会选中其他导演。如果他被选中，他也不能任性而为，毕竟是有合同的。"

第二天，杜瓦隆跟我说的也是同样的话。我实在太喜欢他的电影了，不可能眼睁睁地错过这个与他共事的机会。曼努埃尔也在一旁，帮我吹嘘拍摄《我葡萄园里的葡萄》时的表现。我对杜瓦隆说：

"即使没有片酬，我也想为您效劳。"

三周之后，我收到一封电报：

请周二到我家面谈。雅克·杜瓦隆。

他住在裴斯塔洛齐街上。我之后获悉，纳塔莉·贝伊和他住在同一幢楼里。就像勒卢什所说，这是缘分还是巧合？当时的我，对纳塔莉·贝伊的名字只是略有耳闻。不过在此之前，我在加布里埃尔·加朗的作品中看过她的表现，写下了这样的评语："好演员。"雅克·杜瓦隆约我面谈的那个周二，具体时间是1975年3月18日。就在这一天，一切都已注定。

第二章
选角的那些年

第二章 选角的那些年

1
兄弟雅克

和雅克·杜瓦隆的相遇，决定了我的人生方向。短暂相处后，我们之间的关系就融洽起来。他长相英俊，言谈风趣，性格温和却有主见。当时他和诺埃勒·布瓦松[①]生活在一起，布瓦松已经怀上罗拉·杜瓦隆——日后佳片《今年暑假玩失身》的女制片人以及塞德里克·克拉皮斯的妻子。雅克希望我参与《一袋弹珠》的摄制，他告诉了克洛德·贝里的执行制片人皮埃尔·格兰斯坦，获得了对方同意。一跨出雅克的家门，我就迫不及待开始阅读约瑟夫·若弗的这部小说。书中讲述两个犹太弟兄的故事，他们逃到沦陷时期的法国。对于故事所处的年代，我向来感同身受，可能是因为在我的童年时期，在诺曼底区依然可以极其清晰地感受到那个悲惨的年代。我们的历史书对此段历史所述寥寥，家人也只会提及大抵抗运动以及诺曼底登陆，我却一直希望了解更多。于是，我阅读了许多与战争有关的书，借此了解到一些闻所未闻的骇人事件……雅克很快察觉到，我已经全神贯注于这个项目，他每天都打电话给我，我们之间随之建立起一种牢固的关系。我明显感到，虽然是按合同办事，但是他依然想要做一部雅克·杜瓦隆的电影，并不只是把若弗书中的故事以影像简单呈现出来。在此，我不得不提一句，这本书中充斥着诸多浮夸情节和陈词滥调。

某日，雅克对我说，他不仅需要我帮忙挑选演员，还需要我到法国

[①] 诺埃勒·布瓦松（1944— ），法国电影剪辑师，曾于1989年获奥斯卡奖提名，并于2005年获恺撒奖的最佳剪辑奖。

南部地区寻找一些布景地。问题是,我当时没有驾照。

"你没有驾照?这可是个麻烦事!对于角色挑选的工作,这应该没什么影响,但是对于拍摄工作,如果你不会开车,那就麻烦了。千万别跟摄制组提这个事,你在拍摄之前先去考驾照。"

我还是说服了他,让我去考察拍摄地,不过……是骑便捷摩托车去!就这样,我骑着一辆小摩托车,在普罗旺斯的各条小路上奔波,我穿过了尼斯的腹地,穿过了整个吕贝宏山区,最后来到阿普特地区。时近冬末,气温还不是很高,但天气已逐渐转暖。当地人很难完全信任我,对于他们而言,一个骑着小摩托的家伙不可能在电影行业工作!但我还是完成了自己的工作。我沉浸其中,早出晚归,寻找合适的拍摄点、旅店以及取景地。我乐在其中。和雅克在他福卡尔基耶①家里会合时,我已经找到他需要的一切,他觉得这简直不可思议。我骑着小摩托来到他家,车后的行李架上还绑着我的行李箱,他不敢相信自己的眼睛:

"你就这样跑完了所有行程?"

我们终于可以着手寻找电影中的两个男孩。我往返于犹太人聚集的各个学校、图书馆以及青年俱乐部。雅克给我推荐了一个男孩,一个犹太学校的学生。见到他的第一眼,我就觉得他是饰演电影中小诺诺的完美人选。但是这个男孩此前没想过做演员,而是希望自己成为足球运动员。不过,演完《一袋弹珠》后,他还是继续拍摄了几部电影:和阿兰·德龙②一起出演了《注意!孩子们在看》,和让-路易·特兰蒂尼昂一起出演了《旅客》。之后,他开始了第一次息影,去尝试实现自己的足球梦想;二十世纪八十年代中期,他回来找过我一次,希望我帮助他重新成为演员。我又给他找了两个小角色,然后他再次息影,最后投身于成衣制作,至今还在从事这个工作。多亏一位与高蒙电影公司③有密切合作的经纪人

---

① 法国上普罗旺斯阿尔卑斯省市镇。
② 阿兰·德龙(1935—),法国演员,主要作品有《佐罗》等。
③ 创建于1895年7月,是世界上第一个电影公司。

纳塔莉·巴热,我们之后找到了演哥哥莫里斯的演员,保尔-埃里克·舒尔曼,也是一个犹太学校的学生。这是一个好演员,不过在出演了几部电影之后,他放弃了影视事业,娶了百多士家族①的一个女孩,现在是一家卡西诺的老板。哥哥这个角色的挑选工作,我记得当时是由里夏尔·贝里②负责的,他那会儿应该是刚刚开始从事这个工作。雅克对项目进展很满意,又让我负责推荐其他一些演员,比如电影里男孩的母亲(我再次把雷内·巴尔泰维请来,她是我们在多维尔高中时的"最佳诗歌朗诵者"!)、一些德国演员等。不久他宣布,我在摄制组内不仅要负责管理演员,还得帮助寻找一些群众演员。然而,制作总监热罗姆·卡纳帕一直关注我的一举一动,他父亲是著名的共产主义知识分子让·卡纳帕。他此前主要制作一些政治题材的电影,自从与克洛德·贝里合作《老人与小孩》后,两人就一直有合作。他也是皮埃尔·格兰斯坦的朋友,格兰斯坦是贝里的合伙人,由于他们的私人关系,热罗姆被任命为《一袋弹珠》的制作总监。可能是因为我的性取向,所以他不喜欢我?又或者因为他自己是犹太人,想要自己来导演《一袋弹珠》?我们都看得出来,他也并不是很喜欢雅克。

制作团队的办公地在巴黎的科利塞街。同一幢楼的另一间办公室里,帕斯卡尔·托马正在筹备另一部电影《倾诉》。热罗姆·卡纳帕不停地找我麻烦,而且一直在暗中使绊子。我那时正尝试考驾照,第一次没通过,第二次也失败了。拍摄开始之前,我只剩下最后一次机会。我还是没通过。我沮丧万分,狼狈地回到摄制组,很担心自己无法参与拍摄工作,却不巧碰上热罗姆,他当着众人的面羞辱我:

"看看你,又没考过!下周你就别再来了!"

我们已经到了试戏阶段,我找到了两个男孩中的一个,负责了片中德国演员的挑选,距离正式拍摄只有三四个星期了,我却要被扫地出门!雅

---

① 主要经营娱乐场的家庭企业。
② 里夏尔·贝里(1950—),法国演员、电影导演兼编剧。

克来了,看了我一眼,就明白了个中缘由。他对我说:

"别担心,你继续来。"

"可是热罗姆……"

"这家伙,我开始受不了他,你继续来做这部电影!"

他去找热罗姆。我听见他对热罗姆说:第一,我骑小摩托去海边比坐汽车去快;第二,如果我不继续做这个电影,那他也不想做;第三,如果是钱的问题,那么就从他的酬金里面扣除相当于一名助手十周工资的薪水!泪水从我眼中夺眶而出。为此,我一辈子都感激他,感激他那一刻为我所做的一切。皮埃尔·格兰斯坦此刻走了进来,如往常一样满脸微笑,他也很喜欢我。雅克转告了他此事,皮埃尔对他说:

"开玩笑,一个实习生不可能让我们超支的!"

他也去找热罗姆:

"多米尼克得留下来,他将是雅克的私人助理。"

可以想象热罗姆脸上的表情多么精彩!自此,他想着法儿把我赶走。不过,在桑利市①拍摄了两三周之后,我们在制作方面遇到许多问题,雅克再也忍受不了他,先把他给开除了!但这两三个星期于我而言就是噩梦,不堪回首。从那时起,当有人说起工作上被人穿小鞋,我就明白是怎么回事了。

大约十年后,我参与拍摄罗班·戴维斯的《法外之徒》,来到一家山间的小旅馆内,居然碰上热罗姆,他在一个角落处,好像与法国电视三台的一帮人在吃晚餐。餐厅里光线幽暗。我那时的事业发展很好。自从《一袋弹珠》之后,我又做了很多项目,他却做得不是很多。我装作没有看见他。他起身朝我走来,询问能否和我到外面谈谈。我们走出餐厅,他对我说:

"我想为我之前对你所做的事情道歉,但看起来,这些并没能阻止

---

① 桑利,法国瓦兹省市镇。

你做自己的事并取得成功……"

我觉得这样很好，我们不应让人感到绝望。

在法国南部拍摄《一袋弹珠》期间，我也同时负责群演的管理。雅克要找一些真正的德国人，因为他觉得这可能带来惊喜。我又骑着我的小摩托车，到周边各个宿营地找合适的人选，但只找到一些留着长头发的年轻德国人，个个打扮得像嬉皮士。我对他们说，我们想找他们去扮演二战时的德国士兵，令我意外的是，他们二话不说就跟我走了。有人来把他们的头发剪短，他们穿着军服拍照，神情颇为自豪，还声称要把照片寄给他们家人。这确实令人感觉有些尴尬。当时战争结束时间并不太长，他们的父母有些可能还曾是纳粹分子……雅克还让我去找来一些小孩，饰演片中的贝当青年军①，我负责管理他们，要教会他们走正步，并齐声高唱："元帅，我们准备好了！"某日，雅克对我说：

"让我看看你教得怎么样。"

他看着我们表演，大笑起来：

"他们都唱错了，而且没有一个人走的是正步，你简直让我笑死了！"

但这却启发了他，可以在悲剧的氛围中增加一点笑料。他给我穿上运动短裤，让我扮演贝当青年军的教官。他当然也知道我喜欢演戏。此后，我参与了他所有电影的拍摄，负责选角，除了《海盗夺金冠》。

围绕《一袋弹珠》，雅克成功组建了一个卓越的团队。他们个个充满魅力。剧组驻扎在临近芒通的索斯佩镇，当地没有宾馆，大家就一起挤在一些大房子内。和我住一起的是一个导演实习生，还有布景师塔基斯·康迪利斯。他是"左"派分子，留着长头发，待人非常亲切，长相英俊。我看过他洗自己袜子的场景！几年以后，我去到雅美达公司工作，他则成为法国电视一台的真正掌权人。有次，他拒绝我们的一个演员参与他的一个项目，我用贝特朗·德·拉贝办公室的电话打给他，怒气冲冲地

---

① 支持法国陆军将领、维希政府的元首亨利·菲利普·贝当（1856—1951）的青年人。

对他说：

"别忘了，我曾亲眼看过你光着身子洗自己的袜子！"

他当场蒙了！

伊夫·拉费是主摄影师，曼努埃尔·特朗是第一助理摄影师，热拉尔·德·巴蒂斯塔担任他的助手。热拉尔是位很出色的年轻人，之后与维多利亚·阿布里尔喜结连理。服装师是米克·舍米纳尔。我们当时分享各自的一切，还组织足球比赛，平时大家都穿着印度风格长裙，款式和塞戈莱纳·罗亚尔出现在巴黎天顶体育馆时穿的那条长裙很像，后者因为喜好此类长裙，还引起诸多关注。

在这个时期，也发生了许多特别的事情。1968年"五月风暴"的自由解放之风依然在吹。许多熟悉的人结为夫妇，另外一些人却分开了。雅克·杜瓦隆离开了罗拉的生母诺埃勒·布瓦松，这事正好发生在电影《哭泣的女人》的制作阶段。米克·舍米纳尔离开了多米尼克·舍米纳尔，和曼努埃尔·特朗走到一起，多米尼克现在又和诺埃勒·布瓦松生活在一起……我则和迪特·斯奇多建立了深厚的感情，当时我二十岁，他二十七岁。在《一袋弹珠》里面，他饰演了一个虐待儿童的纳粹……迪特是一位杰出的男演员，两年后，他出演了萨姆·佩金帕[①]的一部电影，还和赖纳·维尔纳·法斯宾德[②]合作拍摄了三四部电影，包括《争执》。他们俩和达尼埃尔·施密德、比勒·奥吉耶四个人组成了一个团队，并把这些人都介绍给了我。他们这几个朋友都是艺术家，向来特立独行，聚在一起时，喝酒像喝水一般。周围随处散落着毒品等违禁物。奇怪的是，他们从未怂恿我去尝试，可能是因为他们知道，这些东西根本无法引起我的兴趣。不过，正是通过和迪特的相处，我知道了两性关系中，可能存在着一些很模糊、晦涩甚至肮脏的区域，即使这些区域同样无法引起我的任何兴趣。生活不正是如此吗！再往后，我们不再见面，他成了制片人，并于1987

[①] 萨姆·佩金帕（1925—1985），美国导演，作品有《日落黄沙》《铁十字勋章》等。
[②] 赖纳·维尔纳·法斯宾德（1945—1982），德国导演、编剧、制片人。

第二章 选角的那些年

年死于艾滋病……

拍摄完《一袋弹珠》后，我和雅克·杜瓦隆就没再分开过。我仿佛成了他的终身助理！在我的职业生涯中，一直有克洛德·贝里和他的身影，他们就像是我在影视圈里的父亲和兄弟一样。撇下雅克不谈，现在说说贝里。他和雅克的关系不是很融洽，他不赞成雅克拍摄《哭泣的女人》，也不赞成拍《小荡妇》。实际上，贝里不希望雅克拍摄这种个人风格明显的电影，觉得雅克有能力拍摄一些更加宏伟、更受大众欢迎的电影。他常挂在嘴边的话就是，他不喜欢文艺类电影。这种追求票房和迎合大众喜好的观点惹恼了不少导演。其实，在内心深处，贝里有些嫉妒那些导演，他给他们创造了有利的环境，给他们建议，为他们提供资源，与此同时，他又很难接受别人在他不认可的领域获得成功，很难接受那些受他帮助的人，而不是他本人拿到我们所说的"好牌"，获得各类影评的青睐。看到帕特里斯·夏侯导演了《玛戈皇后》之后又去制作一些文艺片，他感到很遗憾，虽然这些作品更注重表达情感，更纯粹且更严谨。他是希望把夏侯打造成"法国的维斯康蒂①"。

雅克需要做电影宣传时，总是让我去做。他为圣阿尔布雷奶酪②拍摄广告片时，不仅让我去挑选演员，还让我去找合适的布景地。我依然骑着自己的小摩托，走遍了巴黎所有的乳制品商店。这不由让我想起了自己的童年和父母。借此机会，我在离乡后首次重返白鸽林，在那里度过了极其忧郁的一整天。父母当年的乳制品店已变成一家自行车店！我记忆中父母的店是很大的，然而……现实中却显得很小！我找不到熟悉的东西，这令我非常失落。当我汇报自己的旅途所得时，制片人还当着众人面这样说：

"天哪！相比去找地点，他还是更适合去找演员。"

我感觉自己受了侮辱，雅克再一次为我辩护：

"我认为不是这样，我就是要他做这些事。"

---

① 卢奇诺·维斯康蒂（1906—1976），意大利导演，主要作品有《豹》等。
② 一种来自法国阿基坦地区的软奶酪。

我还和雅克一起为法国巴黎银行拍摄了一部广告片，吸引年轻人去开立人生中的第一本支票簿。我和雅克决定，广告片应考虑社会的多样性，这是时下人们开始关注的话题，并据此挑选演员人选。我到城市郊区去寻找，并建议挑选"混血"演员。在此期间，我们和创作人员以及经纪公司之间的沟通非常不顺畅，他们反驳说：

"你们找的这些人，太普通了！"

他们因此差点儿不让雅克拍这个广告。几年之后，我又遇到同样的问题：《明月照沟渠》杀青之后，我和让-雅克·贝奈克斯①合作拍摄一部广告片，贝奈克斯希望起用瓦伦蒂娜·瓦尔加，可是其他人对他说：

"我们不想要一个海外小岛来的女孩，我们要金发美女！"

雅克接手任何一部电影时，我都是第一个阅读剧本的人。他经常打电话给我。自然而然，1978年，在《一袋弹珠》拍摄结束三年之后，他建议我和他一起拍摄《哭泣的女人》。这部作品取材于他和诺埃勒·布瓦松曾经的夫妻生活，讲述一场爱情和一段夫妻生活的终结。为了找到片中的女主演，他把当时所有的女演员见了个遍：妮科尔·加西亚，我通过让-皮埃尔·比松导演的戏剧作品认识了她，特别是《玛丽安娜的情绪》②，后来她在影视圈闯出名堂，是通过贝特朗·塔韦尼耶的电影《节日开始了》；布利吉特·鲁昂，我看过她在戏剧《恋人》中的表演；阿尼塞·阿尔维纳，罗布·格里耶片中的漂亮女主角；雅克利娜·帕朗，她的电影处女作是一部瑞士电影《难忘之夜》，片中男演员尼尔斯·阿贺斯图普也是首次"触电"；还有布利吉特·福塞，曾是一名童星，五岁时就因拍摄《禁忌的游戏》出名，十五年后，她和让-加布里埃尔·阿尔比科合作出演《大摩尔纳》，借此重启自己的演艺生涯，此后她一直在演电影，和德维尔、布利耶、勒卢什、特吕弗等诸多导演均有合作。雅克很快就锁定了她，要不惜一切代价得到她。但与她会面之后，我不知道这期间发生了什么，他居

---

① 让-雅克·贝奈克斯（1946— ），法国电影导演，主要作品有《巴黎野玫瑰》等。
② 法国浪漫主义作家缪塞创作于1833年的剧作。

然不想要她了！他改变了心意，却又不敢当面告诉她。通过此事，我学会了一点：当我们决定不选用某名演员时，最好立刻告知他。雅克从未把自己的想法告知布利吉特·福塞，他鼓不起勇气打电话回绝她。如果今天他再见到她，是否还要回避呢？这种做法是绝不可取的。诚然，向一名演员宣布他未入选是件难事，但至少，我们可以就此把事情翻篇，而且……这是正确的做法！

我当时还找了哈丽·波丽托弗作为备选，但雅克觉得多米尼克·拉芬可以成为他心中"哭泣的女人"。我对于她的了解仅限于传闻，她喜欢带着自己小女儿克莱芒蒂娜·奥坦，不厌其烦去跑各家制片公司，这和后来麦温①以及伊希尔·勒·贝斯柯②母亲的做法有点像。她的女儿克莱芒蒂娜·奥坦日后成了一名政治家和女权主义斗士，履历异常精彩。多米尼克·拉芬是个疯狂的女人。她主动要求和雅克会面，雅克见完她之后，要我一定去见见她。

"我给你安排了一个女孩，一个特别的女孩。"

她确实特别。漂亮、明艳动人、极其敏感，饱受命运的折磨和内心冲动的摧残，仿佛一直行走于悬崖的边缘。她令人感到不安，感到心慌。她一直不愿放过自己。1985年，她死于心脏病。年仅三十三岁！她在电影中奉献过出色的表演，曾被提名恺撒奖最佳女演员，但输给了《再见了，巴黎的夜》中的女主演缪缪。雅克决定自己来饰演电影中的丈夫，拍摄地就选在他自己位于福卡尔基耶的家中。将影视作品与私人生活掺杂在一起，呈现于银幕上，这是很令人尴尬的事。这有些像那个时代克洛德·贝里的作品，但雅克展示了另一种风格，更折磨人，更撕裂，也更令人心碎……

紧接着拍摄的《小荡妇》，雅克呈现的又是另一种完全不同的风格。雅克的灵感不再来源于自己的感情生活，而是发生于普瓦图-夏朗德③大

---

① 麦温·勒·贝斯柯（1976— ），法国电影演员、导演与编剧，执导的《守护天使波丽士》获第64届戛纳电影节评审团奖。
② 伊希尔·勒·贝斯柯（1982— ），麦温·勒·贝斯柯的妹妹，演员、制片人。
③ 法国西部大区。

区圣特斯市的一条花边新闻：一个穷小子，有点傻傻的社会边缘人物，掠走了一个经常被母亲殴打的女孩……雅克知道我并不害怕去现场踩点，而且从《一袋弹珠》那会儿开始，几经努力，我终于通过了驾照考试！于是他派我去现场调查：

"你到那儿去，自己想办法见到所有与这事有关的人物。"

与雅克接触以后，我发现他和皮亚拉一样，都有点坏。他喜欢从别人那里打劫灵感，把他们的故事据为己有。这并不是说他剽窃别人的东西，而是他会从中汲取营养，也包括从演员身上。

"你必须见到那位母亲，而且一定得和那个女孩谈谈。"

我当时就感觉，这事终究不会太容易。我进行了调查，见了那位母亲的律师、男孩的律师，还有母亲本人。某日，我对那个母亲说：

"您女儿她现在在哪儿？"

"她偶尔会来这里，不过要和她面谈比较困难。尤其不能对她说，你找她是为了拍电影。"

实际上，搞鬼的是她自己，我不得不收买她，给她钱，她才愿意安排一次见面，她还对我撒谎，试图得到更多的钱。最后，我终于和这个女孩见了面，通过我的努力，雅克前去探视了那个拐走了女孩的男孩，他当时被监禁在雷岛圣马丁①监狱。雅克曾希望在事件发生地拍摄。但当时已经有人出了一本书讲述这个故事，另外一部相同题材的电影也在筹备之中。这对雅克的计划影响颇大，他甚至觉得不应继续把这个故事拍成纪录片，他想从中汲取灵感，然后自由阐释自己的疑问和观点。于是，他决定改去布列塔尼区拍摄，在洛克米内②附近。接下来要做的，就是找到女孩的扮演者。

经历了《一袋弹珠》、弗朗西斯·韦贝尔的《危险玩具》、克洛德·贝里的《初次》以及莫谢·米兹腊希的《如此人生》之后，我仿佛成了孩子

---

① 法国滨海夏朗德省市镇。
② 法国莫尔比昂省市镇。

专家！那个时代，相比今天的纷扰，儿童性侵事件要少得多，也不会成为报纸的头条，因此与孩子们的沟通也比较容易，但贸然在大街上随意和小孩搭话还是不方便。我们不能直接走进学校问一个小孩，他是否愿意拍电影、我们能否打电话和他父母联系等。我想到一个办法：我找了一些教育机构，这样能够进到学校去，但又不会太明显，好像一眼就知道我要找一个小孩或未成年人去演戏。到达学校后，我先是举办了一场小型的影视座谈会。其间，我会一直观察学生的表现，问他们一些问题。如果对某个学生感兴趣，我就请老师帮我打电话给他父母。这些都需要时间。同样的做法也被我用于《小荡妇》中。我依然记得在此期间，我经历的那些倍感孤独的时刻，孤身一人穿行于布列塔尼的田野，走遍所有学校，晚上一个人待在前不着村后不着店的小旅馆内。但我也享受其中，我接触了一些杰出的人物，我也一向喜欢乡野，但是，要走入他人的生活，毕竟不像今天这么容易，尤其是在那个年代的布列塔尼地区。之后这个项目遇到一个重大挫折：制片方法国电视三台中途决定退出。这很难不让人联想到某种不信任的迹象。虽然这是一部小制作电影，而且雅克愿意自己出资，但是少了法国电视三台，资金依然有缺口。他去向克洛德·贝里寻求帮助，但后者也不同意，《小荡妇》的筹备因此中断。这对雅克是个沉重的打击，他跑去找伊夫·罗贝尔和达妮埃勒·德洛姆，他们经营着一家制片公司——盖维尔公司。也正是通过这个机会，我得以认识他们，之后还为他们工作过。一年之后，电影重新开拍，剧组来到诺曼底大区的维尔市！就在我家人当时的居住地。我开始重新寻找女孩的扮演者。

因为要大面积搜索，米克·舍米纳尔——《一袋弹珠》的服装师也和我同行。她负责部分市镇，我负责其他市镇。她跑诺曼底这边，我就去跑那边。晚上，我们在旅店碰面，彼此交换信息。我们把这叫作"白日捕猎"。有些日子里，因为两人实在是厌烦了独自去跑，我们就一起出发。有时，为了放松一下，我们甚至直接把车停在路边，把车里播放器的音量拧到底,听着摩登唱片的磁带,像疯子一样狂舞!一天,我们来到圣洛①附近的一所学校,准确位置是在圣奥班迪佩尔龙市。进了学校后,我先是做了一个与影视相关的简短介绍,其间,我被一双眼睛给吸引住了!接着就是问答环节。我们注意到班里有个有趣的小女孩。她待在一个角落里,没有提任何问题,只是听着,然而我感觉到她隐藏的敏感和聪慧。与米克交换的一个眼神,足以让我知道她也有同样的感受。我们和女辅导员说,我们喜欢这个女孩。

"你们的感觉没错,她很出众。她名叫玛德莱娜·戴德维斯,现在十一岁,家庭非常贫困。她父亲是一名养路工人,一家人生活在一个棚房里。这家人很好,待人很诚实,就是经济条件非常糟糕。她本人,毫无疑问,肯定是希望走出困境的……"

然后,她把女孩家的地址给了我们。循着她指的方向,我们边走边找,甚至迷了路,最后来到一座木板房前,上面盖着铁篷,像是一个铁皮车厢。我们在学校看到的那个接近青春期的女孩正在前面玩耍。突然看到我们,她略显吃惊。我们平复了她的心情。她的母亲,一个面相苍老的女士,和她的哥哥,一个温和却略显傻气的男孩,一起走了出来。

"我们要拍一部电影,觉得你适合当中的一个角色。"

女孩垂下眼睛,回答说:

"但是我不知道自己能不能演。"

"我们可以先试一下戏。"

母亲略显惊惶,邀请我们进入他们"家"中。餐桌上蒙着一块帆布,油光锃亮,上面撒满了细碎的面包屑。她说了一句:

"不好意思,我来擦擦,换块桌布。"

女孩抓住妈妈的胳膊,语气坚定地回道:

"妈妈,什么都不用换。"

---

① 法国下诺曼底大区芒什省首府。

这种纯粹、坚定且不愿妥协的姿态，还有这种不让影视的介入改变他们生活的毅力，更是引起了我们的兴趣。

小玛德皱着眉头：

"不过，我还是不想去。"

"你考虑一下……虽然你不是演员，但我们可以帮助你，我们只是试一试。"

我们终于让她改变了主意。她不是很情愿地试了镜。她的表现并不很有说服力，但是她脸上闪耀着一种光彩，让我们不由自主地看着拍立得打出的照片。她身上有一种非常感性而又非常自然的东西。某种程度上，她属于桑德里娜·伯奈尔和碧翠斯·黛尔这类的女孩。之后，我和米克又见了其他一些女孩，她们都很好，但我们依然无法忘记小玛德。这种记忆如此深刻，以至于当雅克看我们筛选后的女孩照片时，我们对他说：

"另外，我们很看好小玛德，她让人想起了年轻时的西蒙娜·西涅莱，但是她的试演不是很理想。不过不是她不好，可能是因为她不敢演，虽然我们觉得她其实想演。"

雅克看了她的照片后，决定去见她。我们陪他一起去，他提出要和小玛德单独待一会儿。与我们之前的艰难交流相反，他们居然面谈了一个半小时！这让我们感觉，仿佛是她不愿意把自己托付给我们……面谈结束后，雅克出来说了一句：

"就是她了！她就是我想要的人！"

与她搭档的男孩，我们选中了克洛德·埃贝尔。一个十八岁的年轻人，发现他，是通过勒内·阿利奥①的影片《我，比埃尔·李维……》，他出演了这部电影，又出演了一些戏剧。小玛德和他完全处不来，她觉得他有点傻，嘲笑他像教士一般刻板。确实，他内心有一种深沉的信仰，这也导致他日后放弃了影视事业，进了修道会。他后来在海地做了很长时间的

---

① 勒内·阿利奥（1924—1995），法国电影和戏剧导演，主要作品有《莫忘记》等。

神甫。拍摄期间,我负责照看小玛德。我们在维尔拍摄,然后每周把她带回圣洛附近的父母家里,我也很喜欢她父母。那时的我,已是助理导演,不再是实习生了。摄制组的人数被削减到最低。菲利普·鲁斯洛是摄影师,我那会儿已经开始称他为"灯光王子",日后他果然成了一位摄影大师。效率超高的米克·舍米纳尔兼任服装师、编剧以及助理的工作;菲利普·利埃夫尔负责事务管理,这是一位出色的男孩,我通过《一袋弹珠》与他相识,后来他成了一名制作总监,可惜的是,他最后自杀了。剧组工作人员很少,我们就住在一块儿,常常笑声一片。这是一次很棒的拍摄体验。我从中发现了另外一种做电影的方式。拍摄《一袋弹珠》时,大家感觉有些压抑,电影的氛围本身有些沉重,而且里面的角色众多……我在这期间还参与了克洛德·贝里的一些电影的拍摄工作,但他在这些电影中还是采用传统的拍摄手法。《小荡妇》呈现的是一些人们喜闻乐见的东西,让人感觉自然而轻松。工作时的雅克令人惊叹,看着他创作,我有这样的感觉:电影是一门手艺,一种艺术,一种真正表达个人情感的手段。我随后在莫里斯·皮亚拉身上也找到了同样的东西……雅克比皮亚拉更加温和,更加柔软,但他有同样的高要求,同样的激情,同样的真实。

我很是喜欢小玛德。她是我最美的发现,也是我最美的一次邂逅。电影拍摄结束后,每每我回诺曼底看望父母,都会尽可能地去看她。她在长大,变成了一个动人的少女。这部电影入选了1979年的戛纳电影节,雅克要求我把她带去戛纳。我从未去过戛纳电影节,她当然更没去过。我们坐了夜班车,一等舱软卧。对于当时的她和我来说,这简直是极尽奢侈了!凌晨,在戛纳的十字大道下车时,我们俩简直像两个诺曼底乡巴佬,突然来到里维埃拉[①]的海滩,或者说两个小孩,蓦然站到一棵圣诞树前!小玛德的表现无可挑剔,她做到了我们要求的一切,接受了众多的访问、拍照,走完了戛纳电影节的所有流程——发布会、拍照、红毯……数日的

[①] 地中海沿岸区域,包括意大利的波嫩泰、勒万特和法国的蓝岸地区。

戛纳疯狂后,我们即将启程返回时,她问我:

"你觉得我们还有时间吗? 我还从来没在海滩上走过……"

在这一刻,我突然意识到这个行业令人难以置信的自私。诚然,大家都围绕着她,给她化精致的妆容,给她租来礼服,但从未有人想过问她,她想要什么,她喜欢什么! 我带她来到海边,看着她光着脚丫在沙滩上奔跑,在海水里蹦跳……上火车前,一位男士向我们走来。他是伊夫·布瓦塞①的助手,他觉得她很出色,希望邀请她参与他的电影。小玛德直接回绝:

"不,我不想,我不想做这个!"

她不愿再拍电影,不愿成为演员。她拍摄这部电影是为了支付自己的学费。她的梦想是成为老师或医生。

大约三年后,参与拍摄《马丁·盖尔归来》期间,我想从头到尾完整体验电影中的故事,因此长时间不在巴黎。回到巴黎时,我发现小玛德的姐姐给我留了言。她姐姐比她大许多,在库唐塞②经营一家生意不错的酒吧。留言里说:

"多米尼克,我给您无数次留言,不知道为什么您都没回。请您一定回复我。小玛德病重。"

我立刻给她回电话,才得知小玛德患上了白血病,所剩时日不多。晴天霹雳! 我无法相信这是真的。确实,在那个年代,人们之间的沟通不像今天如此频繁,也没有手机,但我觉得她家人应能通过我父母更早获知我的地址和联系方式……一离开《马丁·盖尔归来》摄制组,我就赶去卡昂,看到那个小女孩被安置在一间特殊病房内,身上插满了管子,连着各种仪器。

"啊,多米尼克,你能来真是太好了。"

她说话很吃力,让我和她讲讲《马丁·盖尔归来》的拍摄情况,讲杰

---

① 伊夫·布瓦塞(1939—),法国电影导演兼编剧,主要作品有《冒险的代价》等。
② 法国芒什省市镇。

拉尔·德帕迪约①和纳塔莉·贝伊。走出病房时,我悲痛欲绝。护士向我讲述发生的一切时,我甚至抽泣着倒在地上。小玛德经常感觉疲惫,但并未引起周围人的警惕,他们还以为是长身体或青春期的原因……直到有一天,通过抽血检验,才发现她患上白血病,但已经太迟了。如果早些发现,应该还有可能治愈。女护士对我说:

"她所剩时日不多了。您知道吗,她经常在我们面前提起您,提起雅克·杜瓦隆,提起电影……"

回到巴黎后,我打电话给雅克。我们俩一起回去看她。当她真的和我们说永别时……那个时刻真是令人心碎。可叹的是,她才刚刚十五岁!三天后,1982年4月16日,她走了。我和雅克两人经常回想起这个时刻。当然,我们也一起去参加了她的葬礼。这是人生中第一次有人跟我说永别。

第二位和我说永别的,是米歇尔·贝纳。那是小玛德走后第十年。米歇尔曾是安德列·达西尼②的助理,我成为一名经纪人后,曾帮他筹集资金制作他的第一部电影——《巴黎的天空》,里面有桑德里娜·伯奈尔。他后来患上了艾滋病,当时他住在卡西尼街,紧挨着唐娅·洛佩尔③的房子。1991年夏天的一个晚上,我们在一起吃晚餐。他显得非常疲惫,我陪着他一起上了出租车,当车子来到他家门前时,他下车前久久凝视着我,然后声音虚弱地对我说:

"你知道吗,这是我们最后一次见面了。"

此情此景,我一直铭记。出租车走后,我站在人行道上,伤心欲绝。几天之后,米歇尔就离世了……

小玛德走后,我回家看望父母时,依然会时不时去看望她父母。生命如河,我们之间的见面次数也随着时间的流逝越来越少……但我还

---

① 杰拉尔·德帕迪约(1948—),法国电影演员,曾获恺撒奖最佳男演员、全球奖最佳男演员,因《大鼻子情圣》提名奥斯卡奖。
② 安德列·达西尼(1943—),法国新浪潮之后最重要的电影导演之一,主要作品包括《钟爱一生》《野恋》,《激情密约》获戛纳电影节最佳导演奖。
③ 唐娅·洛佩尔(1942—),法国演员,主要作品有《我们曾深爱过的男人》《杀戮》等。

是经常想起她。我之后依然和雅克待在一起,拍摄他的电影:《女儿的叛逆》《海盗夺金冠》《家庭生活》。筹备《女儿的叛逆》时,还是我把他介绍给简·柏金①。当时简的经纪人是奥尔加·奥尔斯蒂克,她根本不想听到雅克的名字,她说雅克就是个破坏狂,去拍他的电影,还不如去演安德烈·于内贝勒的电影!我曾给雅克推荐过一位女演员,后来她却成了雅克的女人,两人还生了个女儿,取名为卢。遇到简·柏金之后,雅克变了,可能是由于塞尔日·甘斯布的原因?在之前一段时间里,他像是个花花公子,让我感觉不是那么真实。不过之后,他又回到从前的状态,耕耘不怠,制作属于他独有风格的电影:讲究细节,感情强烈,品位独特,风格自由。他执导《一个女人的报复》时,我们再次共事,当时我是碧翠斯·黛尔的经纪人。在我的职业生涯中,在我至今的人生中,雅克一直起着极其重要的作用。我亏欠他良多。

2
谢谢你!克洛德·贝里

在我的职业生涯初期,另外一位至关重要的人,毫无疑问是克洛德·贝里。我与他相识于《一袋弹珠》。影片筹备阶段,在巴黎科利塞路的制片工作室里,我并不常见到他。其实他对这个项目很是上心,后期拍摄时,他也希望来剧组。他的妻儿与他一起来到海边的拍摄现场,他妻子安娜-玛丽是让-皮埃尔·拉桑的姐姐,儿子托马斯那时只有四岁。克洛德到达剧组那天的情景,我至今历历在目:他挺着大肚子,身上穿着漂亮

---

① 简·柏金(1946—),定居法国的英国女演员和歌手,法国性感猫王塞尔日·甘斯布(1928—1991)的前妻,柏金几首成名歌曲都由塞尔日·甘斯布创作。

的夏威夷花衬衫，却不足以遮住他的啤酒肚！相处几天后，他就叫我帮忙照顾托马斯。因此，作为实习生，我不仅要负责管理群众演员，还得负责照顾日后的托马斯·朗曼，是的，托马斯后来改用了父亲家族的姓氏。当时的托马斯是个小魔王，只有一件事能吸引他：电动弹珠游戏，我至今还记得当时他有多么痴迷这游戏：

"快给我钱去打弹珠游戏！"

我完全想不到，十几年之后，他居然成为一名光彩耀人的明星，那么专注于表演，我还成了他的经纪人；再往后，如他自己所愿，他又成了制片人。

在拍摄现场相处不久，克洛德就非常喜欢我。他觉得我有趣，尤其是因为我对玛尔琳·若贝尔的钟爱。他在遇上安娜-玛丽·拉桑之前，曾和玛尔琳有过一段轰轰烈烈的恋情。这也让我们更有理由走近彼此！克洛德周围的人都相当出色。安娜-玛丽是一位杰出的女性，明艳动人，热情洋溢。当时的她，身上完全看不到任何躁郁的迹象，但在二十多年后，她却陷入几近疯狂的境地。我也非常喜欢克洛德忠实的合作伙伴皮埃尔·格兰斯坦。庆幸的是，他至今依然健在，已达七十八岁高龄的他，脚步依然轻盈，眼睛依旧明亮。他好开玩笑，生性豁达，激情洋溢，眼神敏锐，嘴角老是挂着坏笑。他就像是我的守护神。他在我身上感受到我对这份工作的热爱。我们俩在一起时，总是讨论戏剧，一个比一个激动。当然，也……谈论玛尔琳·若贝尔，他很了解她。不过，玛尔琳对他不太厚道。皮埃尔第一次——也是唯一一次！——准备亲自拍摄一部吸血鬼题材的电影《温柔的德拉库拉》时，玛尔琳居然在最后时刻放他鸽子，最后他只好找缪缪临时上阵顶替她。那部电影并不成功。皮埃尔是一个很优秀的制片人，但他是否也是个好导演呢？他并不记恨玛尔琳的行为，还对我说：

"我会把玛尔琳介绍给你认识的，你看着，我会把她介绍给你……"

对于我在拍摄《一袋弹珠》时的表现，皮埃尔非常满意，以至于他把

第二章 选角的那些年

我最后两周的薪水涨了一倍。火箭般的涨幅!

拍摄结束后,他问我以后的打算。我答不上来,我只是想继续工作,做和现在一样的事情,我觉得这样我就很快乐。皮埃尔对我说:

"不管怎么样,你随时准备好。六个月后,我们会再联系你,届时,我们会拍摄弗朗西斯·韦贝尔的第一部电影《危险玩具》。片中的主角会是一个小孩,里面还有皮埃尔·里夏尔。你得找到这个小孩的扮演者。"

皮埃尔信守承诺。他后来果然打电话给我,并介绍我认识了弗朗西斯·韦贝尔。他甚至提前给我安排工作,让我去找女导演奈丽·卡普兰[①]。后者曾拍过伯纳蒂特·拉主演的《海盗的未婚妻》,找她的目的是为电影《爱的赞礼》挑选演员。我觉得她一点儿也不热情!我的感觉是,她和自己的丈夫——制片人克洛德·马科夫斯基,还有导演让·沙波,形成了一个三人组。他们不仅不愿支付我薪水,我找他们要钱时,他们也显得不友善。我记得我那会儿很喜欢达尼埃尔·奥特伊,他还是个新人,出演了雅克·朗兹曼的音乐喜剧《查理·布朗》。该剧改编自《花生漫画》[②],在蒙帕纳斯喜剧院演出,他在里面出演……史努比!剧中的他又唱又跳,也有感情戏,表现得极其出色。我建议奈丽·卡普兰一定要去见见他,但她这样回答我:

"我绝不见他,达尼埃尔·奥特伊不会成功的!他那么丑,没有哪个女演员愿意搂他!"

听到这样的话,我惊得够呛。庆幸的是,后续之事证实她完全判断错误。她和演员们相处时面目可憎,甚至语出伤人。某日,我实在是受不了她的态度,打电话给皮埃尔·格兰斯坦:

"也许是我和您一起工作时被宠坏了,可是和这个奈丽一起工作,我实在无能为力!"

[①] 奈丽·卡普兰(1931—),阿根廷女编剧、演员、导演,主要作品有《海盗的未婚妻》《爱的愉悦》等。
[②] 简称《花生》,一部长篇连载的美国漫画,作者为查尔斯·舒尔茨。在近50年内,总刊登册数约为1.7万,并被翻译成21种语言。

于是，在影片紧锣密鼓的筹备阶段，我摔门而出。但接下来的问题是，我得有份工作。

皮埃尔·格兰斯坦曾提醒我：

"弗朗西斯·韦贝尔不易相处，但是他有一位技术助理，名字叫马尔科·比科，非常热情。"

弗朗西斯确实有点清高，但整体而言还算讨人喜欢。马尔科确实是个优秀的导演，他当时刚刚和皮埃尔·里夏尔拍摄了《牙齿里的一朵云》。这里的工作氛围和工作方式，与我熟悉的杜瓦隆的工作风格完全两样。皮埃尔·里夏尔当时已是大明星，这导致了周围人态度的改变。而且，我觉得弗朗西斯和他之间存在着某些难以言喻的微妙关系……刚在一起不久，弗朗西斯就提醒我：

"你要注意，我要找的小孩可不是《一袋弹珠》里面的那类小孩。"

我当然知道，我已经读了剧本！为《一袋弹珠》选角时，事情并不是很复杂，一是因为这本书里的故事早为大众所熟知，我们当时还获得了教育机构的许可，可以去参观一些犹太学校。对于《危险玩具》，一切都纷繁复杂得多。由于没有获得国家教育机关的许可，我只能把挑选的范围集中于一些私立学校。这也比较符合剧中人物的设定，因为我们要找的是一个富家子弟，他得到父亲的一名员工作为玩具！我找到学校负责宗教事务的管理人，提出希望见见他们的学生。也正是通过这个机会，我得以认识迪·法尔科神甫，他和学生家长的关系密切，这给了我们许多帮助。在塞维涅私立初中，我注意到了一个初一学生法布里斯·格雷科。在当时看来，我觉得他是这个角色的完美人选。弗朗西斯、马尔科和我一起面试了他，弗朗西斯随即选中了他。但之后，他又换人了。他一直踌躇不决。这是他的第一部电影，他总是担心出错。

正在这时，克洛德·贝里向我伸出了橄榄枝，他想自己执导一部电影——《初次》，请我去负责选角工作。我把弗朗西斯·韦贝尔放到一边。不久后他又打电话给我，提出想要再见见法布里斯·格雷科，最终，他还是选择了后者。此后负责为弗朗西斯挑选演员的,一直是弗朗索瓦丝·梅尼德雷,她那些年刚刚开始介入选角工作,早期是为广告片挑选演员,后来步入影视圈。她与斯普兰迪咖啡馆①的一些老人以及其他众多的戏剧社团有过合作。也是她推荐了苏菲·玛索,出演了克洛德·皮诺托的《初吻》。

当时的克洛德·贝里拍摄了大量自传类电影:《爸爸的电影》《情趣商店》《世纪雄性》……他还没执导那些铸就他辉煌事业的大制作影片,例如《告别往昔》,也还不是波兰斯基②《苔丝》的制片人,这部影片一下子显示了他具备大制片人的能力。但是,在二十世纪七十年代的法国电影界,他已是一位特立独行的人物。他与众不同,既神秘又大胆,既多情又易怒,既小心谨慎又雄心勃勃,既自私自利又慷慨阔绰……现在,我得和这样一个人共事。相处不久,我们的关系就亲密起来。从某种角度而言,《初次》可算是影片《老人与小孩》的续篇。片中的人物小克洛德,已经长大,十七岁了,不愿意……继续当处男!自然而然地,贝里再次去找了《老人与小孩》中的年轻演员阿兰·科昂,可阿兰·科昂的父母不想让儿子再拍电影。贝里让我去找阿兰·科昂在影片中的伙伴,希望找一些年轻的男运动员。于是我搜寻的区域不再是犹太学校或者私立学校,而是各个体育馆、训练场和田径俱乐部。我们当时不缺资金,因此把所有的年轻男演员都找来看了个遍。正是通过这个机会,我首次见到了朗贝尔·维尔森③。他当时染了一头金发,毕业于英国的一所戏剧学校,顶着父亲乔治·维尔森(影视明星以及国家人民大剧院的大导演)的光环。可惜,我亲眼看见他落选!和贝里天天在一起做事并不容易,因为他的想法总是在变。但得感谢他,我有机会经历了一次非凡的电影之旅。

---

① 成立于1974年的一家戏剧社团,汇聚了二十世纪七十年代的一些法国演员和作家。
② 罗曼·波兰斯基(1933—),法国导演、编剧、制片人,2003年凭借《钢琴家》获得第75届奥斯卡金像奖最佳导演奖。
③ 朗贝尔·维尔森(1958—),法国著名演员,五次被提名法国电影恺撒奖等。

由于不久前上映的《去约英伦女孩吧》取得了票房上的巨大成功，贝里希望找一些有点异域风情的女孩。他对我说：

"你到魁北克去，要待多久就待多久，三个星期、一个月或者两个月都行，一定得找到我想要的两个女孩。"

那是我第一次乘坐飞机。商务舱！当时的我，岗位是实习生或是第二助理导演，具体我已忘了，居然乘坐商务舱出行！这一切，都是克洛德的安排！更夸张的是，走出蒙特利尔机场时，等候我的是一辆加长豪华轿车。我的导游是个一头长发的漂亮小伙，名叫迪迪埃·法雷，这是个很有趣的家伙，我很快就获悉了他和诸多女演员之间的情感纠葛。当时他和阿兰·瓦尼耶一起，负责克洛德影片的海外营销工作，还管理着当地的一家法国电影推广公司。那个时期的魁北克，法国电影还是非常有市场的。我们俩很快成了好朋友，直至今天，这种关系依然如故。他每年都会来法国参加安古兰①电影节。在加拿大期间，他带着我到处跑，一路畅通无阻，几乎跑遍了所有能去的地方。他领着我在月光下的蒙特利尔闲逛，到圣洛朗大道的特色酒吧观看脱衣舞和一丝不挂的女郎，有时也有一丝不挂的男孩……我手足无措，像个小丑！为了便于选角工作的开展，迪迪埃决定给我安排一间办公室，就在新世界剧院内，那里当时是戏剧界的一面旗帜，日后也一直是！剧院老板是其创始人之一，让-路易·鲁先生，一位非常高贵的男士，看到他会让人想起洛朗斯·奥利维耶②。他的妻子是法国人，他们组成了一个四人工作组，给我推荐时下的年轻女演员，我都见了，她们中很多人日后也都成了轰动一方的明星。

现在，我们在挑选角色时，会先拍摄视频或短片。之前，我去面试演员时，都是让他们表演一段，其间我会参与表演，用拍立得拍下一些照片，以便后期挑选演员。随后，我会把自己挑选出来的演员照片给杜瓦

---

① 法国西南部城市。
② 洛朗斯·奥利维耶（1907—1989），男爵，英国电影演员、导演和制片人，三次获得金球奖以及英国电影和电视艺术学院奖，两次获得奥斯卡荣誉奖，五次获得艾美奖。

第二章 选角的那些年

1976年夏，初入电影圈。

隆、韦贝尔或者贝里看。导演会选择一些演员，亲自面试，看他们试戏。有了视频后，我们就可以省去一个步骤。在蒙特利尔时，我开始拍摄短片。不过，拍摄出来的还不是盒式录像带。由于克洛德之前和我说过"没找到你就别回来"，我在蒙特利尔待了三个星期，最后才带着拍好的短片回来。贝里从中选择了玛丽斯·雷蒙和另一位美得令人心颤的女孩——达妮埃勒·施耐德。

《初次》的拍摄是在1976年夏天，拍摄地点先是在巴黎，之后转到阿尔卑斯群山环绕之中的艾格布莱特湖。我非常喜欢克洛德·贝里，甚至喜欢他的急性子。他总是希望一切都可以快速就位，经常骤然间勃然大怒，大声叱喝，随后怒火又瞬间消失，脸上出现了孩子般的微笑！我记得我们曾在一家小旅馆内拍摄，我觉得那里的老板年纪很大，其实他的年龄可能还没我现在大！不过那时的我才刚刚二十二岁。那个老板在走廊里抓住我，对我说：

"我要睡你,你让我欲火难耐……"

我觉得自己在这方面向来保守!这事伤害了我!到目前为止,我只是和让-卢克·布泰以及迪特·斯奇多有过美好的感情。我从未流连于那些招蜂引蝶之处或者酒吧、电影院、公园等场所,当时的我,依然单纯而无邪,全身心地投入自己的工作。

《初次》之后,自然而然地,我又接手了克洛德的下一部电影《情迷假期》。里面讲述两个好朋友的爱情故事,其中一个由让-皮埃尔·马里耶勒饰演,他爱上自己的好朋友——维克多·拉努饰演的角色——的女儿。扮演拉努女儿的演员阿涅丝·索拉尔,是我推荐给克洛德的。她当时十七岁,演过一些戏剧,《情迷假期》是她的第一部电影。她真正开始被大众熟知,是在六年后出演的《告别往昔》,她因此同时提名了两项恺撒奖:最佳新人女演员奖和最佳配角奖。演马里耶勒女儿(比片中他好友的女儿要年长些!)的演员克里斯蒂娜·德茹,是我在罗曼·布泰耶①的车站咖啡馆剧院内挖掘的,她当时已经出演过一些电影,包括索塔的《方戈河畔》以及吉拉尔·皮雷的《大开眼界》。

这部电影的拍摄地,在盛夏的圣特罗佩②镇,很有……圣特罗佩的氛围!借此机会,我得以来到这座充满异域风情的小镇,仿佛置身于另一时空,可能"海边、性和阳光"③的口号就诞生在这里吧……这是一个我未曾了解的世界:花钱似流水,酒池肉林,漂亮精致的女孩出现在晴朗的日子里,人们不知她们来自何处,夜夜笙歌燕舞。我们下榻于当地的一些豪华酒店内。这里的氛围,就是无忧无虑,尽情娱乐。我和克洛德的妹妹阿莱特·朗曼成了密友,她负责电影的脚本,同时兼剪辑师和编剧。她当时离开了以前的伴侣莫里斯·皮亚拉,克洛德以为我会爱上他妹妹,然后娶她为妻!我还常和安娜-玛丽·拉桑待在一块儿,她把时间都花在组织晚宴

---

① 罗曼·布泰耶(1937—),法国剧作家。车站咖啡馆是他和其他一些作家、演员于1969年共同成立的一家戏剧社。
② 法国普罗旺斯-阿尔卑斯-蓝色海岸大区瓦尔省市镇。
③ 《海边、性和阳光》,塞尔日·甘斯布第一首取得巨大商业成功的独唱歌曲。

第二章 选角的那些年

上,还拉着我到处跑。她很喜欢我,"你很聪明。"这是她常对我重复的一句话。实际上,我在剧组的工作并不多,我是导演助理,负责管理群演。克洛德只想要长相漂亮的演员,于是我就跑去夜店酒吧,找那些他想拍的年轻人。这样的工作不算糟吧!

身处圣特罗佩,我只有一个愿望:遇上碧姬·芭铎。克洛德这样对我说:

"你纯属浪费时间,她已不在乎电影,也不想再演电影了。"

安娜-玛丽承诺会把我介绍给她。某日早上,我骑着我的小摩托去购物,居然……碰上了芭铎!我喜出望外,都呆住了,木头桩子似的站在她前面,两眼圆睁。她有着依旧年轻的身材,只是脸庞被晒得太黑,已经略显老态了。

"您好,现在见到我啦。"

说完,她就走了,就像那些早起出门购物的圣特罗佩女人一样,仿佛我并不存在。失败的邂逅!不过,我还记得自己邂逅玛丽亚·施耐德①时,曾一度被她的风情所折服。她来剧组探班安娜-玛丽,由于出演《巴黎最后的探戈》,那时的她风光无限。大概一年还是两年后,还是多亏了克洛德·贝里,我邂逅了珍·茜宝②,在他博容街家中的一次圣诞晚宴上,当时陪在她身边的是她的第三任丈夫丹尼斯·贝里。看到她,我感觉她似乎曾受过伤害甚至摧残。她说话有些不连贯,这让我颇感震惊。对于那些曾经辉煌却又不知避免引火烧身的人,我一向感触很深。围绕着这个行业,仿佛不仅有传奇与浪漫,还有最为阴暗、最为痛苦和最为悲惨的东西。

也正是在这个时期,克洛德邀请我和他一起拍摄《如此人生》,影片改编自埃米尔·阿雅尔的同名小说。我们后来都知道,阿雅尔就是罗

---

① 玛丽亚·施耐德(1952—2011),法国女影星,因与马龙·白兰度出演《巴黎最后的探戈》一举成名。
② 珍·茜宝(1938—1979),美国女演员,曾在好莱坞和欧洲多部电影中担任主演,包括《圣女贞德》《断了气》《国际机场》等。

曼·加里①的笔名。雷蒙·达农购买了该书的版权,并提议找克洛德将它拍成电影。克洛德和他的一位朋友,来自以色列的编导莫谢·米兹腊希一起改编剧本。关于影片中的老妓女罗莎太太,他想找爱尔薇儿·珀派斯科来演。他邀请她和三个小男孩试戏,拍了一些短片,希望从中找到饰演小毛毛的最佳人选,却突然觉得珀派斯科非常糟糕,但又不敢对她说。他宁愿抽身而出,便建议雷蒙·达农去找莫谢·米兹腊希做影片的导演。米兹腊希说服了西蒙娜·西涅莱来出演罗莎太太,而我得开始寻找一个小男孩饰演毛毛。因为要找小演员,自然我就来了!但我现在要找的,不再是一个犹太小孩,而是一个阿拉伯小孩。米兹腊希待人非常亲切,精力充沛。我和他之间的交流很多,从中学到很多东西,尤其是有关以色列的历史和他本人的经历。我们俩一起去跑学校。唯一的难处,就是达农的制片主任拉尔夫·鲍姆不愿支付我薪水。面对这类的诉求,她常常挂在嘴边的借口是"要热爱电影事业"。

　　参与这部影片,让我有机会认识了西蒙娜·西涅莱。在她家里,或者说在她的"篷车"里——当时人们就是这样称呼太子广场②的那些小公寓的——我们有一天还与伊夫·蒙当③擦肩而过。虽然西蒙娜·西涅莱平易近人,但她留给我印象之深,相比之前遇到的让·迦本④,不遑多让。她的盛名,无须我多加赘述。她就是一个传奇,单单《金盔》这部影片的成就,就足以打动我们所有人。她那会儿只有五十六七岁。怎样的纠葛,怎样的伤害,还有怎样的牺牲,才造就了她如今浮肿的脸庞和饱受摧残的躯壳呢?不过,至少她的眼睛,还有她的声音依旧……我们把筛选出来的小男孩带到她面前。在试戏期间,她与小演员之间建立的友谊令我欣

---

① 罗曼·加里(1914—1980),法国小说家,曾获龚古尔奖。
② 位于法国首都巴黎一区西堤岛西端的一个广场,建于1607年至1610年。
③ 伊夫·蒙当(1921—1991),生于意大利的法国演员和歌手,曾演出电影《恐惧的代价》《大风暴》《甘泉玛侬》等。
④ 让·迦本(1904—1976),法国著名演员,两次获威尼斯电影节最佳男演员奖和柏林电影节最佳男演员奖,主要作品有《底层》《天涯海角》《雾码头》等。

喜。她竭尽所能，让小男孩们迅速放松下来。她应该前后见了有十几位小演员。当她发现那个令她惊叹的男孩时，眼中发出的光让我记忆犹新。男孩名叫山姆·本·尤布，我们是在哪个学校找到他的我已经不记得了。他在影片中的表现精彩绝伦。凭借《如此人生》，米兹腊希获得一项恺撒奖，之后又获得奥斯卡金像奖最佳外语片奖。至于山姆，电影结束之后他就消失了。我不知道他后来怎样了。数年之后，一些记者曾试图重新找到他，但徒劳一场。

克洛德·贝里一旦喜欢上某个人，就会为他大开绿灯。对我就是如此。几乎在一夜之间，他就对我说：

"你就来雷纳制片公司①，找个办公室把自己安置下来。"

待在他那儿，我提前收到几乎相当于一年的薪水。而这一切，仅仅是因为他觉得，每天早上能看到我是件愉快的事！在我的事业初期，冥冥之中能遇上像杜瓦隆和贝里这样的人，我觉得自己备受命运之神的眷顾。

那些年里，对我多加照顾之人，还有克洛德·索泰和皮埃尔·格拉涅尔-德弗利。能结识他们俩，我还得再次感谢克洛德·贝里。因为是他推荐甚至是强行让我参与了一个项目。当时他正在制作《普通的故事》，这是罗密·施耐德和《塞萨和罗萨丽》的导演的再度合作；同时他还要制作根据雅克·洛朗②同名小说改编的影片《女布尔乔亚》。雅克·洛朗于1971年曾凭借《蠢事》获得龚古尔奖，《女布尔乔亚》作者署名塞西尔·圣-洛朗，是他"轻骑兵"派时期的笔名，他还用这个笔名创作了《亲爱的卡罗琳》。格拉涅尔-德弗利把改编工作托付给他的一位老朋友，才华出众的帕斯卡尔·雅尔丹。和索泰以及格拉涅尔-德弗利在一起，我学到另一种工作方式，更加严谨，更加理智，更加挑剔，也更加规范。和克洛德·贝里在一起，更多的是兴致突至或者曲终人散，他会在某日突然因为某人

---

① 克洛德·贝里成立的电影制片公司，2002年该公司与百代电影公司合并。
② 雅克·洛朗（1919—2000），法国作家，"轻骑兵"派的理论家，法兰西学术院院士。

而激动万分,第二天却可能就失去兴趣。和雅克·杜瓦隆在一起,我们更多关注两性之间的互相吸引,影片的故事情节基本是围绕邂逅展开。至于索泰和格拉涅尔-德弗利,他们对自己片中的人物有着极其精确的想法,知道自己想要什么,对演员了如指掌。我很享受和他们共事,他们也使我更加自信。

与索泰的见面,令我印象深刻。他眼神敏锐、易怒、话只说一半。我早就听说他发火时会满脸通红,疯疯癫癫。可是,每天和他共事,或者不如说是每晚,却是一种幸运。白天,他其实都和第一助理雅克·桑蒂在一起,去寻找拍摄地或者布置背景。雅克·桑蒂性感迷人,人也非常好,他曾在影片《空中杀阵》中出演唐吉一角,不过当时他已经不再演戏了。每天晚上六点,索泰会见一些演员。他态度亲切、殷勤,判断准确。他已经选好了主演,又花了很多心思找其他演员做配角。他希望自己的演员就像一个乐队,通过他的指挥,演绎出他心中的音乐。而杜瓦隆则不同,他喜欢等着被某位男演员或者某位女演员的旋律吸引。和索泰在一起,像是在玩这样的游戏:"你很接近了,我们就差一点儿!""不,这会儿,你还差得远呢……"这也很吸引人。

最初,我的任务是找电影中的小演员,和以前一样!我向他推荐了尼古拉·桑佩,一位画家的儿子。不久后,他希望我帮他找其他一些演员。我推荐了皮埃尔·阿尔迪蒂[①],一位戏剧演员,天赋非凡。对于片中罗密爱人的人选,我每天都在跟索泰唠叨:

"阿尔迪蒂,阿尔迪蒂,阿尔迪蒂……"

我说服他去剧院观看他的演出,当天上演的是瓦茨拉夫·哈维尔[②]的两部短剧,《审讯》和《上漆》。但最终他还是选择了让-弗朗索瓦·加罗,也是我推荐的,我们去年在影片《维奥莱特·诺齐埃尔》中发现了他。

[①] 皮埃尔·阿尔迪蒂(1944—),法国男演员,因演出《几度春风几度霜》和《吸烟/不吸烟》分别获得恺撒奖最佳男配角奖和男主角奖。
[②] 瓦茨拉夫·哈维尔(1936—2011),捷克作家、剧作家,天鹅绒革命的思想家之一,曾任捷克共和国总统,主要作品有《存在的意义和道德的政治》《政治与良心》等。

我还建议他找马德莱娜·鲁滨孙来饰演罗密的母亲,他听后很兴奋:

"这个主意好,赶紧去办!"

我认识马德莱娜,是通过她的经纪人佩佩·沃谢-克雷潘。佩佩是克洛德·沙布罗尔的女友,我一直想结识她,她还是我青年时期的偶像达尼·卡雷尔的经纪人!在她的艺人名单上,那些明星的名字被写得又大又粗,其他演员则写得又细又小。有一次,我被索泰大骂了一顿,至今记忆犹新。当时具体是为了哪个角色,我已记不清了,应该是后来埃娃·达朗或者苏菲·杜米埃出演的角色。我只记得我当时一直向他"兜售"弗洛朗斯·焦尔杰蒂,我看过她出演的《编织的女孩》,搭档伊莎贝尔·于佩尔,演技很是出色。那天,我把挑好的男女演员的照片分类放在文件夹内。他晚上前来取走文件夹时,我注意到他脸色如常。也许他取走照片,是为了给他的妻子格拉齐耶娜看?她的意见对他很重要。一天早上,他来到办公室,说:

"我们不选弗洛朗斯·焦尔杰蒂。"

"这怎么可能,我们都和她说了,我们会要她……"

"不行,我们不能要她,而且……罗密不同意。"

原来,他拿走照片是为了给罗密看!我当时为了打趣,同时也为了表示一下自己的懊恼,就这样回答说:

"那好吧,既然是罗密负责挑选演员……"

他瞬间满脸通红,一下把装照片的文件袋摔到我脸上,然后对我吼道:

"出去!"

我狼狈不堪,跑去找皮埃尔·格兰斯坦。

"索泰把我给开除了。"

"不会的,他只是一时怒起。"

第二天晚上,我见到他时难免尴尬,他倒是笑容满面:

"我的小朋友,你下次可别再开这样的玩笑了!"

《普通的故事》是和德国公司联合摄制的，因此我们得在巴黎找一些会说法语的德国演员，其中还得有一个德国女演员。索泰不想要金发美女。他想要一头褐色的头发，另外，她还得会演戏，毕竟她在里面有七八句台词。这并不简单。雅克·桑蒂建议我去找贝阿尔兄弟，他们熟悉三教九流，无所不识，曾做过费南代尔和路易·德·菲内斯的经纪人，但名声不是很好，行事风格介于狡猾的中介和秘密宗教团体之间。他们的惯常做法，是跑到各个制片公司和经纪公司，跟他们说所有演员都是他们公司名下的，然后又打电话给演员，从中赚取佣金！而且，只有一半的可能，他们会支付现金给演员。于是我去找了若泽·贝阿尔。

　　"老板，我会帮你搞定这事的。"

　　他称呼所有人为"老板"。某天晚上，他给我带来了一个非常俏丽的褐发美人。索泰看到她，小心问道：

　　"小姐，您之前是做什么的……"

　　其实在他心中，已经有一个更大的声音在喊：

　　"是她，她很好，褐色的头发，她就是我要的。"

　　她的法语略微有点口音：

　　"我是一名空姐。有个男的截住我，说他在找一个女演员，但我从没演过戏。"

　　听完，众人都笑坏了。女孩走后，索泰问我：

　　"谁让你去找贝阿尔的？他那儿根本没有什么女演员，都是些群众演员而已！你这么年轻，怎么会认识这些骗子的？"

　　桑蒂接口说，是他让我去找的。索泰随后开始跟我们讲述他们的一些故事和他早期的一些经历。那个时候，导演助理聘用年轻女演员后，甚至有权要求她们献出自己的初夜。《普通的故事》拍摄期间，我还结识了阿兰·萨尔德[①]，他和索泰是这部电影的联合制片人。萨尔德当时已经

[①] 阿兰·萨尔德（1952—　　），法国电影制片人，主要作品有《小孤星》《生命是个奇迹》等。

制作了四五部电影，包括罗曼·波兰斯基的《怪房客》、安德列·泰西内的《巴洛克》以及塔韦尼耶的《宠坏的孩子》。此后，我和他又合作了多部电影，导演有格拉涅尔-德弗利、雅克·杜瓦隆、让-吕克·戈达尔、罗班·戴维斯等。他的制片公司位于利多巷，我在那里甚至还有一间办公室。我称他是"夜晚的访客"。当时他还年轻，大概二十五六岁，比我年长两三岁，不过从外表上看，很难判断他的年龄。他风度翩翩，经常穿一双鹿皮便鞋，而且总是相同的款式。快到下班时，他就来我的办公室，看那些归类整理在文件袋内的女演员照片。文件袋有各种颜色，但出于迷信，我从来不用绿色！因为在戏剧界，人们说绿色会招来霉运。即使后来在雅美达工作时，我也要求不用绿色的文件袋。索泰经常这样半开玩笑半认真地对萨尔德说：

"嘿，朋友，你不会是来偷我们的照片的吧！"

他们经常一待就是数小时，一直在讨论工作。

因为电影《女布尔乔亚》，我的工作有了改变。影片讲述巴黎一个年轻女记者，嫁给了一个年长的银行家，丈夫希望自己的妻子更加开放，可以有情人，可以和她最好的闺蜜做爱，之后把这些故事讲给他听……这次，我得找一些俏佳人，总算不用再找小孩了！格拉涅尔-德弗利曾看过贾斯特·杰克金[①]执导的《克洛德夫人》，主演是弗朗索瓦丝·法比安和戴勒·阿东，这令他有股冲动，想自己拍摄一部爱情片，以往他总是改编西姆农[②]的侦探作品，他希望改变！能引起他性幻想的，是那种高跟的高帮皮靴，就像《女仆日记》中让娜·马索穿的那种。我很快就被格拉涅尔-德弗利迷住了。他优雅大方，温和内敛。他就是个贵族。假如说克洛德·索泰有今天的地位是实至名归，那么格拉涅尔-德弗利今天的地位可以说是被严重低估了。准确来说，他属于偏古典做派的导演，但是他讲述

[①] 贾斯特·杰克金（1940— ），法国导演，因拍摄《艾曼妞》一片而享誉世界，随后的《O娘的故事》和《查泰莱夫人的情人》使他成为将禁书改编为电影的第一人。

[②] 乔治·西姆农（1903—1989），比利时法语作家，一生中创作了多部推理著作，代表作有《麦格雷探长》系列作品、《十三个谜》、《十三个罪犯》等。

故事的能力很强，而且情节非常细腻。他还是一个极其出色的管理者。大家对他的作品应该不陌生，我在此稍稍列举几部：《猫》《寡妇库德尔》《列车》《名门望族》《奇妙事件》……他完全有资格举办一场个人电影回顾展。当他给我一个剧本时，我很喜欢和他坐下一起讨论选角。他经常去剧院，喜欢演员，总是期待能结识新演员。格拉涅尔-德弗利和索泰一样，善待演员，愿意倾听他们的想法。我有时甚至感觉，他会让演员们心旌荡漾，虽然他本人尚不自觉，但他确实非常迷人。他不会找演员来试戏，而是喜欢亲自去看他们表演，或者相信我的判断。

于是，在林肯路的克洛德·贝里的公司里，我找来了巴黎时下最美的女孩子们。她们中有超级模特，也有普通的时装模特。这还不够，我又跑去意大利找更加性感的女孩。当然也有一些女演员，比如萨比娜·阿泽玛和芬妮·阿尔当，她们此前主要是参演戏剧，然而……格拉涅尔-德弗利觉得她们并不惊艳。我记得新人时期的芬妮·阿尔当，因为某事不顺，曾在我的办公室里伤心落泪。奇怪的是，当时的她既不令人心驰神往，也不令人感觉神秘，仿佛那个时候的她只是"初经雕琢"，后来才突然间绽放了。

来我办公室的漂亮女孩络绎不绝，而且都是真正的"尤物"，以至于贝里每天越来越严肃地在我耳边说：

"别再做选角了，去开一家模特经纪公司吧，我给你出资，你能赚更多的钱！"

我每次都这样回他：

"克洛德，我不愿意！"

奇怪的是，几个月之后，他换了一个策略：

"啊，你还是不想和我说说开模特经纪公司的事！"

这个讨人厌的家伙！

在寻找巴黎最美的女孩期间，我与一个拍摄裸照的摄影师打过交道，他是一个生活有些不羁又有些肮脏的家伙，为《空中别墅》和《新面孔》之类的成人杂志工作。我非常不喜欢他，在我看来，他不像个摄影师，更像个猎艳者。是贝里建议我去找他的，可能他们之间有些暧昧。我和皮埃尔·格兰斯坦说了这事，他对此不太高兴。格拉涅尔-德弗利则对我嚷道：

"我要的是模特，不是婊子！"

筹备罗曼·波兰斯基的《海盗夺金冠》时，我和这个家伙再次碰面，这让我更加讨厌他。1998年曝出国际高端卖淫网络事件时，我脑海中再次浮现这个名叫布尔乔亚的摄影师。此次事件牵扯到许多名人，例如阿兰·萨尔德。罗伯特·德尼罗[①]甚至因此在巴黎被审讯了一夜，对影片《人民》造成了巨大损失。1999年，布尔乔亚被指控组织卖淫，并同时被四十多个年轻女性控诉性暴力，被判五年监禁。之后，2012年，因为同样的原因，他再次接受调查。那时候的我还糊里糊涂，完全无法想象作为选角导演居然会如此危险！这部电影的演员挑选工作持续了六个月，但最终流产了，具体原因我也不清楚。庆幸的是，不久之后，我又有机会和皮埃尔·格拉涅尔-德弗利重逢，还有克洛德·索泰。

每当我回想起那些年发生的事，我总感觉这一切都顺乎自然。我来自多维尔，认识克洛德·勒卢什的母亲和妹妹，她们也愿意牵线搭桥，正常情况下，我可能会一直跟着他，但我后来却为克洛德·贝里工作。在两个克洛德之间，命运帮我做出了选择，其间我并未经历什么真正的苦楚。当然，在那个年代，实现自己的梦想会比今天更容易一些，所以，一个终日幻想着进入影视圈的乡下人，最终也能梦想成真。

---

① 罗伯特·德尼罗（1943— ），美国演员、导演、制片人，曾获得奥斯卡最佳男主角奖，主要影片有《教父2》《愤怒的公牛》《盗火线》等。

3
梦想成真，玛尔琳

能结识我少年时期的偶像玛尔琳·若贝尔，还得感谢克洛德·贝里。其实，我们的相识并不是直接通过他，当中还转了几层关系。《情迷假期》拍摄期间，场记员克洛迪娜·戈贝尔老听到我向克洛德和皮埃尔·格兰斯坦打听玛尔琳的事，于是对我说，她母亲就是玛尔琳的闺蜜。被我的热情和痴迷打动，她向自己母亲说了这事，她母亲随之又转达给了玛尔琳。数月之后，临近1978年春天，母女俩对我说，由于她们老是在玛尔琳面前说起我，玛尔琳本人也对自己的演艺生涯有诸多疑问，因此想见见我。她那会儿刚刚在德国拍完阿希姆·库尔茨导演的《格朗迪松》，搭档让·罗什福尔为了赶戏还留在拍摄地。玛尔琳说目前没有什么特别令她兴奋的项目，所以提议我去她在皮维-德沙瓦纳街的家里会面。按下门铃的那一刻，少年时期的那些梦和幻觉突然浮现眼前，将我淹没。我的心不禁怦怦直跳，仿佛回到当年的乌尔加特。她非常友善，脸上挂着美丽的微笑，眼角也因此皱了起来。进屋后，她坐在一张栗色的沙发上，屋外的光线透过大玻璃窗，落在她的身上，看起来明艳得不可方物。她一上来就问我：

"您愿意做我的经纪人吗？我需要一个人来照顾我，帮我读……"

我恍若梦中。毕竟，问我话的可是我的偶像！我当时还不到二十四岁。在那个阶段，我还从未想过自己要做一名经纪人。玛尔琳当时的经纪人是米谢勒·梅里兹女士，那是一位老演员，演过几部电影，其中包括《漂亮的塞尔吉》《堂兄弟》《冒一切风险的阶级》和《纽扣战争》，后来和塞尔吉·卢梭以及热拉尔·勒博维西一起创立了雅美达公司。克洛德·贝里之前曾对我说,是他在二十世纪六十年代初期建议他这三位朋友(两位是他在勒内-西蒙戏剧艺术学院时认识的)一起创建一家艺术经纪公司的。米谢勒·梅里兹名下的演员还有菲利普·努瓦雷、让·罗什福尔等人,但最大牌的女明星,当然就是玛尔琳了。

"玛尔琳,但我不是经纪人,我是助理导演。我没法扔下手头的事情,不过,我乐意随时帮助您……"

"我可以支付您薪水,您帮我读剧本,帮我介绍一些人,怎么样?"

"那先看看吧。"

从此,我们就再未分开。

之后,我每天都与她通电话,给她加油打气,也借此了解了一位女演员的日常生活。知道了她的担心、疑惑、恐惧以及受过的伤害。例如,她向我透露了一件刚刚发生在她身上的奇事,这事还与克洛德·贝里有关。贝里之前打电话给她,商谈他制作的一部电影《征服》,马可·贝罗奇奥①担当导演。她去见了导演,一切看起来似乎都很顺利,直到有一天,她看到媒体报道,才获悉缪缪②将出演这个角色。贝里甚至都没提前知会她!直到今天,我可以这样说一句,我日后会走上当经纪人的道路,某种意义上正是由于玛尔琳的引导。我请她跟我分享一些电影和生活中的故事。她对我说,她和贝里热恋时,贝里还在剧院里表演《小狐狸们》,而她已经和伊夫·蒙当搭档出演了《千人小丑》。人们当时只关注她,说她是当季最大的新秀,因此贝里难免有些嫉妒。几年之后,我和她一起参加某部电影的预演仪式。伊夫·蒙当和西蒙娜·西涅莱也在现场,我走向西蒙娜·西涅莱,问:

"您肯定认识我的朋友玛尔琳·若贝尔吧?"

---

① 马可·贝罗奇奥(1939—),意大利电影导演、编剧、制片人,多次在威尼斯国际电影节和戛纳国际电影节获奖,主要作品有《怒不可遏》《征服》《吾血之血》等。

② 缪缪(1950—),法国演员,十次提名恺撒最佳女主角,代表作有《音乐会》《第八日》等。

西蒙娜不仅没去跟她打招呼，反而直接转身走了！公开的羞辱。玛尔琳很尴尬，后来对我说，由于《千人小丑》在巴黎的成功，这台剧开始到法国各地巡演。每天晚上，蒙当都来敲她房间的门。她不愿开门，主要是因为她当时正处于热恋期：离开贝里后，她恋上了让-皮埃尔·穆兰。穆兰出道于夏布罗尔导演的《堂兄弟》，之后出演了很多戏剧，也做了很多替身——还为杰克·尼科尔森①做了很长时间的法语配音。巡演结束返回巴黎后，由于对玛尔琳的拒绝耿耿于怀，蒙当便在西蒙娜面前颠倒黑白，完全颠倒了两人的所做所为！这才引发了此次的公然侮辱。

我们相识不久，玛尔琳就邀请我去意大利找她，她在那儿拍摄吉奥里亚诺·蒙塔尔多②执导的一部电影《危险玩具》，和尼诺·曼弗莱迪主演。她在片中还有一位年轻的搭档，我很快注意到这位演员身上有一种独特的魅力，他有一双碧绿的眼睛，鼻子挺直，身上透着某种魅力，有些像让-卢克·布泰，但更惹人怜爱。总之，他的长相极其出众，他名叫维托里奥·梅索兹欧诺③。这是我第一次听到这个名字，但不会是最后一次。几个月之后，罗班·戴维斯邀请玛尔琳出演《警察之战》，她请我帮她阅读剧本，并告诉她我的想法。

"剧情很美，但还有待进一步完善。现在看来，这有点太像漫画作品。不过，罗班·戴维斯的首部电影做得非常漂亮……"

戴维斯之前拍摄过《亲爱的维克多》，由贝尔纳·布利耶、雅克·迪菲约和阿莉达·瓦莉主演，这部电影还入围了戛纳电影节。玛尔琳对我说：

"我真的希望你来帮我，和我一起工作。我会让你继续负责挑选演员。"

可是，这部电影的制片人是薇拉·贝尔蒙。这位女士人很可爱，非常热爱影视，但是……付钱不爽快！总之，她对我就是如此。至于对玛尔琳，

---

① 杰克·尼科尔森（1937—　），美国演员、导演、制片人和编剧，奥斯卡奖史上获提名最多的男演员，主要作品有《飞越疯人院》《尽善尽美》《蝙蝠侠》等。
② 吉奥里亚诺·蒙塔尔多（1930—　），意大利电影导演。
③ 维托里奥·梅索兹欧诺（1941—1994），意大利演员。

还算是勉强。出于对玛尔琳无保留的爱,我鼓励她要捍卫自己的利益。

"你得让他们尊重你,你得要求更高的片酬,你必须是领衔主演,你才是明星。"

我之前还说是她把我引入经纪人行业的……

于是,玛尔琳要求剧本重写,并让经纪人梅里兹为她争取更高的片酬,梅里兹因此对我很不友好。正是通过此事,我意识到明星密友具有很大的影响力!我和罗班·戴维斯接触不久,就相处融洽,他有一次甚至还请我帮忙处理一些麻烦事。玛尔琳对剧本的多疑和犹豫,有时真的很讨人厌,仿佛她一直在拖延,不想立刻付诸行动,戴维斯因此差点儿想要放弃她,但制片人薇拉很坚持:

"一定得找她演……"

最终,玛尔琳接下了这部电影,米谢勒女士给她争取到的合约,我当时并不觉得非常符合她的地位,但后来却证实很有利,而且也很有创新性:她的片酬较低,但是每次影片在电视上放映时,她可以获得一笔可观的红利。这一方面说明人们给她的估价不高,但从另一方面来看,这个做法其实很聪明,因为很明显,电影将来肯定是要转到电视上播映的,由此带来的红利相当可观,玛尔琳因此发了一笔财。我们的抗争是有用的!而且……得感谢薇拉接受了这种创新的交易方式!

拍摄第一天,玛尔琳的遭遇令我记忆犹新。我们在巴黎的玛莱区拍摄第一场戏,一场警察突然出现的戏,就在档案馆街附近。薇拉对我说:

"这是拍摄第一天,我们得送些花和点心给玛尔琳……"

"我去办。"

"不用不用,我来处理。"

显然,她担心我大肆挥霍。至于她,自然一切从简,她回来时手里拿着一小束花,应该是从街头小贩那里买的,还有一个松松垮垮的纸袋,里面装着从某个街角蛋糕店买来的三块蛋糕。玛尔琳进到她那间极小的包房时,看到放在桌上的这些"礼物",对我说:

3 梦想成真，玛尔琳

"多米尼克，你看，这样的开始，已经可以预见结局了……"

玛尔琳打动我的地方是，虽然她拥有很高的人气，也取得了巨大的成功，但她总对自己缺乏自信。收获的荣耀仿佛反而滋长了她的疑虑。她曾这样对我说：

"所有这一切都来得非常快，太快了。我过往的经历使得我无法很好适应这一切并泰然处之……"

罗班·戴维斯很喜欢我，因为我向他介绍了一些新面孔，这些演员都来自于戏剧舞台，比如艾蒂安·希科、热拉尔·德萨尔特、罗歇·米尔蒙和卢德米拉·米卡埃尔，我非常欣赏他们，因此只要有可能，我总是试图引荐。但在这几个月里，由于玛尔琳的请求，我暂时把选角的工作放到一旁，成了她的私人助理。当时我在这个领域已经略有名气，但是希望能收获一些不同的经历。我一直和她待在一起，每天去接她、陪伴她，分享她的喜悦和烦恼。刚开始时，她和克洛德·布拉瑟尔相处不好，觉得他过于大男子主义。他是安德烈亚斯·武特希那的学生，安德烈亚斯·武特希那来自希腊，是著名演员兼导演，也是"演员工作室"①的成员，简·方达和费·唐纳薇都是他的学生。二十世纪六十年代末期，受德菲因·塞里格的邀请，他来法国定居，并成立了一家工作室，名下演员众多，有知名演员也有新人。他信奉李·斯特拉斯伯格提出的"表演方法学"②以及"精神分析学"，（原来如此！）有些类似于演员的精神导师。布拉瑟尔总是自以为是。这有时会令工作变得复杂。某天，玛尔琳和他在一家酒店拍摄一场感情戏，大家都意识到布拉瑟尔没有听从罗班·戴维斯的指令，演得也不好。数次失败后，玛尔琳生气了，两人吵了起来。这事可能往不好的方向演变，而且当时导演戴维斯也发火了。庆幸的是，他们后来和解了。

---

① 1947年由伊力·卡山、劳勃·路易斯和雪莉·史劳复在纽约成立的职业演员训练场所，曾对二十世纪五十年代的美国戏剧和电影产生了相当大的影响，著名演员如马龙·白兰度、保罗·纽曼等均出于此。
② 脱胎自苏联戏剧家康斯坦丁·斯坦尼斯拉夫斯基所创立的写实主义表演体系的演技训练，其后辗转传入美国，经李·斯特拉斯伯格的全新诠释后，强调表演中的主观特性。

第二章 选角的那些年

我记得在拍摄结束后,玛尔琳甚至到布拉瑟尔家去共进晚餐,在酒精作用下,她完全放纵了自己。当然,得说一句,这样的事情并不经常出现,玛尔琳和塞戈莱纳·罗亚尔一样,均出身于军人家庭。但一旦她放下心中的防线,她就很会搞怪。我脑海中依然留有她淘气的眼神和坏笑,那时她对我说,戈达尔的《男性,女性》是她的电影处女作,当时尚塔尔·戈亚拒绝全裸出镜,她只好接受别人的建议,裸露全身,戴着一顶棕色假发,代拍了一场后背全裸的戏!

我们之间变得非常亲密。我和她丈夫瓦尔特·格林关系也很融洽,他是一位牙医,对电影毫无兴趣。我进入她的圈子,她和我分享自己的苦恼,同时也会揣测我的苦恼。

"你今天看起来心神不宁,有什么事吗?"

"我遇到一个税务问题。"

"怎么啦,薇拉没有给你付够钱?"

"不是薇拉的错,是我自己没有安排好。"

"你需要多少钱?"

"不用,我会向父母要的。"

"千万别这样,他们会担心的。告诉我你需要多少钱。"

别人口中抠门的她借给了我五千法郎……拍摄结束后,她还不让我还这笔钱。作为她的"助理",我跟着她到处跑,其间还去了一趟意大利,为"护丽"①的产品拍摄广告,这也是她把我硬塞进去的。她在里面得和一只母猴搭戏,但这猴子讨厌玛尔琳。之前排练和调试灯光时,用的是替身,一切顺利,但到实际拍摄时,那只母猴不愿让玛尔琳碰它,似乎它嫉妒了,知道玛尔琳才是这部广告里真正的主角!它甚至还咬了玛尔琳。拍摄被迫中止,只能改写剧本——玛尔琳和猴子不再有接触,它只是高兴地为玛尔琳的表演鼓掌!出于谨慎,玛尔琳喊来了一名医生。

---

① 英国跨国公司利洁时旗下的洗衣粉品牌,该公司于1990年从美国惠氏公司收购了该品牌。

"得做一个笔录。如果某天我的手突然动不了怎么办? 你不觉得我得要求一些赔偿吗?"

某日,她打电话给我:

"我有事和你说,这事很重要。我请你吃午餐。明天在雅美达公司楼下的阿尔玛餐厅见面。"

这简直像是传唤,我不由猜想自己最近是否干了什么蠢事。菜还没上桌,她就急着对我说:

"我有一个好消息要告诉你,你会高兴的。"

"你要和索泰拍戏!"

我当时脑子里只有这事一直纠缠着我。

"不是。"

"你要和一位年轻导演合作?"

"也不是,比这还要好的消息。"

"我想不到了。"

"我怀孕了! 而且,还有一件更了不起的事,你一定会高兴: 我会生一对双胞胎!"

她一直非常想要孩子……这事是那么奇妙,那么感人,我不免觉得羞愧,自己当时想到的只是她的工作。

她的双胞胎女儿,其中有未来的伊娃·格林,诞生于1980年7月,就在克洛德·贝里拍摄《我爱你们》期间。正是通过这部电影,我结识了凯瑟琳·德纳芙、杰拉尔·德帕迪约和让-路易·特兰蒂尼昂。但是我和塞尔日·甘斯布交往不多,主要是因为克洛德·贝里对他说,之前就是我把简·柏金介绍给了雅克·杜瓦隆。简·柏金刚刚抛弃了甘斯布,奔向了杜瓦隆。他觉得自己很不幸,生活很糟糕。可是我也没办法,此事牵扯到杜瓦隆的幸福,我是不会在中间搞两面派把戏的。和以往一样,我还得帮贝里找一些小演员。他的儿子托马斯也出演了电影,但不是因为我,是贝里自己想让他演里面阿兰·苏雄的儿子。我找来的是伊戈尔·施伦贝格尔,他是埃马纽埃尔的大儿子,日后成了《致我们的爱情》的制片人,他出演片中德纳芙的小孩。另外,我还找了一些配角,例如伊莎贝尔·勒康,一位非常漂亮的欧亚混血儿,日后成了一位著名的小说家。电影拍摄过程中,我备受贝里的折磨。他给我分配了一个小角色,片中苏雄的玩伴,戏中需要送一份比萨饼。我表演时,他一直指责我:

"这么拖拉,你把这戏给毁了!"

我理解个中原因,他不便直接指责德纳芙,只能指桑骂槐。这部电影本就取材于德纳芙的经历,但是她和贝里当时的关系有些紧张。而且,德纳芙与安娜-玛丽是密友,即使德纳芙迟到,贝里也不敢开口指责,我就成了他的出气筒。某天,贝里又指责我时,德纳芙出言相助。

"克洛德,你别说了,这不是他的错!是我自己……"

我和德纳芙的关系融洽,经常去她包厢找她,她对贝里的怨言颇多。影片拍摄结束时,她还送给我一张她的亲笔签名照,上面写着:

"纪念我至今为止最漫长最痛苦的一次拍摄!"

拍摄时间之所以延长,是因为影片跨越了两个季节——夏季和冬季。夏天的时候,德纳芙每天都问我,玛尔琳有没有生产。

"能在四十岁的年纪生小孩,这太美妙了……"

当这对双胞胎女儿终于呱呱落地时,她让人给玛尔琳送去鲜花和祝福。贝里当天到达拍摄现场时,说了一句:

"这对双胞胎终于出生了,我本来可以当她们父亲的。"

然后,他致电玛尔琳:

"嘿,棒极了!不过,你本来可以和我在一起生下她们的。"

这话轻佻至极!之后十多年里,玛尔琳都没再和他联系。一直等到二十世纪九十年代初,贝里才又打电话给她,邀请她和他一起重登舞台。那时他的《恋恋山城》和《甘泉玛侬》大获成功,他想重拾戏剧。他去找玛尔琳,向她推荐了一部戏剧。她之后对我说:

"这感觉很奇怪,仿佛我是昨晚才刚刚与他分手一样。克洛德那天留在我家吃了午饭,和我谈论了一会儿那部戏剧,其间有两个小时,他基本是和我两个女儿待在一起玩!"

玛尔琳拒绝了他的提议,而且贝里当时忙于筹备《萌芽》,最终也放弃了此部戏剧,为此,他还向塔尼娅·洛佩尔以及接替他工作的妮科尔·卡尔方支付了违约金。之后,玛尔琳又没了他的消息!而贝里却总是对她赞誉有加,而且在他的《自画像》一书中,也依然对她多番称赞。

女儿出生之后,玛尔琳继续演戏,带着我参与了阿兰·博诺执导的《肮脏的交易》,由她和维克多·拉努主演,片中的克里斯托弗·朗贝尔还是我推荐的。另外,也是她带我进了《裸爱》剧组,这部电影的导演是雅尼克·贝隆,主演是玛尔琳和画家让-米歇尔·福隆。这是一部很前卫的电影,讲述一个女人在获悉自己患上癌症之后,宁愿选择离开自己的爱人,而不愿意告诉他真相的事。这样的角色与观众通常看到的玛尔琳不同。电影开拍数周之后,我无意间引发了一场麻烦。当时我在现场看到玛尔琳穿着一件贴有亮片的长裙,觉得这和片中人物的设定完全相悖,便把想法告诉了她。她叫来了导演雅尼克:

1981年,与少年时代的偶像玛尔琳·若贝尔一起,在阿兰·博诺执导的《肮脏的交易》剧组。

"多米尼克说得有道理，这件裙子和人物的设定完全不符，不应该保留它。我们拍过的所有场景都得重拍。"

雅尼克·贝隆听完气坏了，臭骂了我一通：

"您疯了吗！这叫什么事啊！"

我也十分恼火，其实我是很喜欢雅尼克·贝隆的……

如往常一样，我在所有人面前都说玛尔琳有多好，当然也包括对克洛德·索泰，不过他并不领情。

"你的这位好友，她可拒绝了我的《马克思与拾荒者》，可见她并不明智。"

"但她那会儿还年轻，被人骗了。"

"好了，别再说你的玛尔琳了！"

他总是这样惹恼我，但做得恰如其分。

在庆祝自己二十五岁生日时，我办了一个大派对，他和玛尔琳被我安排坐在了一起。我觉得我对玛尔琳的忠诚感动了他，就像曾打动了克洛德·贝里和莫里斯·皮亚拉一样。无论如何，在那个阶段，我一切都是为了她，不惜一切代价希望对她的演艺生涯有所帮助。我介绍她认识了很多人，还试图说服杜瓦隆让她出演《女儿的叛逆》，当时我们还没想到去找简·柏金。而且，我还鼓励玛尔琳给她的经纪人米谢勒·梅里兹施压，在我看来，她并未给予玛尔琳足够多的机会。但局势其实已经无可挽回，我也是之后才察觉到这一点的，我估计玛尔琳也是如此。玛尔琳对电影的渴望不那么强烈了。虽然通过我的努力，她在热拉尔·韦尔热导演的《暴风雨中的骑士》中有精彩的演出，但经历了之前巨大的成功之后，她难以面对当前的新状况，受关注的程度在下降，她得靠自己的努力来提高关注度。再者，我觉得虽然她本人只字不提，但是1972年她出演《我们不能白头到老》，却最终在戛纳错失最佳女演员奖，这对她是一次重大打击。她是一名深受电影观众喜欢的女演员，选择接演莫里斯·皮亚拉的这部文艺片，其实是有风险的，皮亚拉那时仅仅小有名气，而且名声很不好。为了这部影片,她竭尽了全力,尽管导演皮亚拉和男主演让·雅南①之间不和,影片最后终于顺利完成。可是到最后,让·雅南凭借此片获得最佳男演员奖,但他甚至都不愿去领奖!我觉得,这令玛尔琳感觉像是遭受了侮辱,她对艺术的追求也像被这个行业漠视,从此,她开始与之渐行渐远。

4
一个不存在的职业……

我决定不再做助理导演,转行专职选角,这是在拍摄了《小荡妇》之后。个中原因,当然是因为和演员们待在一起时,自己更觉得愉快。另外,也因为我一直觉得,帮自己欣赏的演员选择合适的角色是一件益事。通过我的努力,他们能显现不同的才能,这些才能,他们之前可能缺乏机会展示。我也喜欢发掘新的面孔和新鲜血液,希望他们能成为明日之星。最后,当然也因为我这样的性格适合这个工作,我这个人,历来喜欢凭直觉和感情行事……而且,我也一直喜欢观察不同的面孔。

二十世纪七十年代末,选角导演是一个刚刚出现的职业。这个工作变得重要起来,还多亏了玛戈·卡普利耶。就某种意义而言,是她在法国创造了这个职业。在很长时间里,她都是这个行业绝对的标杆,就像记者们通常戏称她为"玛戈皇后"和"选角之母"一样。她身材矮小,却有着惊人的力量。在二战前,法国"人民阵线"②时期,普雷维尔兄弟③主持

---

① 让·雅南(1933—2007),法国演员、导演,主要作品有《爱情大奖》《阿道夫》等。
② 1935年7月14日,法国社会党、法国激进社会党、法国共产党和各大工会组织反法西斯示威,起草统一"左"翼各党派行动的共同纲领,人民阵线遂宣告诞生。
③ 雅克·普雷维尔(1900—1977),法国诗人、歌词作者;皮埃尔·普雷维尔(1906—1988),法国演员、导演、编剧。

下的"十月社团"①一度名声显赫,玛戈·卡普利耶是里面的成员,担当演员和社团秘书的角色。在此之前,她和让-路易·巴罗、罗歇·布兰和雷蒙·比西埃来往密切。她曾和马塞尔·卡尔内以及雅克·普雷维尔共事,《天堂的孩子》中的对白,就是他们俩让她在打字机上打出来的。在纳粹德国占领法国期间,因为她是一名犹太人,她还得到他们的庇护。二战后,她先后做过制片秘书和制片主任。当时在法国很流行美国影片,由于她懂一些英语,虽然说得并不怎么好,还是经常有人请她帮助找群众演员,自然而然地,之后又请她找一些会说英语的法国演员,她因此顺理成章从美国电影转而投身法国电影,开启了选角导演的职业生涯。她对当时的演员、经纪人、戏剧艺术流派、演员学校了如指掌,有一份内容庞大的文件,里面有成千上万张照片。在她之前,正如当时人们所说,都是第一助理导演负责选角工作,同时负责寻访布景地。那个时代所有著名的第一导演助理,后来都转行成了制片人,包括克洛德·索泰、皮埃尔·格拉涅尔-德弗利、雅克·德雷、克洛德·皮诺托、乔治·洛特内……

二十世纪七十年代中期,广告业取得爆炸式发展,这也极大地促进了选角导演职业的发展。这股风潮中的领军人物,就是玛玛德,一位曾经的小学女教师。她从教育系统辞职后,进了一家广告公司,开始寻找一些演员来拍摄广告片。和雅克·杜瓦隆在一起时,我也曾涉足广告拍摄,而且在仓鼠影视公司工作时,我也和皮埃尔·格兰布拉拍摄过广告片,但我并不适合这个领域。我不是很喜欢广告片的氛围,也不觉得这事能带来愉悦感。不过,我因此认识了让·贝克尔和吉拉尔·皮雷等人。人们正式认可选角导演这个职业,花了很长的时间。在很多年里,法国国家电影中心都把我们这些人简单归类为助理导演和助理制片人。一直到1983年,在乔治·菲尤成为新闻部部长及弗朗索瓦·密特朗麾下的国务大臣之后,我们的工资单上才出现了"艺人分配"的字眼。八十年代,只有四五个

---

① 二十世纪三十年代法国的一个戏剧社团,主要倾向于工人阶级和共产党。

1975年,在雅克·杜瓦隆的《一袋弹珠》中饰演贝当青年军教官。我的电影首秀。 ©DR

选角导演。今天,从事这个工作的约有一百多人。

我认识玛戈·卡普利耶时,她已经六十五岁,但精力异常充沛,反应敏捷。我初次去见她,是经皮埃尔·格兰斯坦介绍,为影片《一袋弹珠》挑选演员。她当时并不友善,甚至有些可憎。

"您为什么要做这个工作?您有什么资格?这个电影应该由我来负责,因为我是犹太人,而您,只能做我的学徒!"

我把原话转告了克洛德·贝里,他对我说:

"别管她,我们不需要她,你自己去找……"

我和她之间的关系有些微妙。她总说是她带着我进入这个行业的,其实在我职业生涯初期,她根本没有帮助过我。如果说要感激某个人,我应该感激雅克·杜瓦隆和克洛德·贝里,而不是她。实际上,她当时对自己的同行都是恶眼相待,心里想,这些侵占她领地的年轻人都是些什么人?尽管如此,她还得和我们共处,于是……她只能妥协。此后,我们

第二章 选角的那些年

1978年，和雅克·杜瓦隆一起，我永远感激他。

之间的关系大大改善，虽然她说我是"阿提拉"①，"所经之处席卷一切"。确实，她喜欢按规矩行事，刚开始会感觉比较奇怪，但不管怎样……我还是很喜欢她的，她是那么喜欢演员，喜欢影视和戏剧。这些就是她的生命。我曾请她讲述过往的经历，她常常语出惊人，例如，她说自己和莫罗·博洛尼尼共事时，博洛尼尼迷上一个年轻人，因为他漂亮而且有才华。她这样对博洛尼尼说：

"算了吧，你不过是又中暑了！"

我觉得，最后她是喜欢我的，我们之间甚至一度密不可分。在很长一段时间里，我们一起去看戏、看电影，去巴黎艺术学院、去学校和去上课，两人形影不离。我们俩一起出席活动时，有点像是玛格丽特·杜拉斯②和她的情人扬·安德烈亚③！她于2007年去世，享年九十六岁，逝世前几年里，因身心疲倦，不愿见任何人。曾有过几次，我们一起为同一部电影挑选演员，两人各自分管一块，有时，她在接手一部影片之后，中途被叫去负责另外一部影片，无法继续完成之前的电影，于是转交给我。或者我的反过来转交给她……

影片《杀人的夏天》就是这种情况。我当时还就职于仓鼠影视，这部影片曾一度中止，重启后转由她接手负责选角。另外，我记得有次为拍摄

---

① 阿提拉（约406—453），古代欧亚大陆匈奴帝国皇帝，曾多次率大军入侵东罗马帝国及西罗马帝国。
② 玛格丽特·杜拉斯（1914—1996），法国作家、龚古尔奖获得者，代表作有《情人》等。
③ 扬·安德烈亚（1952—2014），杜拉斯的最后一个情人，他在卡宴上大学时遇到杜拉斯，从此迷上了她的作品，疯狂地给这位大作家写信，出版过《那场爱情》《就这样》等作品。

一个洗发水品牌广告，需要寻找一位四十岁左右的女性，要求她虽然年华稍逝但依旧美丽。为此，我去找了奥尔加·奥尔斯蒂克，她是一位经纪人，名下有碧姬·芭铎等演员，她的办公室里到处都是演员的照片。我后来去雅美达工作时，就由此获得灵感。那时雅美达的装饰有些古板：仅有一张海报，另外放置了一些书，暗示我们仍在读书，关键是根本看不到什么照片！在她办公室的照片中，我发现了热纳维耶芙·格拉德的脸，我青少年时期的一位偶像。我迷上她，是因为她和让·马雷出演的《弗拉卡斯上尉》，当然还有"警察"系列。奥尔加不知道她现在在何处，认为她应该已经息影了。不过……她把格拉德所有的老照片都送给了我！我带着这些宝藏开始调查，最后发现格拉德目前是法国电视一台的助理制片人，而且两三年前，她还和伯达诺夫兄弟[1]中的一位生了一个儿子。我打通了她的电话。

"您是怎么找到我的？您怎么会想到我？您要知道，我已经不拍戏了……"

我向她倾诉自己有多么喜欢她，对她说这次是出演一部广告片，酬金非常丰厚。她经不住我的游说：

"可是我从未经历过试戏这样的事，我那个时代不同……"

我约她在一个晚上的七点钟见面，那时公司的人都走了，仿佛她是玛琳·黛德丽这样重量级的明星。见到她时，我发现她确实有些老了——她当时应该还不到四十，可我曾经那么迷恋的那颗美人痣依然还在……为了她能被选中，我尽力试图说服创作团队，他们觉得她有些太过时了。像这样剧烈的抗争，于我而言尚属首次，主要还是因为牵扯到儿时的喜爱……试演拍摄结束当天，我对她说，我崇拜她，我曾给她写过信等等。她很惊讶，同时非常感动，以至于当她试戏时，眼中依然留有些许的感伤，但她最终没被选中。我很为她感到难过，同时也为自己唤醒了她尘封已久的梦想而不安，不过，我还是非常庆幸自己能结识她。总之，每当想

---

[1] 双胞胎兄弟戈里科卡·伯达诺夫（1949— ）和伊果尔·伯达诺夫（1949— ），电视节目主持人、制片人、散文家。

到拍摄广告,我脑海中浮现的,更多是某些人的恶毒、无耻以及傲慢。似乎只要有大把的钞票,他们便能为所欲为……

仓鼠影视里的氛围还是有些不同的。那里所有人都对电影怀揣憧憬。首先是老板皮埃尔·格兰布拉,他当时已经和埃迪·康斯坦丁、德尔菲娜·塞里格制作了几部电影,并于1969年推出了《口号》,这部影片也促成了塞尔日·甘斯布和简·柏金的姻缘。他制作的下一部影片《丽莎》要等到2001年,由玛丽昂·歌迪亚①、伯努瓦·马吉梅尔和让娜·玛索出演。在此期间,他还制作了数量众多的电视剧,包括《纳瓦罗》和《橄榄树城堡》,以及几部电视电影,例如1991年的《爱情与死亡的旋涡》,这部影片的想法来自让-卢克·布泰,我后来悄悄透露给了格兰布拉。在这个阶段,仓鼠影视在广告领域的两位明星是雅克·莫内和让·贝克尔。雅克·莫内梦想转型拍摄长片,不久就得偿所愿,拍摄了《克拉拉与小伙子们》。让·贝克尔的父亲是雅克·贝克尔——《金盔》的制片人。让·贝克尔与让-保罗·贝尔蒙多合作了一些影片,并大获成功,之后超过十五年的时间里,他没有再拍过电影。我有幸遇见他时,他态度很是和蔼:

"我对和您合作拍广告的事不感兴趣,但合作拍电影,我有兴趣!"

他其实一直有个计划,但没有人相信他能成功。在仓鼠影视,人们拿此来打趣,甚至有人放言他永远不可能再拍电影……这部电影的灵感,源自贝克尔本人和他的一位小说家朋友塞巴斯蒂安·雅普里佐。他们俩一起讨论了几个月,然后雅普里佐写出了一个一百多页纸的剧本大纲。贝克尔读完之后对他说,这个如果写成小说应该会更好!三个月之后,小说写好了,就是《杀人的夏天》,讲述一个阳光般明艳的女孩,回来报复当年强奸她母亲之人。贝克尔邀请我参与这部影片,并把雅普里佐介绍给我。见到雅普里佐本尊,我极度失望。我觉得他毫无过人之处。往事不堪重提!毕竟,他可是我众多钟爱影片的编剧,例如《灰姑娘的陷阱》

---

① 玛丽昂·歌迪亚(1975—),法国著名女演员,主要作品有《的士速递》《两小无猜》《盗梦空间》等。2008年凭借《玫瑰人生》获得第80届奥斯卡最佳女主角。

《永别了，朋友》《雨中旅客》《桃色凶车》等，而且，他也是玛尔琳的朋友。玛尔琳这样为他辩护：

"你要知道，他比表面上看起来的要神秘得多，他拥有双重人格，有不为人知的一面……"

片中的女孩明艳得不可方物，她得承载并照亮这部整体色调灰暗的作品。我最早想到的演员人选是伊莎贝尔·阿佳妮，由于片中有些场景需要女演员全裸出镜，或者片缕遮身，阿佳妮回绝了剧组的邀请。安娜－玛丽·拉桑认为，应当不惜一切代价请她出演，我打了电话给她，但她还是不愿改变决定。雅普里佐和贝克尔便让我来负责找到这个"尤物"。我之前有筹备《女布尔乔亚》（虽然后来影片流产了）的经验，此时却派上用场。我再次找来了当时所有的漂亮姑娘来办公室试戏。这当中，我记得有来自比利时的莉雅、来自意大利的让娜·马斯，还有出演罗伯特·何森戏剧中的舞者安娜·方丹……我们同时也在寻找片中潘-蓬的演员，他是女主角的爱人。杰拉尔·德帕迪约拒绝了邀请，迪瓦尔也说不。不得不说一句，也许在广告界，贝克尔是一位大明星，但是在电影圈，人们已经给他贴上了"过气明星"的标签。我们四处搜罗，去看了当时在香榭丽舍剧院演唱歌剧的伊夫·迪泰伊，请了热拉尔·克莱因来试戏，当时他还是一个不大受关注的电台主播。克莱因表现很出色，之后还参加了《无忧的过客》和《暴风雨中的骑士》的试戏。他的表现我至今还记得。贝克尔人很好，可是顾虑颇多，经常改变主意，这使得我的工作进展缓慢。而且，他似乎有点害怕把想法付诸实践。最终，我们花了四个月时间搜寻，但未能找到他理想中的"尤物"，影片的筹备工作在1979年6月底戛然而止。两三年之后，贝克尔不想授人口实，又重启了这个项目。他打电话给我，可那时我正忙于其他影片，于是玛戈·卡普利耶代替了我的工作，安排范蕾丽尔·卡帕里斯基[①]去试戏。

[①] 范蕾丽尔·卡帕里斯基（1962— ），法国女演员，曾提名第10届法国恺撒奖最佳女演员，主要作品有《不能降低》《男人之心2》等。

第二章 选角的那些年

早些时候，经雷吉娜介绍，我就见过范蕾丽尔，但具体情形我记不清了。雷吉娜当时也开了一家模特经纪公司，经她介绍，米朗·布吕做了范蕾丽尔的经纪人，很快就帮她找到一些戏。那会儿，她的名字还叫范蕾丽尔·谢雷斯，出生于戛纳，也在那儿长大。我第一眼看到她，就被她吸引住了。她很美，很诱人，一直梦想成为演员。但与此同时，想到雷吉娜，想到巴黎众多的模特经纪公司，还有范蕾丽尔身上那种肆无忌惮的美艳，这一切又让我有些担心她。记得有一次，我们俩一起走在香榭丽舍大街，我曾提醒她要注意首都和影视圈的旋涡。她这样回应我：

"您不用担心，我足够强大。"

我把她推荐给让-玛丽·普瓦雷出演了《男人到底还是爱胖子》中乔丝安·巴拉思科的女友。当时片头的演员名字还是范蕾丽尔·谢雷斯。此次，轮到贝克尔被她的风姿折服了，他终于找到自己期待已久的"尤物"。范蕾丽尔被选中，并开始研究角色。就在此时，伊莎贝尔·阿佳妮致电贝克尔，表示她愿意接下这部电影！也许，她觉得自己不应该重犯之前在布路易斯·努埃尔导演的《朦胧的欲望》中的错误？当时的她，出于同样的原因，拒绝了出演裸戏。或者，她突然意识到，自己不应该放弃这样一个角色？这个角色内心中的父女情感纠葛，正是她熟知的感受。面对阿佳妮的坚持，贝克尔难以拒绝，于是范蕾丽尔·卡帕里斯基出局！我记得自己曾因此致电阿佳妮，情绪非常激动：

"我们不应该这样做事！"

随后，我们之间一度冷战。她甚至觉得我不会再喜欢她了，其实我当时只是生气而已。再往后，到了雅美达公司，我成了她的经纪人。同时……也是范蕾丽尔的经纪人！范蕾丽尔也收到谈妥的酬金，而且，庆幸的是，她签约了一部翻拍的美国片——《精疲力尽》，和理查·基尔搭档。从美国回来后，她又连续接演了安德烈·祖拉斯基的《公共女子》和克里斯托弗·弗兰克的《美杜莎的面具》，给人留下了深刻的印象。至于阿佳妮，她凭借《杀人的夏天》在观众中收获了一片赞誉。片中饰演潘-蓬的演员苏雄也是她推荐的,之前他们搭档出演了让-保罗·拉佩纽的《如火如荼》,她曾真正地为他心动过,因此她强烈要求找他来演。在拍摄贝克尔这部电影期间,他们走得很近。

1979年6月,影片《杀人的夏天》项目中断,我转而投身于吉拉尔·皮雷的《坑蒙拐骗》。我是在仓鼠影视里认识皮雷的,他是一位在广告界享有巨大声誉的制片人。此前,他拍摄了一些具有时代气息的喜剧电影,并获得一定成功,其中包括由安妮·吉拉尔多出演的《非常色情》,玛尔特·凯勒和雅克·伊热兰出演的《她奔向,奔向郊区》,利诺·文图拉、让·亚纳和米雷耶·达尔克出演的《幻想公正》等。三十七岁时,他拍摄的广告片越来越多,电影却越来越少。他是汽车和摩托车的狂热爱好者,拍摄了标致的广告片,还和让·雅克一起拍摄了雪铁龙的广告片,后一部宣传片耗资巨大,当中的一些场景蔚为壮观!我和他之间相处得很愉快。

某日,他跟我说他读了弗朗西斯·里克①的一部侦探小说,《我们爱好和平》,觉得非常棒,想把它改编成电影,并找诺贝尔·萨阿达来担任制片人。这就是后来的《坑蒙拐骗》。影片讲述三个怪人在普瓦图沼泽区售卖《圣经》的故事,三人分属三个不同的年龄层次。当我参与这部影片时,他已经找到其中两个怪人:让-皮埃尔·马里耶勒和雅克·迪特龙。我们一起讨论了备选青年演员的名单后,很快就第三位演员的人选达成一致:热拉尔·朗万②。他当时已经在戏剧舞台上引起关注,在《她随处看见侏儒》中有非常滑稽的表演,但是他参演的电影不多,几乎只有米歇尔·科吕什导演的《你们得不到阿尔萨斯和洛林》,他饰演了当中的白色骑士。当时的他还没有出演电影《外面,夜》以及《一周的假期》,经过这两部作品,他才开始全身心投入影视表演。为了筹备这部影片,我不仅要找到片中的主要配角,还得找到所有的农民群演,他们在片中的作用也不可忽视。1979年秋天,我动身前往之前一无所知的普瓦图沼泽区——

---

① 弗朗西斯·里克(1920—2007),法国侦探小说作家。
② 热拉尔·朗万(1950—),法国演员、编剧,主要作品有《美食家》等。

这可远早于塞戈莱纳·罗亚尔①！我喜欢这种身处异乡的感觉，喜欢这种充满反差的生活，不仅可以接触光鲜亮丽的影视演员，还可以接触法国各地的寻常百姓。这是一次美妙的体验，一堂梦幻的人生课。我们来到尼奥尔，在库隆②进行拍摄。我们需要跑遍当地所有的乡镇，所到之处，人们对我们都很热情。我记得有一天，我和几个农民围着一张桌子喝咖啡，其中一个农民问我：

"你结婚了吗？有没有小孩？"

我不假思索就回答道：

"没有，我喜欢男人。"

话一说完，周围一片寂静，令我颇为尴尬，随后话题就转到其他事情上了。可是第二天，一个好心的当地人对我说：

"不管怎样，我们很喜欢你。"

我遇到的就是这样一群好心人。这部影片并不符合官方的政治基调，甚至有些越界了！影片中有些情节需要找一些阿拉伯演员。我在普瓦图沼泽区内没能找到合适的演员，最后是到郊区才找着的，又是通过一次野蛮的搜寻。我还记得在南特的一间酒吧里，我和两个电影的狂热粉丝一见如故，他们的名字叫艾萨·盖布里和法里德·拉乌阿萨，两人在数年之后还成立了一家制片公司，取名"眩晕"，也就是影片《真的不骗你》的制作公司。在他们的起步阶段，我也曾略尽绵薄之力。他们就从南特的这家酒吧起步，走出了一条阳光大道……

拍摄这部电影之前，通过《情迷假期》，我已经认识了让-皮埃尔·马里耶勒。能再次见到他，我很高兴。但与此不同，与雅克·迪特龙的相识并不令我感到愉快。这是一个厚颜无耻的家伙，藐视一切，酗酒，周围环绕着一帮阿谀奉承之徒，他以玩弄甚至侮辱他们为乐。这帮人不把马里

---

① 塞戈莱纳·罗亚尔在担任法国生态保护部部长期间，出于保护普瓦图沼泽区的考虑，冻结了一项高速公路的建设提案。
② 尼奥尔、库隆，两地均是法国西部市镇。

耶勒放在眼里。对于马里耶勒而言，这段时间可并不好受。当时的他，头上还没有今天的"巨星"光环——当然，这样的光环，他绝对当之无愧。他那会儿已年过五十，在这样的年纪，人们依然希望保持年轻。因此他在片场时头上总是戴着假发，以遮掩渐秃的头顶。某日晚上，这顶假发被他留在片场的大篷车里。第二天一早，准备拍摄时，假发不见了! 大家四处寻找。迪特龙和他那帮登徒子在一旁偷笑。突然，我们看到一条狗跑来，嘴里面就叼着……马里耶勒的假发! 是迪特龙把它扔到狗群里的，这实在令人作呕。对于迪特龙拿马里耶勒取乐之事，我很是恼怒，因为我非常喜欢马里耶勒，他也确实很招人喜欢。他和我讲述一些演员的故事，我们一起谈论戏剧。我对他说，二十世纪七十年代时，我在作品剧场①里看过他的表演，当时他出演了让·阿努伊的戏剧《红鱼或者我的爸爸是英雄》，同台的有米歇尔·加拉布吕。

"这简直难以置信，您当时那么小，居然看过那些戏剧，认识那些演员，而且还喜爱他们!"他这样说。

我经常和他待在一起，有一天，我们甚至还一起去划船。当时已是秋天，景色宜人，四野寂静，仿佛时间就此凝固。我们就像是"清水湾的孩子"! 当时，我们剧组里来了一个家伙，大家叫他泽图恩，他会向演员和工作人员推销一些商品，主要是衣服。我看到一双非常漂亮的西部牛仔样式的靴子。马里耶勒见我很喜欢，就对我说：

"我送给你……"

我非常感动。

与迪特龙相比，泽图恩日常的表现可谓天壤之别。迪特龙总是一副什么都无所谓的态度，什么事都拿来开玩笑，甚至说些嘲笑同伴的话。有天不知是什么原因——幸好，人的记忆是有选择性的! ——他对我极尽侮辱之能事，我潸然泪下，并离开了摄制组。也许，迪特龙希望我也成为

---

① 位于巴黎，创立于1893年，是象征主义艺术家的重要表现舞台。

他的裙下之臣，但我不是。

摄制组里还有安娜·茹塞，她是达尼埃尔·奥特伊的妻子，他们有个女儿叫奥萝尔，现在也是一名演员。茹塞也不是很招迪特龙那帮人待见。弗朗索瓦丝·德尔迪克也一样。在二十世纪六十年代，德尔迪克曾和布尔维尔出演过《巨额现金》，她在当中造型性感，在某年的戛纳电影节上，为了给一部名叫……《火辣时刻》的影片打广告，她曾半裸身子骑马进入卡尔顿洲际酒店的大厅，引发了诸多关注。我此前遇见她时，她和她丈夫在巴黎沙巴奈街上经营着一家酒店，一些电影界人士是那里的常客。我喜欢她，曾对她许诺，要让她重返银幕。她的儿子就是奥雷利安·维克，因此在他很小的时候，我就认识他了。今天，她和丈夫还有孩子们组建了一家社团，青年演员们可以到那里去介绍他们的项目。剧组中还有伊莎贝尔·梅尔戈，我注意到她，是在佛罗朗戏剧学院，我喜欢她的气质和大气，因此她也被招进了《坑蒙拐骗》剧组。她的出现还赋予了皮雷灵感，因此有了她和我之间的一场戏，我们饰演餐馆里的一对情侣，笑点是我们俩都有些"z""s"不分。当皮雷对我说起这个想法时，我并不自卑。演员的才能，不就是展示自己的特质吗？可惜的是，这场戏在后期被剪掉了……

也许是因为我不介意自己的口齿不清并愿意出演类似角色，也许是因为我拒绝和迪特龙的手下一起嘲笑马里耶勒，也许是因为我成功地找到一些出色的演员来出演一些小角色，又或许是因为我含泪离开摄制组的情景让迪特龙觉得他做过火了，所以他在不知不觉中改变了对我的看法？无论如何，他慢慢地改变了对我的态度，有天晚上，他甚至这样对我说：

"你来和我们一起吃晚饭……"

见我态度有些冷淡，他还补充道：

"别赌气了，来吧，有惊喜给你！"

我不太相信他的话，但我还是去了。幸好去了。惊喜是……弗朗索瓦丝·哈迪。他知道我钟爱雪儿薇,他也知道弗朗索瓦丝·哈迪贯穿我的童年时代。我总是循环播放她的《我听醉人的音乐》……能遇见她,我深感幸运与兴奋,她也确实可爱,对我说:

"他好像对您不太友好?"

就这一句话,我再也不记恨迪特龙和他那些烦人的玩笑话了。至少,多亏了他,我才有了这次美丽的邂逅。二十几年后,他依然记得自己在《坑蒙拐骗》摄制组中的行径。在我朋友加布里埃尔·阿吉翁的电影《特殊家庭》里,我们俩有一场戏。拍摄之前,他对我说:

"你记得我把你弄哭的事吧?我还不是太坏吧!"

我很喜爱吉拉尔·皮雷。不久之后,我再次见到他——还有开始待我友善的迪特龙——我们一起筹备《还我钥匙》。是我把简·柏金带进剧组的,还有不久后就进了法兰西剧院的罗兰·贝尔坦以及纳塔莉·内尔。纳塔莉·内尔的处女作是《职业的冒险》,在里面与雅克·布雷尔搭档,然后又登上戏剧舞台,出现在达尼埃尔·梅斯吉什的戏剧作品中。我还找了一个小女孩玛丽娜·萨利奥,在片中饰演瓦莱丽·施伦贝格尔的女儿。瓦莱丽·施伦贝格尔是莱亚·赛杜[①]的姐姐,后来在《致我们的爱情》中还饰演了我的未婚妻。不幸的是,吉拉尔·皮雷后来遭遇了一场极其严重的摩托车车祸。有心怀叵测之人在他途经的路上悬了一根金属丝,导致他喉管被切断,至今尚留有后遗症。再往后,要一直等到吕克·贝松[②]推荐,他才又参与制作了《的士速递》系列,其间他一直从事广告制作……

为了找到农民和小孩演员,还有一些业余演员和青年演员,我成了野蛮式搜索演员的专家。在我之前,很少有人像我这般如此密集又如此系统且经常性地开展这项工作。我有越来越多的人选可推荐,但玛

[①] 莱亚·赛杜(1985—),法国女演员,代表有《罗宾汉》《碟中谍4》等。
[②] 吕克·贝松(1959—),享有国际声誉的法国导演、制片人和编剧,主要作品有《碧海蓝天》《这个杀手不太冷》《第五元素》等。

第二章 选角的那些年

1983年,在《致我们的爱情》剧组,和埃夫利娜·凯尔、桑德里娜·伯奈尔以及莫里斯·皮亚拉一起。

戈·卡普利耶却并不因此感到高兴,至少暂时如此!她都是通过资料来挑选演员,走的是机构路线,而我却亲力亲为。也许是为了让我转行,或者至少是让我暂时离开这个行当,又或者仅仅是因为她觉得我确实适合演戏?总之,她向菲利普·德布罗卡推荐了我,去扮演他最新一部喜剧作品中的一个角色。这部作品叫《心理学家》,改编自热拉尔·洛齐耶①的漫画作品,主演是阿尼·迪佩雷和帕特里克·迪瓦尔。我早期出演的电影中,有些我并不负责选角工作,这部电影就是其中之一。

我出演的是个正经角色,一个爱上帕特里克·迪瓦尔所扮演角色的人。帕特里克待人很亲切,幽默风趣,生活堕落却招人喜欢,因此这事并不太难!他的表现极其出色。我记得有场戏要求演员们身体裸露:我们都是事先在身上裹了块布,直到最后时刻才拿掉,而他,一开始就裸露全身!那段时间里,他的身体状况不是很好。他滥吸毒品恶名在外,样子看

---

① 热拉尔·洛齐耶(1932—2008),法国漫画作者、戏剧家和电影制片人。

4 一个不存在的职业……

1980年,在菲利普·德布罗卡的《心理学家》中,和帕特里克·迪瓦尔搭档。我的首个重要角色。

起来也很憔悴,一天中有四分之三的时间把自己锁在大篷车里,晚上就独自一人待在旅馆里。但说到表演,他绝对是个出色的演员!影片的拍摄地在迪耶普①附近。我当时非常喜欢摄制组的氛围,以至于不想回巴黎。一个周日的下午,我偶遇了他。

"我在等埃尔莎(他的未婚妻,将来萝拉的妈妈),可是她不来了……你今晚能和我一起吃饭吗?这样我会开心一点,我现在感觉很糟糕……"

我晚上再见到他时,他却完全变了个精神状态。其间他服用了什么?我不知道,我对毒品或者吸毒者所知有限,这似乎也可以让自己远离毒品之害。吃完晚餐,我们到海边散步,当时许多人都知道他有毒瘾,他不大愿意向他人吐露心迹,却向我讲起了他的童星生涯。当时他母亲带着他们兄弟俩四处漂泊,因此三十三岁时他就演了近三十年的戏!他和我讲了自己的忧虑和担心,还有在爱情上的不顺。人与人之间如此袒露心

---

① 迪耶普,法国滨英吉利海峡港口城市。

胸的机会并不多见,让人既忧伤又很感动……

不久后,在参与克洛德·索泰的《浪子》时,我又见到他,依然那么友善,那么令人感动,那么堕落。影片中雅克·迪菲约对他说了这么一句话:

"不能因为我们周围的一切都令人绝望,我们自己也变得绝望。"

不知他听了做何感想。回到巴黎后,有两三天夜里,他不舒服,打电话给我:

"我能去你家吗?"

我那时住在十四区,他来到我家,向我倾诉直至天亮……我觉得他越来越疲倦,越来越虚弱,越来越痛苦,几乎丧失了抵抗之力。虽然他的自杀迷雾重重,但对于他的死,我并不非常惊讶。那是在两年之后,1982年7月,不过,这依然令我非常悲伤……我再次想起了《心理学家》中一个预示着宿命的场景:我从帕特里克的嘴里夺走了一把短枪……

不过,能在三十年后,在他女儿萝拉身上看到迸发的表演天赋,我极其欣慰。我们找她扮演《天哪!》中的女主角,和夏洛特·德·蒂尔坎搭档。萝拉继承了她父亲阳光的一面以及想象力。能经常看见她,看着她演戏,这是一件幸事……

《心理学家》中的演员经历让我很是开心。我喜欢那期间遇到的所有人,所有的演员,尤其是帕特里克和詹妮弗。那时,詹妮弗还不是热拉尔·朗万的妻子,她成了我的一位很好的朋友。未能让玛戈·卡普利耶如愿的是,此次演员经历并未让我忘记自己喜爱的选角工作。拍摄结束后,我刚回到巴黎,就又有新的项目等着我,其中就有《歌剧红伶》,这部影片将真正改变我的地位。

之前在科利塞街雷纳制片公司的附楼里,我参与《一袋弹珠》的筹备时,就认识了让-雅克·贝奈克斯。当时同一幢楼里还有克洛德·齐蒂,他正在筹备《美食家》,贝奈克斯是他的第一助理。他那会儿应该有三十来岁,但看起来只有二十岁。我对他一见倾心,倾心于他的激情、他的影视梦想,还有,我能感受到他隐藏于幽默中的痛楚。他和莫里斯·皮亚拉之间有共同之处,总是暗暗焦虑。苦楚不久后随之而来……他看不惯周围所有的事和所有人,不过,相比皮亚拉,他对人还是要热情一些。他总是和皮亚拉说一样的话:

"制作电影有什么用?不管怎么样,我是做不了的!"

我曾帮过他几次,为他负责的几部电影找一些演员。他此前和勒内·克莱芒、让-路易·特兰蒂尼昂、莫谢·米兹腊希、热拉尔·布拉什、克洛德·贝里以及克洛德·齐蒂均共事过,因此我们觉得,他开始厌倦第一助理导演的工作了,梦想着自己做导演。而且,他当时拍摄了一部短片《米歇尔先生的狗》,其中还给我分配了一个小角色:肉店老板!但在影视圈里,改变工种向来不容易:与其想着成为一名导演,花费心思制作一部影片却功败垂成,还不如踏踏实实做一名诸位大导演都争抢的第一助理划算。他却不愿意轻易放弃自己的梦想,恰恰相反,有挑战,才能激起他更充沛的动力。他写了一个剧本,名叫《金穗》,讲述一对年轻夫妻,因机场罢工而滞留,发生了一段真实而感人的故事。他此前和克洛德·贝里共事良久,贝里就像是他的家人一般,因此他觉得贝里会拍摄这部作品,我们甚至在未得到投资之前就开始挑选相关角色。让-雅克·贝奈克斯当时住在十七区的拉-孔达米纳街上,我们就在他家里面见了一些演员,并找到片中夫妻的人选:妻子洛尔·迪蒂耶是我在一家咖啡馆内遇到的,我很喜欢她;丈夫多米尼克·皮农是我在勒内-西蒙戏剧艺术学院发掘的,他至今还记得是我安排了他的首次面试。贝奈克斯之后并未忘了他们,在他的第一部长片《歌剧红伶》中,这两人都被招募了进来。

虽然克洛德·贝里未能让贝奈克斯梦想成真,但贝奈克斯的短片却获得了恺撒奖的提名,并得到一位女制片人的欣赏,她就是塞尔日·西尔伯曼①的妻子伊雷娜·西尔伯曼。这对夫妇很有趣。丈夫是勒内·克莱

---

① 塞尔日·西尔伯曼(1917—2003),法国演员、电影制片人,主要作品有《布努艾尔谈话录》《安娜·卡拉曼佐夫》等。

第二章 选角的那些年

芒的制片人,正因这层关系,贝奈克斯才认识了他;不过,他主要还是路易·比努埃尔的制片人。妻子曾是《去约英伦女孩吧》的制片人,这部电影原本是一部卡通片,丈夫塞尔日觉得它荒诞至极,这反而使伊雷娜更觉得自己高他一等。他们之间的关系很奇怪,有爱又有恨,使得周围人有些无所适从。我们觉得他们俩之间感情强烈,却又蕴含冲突,甚至是激烈的冲突。伊雷娜对《金穗》的故事毫无兴趣,觉得不够商业性,她给了贝奈克斯一本德拉科尔塔[①]写的侦探小说:《歌剧红伶》。书中讲述一个年轻的邮差疯狂地爱上一个黑人女歌剧演员。这位女演员拒绝录制唱片。为此,她的每次演唱会,这位邮差从不错过,还偷偷录制了她的歌声。贝奈克斯读完后很喜欢这个故事。对于选角导演这个岗位,伊雷娜一直模棱两可,尤其是她的制片总监,一个习惯于老套模式的老者,认为这样的工作根本没有意义:

"这种做派是什么玩意儿?!"

但是贝奈克斯硬拉了我进来。我很快意识到,也许从收入角度而言,《歌剧红伶》并非最好的工作,但能和贝奈克斯合作,已足够令我感到庆幸。

我得找到片中邮差的演员,由于剧情需要,他在片中变成了一名邮局职员。伊雷娜把我们安置在弗里德兰大道的一间阁楼内,我们在那儿面试了许多人。借此机会,我也认识了克里斯托弗·朗贝尔。在获悉《歌剧红伶》招募演员的消息后,他鼓起勇气来到我们的阁楼里找我。我觉得他英俊、有趣,很特别。

"您别再把脸藏在眼镜后面了。摘掉眼镜!别害怕露出您的脸……"

他当时二十三岁,在佛罗朗戏剧学院和艺术学院进行短暂学习之后,他不想再等待,希望就此开启演艺之路。他并不符合传统的美男子标准,但有着一种令人难以抵挡的魅力。他略微斜视,令他身上有种奇异的

[①] 达尼埃尔·奥迪耶(1945—),德拉科尔塔为其笔名,瑞士作家和编剧,主要作品有《歌剧红伶》《光年之外》等。

温情，令人困惑。我知道对于这个角色而言，他年纪大了些，但我还是把他介绍给了贝奈克斯。短暂相处后，我和克里斯托弗·朗贝尔就成了好朋友，此后从未分离。我面试的演员中，还有里夏尔·安科尼纳①，他的情形可不大一样。他不惜一切想得到这个角色，通过一些朋友的关系，他在贝奈克斯身上花了很多工夫。不过，我和他之间并不来电。可能因为当中牵扯到太多人事关系和太多压力，而且他与我心中的人物形象相去甚远。此后多年，我在选角工作中数次与他碰面，但都未选他，他因此一直心怀怨恨。

贝奈克斯想要一个真正的新人，我又一次开始野蛮搜寻，到年轻人聚集的各个地方转悠。某日，我来到布洛德酒吧，这是一家位于伊诺桑广场后面的同性恋酒吧。在衣帽间里，我见到一个年轻小伙，英俊、性感，牙齿雪白得令人嫉妒。

"我能贴张广告吗？"

"什么广告？"

"电影广告。"

"电影里讲些什么？"

"一个热衷歌剧的邮差的故事……"

"那不就是我嘛，我会唱轻歌剧，而且对路易斯·马里亚诺②了如指掌。"

然后，他用男高音给我唱了一首《马德里王子》③！

"那行，您来找我。"

"试镜我才去，否则我不给您贴这广告！"

---

① 里夏尔·安科尼纳（1953—　），法国演员，曾获恺撒奖最佳男配角奖和最佳男演员奖，主要作品有《雄狮萨姆》《武器的选择》等。
② 路易斯·马里亚诺（1914—1970），西班牙男高音歌唱家，主要作品有《老实人》《拿破仑》《爱的周末》等。
③ 法国作曲家弗朗西斯·洛佩兹（1916—1995）于1967年创作的轻歌剧，主演为路易斯·马里亚诺，表演大获成功。

随后，他立即补上一句：

"我在这儿的衣帽间上班，跟外面的那帮野兽可毫无关系。"

"好的，您怎么称呼？"

"弗洛朗·帕尼。"

我很快就喜欢上他的傲气、他鲜明的个性还有巴黎顽主的一面。他的试演非常出色，我随之介绍给贝奈克斯，贝奈克斯也被他吸引。可惜的是，伊雷娜觉得他很俗气。

"他这不叫俗气，叫招人喜欢，这是两回事儿。您仔细看看，他就是年轻时的让·加潘……"

可是她听不进去。不得不说，帕尼在与她会面时，表现得不是很机敏，态度太过不逊了。我和他之后也成了朋友，甚至还一起去度假。

角逐该角色的演员中，还有尼古拉·桑佩（曾参演《普通的故事》）和弗雷德里克·安德烈。贝奈克斯偏向弗雷德里克。我们发现他，是通过米歇尔·多维尔的一部小制作电影《感性的旅程》，他还是克里斯托弗·安德烈的弟弟，后者是《去约英伦女孩吧》的第一助理导演，现在成了《生活是如此甜蜜》的制片人。伊雷娜一直唠叨：

"他会给我们带来好运。"

弗雷德里克确实很好，他身上有这个人物的腼腆、纯真和热情；但我还是竭力为弗洛朗·帕尼争取，因为电影讲述的故事与他的经历很像。作为一个外省来的小人物，他带着歌唱和演艺的梦想来到巴黎，我觉得两者之间的共同性有些宿命的味道。但我的努力白费了，贝奈克斯觉得他的个性太鲜明，最终选择了弗雷德里克，而且，弗雷德里克有些像是他弟弟。

虽然黑人女高音歌唱家有一些人选，但是找到这位红伶也不是很容易，再说……我是喜欢雪儿薇·瓦丹的歌胜过威尔第[①]歌剧的。贝奈克斯为我启蒙，向我解释不同的嗓音，给我听一些歌剧选段——尤其是阿尔

[①] 朱塞佩·威尔第(1813—1901)，十九世纪意大利歌剧作曲家，主要作品有《纳布科》《弄臣》《茶花女》等。

弗雷多·卡塔拉尼①创作的《拉·瓦利》，之后还把当中的一些唱段用到电影中。随着电影的发布，这些唱段也广为人知。他开拓了我的眼界，这也是我喜欢与他共事的原因。我们一起去了巴黎城市剧场，听黑人女歌唱家芭芭拉·亨德里克斯的演唱。她的魅力深深地吸引了我，我去见了她本人和她丈夫，她丈夫也是她的经纪人，一个很不讨人喜欢的瑞典人。

"先生，您这是在做梦，想签下一位歌唱家，您至少得提前两三年预约，况且还是拍电影……"

很明显，在他们眼中，电影是"小场面"，他们几乎都不想问我们，为什么我们敢敲开他们的房门！之后，我们继续在德国搜寻，然后又去了英国，去了伦敦，聆听了一位凭借《波吉与贝丝》而受到关注的歌唱家。伊雷娜锱铢必较！我们在伦敦的住宿条件极其糟糕，两人挤在一个房间里。我记得在伦敦的地铁里，我还被一个"光头党"②袭击，贝奈克斯不得不挥拳相向才护住了我。与女歌唱家的会面结果并不乐观，我们很焦虑。难道我们真的找不到这位歌剧红伶？

在我们搜寻的过程中，唯一给予我们帮助的，是巴黎歌剧院的管理人贝尔纳·勒福尔。他热情地接待了我，建议我不要去找一位已经功成名就的女歌唱家，应尝试去找一位冉冉升起的新星……

"目前就有这么一位，她在《波西米亚人》里饰演了配角。您应该见见她，她很出色。"

这可是我第一次去到巴黎歌剧院！他说的女歌唱家，就是威廉尼亚·费尔南德兹，她在普契尼的这部歌剧中负责演唱"穆赛塔"。她当时三十岁，几乎毫无名气，也还未录制过唱片，但是才艺非凡，风姿诱人，女性的优雅浑然天成。关键是她温柔、友善而且……有档期！她也愿意为出演这个角色而学习法语。贝奈克斯对她真是一见倾心——就像是影

---

① 阿尔弗雷多·卡塔拉尼（1854—1893），意大利歌剧作曲家。
② "光头党文化"产生于二十世纪六十年代的伦敦，受到摩斯族和西印度群岛移民"粗鲁男孩"文化的影响，在音乐、时尚和生活方式上呈现出两者的许多特点。

片中的小邮差！确实，他也很快就落入她的怀抱之中。她简直完美，除了一个小缺点：她的牙齿不是很漂亮，看起来就像是缺了一颗牙一样！这在特写镜头时会较难处理。玛尔琳·若贝尔的丈夫是牙医，帮她制作了一副迷你假牙，拍摄时她就戴上。西尔伯曼夫妇极其奸诈，可以说是贪得无厌，费尔南德兹的签约过程因此一波三折！他们甚至提出，电影拍摄之后，费尔南德兹必须通过他们的制作公司录制她所有的唱片。在这一点上，她不愿退让，也得到贝奈克斯的支持，为此，贝奈克斯也不得不与他们展开持久战。

影片中另一位主演是戈罗迪仕，他从一帮歹徒手下救走了年轻的邮递员。我们想到的人选是塞尔日·甘斯布，但甘斯布拒绝了（他当时自己也在尝试制作一部电影），我们又想到雅克·迪特龙。我们来到他位于阿莱街的家中，里面一片漆黑。他也一直未给我们答复，之后说没收到剧本，但是弗朗索瓦丝某日向我供认，他们后来搬家时，确实在地下室里找到了剧本。塞尔日·西尔伯曼建议我们去找米歇尔·皮科利，但伊雷娜不赞同：

"又是一个路易·比努埃尔圈子里的演员！"

可见他们的关系……然后，我提起了理查德·波林热。我认识他是由于阿兰·卡瓦利耶的关系，他们合作过《马丁与蕾雅》，我和卡瓦利耶则合作了《奇异的旅行》。贝奈克斯也认识他，他们俩甚至还一起打过网球。六七年前，在夏尔·马东导演的《玫瑰般的意大利人》中，波林热是主演，之后他像是从影视界消失了一样，只偶尔出演一些小角色，主要是在齐蒂执导的电影中。他再次在电影中出演主角，要等到之后卡瓦利耶的邀约了。他那时快有四十岁了，混迹于圣日耳曼德普雷区的一些午夜剧场，饰演一些受诅咒的诗人或者王子，歌唱蕴含炽热情感的诗句。具体要说他是哪种类型的演员，有些难，但当时人们开始重新关注他。他曾在贝特朗剧场举办了一场独奏会，《影视总览》还专门做了报道。此前参与《普通的故事》时，我曾向克洛德·索泰推荐过他，但他没被选中。在《歌剧红伶》中,他的表现相当出色,也因此重启了他的演艺生涯,改变了他的人生轨迹。紧接着,在为罗班·戴维斯的《我嫁给了一个影子》寻找演员时,我再次想到他,出演片中纳塔莉·贝伊的搭档。我很喜欢他的气质以及才华,但我最终却有些心存疑虑。他的魅力显得不太自然,和他待在一起的时间越久,这种感觉越强烈,我总是疑惑他是否真诚。他好像有点当面一套背后一套,虽然表现得很大方,但我怀疑,他真的大方吗?对于一些口头上煞有其事宣扬自己多么爱恋人,却又拿不出多少真凭实据的人,我向来是心存疑虑的。

在《歌剧红伶》的重要配角中,还有一位极其年轻的金发美女,名叫阿尔巴,她与戈罗迪仕生活在一起,但他们之间的具体关系无人知晓。这个角色有着萝莉的外表,又有着玛丽莲的风情,心理年龄远大于实际年龄。要找到这样的演员,难度很大。某日,我来到位于尚佩雷广场的黄手歌舞厅。这是巴黎第一家溜冰场舞厅。当时该舞厅刚刚开业,很快就成了我进行野蛮搜索的常去之地。我有些厌倦频繁去中学找人了!在这里,有一些少年,还有一些青年,他们踩着轮滑,自由自在,我可以很自然地上去与他们攀谈。那天,我注意到溜冰场里有一个十五岁左右的亚洲女孩,滑行时有着令人难以置信的灵动与优雅,她仿佛对一切都无所畏惧。在她的眼睛里,闪着一种桀骜不驯的光芒,很让我喜欢。回到公司后,我和贝奈克斯说,我找到他的玛丽莲了,不过不是金发少女,而是……越南少女。

"这个主意很妙!"贝奈克斯说。

女孩名叫瑟安卢,声称自己十五岁——之后我们获悉她撒谎了,她只有十四岁!贝奈克斯见了她之后……当场就定下她了。这正是贝奈克斯让人惊讶之处。他可以忘却电影中固有的角色认知,对不期而遇能欣然接受,并进行合理的安排。不经意间,他就对角色的分配进行了调整,从而为一些新人、新面孔和非主流角色打开了方便之门。按照我收到的阿尔巴的人物设定,如果我把瑟安卢推荐给另一名导演,他肯定会认为我是个疯子！可是贝奈克斯，他并非常人，他常对我说：

"勇敢尝试！"

他给予我很大的自主性，而且信任我。对于我的想法和建议，他总是乐于倾听。

寻找演员的过程中，我们兼收并蓄，开阔思路，引入了许多新面孔，还有一些曾经风光过的演员，比如雅克·法布里，在此之前，他已经很长时间没有演戏了。类似的还有多米尼克·皮农以及洛尔·迪蒂耶尔，这是他们首部电影长片。热拉尔·达尔蒙是我在让-米歇尔·里布的戏剧中发掘的；伊莎贝尔·梅尔戈，通过此次合作，又被我推荐进《男人到底还是爱胖子》中；还有一些戏剧演员，例如洛朗·贝尔坦以及尚塔尔·德吕阿，我随后推荐他们出演了《马丁·盖尔归来》以及日后格拉涅尔-德弗利制作的《文森特的朋友》。我这人有个毛病，只要是喜欢某人，就会不惜一切代价要给他找到一些角色。我又找来了高龄的娜内·热尔蒙，早前《红房旅馆》中的演员。还有弗拉迪米·克斯玛，他为电影谱曲，并饰演了指挥家的角色。我自己也在里面出演了利多唱片店的收银员，利多曾是香榭丽舍大道上很出名的唱片店，今天已关门。

那个时期的我，很迷恋一家位于蒙马特，名叫"科科里昂"的餐馆，在拉特利耶剧院旁边。我把那里当成了我的食堂，常邀请我影视圈的朋友到那儿吃饭，它因此成了另外两家餐厅——舍伍德餐厅和莱伊诺桑餐厅——的竞争对手，那里也汇聚了一些青年演员和制片人。正是在这家餐厅里，贝奈克斯某天晚上和我说，他还没有主摄影师，本来想用此前和他合作拍摄短片的摄影师，但那个人没空。

"你为什么不找菲利普·鲁斯洛？他曾是《小荡妇》的摄影师，他很棒。我们打电话给他。"

鲁斯洛加入进来，很快就和贝奈克斯相处融洽。之后，他又把布景师希尔顿·麦克尼科介绍给贝奈克斯，他们俩刚合作过黛安娜·克里斯导演的《燃烧弹》。三人一起营造了影片的独特风格，尤其是那种弥漫全片的蓝调氛围。

摄制遇到诸多波折。贝奈克斯与摄制组之间冲突四起,伊雷娜和塞尔日之间隐约的敌对关系更是添乱。贝奈克斯甚至对伊雷娜恶语相向,伊雷娜利用我在中间调停。她打电话,把我当作亲信,通过我来向贝奈克斯传达消息。我觉得她应该是欣赏我的激情。看到成片时,我非常惊讶,因为在想象中,我觉得会看到一部类似于克洛德·贝里或雅克·杜瓦隆风格的作品,但会更加自然,风格更加现实。结果,呈现在我面前的就是贝奈克斯独有的风格:充满奇异想象、视觉冲击和梦幻。根据我们之前的交流,我很难想象居然会是这样的。影片刚放映时,反响不是很好,学院派憎恶这部作品。除了皮埃尔·比亚尔在《观点报》上给予了好评外,只有一些面向年轻人的媒介,例如《首映》之类的杂志,还有"第七广播"之类的电台表达了对影片的喜爱并为之辩护,其中就有让-米歇尔·格拉维耶。他是《巴黎早晨》栏目的专栏作家,该栏目由《新观察家》杂志的老板克洛德·佩德里埃尔创办,致力于支持"左"派反对政府的斗争。格拉维耶应该是最早追求时髦的作家,在自己每篇文章的结尾处,他都会加上一句"去电影院看《歌剧红伶》吧!"。他出席了电影首映式,和他一起的还有他的一位制片人女友丽丝·法约尔。她也一样,很喜欢这部影片,还许诺要做贝奈克斯下一部电影的制片人。之后她说到做到,于是就有了电影《明月照沟渠》。

《歌剧红伶》在1981年3月11日上映,开始可谓一败涂地。我记得那天我和贝奈克斯一起去了一家位于香榭丽舍大道的凯旋小影院,当影院人员告诉他票房成绩时,我看到他哭了。他抱着我说:

"结束了,我不会再拍电影了……"

先是外省的影院撤下了《歌剧红伶》,紧接着是巴黎。只有一家影院继续播放,就是巴黎拉丁区的万神殿影院。然后,渐渐地,口口相传的效果逐渐显现,以至于数周之后,这部影片变成了一部现象级的作品,先是在瑞士洛迦诺电影节获得巨大成功,后来在多伦多电影节也一样。最终,它在1982年2月27日的恺撒奖一战封神。各影院开始重新放映这部影片，这是难得一见的，甚至是绝无仅有的。在推出的第一年里，观众人数只有15万人次，而最终影片的票房成绩是400万人次，之后还在美国收获了超过1300万美元的票房，法国人拍摄的法语影片难得有此佳绩。

如果说《歌剧红伶》令贝奈克斯的事业腾飞，让他在三十六岁的年纪就成了法国新派电影的旗手，显而易见，我的事业也因此快速上升。贝奈克斯曾说，因为这部影片，我，一位年仅二十八岁的"小兵"，成了"选角的元帅"。我不好说这是否合适，但确确实实，通过这部影片，人们改变了对这个职业和对我的看法。影片在恺撒奖的成功，随后票房的辉煌，再加上《马丁·盖尔归来》的同步上映，当中出现的那些新面孔以及角色演员对影片成功的贡献，所有这些都起到了关键作用。

5

《马丁·盖尔归来》
和纳塔莉·贝伊的到来

初遇纳塔莉·贝伊，是在电梯里。当时，我就职于阿兰·萨尔德的公司，负责为电影《奇妙事件》挑选演员。皮埃尔·格拉涅尔-德弗利向我提及这部电影时，他已经决定选用纳塔莉。他这样对我说：

"我相信，你会喜欢她的……"

果不其然，我很快就喜欢上她了。当然，我之前就对纳塔莉有所了解。当时的她，由于《我要崩溃》《一周的假期》《各自逃生》以及《外省女子》等一系列影片的佳绩，正处于事业快速上升期，对于经纪人来说，她的名字可谓如雷贯耳，仅次于阿佳妮、于佩尔、缪缪这三位巨星。1981

5 《马丁·盖尔归来》和纳塔莉·贝伊的到来

年的一个晴朗日子里,我和她相遇于电梯内,是巴黎那种带着格栅门的旧式电梯。格栅门关上时,她看着我,语气很友善地说:

"是您啊,多米尼克·贝纳尔……皮埃尔·格拉涅尔-德弗利和我说起过您。您觉得我适合出演这个角色吗?"

我回答说适合,非常适合。但我们成为朋友是在之后拍摄《马丁·盖尔归来》期间,以这种方式建立与女演员之间的友情,于我尚属首次。

在此之前,雅尼克·贝隆曾在电影《吉恩的妻子》中任用了达尼埃尔·维涅的妻子弗朗斯·朗比奥特,因此我得以认识达尼埃尔·维涅。维涅执导的首部作品是一部警察片,叫《男人》,主演有马塞尔·博祖菲、米歇尔·康斯坦丁和妮科尔·卡尔方,可是电影票房很糟糕。此后,他拍摄了一些关于法国农民的电视纪录片。让-克洛德·卡里埃①向维涅讲述了马丁·盖尔的故事,那是一起令人难以置信的身份盗用事件,由此引发了一场离奇的诉讼,可谓是十六世纪最著名的一个案件。维涅听完后,就全身心地投入这个项目,并几经抗

1981年,在达尼埃尔·维涅执导的《马丁·盖尔归来》剧组,我在杰拉尔·德帕迪约(左)和纳塔莉·贝伊(右)之间。

1982年圣诞节,在克勒兹省,在强尼·哈立戴(左)与纳塔莉·贝伊(右)之间。

---

① 让-克洛德·卡里埃(1931—),法国小说家、编剧和演员,主要作品有《自由的幻影》《五月傻瓜》《朦胧的欲望》等。

第二章 选角的那些年

争才使之得以制作完成,在那个时期,愿意相信他的人极少。当他建议我来负责选角时,他已经选中了杰拉尔·德帕迪约。但演德帕迪约的妻子,即片中马丁·盖尔的妻子的人选,他还在犹豫。他和阿佳妮、于佩尔和缪缪都接洽过,也想到了纳塔莉。这几个人选中,我偏向于纳塔莉,坚持建议应选她。维涅让她朗诵了一段对白,她表现极好。维涅最终选中了纳塔莉。这令我欣喜若狂。

担任选角导演的经历中,《马丁·盖尔归来》给我留下了很美好的回忆。首先,达尼埃尔·维涅真心喜欢演员,并听取了我大部分的建议。电影中最重要的一幕是那场诉讼,我理所当然地找了一些戏剧舞台上的演员:有罗歇·普朗雄,我很喜欢他的现场演出;有让-路易·特兰蒂尼昂的朋友莫里斯·雅克蒙;还有伊莎贝尔·萨多扬、尚塔尔·德吕阿、罗丝·蒂埃里、内日·多尔斯基、安德烈·肖莫……此外,我也考虑了我看好的一些年轻演员:贝尔纳-皮埃尔·多纳迪厄是我在雅克·拉萨尔执导的一部戏剧中发掘的,片中他和玛丽-克里斯蒂娜·巴罗搭档;还有多米尼克·皮农以及切基·卡尤,两人均是首次出演电影……影片开拍之前,维涅让我去阿列日省待了数月,负责寻找一些群众演员。我当时最高兴的事,便是可以离开巴黎,留驻某个大区,融入当地的生活,在筹备和拍摄电影的过程中体验当地的节奏。1981年5月10日,我记得就是在那儿,在圣吉龙附近的巴尔拉吉耶镇,我兴高采烈地庆祝弗朗索瓦·密特朗当选法国总统!

一到阿列日省,我立即开始寻找片中男孩和女孩的扮演者,他们饰演少年时期的杰拉尔·德帕迪约和纳塔莉·贝伊,因此,外形上应与他们相似。根据以往的经验,我在当地报纸上投放了广告,最终找到了两名小演员。但是在寻找其他一些角色演员时,我遇到较大的困难,尤其是初期。那时,我开着自己的奥斯汀小轿车穿梭于各条公路,这种感觉很棒,却很难让当地的农民相信我。后来拍摄组入驻镇上,带来了演员的棚房、放置服装的帐篷仓库还有负责技术支持的卡车,像是一个完整的巡演剧团,他们才改变了态度。像当年拍摄《我葡萄园里的葡萄》一样,越来越多的当地人前来做群众演员。最早来的是一帮农村妇女，她们穿上十六世纪风格的长裙时，引来一阵疯笑，快速感染了整个剧组。我喜欢这样的氛围，喜欢把人带到镜头前。这带给人欢乐，就像魔术一样。借此机会，他们有了几天的奇异之旅，我们则得到一些真实而特别的画面。待在那里，我感到愉悦，以至数月之间，我都没有返回巴黎。那真是一次令人享受的拍摄之旅。某日，一头母牛一屁股坐到我的小车上，小车顿时裂开了，于是，整个小镇都在说这个事！而且，在纳塔莉与我之间，也快速建立起了一种超自然的默契。

我和她之间的关系单纯而自然，正如我和玛尔琳·若贝尔那样。不过，纳塔莉……是有野心的玛尔琳！对于我和玛尔琳之间的友谊，她也深受触动。我随后为她们引荐了彼此，纳塔莉还把玛尔琳两个女儿的奶妈聘为自己女儿劳拉的奶妈。纳塔莉不矫揉造作，她对同事友善，总是给人带来欢笑，拍摄期间还叫自己的父亲来摄制组。她是真正的大度……作为女演员，她美丽、聪慧且有远见。她和德帕迪约可谓天作之合，两人相处也是十分融洽，大家都被他们的魅力打动。不得不说，这个时期的德帕迪约如宝石一般闪耀。这是他的时代，出演了众多作品，例如《冷餐》《我的美国舅舅》《情人奴奴》《最后一班地铁》《我爱你们》《灾祸连连》《隔墙花》《武器的选择》……就连罗歇·普朗雄也很迷恋他，差点儿就爱上他。看着他时，普朗雄就像是要吃了他一样。从纯演技角度而言，德帕迪约也是一个天才演员，而且他本人也充满魅力，性格温和洒脱，风趣幽默。他的哥哥阿兰，还有他的堂兄弟帕特里克·博尔迪耶，都从事电影制片工作，他们组成了一个很快乐的团队。那段时间里，我和他形影不离，晚餐都是在一起吃，笑声不断……某日，我躺在干草堆里，德帕迪约在一旁对我说：

"来，你摸我！"

"这不好吧？"

"来嘛，就为了好玩！"

第二章　选角的那些年

我们当时就这样，像两个才十二岁的小孩，玩各种游戏，仅仅是为了好玩！二十年之后，在雅美达公司里，德帕迪约居然当着贝特朗·德·拉贝的面对我说：

"你记得那会儿，我们在干草堆里互摸吧？"

贝特朗目瞪口呆。

就在这部电影拍摄期间，我却遭遇了人生的奇耻大辱。直到今天，每当想到这事，我还是冷汗淋漓，记忆中的痛依然会出现。那个时期的阿列日省，有一些嬉皮士团伙。这也是二十世纪七十年代"回归田园"热潮的后遗症……他们中的绝大多数人都深居山中，晚间才聚集在圣吉龙市区的广场上，喝酒，偷偷抽大烟，争论着如何改造这个世界。这些人留着长发，胡子拉碴，面相奇异，活生生是中世纪的形象。我经常找他们来做群演，因此这事在他们中间口口相传。

某晚，我看到一个二十来岁的年轻男子来到大广场。他长得很帅，身材健壮，却有着一张天使般的脸庞，就像是电影《魂断威尼斯》中的美少年塔奇奥。他直接走到我面前，略微结巴地对我说：

"我想做群众演员。"

"你来晚了，我们两天后就会拍完，不需要招人了。你是做什么的？"

"我在旅行，我要穿越法国。您总能给我找点什么事做吧？"

我看着他，这么帅，于是……第二天我就招他进了剧组！多一个少一个，其实没什么两样。他很兴奋，对我说没地方睡，问我能不能找个地方。我同意了。我自己住的旅店不如演员住的那般精致，但与我共事的人都住那里。我的房间里有两张床，他一进房间，就溜进了浴室冲澡，然后，令我大感意外的是，他洗完澡后躺在了我的床上。他叫迪迪埃，给我的印象是既强壮又古怪，言语间流露出些许孩子气，还有些许恐惧，仿佛曾被殴打过。第二天，他留了下来。

当我们要离开圣吉龙前往佩皮尼昂市时，我告诉他我不能带他一起去。我在那边有很多工作，我们要拍摄一些复杂的诉讼场景。他很失落。

与我们同去的人中,有一个七八岁的小男孩,名叫阿德里安,饰演纳塔莉的儿子,他在佩皮尼昂的戏份很重。这是一个很出色的男孩,表演很专业,一直在读剧本。他的父母亲曾是老师和嬉皮士,后来买了一块农场,工作辛劳。我和小男孩之间的关系非常亲密。在巴尔拉吉耶镇上拍摄时,他拍完戏就回家,我经常陪着他,他在我面前话很多,我和他父母也经常交谈。来到佩皮尼昂后,阿德里安和我住同一家旅馆,就住我隔壁的房间。

我们到达佩皮尼昂后,过了几天,迪迪埃居然也追了过来!

"你总能再找点群演的事给我做吧!"

面对他的热情,我不好拒绝,便留下了他。我能感觉到他很缺少感情的滋润。他一直和我们待在一起。他有诗人的一面,带着一点孩童般的幻想,吸引了剧组的所有人。可以说,他有些像野孩子卡斯帕·豪泽尔①……纳塔莉也喜欢他。德帕迪约总是拿他来取笑我,说我是"乡村的帕索里尼②"!阿德里安很迷恋迪迪埃,拍戏以外的时间都和他待在一起。在我们准备离开佩皮尼昂之前的两天里,一天晚上,我问阿德里安是否愿意和我以及纳塔莉一起吃晚餐。他回答说想和迪迪埃待在旅馆里,并问我今晚能否让迪迪埃在他房间里睡,我当时也没多想,就傻傻地回答"可以"。到了晚间时分,我还在饭店,接到摄制组出纳员打来的电话:

"多米尼克,你赶紧回到旅馆,阿德里安逃到我房间里来了,和他一起的那个男孩打了他!"

我赶紧跑回旅馆,一路上后悔自己怎么把他和迪迪埃留在一起,毕竟,我们对他了解并不多,同时,想到阿德里安可能会受到伤害,甚至被侵犯,我惊恐万分。回到旅馆时,我脑中还是一片慌乱。我看到阿德里安

---

① 卡斯帕·豪泽尔(1812—1833),德国著名人物,1828年5月26日突然出现在德国纽伦堡,相貌看起来约十六岁,智力低下而且寡言,自己解释说从记事起就一直被关在一个黑屋子里。
② 皮埃尔·保罗·帕索里尼(1922—1975),意大利著名电影导演,其电影着重表现精神的欣悦、狂欢以及对于性虐待的幻想,主要作品有《俄狄浦斯王》《索多玛120天》等。

的眼圈被打黑了。他明天还得拍戏！

"他对你做什么了？他对你做什么了？阿德里安，快告诉我，告诉我他到底对你做了什么。"

小男孩告诉我，当时他们在房间里玩桌式足球游戏，突然，毫无征兆地，迪迪埃就疯了，变得很狂躁，打了他。迪迪埃还说：

"你为什么活得比我好，这不公平！"

然后，迪迪埃像个疯子一样逃走了。我很担心阿德里安，就在这混乱的时刻，纳塔莉表现出她出众的一面。她天性喜欢照顾人，当别人不舒服时，她能察觉到，不会无动于衷，而是会很快把事情接管过来。当天晚上，她负责照顾小男孩，和他谈了许久，并试着宽慰我，减轻我的负罪感。

"这不是你的错，你不可能察觉到，而且大家都觉得他很友善，这个迪迪埃……"

和纳塔莉交谈后，阿德里安觉得不应让此事恶化，建议说：

"就说我自己在楼梯上摔倒了！"

我们统一了口径。第二天，我陪着他回家里。阿兰·德帕尔迪厄代表摄制组陪着我一起前去。我觉得很难堪，向他的父母坦白了一切。我甚至对他们说：

"可能得找个医生来看看，防止那家伙碰了他……"

在那个时期，很忌讳这种事，不像现在，大家都会对恋童癖有所了解。小男孩父母很好心：

"不用了，我们和阿德里安谈过了，您不用担心，这没什么。"

我的羞耻感并未因此有丝毫减轻。随着后续发生的事情，它反而愈发强烈。

事情发生后，迪迪埃当然就逃离了旅馆，顺带偷走了我的一个随身听、一些卡带和衣物，同时留给我一张纸条，上面写了一些"别怨我，我很不幸……"之类的话。几天之后，阿兰·德帕尔迪厄接到警察局的一个电话：

"我们抓到一个从管教所逃出来的年轻人，他说自己在您的摄制组做过群众演员……"

我十分羞愧。警察问我是否要指控他偷窃，我拒绝了，还对他们说那些东西都送给他了。我不希望他们在这件事情上纠缠，也不想他们过多询问个中细节。我和阿兰也没向他们提起阿德里安的事情。我为此深感不安，因为就在七年后，有两个男子被逮捕，警方怀疑他们数次强奸一个七岁的小女孩，随后将之杀害。两名嫌疑犯一位叫里夏尔·罗曼，另一位是……迪迪埃·让蒂！是的！就是他！一看到电视和报纸中的照片，我就认出他了。我崩溃了……两三年后，马赛警方在了解清楚罪犯的人生轨迹后，准备提起公诉，并提前联系了我。迪迪埃·让蒂和他们说到我以及参与《马丁·盖尔归来》摄制之事，说这是他青年时期最美好的一段回忆。负罪感再次落在我心上，更加强烈，更加难以承受。一个杀人犯！我某次到马赛出差时，警方来到我入住的酒店询问，我很是难堪，既害怕，又羞耻。1992年，里夏尔·罗曼被判决无罪释放，而迪迪埃·让蒂被判终身监禁。如果在《马丁·盖尔归来》拍摄期间，我选择提起诉讼，并把阿德里安之事向警方坦白，也许，他能被更好地管教，走上不同的人生之路……直到今天，这件事情依然萦绕在我心头。我估计将来也会一直如此。

《马丁·盖尔归来》的拍摄地在阿列日省的一个小镇，我非常喜欢这个小镇上的居民。在那儿度过的六个月，是我一生中最幸福的时光。拍摄结束后的几年间，我时常还会回到那里。第一次回去，是因为这部电影上映，意外地……我发现人们显得很冷淡。一个问题，我得重复几次才能得到回应。后来我了解到，是因为我们离开后，有两三头母牛居然离奇死去，当地农民甚至说这是诅咒。最后他们才发现是因为我们摄制组走时，在群众演员宿营和存放服装帐篷的草地上，掉落了许多别针，这些母牛是因为吃入别针后胃穿孔死掉的。这不是电影，也不是小说，而是真实的农民生活！幸运的是，真相总算得以澄清，我在那儿又可以享受到热情的款待。

《马丁·盖尔归来》拍摄结束后，纳塔莉·贝伊临走前送给我一张签名照，上面写着"致多米尼克，谢谢你温柔的眼神和你的幽默"，我一直保留着，从此，我们就未再离开彼此。我们一起外出，一起吃晚餐，一起去看戏剧和电影。我们成了朋友，友谊简单、有趣而热烈。在工作上，我们也未远离彼此，她随后接演了鲍勃·史温导演的《线民》，而我……负责其中的选角工作！这部电影我最初是想找玛尔琳·若贝尔演的，可玛尔琳拒绝了，因为两三年前，她刚刚出演过类似题材的《警察之战》。纳塔莉起初也差点儿拒绝了，因为她获悉菲利普·莱奥塔尔要在片中出演重要角色：他们俩曾在一起很长时间，几个月前刚刚分手，因此不想聚在一起拍戏。绝望之下，我也曾向鲍勃·史温推荐了其他一些演员：卡罗利娜·塞利埃、玛丽-弗朗斯·皮西耶……但大家都觉得，尤其是制片人乔治·当西热和亚历山大·姆努什金觉得，如果时下最热的女明星纳塔莉·贝伊不能出演将是个遗憾。我也一直劝她改变主意。出于本能，她也觉得自己确实不应错过这部电影，最后终于接受了邀请。从电影日后的成就来看，这绝对是明智之举！能和亚历山大·姆努什金共事，我很高兴。但和他初次见面时，他显得非常冷淡。他是古典做派的制片人，觉得选角导演无甚用处。在此期间，我还参与了菲利普·德布罗卡导演的《心理学家》，他对我在里面的表现评价很高。他在拍摄现场时，我总是待在他旁边，拍戏之余，我会请他讲述一些与电影有关的故事。他经历过那么多事情，讲起故事来引人入胜！鲍勃·史温说要找我参与《线民》的筹备时，他也是同意的。与达尼埃尔·维涅一样，鲍勃的优点是他喜欢演员。当一个导演真正喜欢演员时，对于别人推荐的人选，他就会有兴趣去了解并考量。在这方面，鲍勃给了我足够的自由。

我把自己的"小伙伴们"都招募了进来，有里夏尔·贝里、切基·卡尤、克里斯托弗·马拉瓦，还有我钟爱的年轻演员弗洛朗·帕尼，上次他未能出演《歌剧红伶》，之后我一直在尝试帮他寻找角色；我还招募了一个年轻的比利时男演员，让-保尔·科纳尔，凭借此片，他被提名了恺撒奖的最佳新人男演员奖。曾经有一个合作伙伴建议他改名字，科纳尔回道：

"为什么，这有影响吗？"

这个伙伴走开时说道：

"这家伙可真是个呆瓜①！"

不过，这个年轻人最终还是接纳了这个建议，几年后改名为让-保尔·科马尔，此后星途坦荡。通过《线民》的拍摄，我认识了莫里斯·罗内，可惜这部电影是他参演的最后两部电影之一。从前看他的电影，例如《通往绞刑架的电梯》《鬼火》《怒海沉尸》《游泳池》《拉斐尔情史》……我总是浮想联翩。此时的他，拖着病躯，但魅力依旧！他确实很英俊，不过我们能在他的眼神中感受到敏感和脆弱。他身上透着一种优雅的绝望。未能更早认识他并与他相处更久，我非常遗憾。

《线民》取得了巨大成功，居然与《马丁·盖尔归来》一起角逐恺撒奖，虽然后者早了几个月公映。达尼埃尔·维涅的电影最后仅仅获得恺撒奖最佳剧情、最佳布景以及最佳音乐奖，鲍勃·史温的《线民》却获得最佳影片、最佳男主角（菲利普·莱奥塔尔）和最佳女主角奖（纳塔莉·贝伊）。在此之前，凭借《各自逃生》以及《奇妙事件》，纳塔莉已经两获恺撒奖最佳女配角，此时的她达到了演艺生涯之巅。恺撒奖评选开始之前那个夏天，在参加一场《马丁·盖尔归来》的发布会时，因为菲利普·拉布罗创作的一部短剧，她遇到了强尼·哈立戴②……两人相爱了！生活就是这样，充满意外。就在《马丁·盖尔归来》拍摄后，在巴黎体育宫举办了雪儿薇·瓦丹的一场演唱会，我借此机会结识了自己一生的偶像；与此同时，我最好的女性朋友却与雪儿薇·瓦丹的前夫坠入爱河！

起初，纳塔莉并未告诉我此事，因为她秉性低调。爱上强尼时，她和克里斯托弗·朗贝尔正经历一场美好之恋，我与克里斯托弗关系密切，因此她需要特别谨慎。她与克里斯托弗相识于《马丁·盖尔归来》剧组，当时，克里斯托弗来现场看望当时的巨星杰拉尔·德帕迪约。两人在一起

---

① 科纳尔的法文Connard，有"呆子"之意。
② 强尼·哈立戴（1943—2017），法国歌手及演员，被称为"法国猫王"。

喝得烂醉，我只好把醉醺醺的克里斯托弗拖回我的房间！他和纳塔莉相爱是在拍摄结束之后。他爱得疯狂，甚至想放弃《烈火战车》导演休·哈德森①的新片《泰山王子》的邀约，因为要去英国拍摄。纳塔莉劝他改变主意，对他说这是难得的机遇。未曾想到，短暂的分离以及一次偶然的发布会，居然使得他们劳燕分飞。与此同时，我开始与雪儿薇·瓦丹走得很近，虽然此时的她已经与强尼毫无瓜葛，但这些细枝末节还是影响了彼此交心……在这个圈子里，友谊有时确实很复杂！

《线民》结束后，纳塔莉的合约里总会加上我的名字，头衔类似于她的化妆师或者发型师，每部电影里总会发生一系列的小故事或趣事。通过《警察之战》，我认识了罗班·戴维斯。参与筹备他的《我嫁给了一个影子》时，我想把戏剧舞台上的一对情侣档请进来，即马德莱娜·鲁滨孙和雷蒙·热罗姆，饰演片中弗朗西斯·于斯特的父母。两人此前出演了佛朗哥·泽菲雷里导演的《谁害怕弗吉尼亚·伍尔芙？》，引起热议。我打电话给雷蒙·热罗姆，向他提起这部电影。

"先生，我受不了您了！"

"啊，为什么？"

"您要知道，我和那个丑八怪完全相处不来！她非常讨人厌。看来您在这行做不了很久……"

然后，电话被挂断了！我这时才想起之前玛尔琳·若贝尔说过，她曾在雷蒙·热罗姆手下出演《黑色喜剧》，当时就觉得这人很不讨人喜欢。之后，我又约见了莫里斯·泰纳克、乔治·马沙尔、让·达维等演员。能见到这些老演员，和他们交谈，问问关于他们职业生涯的一些问题，或是关于其他演员的问题，我很是高兴。他们的故事很吸引我，我仿佛也更深入地进到了这个圈子里面……

我还想推荐居伊·特雷让，一位出色的戏剧演员，甚至可以说是我青

---

① 休·哈德森（1936—   ），英国电影导演，其执导的《烈火战车》1981年获奥斯卡奖和英国电影学院奖最佳影片。

年时期的偶像,他曾出演过一部我钟爱的电视剧《喂,警察》。但是为了招募他,我做了很大努力,制片人觉得他不够阳刚。不过,我觉得他优雅而有气质。他的演艺生涯顺风顺水,曾凭借若尔热·拉韦利导演的戏剧《英雄广场》荣获了莫里哀奖。在他晚年时期,我经常见他。他结过婚,有一个女儿,晚年他爱上一个极其和蔼的巴西富商,名叫费尔南多,逝世之前,多亏他多方照顾。我之后得知,居伊·特雷让2001年逝世后,他的女儿居然不允许费尔南多进入他们的公寓,里面保存着居伊·特雷让所有的私人物品以及信件。这事也引起了我的思考,我想自己将来一定得立下遗嘱,这样,当我某天离世时,我的私人物品才不至于不知所踪……

最终,居伊·特雷让和马德莱娜·鲁滨孙组成了一对赏心悦目的搭档,两人气质高贵,富有爱心。他们之后又一起出演了戏剧《蓝白小镇》,里面还有格扎维埃·德吕克。在戏剧舞台上,我常看到马德莱娜的面孔,她每次演出都很精彩。我曾把她推荐给克洛德·索泰,在《普通的故事》中出演罗密·施耐德的母亲。《我嫁给了一个影子》拍摄期间,纳塔莉·贝伊和她相处非常融洽。其实,马德莱娜并不是一个容易相处的人,但却是一名优秀的演员。我喜欢她的声音,她是那么会讲故事……经她介绍,我知道了男作家安德烈·德里绍[①],并受其影响颇深。他与马塞尔·帕尼奥尔[②]是同时代的作家,还是费尔南·莱热[③]的朋友,对法国南部有过精彩的阐述。他和米歇尔·皮科利关系密切,那时米歇尔尚年轻。安德烈·德里绍的两本书曾长期陪伴我:《兄弟情》,讲述两兄弟之间的爱恨情仇,故事的真实性和细腻度令人震惊;《疼痛》,加缪曾这样评价它——正是通过阅读《疼痛》,他才有了成为作家的想法。能读到这两本书,我得感激马德莱娜,我也感激我们之间有过的美妙时刻。这部戏之后,罗班·戴维斯又邀请她参演了《法外之徒》,不过搭档变成了让-保

---

① 安德烈·德里绍(1907—1968),法国诗人和作家。
② 马塞尔·帕尼奥尔(1895—1974),法国剧作家、小说家、电影导演,主要作品有戏剧"马赛三部曲"、小说《家父的光荣》《家母的城堡》等。
③ 费尔南·莱热(1881—1955),法国画家、雕塑家、电影制片人等。

第二章 选角的那些年

与劳拉·斯梅特一起,我和埃迪·米切尔都是她的教父。© Coadic/Agence Angeli

尔·鲁西永。我一直觉得,马德莱娜未能成为巨星是不公平的。我曾因此多次致电莫里哀奖组委会,却徒劳无功。后来,纳塔莉终于进了组委会,并起到决定性的作用。2001年,即马德莱娜逝世前三年,正是纳塔莉亲手把莫里哀终身荣誉奖颁给了她。在她离世之前,我偶尔会去瑞士看望她,甚至给她发一些剧本,给她制造一种她还能继续工作的假象。

《我嫁给了一个影子》拍摄结束后,纳塔莉一直忙着拍摄其他电影,甚至在1983年11月,她女儿劳拉出生时也未歇息。她请我做劳拉的教父,强尼则请了埃迪·米切尔。随后,纳塔莉成了《右岸,左岸》的女一号,导演是菲利普·拉布罗,她在里面与杰拉尔·德帕迪约搭档;还搭档阿兰·德龙出演了贝特朗·布利耶导演的《我们的故事》。之后他们夫妻还合作出演了《侦探》,而且是纳塔莉把自己的丈夫推荐给导演让-吕克·戈达尔的。戈达尔执导《芳名卡门》时,主演伊莎贝尔·阿佳妮在拍摄启动一周后,突然决定离开,我仅仅用了一个周末的时间,就帮他找到替代人选玛鲁施卡·迪特马斯,因此他对我很友好,而且我们之前也有过愉快的合作。《芳名卡门》拍摄期间,戈达尔召开了一次临时会议,讨论技术人员的工资。戈达尔很喜欢谈钱!他先是声称大家的工资都太高了,然后说:"只有两个人工作很努力,就是服装师和多米尼克,因此,他们的工资可以涨!"我还记得,在莫里斯·皮亚拉开拍《致我们的爱情》时,他曾托我送去祝福:"祝好运,很高兴你能拍电影。"

皮亚拉因此高兴得像个孩子，时不时还会把这张明信片拿出来炫耀。他就是这样！我很喜欢和戈达尔合作，虽然他常夸张地说我就是个"人贩子"。他经常要找一些年轻女演员，看着我拿来的照片评头论足："很俏，但不是我的菜"，或者"女孩很漂亮，但照片没拍好"。有时，他也会问："您觉得她怎么样？""我很喜欢她。""您太喜欢她了，我就不要了！"他不讲才华，也不讲性格，他只会说："我要一个金发的或者褐发的……"

所以，为《芳名卡门》挑女演员时，他只是对我说：

"我想要找一个人替换阿佳妮，我希望她有亲和力，能按照我们的要求演，喜欢听这样的音乐……"

我注意到玛鲁施卡·迪特马斯，是在佛罗朗戏剧学院的戏剧班里。她来自荷兰，一到巴黎就参加了这个戏剧班。一年多来，我一直试着给她找角色，但都未成功，是《芳名卡门》开启了她的演艺之路。戈达尔见到她时，对她的演技一无所知，甚至不知道她的法语发音是否正宗，她的法语有口音，但是他立刻看到她身上的特质正是他想要的。为《侦探》选女演员时，我把当时所有一线的年轻女演员都给他看了个遍。记得就在电影开拍后的某天，也可能就是开拍第一天，我们在巴黎康克德圣拉扎尔酒店的一个房间里，里面挤满了穿比基尼的女孩；纳塔莉一边做头发，一边读着《首映》杂志；克洛德·布拉瑟尔在读《队报》，让-皮埃尔·莱奥德在读一本路易-费迪南·塞利纳的书，阿兰·屈尼在读一本保尔·克洛代尔的书，斯特凡娜·费拉拉和艾曼纽·塞尼耶在互相打趣。大家都在等导演到来，他的助理去找他：

"他们在等你。"

戈达尔回答：

"给他们钱，就是让他们等的！"

没人敢再催他。

拍摄现场的气氛也略显紧张。某日，他给主摄像师布吕诺·尼唐好好上

第二章　选角的那些年

了一课。戈达尔当众羞辱他，说他配不上自己的高薪。还有一次，他当着克洛德·布拉瑟尔和纳塔莉的面，说他们演技差，出演的烂片太多，而克洛德曾和他多次合作，纳塔莉也与他合作过《各自逃生》，关系一直很融洽。他接着说，这里唯一的好演员，就是强尼，他才是演技的典范！强尼听了也吓着了。通常而言，除了《马丁·盖尔归来》，我很少在完成角色挑选之后还去参与现场录制，但拍摄《侦探》时，戈达尔要求我每天都到场。

"你懂的，如果我们突然换演员，你得在！你有其他事要忙吗？"

"我参与了罗曼·波兰斯基的《海盗夺金冠》，还有雅克·里夏尔的《圣玛利亚》。"

"是有安娜的那部电影吗？"

这部电影里确实有安娜·卡里娜。他让我转交一封信给她，安娜曾是他的伴侣和助手。此时的他完全被奥雷勒·多阿藏迷住了，他一直跟我说："告诉她我爱她！"

某种意义上，我等于是他的媒人，我还挺喜欢这个角色的……

纳塔莉非常爱强尼。我发现强尼与她在一起时，是很开放的。他有些像海绵，能适应不同的环境。纳塔莉竭尽全力守护他，避免他受到外界乃至自身带来的伤害，帮助他对抗心中的恶魔。和她在一起，强尼所处的氛围透着知性，他读书、与人接触，生活算是稳定。这种状态下的他很令我倾倒，他也很喜欢我。他曾送给我一个皮包，我把自己所有重要的信件都放在里面。他住在克勒兹省时（即《乡下的强尼》时期！），还和镇上肉店的老板成了好伙伴。记得有一天，纳塔莉叫我们俩去重新油漆一根栅栏。我和强尼都不大擅长修复东西，被赶鸭子上架，纳塔莉转过身后，我们对视了一眼，叹道：

"哎哟，这真不是我们能做的事！"

还有一次，纳塔莉不在，我和他还有谢尔一起去蒙帕纳斯剧院看《丝克伍事件》，我感受到了周围炽热的目光，总算明白了什么叫"国宝级歌星"!

在巴黎的某晚,我们和米歇尔·贝尔热、弗朗斯·加尔共进晚餐。餐后回家途中,纳塔莉对强尼说:

"你一定得请米歇尔给你写几首歌。"

"可他不会答应的!"

"他会的,只要你跟他说。"

于是,她又组织了一次聚会,由此产生了那张绝妙的专辑《摇滚态度》,当中收录了《被丢弃的歌者》和《我们每个人身上都有叫田纳西的东西》。专辑序曲中,纳塔莉还朗读了田纳西·威廉斯①的一段话:

"致那些脆弱但杰出的人,你们极尽优雅,从游戏中脱身,需要有一只手,推着你们的肩膀,把你们推向生活,这手温柔而轻盈……"

这些话是她本人的真实写照,对于她的朋友,她总是不吝惜自己友善而关切的目光。正是她推动我放弃了选角的工作,转型为经纪人并进入雅美达。她也自然而然地成了我名下最早的女演员之一,这也进一步加深了我们的友谊。

6
明星与《明月照沟渠》

因为《歌剧红伶》与《马丁·盖尔归来》,选角导演这个职业仿佛突然间从幕后走到台前。面对片中的新面孔,或者那些形象大变的演员,"行业专家"以及媒体记者仿佛意识到,即使选角无法确保一部影片成功,

---

① 即托马斯·拉尼尔·威廉斯三世(1911—1983),美国剧作家,以笔名田纳西·威廉斯闻名于世,主要作品有《欲望号街车》《热铁皮屋顶上的猫》《玻璃动物园》等。

也至少可以改善影片的风格。从那时开始，媒体上出现了一些关于我和玛戈的文章，称我们为猎头、职业推手。有个我忘了名字的记者当时曾这样形容这个新兴的职业——"一个教不会且日新月异的岗位"。很形象的描述。确实，从事选角的人，需要有两个关键特质：好奇心和想象力。对周围人充满好奇心，喜欢他们的一切，包括他们的现在以及他们身上的潜力；特别是要有对演员的好奇心，爱他们，学会欣赏他们的才华，虽然成为演员有时不完全是才华的问题。

要成为选角导演，首先要有良好的直觉和敏锐的嗅觉。首次接触，就要能洞悉对方是否具备成为明星的潜质，包括他给人的感觉，他的天性、性格、嗜好、内心的伤痕乃至他隐藏的一些东西。要感受到这一切，得具备第六感。如果没有步入影视圈，我应该会开一家婚介所：我热衷于牵线搭桥！

在这个时期，我的工作方法很简单：多在外面跑，尽量多结交朋友，不仅要关注那些公立机构，也要去跑那些不出名的戏剧艺术学院，到一些偏远地方的剧场，或者一些咖啡馆剧场，学着与人沟通，多要联系方式，脑子里多记住一些面孔，所以我也得有好记性。然后，还得把这些信息分类建立档案，但这还不够。有些人很有组织性，却没有主见。我的做法是，提前反复阅读剧本，并多和导演交流，这样想法就会随之而来。我甚至有过不看照片，仅仅通过脑子思考就选好了角色的经历。实际上，这个工作要求努力和思考，同时也要求直觉和情感。我的做事方法有点像手艺人，没有电脑，没有软件，我用的是不同颜色的文件袋——绿色除外！里面放好了各类演员的照片：他们或曾打动我，或是一些吸引了我目光的路人。我经常会随手记下自己的一些想法，无论是在笔记本、日程表或者宣传册上……

关于这个新兴职业，有个问题总是被媒体提起：为什么总是找一些大明星，而不是找其他演员呢？没人能给出这个问题的满意答案，这是个谜题，也正是这个职业令人极其兴奋之处。对于一名影视演员而言，最重要的可能并不是才华，而是他这个人，他具有的魔力，那种"微妙的"不同之处，它们可以聚集灯光，形成影像：可能是他的微笑、个性、神秘感、魅力，他受过的伤害，他直视你的目光……在艺术学院里，我总会碰到一些很出色的人，但不觉得他们能在影视圈成功，至少无法一夜成名。他们是好演员，但是缺乏魔力，这种魔力与长相无关。当然，这些东西是很主观的，没有太多依据，有很多偶然和运气的成分，而且，跟周遭的一切一样，受到潮流影响。我也不太相信所谓不出名的天才演员。有才华的演员，最终总会脱颖而出，只是时间问题而已。当然，演员本身的个性也是要考虑的。有些人真心想成为演员，有些人一直在进步并能做出正确选择，而有些人并不清楚自己的真实想法，或者想走捷径……

只有看了一个演员的现场表演后，我才能很好地把他推荐给某些导演。尤其有些人并不知道怎么向别人"推销自己"，毕竟，试镜的时间以及与导演接触的时间太短了。成为一名伟大的演员和懂得与人相处是两回事。我可以对导演说"这人很出色"，但如果导演不这么觉得，那他就不会选；可是如果他能看到演员在舞台上或者银幕上的表演，那么一瞬间被吸引，事情可能就不同了。对新人或业余演员而言，只有通过多次见面，听他们讲述自己的梦想和抱负，我才能对其有所了解。在这个时期，我很喜欢把自己看中的一些演员推荐给两三位导演，无论是老演员、新人或业余演员，让他们尝试不同的角色，并跟踪他们在影片中的表现。这并不是说我觉得他们什么都能胜任，而是通过这种方式，我可以更好地了解他们，测试他们的潜能，以便长期给他们意见。可能也正因如此，我最终愿意成为一名经纪人，这样可以更好地了解演员，和他们一起打造璀璨之路……作为选角导演的有趣之处，就在于面对一些角色时，我们可以提前设想并思考哪些演员有能力驾驭它们，不仅符合角色本身，还能赋予他们自己的东西，通过他们的演绎，引起观众的共鸣，展示情感的力量……我不是那种为了一个角色找来上百名演员的选角导演。我只找四五人而已。这份工作的美妙之处，就在于能够与别人分享自己的喜好。当自己的想法实现，看到自己推荐的演员出现在银幕上，这就是真正的幸福。就像自己的某个部分存在于电影之中！毕竟，里面的演员可是我找到的。当然，我只是一个中介，只是受委托寻找演员，我只有建议权，决定权依然在导演手里，但我喜欢和导演之间的这种"艺术"联系：试着迎合他的想法，但同时根据我对人物以及剧本的理解，改变他固有的想法，这是一种乐趣。因此，我总是担心自己找不到他们希望得到的演员。每次合作，于我而言都像一场考试。

如果说有这么一次，我真的感觉像是经历了一场大考的话，那么就是参与《北方的星》那次，我希望把范妮·科唐松推荐给西蒙娜·西涅莱，出演片中她的女儿。当时是在《歌剧红伶》公映后，但在我参与《马丁·盖尔归来》之前。该片的领衔主演是西蒙娜和菲利普·努瓦雷，导演是皮埃尔·格拉涅尔–德弗利。经历《奇妙事件》之后，格拉涅尔–德弗利与我再度合作。不得不说，我们俩可谓如履薄冰，因为西蒙娜希望自己的女儿卡特琳·阿莱格雷能出演这个角色。某日，她获悉我正在为此角色安排一些年轻演员面试，便打电话给我：

"我知道您见了很多人，您一定得见见卡特琳，她是我的女儿，她没有理由会落选。"

我把此事告知格拉涅尔–德弗利……可格拉涅尔–德弗利完全不想要卡特琳。确实，相比片中人物的设定，我们觉得她的年纪确实太大了。格拉涅尔–德弗利就此事询问过菲利普·努瓦雷，他也不是很赞同：

"母亲已经是被硬塞进来的了……"

他并不是很乐意与西蒙娜合作，因为不久之前，他的朋友让·罗什福尔刚和她合作出演了《致爱人的信》，并未对她留下什么好印象。我们也找了卡特琳试镜，效果不错，但是范妮·科唐松的表现更加符合我们对人物的设定。最后，格拉涅尔–德弗利致电西蒙娜：

"西蒙娜，事情有些复杂，坦白说，这个角色不能给她。卡特琳很棒，但大家会觉得，因为她是你女儿她才能入选。我会找她合作其他电影，但这部不行。我相信，最后你自己也会觉得尴尬的……"

"那你选中了谁？"

"范妮·科唐松。"

"哦，就是那个在电视剧里出演了玛侬·莱斯科的蹩脚女演员？"

然后电话就被挂断了！

几天之后，我们在法国制片公司试灯光和服装。西蒙娜来了，很客气地跟菲利普·努瓦雷以及格拉涅尔-德弗利打招呼，但见到我和范妮·科唐松时，就点了下头，脸上冰霜一片……我很是害怕，她可能对我们不会很友好！三天后，西蒙娜生病了，电影被迫中断。当项目重启时，西蒙娜居然很喜欢范妮，甚至总是找机会把她推到前面！各位可以想象……她和片中另一个饰演她女儿的演员朱莉·热泽凯尔也相处融洽。我很相信朱莉的能力，但为了把她招募进来，其间也是困难重重。《北方的星》于朱莉是个机遇。她借此开启了演艺之路，随后数年间她一直有作品问世。此次合作之后，西蒙娜又多次打我电话，让我关注这位或是那位演员：

"您知道，他没工作……如果您有什么角色给他……"

她就是这样一个人。

由于在《北方的星》中的卓越表现，范妮·科唐松于1983年获得恺撒奖最佳女配角。不久后，她和皮埃尔·格拉涅尔-德弗利再度携手，合作了《文森特的朋友》，我也一如既往参与其中，并为格拉涅尔-德弗利找来了片中的诸多女演员。我非常喜欢格拉涅尔-德弗利，也很感激他。我和他还一起筹备过另一个项目《互相不对》，但流产了。本来借此机会，我们能把罗密·施耐德和阿兰·德龙再次凑到一起，他们是二十世纪六十年代的传奇组合，曾搭档出演了《游泳池》。可惜的是，电影进展缓慢，罗密在拍摄启动之前就过世了。令我很惊讶的是，电影进度之所以被延误，是因为阿兰·德龙不是非常想出演这部作品。我记得有一次，格拉涅尔-德弗利结束了一场纷扰的制片人会议，出来跟我说了一句令我震惊的话，让我开始考虑另找一名男演员。据他说，阿兰·德龙声称自己不愿和罗

第二章 选角的那些年

密·施耐德搭档,觉得她"太老且不复美貌了"。我难以相信,阿兰·德龙居然会说这样的话,如此粗暴且毫无根据。此后,每次看到他在电视上哭诉他和罗密之间的美丽恋情时,这事都会浮现在我脑海。事后,我们也确实考虑找其他男演员,据我所知,罗密还亲自打电话给杰拉尔·德帕迪约。但一切都太晚了……

雅克·鲁菲约拍摄《无忧的过客》时,我曾见过罗密·施耐德,并被她的美貌打动。诚然,这种美貌与年轻女孩的美不同,是一种四十二岁女人的成熟之美,但是她散发着光彩,牵动着人无尽的情绪,另外,她整个人身上似乎隐藏着一种忧郁,让她显得更加动人。可见,阿兰·德龙的话是多么不公正。不得不说,这部电影于她具有特殊意义,不仅仅因为它的重要性,也因为这部电影拍摄之时,她正处于一个极度艰难的时期。影片讲述一个德国女战士,为了保护一个犹太小男孩,在战时带着他逃离了自己的祖国。电影的想法来自于罗密,她选择了影片的导演,并邀请米歇尔·皮科利与她搭档。因此,《无忧的过客》……是她的电影。但电影拍摄之时,距离她儿子戴维的意外死亡仅仅相隔数月。悲剧发生时,电影的筹备一度中断,是罗密本人的坚持,项目才得以重启。也许于她而言,这是能支撑她度过这段艰难时期的唯一办法……饰演片中小马克斯的男孩,是我在一所音乐学校发现的,名叫温德林·沃纳。当我在他班上问谁愿意拍电影时,他是唯一没举手的,这反而令我困惑。我希望见见他。他举止沉稳,母语是德语而且小提琴技艺出众,罗密和雅克·鲁菲约都为之倾倒。他年纪和罗密的儿子戴维相当,而且两人很像。不过,在悲剧发生后,由于罗密提议,雅克差点儿决定弃用温德林·沃纳,但是他和剧中男孩的角色实在太吻合了,如果想尽快开始拍摄,我们就没有时间再去寻找其他演员了。

在柏林拍摄期间,罗密和温德林·沃纳之间的关系复杂。影片中两人的关系,只会不断地唤醒她的丧子之痛。在温德林为她表演小提琴的那段戏中,她满含热泪看着他,这于她真是难以承受之悲伤,那一刻,虚拟与现实交织在了一起。拍摄结束时，罗密当众道歉，因为自己在拍摄期间未能友好对待温德林。那一刻，在场的人心都碎了。温德林从未责怪过她，正如他之后在弗朗索瓦-纪尧姆·洛兰的《童星》一书中所述的一样。现在的他，成了一位概率学天才，获得了菲尔兹奖①，这相当于数学界的诺贝尔奖。他就是一个有着明确理想的人……我记得，我把纳塔莉·贝伊带到了电影的杀青晚宴上。罗密一见到纳塔莉，就朝她走来，与她握手，告诉她自己有多么喜欢她，其间罗密一直注视着她的眼睛。罗密和西蒙娜·西涅莱一样，对自己从事的职业爱若珍宝，我从未忘记她绿眸里的美和力量……《无忧的过客》成了她的最后一部电影，她于1982年5月29日离开了人世，距离影片上映仅隔了一个月。正如雅克·鲁菲约事后所说，她承受了太多的痛苦和悲伤，已经不堪重负。

为了找到《无忧的过客》的男三号，我们先是找了雅克·迪特龙，1975年，他和罗密出演了安德烈·祖拉斯基导演的《爱是最重要的事》，当中两人有过一段迷情之恋，但是迪特龙拒绝了。之后，我想到当时的电台主播热拉尔·克莱因。找他的原因，依然是为了拓宽电影的范围，让它能够跨越现有的领域，通过其他一些领域的杰出人物，赋予我们的角色"更多的"东西。这部电影结束后，我紧接着与让-保罗·拉佩纽合作了《如火如荼》，我们之所以考虑找阿兰·苏雄，也是出于同样的理由。找歌手来当电影演员，这在当时尚属首次。

从《无忧的过客》开始，我有了一位助手罗曼·布雷蒙。之前一段时间里，在为几部电影挑选角色时，我注意到这个戴着小领带、梦想成为演员的年轻人。我不确定他是否具备成为演员的资质，但一眼看上去，我直觉他很鬼也很机灵，我建议他来和我做事。再者，在筹备雅克·鲁菲约的电影期间，我发生了一次滑稽的事故。

---

① 菲尔兹奖是据加拿大数学家约翰·查尔斯·菲尔兹（1863—1932）要求设立的国际性数学奖项。

我们当时在滨海布洛涅市①位于西利街的工作室上班,阿兰·德龙在那儿也有自己的办公室。当他经过走廊或者来到餐厅时,大家都会愣住!事故发生前,我和克莱尔·德尼②在一起,当时她还不是导演,只是第一助理导演。我们一起去吃午饭,边走边开着玩笑,结果我一脚踩空,从台阶上滚了下去!庆幸的是,出于本能,我把手放在了前面,不然可能脑袋都得摔裂。开始我装作什么事都没有,但午餐时,突然一阵剧痛,令我支撑不住。我被带去诊所拍片。医生说:

"您摔得太重了,两只胳膊都摔断了。"

走出诊所时……我的两只胳膊都被石膏固定住了!工作和接电话都变得不容易,更不用说吃饭、洗漱以及料理日常琐事……回到工作组时,大家都看着我笑,阿兰·德龙说:

"您啊,做什么事都得成双成对!"

最简单的一个举动,突然间都变得异常艰难。我希望再也不要碰上这样的倒霉事。我当时最纠结的……就是上厕所。我人生中倍感耻辱的一次,就是有次上厕所时,不得不请求一个我不是很喜欢的年长的制片总监帮我把裤子提上去!当时只有他在厕所,此人有一次在提及某个女演员的片酬时这样说:

"这样的片酬,我希望她有床戏!"

我无法自理,只能到女性朋友帕特里夏家里住几天。幸运的是,之后罗曼·布雷蒙能照顾我。他来我家里,帮我穿衣服。接触得多了,我们变得非常亲密。两人共事了很长时间。后来我转行做经纪人,他继续从事选角,之后又投身于制片工作,现在负责法国电视一台国际频道的并购业务。

筹备《如火如荼》时,罗曼也是我的助手。我能参与这部电影,是由于蒂埃里·沙贝尔的介绍,他曾辅助吉拉尔·皮雷执导《坑蒙拐骗》,也

---

① 法国加来海峡省港口城市。
② 克莱尔·德尼(1946—),法国电影导演与编剧,主要作品有《太空生活》等。

曾是让-保罗·拉佩纽导演的第一助理。我们俩关系非常好,他到处帮我打广告。他长得也很帅,我一直对他说,他命中注定会喜欢上我!因为这部电影是雅美达公司的项目,我估计自己也得到了公司老板热拉尔·勒博维西的帮助。开始时,让-保罗·拉佩纽不大信任我。也许是他觉得我太能说,太过热情洋溢。他一向是老派导演的作风,一直很保守,感情很细腻,让人感觉有点清高。伊夫·蒙当和伊莎贝尔·阿佳妮在片中饰演父女,早早就进了项目组。阿兰·苏雄也很快加入进来。

我的首要任务,是找到阿佳妮在片中的两个姐妹。人选是我在一个小型戏剧课堂上注意到的。一个名叫让娜·拉勒芒,这部戏之后我还把她带进《高薪的举手!》剧组,那是皮埃尔·格拉涅尔-德弗利的儿子德尼·格拉涅尔-德弗利执导的电影。不久,她的艺名变成了让娜·玛丽娜,我则成了她的经纪人。她后来在克洛德·孔福尔泰斯执导的《波莱特》中担任女主角,又嫁给了歌手鲍勃·盖尔多夫。另一个女演员名叫阿梅莉·戈南,她的姐姐亚历山德拉·戈南曾参演电影《初吻》。她们俩与阿佳妮会面时的情景,我记忆犹新。马德莱娜·舍米纳饰演阿佳妮的祖母,她当时也在场。那天,阿佳妮估计情绪不佳,来时头上裹着围巾,戴着墨镜,心不甘情不愿地参与试镜,其间围巾和墨镜一直没摘下。这给前来面试的女孩们留下了深刻印象。马德莱娜·舍米纳也是,而且,我们都看得出来,她怯场,这让我们很吃惊。

片中的祖母,也就是伊夫·蒙当的母亲,要找到她的扮演者并不容易。蒙当那时六十岁,因此不可能找达尼尔·达黎欧那样年纪的演员,她只比他大了四岁。需要找前辈女演员。我最初的想法是找我从业初期的好朋友马德莱娜·奥泽雷。但阿佳妮不太愿意。她一直耿耿于怀的是,自己曾在法兰西喜剧院饰演水中仙①,这个角色最早的饰演者就是马德莱娜,但马德莱娜居然没来现场看她,却选择和卡特琳·萨尔维亚去观赏

---

① 水中仙,又称温蒂妮,传说中居住在水边的美丽精灵。

另一场演出！再者，饰演水中仙前，她去寻求马德莱娜的建议，选了一个帽子挂架作为礼物，马德莱娜觉得这像是在说她老了。

"她觉得我要戴帽子了……"

她认为自己被冒犯了！于是马德莱娜·奥泽雷出局了。

排除了她，我就在那些二战前出名的女演员中寻找。我记得自己还去找了让-克洛德·布里亚利和萨沙·布里凯，萨沙是玛琳·黛德丽的朋友，对老一辈的女明星都推崇备至。我们列出了尚在人世的女演员名单，我联系了雅尼娜·克里斯平。二十世纪三十年代她和路易·茹韦①演过马塞尔·阿沙尔②的戏剧；流亡美国后，她还出演了法国解放后的第一部影片《他们不是天使》。她约我在圣路易岛③的一间咖啡馆见面，来时醉得一塌糊涂！之后我又见了玛戈·利翁，一位法德双籍演员，二十世纪三十年代曾做过歌手和活报剧演员，后来在巴黎定居。我到她位于星星街的

1993年3月29日，与让-克洛德·布里亚利一起，庆祝他六十寿辰。

---

① 路易·茹韦（1887—1951），法国演员、电影和戏剧导演，曾获法兰西荣誉军团勋章，主要作品有《北方旅馆》《低下层》等。
② 马塞尔·阿沙尔（1899—1974），法国剧作家、编剧，主要作品有《间奏曲》等。
③ 巴黎塞纳河上小岛，位于巴黎中心。

家里去拜访她，她家里挂满了玛琳·黛德丽的照片。她告诉我，玛琳·黛德丽是她一生的至爱。我还见了另外一个很富有的女演员，名字不记得了，住在勒韦西内，有人对我说她战时曾是间谍！所有这些会晤都令我兴奋，仿佛自己看了一遍电影的发展历程实录。我被这些女性所打动。怎样的时刻改变了她们的演艺生涯和人生呢？别人的人生轨迹，尤其是演员的经历，总是会深深地打动我……这一切令导演让-保罗·拉佩纽觉得很有趣。不过，他是一个极端的完美主义者，总是很难下决定，难以在这些女演员中做抉择。他总是犹豫不定，经常朝令夕改。他担心地问我：

"您觉得这些年老的女演员还会演戏吗？"

面对他的质疑，我向他介绍了马德莱娜·舍米纳，就在不久前，我曾推荐她参演了《怪事》。让-保尔见她时，她正在出演洛莱·贝隆的一部戏剧——《热心肠》。让-保尔放心了：至少，他确定这个演员还会演戏！马德莱娜的丈夫是路易·迪克勒，在戏剧领域有伟大的成就，兼演员、剧作家和导演等身份于一身，我曾去他们家吃晚餐，因此有幸认识他。我之后还向贝特朗·塔韦尼耶推荐过他，当时贝特朗在找一位年老的男演员，与萨比娜·阿泽玛搭档出演《乡村星期天》。

还有一个角色的扮演者也不易找，就是片中伊夫·蒙当的情人。让-保尔希望找一名英国或者美国的女演员。我对自己的任务很重视，或者不如说……我对自己要求严格！我去了罗马，然后去了伦敦。我看中的第一个女演员，是海伦·米伦[①]，她当时出演的还仅仅是一些电影中的小角色，但已经是英国皇家莎士比亚剧场的一块招牌。与她的见面很愉快，她的法语很好，我觉得她略有纳塔莉·贝伊的影子，但让-保尔觉得她不够性感。可我的判断没有出错：三年后，她获得了人生中第一个戛纳电影节最佳女演员奖，之后再次将其收入囊中。更不用说在2007年，她凭借

---

① 海伦·米伦（1945— ），英国女演员，获得过无数国际演艺奖项，主要作品有《女王》《最后一站》《头号嫌疑犯》等。

《女王》获得奥斯卡金像奖最佳女主角！我还见了英国戏剧界的其他女明星，以及魁北克的女演员弗朗辛·拉塞特，她是唐纳德·萨瑟兰①的妻子，曾在让娜·莫罗的第一部电影《光》中担任女主角。我甚至还打电话给雅克利娜·比塞，她当时正处于演艺生涯的顶峰。最终，通过安娜-阿尔瓦尔-科雷亚经纪公司的一位经纪人，我与劳伦·赫顿②见了面，当时该公司名下有许多英国和美国艺人，而雅美达在那个时期只在意大利有联络点而已。劳伦·赫顿是著名模特，几年前决定转型成为演员。她曾出演过阿兰·鲁道夫和罗贝尔·阿尔特曼的电影，并曾搭档理查·基尔出演了保尔·施拉德执导的《美国舞男》，奉献了精彩的演出。她的美与众不同。她很欣赏我，送了我一件衬衫，说是……詹姆斯·迪恩穿过的，我觉得难以置信！让-保罗·拉佩纽也被她迷住了，但到了商讨合约时，我却被热拉尔·勒博维西和制片人菲利普·迪萨尔叫去骂了一顿！看到她要求的片酬，他们责备我不应当向拉佩纽推荐这般人物。庆幸的是，拉佩纽并未松口。此后我竭尽所能，让她留在法国。我把她介绍给达尼埃尔·施密德，与贝尔纳·吉罗出演了《夜幕下的故事》。拍摄《如火如荼》时，她和阿佳妮相处极其融洽，但和伊夫·蒙当关系略差些，蒙当与让-吕克·比多关系也不是太好。

我曾帮助帕特里克·舒尔曼寻找《去他的温存》的男主角，过程很有意思。按理来说，帕特里克离拉佩纽的世界很远，但只是按常理而言。还是因为想不拘一格，我找来了让-皮埃尔·米克尔，这是一位杰出的演员和戏剧导演，已经有七年没拍戏了。这部电影结束不久，他就获得了巴黎高等戏剧艺术学院院长的职位。

如果说劳伦·赫顿是让我来电的第一位美国女演员，那么凯瑟

---

① 唐纳德·萨瑟兰（1935— ），加拿大演员，出演过中国影片《白求恩大夫》和冯小刚导演的《大腕》，主要作品有《爱在记忆消逝前》和《饥饿游戏》系列等。
② 劳伦·赫顿（1943— ），美国女模特、演员，主要作品有《美国舞男》等。

琳·特纳[①]就是第二位。她曾与让-雅克·贝奈克斯的一部影片擦肩而过。前面我曾提过,女制片人丽丝·法约尔是早期喜欢《歌剧红伶》的观众之一,当时承诺要和贝奈克斯合作。她果然言而有信,成了贝奈克斯新电影的制片人,投资方是达尼埃尔·托斯坎·迪普朗捷掌舵时期的高蒙电影公司。这次贝奈克斯决定改编大卫·古迪斯的一本小说《明月照沟渠》,一个阴暗而绝望的故事:一个船坞工人因为妹妹被人强奸,而纠结爱上一个本不该爱上的美丽富家女,同时又迷恋原本年轻而性感的情人。我来到讷伊镇雅克-迪吕街的高蒙电影公司办公楼,我们就在楼后办公。贝奈克斯见到我,先给了我一个建议:

"这次,你得讨个好薪水!"

他曾是助理导演,愿意捍卫同行的利益,保护电影从业人员,希望他们能生活无忧,这与工会的意愿有些类似,但不完全相同。我去找丽丝·法约尔谈合约,她像一阵旋风,充满能量,与她在一起总能感受到快乐与激情。我们就片酬问题达成了一致。

"另外,你可以报销一些相关的费用。"

"例如?"

"嗯,比如你请演员吃午餐的费用……"

这于我而言尚属首次。不久,高蒙公司的会计找到我。

"我们看不明白您的报销单。为什么公司要报销莫·弗里宗买鞋的钱?"

听到这样的质询,我羞愧难当,满脸通红。我并未帮他买过鞋,难道是丽丝·法约尔把她的费用放到我的报销单里了?我向她问起此事,她回答说:

"不会吧,那些会计什么都不懂……"

她很友好,但确实也有些狡猾。

[①] 凯瑟琳·特纳(1954—),美国女演员,获得第59届奥斯卡金像奖最佳女主角,主要作品有《体热》《绿宝石》《激情罪恶》等。

第二章 选角的那些年

和贝奈克斯一起,我们开始寻找影片中的演员。船坞工人的演员已经有了,是杰拉尔·德帕迪约。时下最热的男演员加上最热的导演,这部电影成了当年最受期待的影片。贝奈克斯花大价钱找来了杰拉尔,当然,片酬与现在比还是小巫见大巫!贝奈克斯再次找来了《歌剧红伶》的团队:灯光师菲利普·鲁斯洛,布景师希尔顿·麦克尼科。《歌剧红伶》的成功给他们插上了翅膀,他们想拍摄一部在摄影棚内完成的大制作,并选中了奇尼奇塔影视基地①,在那里他们可以随心所欲地放飞极致疯狂的创作想法,这也导致了贝奈克斯与摄制组之间的纠纷,因为预算超支,而且拍摄进展缓慢!《明月照沟渠》的女一号,是一个来自上层社会的美丽女性,早期传言会是伊莎贝尔·阿佳妮出演,但仅是坊间流言而已。贝奈克斯和达尼埃尔·托斯坎·迪普朗捷很看好娜塔莎·金斯基②,《苔丝》中风姿动人的苔丝。在联络她并等候回复期间,贝奈克斯让我找找其他女演员。不久前,我刚结识了一位来自美国的选角导演阿曼达·麦凯,她当时途经巴黎,想认识一些巴黎同行。我们交谈愉快,她对我说:

"我们有一位演员朋友,她会来巴黎出席一部电影的首映式,你得去见见她。"

她说的电影就是劳伦斯·卡斯丹执导的《体热》。她的朋友,就是片中搭档威廉·赫特和理查德·克里纳的女主角——凯瑟琳·特纳。精彩的影片,出色的女主角,她美丽而性感,天性单纯友善。她待在巴黎的十天里,我们常常见面,还一起去游览了凡尔赛宫!

我觉得,完全可以找她来出演《明月照沟渠》的女主角……我使出浑身解数,做贝奈克斯的工作。他心动了,我们安排了几次试镜和一次听音,还为丽丝·法约尔和托斯坎·迪普朗捷放映了她的《体热》。看完电影后,托斯坎决定放弃:

---

① 意大利最大的影视制作基地,位于罗马郊外,有"台伯河上的好莱坞"之誉。
② 娜塔莎·金斯基(1961—),德国女演员,被赞誉为二十世纪八十年代"欧洲影坛第一美女",主要作品有《苔丝》《得克萨斯州的巴黎》《歧路》等。

"这样的女孩在美国随处可见!"

凯瑟琳·特纳就此被否决,无法出演,这让我失望透顶。那个时期的她确实不是什么明星,但几年之后,她不断攀上演艺生涯高峰,连续出演了《绿宝石》《现代教父》《佩姬苏要出嫁》《玫瑰战争》等影片。我们俩一直有联络,她曾是我名下的美国女演员,每次来巴黎,她都会打电话约我见面。1986年,是她将恺撒奖最佳男演员奖颁给了《地下铁》中的克里斯托弗·朗贝尔。此后,我没再与她联络工作——她的名气太大了!

1990年,我去纽约,在那里与我的好友唐娅·洛佩尔重逢。唐娅在纽约有套公寓,当时她丈夫还是雅美达公司的老板让-路易·利维。她做我的向导,带着我到处跑。我得知凯瑟琳·特纳正在百老汇出演《热铁皮屋顶上的猫》,于是对唐娅说:

"我要去,我要去看她!我相信她会记得我的。"

我们的座位在第一排,因为距离舞台太近,我不得不低下头,担心她看到我会影响演出。她在剧中的表现一如既往地出色!演出结束后,我们来到后台。杰克·尼科尔森也在那儿,凯瑟琳·特纳向我走来:

"哦,多米尼克,我的朋友!你能来真是太好了……"

然后,她当着众人的面说:

"在我还什么都不是的时候,他就喜欢我、信任我,但是我讨厌贝奈克斯,讨厌高蒙公司!"

我不免心中暗喜……十年后,在《毕业生》的舞台上,我再次看到她,还差点儿就看了她的《灵欲春宵》。当时我和一位朋友还有玛尔特·凯勒在纽约,得知她将再次出演戏剧。肯定得去。我们买了票,落座后,查看节目单——这些节目单我都保留着,包括海报,就像我少年时期一样——看到了这样的字:

"因为凯瑟琳·特纳生病,今天她的角色将由珍妮佛·里根出演!"

我们还是留在了现场,确实物有所值:她的替演也是一个很棒的演员。

第二章　选角的那些年

最后一次见凯瑟琳·特纳，是两三年前在亚努·科拉尔家中。亚努是媒体人士，认识许多美国明星。当时她组织了一次向凯瑟琳致敬的晚宴，凯瑟琳很热情地邀请我前去。借此机会，我还重遇了克里斯汀·斯科特·托马斯。看到她身体的变化，我感到震惊——她有严重的健康问题，正在接受可的松激素类药物治疗。

见到娜塔莎·金斯基那一刻起，让-雅克·贝奈克斯就下定了决心：她就是《明月照沟渠》的女主角。他派我去罗马寻找饰演她兄弟的演员。这个角色性格反常，嗜酒，生活颓废，与妹妹关系暧昧。对于贝奈克斯给予的信任，我一直感激不尽。他完全可以找一个意大利的选角导演运作此事，可是他硬是把我拉了进去。通过《歌剧红伶》，他让我见识了歌剧，这一次，他又拓展了我的眼界，丰富了我的知识。我在意大利待了一个月，住宿条件良好，还有一个司机。其间，我认识了一些意大利经纪人，他们给我看了不少优秀演员的照片，并给我介绍他们名下的演员。这就像是做梦！我记得，自己还有幸见到了著名歌手马西莫·拉涅里，他也出演过一些电影，几年后，克洛德·勒卢什还邀请他参演了《巴黎人》。我还得知赫尔姆特·贝格①也在罗马，他可是卢奇诺·维斯康蒂最喜欢的男演员，曾出演他片中的路德维希二世。我觉得他就是饰演娜塔莎·金斯基兄弟的完美人选，不仅因为他们都是日尔曼人，而且在外表上也有些相似，甚至达到可能引起错觉的程度。我们安排了一次晚宴。赫尔姆特·贝格来了。他依然英俊，但是韶华已逝，而且……他居然站都站不直！因为嗜酒？毒品？或者两者兼而有之？他居然在餐桌上睡着了。找他的风险太高了，难以承受。我只好继续寻找，但未能找到令自己信服的演员。这时，我的脑海里突然浮现了一张年轻演员的面孔，之前，我到意大利探班玛尔琳·若贝尔拍摄《危险玩具》时见到过他。我致电玛尔琳询问他的名字，因为我忘了。

---

① 赫尔姆特·贝格（1944—　），奥地利演员，代表作有《该诅咒的人》《内地家族》《路德维希》等。

"好像是叫吉约瓦诺·梅扎诺特吧……"

其实,他真正的名字是……维托里奥·梅索兹欧诺。

我联系了他的经纪人,经纪人回复说:

"这不可能,维托里奥将要与卢西奥·弗尔兹出演一部恐怖片。"

"但是,先生,这可是让-雅克·贝奈克斯执导的影片,他曾执导《歌剧红伶》。杰拉尔·德帕迪约和娜塔莎·金斯基都会出演此片,他不应该错过这样的机会……"

"我明白,但我们已经许诺人家了。"

他还是安排了一次会面。维托里奥来了,他是如此出众,如此独特,具备某种极其强的冲击力。理所当然……我对他一见倾心!是的,我知道,我总是很冲动!曾经有人说过这么一句话:

"我很滥情,但是……我很博爱!"

我正是这样的人!我向他重复此前对经纪人的说辞,他回答道:

"我也想,但是我承诺别人了,我不能言而无信。"

"有时形势所迫,我们不得不毁约,这样生活才会改变,因为这可以让我们走得更远。"

他的法语不是很好,因此我的回答是通过翻译传达的。他听完后,很严肃地看着我:

"也许吧,但我不是这样的人!"

"您应该参演这部电影,因为我觉得对您来说,这是一个重大的机遇。"

第二天,他的经纪人打电话给我,说维托里奥觉得我如此这般有些过分了。不过,他同意见一见让-雅克·贝奈克斯。贝奈克斯见他后也立即被吸引了,他之后甚至说,维托里奥是个罕见的演员,独一无二。几天之后,经纪人和我说,维托里奥最终改变了主意,同意参演《明月照沟渠》……但有条件,他要来巴黎工作并学习法语。

"可以,我会让他成为明星的!"

他来到巴黎，落脚于马拉尔街的郁金香酒店，女店主的丈夫也是一名演员。我帮他找了一名法语老师，我们常常待在一起，晚上两人经常一起吃晚餐。他和我说起他的演员妻子，还有他六岁的女儿乔凡娜。乔凡娜日后也成了一名演员，二零零几年间，她还逗留法国，与彼得·布鲁克和若泽·达扬有过合作。维托里奥很会展示自己的魅力，他会拉我的手，搂我的肩膀，让我心旌摇荡。这个时期，多亏克洛德·贝里的推荐，我还参与了帕特里斯·夏侯执导的《受伤的男人》项目，为他招募了阿妮科·阿拉那和苏菲·埃德蒙，饰演让-于格·安格拉德的母亲和妹妹。我还向他推荐了布朗什学院的伙伴克里斯托弗·马拉瓦，饰演男主角的爱人，正是他激发了年轻男主角的欲望。那时的克里斯托弗极其强壮，透着野性。人们开始关注他，他出演了若泽·皮涅罗导演的一部小制作影片《滚石家庭》，口碑很好。帕特里斯·夏侯找他试了镜，但尚在犹豫。出于某种直觉，我向他推荐了维托里奥，帕特里斯一见面就决定要他。由于当时维托里奥的法语还不是很好，帕特里斯后来还请杰拉尔·德帕迪约给他配音，不过德帕迪约的声音太有辨识度了，我觉得这不是个好主意。这样一来，1983年，维托里奥就有两部电影入选戛纳电影节了：《受伤的男人》和《明月照沟渠》。他在法国的演艺之路有了不错的开始。

在此期间，随着《明月照沟渠》筹备工作的推进，事情逐渐复杂起来。片中德帕迪约有一个性感而控制欲很强的女伴，名叫贝拉。丽丝·法约尔把她的一个朋友硬塞了进来，这是一个俏丽的黑人女演员，名叫戴安娜·阿伯特，当时是罗伯特·德尼罗的妻子。丽丝的丈夫雅克·扎内蒂，一位冉冉升起的新星，负责教戴安娜·阿伯特学习法语。丽丝·法约尔夫妇俩都觉得，雅克·扎内蒂可以出演片中娜塔莎·金斯基的兄弟沙南，可是维托里奥的到来，击碎了他们的希望。戴安娜·阿伯特开始准备台词，她和德帕迪约对了一段戏，效果非常好。与此同时，多亏英国同行的帮助，我们也在伦敦找到了饰演她母亲的演员——比特丽丝·里丁，一位女爵士歌手，她是美国歌手比莉·荷莉戴的朋友，此前从未演过电影。在她之前，我曾见过南希·霍洛威,小时候我曾听过她演唱的《你别这样离开》。2006年,南希·霍洛威还参加了《柔情岁月和木头人》①的拍摄,里面还有里夏尔·安东尼、弗兰克·阿拉莫等明星!但是让-雅克·贝奈克斯觉得她太年轻。在雅克·扎内蒂的帮助下,戴安娜·阿伯特的法语水平逐渐精进,两人变得形影不离。直到某一天,丽丝才发现,他们之间的关系已不仅仅是工作关系了。我甚至怀疑,是德帕迪约当着众人的面向她宣布了此事!于是,戴安娜·阿伯特出局,她随后带着雅克·扎内蒂回了美国!我觉得,他们现在应该还在一起。于是我得另找一位美丽而性感的黑人女演员代替她。

几乎与此同时,安娜-阿尔瓦尔-科雷亚推荐了一位西班牙女演员,这位演员深得她的信任,她找来供我参考。女演员二十三岁,已经出演过十几部电影,在西班牙有较高的知名度。她走进我办公室的那一刻,我就知道——纯粹出于经验!——我会选她。她性感、谈吐风趣、热情洋溢。她说的法语带着很好听的口音,她名叫维多利亚·阿布来尔。五分钟的接触,足以让我喜欢上她,我觉得她会是贝拉的完美人选。可她不是黑人!但这真的重要吗?我打电话给让-雅克·贝奈克斯,说我找到他要的贝拉了,但……她是一个白人。正如之前找《歌剧红伶》中玛丽莲的演员时一样,贝奈克斯再次选择相信我,赋予我很大的发挥空间,他也具有化险为夷的卓越能力。我当时的口气是如此兴奋,也感染了他,他表示要尽快见到她。维多利亚第二天就飞来罗马。贝奈克斯没有丝毫拖延,立刻决定由她出演贝拉,贝拉的身份随之变成了养女。这样的际遇真是疯狂!我当时还参与了另一部影片《我嫁给了一个影子》的拍摄,纳塔莉·贝伊担纲主演。借此机会,我把维多利亚也推荐给了罗班·戴维斯,韦罗妮克·热内②也经我推荐出演了这部影片。当时的韦罗妮克只演过银幕上的一些小角色,但她出演的电视剧《娜娜》引起了关注……巧合的是,戴安娜·阿

---

① 1965—1968年法国播出的一档音乐电视节目,主要面向年轻观众。
② 韦罗妮克·热内(1959—),法国女演员、电影制片人,曾获法兰西荣誉军团勋章,主要作品有《我嫁给了一个影子》《女银行家》等。

伯特离开剧组时,她正好也在罗马,我找了她来试镜贝拉的角色。《明月照沟渠》放映后,维多利亚收获了一片赞誉之声,成了一名完完全全的"法国"女演员。我备感欣慰。三十年后,她和萝拉·迪瓦尔都成了夏洛特·德蒂尔克曼的《啊!减肥!》中的女主角,这是我的邻居制片公司制作的一部影片,也是我们公司名下第一部大获成功的作品。

《明月照沟渠》中其他的角色演员,也很能体现我的喜好和工作方式。这里面有我发掘的一些新人,例如多米尼克·皮农,经过《歌剧红伶》的合作后,他很自然也加入了贝奈克斯的这部新作,饰演德帕迪约的兄弟;罗莎·普梅多也是我发掘的一位出众的女孩,我曾推荐她出演了克洛德·贝里的《情迷假期》,那会儿她刚刚被强尼·哈立戴抛弃。与之前一样,电影中也有我在戏剧舞台上发掘的一些演员,他们出演电影尚属首次,例如加布里埃尔·莫内,我遇到他时,他是格勒诺布尔市戏剧中心的管理人;还有贝尔纳·法尔西,我看过他的演出,包括伊吉·皮兰德娄的一部戏剧和勒内·德奥巴尔迪亚的一部戏剧,他的表现让我很是兴奋。另外还有一些上了年纪的演员,例如米莱娜·武科蒂奇,她曾跟费德里柯·费里尼、埃托尔·斯科拉以及路易斯·布努埃尔等导演有过合作;安娜·玛丽·科菲内,她出演过亨利·韦纳伊和克洛德·齐蒂的一些作品。此外,那个时代是意法联合制片的盛世,因此也有一些定居意大利的法国演员参与了此片,例如雅克·埃兰,就在不久前,我们还在格扎维埃·博瓦执导的《人与神》中看到他。当然也有一些冉冉升起的新星,例如让-罗歇·米洛和卡佳·贝格,前者随后遇上克洛德·贝里以及贝特朗·塔韦尼耶,奉献了精彩的演技;后者是一名性感异常的德国女演员,因为出演了马尔科·费雷里的《平凡人的疯狂》受到关注……

离开罗马后,我回到了巴黎。等待我的,将是更加奇异、更加疯狂的冒险。那是不一样的疯狂,那就是莫里斯·皮亚拉的《致我们的爱情》。

《明月照沟渠》太出格了,太唯美了,运用太多的光影和道具,有太多的吊车拍摄(拍摄用到的遥控长臂吊车可以实现非常精准的移动)、太多的期待了，也太烧钱了，总之"什么都太过了"。1983年，《明月照沟渠》在夏纳的媒体发布会上引来了一片嘘声。让-雅克·贝奈克斯与杰拉尔·德帕迪约之间矛盾公开，更是雪上加霜。虽然德帕迪约在银幕上的形象从未如此英俊，但就在夏纳电影节之前，他在一档电台节目中声称：

"这不叫《明月照沟渠》，应该叫《明月照阴沟》！"

他还缺席了媒体发布会，只是在影片正式放映时出现了一次。托斯坎·迪普朗捷本人也毫不隐瞒地说，他不喜欢这部影片。除了个别媒体，舆论一片致命的批评声，影片最终惨淡收尾，尽管里面有些很宏伟也很美妙的场景……尽管如此，能再一次与贝奈克斯合作，我还是异常兴奋的。我也能深切感受到，与他共事给我带来的进步。

7
与莫里斯·皮亚拉陷入最糟……并奔向最好！

我算是演过电影的人。雅克·杜瓦隆的几部电影，我都有露脸，而且经达妮埃勒·德洛姆和伊夫·罗贝尔推荐，我出演了阿兰·卡瓦利耶的《奇异的旅行》、克洛德·贝里的《我爱你们》，还有菲利普·德布罗卡的《心理学家》。之后的日子里，我依然乐此不疲。我最近出演的一个角色，是塞德里克·克拉皮斯的《中国益智游戏》里的一个编辑。此外，我还在让-米歇尔·里布的《柜哥柜姐站出来》中演了一个阿尔萨斯人，一个搞不清楚是否有种族歧视的家伙。但在我的"演员生涯"里，《致我们的爱情》有着特别的意义。它的重要性可谓无与伦比。首先，在我出演的角色中，这个角色是最重要的一个，也是最美的一个，在我演过的电影中，这也是最重要、最美的一部电影。真正的杰作。其次，这次的参演过程本身也是无与伦比的，让我至今难以忘怀。最后，就是电影的导演是莫里斯·皮亚拉，和他在一起，所有的体验都是全新的、独一无二的，过程纷纭复杂，既令人崩溃，又令人激动，既充满痛苦，又充满意义。和他在一起，什么都不会简单，但最终一切又显而易见。我们刚相遇时，有互不信任的苗头，但是短暂相处后，我们就心有灵犀。我们互相喜欢、互相争执、吵翻又和解，失去联络却总能重逢，之后又再次失去各自消息，随后又再次相遇。他的去世让我变得孤苦伶仃，仿佛随着他的离去，我身体的某个部分也被带走了……

"看，这就是克洛德·贝里派来的奸细！"

我们初次见面时，莫里斯·皮亚拉用来迎接我的就是这句话，那是1977年1月还是2月的一个下午，在香榭丽舍大道的多维尔餐厅。虽然话有些刺耳，但也并非全无道理。确实是克洛德·贝里派我来的，当时皮亚拉的一个项目《郊外的女孩们》正陷入困境。这个剧本是阿莱特·朗曼①为皮亚拉写的，灵感来自皮亚拉和他伙伴们在二十世纪六十年代青少年时期的经历，剧本获得法国国家电影中心的资助。在那个年代，资助款是剧本一经认可就立即支付的，不像今天，要等到电影拍摄开始之后才支付。但这部电影一直没有进展，皮亚拉和阿莱特·朗曼分分合合，把事情搞得一团糟，皮亚拉还把资助款提前花光了。如果电影未能拍摄，他得偿还这笔钱。克洛德·贝里和地中海电影租赁公司②的两位管理人，雅克和里夏尔·珀泽，是这个项目的担保制片人。贝里自己不想搅和进来，急急忙忙派我去找皮亚拉，帮他找片中的演员，以期尽快启动电影的拍摄。

在此之前，我从未见过皮亚拉。我知道他执导的一些电影，例如《赤裸童年》和《我们不能白头到老》，很是喜欢。他的影片有独特的风格，

---

① 阿莱特·朗曼（1946— ），法国编剧、电影编辑，曾获恺撒奖最佳剧本，主要作品有《一日情人》《萌芽》等。
② 百代电影公司的前身。

感情强烈，令人揪心，取材于他自己和周围人的生活，具有震撼人心的人性力量。我素闻他非常小心眼、爱发牢骚、易怒、对什么都指指点点。因为我和克洛德·贝里家族关系密切，我很早就知道他与克洛德·贝里之间关系复杂。他们是表亲，是朋友又是敌人，贝里是他的弟弟，也是他的对手。他们的相识要归功于让-路易·特兰蒂尼昂。当时贝里二十岁，皮亚拉却已有三十岁。两人中一个刚刚涉足演员行业，另一个则初为导演。他们那时形影不离。贝里住在巴黎普瓦索尼耶镇上的父母家里，他父亲经营着皮货生意。因为贝里的关系，皮亚拉很快与阿莱特·朗曼一家打成一片。数年之后，皮亚拉成了阿莱特的伴侣，当时她才刚满二十岁而且……刚与雅克·特罗内尔新婚不久，后者未来还成了贝里的左膀右臂！

1962年，贝里和皮亚拉一起拍摄了一部短片《雅尼娜》，剧本的创作者是贝里，他也是其中的演员，皮亚拉是导演。由此，两人间发生了最初的争执，美好的关系首次出现了裂缝，但这并未影响贝里随后参与《赤裸童年》，与弗朗索瓦·特吕弗和薇拉·贝尔蒙成为该片的联合制片人。两人的关系也因此持续恶化。贝里把阿莱特·朗曼当作妹妹，对于她抛下丈夫和自己的朋友皮亚拉结合，他一直心有不满。而且皮亚拉妒忌心很重，阿莱特则热衷于享受生活，他们之间的感情一直纷纷扰扰。因为电影《老人与小孩》的成功，贝里由一个籍籍无名的小人物，一下子成了法国电影界的明日之星。与之相比，皮亚拉为了拍摄自己梦想的电影，却一直面临重重阻碍。筹备《我们不能白头到老》时，皮亚拉不同意贝里成为该片的联合制片人，这也使两人之间的关系进一步恶化。其实，对于皮亚拉把新婚的阿莱特拐走之事，贝里的母亲一直耿耿于怀。贝里曾执导过一部向父亲致敬的电影——《爸爸的电影》，因为母亲的原因，贝里不想皮亚拉参与电影样片的放映。皮亚拉随后反击，决定不和贝里合作，选择和自己另一位兄弟让-皮埃尔·拉桑合作，可后者又是贝里最好的朋友之一。影片拍摄期间，皮亚拉又与让-皮埃尔·拉桑闹翻了。我就在这样的节点来到多维尔，来到香榭丽舍大街，简直像是进了地雷阵！

但是短暂相处后,我就被这个五十二岁男人的魅力折服了,虽然我当时才二十三岁。他胡子拉碴,看起来似乎诸事不顺,一开始和我谈话时,嘴巴里全是疑问,我显然无法回答他的这些问题:

"拍电影还能有些什么用处?讲述这样一个故事会让人觉得有趣吗?我如果去拍摄另外一部电影会否好些?您的职业太有趣了!您怎么能证明您找到的人是我想要的?不管怎样,都是克洛德·贝里在下指令,阿莱特就像个叛徒!"

我晕头转向,从未遇过此等人物。随后,交谈慢慢走入惯常的轨道。我被他打动了,这个受到伤害的男人,这个步入绝境的艺术家,他的愿望似乎处处碰壁,不为外人理解。尤其是他的微笑,既温柔又狡黠,瞬间照亮了他的脸庞,使他变得像一个孩子。我们待在一起谈了三个多小时,随后的时间里,我们俩形影不离。皮亚拉走进了我的生活,他向我讲述他的生活,说起他的忧伤和愤怒,尤其是难以忍受的孤独。他常打我电话:

"你要做什么?"

"我要回家了。"

"别回了,和我一起去看戏……"

看完戏,又一起去吃晚饭,吃完晚饭,又一起去喝点什么。克洛德·贝里也常常打我电话:"电影怎么样了?"

"没太大进展,我感觉他不想拍这部《郊外的女孩们》了。"

"他得拍,他必须拍!"

皮亚拉介绍我认识了他的第一任妻子米舍利娜·皮亚拉,他委托她管理自己的电影制片公司。我很快就喜欢上她,她一直对我说:"阿莱特不回来他就没法写作,也没法拍电影!"

确实,自《赤裸童年》起,阿莱特就成了他最喜欢的编剧和合伙人,我的任务就是找她回来。在等待她回来的日子里,我每天早上都去科利塞街的办公室,与米舍利娜碰面。数年前,我也曾在那里协助过雅克·杜瓦隆。我每天都重复同一个问题:

7 与莫里斯·皮亚拉陷入最糟……并奔向最好!

"你觉得莫里斯今天会来吗?"

他到办公室时,一般已是中午或者下午一点左右,到了之后说一句他还没吃午餐就又走了,或者说他没有好的笔,写不出东西,我得去帮他买一支好笔。他的口头禅是:"阿莱特这傻瓜,她在哪儿?"或者:"归根到底,我就是找不到这部作品的意义何在。《郊外的女孩们》就是坨大便!"但我的这些回忆也可能不完全准确,这些事情的发生时间也许更晚些。那段时间里,我们本来筹备的是《郊外的女孩们》,可不知不觉中却变成了《毕业生》。这种改变是出于什么原因,又是如何发生的,我都已经不记得了。

皮亚拉最初关于《毕业生》的设想,是作为《赤裸童年》的续篇,讲述其中一些角色和演员之后的境遇,虽然人名还是一样,但都变得物是人非了。不过,项目刚启动时,他的那些问题和口头禅还是没变:

"阿莱特她在哪儿呢?无论怎样,她要是不回来,我就无法写作!"

他的嘴边一直挂着"阿莱特"这个名字!我曾向他推荐科莱特·勒纳尔出演片中的母亲,为此被他好好敲打了一番。科莱特·勒纳尔是位非常受欢迎的女歌手,二十世纪五十年代,由于演唱了音乐剧《爱玛姑娘》(还有那些宣扬自由思想的歌曲!)成了名人。此时,她的发展有点陷入低谷,等到八十年代,她终于再度启航,最后在电视剧《生活是如此甜蜜》中出演了祖母,随之结束了自己的演艺生涯。那个时期的她,只能在一些文化中心和乡下的小剧场唱歌,但至少还有工作。我向皮亚拉说起了她,他觉得这是个好主意。我向他推荐安妮·科尔迪[①]时,他却很不高兴。此前经我推荐,她在勒内·克莱芒的《雨中的乘客》中扮演过玛尔琳·若贝尔的母亲。

和科莱特·勒纳尔的见面约在中午。"您可一定得准时到,因为她还要拍片。会面之后她就得赶火车离开。"她的经纪人如是说。

[①] 安妮·科尔迪(1928—),比利时电影女演员和歌手,主要作品有《猫》等。

科莱特·勒纳尔来时，肩上披着一件貂皮大衣。我们一起等候皮亚拉……他还没来！其间，我们相互寒暄。她感谢我能想到她，能与莫里斯·皮亚拉拍电影，她很高兴。我询问她的演艺生涯，建议她一起吃午餐。皮亚拉一直没到。四十五分钟之后，我只好打他电话，他回答说他被弄得莫名其妙，说是……我把会面时间搞错了。他到达约定地点时，已比约定时间晚了一个半小时！他假惺惺地对科莱特·勒纳尔说："很抱歉让您久等了，是多米尼克搞错了时间。他这人总是颠三倒四。"随后，他开始骂我，紧接着又说，"我要拍一部电影，但是否能拍成呢？我想不想拍呢？克洛德·贝里是否……"诸如此类。他真的有轻度妄想症。说完这些，他又说起法国国家电影中心资助款的事，最后总结道："如果电影能拍成当然好，但阿莱特得回来！贝里叫她回来就行了。"

科莱特·勒纳尔看着我，晕头转向。皮亚拉接着又问她："您还是不错的，（她那时可能才将近五十四岁！）您的工作够您维持生计吗？"

"够的，本来我还要坐火车去巡演，但现在晚了，我赶不上火车了，没法继续多待了……"

"这段时间我们不怎么看到您，我本来觉得您可能生活拮据。不过，您还穿着貂皮大衣，看来您应该衣食无忧！"

她起身就走了。皮亚拉随即发作："这个女人怎么回事？"

他发火的原因，仅仅是因为她没有任其为所欲为。事后不久，我打电话向科莱特·勒纳尔表示歉意。

"不，多米尼克，您没有做错什么。您很好，我相信您可以走得很远……"

因为我与阿莱特熟识，所有人都在给我压力，让我把她请回来。最后，她终于回来了，也开始写作。拍摄期间，她一直在写这个青少年题材的剧本，写完又改，不断从周围的事情和谈话中汲取灵感。我后来又向皮亚拉推荐了一些演员，可这并不容易。皮亚拉与格拉涅尔-德弗利恰好相反，后者对我带来的演员很礼貌、很在意、很热情。皮亚拉完全不同。

每次临近见面时间,我都会担心:"他会来吗?"他有时的确会爽约,更糟的是,他有时并不想见我看好的青年演员,会直接回绝说:"我不想见您!"现在回头去看这些事,我也许会觉得好笑,但在当时……他甚至每天都反复询问我对雅克·杜瓦隆的看法:

"杜瓦隆作为一个导演,他还不算是很糟糕,对吧?"

我获得的一切,首先得感激雅克,他这样的口吻足以引起我的愤怒。

"别这么说,雅克·杜瓦隆也应该算是您的家属了!"

他这话,和说我是"贝里派来的奸细"差不多,但在那段时间里,听到这样的玩笑话,我根本笑不出来。

影片的拍摄地在法国北部的朗斯,时间是在1978年1月,气温极低,相比在巴黎时的筹备工作,拍摄更是艰难。他刚刚决定选用萨比娜·奥德潘①就后悔了:

"为什么要选她呢?她会惹我们讨厌的,而且她就是个卑鄙的野心家!"

对于菲利普·马尔洛,他也是这般评论。马尔洛出演了一部电视电影,我们因此注意到他,把他招进了剧组。(他随后还出演了埃里克·罗默执导的《飞行员的妻子》。二十二岁时,他去法国南部露营,在帐篷里被一场大火活活烧死。)实际拍摄时,情况稍有好转,可惜在成片里,他们都只是配角而已,但这些业余演员的表现最后都超过了专业演员。这样的业余演员,我每天都会给他介绍一些。我流连于朗斯火车站对面的卡龙咖啡馆,那里汇聚了当地的很多年轻人,我借此可以找到一些业余演员。我帮皮亚拉找了许多,其中最杰出的当然是贝纳尔·特龙齐克,皮亚拉很喜欢他,一年后,又请他在《情人奴奴》中出演了德帕迪约的兄弟。我之后还招贝纳尔·特龙齐克做我的助手,参与筹备吉拉尔·皮雷的

---

① 萨比娜·奥德潘(1955—),法国女演员,主要作品有《祖与占》等。

《坑蒙拐骗》，但后来他成了一位数学教师。另外还有一个名叫帕特里克·莱普金斯基的年轻人，拍完这部电影后，又参演了阿涅斯·瓦尔达的《天涯沦落女》，之后在成为演员还是神职人员的选择之间踌躇多年，最后在五十岁时，当了一名神甫。在《一袋弹珠》之后，我再次负责为电影物色一些业余演员。我喜欢做这样的事，喜欢"真实的生活"能以这样的方式闯入电影，当然，也喜欢电影中能反映这种真实，并带给我们精神上的战栗。在皮亚拉的电影作品里，他就想要这个。

片场的气氛很紧张。第一助理导演帕特里克·格朗佩雷到来三天后，气氛更加紧张。他居然和阿莱特走得很近，甚至有些太近了！皮亚拉对此难以忍受，虽然他自己当时也和一个名叫弗雷德里克·塞尔博内的年轻女演员在恋爱（她后来还参演了皮亚拉的《情人奴奴》），他的前妻米舍利娜·皮亚拉则在一旁冷眼旁观！这简直是《我们不能白头到老》的现实版！皮亚拉正在拍摄的，仿佛就是一部讲述自己生活的电影。有时，这三个女人同时坐在一张桌子前，皮亚拉对她们说：

"唉！你们都不爱彼此，我看你们就像看三个面面相觑的假人儿……"

某日，在饭店吃饭时，阿莱特正在为电影内容辩护时，他突然当着一个当地官员的面，插了一句："这位女士看起来气质高贵，但和我在床上时，她就不这么装模作样了！"

语毕，周围一片冷寂。皮亚拉每天早上来到片场时都步履沉重，仿佛心中只有一个目标：找到一个理由可以不拍摄，或者推迟拍摄时间。他担心、迟疑，想法随时在变，他不仅否定别人，也否定自己，否定这部电影，我们甚至听到他在片场说：

"我怎么会拍这样的狗屁！……"

助理导演和主摄影师皮埃尔-威廉·格伦竭尽所能，拍摄工作才得以继续。我的心情也变得越来越糟。玛尔琳·若贝尔曾对我说，在拍摄《我们不能白头到老》期间，皮亚拉和让·亚纳之间争吵不休，我总算明白为什么了。我与他之间的默契，还有我对他的崇拜逐渐变成厌烦，甚至狂躁。他之前表示要我出演片中的一个角色，某日，他坚持要我出演一个小学教师，在学校厕所里猥亵自己的学生。我拒绝了。不久后，我们来到一所学校寻找拍摄地点，校长问我们要拍什么戏。

"多米尼克会出演您的角色，他把自己学生带到厕所里，然后抚摸他们。"

校长觉得他在说梦话。我骂了皮亚拉，对他喊："谁都无法让我演这样的戏，包括你在内！"

更夸张的是，他还让我负责脚本，虽然此前我从未涉足。每次快要发作时，现场的人都会听到我嘀咕："再等等，再等等，我还没准备好，燃料还不够。"

我做了三天的脚本，其间皮亚拉变着法儿骂我："你真的一无是处，一无是处！"

我的脚本生涯就此打住。我最终爆发的导火索，是我推荐的一位女演员拉谢尔·卡图被反复挑拣，最后仍被毁约。

影片中有一个旅店老板娘，我想可以找拉谢尔·卡图来演。那是一位娇俏的瑞士女演员，有着一双明亮的褐色眼睛，性感迷人。我注意到她，是在电视剧《摩加多尔的人们》和米歇尔·德维尔的电影《突然发脾气的老好人》中，我曾请她出演《我葡萄园里的葡萄》。出于好意，她后来还向米歇尔·德维尔推荐过我。见了她之后，皮亚拉觉得她很棒，决定选用她。之后，拉谢尔·卡图来到朗斯。某日，皮亚拉突然对我说："你得再找找老板娘的演员。"

"我们不是已经选了拉谢尔·卡图吗？！"

"我不确定会要她。"

"但是我们和她签约了！"

"再说吧，你还是再找找。"

他想要一个外表看起来更有风尘气的女孩，举止也要更加轻浮。在朗斯的一家夜店里,我总算找到一个他中意的女孩。我找她来试戏,皮亚拉也参与了。

"她简直完美。"

但到了正式拍摄时,他又觉得这个女孩不好了。虽然和业余演员一起,他还算耐心,但最后还是发火了:"您是不是傻啊?我已经和您说了三次,走出去时要说'再见',我们不能因为您这样的人而损失一整天的时间!"

"我不傻,您怎么说话的?我去找我男朋友,他会打烂您的脸!"她随即就走了。

他让我重新联系拉谢尔·卡图,她已经在酒店等了两天,但一直没来片场。没过多久,他又反悔了,觉得应该尽快了结此事。当晚,他对我说:

"你可以叫你的拉谢尔滚了,她一无是处……"

"可是她都没有来拍过戏啊!"

"我不想要她!"

可怜的制片主任米舍利娜·皮亚拉,考虑到和拉谢尔·卡图已有合约,劝他再考虑一下。可他固执己见,坚持说这事就这样定了。我觉得这样的做法实在太粗暴了,我们不应该以这样的态度来对待别人。愤怒冲昏了我的头脑,我大声地说:

"如果拉谢尔走,那我也走。这个女孩帮助过我,我做不出这样的事!"

说完,我又补了一句,这句话至今还在我耳边回响:"您就像只苍蝇,我恨不得一巴掌把您拍死在窗户上!"

我离开了剧组,回了巴黎。他每天打我电话,想让我回心转意,甚至还打电话给拉谢尔·卡图,叫她把我请回去……我没有再回去。在巴黎,我去找了克洛德·贝里,得悉皮亚拉在拍戏,他总算稍稍安心,他可不想赔偿之前花掉的资助款。他让我去继续负责皮埃尔·格拉涅尔-德弗利的项目《女布尔乔亚》,这样可以换个环境。他还想让我和帕斯卡尔·托马共事,可后者不乐意。在帕斯卡尔看来,我和雅克·杜瓦隆以及……莫里斯·皮亚拉走得太近了!

一两年后,我走在香榭丽舍大道上,猛然在多维尔广场看见了皮亚拉。他脸上神色显然不太好,但我还是朝他走了过去。见到我,他的脸舒展开来,语气很友善:

"啊,多米尼克,你还好吗?你知道吧,我可能要重新拍《郊外的女孩们》。你呢,现在在做些什么?"

"我在筹备吉拉尔·皮雷的《坑蒙拐骗》。"

"皮雷?嘿,你也没什么进步,一个烂片接着一个烂片!"

他就是这样:我怀揣愤怒离开了他,现在我忘了我们的过节,主动找他,他却这样贬低我!不久后,他还请我去为《情人奴奴》负责选角,我拒绝了。我当时已经参加了格拉涅尔-德弗利的《北方的星》,而且老实说,我确实也不太愿意。但有一天,我还是去片场探他的班,那天正好有伊莎贝尔·于佩尔的戏。当着她的面,他依然口无遮拦:

"多米尼克是玛尔琳·若贝尔的密友,那是一个好演员……至少待人很和气……多米尼克,你对她说,我很想找她再拍部电影,告诉她……"

大家可以想象伊莎贝尔·于佩尔的表情!再往后,《情人奴奴》拍摄完后,他再次打电话给我。他重新启动了《郊外的女孩们》,但改名为《苏姗》,也就是后来的《致我们的爱情》。阿莱特对剧本进行了改编,剧情集中到一个主角身上,创作的灵感来自她本人的经历:一个年轻女子,经历了一个又一个男友之后,仍未能找到真爱。受到邀请时,我有些犹豫,可是谁能拒绝莫里斯·皮亚拉的邀请呢?谁能经受住他非同一般的诱惑和吸引呢?更不必说他的个人魅力、他的微笑,还有他那历经伤害之后的仁慈。我答应了他。一个人仿佛只要认识了他,就很难再离开他。

1982年秋,我来到项目组,当时,皮亚拉已经找到他的"苏姗",一个十五岁的女孩,名叫桑德里娜·伯奈尔,当时与父母住在埃松省格里尼市。个中缘由,我们都了解。早些时候,皮亚拉曾在《法兰西晚报》发布一则启事,为影片《致命陷阱》招募两名青年演员,桑德里娜·伯奈尔的姐姐莉迪曾来面试,但影片最终流产了。这部作品的灵感来自于二十世纪七十年代的一则社会新闻:两个年轻女孩,杀害了一个让她们搭顺风车的司机。这个作品,他念念不忘,一直想着要把它搬上银幕。却徒劳无果。最后,是他曾经的第一助理导演帕特里克·格朗佩雷,于2006年完成了这部影片的拍摄,制片人是皮亚拉的最后一任妻子西尔维·皮亚拉,这部影片也成就了塞莉娜·萨莱特。这件事情总算是画上一个句号!《致命陷阱》项目组邀请姐姐莉迪参加试镜时,她不在巴黎。她的妹妹科琳娜想去,便拉上桑德里娜一同前往,虽然桑德里娜并不是很想去,在此之前,她已经有过两次做演员的经历,都是热门影片——《初吻》和《傻瓜假期》,可她并不想继续做演员。试演结果,被选中的却是她,先是出演《致命陷阱》,接着是《苏姗》。对于她的笑容,皮亚拉完全无法抵挡,桑德里娜也一样,对皮亚拉的魅力毫无抵抗力。这就是命运。

《苏姗》这个剧本,灵感来自于阿莱特·朗曼青少年时期的经历。莫里斯·皮亚拉曾与朗曼-贝里家族关系密切,他借着拍摄电影的机会,了结了一些个人恩怨,但也毫不犹豫地与之保持了距离,让自己和别人的生活,以及拍摄过程中的一些意外情况统统淹没在影片中。他惹的麻烦,总是自己解决。他身上交织着坚强与软弱,交织着各种矛盾,很多事情总是搅在一块儿,例如他的生活和作品、角色和演员、虚拟与现实等。片中母亲的角色,在我的想象中,有点像是贝里和阿莱特的母亲,谦逊内敛,甚至有些没有主见。我向皮亚拉推荐雷内·巴尔泰维,她在《一袋弹珠》中曾演过母亲。他回道:

"你别把杜瓦隆用剩的东西塞进我这里!"

他说他想到的人选是埃夫利娜·凯尔。我觉得他的想法并不是很好,埃夫利娜被人熟知,是通过西多妮·科莱特的戏剧《吉吉》,后来她经常出现在电视节目《今晚看戏剧》中。她身上巴黎女人的色彩太浓烈了,也太过优雅,与我想象中贝蒂·朗曼的形象并不相符,与片中的角色也不一致。但皮亚拉选她也有他的原因:埃夫利娜熟识朗曼家的人,也认识玛尔琳·若贝尔,在他和克洛德·贝里合作拍摄的短片《雅尼娜》中,她曾是女主角。影片中的这个角色,名字就叫贝蒂,这也源自皮亚拉本人的坚持。

自从《毕业生》以后,我和皮亚拉的关系略有改善。我对之前不愉快的经历还记忆犹新,所以仍有怀疑,想与他保持一些距离。另外,在这个行业当中,我也有了更多的保障。当时的我,还同时参与了克洛德·索泰的《服务员》和热拉尔·韦尔热的《暴风雨中的骑士》,两部都是巨作。我知道,即使我与皮亚拉合作不下去,外人也不会说"他够呛了"。皮亚拉老是询问我同性恋这个话题,其中夹杂着个人的情感、好奇,也有挑衅。

"那你扮演什么角色?和谁做?你们怎么做?"

与此同时,每次我向他推荐某个青年男演员时,他都会说:

"多米尼克在找自己未来的新郎呢!"

看到我太过维护某个男演员时,他会故意不选他,并以此为乐。通过我的努力,皮埃尔-卢普·拉若①被招进了剧组。他是我在佛罗朗戏剧学院发现的,他当时出演了伊夫·纳瓦尔导演的一部戏剧,之后,我又把他招进了《拉斯卡丁》,那是我好友加布里埃尔·阿吉翁的一部影片。另外,我还在克洛德·索泰的《服务员》里给他找了一个角色,他后来成了阿里埃尔·泽图恩执导的《纪念品,纪念品》中的男主角。但在推荐罗班·勒农西时,可谓困难重重。我在巴黎高等戏剧艺术学院发现了他,对于他的能力,我信心满满。皮亚拉当时要找一个演员来演片中的罗贝尔,他是女主角苏姗的哥哥,人物的原型就是克洛德·贝里。这是一个性格

---

① 皮埃尔-卢普·拉若(1958—),法国舞台、电视和电影演员,主要作品有《蓝色的自行车》《生于68年》等。

异常敏感的人物，太爱自己的母亲和妹妹，却又总是纠缠不清，抒发情感的方式也太激烈，是影片中的一个重要角色。我向他推荐罗班时，皮亚拉说他准备用雅克·维勒莱。尽管我曾提醒过自己不要太使性子，但我依然坚持。他之后又说要用雅基·贝鲁瓦耶。某日，他叫我去办公室，说是要我"试演个小角色"，和桑德里娜·伯奈尔搭档。我到他那儿时，对接下来的事一无所知。一同前来试戏的还有其他一些男孩，但都未被留下，不过，不久之后，他们都出名了……他让我试演这样一场戏：苏姗有一天很晚才回家，哥哥罗贝尔把她辱骂了一顿。阿莱特曾和我说过，虽然她和克洛德·贝里之间感情很好，但被他打过数次耳光。玛尔琳·若贝尔也对我说，贝里发怒时，可能会动手。因此，在试演这场戏时，我临场发挥，角色在愤怒之下，被冲昏头脑，出手打了桑德里娜。事后，我感觉很奇怪。试演当中发生的一些事情，已经超出我的自制力了，我仿佛被带入另一个情境，仿佛戏中的我超脱了自己，已经不是现实中的我了。当天晚上，我去见了克洛德·索泰。第二天早上，我接到皮亚拉的电话："好了，我找到哥哥的演员了。"

"罗班·勒农西？"

"别再和我提你的勒农西了！不是他，是另一个人，但我不知道他是否有勇气出演。"

"谁？"

"你！"

"但是，皮亚拉……"

我向他解释，对于一个从未真正演过电影的人来说，这样的角色太大了，我觉得自己不能胜任，我现在还忙于克洛德·索泰以及热拉尔·韦尔热的电影……所以这是不可能的。皮亚拉发火了：

"你的问题，就在于太安于现状了！你正在错失机会，你本来有可能成为一个伟大的演员，像彼得·洛一样，但你的人生将注定平庸。你一生都只能跟在其他演员的屁股后面转悠，你一生都只能是个没用的选角员!"

挂断电话前,他又说:"二十四小时内给我答复,无论如何,我是不会用勒农西的!"

显然,我之前推销罗班·勒农西推销得太过了……

我去找克洛德·索泰,向他转述了皮亚拉的想法。索泰和格拉涅尔-德弗利一样,一向对我很好。他并不是一个以自己为中心的人,懂得欣赏别人的影片,他对我说:"你不应该拒绝,这是一个机会,你得抓住它。"

"可我了解皮亚拉这个人,和他在一起,就如同深陷地狱一般。一旦他知道我还和您接触,他会竭尽全力阻止我找您的……"

"会有办法的,我们可以在你空闲时找演员。"

他的第一助理导演雅克·桑蒂也怂恿我要把握机会。热拉尔·韦尔热也非常友好地鼓励我:"去吧,我们并不急于筹备《暴风雨中的骑士》,我们可以安排好时间,周末加班。"

第二天早上,我致电皮亚拉,对他说我愿意出演。皮亚拉回答说:

"我考虑了,最后觉得我这个想法不是太好。"该死的皮亚拉!他接着还说,"而且,你看起来会不会太像同性恋?"

"这个,我可不好说,这得您来看。"

"哦,反正贝里就有点像同性恋!这样吧,你先去学怎么割动物皮毛。"

我来到镇上,那里还有一些皮货作坊。我在那里遇到了埃夫利娜·凯尔,和她分享自己少年时期的经历,说起自己曾在某个节日的夜晚去剧场看她演出,但因为观众太少,演出取消了,最后她还和我们这些观众坐了一会儿。

皮亚拉听了这件事后生气了,对埃夫利娜·凯尔说:

"不管怎样,你能出演这部电影,可不是因为他。他之前一直想着法儿不让你演这个角色!"

我们俩要在影片里搭戏,他这样惹是生非真的好吗?决定接演后,我反而不担心了。奇怪的是，从拍摄第一天起，我的一只耳朵就失聪了，仿佛我的焦虑选中了这只耳朵作为宣泄口，或者说我的身体启动了某种防御机制！

在制片公司的办公室里，我又见到了米舍利娜和阿莱特。拍完《毕业生》之后，阿莱特就离开了，现在再次回归。另外，我还认识了弗洛朗斯·康坦，她此时负责广告拍摄，后来成了艾蒂安·沙蒂利耶的编剧。皮亚拉听说她钟爱《情人奴奴》，于是找她来做自己的制片主任。我还见到了西里尔·科拉尔，皮亚拉与他通过《情人奴奴》相识，当时他是媒体专员克洛德·达维的助理，而达维是皮亚拉亲密的合伙人，之后与杰拉尔·德帕迪约也有过密切合作。（德帕迪约还在皮亚拉的最后一部电影《难为了爸爸》中出演了爸爸一角。）西里尔当时二十五岁，英俊潇洒，对电影充满憧憬，皮亚拉因此对他有了好感。不仅仅皮亚拉喜欢他，这位后来自导自演了《野兽之夜》的西里尔，在剧组里展现出惊人的个人魅力。他并不满足于已有的诱惑，一直在寻求新鲜的感官享受，在片场里，无论男女均为之疯狂，也包括我！他是皮亚拉的助理导演，同时皮亚拉也让他在片中出演了苏姗的一个男朋友，两人结了婚，却又分手。拍摄时，皮亚拉有时会选择放弃或省略一些场景的拍摄，转由西里尔来负责。

拍摄我因为桑德里娜晚归而掌掴她的戏时，皮亚拉觉得不好，因为我的表现不如试戏时那么暴躁。

"这样根本不行，你的手是面糊的吗？老实说，我后悔要了你。"

他决定把这场戏推到第二天。之后连续好几天，我们都是先拍这场打耳光的戏，每次皮亚拉都很无奈：

"你真的不行，我们又得因为你损失一天的时间！"

米舍利娜试图调解，但无效。

"不行，这样拍不行。我不应该要他的！"

起初，这些话令我心情忐忑，一天天过去，我被激怒了！一天早上，

我对他说,我受够了每天重复拍这场戏,我演不了!他回答说:

"是我受够了,我决定停止拍摄……"

听到这儿,我发疯了,怒火一下子爆发了。我用尽全身力气,狠狠地扇了桑德里娜几个巴掌,真正的暴打!而且,我冲到窗边,打开窗户,像是要把她扔出去。皮亚拉拍到了他想要的!

这就是他的手法:抓住当下的真实。不仅仅要察觉角色的真实性,还要察觉演员表演时的真实性。把人逼入绝境,造成落差或失控,让压力累积,耐心而痛苦地等待终极时刻的到来,让真相或真实的情绪或两者同时浮现,整个过程几乎在不知不觉中就完成了。只有达到理想的状态,他才愿意拍。正因如此,在他的电影作品里,尤其是他这个人的身上,才有了炽热的一面,充满野性和感性。成为皮亚拉电影里的演员是一种奇特的体验,甚至可以说是独一无二的体验。演员不需要成为既定剧情的俘虏,可以在一定范围和规则内自由发挥,同时,演员能预感到危险可能很快来临。皮亚拉仿佛一直期待演员能大大超出预期,或者说,他拥有让演员走出舒适区的天赋。演员觉得内心变得暴躁甚至狂躁时,就会想要自我超越:"既然你觉得我不行,那你就给我瞧着……"

他好像能从我们身上偷走一些东西,同时我们还心甘情愿,这实在令人费解!

某日,我要演一场和埃夫利娜有正面冲突的戏。埃夫利娜很可怜,作为一个女演员,她已经到了关键的年龄段,得到的邀约已经不多了。被多次责骂后,她情绪很低落,还生病了,吃了很多药。皮亚拉都不正眼看她,最多只说声"你好",他眼里只有桑德里娜。不过必须承认,桑德里娜确实非常出色,她的表演自然、真实、轻松自如。她是天生的演员,像一缕阳光。埃夫利娜突然厌恶起桑德里娜来,气氛变得更加紧张。拍我们俩这场戏时,埃夫利娜突然脱离了剧本,开始毫不留情地辱

第二章 选角的那些年

骂我。她像是疯了，双目圆睁，整个人完全失常了。摄影机依旧拍着，我们继续发挥。

"妈妈，别说了！"我推开了她。我试图撞开她，让她冷静下来，也为了躲避她的殴打。她被我一推，头一下子撞到墙上。我看到她流血了！我瞟了一眼摄影机：它还在拍。皮亚拉没说"停"！像往常一样，他在火上加油。当他终于喊"停"时，我们叫来了消防员，把埃夫利娜送去了医院，帮她缝合伤口。我觉得有些尴尬……当天的拍摄就此中止。对此，皮亚拉还显得有些高兴，他好像总想着要把拍摄往后推，但至少这一次，不是他造成的！

第二天早上，助理去接埃夫利娜回片场。她在医院等着他……并打点好了行李！她说她决定和丈夫离婚。还有，她不想回片场了，她要去卡利塔美容院找她的发型师，把头发染淡。有件事一直困扰着她：她长得像凯瑟琳·德纳芙！助理打电话给米舍利娜·皮亚拉：

"她疯了！"

没办法，助理陪她去了卡利塔美容院，弗洛朗斯·康坦随后也去了，并打电话给她丈夫阿尔贝·奥津斯基。顺带说一句，她的丈夫是克洛德·贝里儿时的伙伴，两人的父亲都是皮货商。贝里正是在他们的婚礼上遇见了让-皮埃尔·拉桑和安娜-玛丽。可阿尔贝不愿搅和进来，他不久前恋上一个年轻女孩，已经离开了埃夫利娜，所以她才情绪低落并生了病。埃夫利娜被送去了医院，医生诊断她为精神错乱，最后，她被送进了一家精神病院。

于是，没人演母亲了。

"你去找个替身。"皮亚拉对我说。我有个女性朋友玛丽·法热，曾参演《我葡萄园里的葡萄》，我打电话请她来拍了几场背对摄影头的戏。之后，埃夫利娜回归剧组，问我们"她离开的两天里"有没有想她。可她离开了一个星期！之后的拍摄，她表现正常，只是人有些虚弱和心不在焉。通过这次事件，我们反而走近了，这与电影的设定也相符，电影里面母亲和儿子结成了同盟,站在女儿的对立面。我和她在一起的时间不少,我请她给我讲令她声名鹊起的戏剧《吉吉》,讲这部戏的作者西多妮·科莱特。电影拍摄结束后,我们成了好朋友,2005年夏天,我参加了她的葬礼。

如我所料,关于我参与另一部电影之事,即克洛德·索泰的《服务员》,皮亚拉一点都不帮忙。那时还没有手机,打电话是件不容易的事。庆幸的是,在业务管理处有两部电话,管理处主任西尔维·丹东是个二十三岁的女孩,不久就成了皮亚拉的新伴侣。在拍摄的间歇,我常跑去那里打电话,因为工作计划的变化,我多次对克洛德·索泰的合伙人雅克·桑蒂说要取消会面,其实,计划每天都在变!所以,皮亚拉一看不到我,就大叫:"他又跑去业务处了!"

我每天都担心,担心自己能否继续参与索泰的项目。有时,趁着安装布景的空隙,我甚至会把一些演员约到片场见面,如雅克·博纳费。我是在巴黎秋季艺术节上看到他的,他当时出演了高尔基的《底层》,导演是吉尔达·布尔代。这是一部卓有远见的戏剧作品,里面的主角正是今天被我们称为"无家可归的一群人"。我喜欢雅克·博纳的表演:狡黠、阳光、单纯……我推荐他出演了让-吕克·戈达尔的《芳名卡门》。当时,《致我们的爱情》还需要一些配角,我叫他常来剧组找我,这样皮亚拉可能会对他感兴趣。可惜,这招并不管用。

那时,纳塔莉·贝伊爱上了强尼·哈立戴,她对我说:
"无论如何,你得见一见他。"
我们说好一起到她位于克勒兹省的家里过圣诞。约定这事当天,我就通知了米舍利娜、弗洛朗斯和阿莱特,告诉他们12月24日星期五那天我要请假。23日那天,我很开心地来到片场。我已经打点好了行装,准备第二天一早就出发。好像是故意似的,那天的进展很不顺利。轮到拍我的戏时，已经是傍晚五点钟了！拍摄了几次后，皮亚拉喊停。"明天继续拍。"

"可我明天不在！"

"你为什么不在？还没到圣诞节！"

"我之前一直说我24日那天不来。"

"没人和我说过。（他就是这么无赖！）而且，你为什么不来？"

"因为我要去克勒兹。"

"你去克勒兹干什么？"

"我要去见纳塔莉·贝伊和强尼·哈立戴，我很高兴能和他们一起过圣诞节！"

"我不管！你不能去。"

"不，我要去。"

突然，他拿起片场的一把锯子，挥舞着朝我走来。我赶紧跑了，他挥着锯子，追得我在巴黎十六区的那栋公寓楼里满楼道跑！我从应急楼梯逃了出去，他在后面喊："如果你明天不来，你就死定了！这部电影里就没你了！我会把你的所有画面剪掉！"

回到家里——当时还没有手机，但已经有了语音信箱——我收到了米舍利娜、阿莱特和弗洛朗斯的留言："你回来，别做傻事。他会把你的戏剪掉的，那就太可惜了，你演得超棒！"

我没退让，24日一早如期出发了，不过，心里难免有些罪恶感。到了克勒兹，纳塔莉对我说，剧组有人也给她打电话了。"你还是小心点……"她说。

"我知道，可是我受够他了……"

我和纳塔莉还有强尼度过了很温馨的三天假期。星期一早上，我回到巴黎，心里矛盾重重，不知道是否应该再去剧组。我来到剧组附近的咖啡店，在维克多-雨果广场，剧组里的人常去那里小聚。皮亚拉来了。出人意料的是，他满脸笑容地朝我走来，他那种微笑令人难以抗拒："嘿，假期还好吗？她家怎么样？还有强尼，他人怎么样？因为你，我度过了一个可怕的圣诞节，我想尽办法要把你从电影里剪掉，可没成功，没办法！而且，我还很想找强尼合作……"

可恶的皮亚拉！之后，他还真和我谈了找强尼合作之事。他看了一部侦探小说，想找他拍成电影。我安排他们见了面。有一次，不记得具体因为什么事，我甚至还和皮亚拉、强尼以及让-雅克·贝奈克斯四人一起吃晚餐。

莫里斯·皮亚拉的拍摄手法向来与其他导演不同。他的作品通常与《幻想的发生》①类似。相比其他作品，《致我们的爱情》与之更相似。里面的情节，取材于阿莱特和朗曼-贝里家族的故事，但又不全是。埃夫利娜和桑德里娜之间关系紧张，导致埃夫利娜与皮亚拉的关系也很紧张。皮亚拉以这种复杂关系为乐，无论是他还是他的助理导演西里尔·科拉尔，对于这类错综复杂的事情都不陌生。西里尔虽然面善，但爱玩弄阴谋，喜欢引发各种醋意，并以此为乐。他像个猎手，目的就是获得最多的猎物。在片场里，只有桑德里娜，他不敢太接近，因为担心皮亚拉不高兴。皮亚拉完全被桑德里娜征服了，任由她来激发自己的灵感。最重要的是，皮亚拉自己也是片中的演员，扮演片中的一个关键角色——家中的父亲。这使得他和我们演员之间的关系更加复杂，也使得现实与作品之间的界限更加模糊，虚构的情节常常与真实的生活交织在一起。

拍摄最后的晚宴那场戏时，这种"自由发挥"达到了顶点。晚宴中有母亲、女儿、女婿、儿子以及一些宾客，父亲不在。数月之前，人们就认为他死了。围绕餐桌坐着的，有埃夫利娜、桑德里娜、西里尔和我，雅克·菲耶斯基作为好友也在场。当时的雅克·菲耶斯基还是《摄影机》的总编，那是一本很棒的杂志，里面还有一期是莫里斯·皮亚拉的专刊，他

---

① 艾伦·韦德拉导演的电影，讲述一个年轻妻子嫁给了一个年长她许多的丈夫，因夫妻生活平淡无奇而产生各类幻想。

本人与皮亚拉也是好友。不久，他成了一名电影编剧，与诸多导演有过合作，包括皮亚拉。

剧组里有个黎巴嫩女富豪，是不久前突然加入的，因为她愿意出资完成这部电影的拍摄，这与一些糟糕的小成本电影的套路一样。皮亚拉觉得她可以出演安娜-玛丽·拉桑的角色，也就是我的未婚妻！可她的穿着实在荒唐，浓妆艳抹得太过了。我对皮亚拉说，这简直是对安娜-玛丽的侮辱，也是对克洛德·贝里的公然挑衅。我很不高兴。

"你以为自己是谁？她很好，她会演得很好的。"皮亚拉指责我。

可是从排练开始，她的表现就非常糟糕，简直是一塌糊涂。桑德里娜很生气，我也是。我们都不愿意帮她。一段时间后，皮亚拉也忍不了了，开始骂她：

"你傻吗？你听懂我对你说的话了吗？而且，你打扮得像个婊子！"

"从来没人敢这样对我说话！"

她蓦然从座位上站了起来，一把抓起弗洛朗斯和阿莱特早上刚借来的碟子，狠狠摔到墙上。

"好啦，现在找谁来演？"皮亚拉说。

恰好瓦莱丽·施伦贝格尔也在片场，她是高蒙公司制片人艾玛努埃尔的妹妹，到这里来纯属是打发时间，做些服装师的零活。皮亚拉决定让她来演这个角色："你来做他的妻子。"我很高兴，瓦莱丽是后来莱亚·赛杜的母亲，是个大美女！片场每天都会发生些事情，尤其是这一天，更是惊奇不断。

晚宴那场戏开拍了。席间的谈话平淡无奇，异常琐碎。突然，门被推开了，谁？正是父亲！被大家以为已经去世的父亲！莫里斯·皮亚拉！不是导演皮亚拉，而是演员皮亚拉，或者说父亲的角色出现了！我记得我当时向他投去一个仇恨的眼神。在这整场戏里，我们一直都说他死了，现在他突然出现了，这是什么意思？我觉得他是在玩弄我们。之前所有的设定瞬间崩塌，无论是剧情、时间还是逻辑。可是，剧组里唯一的规矩，就是只要摄影机还在拍,演员就不能停,无论发生什么。我们只好继续随意发挥。现在回顾那场戏,可以明显看到,当时我们有多么惊讶。躲闪的眼神、虚伪的笑脸,犹豫,震惊。正是这样的片段,造就了皮亚拉的电影的独特之处和张力。张嘴说话的既是电影的导演,也是片中的角色。在场的我们,亲眼见证了一次炫目的纷争。他毫不留情地责骂雅克·菲耶斯基,因为雅克·菲耶斯基曾在《摄影机》杂志里发表过一篇皮埃尔-威廉·格伦的专访,后者曾是《毕业生》和《情人奴奴》的主摄像师,给导演皮亚拉打分时,总分20分他只给了3分。接着,他开始跟让-皮埃尔·拉桑算账,后者是电影《我们不能白头到老》的制片人。紧接着轮到克洛德·贝里了,皮亚拉觉得贝里在金钱面前妥协了,不然以他的交际才能,他今天能达到马塞尔·帕尼奥尔的成就？也许是为了回应皮亚拉的指责,三年之后,贝里开始改编《恋恋山城》和《甘泉玛侬》……总之,朗曼、贝里和拉桑三家的人被他骂了个遍！他顺带着还把整个法国电影界都给骂了！我们感觉他同时也在指责我们,所以才用如此轻浮的方式对待我们。大家都以自己的方式做了回应。我这样对他说:"如果你是来捣乱的,那你可以滚了！"

皮亚拉后来对我说,他没法不回来,就凭我是这部电影的重要男演员！戏中的我当时有点喝多了,因为在之前一些戏中,皮亚拉还利用了我对西里尔的怨恨。我喜欢西里尔,却获悉他刚刚和另一个男演员上了床,因此我很生气。这种情绪,在皮亚拉与桑德里娜调情时,我对他说的话中可见一斑:"别碰我妹妹,你的手脏！"

这已经不仅仅是角色而是演员本人在宣泄。埃夫利娜·凯尔由于受不了这样的打击,直接对皮亚拉大打出手,把他赶了出去！轮到皮亚拉吃惊了,他重重地推了埃夫利娜一把,她撞到了桌角上,随后,他任由她把自己推出了门外。镜头重新回到我们身上,个个目瞪口呆。

不过,也不要以为我们的拍摄氛围一直这么糟糕,其中也有很多欢

第二章 选角的那些年

乐的时刻。总有那么一瞬间，面对皮亚拉的微笑，面对他目光中偶然闪现的欣赏，我们一下子失去所有防备，为之倾倒，心甘情愿与他继续走入美妙的冒险旅程。令人惊讶的是，他既可以对一些小事非常记仇，却又常常忘却过往的一些剧烈争吵。再者，虽然发生了许多事故，影片的拍摄过程总体还算是开心。桑德里娜照亮了整个剧组以及这部电影。我们能感觉到，皮亚拉融化于她绚烂的光芒中，她也完全倾倒于皮亚拉的魅力之下。两人之间产生了一种奇妙的化学反应，因此发生了一些我们难以理解的美妙情节。最好的例证是酒窝那场戏，那几乎是两人的临场发挥。还有片尾的那场戏，他陪着她坐巴士去机场，剧本最初不是这样写的。他们在这部电影里的对白，我们经常搞不清是角色在说还是他们本人在说……有时，为了达到想要的效果，他可能对她很苛刻，可是一喊"停"，他就会给她开香槟，感谢她，或是为她庆祝生日！同时，由于他刚与业务主任西尔维·丹东坠入爱河，他很幸福。从那年一月起，他们就住在了一起，此后携手到老。这可能改变不了他吹毛求疵的性格，但能给他稳定的生活。他憎恨孤独，在此之前，他一直在自己的几个前妻之间挣扎。1991年，西尔维给他生了一个儿子，取名安托万，点亮了他最后十二年的生活，在他最后一部电影《难为了爸爸》中，他还让儿子出演了一个角色。

《致我们的爱情》的拍摄结束了，可皮亚拉的工作还没结束，后期剪辑非常麻烦，这与他采用的拍摄手法也有关系。他想突出主题，同时追求简练而松散的结构。起初，阿莱特也参与了剪辑，但两人之间的关系再次弄僵，因为她有了新的男伴，两个月之后，面对工作的艰难，她选择离开。皮亚拉对此很不满，并且持续了许久。但在之前，正是阿莱特背着皮亚拉求她哥哥把林肯街的剪辑工作室借给他，因为高蒙公司不愿再支付额外的费用。克洛德·贝里同意协助，但不同意把自己的工作室借给皮亚拉："如果他进驻了，他就永远不走了。哪天我要用时，他还会说我是混蛋！"

贝里决定另外帮他找一间工作室,由他出钱。有意思的是,我和贝里在一起时,从不提《致我们的爱情》。他虽然很喜欢我,但多次说他不愿意自己的角色让一个同性恋者来演。他还说,他不会去看这部电影,因为据他所知,皮亚拉在影片里把他母亲塑造成了一个歇斯底里的妇女,他父亲则成了一个鄙视妻儿的人。他认为这与事实完全相悖:"如果是虚构的故事,我可以接受。可他一直声称这就是朗曼家的真实生活,简直是一派胡言!虽然我不明说,但我觉得他在故意找我的茬儿!"

他这样说也不算全错。在片场,皮亚拉就一直说,他很高兴找了一个同性恋者来演贝里。他们俩之间的纠葛,可以写一本小说了!

《致我们的爱情》使皮亚拉得到了期待已久的认可,收获了一片赞扬声,观影人次约一百万,与埃托尔·斯科拉[①]执导的《舞厅》双双获得恺撒奖最佳影片,排名超过了贝里的《告别往昔》!电影节结束后不久,他把这座奖杯赠给了前妻米舍利娜。她当之无愧,为了完成这部影片,她付出了难以想象的努力和精力。几年之后,为了庆祝自己幸运地战胜了癌症,他又送了她一次环球旅行,这病自《警察》时期以来,就一直折磨着他。这就是皮亚拉……慷慨、不讲道理、充满矛盾。凭借此片,桑德里娜·伯奈尔从苏菲·玛索手中接过了恺撒奖最佳新人女演员奖,可谓实至名归。影片拍摄一结束,我失聪的那只耳朵就恢复了听力!无论如何,能在这样的巨作中饰演这个角色,我永远为之自豪。可能只有《致我们的爱情》能让我不后悔自己做过演员。在乌尔加特的那段时期,我都不敢承认自己想当演员,又怎会想到后来我能有这样梦幻般的境遇呢?

桑德里娜的演艺之路与我一直有交集。二十六年后,在我最早制作的一部电影《王后游戏》里,她还出演了女主角。这部电影的导演卡罗琳·博塔罗,是经纳塔莉·贝伊介绍和我认识的。我在国家电影中心资助

[①] 埃托尔·斯科拉(1931—2016),意大利电影编剧、导演,主要作品有《特殊的一天》《我们曾如此相爱》等。

委员会看到这个剧本，非常喜欢。作为非参赛作品，这部影片曾在安古兰法语电影节上放映，那年的评委会主席正是桑德里娜。她执导第一部故事片《移情失控》时，找来了威廉·赫特和亚历山德拉·拉米担当主演，并请我当制片人，令我深感自豪与幸运。无论是她的演艺之路、当前的成就，还是她的人生轨迹，都使我瞠目结舌。我与她之间有许多美好的回忆。她曾是我电影里的妹妹，现在她更像是我生活中的妹妹。

影片拍摄完后，我和皮亚拉经常见面，尤其在他找强尼·哈立戴拍摄侦探电影期间。他们会连续几个小时通电话，我常常想，这两个平时话都不多的男人，凑在一起都说些什么？伊莎贝尔·于佩尔也受邀参演此片。可影片最后未能上映，个中原因我并不清楚，虽然很希望它能成功。皮亚拉也许能让强尼表现出他的激情、痛苦和庄重，我相信这肯定是值得期待的……随后，我和皮亚拉的轨迹就没有交叉了。他不再孤单，有了自己的生活，我也有我的生活，而且换了工作。换工作的原因，也许仅仅是为了向他证明，他说我"一生都只能是个没用的选角员"是错误的！我与他之间最后一次美好的回忆，是在2002年1月的昂热市。那届昂热欧洲电影节为了向他致敬，专门为他安排了一整晚的时间，放映了他执导的所有电影。这是一次甜蜜而温馨的回忆。在那儿，皮亚拉受到"长时间的起立鼓掌致意"。可以看出来，他很开心；可以感受到，他很激动。西尔维·丹东和他们的儿子安托万一直陪着他，脸上绽放着和皮亚拉一样的灿烂笑容。杰拉尔·德帕迪约也在场，还有我和纳塔莉·贝伊。我和他聊了一小会儿，他对我说，在被认作他的接班人或者自认为是他的接班人中，他觉得与他最接近的导演是格扎维埃·博瓦。我很感动，因为我很喜欢格扎维埃，在他成为电影导演之前，我就是他的经纪人。几个月后，当病魔即将把他带走时，西尔维打电话给阿莱特、桑德里娜和我等人。令人断肠的时刻，他的生命画上了句点。在《致我们的爱情》中那场晚宴里，他曾说过这样一句话："生命充满了忧愁。"这正是他一生的写照。迪特龙曾在电影《凡·高》中重复了这句话。值得庆幸的是,《致我们的爱情》留了下来,他的电影留了下来。

8
有趣的挑战,
勇敢的冒险和美丽的邂逅

在莫里斯·皮亚拉为了《致我们的爱情》的剪辑焦头烂额时,我却清静下来。总算可以全身心投入另外两个项目了:《暴风雨中的骑士》和《服务生》。

能与热拉尔·韦尔热再度合作,我非常高兴。我在布朗什学院学习时,他就是最受欢迎的老师之一。从那时起,我一直都有关注他的动向。毫无疑问,《暴风雨中的骑士》是他至今为止最大的一个挑战。一部浪漫史诗,改编自让·吉奥诺[①]的一部小说,故事发生于第一次世界大战的狂澜中。他本人这样说过,这是一段"混乱政治局势下的混乱爱情",因此战争的场面与人物关系一样重要。片中的女主人公是一个失去了丈夫的寡妇,她丈夫原来是军医;男主人公是个农民,曾靠走私营生,负责照看军队的马匹,他也上了前线。最初,韦尔热想找杰拉尔·德帕迪约和汉娜·许古拉[②]出演。汉娜被誉为赖纳·维尔纳·法斯宾德[③]的缪斯女神,与欧洲许多大导演有过合作,例如埃托尔·斯科拉、卡洛斯·绍拉、让-吕

[①] 让·吉奥诺(1895—1970),法国作家,其作品多描绘普罗旺斯的乡村生活,主要著作有《屋顶上的轻骑兵》《潘神三部曲》等。
[②] 汉娜·许古拉(1943—),德国电影女演员,主要作品有《莉莉玛莲》等。
[③] 赖纳·维尔纳·法斯宾德(1945—1982),德国导演、编剧、制片人、演员,主要作品有《爱比死更冷》《维洛妮卡·佛斯的欲望》等。

克·戈达尔。可德帕迪约拒绝了,邀约汉娜也以失败告终,具体原因我不明了。剧本随后被转到纳塔莉·贝伊手上,可她当时怀上了劳拉,因此也谢绝了邀请。

既然德帕迪约说不,我们自然想到了新生代的男演员,我向韦尔热推荐热拉尔·克莱因①,我此前曾多次说过,这是一个有巨大潜力的演员,他的性格中有乡下小子爱自吹自擂的一面,与这个角色很相符,他也很招韦尔热喜欢。但克莱因只是个电影界的新人,鉴于影片的规模以及巨额投资,按我们时下的说法,得为他找一个"自带流量"的女明星才行,或至少是一位非常著名的女演员,这样才能让制片人塔拉克·本·阿马尔觉得事有可为。纳塔莉·贝伊声明无法出演后,我马上想到玛尔琳·若贝尔很适合这个角色。我把剧本给她看了,她很喜欢。但那个时期,电影导演都不大愿意用她了,仿佛觉得她的时代已经过去了。我巧妙周旋,努力游说韦尔热和塔拉克,最终说服了他们。塔拉克最后甚至说,由于她比纳塔莉·贝伊要年长些(她当时刚过四十,纳塔莉是三十五岁),其实她更加适合这个角色。至于片中热拉尔·克莱因的中尉朋友格利安,我推荐了维托里奥·梅索兹欧诺。自从《明月照沟渠》的合作之后,我和他一直关系密切。看到他漂亮的绿眼睛以及他身上散发出来的气息,韦尔热与其他导演都被他征服了。

随后,我得找到演安泽的人,他是热拉尔·克莱因在片中的小兄弟,对于自己兄长的丰功伟绩赞叹不已。韦尔热给我的要求是"英俊、天使般的面孔、孔武有力"。与往常一样,我先是到戏剧舞蹈学院、体育俱乐部、迪厅以及高中校门口转悠。顺带说一句,随着参与的项目越来越多,我已经成了蒙田高中的常客,我看着那里的学生长大,而他们也都认识我!我还在《队报》上刊登了一则启事,但一无所获!某天晚上,我来到巴黎体育宫观看强尼·哈立戴的演唱会,舞台上一个年轻男子意外地吸引

---

① 热拉尔·克莱因(1942—),法国演员,曾被提名恺撒奖最佳男配角,主要作品有《惊狂记》《无忧的过客》等。

了我的目光。现场嘈杂异常,他站在"疯狂的麦克斯"造型的强尼身后,就在两个烟雾喷射器之间。他不算是特技演员,应该只是高级别的群演,动作粗暴,令人震惊。这样一个出人意料的人物,竟然在那么几秒钟里让我忘了主角强尼·哈立戴的存在。我终于找到他了!演唱会一结束,我就跑去后台,可他已经走了。我要到了他的电话号码,他住在位于阿尔帕容①的父母家里。我在电话中约他面谈。一番交流后,我得知他名叫沃达克·斯坦克才克②,他的波兰籍祖父也是这个名字,他祖父是第一次世界大战结束之后移民到法国的。沃达克当时二十一岁,是一个武术爱好者,曾三获法国武术冠军。他零零碎碎做过不少工作,最后成了皇宫剧院的一名酒吧招待。一天晚上,特技演员生病,他临时顶替参加了一场表演,引起强尼·哈立戴团队的注意。他做了一些展示身体强度的表演,例如用头把一叠瓦片撞碎。他非常英俊,显得很坚毅,但笑起来却又很温和,透着孩子气。

热拉尔·韦尔热和我都很激动。沃达克通过了试镜,韦尔热让他看剧本。一个半小时后,沃达克就折回了我们办公室,激动地说愿意出演这部电影。就身体条件而言,我们觉得他是不二人选,可要演好这个角色,他得学会放松自己,学会说台词。他同意去找薇拉·格雷格接受培训。他演了一个月的《热铁皮屋顶上的猫》。我们看了他的表演后,完全被征服了。他接下来要做的,就是学习马术和搏斗!

玛尔琳、维托里奥、沃达克、克莱因、韦尔热……这些人凑在一起,好像是我的家人一样!当剧组离开巴黎前往南斯拉夫拍摄时,我决定跟他们一起去。巴黎的店关门歇业,我决心全程跟随这部电影的拍摄。这个剧组和《马丁·盖尔归来》以及《小荡妇》剧组,是带给我最多快乐的三个剧组。在片场,我与演员们关系密切,也与当地民众打成了一片,韦尔热还在片中给我分配了一个有趣的角色。南斯拉夫景色美丽,人民热

---

① 法国埃松省的一个市。
② 沃达克·斯坦克才克(1961—),法国演员,主要作品有《一条军裤》《犯罪现场》等。

情。他们缺钱,因此什么事都愿意做。当时,我们并未察觉塞尔维亚人和克罗地亚人之间的仇恨,几年之后,这个国家陷入战火,并最终四分五裂。我们只在后来马其顿的首都斯科普里,发现当地人都看不起阿尔巴尼亚人,因为他们跑来这里抢工作。虽然这是社会主义国家,但相比其他东欧国家,自由化程度更高,1980年铁托①去世后,这里也慢慢刮起了自由之风,性自由也得到极大的开放,虽然这个时期还听不到关于艾滋病的讨论。这种性开放的氛围也对我产生了影响,我虽然那会儿已年近三十,可在性方面的经历确实不多!

拍摄战争场面时,热拉尔·韦尔热需要众多的群众演员,于是我去当地的剧院找,更多时候是到部队里找,尽管自己一句塞尔维亚-克罗地亚语都听不懂,纯靠猜。这其实还挺有意思。我找了一个当地的向导,叫他"东齐扎"。摄制组与部队签了一份协议,我们可以到军营里找人,没有任何阻碍。士兵们都想来演戏,可以赚点外快。因为影片中的战争发生在达达尼尔海峡的前线战场,我得选一些士兵演意大利人或德国人……在这方面,东齐扎很有用。这是个很有趣的家伙,毫不讳言自己是同性恋,甚至显得有些猖狂。他有一种上校般的男子气概,也有让-克洛德·布里亚利那样的神采……甚至更加狂野!我记得,当他把自己制作的演员档案给我看时,我大吃一惊,每张档案卡上都写着被选中士兵的姓名、年龄,还配有一张脸部照片。

夏天,在片场的这几个月里,我和玛尔琳之间的关系也空前亲近起来。能来到南斯拉夫,她很高兴。她把自己三岁的双胞胎女儿也带来了,我给她们找了一个保姆。我发现,片场的她也并不总是容易相处。我听到她用很粗鲁的口吻对化妆师说:"给我纸巾!"片场非常热,她不停地要用

---

① 约瑟普·布罗兹·铁托(1892—1980),南斯拉夫前总统。

纸巾擦汗,说话时,就像是在下命令!她与克莱因之间的关系不是很好,克莱因在片场显露出不为人知的一面:完全不通人情世故!这令我难以置信。为了选用他,我做了许多努力,结果却发现他是个"变身怪医"①。我难以接受他对当地人的态度,觉得他非常瞧不起他们。他属于这样一类人,嘴上会很动情地谈论爱,捍卫高尚的原则,但在日常生活里却既不友好也不大方。举个例子,因为不愿花钱请剧组的人吃晚餐,他晚上宁愿在食堂吃饭。在玛尔琳面前,他表现得很傲慢,好像要报复她,因为他觉得自己的魅力无法阻挡,而玛尔琳却无动于衷。他看玛尔琳的眼神,还有面对维托里奥时的态度,透露着丝丝优越感。玛尔琳反而和维托里奥相处得极其融洽,维托里奥的妻子和女儿后来也来了。玛尔琳说:

"他是我认识的男演员中,唯一会在拍戏前照照镜子的!"

她喜欢和他搭戏。不得不承认,虽然历经挫折,维托里奥真是一个出众的演员。也正因如此,他的眼神中会有那样的光彩,言语中会透出那样的热情……而沃达克则成了片场受人宠爱的大孩子,思维简单,热衷骑马、奔跑和搏斗,就是个阳光大男孩。玛尔琳很喜欢他。首先是因为她对同伴一向慷慨;其次,沃达克曾向她坦承,十七岁当兵时,他房间的墙壁上贴满了她的照片。玛尔琳疲惫时,他会帮她揉肩膀和颈椎,帮她放松,玛尔琳则把他当孩子看待。

东齐扎每天都在换"新男友",他总是对我唠叨:

"好了亲爱的,顺从自己,享受生活吧!"

这话听多了,我最终可能确实有些放纵自己,坠入了爱河。当然,以后我不会再相信这样的鬼话了!我喜欢上一个小伙子,是群众演员的巴士司机。"你可不要去碰他。他不是部队的,是里耶卡②冠军篮球队的成

---

① 罗伯特·路易斯·史蒂文森创作的小说,讲述体面绅士亨利·杰基尔博士喝了自己配制的药剂后,分裂出邪恶的海德先生的故事。
② 克罗地亚第三大城市和主要的海港城市。

员。"东齐扎对我说。

尽管如此,我和他还是成了恋人。他名叫蒂霍米尔,高大英俊,对人和气。这样的人才,不应只是个巴士司机,于是我建议玛尔琳请他当司机。

"可我已经有一个司机了!"

经我多次提及,她总算明白过来。我们找了个他要学法语的由头,把他招来帮她开车。这样,他开着豪华轿车,可以经常和我们在一起,还可以和我们一起吃晚餐。某晚,我们在泳池边举办了一场盛大的宴会。泳池的一边是司机、小助理和当地人,另一边是演员、技术人员、法国来的服装师等。我走到泳池的另一边找他:"你到我们这儿来。"

"不行,不可以的。"

"是玛尔琳叫你的。"

"不可能。是你想让我过去。"

"嗯。是的!"

"这不可能。"

晚宴结束时,他还是越过了"分界线"来找我。

我发现自己总是喜欢把所有事情搅在一块儿,分不清工作和生活……拍摄结束时,我太迷恋他了,以至于无法接受马上分开的事实,我提议和他一起去的里雅斯特共度周末,那是意大利的一座边境城市,也是他能容易获得签证的唯一外国城市。那里美丽的建筑、琳琅满目的商店给他留下了深刻印象!这般富足的生活,令他难以想象。分开时,我的心像被什么抓住了,我对他说:"我希望我们能再见面。"虽然我内心觉得这不可能。

几个月后,蒂霍米尔打电话给我,说如果我能帮他获得法国签证,他就来巴黎找我。他来了,和我一起住在了让蒂伊①。他待了九个月。我记得,他刚到巴黎时,正好是圣诞节期间。

---

① 法国瓦勒德马恩省市镇。

"你想去参观罗浮宫吗?"

"不想,我想去老佛爷和春天百货商场!"

我帮他在法国文化中心的培训班报了名,学习法语。他获得一份助学金,但并不想当演员,宁愿在各个摄制组里做些小工。能开着我的奥斯汀小车,认识我的朋友,和纳塔莉以及强尼共进晚餐,他觉得很幸福……我的助理罗曼·布雷蒙提醒我:

"小心,他只想要你的钱!"

后来,他想家了,回国了,我们也失去了联系。某日,在整理文件时,我看到他的电话号码,于是打电话给他。是他母亲接的电话,她羞辱了我一通!不久,我通过南斯拉夫女制片人莱拉·米利西奇(她与居伊·卢克斯有过合作,还是达琳达的朋友),获悉他在从事车辆租赁工作,之后就再也没有他的消息了……直到2013年的秋天,我们通过脸书(Facebook)重新联系上了。当时我感觉自己一下子年轻了三十岁!《暴风雨中的骑士》之后,他事业发展很顺利,现在在美国生活,是一家大型糖果公司的管理人员。

不得不说,当年南斯拉夫盛行的风气是会感染别人的……我明显感到,面对玛尔琳的美貌温和,南斯拉夫制片人鲍里斯·格雷科维奇并非无动于衷。他会说法语,待人和蔼且风度翩翩。在片场,我经常看到他们俩待在一起聊天,满脸笑容,我甚至希望他们之间能发生些什么,但我不确定玛尔琳会放纵自己。玛尔琳从小就被灌输了许多原则,不是一个放得开的人,她似乎害怕放纵自己的情感。影片拍摄结束几个月后,鲍里斯来到巴黎,可她不愿意见他——"你跟他说我不在巴黎!"

因为不够自信,她似乎也不愿相信别人。总有那么一刻,她觉得需要重新控制局面。所以,无论是在事业上还是私人生活中,她肯定会错过一些美丽而宏伟的篇章。她是天蝎座生下的天蝎座,并不总是做只对自己有利的事……从南斯拉夫回来后,我鼓励她离开米谢勒·梅里兹和雅美达公司，我觉得他们对她不够重视。我建议她去找让·南希里克①，到他的影视艺术制片公司去。当时他名下的艺人很多，玛尔琳果然去了，直到我成了她的经纪人……她重回了雅美达，由我来照顾她。这事之前，因为《警察之战》，我本就与米谢勒·梅里兹有过正面冲突，再加上这事，她自然对我更加不满。我记得，有一天去阿尔玛餐厅吃午餐时，不巧碰到她。她和莫妮克·肖梅特以及菲利普·努瓦雷在一起，努瓦雷话中带刺："把玛尔琳从米谢勒手里夺走，您不觉得这很阴险吗？这事做得真不地道！"

虽然我把玛尔琳和米谢勒之间的关系搞僵了，可是我也调和了玛尔琳与……米歇尔·德吕克之间的矛盾！他们俩之间的关系有些冷淡，玛尔琳好像和他不在一个频率上。即使每次她有新电影上映，或推出一张很成功的唱片，米歇尔·德吕克也从未邀请过她上他的节目。我觉得这不公平，况且那是当时很重要的一个节目。某日，我和玛尔琳来到戛纳，我对她说，德吕克也来了戛纳，"也许你可以打个电话给他，两人可以缓和一下……"

"我不打，我不敢。你来打吧！"

我之前说过，在我儿时，米歇尔·德吕克的父亲曾给我看过病，我们因此认识。于是我打电话给德吕克："你好，你先别挂。我把电话给一个人……玛尔琳！"

他们在电话里谈了半小时。挂断后，玛尔琳对我说：

"我们能聊聊真好，他还是不想让我上直播，不过同意给我做一期节目。"

后来，我每次遇见米歇尔，他都会说："看看你给我找的好事！"

但他们至少有交流了。

《暴风雨中的骑士》是玛尔琳最后一部担纲主角的电影。我之前说过，我觉得她演戏的意愿不那么强烈了。再者，之前那么长时间里她

---

① 让·南希里克(1941—   )，法国电影制片人，制作的电影主要有《高塔》等。

一直希望生小孩。有了双胞胎女儿后,她们成了她生活的中心。几年以后,当我成了她的经纪人时,这种感觉就更加明显了。在二十世纪九十年代,她还是出演了一些电视电影,主要是与一些"关系很好"的导演合作,但趋势已不可逆转,这是我最大的遗憾。她差点儿有机会出演《八美图》,可她真的还能完成这部电影吗?与此同时,她在儿童书籍和唱片行业取得了成功,并创造了图书销售的奇迹:1100万册的销量!她也由此找到一条新的职业道路,收获了新的荣耀。2013年秋天,她邀请我和她一起去埃皮奈市,参加一所以她名字命名的幼儿园的落成典礼,这也是法国第四所以她名字命名的幼儿园,我很为她骄傲!我看到她也很激动……在她出演《距骨》和《雨中的乘客》时,谁能想到日后会有以玛尔琳·若贝尔命名的幼儿园呢?我还记得2007年那届恺撒奖颁奖典礼,她从克洛德·布拉瑟尔手中接过了终身成就奖时的激动心情。还有一次,法国电影宫放映了让-保罗·拉佩纽导演的修复版影片《谋杀犯》,她和让-保罗·贝尔蒙多得以再聚首,两人都很遗憾,这部影片拍摄时他们不够默契……

从南斯拉夫回来后,维托里奥和妻儿定居巴黎。之后通过玛戈·卡普利耶的帮助,我把他推荐给彼得·布鲁克,参演了那部非凡的作品——《玛哈帕腊达》。这部戏剧长达十个小时,1985年在阿维尼翁戏剧节首次上演,之后开始全球巡演,四年后还被搬上银幕。维托里奥的自恋,还有那种不惜一切要吸引别人的意愿,最终使我有些厌烦了,但这并不影响我后来也成了他的经纪人。他和阿尔佛莱德·阿里亚斯、罗贝尔·昂里科等导演有过合作,二十世纪九十年代初,他决定返回意大利。1994年因癌症离世,年仅五十二岁。

尽管拍戏令沃达克感觉兴奋,但对于未来规划,他还是犹豫。是不是应该继续走这条路呢?我鼓励他坚持下去,同时建议他继续接受专业培训,提高自身演技。决定继续走演员之路后,他又回去找薇拉·格雷格，学习了八个月的时间，等到罗班·戴维斯筹备《法外之徒》时，他对自己的演技已经有了信心。

那个时期，我的另一个大项目，就是《服务生》了。我很高兴能再度与克洛德·索泰共事。我真的非常喜欢这个男人，喜欢他的诚实、严谨和精益求精，甚至喜欢他生气的样子！我们在一起时，他对于自己想要的演员和角色，都有着极其精确的想法，有时候让人感觉难以实现。由于他的性格，争论可能会变得极其激烈，但庆幸的是，争论结束后，所有不快也随之烟消云散。所有的人物形象都在他的脑子里，就像是做好的衣服。我们要做的，就是找到能穿上衣服的人。索泰不喜欢不期而遇或者巧合，或者说几乎很少这样。他的风格与雅克·杜瓦隆或者莫里斯·皮亚拉完全相反，正是这种不同，才令我感觉愉快，甚至促使我进步。对于杜瓦隆、皮亚拉或者贝奈克斯，可能他们说要找金发美女，但我可以给他们带去一个褐发美人。他们考虑更多的，不是人物设定，而是情感表达，是一见钟情和互相欣赏。他们并不一定知道自己想要什么，但一定知道自己不想要什么。他们会抓住人物身上的惊喜之处，甚至借此来滋养作品中的人物形象。摄影棚是他们捕捉事物的场所，捕捉来的这些瞬间丰富了他们的电影。但在索泰看来，选角应该像乐团一般严谨。他要找到正确的音调，准确地说，要与他脑子里听到的音调一样。我曾说过，我曾试图找纳塔莉参演这部电影，但是他更倾向于妮科尔·加西亚。他也有被说服的时候，在这种情况下，我要确保一切顺利，否则我就得担责。我记得曾向他推荐过多米尼克·拉芬出演《服务生》里的第二女主角，之前她曾是杜瓦隆《哭泣的女人》的女主角。某日，她迟到了，而且状态很差！索泰怒火冲天。因为是我的坚持他才选择了她，他羞辱了我一顿，甚至差点儿把她从剧组里轰走。

庆幸的是，我向他推荐的那些年轻演员，没有出什么问题，其中有我的"心头肉"之一——皮埃尔-卢普·拉若，还有我的两个"新发现"——

克莱芒蒂娜·塞拉里耶①和西蒙·德·拉布罗斯②。

克莱芒蒂娜当时在第七电台主持一档节目,那是法国国家广播电台面向年轻听众的一个电台,可以感觉到,这个舞台对她来说显然太小了!她是那么有感染力,那么有活力……《服务生》是她的第一部长片。不久后,我又把她推荐给让-雅克·贝奈克斯出演《巴黎野玫瑰》,她因此被提名了恺撒奖最佳女配角。

认识西蒙,是在拍摄《明月照沟渠》期间,准确地说,是我帮凯瑟琳·特纳做导游期间。凯瑟琳首次来巴黎时,某晚,我和她、丽丝·法约尔以及让-雅克·贝奈克斯一起去大格拉齐亚诺酒店吃晚餐,这是一家位于巴黎十八区的意大利豪华酒店。之后,我和达琳达以及她的弟弟奥兰多再次光顾这里。那晚,我的眼里只有女神凯瑟琳。席间,丽丝示意我,说有个服务员正施展浑身解数,企图引起我的关注。我因为心里只有凯瑟琳,完全忽视了他。他很漂亮,也很年轻,应该十六七岁。晚餐结束后,我招架不住了,过去和他攀谈了一会儿。他说自己是来这儿帮忙的,因为他母亲住在附近,他想当演员,他给我留了电话号码。我很赞赏他的这种坚决,之后便联系了他。他外表脆弱,像是受过伤害,楚楚动人。我知道埃里克·罗默正在筹备一部青春题材的影片,即后来的《沙滩上的宝莲》,女主角是阿里耶勒·东巴勒,我猜想他应该会喜欢这种类型的年轻人:古典美男子,一看就知道是出身于清白人家。确实如我所料。就这样,《服务生》成为他的第二部电影作品。

紧接着,出于直觉,我建议西蒙去表演艺术专业深造。他进了佛罗朗戏剧学院,一边学习一边找工作,我也会尽量给他安排一些角色。有一次,我很热情地向让-克洛德·布里亚利推荐他,布里亚利当时是一部电视电影的制片人,正在找一些年轻演员。我与布里亚利相识于《马丁·盖尔归来》拍摄期间,他当时出演的一部戏剧,恰巧也来到剧组所在的大

---

① 克莱芒蒂娜·塞拉里耶(1957—),法国女演员、作家、导演和歌手等。
② 西蒙·德·拉布罗斯(1965—),法国演员,主要作品有《巴黎野玫瑰》等。

区演出。布里亚利约西蒙晚间到他家面谈,我记得他当时还住在孚日广场①附近。就在他们约好的见面时间不久后,我接到西蒙的电话:

"我觉得我杀了布里亚利!我杀了布里亚利!"

他显得惊恐万分。我赶紧叫他先平静下来,告诉我事情经过。虽然那个时期西蒙的面试经验不多,但布里亚利叫他去他家里面试,他还是觉得有些奇怪,但并未多想……布里亚利开门时,身上穿着睡袍。

"我们谈电影之前,"他说,"我想先看一期我的电视节目。"说完,他带着西蒙去看电视,在……他卧室里。两人坐在床边。布里亚利突然把手放到西蒙的屁股上。西蒙顿时蒙了,扭身就给了布里亚利一拳。"别碰我!我不是同性恋!"

重击之下,布里亚利从床上倒了下去,头撞在了地上,一动不动。西蒙呆呆地站了几分钟,见他一直没醒过来,害怕了,逃了出去,冲到了大街上,一见到电话亭就冲了进去,打电话给我。我赶紧打布里亚利家里的电话。没人接。焦急之中,我的额头渗出了密密一层汗。过了一会儿,我又试着打了一次电话。万幸!接通了,而且接电话的就是布里亚利本人!

"我是多米尼克,你还好吗?"

"嗯,还好,可是,你给我找的就是个疯子!简直像个刺猬……我刚和他说他很可爱,他居然就推倒了我,跑了……你能想象吗?他把我推翻在地!"

他没有说自己被打了一拳,也没有很生气,甚至有些惭愧。可在接下来的一分钟里,他还是把我骂了一通:"你不应该给我找这样的人!他简直不可理喻,你的标准应该更严格些!"

我随后打电话给西蒙,安慰他:"他没死,可是他很不高兴。"

"也许吧,但我想要从事的职业不应该是这样的!他找我去谈角色,可他穿着睡袍,里面几乎没穿衣服,他想干吗?我可不是同性恋!"

---

① 法国巴黎最古老的广场,跨巴黎三区和四区。

不过，这个故事有了一个美好的结局：五六年之后，在安德烈·泰西内导演的《无辜者》里，西蒙饰演了布里亚利的儿子，而且，两人相处得非常融洽。

职业生涯初期，我是孩子专家；不知不觉中，我又成了青年演员的行家，还负责发掘一些新演员和业余演员。就这点而言，《法外之徒》的选角可谓达到极致。这部影片是阿兰·萨尔德的一个项目，他本人最终也成了我之后合作次数最多的一名制片人，和克洛德·贝里相当。罗班·戴维斯是电影的导演，他此前曾执导了《警察之战》和《我嫁给了一个影子》。都是我的老相识！《法外之徒》讲述一帮年轻人从管教中心逃出后，与人发生争执并升级为杀戮，因此被一群宪兵和暴怒的农民追赶。这部电影的模板，就是弗朗西斯·福特·科波拉的《局外人》，那是一部由新人担纲的作品，一经推出就获得诸多关注。阿兰·萨尔德和罗班·戴维斯想用一些默默无名的新人，他们公司——萨拉影视制片公司——没有大办公室，因此他们只能进驻平民小区，最终在巴黎十三区的鹌鹑之丘找到一个办公场所，就在我的住所旁边。这是那个时期的"大制作"，花费两千万法郎投资这样一部完全没有明星参与的电影，萨尔德冒了很大的风险，他允许我随意发挥，没有任何限定。我当时有四个助手，里面当然包括罗曼·布雷蒙，还有热拉尔·韦尔热的女儿瓦莱丽。

三个月里，我们四处搜寻，简直像在筹备总统竞选！罗班·戴维斯对我说："你的责任就是找到像詹姆斯·迪恩[1]和娜塔莉·伍德[2]那样的新人。"

他想要少年演员，而且是新人。我们跑遍了各个初中、高中、街道、郊区以及那些所谓的问题少年聚集地……我记得自己曾前往拉库

---

[1] 詹姆斯·迪恩（1931—1955），美国演员，参演过百老汇舞台剧《看见美洲豹》《不道德的人》，主演电影《伊甸园之东》《无因的反叛》等。
[2] 娜塔莉·伍德（1938—1981），美国女演员，曾获金球奖最佳女主角及奥斯卡最佳女主角奖，主要作品有《西城故事》《两对鸳鸯一张床》等。

尔讷夫镇的四千城，当时有人建议我不要独自去，但后来并未发生任何意外。正是在那儿，我找到一个少年来试镜，他当时名叫迪迪埃·莫维尔，也就是后来的乔伊·斯塔尔[①]。我们到处贴招聘启事，还登了报，这样的做法当时并不多见。有些报纸还不同意。庆幸的是，负责为《法兰西晚报》编写影视报道的莫妮克·潘特尔接受了我们的想法，那个时期的《法兰西晚报》有众多的读者。同样接纳我们的，还有针对青少年读者的影视期刊《首映》。我们动用了一切手段，结果两个月之后就有了3000多名候选人。3000人竞选15个角色！筛选后留下了300名少年。其间我们获悉，国家青少年委员会尚未决定是否批准这部电影的拍摄，因为影片中有暴力镜头。他们可以批准，前提是角色的年龄要更大一些。

考虑到这个新要求，我们重新筛选了一遍演员，不过有两个角色，由于罗班·戴维斯的坚持，我们最终获得了特许：一个是一名不到十五岁的男孩，名叫帕斯卡尔·利比利兹；另一个名叫克洛维斯·科尔尼亚克[②]，他后来在剧组度过了十六岁的生日。克洛维斯是玛丽安·布瓦耶的儿子，我注意到他已经有段时间了，他出演了一些戏剧，也参加了一些影视试镜活动。

与我从业初期相比，这时发生了一些新的变化。我们多了便携摄影机和磁带录像机作为工具，成了真正的视频拍摄专家。罗班不希望试镜时直接选用电影的片段，因此我们自己写了两三段戏。我对此很有兴趣，把自己当成了莫里斯·皮亚拉！其中有一段戏情节相当暴力：一个家伙在超市偷窃时，被现场抓住并抵抗。我觉得要衡量人的力量，就得通过暴力场景：语言也许会传达不清，但通过演员的眼神，我们可以判断出……对于业余演员，这是一个很好的练习。每到周末，我们就到罗班的公寓

[①] 乔伊·斯塔尔（1967— ），法国演员、原创歌手，主要影片有《青少年警队》《不眠夜》等，主要原创音乐有《女演员舞会》《狂放》等。
[②] 克洛维斯·科尔尼亚克（1967— ），法国演员、电影导演兼编剧，主要作品有《法外之徒》《布拉格之恋》等。

碰头，给他看我们筛选后的视频。他会说：

"不行……行……不行……不行……行。"

那些几年后爆红的演员，我们的视频里都有。我们的嗅觉还是不错的，看看这个清单：除了已经提到的迪迪埃·莫维尔和克洛维斯·科尔尼亚克，还有樊尚·佩雷、瓦莱丽亚·布诺妮-泰特琪、玛丽·特兰蒂尼昂，后面三人在试镜中表现都很出色。还有皮埃尔·萨尔瓦多里和伊莎贝尔·帕斯科，后者是罗曼·波兰斯基介绍的，此前我已经在雅克·里夏尔的《圣玛利亚》中帮她找了一个角色。雅克·里夏尔也参与了《法外之徒》最终的演员筛选。有帕特里克·奥里尼亚克，这部戏后，我曾尝试再度找他，但没找到，很久以后才获悉他那会儿进监狱了！有夏洛特·瓦兰德蕾①，那会儿她还叫安娜-夏洛特·帕斯卡尔，虽然也被选中了，可是因为里面的镜头太过暴力，她父母拒绝了。朱丽叶·比诺什②，我在巴黎国立高等戏剧艺术学院门口见到了她，随后便到处给她找戏演。我甚至建议她虚报年龄，参选格拉涅尔-德弗利的《文森特的朋友》里的角色，但未能奏效！看过她演出的人，应该不会对她的才华有任何怀疑，更不会怀疑她对这个职业的热爱。她是天生的好演员，而且，我喜欢她的笑容……我真心希望她能加入《法外之徒》，其间为她安排了多次试镜。罗班·戴维斯相当动心，可萨尔德不想要她，觉得她不够性感！庆幸的是，让-吕克·戈达尔和雅克·杜瓦隆见到她后，毫不犹豫就把她纳入麾下，让她分别演了《向玛丽致敬》和《家庭生活》。

另外，我也向罗班推荐了沃达克·斯坦克才克，可是罗班觉得他年纪太大。我并未就此放弃，我和沃达克密谋了一个计划，让他等候时机，届时我会示意他。他假装偶然来我的办公室，跟我打招呼。借此机会，我把他介绍给罗班，接下来就看他自己的表现了！他配合得很好，

---

① 夏洛特·瓦兰德蕾(1968—2019)，法国女演员和作家。
② 朱丽叶·比诺什(1964—　)，法国著名女演员，因主演《浓情巧克力》而提名第73届奥斯卡金像奖最佳女主角。

罗班被他吸引住了，随后找他来试了几次戏，并给了他片中的一个主要角色。鉴于他已二十二岁，他成了这帮问题少年的头头。《法外之徒》1985年4月上映，成绩并未达到预期，而且里面出演的新人中，有一半没有继续当演员，但另一半人今天依然以演戏为生，经常出现在电视上，罗班·戴维斯也是。这不免令人唏嘘，但这是演员这个职业固有的难题。他们当中，克洛维斯·科尔尼亚克是唯一长期活跃在电影圈并取得巨大成功的。这个职业已渗入他的血液，在《法外之徒》后，他明智地选择了继续接演大量戏剧。拍完这部电影后，我曾建议他和维托里奥·梅索兹欧诺去见彼得·布鲁克，因此两人都被招进了《玛哈帕腊达》剧组之中。此次范围广泛的选角工作并非毫无益处，它产生的一个附加影响足以证实这一点：安德烈·泰西内看了我的一段视频，里面有朱丽叶·比诺什和沃达克·斯坦克才克的对手戏，决定找他们担纲出演《情陷夜巴黎》。这部影片奠定了朱丽叶·比诺什事业的基础，今天我们都看到她的成就有多大！凭借此片，沃达克还获得恺撒奖最佳新人男演员奖。安德烈·泰西内紧接着找他出演了他的下一部电影《犯罪现场》，担任男主角，与凯瑟琳·德纳芙搭档……

1986年春天，《法外之徒》推出正好满一年，有两部我参与的影片上映，分别是《海盗夺金冠》和《巴黎野玫瑰》。很长时间以来，罗曼·波兰斯基都梦想拍《海盗夺金冠》。这个项目几度被抛弃，最后是克洛德·贝里给他介绍了塔拉克·本·阿马尔，是的，又是贝里！年轻的制片人塔拉克对这个项目一见倾心，决心要完成它，但条件是电影必须在他的祖国突尼斯拍摄。片中"青蛙"的角色，在波兰斯基的创作中，是一个漂亮而憨厚的年轻人，波兰斯基最早希望自己出演，可米高梅电影公司想要找一个美国演员，因为要把电影投向美国市场。当时好莱坞的年轻男演员他们都联络了，但波兰斯基并不看好他们，他看了他们试戏的视频，并未发现喜欢的演员。由于蒂埃里·沙贝尔常在他面前提到我，是的，又是蒂埃里·沙贝尔的功劳！波兰斯基让我来负责寻找这

8　有趣的挑战，勇敢的冒险和美丽的邂逅

1985年，和沃达克·斯坦克才克（左）以及朱丽叶·比诺什（中）一起，他们是我"发掘"的演员，安德烈·泰西内找他们担当《情陷夜巴黎》的主角。　© Tony Franck/Sygma/Corbis

个演员，只能是暗暗进行。

"他得有个青蛙的脑袋，"他多次对我说，"不过，是只漂亮的青蛙！"

我又开始了自己习惯的套路，游走于各个戏剧学院、体育俱乐部、舞厅等。某日，当我翻阅某一期的《你好》杂志时——曾经的《你好！朋友》现在改名为《你好》了，一切都变了！——我的眼睛停在了一张照片上，上面是当时一个名叫"心脏"的歌唱组合，当中一个成员名叫蒂埃里·康皮翁，与我心中设想的"青蛙"形象一模一样。我致电热拉尔·卢万的朋友达尼埃尔·穆瓦纳，他是一名音乐创作人和制片人，曾在1987年制作了《乱七八糟》这首歌，并因此捧红了弗洛朗·帕尼。寻找演员时，我常常求助他，因为他身边的年轻人很多。我问他谁是心脏组合的经纪人。

"奥兰多呀。"

"达琳达的弟弟？"

第二章 选角的那些年

"就是他,他手下有一大把发展非常好的年轻歌手。你得联系联系他。"

那个时候,我并不太了解奥兰多。我们只是在热拉尔·佩德龙的广场餐厅里打过照面而已。这个餐厅在爱德华第七喜剧院附近,许多娱乐明星都是那里的常客,尤其是达琳达和她的乐团成员。让-卢克·拉艾也在那儿待过,他起初只是一个服务生,与热拉尔·佩德龙的关系很好,后来才录制了那些大卖的流行歌曲。于是,我致电奥兰多,请他安排我与蒂埃里·康皮翁见一次面。

"这不行,你不能只见他一个人,要见就得见所有的组合成员。"

"可是见了也没用,我只对他有兴趣。"

他听后急了,声音也抬高了:"我不希望因此导致他们之间发生矛盾,要不你都见,要不你谁也见不到!"

见面地点约在塔拉克·本·阿马尔的豪华办公楼里,在协和广场4号,我还是第一次享用这么富丽堂皇的办公室!奥兰多的秘书陪着心脏组合的五名成员一起前来。我问他们是否会说英语。很幸运,只有康皮翁回答"会"!我再次致电奥兰多,向他说明了这个情况:

"成员各有各的机缘,我们接下来就安排蒂埃里试镜。"

波兰斯基见到他很激动。我们又找他来了几次,甚至还让他试了服装。波兰斯基把相关视频给美国的合伙人看,他们也很高兴。但在关键时刻,蒂埃里试戏时居然忘了台词。这很不专业,他差点儿因此落选!我把情况转告了奥兰多,他斥骂了蒂埃里一顿:

"小伙子,你能不能严肃点!这可是个严肃的工作!"

最终,他入选了,但是得改改自己的法语名字,以迎合美国的观众。他因此成了克里斯·康皮翁。签约那天,我看到奥兰多来了,穿着一身五彩斑斓的衣服,像是要去参加花园派对。

"您知道您得要多少吧?"

"知道,了如指掌,我打听过了……"

8 有趣的挑战，勇敢的冒险和美丽的邂逅

1992年，与克里斯托弗·朗贝尔在前往美国的私人飞机上。

我们随后聊了很久，聊电影，聊克里斯托弗·朗贝尔的《泰山王子》，这应该对奥兰多有所启发。谈判时，他显得非常强势，最后也拿到一个很高的片酬。从那时开始，奥兰多和我就成了好朋友，直到今天。

波兰斯基还要找一个年轻的女演员，我重点向他推荐了艾曼纽·贝阿，她的试镜很出色，可美国方面更偏向夏洛特·刘易斯。于是，艾曼纽出局了，转身接下了《好好爱我》，并遇见了生命中的爱人达尼埃尔·奥特伊……说到命中注定，我还介绍了另一位艾曼纽给罗曼·波兰斯基：艾曼纽·塞尼耶。但这与电影无关，波兰斯基是在我的办公室见到她的，抑制不住地想要上前攀谈。我认识艾曼纽·塞尼耶时，她才十五六岁，在一家模特公司名下，来到滨海布洛涅的工作室找我，具体为了哪部电影，我已经不记得了。我们谈得很愉快，我后来还找她去参加了《法外之徒》的试镜，直到最后候选名单里都还有她的名字，可惜我最终还是未能说服罗班·戴维斯，如果他肯听我的，结果可能会好些……让-吕克·戈达尔就没犯同样的错误，他把她招进了影片《侦探》。她时不时地会来找我，不一定是为了工作，有时纯粹是找我聊天。有一天，她来塔拉克的办公楼找我，约我一起吃饭，波兰斯基恰好在这里筹备电影《海盗夺金冠》。他注意到她，走过来打招呼。下午时分，他问我："她很漂亮，是谁？"

她确实美极了，风姿撩人。看到她，我就觉得快乐。她为人洒脱，同时头脑相当冷静且性格坚毅，对于巴黎还有娱乐圈形形色色的陷阱，她不会轻易就范。她的祖父是路易·塞涅，姑姑是弗朗索瓦丝·塞涅，两人都是法兰西剧院的著名演员。波兰斯基喜欢她，我很高兴，可她听了却毫不在意！我向波兰斯基转述了她的态度，同时补充了一句："她很年轻，是个很好的女孩……"言下之意是："她可不是你办公室里那些追求时髦的女孩和模特儿！"

事情就这样告一段落。

数月之后，我来到突尼斯苏塞市，参与《海盗夺金冠》的拍摄，摄制组办公室的一张访客日程表吸引了我的注意，上面写着：

"艾曼纽·塞尼耶，某日，某时……"

我傻了，同时非常恼火，倒不是因为害怕，更多是出于妒忌！难道和波兰斯基的其他女伴一样，她也会借周末的空暇来看他？我马上去问他："艾曼纽·塞尼耶来干什么？你后来又见过她了？"

"是啊，你激动什么！有天她来找你，我跟她要了电话号码，就这样……"

"但我已经和你说过了，她是我非常喜欢的人，甚至是我要保护的人，她是一个好女孩，真正的好女孩！"

"我知道……"

他确实知道，几年后，他娶她为妻，两人有了两个孩子。我说过自己如果不做电影，会去开婚介公司，看来我确实有这个能力！那个时期，我还曾建议艾曼纽找乔治·博姆做她的经纪人。乔治退休之后，她也自然而然加入雅美达，成了我名下的艺人。我们之间有过非常美好的回忆和无拘无束的欢乐时光……在波兰斯基的《穿裘皮的维纳斯》里，她的表现令人赞叹！但我依然记得自己在突尼斯时的恼怒！那时我真的很不高兴……不过，当她真的来到片场时，相逢的喜悦就盖过了一切。再说，波兰斯基和塔拉克请我来负责演员管理，本身就是一件幸福的事。这次拍摄经历，也给我留下了非常美好的回忆。现在，已经没有哪个选角导演会这样长时间地跟拍一部影片了，这是那个年代才有的经历……

参与筹备《巴黎野玫瑰》是在1985年春天，这是我与让-雅克·贝奈克斯的第三次合作。这部电影与克洛德·米勒导演的《不害臊的姑娘》是我负责选角的最后两部影片。通过《巴黎野玫瑰》，我认识了碧翠斯·黛尔，今天，我可以这么说，与她的相识改变了我的人生。

9
碧翠斯·黛尔与《巴黎野玫瑰》

碧翠斯·黛尔是独一无二的。我……很幸运！她回馈我很多，同时又带给我很多烦恼。我甚至说过：她就是我的越南！也就是说，和她在一起的日子，生活不是一条平静的长河……她给了我无尽的欢乐，也给了我诸多不眠之夜。我知道，我亏欠她的与她亏欠我的一样多。我们像是兄妹，巧的是，我们姓名的首字母相同，只不过倒了过来。有时候，我是如此担心她，甚至会去找算命师，以确信她不会死去！但故事的开局是如此美好……

那是1985年的春天，我正为让-雅克·贝奈克斯搜寻《巴黎野玫瑰》中的演员。这是菲利普·迪昂[①]的一部长篇小说，出品人贝蒂·米亚莱在该书正式出版之前把它推荐给了贝奈克斯，贝奈克斯读完后，立即决定

[①] 菲利普·迪昂（1949— ），当代法国作家。

第二章 选角的那些年

把它改编成电影。书中讲述一个凄美而疯狂的爱情故事。我四处搜罗,希望找到符合书中那对骇人夫妻形象的男女演员。我见了许多年轻人,有些是戏剧学院的,还有些是经纪公司名下的模特和演员。电影原定的经纪人是安娜-玛丽·拉桑,她一直想找伊莎贝尔·阿佳妮来演,可贝奈克斯想找一个不知名的女演员。某日,在一家书报亭翻阅杂志时,我看到一本《摄影杂志》,这个杂志今天已经停刊,杂志的封面吸引了我的注意。那是一张年轻女孩的照片,女孩看起来很漂亮,可做着奇怪的鬼脸,令人觉得很奇怪,很特别,也很扎眼。照片上只能看到她一张巨大的嘴,好像正伺机而噬。摄影师是在香榭丽舍大街上捕捉到这个画面的,用于一篇关于二十世纪八十年代萝莉风潮的报道。一张不可思议的脸,我一下子就被迷住了,甚至把它挂在了我办公桌上方。

从杂志社那儿得到她的电话号码后,某天晚上我决定打电话给她。因为我日常工作就是联系女演员,语气自然有些生冷:"喂,我想找碧翠斯·黛尔。"

"哪位?"她冷冷地回道。

"多米尼克·贝纳尔,我为一部让-雅克·贝奈克斯的电影找演员。"

"哦,是吗?那请您下次打电话时礼貌些,先说'晚上好,您方便接电话吗?'"

说完,电话就被挂断了!我再次拨通电话,向她道歉,解释自己找她的原因,向她介绍了一下让-雅克·贝奈克斯(她最初还搞错了,把他拍的《明月照沟渠》误认为埃里克·罗默的《圆月映花都》),并询问她能否来布洛涅的工作室见一面。

"不可能,太远了,我没钱叫出租车,而且我从来不坐地铁!"

这女孩真是非同常人!最后,我们只好找了一个介于她住所和布洛涅之间的地点见面,靠近共和国广场的吕克世界咖啡馆,就在法兰西喜剧院对面。

她来时,穿了一件条纹海军T恤,戴着吉卜赛风格的大耳环,我一下子把贾克·鲍那非抛在了脑后，虽然我当时还在和她讨论佐尔格的角色。我的眼里只有她，尤其是她那张大嘴巴。太大了，太性感了……我当时想，应该不会有哪个电影导演会愿意找这样一张大嘴，这也很难上得了银幕，她的臀部也是一样，太大了。简短交流了数句之后，我就被她吸引住了，她举止豪放而活泼，皮肤白皙，黑黑的瞳仁透着神采，语气欢快，全身都散发着光彩。真正的一见钟情。她年仅十九岁，还未被生活伤害过，有趣、感性，而且特别。我疯狂迷上她。谈话中我得知她其实姓卡巴鲁，黛尔是她男朋友的姓。谈完后，为了不浪费时间，我直接带她去对面的书店，买菲利普·迪昂刚刚上市的那本新小说。在收银台，书店销售员看着碧翠斯，虽然对我们买书的目的一无所知，却脱口说道："她应该是书中女主角的完美人选。"

这就是命运！

我随后安排她前来试镜。贝奈克斯看了之后，很快就被她征服了（虽然他像往常一样，还是叫我继续寻找），可安娜-玛丽·拉桑根本不想听到碧翠斯的名字。贝奈克斯与之争论，两人的关系变复杂了，这是一个很痛苦的阶段。安娜-玛丽当时还兼任影片《罗丹的情人》的制片人，那是一部疯狂的作品，也是伊莎贝尔·阿佳妮担任主演。从那时开始，安娜-玛丽的举止出现了异常，日后不断恶化，最终导致她在十三年后自杀身亡。而且，这两部影片最后的制片人都不是她，她此后也再未制作过其他影片。《卡米耶·克洛岱尔》转由克里斯蒂安·费什内负责，《巴黎野玫瑰》由克洛迪·奥萨尔接手。克洛迪·奥萨尔出名于广告界，后来成了卡罗-热内、埃米尔·库斯图里卡等众多导演的女制片人。她很快就察觉到碧翠斯的潜力，对贝奈克斯的这个选择很兴奋。

关于男主角佐尔格，安娜-玛丽·拉桑负责该项目时，我首先想到的演员是穆雷·海德，因为小说中这个人物年纪比较大。作为歌手，穆雷·海德此前发过多张流行专辑，他当时在法国生活，梦想重返银幕。二十世纪七十年代初，他曾出演了约翰·施莱辛格导演的《血腥的星期天》，表现很棒，这也是他最早获得观众认可的一部电影。但穆雷的经纪人要了天价，贝奈克斯因此不想再考虑他，但他又没有勇气打电话拒绝，这个苦差事再次落到我头上。克洛迪·奥萨尔接手项目后，我开始重新物色演员。我们想到克里斯托弗·马拉瓦，可是让-雅克·贝奈克斯看了他出演的《较劲》后，觉得他与自己想要的人物形象相去甚远。我当时还与伊丽娜·布鲁克合作，在寻找两个会说英语的男演员，出演一部英语电影《俘虏》，为此找来了格扎维埃·德吕克、亚纳·巴比莱以及让-雨果·安格拉德，后者演过帕特里斯·夏侯的《受伤的男人》，我知道他也会说英语。想到他，我眼睛瞬间亮了起来：让-雨果不正是《巴黎野玫瑰》里那个爱得撕心裂肺的男人吗……这个演员兼具柔情和力量，强健却又感性。贝奈克斯觉得他太年轻了，他演过吕克·贝松的《地下铁》，贝奈克斯看过这部电影：

"我可不想找一个在地铁里滑轮滑的家伙！"

经我一再坚持，他最终同意见见他。见完后……他再也不想要其他人选了。他找到他要的佐尔格了。让-雨果和《歌剧红伶》里的弗雷德里克·安德烈神似，两人都有点像贝奈克斯的小弟弟。仿佛贝奈克斯的电影要成功，就得找到自己的某个替身出演。也可能正因为如此，他才与杰拉尔·德帕迪约合不来，他们俩相差实在太远了……我们找来烘托碧翠斯和让-雨果的配角，之前都有提过：热拉尔·达尔蒙、多米尼克·皮农，还有一些新人，以及我非常喜欢的让-皮埃尔·比松，他是戏剧界的杰出人物，曾自导自演戏剧。

在这部影片中，碧翠斯给人留下了深刻的印象，真实、有说服力。影片一开头就是她和让-雨果的性爱画面，（现在还有人敢这样做吗？）真实得令人窘迫，一下子就抓住了观众。她就像一个野孩子，美丽优雅却叛逆。显然，摄像镜头喜欢这样的演员，她也知道如何快速地驯服它。二十岁的碧翠斯一举成名，她象征着完全自由的女性形象，一个与众不同的女演员，甘冒沉沦之风险，肆无忌惮、勇敢向前，完全释放自身的情感。

这样的真实与率性,击溃了原来的游戏规则,就像有人所说,她是一个"不表演"的演员,并非只是本色出演。后来找她演《日烦夜烦》的女导演克莱尔·德尼,就这般评价她。确实,她就像一个优秀的田径选手,兼具高超的技巧、敏捷的头脑和快速的反应。只要"出发"的口令响起,她的天性就随之释放。

1986年4月,《巴黎野玫瑰》一经上映,碧翠斯就成了红人。所有人都在谈论她,她占据了各大杂志的封面。我很自豪,就像……一个父亲为自己的女儿骄傲,或是一个男人为自己有小情人而自豪!电影上映数周后,我和她来到戛纳电影节,上台阶时,我记得自己一直在提醒她:

"站直,抬头,微笑,收臀,挺胸……"

我希望所有的人都关注她,让她成为当天最美的女人,希望所有的人都像我一样激动、兴奋,看她走上当今世界最盛大的电影节的舞台!碧翠斯优雅中透着野性,她的性感毫不造作。显然,她属于碧姬·芭铎和玛丽莲·梦露那类尤物。几个月的时间里,她成了妖艳、性感的代名词,成了性幻想的对象,甚至影响到美国和日本,在那里,《巴黎野玫瑰》也很快被奉为经典之作。这样的一夜成名,向来不是一件容易适应之事。碧翠斯觉得有趣,甚至怀疑。这样的游戏,她玩了几次后就不想玩了。她像一只野兽,行为不可预见,当你觉得驯服了她的时候,她会在你最不经意的时候突然逃走。

对于她身边的人来说,这显得更加困难。我认识她时,她和一个名叫让-弗朗索瓦·黛尔的画家同居,他比她年长十岁,人显得很精神,也很有文化,但性格有些消极,他引导她爱上绘画。她曾对我说,就在《巴黎野玫瑰》拍摄之前,她已经同意要嫁给他,为了向他证明……她对他的爱忠贞不渝!我当时告诫她应缓一缓,她没听。正如预料中的一样,在陪她拍摄电影的过程中,让-弗朗索瓦·黛尔感觉不太好,自己女人和让-雨果·安格拉德在电影中的情投意合,更令他难受,而且,他来到片场时,让-雨果·安格拉德和让-雅克·贝奈克斯对他的态度都不算好。直到今天,我也不清楚碧翠斯和让-雨果有否因戏生情,可我知道他们的关系非常好,以至于电影拍摄结束时,两人都难以承受分别之苦。为此,我还出谋划策,让两人一起受邀参加了巴拉圭的一个电影节。

随着电影的推出和成功,后续的痛苦更是令让-弗朗索瓦难以承受。他每天都要听到并忍受一些负面的评论,这并不容易。例如,某天他们去餐馆吃饭时,碧翠斯正要脱去外套,旁边有人说:"您不脱也行,反正我们都看到了!"

一直如此……再者,夫妻关系中,如果一个人总是活在另一个人的阴影下,这种关系会不稳定,他很快就会有"自己的妻子是女王"的羞怯心理。

他们之间的关系也迅速复杂化。他的抑郁倾向日趋严重,经常以自杀要挟。碧翠斯却觉得是自己令他步入如此疯狂乃至想要自杀的悲惨境地,她想帮助他,因此把自己的生活也弄得一团糟。她用自己最初的几笔片酬买了一间公寓,靠近巴黎的马让达大街,但很快又出售了,在巴黎十八区的图拉格街另买了一间公寓,并在那里定居下来。那个公寓很怪,我并不喜欢,觉得那里气场不好。某日,她打来电话,说丈夫不见了。把整个房子找翻天之后,我们终于在地窖里找到了他,他正独自一人蜷缩于黑暗中!正是考虑到他,她才没有去美国,也是为了他,为了留在巴黎,为了……她才接演了弗朗西斯·于斯特的《我们偷了查理·斯潘塞》,因为这样不会有任何出轨的风险!我其实并不太赞同她的这个选择,拍摄期间,导演把自己当成了让-吕克·戈达尔,把剧本改得面目全非!碧翠斯不想再和于斯特沟通,也不愿与制片人交流!我当时已是碧翠斯的经纪人,不得不赶去片场协调两人之间的矛盾。她出演《女巫》期间,还是因为老想着自己的丈夫,才风波频出。《女巫》的导演马可·贝罗奇奥完全被洗脑了,因为意大利制片人不断在他耳边重复:他就想要碧翠斯裸露的画面!她最后同意了在一场戏里身披轻纱出演,但拍摄那天,现场的一个群众演员,不知是出于无意还是经制片人授意,一把把她的轻纱扯了下来!为此,这部电影的法国版本里,我不得不要求剪掉一些镜头,哪怕这样做会影响成片的效果和风格。而且,拍摄期间,为了回去见丈夫,她不得不在罗马和巴黎之间来回穿梭。

我认识她时,她是那样快乐,现在的生活却已令她透不过气……丈夫不能忍受她继续做演员。在精神病院多次疗养后,他最终选择了自杀,对着自己脑袋开了一枪。我记得,在他生死未卜之际,我陪着碧翠斯还有她婆婆一起来到医院,老人家憎恨自己的儿媳妇,觉得是她造成了自己儿子所有的不幸。他没死,但子弹留在了颅内。两人于1988年离婚。之后我去见过他几次,充当他和碧翠斯之间的联络人,我甚至还委托他写过一些剧本摘要,但之后就再也没他的消息了。

爱情是碧翠斯生活中重要的一部分,但她的爱情故事总不简单。虽然之前的让-弗朗索瓦·黛尔,还有后来的乔伊·斯塔尔给她带来的不只是美好,但她与他们之间的爱情是值得的。对于鲁伯特·艾弗雷特,她这样和我说:

"刚开始时,他有点手足无措,但很快……他就懂了!"

吉姆·贾木许为了她,做了他能做的一切。其他一些男人,不仅利用了她,更唤醒了她心中的魔念。她仿佛觉得自己配不上现有的荣耀,因此总是被那些不被赏识、不受人待见或者受过伤害的男人吸引,这当然也和她儿时的经历有关,她的吉卜赛生父据说是个赌棍,对她漠不关心;她的继父曾是军人,人很好,但有些懦弱,战争中落败的阴影一直纠缠着他。她经历过一些非常艰难的爱情,但无论要付出多大的代价,她总是坚持到底。她身上有类似日本艺伎的一面,常常为了一些不值得的男人伤害了自己,因此也错过了一些很优秀的男人,例如斯汀[1],他觉得她的魅力无法抵挡。

---

[1] 即戈登·马修·托马斯·萨姆纳(1951—),英国音乐家、歌手,警察乐队的主唱。

第二章 选角的那些年

从克莱尔·德韦尔的《空中楼阁》开始，她的生活越来越糟。这部影片是我鼓励她接下的。在波尔多拍摄时，她对道具组的一个年轻人一见钟情，那是一个很帅气的小伙子，但一事无成。当时他还和自己母亲住在一起，并且还吸毒。我估计，正是在这段日子里，她也开始吸毒了。为了爱情。由此开启了一系列令人瞠目结舌的悲惨故事，她开始失约，或者取消会面，然后让我去救场。她吸食海洛因，很多时间都在睡觉，有时说好要来最后却没来，也不接电话，她的周围成了真空地带。每到一个剧组，她都要求必须带着这个年轻人，她完全依赖他。我提醒她要当心他时，她这样回答我："这是我命中的男人。"

她做了什么，吃些什么，我一无所知，她对我撒谎。这是我人生中最艰难的一段时光。最夸张的是，在雅克·德雷的《黑森林》上映之际，她突然宣布自己要息影！《黑森林》的拍摄比《空中楼阁》稍早，当时尚处于全力推广阶段。她决定去波尔多生活，为了自己的爱人，她要放弃一切。我非常生气。此后，她推掉了一些电影，甚至包括贝特朗·布利耶的《感谢你！生活》。我记得自己为此还专门给她发了一封电报，这份电报我一直保存着，当时的我，完全无法想象事情会沦落至此。

亲爱的碧翠斯：

　　我觉得，如果有人有机会得到贝特朗·布利耶的邀约，他应该可以更快成为大明星。要知道，机会不会一直眷顾你。你并不欠缺智慧，我知道你很聪明，但你当下选择的生活，我不敢苟同。我觉得你身边的人没你想得那么好。你应该清楚，我可以帮你，但有一定限度。

　　不管怎样，我爱你。

多米尼克
1990年3月1日

另：我不希望自己有一天会可怜你。

庆幸的是，还是有些导演希望他们的电影里出现她的身影。那个引起一片哗然的息影声明发布几个月后，我还是向雅克·杜瓦隆推荐了她，出演他执导的《一个女人的报复》，雅克也确实很快就被她吸引住了。之后，碧翠斯也坦言，与雅克的合作，使她喜欢上文字和剧本，也使她在演技方面有了巨大的进步，虽然在拍摄过程中，他经常要求一场戏重拍三十多条，甚至四十多条，令她难以忍受。拍摄初期，我还去了一次片场，充当她和雅克·杜瓦隆之间的调解人，不过随后一切进展顺利，她很享受和伊莎贝尔·于佩尔搭戏。紧接着，她又出演了吉姆·贾木许的《地球之夜》，两人相识于戛纳，她对他一见钟情。他们有过一场轰轰烈烈的恋爱，吉姆对她非常好，无论是在感情上还是在工作中。他试着帮助她戒掉毒瘾，负责照顾她。我和他之间的关系复杂，甚至有些紧张，因为他无法理解，我作为她如此亲近之人，为何没能早点阻止她染上毒品。他并没有错，我记得在拍摄《黑森林》期间，与她关系很好的热纳维耶芙·帕日曾对我说："她和西蒙娜·西涅莱一样，是一个了不起的女演员，但你得保护她……"

她应该预感到了危险的信号。不久，一个警员也同样指责我："您拿了她百分之十的片酬，不能这样放任她走向歧途。我们得帮她，我会帮她，您也得帮助我……"

可是，面对毒品，我觉得自己无计可施。我不知道毒品意味着什么，我从未吸过毒，与此相关的欲望、快感、人群和依赖性等，我一无所知，因此我和一些瘾君子打交道时，常常需要很长时间才能有所察觉。之前筹备《法外之徒》时我就很奇怪，为什么有个女助理整天昏昏欲睡。我当时还觉得她是夜生活频繁所致！多年以后，罗曼·布雷蒙告诉我，她那样是因为吸食了海洛因，我才恍然大悟。当我获悉碧翠斯吸毒时，曾竭力阻止她，尝试了各种手段：抚慰、责备、威胁，甚至发火，但我说的话似乎毫无用处。这正是与瘾君子相处的难点：只有他们自己愿意走出来时，我们才可能帮助他们。

吉姆·贾木许了解此事后很痛苦，劝碧翠斯去魁北克接受戒毒治疗。她没能坚持住，逃走了。他甚至对我说，有一次在纽约，为了保证她去接受治疗，他陪着她一直到登机口，可是他一转身，她就对空姐说，是她丈夫逼着她坐飞机离开的："你们让我躲在走廊里，这样，他一离开我就出去，我要继续待在纽约！"

不过，最后她还是接受了治疗。那段时间里，我和她完全失去了联络，连续四个月没有任何消息。漫长的等待！我魂不守舍，确切地说，我很焦虑，担心会发生什么事，我做了最坏的打算，陷入深深的孤独。终于有一天，她打来电话："我明天到，早上六点钟，你能来接我吗？"

当然，我去了。当她说需要我时，我不可能不去。无论发生什么，我都会在那里支持她。见面时，她简单解释了一下之前一直没联络的原因："对不起，我之前很难受……"

她看起来状态很好，之后她对我说，回来两天后，她就重新去拍戏了。她去波尔多找自己的未婚夫，带他一起去了以色列，出演克洛德·勒卢什的电影《美丽的故事》，她在里面演得非常出色。随后，经过我的努力，她又接演了马鲁·巴格达迪的《空中的女孩》，饰演纳迪娜·沃茹尔，这个人物角色组织和安排了自己的丈夫通过直升机逃离了拉桑特监狱。只要有机会，我都会奋力争取，说服导演和制片人选用她。但这并不容易，圈子里开始有人说闲话，也有人知道了她吸毒之事。没有人质疑她的才华，但大家都害怕异己分子。

随后，现实仿佛在回应虚构，制造了一系列社会新闻。先是在1992年春天，碧翠斯因为在图拉格街的一家小珠宝店行窃被逮捕。我自然竭力为她辩护，可我又能说些什么呢？说她还活在电影里，活在角色之中，因此无法回归现实生活，还是说她有抑郁倾向？……也许说到底，实际情况恰好与此相反呢？她可能就是想通过这样的方式，来证明自己出名之后并未步入优越的资产者阶层，她依然还和原来一样，和成为演员之前的她一样？克洛德·勒卢什与她关系很好，一直为她辩解。在法国电视二台的晚八点新闻上，主持人帕特里克·普瓦夫尔·达沃尔曾保证不会提起偷窃事件，但还是问她是否后悔偷了那些珠宝，她的回答令他颜面扫地："那您呢，您是否后悔自己曾给我写过那些信呢？"

我记得，看直播时，我正在多维尔照看病重的父亲。听完她的话，我头都晕了。偷窃之事，我给她找了一位出色的律师——让-伊夫·利埃纳尔。因为帕特里克·奥里尼亚克的案件，我认识了他。他和碧翠斯成了好朋友。她很有魅力，所有跟她接触过的人都会被她迷住，无论是律师、稽查员、税务检查员、医生、制片人，还是与她合作过的大多数导演、搭档，例如让-保罗·贝尔蒙多、伊莎贝尔·于佩尔，当然还有纪尧姆·德帕尔迪厄。他是她的好友，她的影子……曾邀请她参演由德法公共电视台①投资的《背后的耳朵》。格扎维埃·杜兰热导演这样评价她："这是一个慷慨的女武士，会令人不自觉爱上她。"

大家都想要保护她，让她免受外界和她本人带来的伤害。

案件审理过程中，她表现得很平静，最终也并未因此遭受太多的痛苦，她的律师做了一次漂亮的辩护。然而，三年之后，她因为"使用毒品罪"被逮捕。她偶尔会包庇一些毒品的分销商，即便她和这些人并不熟悉，这也与她的好心肠有关，但最后他们却把她出卖了。这次事件更严重。她被拘留了四天，我后来和让-伊夫·利埃纳尔一起去巴黎警察局接她。我们特意走了一扇小门，我还帮她遮住了脸，避免被记者拍到，可还是有一些照片出现在媒体上。母亲还因此打电话给我，她很担心："你怎么会搅和到这些事情里面呢？"

为了躲避记者，也为了让她能好好休息，我带她去维希调养。本来她

---

① 1992年由德法两国合资建立的电视频道。

应该在那儿待一个星期,可五天后,她就收拾行李回了巴黎。这次庭审时,她的状态明显不如上一次,说话的声音很小。

"请您声音大一些,您可是位演员!"

"哦,不算什么演员……"她回答说。

此后,又发生了一些事,她对着一个摄影记者的腿踢了几脚,之后又掌掴了一个女交通协管员,还陷入另外一些与毒品有关的事件……我受不了了。这还不包括在片场发生的矛盾,我常常得去充当"消防员";另外还有接二连三的债务问题,为此她还不得不卖掉了她的公寓,以填补吸毒造成的缺口,缴纳罚单以及拖欠的税款。我喜欢她,永远喜欢她,可面临这些艰难的时刻,我也不免怨恨她。都是因为她,作为朋友和经纪人的我才遭受了这样的苦恼和焦虑。

有一次,我甚至因此失去理智。那是在威尼斯,当时迪亚娜·库莉丝导演的电影《六天六夜》即将公映,碧翠斯和安娜·帕里约①担任女主角。影片拍摄过程并不愉快,那个时期碧翠斯已经和乔伊·斯塔尔在一起,她曾试图把他招入剧组。乔伊的试镜非常顺利,但做决定显然还有些言之过早。最后被选中的,是我推荐给迪亚娜·库莉丝的帕特里克·奥里尼亚克。好笑的是,因为帕特里克曾蹲过监狱,一个和他有吻戏的女演员,甚至提出要他先做一次艾滋病筛查!无论帕特里克还是碧翠斯,两人和安娜·帕里约的关系都不好,而我同时也是安娜·帕里约的经纪人。关系真是越理越乱!那时的碧翠斯,即使在饱吸毒品之后也无法正常工作。拍摄过程中,为了能控制住她,我们甚至把她安置在一家医院里。帕特里克曾警告过我:"她的状况很糟糕。"

电影在威尼斯公映那天,她把自己关在房间里,不愿出来。可是所有的人都在电影发布会上等着她。"她会来,她会来的……"我不停地

---

① 安娜·帕里约(1960—),法国女演员,代表作为《尼基塔》,她曾获恺撒奖最佳女主角及意大利国家电影节最佳女主角奖。

解释。

可最后她没来,大家都看着我,我羞愧难当。愤怒令我发狂,我陷入难以描述的烦躁之中,冲入她的房间,然后……甩了她两个巴掌!在此之前,我还从未扇过别人耳光。

"够了!我现在不想再管你了,你好自为之吧!"

当天晚上,她来了,但是是在影片放映结束之后。她去参加了晚宴,和安娜·帕里约形同陌路。接下来的几个月里,我们都互不搭理。在之后的两年时间里,她也没有接演电影。

这个时期的她,与乔伊·斯塔尔疯狂地相爱着。某日,她打电话向我求救。她受不了了,两人的关系已经陷入病态。他们的公寓很古怪,有点像一座哥特式的小教堂,令人觉得不舒服。我来到他们家,想把她带走,并与乔伊吵了起来。他那会儿已经失去理智,可我居然没害怕,因为我感觉到碧翠斯正处于极度危险的境地,再者,我和他自《法外之徒》时就已经认识。他朝我嚷:"滚去被鸡奸吧!"

"你知道,对我来说,这根本不算侮辱。"我回了过去。

他变得更加冲动。

后来,他们两人分手了……不久又复合了。他们的关系持续了约有十年。这十年的疯狂恋情,交织着毒品、争执,还有各种令人瞠目的壮举,分分合合。显然,两人都曾给对方带去一生中最美好和最糟糕的时光。由于他的逼迫,她仿佛释放出了心中的恶魔;由于她,他仿佛学会了自爱。碧翠斯仿佛成了过去的乔伊和今天的乔伊之间的一条纽带,现在的他,是一个出色的演员和父亲。但他们的爱情,真是遍布荆棘。在她参演迈克尔·哈内克导演的《狼族时代》期间,发生的一些事我记忆犹新。她讨厌待在奥地利,每个周末,她都会回巴黎与乔伊团聚。但是有一天,飞机晚点了,剧组只能在缺少她的情况下排演。糟糕透了!大家因此都不喜欢她,但导演没有这样。因为这件事,我和电影的制片人玛格丽特·梅内戈吵了好几年,她想借此不履行合约;还是因为这件事,在几周的时间里,我都没和伊莎贝尔·德拉·帕特利埃说话,她是伊莎贝尔·于佩尔的经纪人。我原以为,她应该能从中协调,并在制片人面前为碧翠斯说好话。

担任碧翠斯的经纪人真不是一件轻松的事。在每部电影的摄制过程中,总会发生一些故事。当然,有些影片进展很顺利,例如阿贝尔·费拉拉的《绝色惊狂》,虽然她差点儿就没拍成这部戏,因为在申请美国签证时,她写自己曾因吸食毒品被逮捕!还有菲洛梅纳·埃斯波西托的《托尼》,她因此结识了亚利桑德罗·加斯曼,在拍摄克里斯托弗·奥诺雷的《情感17章》以及在日本拍摄诹访敦彦导演的《广岛别恋》都很顺利。其他一些影片,例如尤朗德·祖贝尔曼的《走向堕落》以及爱德华多·坎波伊导演的《换句话说》(她在里面瘦得吓人),拍摄过程就像噩梦,大家就像是经历了一场战争,而我首当其冲。我有时甚至担心她真的会离开电影圈。曾经有一次,她去委内瑞拉出演一部格扎维埃·杜兰热的电影,她在那里迷上一个歌手,没有和剧组一起回来,也

二十世纪八十年代末,与碧翠斯·黛尔一起。

没有告诉任何人她的行踪!

这些年里,她遇上的最重要的一个人,是克莱尔·德尼。碧翠斯喜欢她,保护她,甚至在她受到毒瘾困扰时包庇她,连我都瞒着。碧翠斯先是出演了她导演的《难以入眠》,她当时是匆忙上阵,因为一个女演员在最后一刻突然宣布罢演,原因是影片里的蒂埃里·保兰①是一个老年妇女的连环杀手,她担心因此影响自己的演艺生涯! 之后,克莱尔又找她出演了《日烦夜烦》,饰演一个令人惊奇的角色,一个疯狂的女人,居然把自己的几个恋人给吃了! 是真的吃到肚子里! 她就喜欢这种极端的角色,她一直在找寻极致,找寻至高无上的爱情。当然,她在里面的表现也确实令人印象深刻。不过她告诉我,因为片中的一场戏,就是她野兽般吞食尼古拉·德沃谢尔的那场戏,让她在十来天里都睡不着觉……无论是在戏中还是在戏外,她都像是在走钢丝,对一切无所畏惧,敢于挑战任何的危险。这就是她,完全、深刻、强烈地活在当下。

让-雅克·贝奈克斯一直说,如果一开始她是本色出演的话,将来她会成为一名悲剧演员。他没说错。现在的她,在采访中会反复说,她很喜欢戏剧《费德尔》,但不是让·拉辛的版本,她觉得那个版本太文雅了,而是卢修斯·安娜乌斯·塞涅卡②的版本。2003年,导演吉勒·布朗夏尔决定在布列塔尼的普洛埃默③监狱演出保尔·克洛代尔的戏剧《金盔》,经监狱犯人提议,他邀请碧翠斯出演公主,她很快就同意接受这一挑战。她知道监狱是什么样,虽然她曾有过几次被判刑的经历,但因为是缓刑,她从没有坐过牢,不过,她经常陪我去参观监狱,或是去看囚犯演出。现在想来,我有些后悔了。我本来是为了让她警醒,但反过来一想,我觉得这反而会引起她对坏男孩的幻想。

---

① 蒂埃里·保兰(1963—1989),法国连环杀手,1984—1987年间连续杀害了约20名受害者,主要为老年妇女。
② 卢修斯·安娜乌斯·塞涅卡(约前4—65),古罗马哲学家、剧作家。
③ 法国莫尔比昂省市镇。

后来,《金盔》的项目有了变化,变成了一部电影,但还是在监狱里拍摄。她和二十六个犯人在里面的表现令人惊讶,她对于台词的处理也很出色。起初,保尔·克洛代尔的家人听说要请她来演都不同意,但最后,他们都觉得她的表演非常出色,只是,像杰拉尔·德帕迪约所说,"斑马就是斑马,变不了白马!"由于这部电影,碧翠斯爱上了饰演金盔的囚犯。她带他来见我,他很英俊,有点像年轻时候的洛朗·特兹弗,但说实话,我不喜欢他。我觉得他不适合碧翠斯。她想再婚。我再次建议她不要急躁,我当时的感觉是,要不就是她把他当成了小说中的英雄,因为爱情和欲望而误入歧途;要不就是她把这场婚姻当作一次救赎,虽然她讨厌这个词。但无论出于哪种原因,我都觉得不正常。

她还是没有听我的建议,2005年1月3日,她和盖纳埃尔·梅齐亚尼在布雷斯特①监狱举行了婚礼。我拒绝参加,既然强烈反对这桩婚姻,就不可能前往见证他们的结合。随之而来的是梅齐亚尼的诉讼案,她请我之前介绍的律师让-伊夫·利埃纳尔为梅齐亚尼辩护。她想出庭,我陪着她一起去。她看起来像是悲剧中的一个女英雄,但我们要蹚的却是一摊浑水。庭审现场,梅齐亚尼之前的那些女朋友纷纷出来控诉他的暴力行径,我真不想回忆那些画面。碧翠斯好像对他之前的所作所为一无所知。尽管律师为梅齐亚尼进行了有力辩护,莫尔比昂②省级法院最终还是判处了他十二年的监禁,原因是他曾强奸、殴打并非法监禁他的一位女伴。碧翠斯的自尊心太强了,难以面对这样的结果,她与律师利埃纳尔闹翻了,觉得他没有完成好任务,丝毫没有改变她丈夫的处境。之后,她固执地定期去监狱看望丈夫,以示忠贞,直到几年之后他被提前释放。出狱后,事情就不美好了,他的暴力倾向最终也在她的面前暴露了。随后,他的缓刑判决被撤销,他回到了监狱,继续完成剩余的刑期……可悲的故事!

---

① 布列塔尼大区菲尼斯泰尔省的城市。
② 法国布列塔尼大区省份。

碧翠斯是一个矛盾综合体，她像电影中的"变身怪医"，同时有向善和向恶的一面。当幸运来临时，她总是想躲开。她喜欢懦弱的男人，但又希望他们变得坚强。她给人的形象是"性感尤物"，但实际上她对感情极其忠贞，拍摄裸露镜头，于她而言一直像是噩梦。人们觉得她是红颜祸水，她却觉得自己是一个简单的女人。她有着魔鬼般的美丽，却有着天使般的同情心，厌恶任何不公正的事情。电影令她生活动荡，但也让她找到了精神支柱。很长时间里，我觉得她并不是很想从事这个职业，可只要电影里有她，她的表现就令人感到惊异——经常如此！所以我又觉得，如果她真的不想当演员，她不可能演得这么好……况且，她在表演时似乎很幸福，反而是在拍摄结束后，她一个人独处时，才会显得忧郁。克里斯托弗·奥诺雷跟我说过一件事，让我很吃惊。《情感17章》拍摄杀青那天，他对碧翠斯说：

"现在，你自由了，我要把你送回真实的生活中了。"

她的目光顿时忧郁起来："你说的真实生活是什么？我唯一的生活，就是这里……"

直到今天，我还是为她担心。她已经戒毒很久了。有一次，她在电话里对我说："我永远不会再去碰它。"

我相信她确实没有再碰过毒品。我明白是她对演员这个职业的苛求和期待，促使她进行奇特的历险。非主流的编剧和导演，通常是一些年轻人，被她独特的性格、痛苦、伤痕、气质和不可思议的气场所吸引。同时我也清楚，她出演的作品有限……也许是为了更好地研究角色。她偶尔会出演一些配角，平时过着隐居生活，成天听古典音乐。我觉得这很好笑，但毕竟有些难以笑出口，她就像阿莱缇[①]说的那样："年轻的婊子，年

[①] 阿莱缇（1898—1992），法国女演员，主要作品有《天堂的孩子》《天色破晓》等。

老的修女！"我转行当制片人之后，在很长一段时间里，我们见面少了，争吵却多了，因为我希望她能更专注于事业，接演一些小制作电影或者一些小众作品。

"你看，迪迪埃（乔伊·斯塔尔的别名）都走出了这一步：他把演员当成工作，接演不同的作品，涉及各种题材。接演《再见！金发女郎》这样的影片是无法解决你的债务问题的！或许你可以去演戏剧，你肯定会很棒的……无论如何，你得工作！"

看到她当时的样子，我真的很心痛。我认识的她曾是那么活泼、那么明艳、那么光彩照人。想想她如此才华横溢，却这样无所事事，我觉得她是在浪费生命。看着她连续多年止步不前，我很伤心。她要么拒绝，要么不感兴趣，让那些带着项目来找她的人也慢慢丧失了热情。本来她可以走得很远的，既然她已经跟那个卑鄙的男人分道扬镳，我相信事情会好转……她拥有触底反弹的能力，总是让我目瞪口呆。我们的关系又亲密起来，也经常交流。她最近接了一部剧作，我觉得她很喜欢。2014年6月，她出演了《吕克蕾丝·波吉亚》，导演戴维·博贝是一位年轻却富有创造力的导演，才华横溢。他们的合作碰撞出美丽的火花。不管世事如何变幻，我知道，我会爱她一生，相信她也如此。我保留了她的许多来信，她在信中常称我为"亲爱的纳纳"……比如下面这封：

> 我希望让你高兴，让你常常为我骄傲，甚至永远为我骄傲。我再也不想让你因为我伤心。我爱你！纳纳。

当她需要我时，我会一直在她身边。我们之间的故事，不单是电影中的一个美丽的故事，它本身就是一个伟大的故事。

10
猎头……反被人猎！

矛盾的是，《法外之徒》的经历让我兴奋异常，也让我碰到了选角这个行业的天花板。我突然意识到，当时所有的人，无论是我本人，还是那些导演和制片人，都一味想起用新人，却不愿从现有的演员中筛选。这其实像是一场没有终点的赛跑。过度求新求变，最后的结果反而乏味。这期间，我曾发誓，这将是我最后一次如此搜罗演员。我瞬间有了一种难言的焦虑，害怕自己每天起来，都得这样满世界去寻寻觅觅。之前我已经发掘了那么多优秀的年轻人，最终却发现别人并不想要，反而更青睐一些业余演员。也许正因如此，我有了新的想法……

这时的我，已到而立之年，有机会实现自己曾经的梦想，但我又觉得机遇与激情正在日常琐事中渐渐被消磨。我了解这个行业的各个门类，但这于我并无大用。我感觉自己走入了瓶颈。在此之前，我热衷于认识不同的人，觉得自己的运气总么么好，任何一个过客都可能吸引我的目光，并成为影片中的角色，只要给他们找到一部影片。我能改变一个人的命运，奇迹随时都有可能发生，这种感觉让人很愉快，也很虚幻！在二十世纪八十年代，出现了一拨被我称作"一次性纸巾的演员"，我对此负有一定责任。这些人演了几部电影后就消失了。他们来影视圈打了个转，然后就离开了。这一方面是因为那个时期，这个行业贪得无厌地追求新鲜血液和新人；另一方面，也因为他们天生并不适合这个行业，也不愿意花功夫去好好演戏，去提升演技并不断进步……

第二章 选角的那些年

我的错误在于，在一段时间里，我总想着要把自己的印记强加进某些作品里。当然，这也是虚荣心作祟，我想让人知道是我发掘了这些明日之星。这确实能带来巨大的满足感。因此，我介绍了许多没有经验的演员给诸多导演，看到这些演员今天的成就，我很自豪，虽然没有我的帮助，他们应该也能脱颖而出，只是可能需要多花点时间。二十世纪八十年代中期，我曾在几年前试图推荐的一些演员，例如克里斯托弗·马拉瓦、弗朗索瓦·克吕塞以及同时期的其他一些新人，他们最后都进了影视圈，看到这个事实，我还是很欣慰的。但现实最终又令我灰心。我最后明白了一点：演员的光芒和魅力，他们的形象甚至是人格，并不足以成就他们的事业。一个出名的演员，如果并非真正热爱这个职业，如果不够坚强，他反而有可能因此身陷险境。另外，作为巴黎曾经最受追捧的选角导演，我自己的生活也变得不像过去那么容易了。我的名气越大，压力也越大。

我记得有一位红发女演员，她曾是玛戈·卡普利耶的"伤口"，后来也成了我的"伤口"！她不停来找我，一直赖在我办公室里，我去哪儿都能碰到她。我每次都得花大量时间跟她解释，我没有合适的角色给她。说实话，我觉得她的演技很糟糕！几个月后，她变得越来越有攻击性。某日，我从窗口看到她正朝我在马尔伯夫街的办公室走来。时近中午，公司同事正要去吃午餐，我叫来了办公室主任，跟他说明了一下情况，让他跟她说我不在，然后……我躲在一个柜子里面！

"多米尼克不在。他去外地了。"

"他什么时候回来？"

"最早也得下周了……"

我躲在柜子里，听着他们俩离开办公室，周围随之一片寂静。我又等了足足五分钟，才从柜子里钻出来，准备去食堂与同事们会合，但是……她居然没走！我真是羞愧难当！

"不是说您现在在外地……"

"啊,我现在动身……"

"您为什么躲着我?"

她变得歇斯底里,一边用拳头捶打我,一边大叫,或者说嘶吼着:"由于您我饿到现在!您凭什么觉得我是一个烂演员?您会为您犯下的错误付出代价的,我要报仇!"

场面混乱不堪。我没能去吃午饭,一个人留在了办公室里,整个人都虚脱了,也很沮丧。一切都是徒劳。对别人说这样的话并不容易:"我不是那个能让您出名的人,我不是那个能给您活儿干的人……"

以我当时的能力,完全不帮助她,某种意义而言,这确实深深地伤害了她。对里夏尔·安科尼纳和让-皮埃尔·巴克里①也是如此,这也成了我现在最内疚之事。不过,最令我自责的……也许是关于凡妮莎·帕拉迪斯。1987年夏天见到她时,我居然没有邀请她演唱《乔的出租车》。

当时的我,肯定是不公正的,我太过自信,也拥有太大的权力。我有自己的喜好,认为一个人没必要喜欢所有的人,正所谓众口难调。虽然我不喜欢克洛德·马尚,但其他选角导演会喜欢他……对于我当时喜欢的演员,如朱丽叶·比诺什等,我总想把他们推荐给所有的电影导演;但有些演员,我甚至都不想听到他们的名字。我与他们之间不来电,因此我也无法信任他们。但是人的感觉是会出错的……日后,我成了里夏尔·安科尼纳的经纪人。而且,在我担当制片人的最早几部电影中,最美的一部影片的主演就是让-皮埃尔·巴克里,即拉斐尔·雅库罗导演的《黎明之前》。很多事情就是如此……为《歌剧红伶》挑选演员时,我不想要里夏尔,在之后的其他影片也是如此,他因此非常难过。他在巴黎到处跟人说我对他有偏见,如果不是他的内心足够强大,他早就放弃了。他曾说,演员在起步阶段,如果得不到一些有名气的选角导演的赏识是很困难的,接不到戏,没有钱,也得不到认可。因此,心理脆弱的人会很难面对

---

① 让-皮埃尔·巴克里(1951—),法国演员、编剧,曾获恺撒奖最佳男配角,主要作品有《遇见百分百的巧合爱情》《法国香颂》等。

这样的处境。

让-皮埃尔·巴克里也感同身受。在他起步阶段，我去看了他的《唐璜》，我对他完全没感觉，觉得他演得太老派，甚至有些陈腐。我没感觉他身上有喜剧的天赋或者有掌控悲剧和喜剧的能力。每次他的经纪人安娜·阿尔瓦雷打电话给我，我都回绝："不行，我不觉得他适合这个角色。"

因此，巴克里曾说，正是因为我的错，他才没机会出演更多的电影。他的经纪人一直是安娜·阿尔瓦雷，罕见的忠诚，这在这个圈子不常有！安娜曾对我说，他甚至想过要揍我一顿。说这话时他没想到，这样的机会真的会有。

几年之后，我已不做选角了，而是加入雅美达，成了一个经纪人。热拉尔·克瓦兹克邀请我出演《圣心堂彩色小餐馆》中的一个小角色，主演是宝丽娜·拉芳、雅克·维莱雷和让-皮埃尔·巴克里。我读剧本时才发现……巴克里饰演的角色要打我一巴掌！我饰演一个公证员，去找他要钱，一直纠缠不休，最终他失去理智。我顿觉自己的心揪了起来，有些小小的害怕。影片在图卢兹附近拍摄，那里是利昂内尔·若斯潘[①]管辖的区域，社会主义的风潮正在涌动……我来到剧组，巴克里非常冷漠，简单和我打了声招呼，这更加深了我的恐惧。随后，这场戏开拍了。我们先是排练，巴克里依然冷漠寡言，一副生人勿近的样子。我更是怕得要死。排练开始了，重复了几次，他居然下不了手打我："我做不到！我没法给他一耳光！"

那么长时间以来，他一直想打我，因此担心控制不住，把我打残了。察觉到这一点后，为了缓和气氛，半是无意半是激将，我对他说："来吧，现在到了你报复我的时刻了。"

于是他狠狠地给了我一个大嘴巴子。我从没被人这样打过，当时觉

---

① 利昂内尔·若斯潘（1937— ），法国前总理。

得自己要昏过去了,两眼冒金星!当天,我甚至感觉身体出现不适。不过,无论如何,因为这一个巴掌,某些东西得以释放,我们各自再也没有说起此事。直到二十多年后,在拍摄《黎明之前》时,他才在一次晚宴上绘声绘色说起这一幕……犯下这样的错,如此惩罚并不为过。

每天早上,我走出自己家门时,总会有人在街上守着我,手里拿着简历。于是,我决定搬家,搬到郊区的让蒂伊。而且,每当我出现在公众场合,无论是在咖啡馆、餐厅、电影院或是在剧院,我都能感觉到那些新人热切的目光,有些还会直接上前找我搭话。这让人际关系变得扭曲了。所有人都想吸引我的注意,而当时的我也幻想吸引别人的注意,但不是这种扭曲、变态的吸引。我甚至会问我自己,这些人为什么会喜欢我?是喜欢我的身份,还是喜欢我这个人?这真令人费解。我和演员之间的关系既牢固又脆弱,一旦这种关系出现某种扭曲,我就再也不会喜欢某个演员了。诚然,我像是活在云端之上,可以做自己想做的电影。周围的一切像是气泡,五彩缤纷,但是一旦破裂,场面是很可怕的。我每天都要面对这样的不幸:无戏可演的演员的绝望,不仅仅是一些新人,还有那些不能算是演员,甚至都不能算是群众演员的人,他们总是怀揣着希望。一个人可能在某个导演的办公室里晃荡了十年,但这个导演并不想用他,这很可怕。对于那些被选中但演技并不令人信服的演员也是如此。想"推销"一个曾令人失望的演员是很难的……

每当我打开信箱,总会看到一大堆黄信封,里面装着同样格式的简历,贴着同样微笑的照片,几乎让我感到反胃。每天傍晚回到家,电话里会有两百多条留言,这也令我恶心!那些威胁信,就更不待言了!现在轮到猎头被人猎了!白天,我一直在接电话,我一个人已不足以容纳那么多人的眼泪、那么多人的痛苦,并每天承载他们的希望、焦虑和失望了。这最终伤害了我自己……我开始觉得,情形已经失控,我得帮这么多人找戏演,可我每天并没有二百多个角色,如果手上没有项目,我不可能自己

第二章　选角的那些年

去创造项目，于是我最后会觉得，不管怎样，是他们自己选择了这个行业，这自然会有风险、困难和不确定性。可是，绝望是很可怕的，重压之下，我还是经常崩溃，经常有罪恶感。我虽然总在外面跑，每周总会去看四五部戏，还有两三部电影，但我不可能全部都看，也不可能了解所有的演员。有些人会觉得我不去看他们演戏，是因为我对他们没有兴趣，但实际情况是，我没有那么多的时间。我感觉他们对我抱有太大的期望，同时，我自己也会焦虑，害怕判断错误，害怕错过某个可能很出色的演员。从这时开始，由于焦虑，我的体重开始上升。

无论如何，我不希望自己到了三十五岁的年纪，还像一个刚刚走出大学校门的新人！再者，一部电影一旦结束，我和那些喜欢的演员的合作即告一段落，一直要等到下一个项目。虽然我当时可能尚不自觉，但我想和他们长期合作，照顾他们，或者说监督他们！我知道会有怎样的危险在窥视他们……在这个圈子待得越久，我就越想看着自己发掘的演员成长，希望陪伴他们，指引他们，与他们建立一种长期的关系，更加系统地合作，而不像过去那般随意。我这时刚刚过了三十岁，该步入人生的下一阶段了，于是，我转行当经纪人。

雅美达的大老板热拉尔·勒博维西找过我两三次，希望与我面谈，因为有人对他说起过我。当中就有纳塔莉的经纪人塞尔日·卢梭，他曾是那一代艺人的明星经纪人。他对勒博维西说：

"他现在负责选角，但他会是一个杰出的经纪人，他为那些年轻人所做的事，与我之前为德帕迪约和雅克·维莱雷等人所做的一样……"

某日，应该是在《警察之战》获得成功之后，勒博（行业内的人喜欢这么称呼他）邀请我一起享用午餐，塞尔日·卢梭也在。勒博表情很冷漠，好像目空一切，像我们常说的，"超级自信，爱掌控一切"，而且我觉得他是反同性恋者。

"选角这样的岗位不会长久……您应该很清楚，您最后必然会加入我们！您能赚很多钱。目前，您会觉得这工作有趣，像是学生喜欢课间休息一样。您应该想承担更多的责任……再等下去，就晚了！"

我答复他，我还没准备好。随后，他经常打我电话，询问我考虑得怎样，我总是回答："还没到时候，但如果有一天我决定做经纪人，我肯定会去您的公司。"

除了他之外，我确实收到过其他一些人的邀请，例如蒂埃里·勒吕龙的经理人保罗·莱德曼，还有米歇尔·科吕什、幽默组合"无名氏"等。无名氏还建议我在他们的节目里新开一个演员分部。马若里·伊斯拉埃尔也邀请过我，他和伊莎贝尔·德·拉帕特利埃创立了一个工作室，名下有伊莎贝尔·阿佳妮和克里斯托弗·朗贝尔。

但是雅美达毕竟是雅美达！首先，那里有我许多朋友。其次，在十多年的时间里，经过一系列合并、收购、谈判以及交易，勒博维西把雅美达打造成了欧洲最大的艺人经纪公司之一，名下几乎汇聚了法国当时所有的明星，让-保罗·贝尔蒙多和杰拉尔·德帕迪约都在那儿，还有凯瑟琳·德纳芙、伊夫·蒙当、菲利普·努瓦雷……他变革了法国的艺人经纪行业，例如，他在法国第一次倡导艺人可以兼任电影的出品人，贝尔蒙多和德帕迪约都听从了他的意见，因此，当电影从银幕转向电视时，他们也能获取收益。虽然如此，这毫不影响勒博维西与极"左"翼党派的亲密关系，他和一些境遇主义[①]人士以及一些名声不好的行业也走得很近。他还再版了雅克·梅林[②]的著作《死亡直觉》及居伊·德波的《景观社会》，并出资将它们拍摄成先锋电影。他自己也梦想能够制作电影，但根据法律规定，一个人不能既做经纪人又做制片人，因此他在1982年离开了雅美达。伊夫·蒙当的侄子兼经纪人让-路易·利维接替了他的位置，利维最早是公司的会计专家，但很快就成了公司举足

[①] 二十世纪六十年代出现在法国学生中间的一项社会运动，倡导反对现存的社会结构。

[②] 雅克·梅林（1936—1979），法国罪犯，在法国、美国和加拿大多次谋杀、抢劫银行、盗窃和绑架，多次逃狱，其伪装能力为他赢得了"千面人"的绰号。

轻重的人物。这个时期，纳塔莉·贝伊与我的关系越来越近，她也多次鼓励我走出这一步。玛尔琳·若贝尔也是，因为这样我就可以成为她的经纪人！就在我做出决定之前，勒博维西却于1984年3月，在福熙大道的一个停车场内不幸遇害。获悉他遇害的消息时，我正筹备影片《法外之徒》。凶手是谁，至今无人知晓，杀人动机也不得而知。无论是纳塔莉、碧翠斯还是唐娅·洛佩尔（当时让-路易·利维的妻子，古灵精怪，与她在一起我总是发笑），她们都鼓励我做出改变，并在别人面前为我说好话："我们需要一个他这样的人……"

1985年夏天，利维邀请我共进午餐，塞尔日·卢梭也在场。吃完这顿饭，我做出了决定。至少，我要证明莫里斯·皮亚拉错了，我不会一辈子都是一个"没用的选角员"。9月1日，我加入雅美达，成了一名经纪人。

第三章
在雅美达的那些年

第三章　在雅美达的那些年

1
我的前面走着纳塔莉……

如果说，加入雅美达后，玛尔琳·若贝尔理所当然是我名下第一位"明星"，那第二位顺理成章就是纳塔莉·贝伊了。成为玛尔琳的经纪人，过程还是有些微妙的，毕竟，她是听了我的建议，才毅然甩掉了雅美达！加入公司不久，我就去找利维，想请她重返公司，他并不反对。

"但是，"他说，"您必须请米谢勒·梅里兹吃饭，向她道歉，同时要让她知道您来负责玛尔琳是件好事：玛尔琳回归，好比浪子回头！"

我听从了他的建议。玛尔琳致电梅里兹，说她想回来，并安排了一次三人午餐。不久，梅里兹甚至请我帮她阅读一些脚本并写成纪要！可惜的是，如我之前所说，我接手玛尔琳的时间还是晚了些，已经无法阻止她职业生涯下滑的趋势。至于纳塔莉，事情就简单多了。她当时在公司的经纪人是塞尔日·卢梭，但在他名下的那段时间里，她一直原地踏步。过去她收获了一系列成功，后来听从塞尔日的建议出演《蜜月》，却惨遭失败，因此被打上糟糕的印记；但另一方面，塞尔日为人很好，他知道我和纳塔莉之间的友情，能理解她希望和我在一起，因此，他也很慷慨地将她"拱手相让"。

我在雅美达接到的第一通电话来自朱丽叶·比诺什。她当时的经纪人是马塞利娜·勒努瓦，之前是我把她和弗洛朗·帕尼推荐到马塞利娜名下。显然，对于不能与我待在同一家经纪公司里，朱丽叶·比诺什很担心；再者，多亏了我，不久前她才被选中出演《生命不能承受之轻》，因为是我和玛戈·卡普利耶合作负责电影的选角。电话里，她请求我不要忘记她，要保持联络。我很感动我之前发掘的大多数演员，都理所当然来投奔我，有些是因为没有经纪人,有些是因为想改变现状。现在轮到他们来选我了!经纪人和演员就像是把脚绑在一起走路的两个人,是相互吸引和相互渴望的关系。我名下很快就有了碧翠斯·黛尔、沃达克·斯坦克才克等艺人。

当时雅美达的办公楼在乔治五世大街。我来到公司时,已经没有多余的办公室了,底楼的媒体中心,也就是我后来的办公地点,当时正在进行改造。我先是入驻弗朗索瓦-格扎维埃·莫兰的办公室,他主要负责帕特里斯·勒孔特和科利纳·塞罗等艺人,当时在休假。随后,塞尔日在他办公室旁边清理出一小块地方给我办公。我希望和他待在一起。我对塞尔日怀有很大的敬意。他是一位智者,刚进入影视圈时,他是一名演员,妻子玛丽·杜布瓦也是演员;后来,他选择成为经纪人,照看当时的许多新人演员,例如杰拉尔·德帕迪约、雅克·维莱雷、缪缪等,把他们照顾得很好。对于初涉经纪人行业的我来说,他是一个很好的老师。他不是一个只关心钱的人,更注重这个行业的艺术影响,而我也很快就有了同样的想法。我和米谢勒·梅里兹以及伊薇特·艾蒂耶旺之间的关系复杂,她们都曾是演员,是雅美达的元老,对于我的加盟,她们并不欢迎!卡特琳·达夫雷也不太待见我,她比我早几个月进入公司,是塞尔日招来的,主要负责一些年轻演员,她把我当成了直接的竞争对手。不过,她其实完全不用担心,我有自己的原则:兔子不吃窝边草!若赛特·阿里戈尼的态度却与她们完全相反,她热情洋溢,非常可爱。她是一个工作狂,从来不生病,不休假,她比任何人都提前察觉到电视剧可能是演员的一个好选择,因此决定专门负责这个领域。她的办公室里密密麻麻贴满了艺人的照片,我喜欢这样。

我和老板让-路易·利维之间相处极其融洽。我刚到公司时,他对我说:"第一年,您想做什么就做什么,我不需要您带来收益。随便出差,去国外,约人见面,招募您想要的演员。"

这简直是前所未有的优待,可能正因为如此,才招致"元老们"的怨恨吧!我们很快就成了关系很亲密的朋友。我有点像是他的"宠臣"。

利维的作风有些像帮会头子，既威风凛凛又热情洋溢。他出身于单亲家庭，由父亲独自抚养长大，伊夫·蒙当与他父亲是兄弟，他父亲是一个坚定又纯粹的共产主义者，为人诚实守信，这显然对他的性格有很大的影响。利维是叔叔蒙当的经纪人，但因为政见不同，好些年里，他父亲和叔叔关系很僵，他夹在两人中间，日子并不好过。公司每周四有一次例会，每个经纪人都要汇报自己的项目以及艺人情况，有些像是学校老师之间的讨论会，他就像校长。每个老师都根据自己的看法捍卫自己的"学生"，这还是挺刺激的，虽然在很长时间里，每当我推荐某个演员时，米谢勒·梅里兹总是反对，还嘲笑我太冲动，我推荐某部电影或者某个剧本时，她也都认为毫无意义！弗朗索瓦-格扎维埃·莫兰以及克洛迪娜·圣德里尚虽然也不认同我，但态度还算友好。圣德里尚当时是让-克洛德·布里亚利和让-路易·特兰蒂尼昂的经纪人。不过，伊薇特·艾蒂耶旺最后却喜欢上我，因为她发现我既喜欢戏剧也懂戏剧。

勒博维西说得对：课间休息时间结束了。做选角导演时，我仿佛依然处于少年时期，可以在大环境里独自放纵，玩"争上游"的游戏。成为经纪人之后，我瞬间觉得自己成年了，按月拿薪水，要遵守规则，履行应尽的职责，这要求我有更好的组织纪律性。我要负责的工作，不再只是两三部影片，而是十几部；要管理的演员，不再是一小撮，而是二十几个。随之而来的质疑、工作量和问题也大大增加，庆幸的是，相应的幸福感也多了许多！我和演员之间的关系也变了。面对选角导演时，演员们只想吸引他的注意。但是面对他们的经纪人时，他们往往会卸去伪装，关系因此变得更直接、更完整。最大的不同是，经纪人的工资是演员支付的，虽然我们要抽取他们片酬的百分之十，但他们占用我们的时间、精力，可远不止百分之十。我们不仅要为他们谈合同，还得指点他们、提醒他们，甚至帮助他们，要了解他们的疑惑、缺点和要求。这就像是一场智力游戏，矛盾不断，需要不停地解决各类难题。例如，这个演员可能接不到足够的戏，那个演员却邀约不断，都不知道该拒绝哪个；这个演员在为了缴纳所得

1 我的前面走着纳塔莉……

和纳塔莉一起。三十多年的友谊。

税而烦恼,那个演员却不知道怎么找钱付房租;这个演员希望大家都关注他,那个演员却希望媒体能放过他……诸如此类。当一个导演在两个演员之间犹豫不决,可他们又都是你名下的演员,你该怎么办?当一个演员非常想要一个角色,但已经花落人家,又该怎么对他说?导演们依旧先把剧本给我,但我毕竟只有一个人!现在,我可以向导演们推荐一些人选负责选角。因此,相比原来自己也做这个工作的时候,我和过去那些同行的关系好了许多。刚做经纪人时,我有些担心去谈合约。但我学得很快,这事后来甚至令我兴奋。唯一的遗憾,就是踏入"新的职场"后,我无法像过去那样长期待在一个剧组里,或者在一个地区常驻,带当地居民实现演员梦了……

我做了纳塔莉的经纪人后,她表示想重新接演戏剧。当时她已经有七八年时间没有接触戏剧了。我们开始寻找机会。我当时想到一位意大利作家,名叫娜塔利娅·金斯伯格。我刚到巴黎时,在期刊《前台》上读过她的一部作品《特雷莎》,热拉尔·韦尔热曾在二十世纪六十年代将其搬上舞台,由苏珊·弗隆主演。我依然记得我在布朗什学院学习时,韦尔热曾让我读过里面的一段文字,其中有个句子"Ti ho sposato per allegria",翻译过来是"我嫁给你,是为了欢笑"。这部戏里的女主角很漂亮。之前的法语改编本已经有些过时了,但确实是部好作品。纳塔莉也很兴奋。于是我开始解决版权问题。为了扫清障碍,我们甚至专门去了意大利,见了娜塔利娅·金斯伯格本人。我很希望找韦尔热来担任导演,因为之前正是通过他我才读到这部作品。但纳塔莉不大中意他,早年间,她曾和他合作过《加拉帕戈斯》,他们之间的合作不太愉快。后来是另一名戏剧导演贝尔纳·布利耶代替了韦尔热。我刚来巴黎时,韦尔热帮过我,而且我说过,在筹备《暴风雨中的骑士》时,纳塔莉已经爽约过一次,因此,我在面对韦尔热时,难免觉得尴尬。因为这事,我烦恼了好几天……最后,我还是打电话给他,据实以告。他表现得非常大度,对我说不要有什么负担,做自己觉得对的事情就好。我们让洛莱·贝隆负责改编,莫里斯·贝尼舒担当导演,戏的名字改成《阿德里安娜·蒙蒂》。与女主角纳塔莉搭戏的,我们找来了帕特里克·谢奈(巡演时由里夏尔·贝里取代)、米谢琳·普雷斯勒(由此开始了我们的友谊)、卡特琳·阿尔迪蒂以及弗朗索瓦丝·里加尔。这部戏剧最后取得了成功。1986年9月的首映式,我记得我曾和达琳达一起出席,这大概也是她最后几次在公众面前露脸了。

但在电影方面,我感觉纳塔莉似乎在退步。她接连出演了两部影片,都不是很成功,尽管剧本和演员都很好,但风格似乎都太古典了。其中《错误的报复》的导演是阿兰·热叙阿,演员有纳塔莉钟爱的米歇尔·塞罗;另外一部是罗贝尔·昂里科执导的《无心应战》。到了二十世纪九十年代初,她参演的电影开始变少,接到的角色也不是很有意思。这首先是因为她已年过四十,这个年龄段对于女演员而言很敏感。其次,她与强尼·哈立戴之间的爱情,带给她的不仅仅是好的一面。强尼的光芒太盛,会掩盖周围人的光环,令人黯然失色。纳塔莉改变了他的形象,但也可以说,她一直在为他付出。影视圈的人会说:"她和他在一起干吗?"于是她开始了一小段艰难的旅程,决定不搭理法国的一些邀约(因为这些作品可能弱化她的影响力),转向国外市场。我为她找了意大利、德国、英国和美国的一些项目,虽然这些影片不一定很有意义,但这样的冒险是值得的,片酬也很高,而且有机会与一些声望很高的演员合作。例如,活跃于罗马和好莱坞的古巴裔演员托马斯·米利安;罗伯特·奥特曼钟爱的演员埃利奥特·古尔德,后者还是芭芭拉·斯特莱桑德的前夫,跟纳塔莉讲了许多关于芭芭拉的有趣故事;还有彼德·考约特、马修·莫迪恩、安杰丽卡·休斯顿等人。他们之间相处得非常愉快,她天性就易相处。她会去柏林、去罗马,那里的人喜欢在打折季进行大采购。有一次,她看上一件貂皮大衣,这是她人生中第一次有这种冲动,我鼓励她买下。

"可只有妓女才会穿这个!"

她是不会穿的! 她一直有戏演,并以此维持生计,形象也未受到损害。

在此期间,她还参演了迪亚娜·库莉丝的一部音乐电影《这就是生活》,还成了妮科尔·加西亚第一部长片《隔周末》的女主角。我仰慕妮科尔已久,甚至可以追溯至让-皮埃尔·比松(我也成了他的经纪人)导演《玛丽安的心情》时期。妮科尔跟我说起了这部长片,想请纳塔莉出演里面的女主角。片中讲述一个女人历经了一段困难时期,准备重新启程。但她让我先不要跟纳塔莉说,因为她还在犹豫。妮科尔总是太过犹豫!

"我对纳塔莉有兴趣,"她对我说,"但我希望她的不幸……"

她被纳塔莉吸引,但又顾虑纳塔莉作为公众人物的形象,以至于有时甚至想让纳塔莉戴假发出演! 她想用她,但她的形象得改变。这也是她与强尼的爱情带来的最后的负面影响……通过与《隔周末》的女制片主任克里斯蒂娜·戈兹朗的默契配合,我们为纳塔莉的入选做了许多努力。再者,妮科尔笔下的这个人物,与纳塔莉确实有许多明显的共通之处。我也向纳塔莉说了此事,安排她们频繁接触,甚至还带妮科尔到克勒兹省看望纳塔莉。最后,妮科尔做了决定。纳塔莉在影片中的表现也很出色。我本以为她可以通过《隔周末》触底反弹,但结果并不全合我意。不过在评论界里,人们已经开始重新谈论作为演员的她,称赞她的表现,而较少谈论作为公众人物的她了。

随后,纳塔莉又一次表现出我们常说的职业智慧,去迎接冒险和挑战,而不是为了求稳而选择一些没有多大意义的作品。出演了妮科尔·加西亚的处女作后,她又接演了《谎言》,这是记者出身的弗朗索瓦·马戈兰执导的第一部影片,讲述艾滋病肆虐的故事。她把我也硬拉了进去,出演一名同性恋者,在电影中是她的朋友。奇怪的是,我们俩在一起搭戏时,强烈的情感并不是在那些动人心魄的场景里表现得最彻底,而是场景越平淡,这种情感越是强烈,仿佛摄影机最能在这种时候捕捉我们深厚与真实的友谊。不幸的是,尽管这个剧本充满灵感,拍摄却很平庸,票房的成绩也没有达到预期,虽然我觉得她在里面的演技可谓出神入化。

接下来的一些电影,对她的处境并无太大改善,尽管她曾是那么闪耀的明星。1996年,制片人洛朗斯·巴克曼找到我(不久后他成了法国电视二台的故事片负责人),想让纳塔莉出演电视剧《红与黑》,该剧分为两部,录制完后将在法国电视一台播映,让-达尼埃尔·维哈格何担当导演,达尼埃勒·汤普森担任编剧。当时的法国与美国相仿,电影明星与电视剧的关系正悄然改变。就连杰拉尔·德帕迪约也快速转入小荧屏,出演了《基度山伯爵》《巴尔扎克》等电视剧。我觉得,这对于纳塔莉是个机会。她接受了邀请,我负责去协商合同,唯一没谈妥的,就是经纪人佣金的结算问题,是把它加在她的片酬里,还是从她的片酬中扣除?项目启动后,她又去试了服装,之后居然就此杳无音信。准确地说,坊间开始流传雷纳尔夫人①的人选不会是纳塔莉,而是卡罗尔·布凯!我试着与

---

① 《红与黑》中的市长夫人,爱上了身为家庭教师的主人公于连。

女制片人沟通，没有结果。于是我决定去找法国电视一台的经理人纪尧姆·德·韦尔热斯。之前，我的好友加布里埃尔·阿吉翁筹备《变性上班族》时，他曾百般阻挠，可谓竭尽所能企图使电影流产，为此我曾奋起力争。这部影片最近上映了，而且……票房屡创新高。我走进他的办公室，一眼就看见墙上有一张卡罗尔·布凯的海报，这不是好信号！德·韦尔热斯笑脸盈盈地说："我确实错了！恭喜你！你之前是对的！《变性上班族》是今年法国最成功的作品！"

"抱歉，我来不是为了《变性上班族》，你之前不相信它能大卖，那是你的问题。你活该！我这次来，是找你谈纳塔莉·贝伊和《红与黑》。"

"不会找她演，我们的外国合作方不想要她。老兄，她差不多已经是'过去式'了！"

"可之前都谈好了！我们已经就合同达成一致，而且纳塔莉都开始准备了……"

"是这样，可现在有了变化。没有意大利的合作方，我们的影片没法拍，这是一部大制作，所以，我们选了卡罗尔·布凯。"

这个圈子的草率、不公正和残暴，经常这样与我迎面相撞！我都不知道自己为什么来找他。我有一种被人狠狠羞辱的挫败感……

幸运的是，纳塔莉同时接到英国一部影片的邀约。《爱之食粮》是斯蒂芬·波利亚科夫的作品，他既是英国当代最闪耀的一位剧作家，也是这部影片的导演。纳塔莉将和理查德·格兰特搭档，理查德也是一位杰出的演员，曾和罗伯特·奥特曼、索菲亚·科波拉和马丁·斯科塞斯等大导演有过合作。我鼓励纳塔莉接演这部作品，对于《红与黑》，我只告诉她，我觉得法国电视一台不可靠，而且与意大利人联合制作很麻烦……使她免受不良情绪的伤害，这也是我的工作职责。她的答复聪明而机智：

"既然和法国电视一台合作太麻烦，那就按你说的，接演这部英国片。"

紧接着，她又出演了让娜·拉布吕纳的《我的爱安好》，这给她带来了很好的口碑。理智的电影评论人重新开始关注她。随后，托涅·马歇尔找她出演《维纳斯美容院》。三年前，她就与纳塔莉合作过《坏蛋的孩子》。《维纳斯美容院》后来大获成功，口碑爆棚，获得四项恺撒奖，令人难以想象的是，当时为了拍摄这部作品，托涅却遇到诸多困难。各大电视频道，除了德法公共电视台之外，没有一家愿意投资！也正是在这个阶段，我和托涅成了好友。其间遇到重重阻碍，尽管千头万绪，我一直与她并肩战斗，甚至为此以个人名义去找了法国电视六台的总裁让·德吕克！这其实已经超出了经纪人的工作范围，是制片人的工作了！但我并不是那种喜欢静坐在办公室等着合约上门的人，我太希望这部影片成功，也希望纳塔莉能出演。我也很喜欢托涅，她是那种懂得欣赏演员的导演，而且无条件永远喜欢他们。通过《维纳斯美容院》，历经九年无佳绩的艰难岁月后（不过她一直掌控得很好），纳塔莉终于改变了走势，通过自己的才华、智慧和勇于冒险的精神，再次成为明星，实现了华丽转身。

这次成功并未令她缩手缩脚。她在大制作和小制作之间继续自由穿梭，既接受激进导演的邀约，也不拒绝一些稳妥的作品，因此取得了一系列的成功，并收获了一些新的奖项。出演弗雷德里克·丰泰纳的《陌生人的情欲》，让她收获了威尼斯电影节最佳女演员奖；格扎维埃·博瓦的《小小警探》，让她第二次荣获恺撒奖最佳女演员，可谓实至名归！我非常欣赏她在演技上的进步。初为演员时，她的表演有些像米谢琳·普雷斯勒，透着法兰西式的魅力。她属于那类一眼看上去就很正派很诚实的女演员，但总让人感觉她有所保留，仿佛隔着一道墙。随着时间的流逝，这个屏障破碎了。导演越是给她"施压"，她的反弹就越令人吃惊。在《美丽的谎言》（虽然她一度对导演发火了）、《小小警探》和《我的儿子》里，她的表现都非常出色。而在一些似乎容易却并不肤浅的角色里，例如蒂埃里·克里法的《为你而生》，她显示出自己有能力驾驭自己的真实与情感。有时候，她可能会在做出决定前的最后一分钟显得慌乱，仿佛知道这会令她付出代价,但她会装出若无其事的样子,毅然前行。有一个例子可以表明她的好奇心:像她这样级别的女演员,居然会去接演短片。正是通过她,我有幸结识了布鲁诺·希什。拍摄《隔周末》时,他还是一名实习导演。后来,纳塔莉和他合作了短片《唇线笔》,之后,她又接演了布鲁诺·希什的首部长片《巴尼的情事烦恼》,还出演了卡罗琳·博塔罗的短片《母亲》。后来,我成了布鲁诺和卡罗琳·博塔罗的经纪人,最后还成了卡罗琳的制片人。我能认识让-皮埃尔·阿梅利,也是通过纳塔莉的介绍,她看过他的短片,很喜欢他。总之,纳塔莉经常为我牵线搭桥!

2002年,她甚至有幸被导演斯皮尔伯格选中,出演莱昂纳多·迪卡普里奥的母亲!某日,雅美达公司收到一封邮件,美国的一位选角导演发给我们一份名单,询问上面的女演员是否有档期出演斯皮尔伯格的一部电影,上面都是一些大牌女星,包括让娜·莫罗、朱迪丝·哥德雷科、凯瑟琳·德纳芙、纳塔莉等!我们问需要多少个演员,对方回答说:"就一个!出演迪卡普里奥的母亲!"

我向纳塔莉说了此事,她很有兴趣。但是在巴黎安排试镜时,她在拍戏,没空去。"烦人,"她对我说,"如果我不参加试镜,可能就不会被选中!"

"别担心,我和他们通了电话,他们好像有意向。我们吊吊他们胃口……"

我对那个美国人说,纳塔莉肯定是无法抽出时间试镜。我知道卡罗尔·布凯、玛丽亚·施耐德、埃莉·梅黛洛斯都参加了试镜……最后,美国的那个女选角导演又打电话给我,说他们安排了一下,纳塔莉有空时,可以让斯皮尔伯格的朋友布莱恩·德·帕尔玛去找她试镜,布莱恩当时就在巴黎。他见到纳塔莉后很喜欢,最终……她被选中了。斯皮尔伯格本人看过弗朗索瓦·特吕弗的所有电影,曾找特吕弗出演他的《第三类接触》。他后来对纳塔莉说,他看过她的《绿房子》,很喜欢……可是,与被顺利选中相反，合同的谈判却异常艰难！他们给出的片酬极低，我不得不奋起力争，才为她争到一份不低于出演一部法国电影的片酬！这次试镜，也令我想起了此前不久发生的一件趣事，现在想来，我不免觉得好笑，但也有点不安，仿佛我有时能够预知未来！《巴尼的情事烦恼》上映时，纳塔莉受邀参加一档电视游戏节目，说是推广电影，实际与电影并无太大关系。此前她已经接受了大量采访，这种游戏节目她并不喜欢，也不愿前去。布鲁诺·希什希望我说服她。我是他们的经纪人，处境微妙。我试图说服纳塔莉，但没有成功。最后，为了面子上过得去，我建议她："你就说，你到时要参加一个外国大牌导演的试镜。"

布鲁诺·希什问我："什么电影的试镜？她什么都不愿跟我说。"

"绝密！"

"算了吧，你不如跟我说是斯皮尔伯格的电影！"

"怎么就不可能是斯皮尔伯格呢？"

巧的是，这个谎言居然这么快就成了现实！

在《猫鼠游戏》开拍之前，纳塔莉需要在洛杉矶待上约两周时间。雪儿薇·瓦丹邀请她到家里，负责照顾她，做她的向导，帮助她排练英语台词，两人还常一起去购物。我很高兴她们之间能这样亲近，于是趁着这个机会也去好莱坞与她们会合。伊丽莎白·坦纳陪着我，她早期就职于奥尔加·奥尔斯蒂克的公司，之后加入雅美达，成了我的助理。她很聪慧，很快也成了一名经纪人。我很欣赏她，后来我离开雅美达时，是她接替我成了纳塔莉的经纪人。拍摄期间，我们得悉密特朗总统竞选首轮失利，让-玛丽·勒庞进了第二轮选举。这个消息令我们崩溃了，几乎泪洒洛杉矶街头……

在剧组里，斯皮尔伯格很和善。我向他提及他去巴黎为《夺宝奇兵》选演员时我曾见过他，而他居然说也还记得此事。当时，他手下的媒体专员若泽·贝纳邦把我介绍给他，他想找一个法国演员出演贝洛克教授，也就是印第安纳·琼斯博士的对手。见面地点定在巴黎雅典娜广场酒店，我到时,碰巧见到一位似乎年纪轻轻的美国人,我上前问他斯皮尔伯格先生什么时候到,这个带着学生气的年轻人回答说:"我就是!"

我居然没认出他!他想约见阿兰·德龙,但阿兰没来。我向他介绍了让-路易·特兰蒂尼昂和雅克·迪特龙,他们也都拒绝了。最后,他选了一名英国演员。

拍摄期间,我和伊丽莎白·坦纳一直和他在一起,看着显示器里现场拍摄的场景和画面。拍摄间歇,甚至拍摄期间,斯皮尔伯格和我们谈论最多的,就是巴黎的各个酒店,尤其是他超爱的"路易的朋友"!斯皮尔伯格拍戏很快,剧组的节奏令我感到惊讶。这有些像……若泽·达扬!迪卡普里奥演技出色。纳塔莉也完成得很棒。我为她骄傲……

长久以来,纳塔莉和我之间的关系,显然已经超出了简单的工作关系。我和她一起度假的时间最多,这并不是巧合。我们待在克勒兹期间,她会禁止我接打工作电话。为此,我得找借口去买报纸或者面包,急忙赶去镇上,奔向电话亭给我在巴黎的女助理雅库塔打电话。那会儿还没手机!我们之间几乎不谈工作,待在那儿就是为了休息。在克勒兹时,我见识到纳塔莉有多在意别人。她不会编造自己的故事。关于自己外省人的出身,还有自己最初的演员生涯,她都直言不讳。和米谢琳·普雷斯勒以及苏菲·玛索等极少的一些女演员一样,她并不只对自己感兴趣,从来不抱怨自己演的戏不够,也从未因为片酬问题出言指责我。她相信我会尽最大努力捍卫她的利益。电影给的片酬高,她就多拿点;片酬不高,她就少拿些,例如《小小警探》,她真是因为它有趣才接的。

在三十多年的友谊当中,我们之间关于工作的激烈争吵只有一次。那是在1998年,借着雪儿薇·瓦丹一场电视表演秀的机会,我们在夏乐宫酒店组织了一场宴会。席间她和纳塔莉两人合唱了《我们都需要男人》,还各自向对方嘲讽地眨了眨眼睛。看着她们一起唱歌,我觉得像是在做梦,一场美梦!宴会当天来了许多宾客,我自己没太注意,与雪儿薇待在一起的时间比纳塔莉要多得多,我和雪儿薇对唱,开玩笑,分享故事……十几天后,

第三章 在雅美达的那些年

1998年夏,在纳塔莉·贝伊(左)和雪儿薇·瓦丹(右)之间,那天我把她们聚在了一起。

纳塔莉打我电话,口气有些冷淡:"我想要和你谈些正事。"

她约我在卢滕西亚大酒店见面,像是传唤。见面后,她对我说:"我们找一个僻静的地方,就我们俩,坦诚相对!"

这有点不像她会说的话。接下来的话也是。

"作为一名经纪人,我觉得你的所作所为有些出格。雪儿薇宴会当天,你做得太过了,我知道你非常喜欢她,但别人会说你像个主持人……"

她狠狠数落了我一顿!

"你责怪我什么?"

"我指责你的不是什么大事,但我觉得你越来越招摇了,你参加的宴会太多了……一个经纪人应该待在暗处!你有点不切实际……"

"我从来就不怎么躲在暗处,你是了解的!你是不是想说,你要换经纪人?"

"我不知道,但我在考虑……"

"好,那我们都考虑一下。"

也许,那个时期,在接演《维纳斯美容院》之前,她对自己的职业有更多的疑惑……也可能是因为弗朗索瓦-玛丽·萨米埃尔松,他曾是雅美达的经纪人,在那里做了五六年时间,离开后成立了一家名为"天赋之间"的公司,正在大量招收演员,那会儿他也在跟她接触。我不知道。这事很突然,而且太直接了。但是随后……我们各自再也没有提起过此事,她还是选择我继续做她的经纪人。

1 我的前面走着纳塔莉……

我们都知道，有些演员是毫无诚信和原则可言的，遇到一点小问题，他们就会甩开自己的经纪人而转投他人，只要对方许诺可以给他更多的角色和更高的片酬。有些人经受不住诱惑出走，甚至两三年后又回来。纳塔莉显然不是这类人。她忠诚，她不是塞戈莱纳·罗亚尔！她很直接，待人光明磊落。她指责我，是她在意我的工作方式，想借此警告我，让我更多地关注她，可能也是在提醒我应更关心已经得到的东西。而且事情一旦挑明也就算过去了，虽然有些时候她可能会长时间对某人抱有戒心。她对人的判断很准，如果她提醒我要当心哪个制片人，或者塞戈莱纳的时候，我最好听她的话。我们有过许多美好的时光，我曾陪她去摩洛哥的一家孤儿院，她是那里的教母。我们在那儿认了一些教子，资助他们的学习费用。她会给他们寄钱，买一些家电产品寄给他们，而我也会把自己做演员的一些片酬捐赠给他们。很多年里，我们会定期去看他们，留下了许多感人的回忆。但后来，孤儿院的管理人走了……她女儿劳拉小时候，我和纳塔莉一起度假，留下了一生中最幸福和美好的回忆，至今珍藏于心底。她是一位真正的朋友。当然，劳拉近些年遭遇的困难对她肯定有影响。她的勇气、坚持和决心，有时令我惊讶，但人毕竟都会有无能为力甚至不堪重负的时候，这时我只能陪着她一起伤心。这样的处境是很难的，劳拉成了她的心病，她最大的烦恼，但是又能有其他什么办法呢？

劳拉用了很长时间才说出自己想做演员的想法。可能她之前不敢说……她先是提出要和我实习一段时间，最后告诉了我实话。我建议她接受一些表演方面的培训，并把她推荐给雷蒙·阿卡维瓦。雷蒙曾是佛罗朗戏剧学院和国立高等戏剧艺术学院的老师，后来开办了一所培训学校。随后，她去伊丽莎白·德帕尔迪厄创立的崛起艺术协会实习，这个协会旨在帮助一些新人顺利完成他们的长篇处女作。一位对她的身世一无所知的年轻韩国导演，选中了她出演一部短片。那是她的电影首秀。奥利维耶·阿萨亚因此注意到她，并向格扎维埃·詹诺利提起了她。双方

第三章　在雅美达的那些年

见面后，格扎维埃决定用她，担纲自己首部长片《蠢蠢欲动的身体》的女主角。就这样，还不满二十岁的她步入了演艺圈。这一切与别人无关，全是她自己的功劳。不是因为纳塔莉和我，更不是因为强尼·哈立戴。在这部电影里，她出演了一位身患癌症的年轻女子。她表演中透出的野性，令我非常吃惊。很快，她的独特和坚强个性就显露了出来。通过这部影片，她获得罗密·施耐德奖，并提名恺撒奖最佳新人女演员奖。随后，她相继出演了弗雷德里克·丰泰纳的《吉尔夫人》、克洛德·沙布罗尔的《女傧相》等。她的表演有故事、有层次、有吸引力，这些都是伟大的女演员的标签……她在《宝琳娜和弗朗西斯》里的表现可圈可点。她的天赋毋庸置疑。我们常说"星二代"，但得承认，他们身上具备的某些能力，确实是其他家庭出身或者外省小孩身上不具备的。他们看过父辈和母辈怎么演戏，对于这个行业有着本能的深入了解，可以说是无所不知。对于他们来说，冒尖不是难事，难的是坚持。我们不能说他们没有天赋，例如纪尧姆、茱丽、基娅拉、罗马娜等星二代，夏洛特·甘斯布就更不用说了，谁敢说他们没有天赋？还有伊娃·格林[①]……但他们之后的职业发展，有时会显得更加困难，我也不知道为何会这样……

离开雅美达之前，我一直是劳拉的经纪人，其间一切都很顺利。随后，她遇到了弗雷德里克·贝格伯德，后来两人分手，她的精神遭遇了极大的伤害，从此人生开始遭遇一些起伏。某日，我和她约好一起吃午餐，在圣日耳曼大街的瓦让南德餐厅，在等了她一个多小时后，我的助理安托万打电话跟我说她不来了。显然，她近况不佳。我当时伤心、不安，却无能为力。确实，开始时我与她很亲密，但之后我一再觉得无所适从。我很高兴现在的她终于走了出来，唯一的遗憾是在我离开雅美达之后，她离开了接替我的经纪人伊丽莎白·坦纳。之前她遇到诸多困难时，伊丽莎白一直陪在她身边，为她辩护、保护她……表现无可挑剔。劳拉绝对是

[①] 伊娃·格林（1980—　），法国女演员，玛尔琳·若贝尔的女儿，主要作品有《戏梦巴黎》《天国王朝》《007之皇家赌场》等。

一名出色的演员，拥有成就辉煌的所有条件。

在玛尔琳·若贝尔的女儿伊娃·格林初涉影坛时，我也是她的经纪人。劳拉和伊娃几乎同时出道，劳拉的《蠢蠢欲动的身体》和伊娃的《戏梦巴黎》是同年上映的，前后仅相隔几个月……看着这些女孩也走上了母亲的道路，我开始觉得自己不再年轻了！我在伊娃很小的时候就认识了她，和玛尔琳夫妇、茹瓦和伊娃姐妹一起，我们曾度过快乐的圣诞节，这给我留下了温馨的回忆……我看着她长大。她就读于一所法美国际学校，靠近枫丹白露宫，每天早上六点钟就得出发，我觉得她很有冲劲。有一天，玛尔琳打电话给我："伊娃想成为演员，但她不想我干涉她。她想见见你……"

于是，我见了她："我可以推荐你一些课程，你的外表非常漂亮，因此也可以直接去试镜看看……"

"不，我想先学习！"

我建议她跟伊娃·圣保尔学习。她此前从未演过戏，第一次试演那天，玛尔琳再次给我打电话：

"作为妈妈，我不方便去现场，你去看看，把情况告诉我。"

我去了，觉得她很出众，仿佛她天生就会演戏。我说给玛尔琳听，她回答说：

"你的评价不客观，她是你的家人！"

"不会的，请相信我，她真的非常非常有天分！"

我再次问伊娃，是否现在就想试镜，她还是那样回答：

"我想先学习，我要进国立戏剧艺术学院，我要演戏剧……"

我想到把她推荐给卡特琳·耶热尔。卡特琳在那里教书，我们俩相识许久，我十八岁就认识她了，那是二十世纪七十年代中期，当时她和里夏尔·贝里在一起。他们的女儿克利娜还是我招进雅美达的。我们去看了伊娃参演的戏剧《女仆》，随后共进晚餐，在场的还有法兰西喜剧院的未来的女主席米里埃尔·马耶特，以及国立戏剧艺术学院未来的女院长多米尼克·康斯坦扎。晚餐时光很愉快，卡特琳给了伊娃一些指导，告诉她如何准备国立高等戏剧艺术学院的入学考试。不过，我后来得知，伊娃参加考试时，卡特琳居然没有给伊娃"通过"！我为此对她非常不满，她怎么能拒绝一位这么漂亮、这么有天赋而且把表演渗到血液里的女孩进入高等戏剧艺术学院？伊娃非常失落，随后参加了伊娃·圣保尔的培训班。幸运的是，这时恰好贝纳尔多·贝托鲁奇在为他的电影《戏梦巴黎》挑选演员，我把伊娃推荐给了电影的选角导演。经过试镜，她被选中了。这得感谢苏姗·达伦伯杰，自从贝托鲁奇执导《巴黎最后的探戈》起，她就是他御用的场记员。这是一位可亲可敬的女士，为人热情，她看了伊娃的试戏，做了许多努力，使伊娃最后被选中了。就这样，伊娃开始了她的演艺生涯。

后来，伊娃去了伦敦，想提高自己的英语水平和演技。我给她介绍了一位经纪人查理斯·芬治。在他公司里，她与安格拉德·伍德成了朋友，安格拉德不久后成立了自己的经纪公司，伊娃随之加入她的公司。安格拉德·伍德与她关系非常亲密，跟我和玛尔琳初期一样！他算不上是精神领袖，但也差不多！后来《007之皇家赌场》的选角开始了，还有新的詹姆斯·邦德——丹尼尔·克雷格的第一部邦德电影，我推荐了伊娃。因推荐苏菲·玛索拍摄《007之黑日危机》，我结识了芭芭拉·布洛柯里——007系列电影的选角导演和制片人。伊娃参加了首次试镜，又在电影开拍前几天，参加了在布拉格的第二次试镜。她被选中了。我和安格拉德·伍德之间没有正式合约，只有某种口头协议。当时，我已经决定几个月之后就离开雅美达，因为她是英国人，我觉得由她来负责合同事宜会更好些，不过，这事是我促成的，她应该后期把佣金转付给雅美达，但她居然说："想要佣金，没门！"

这时，我把自己能想到的所有英语单词都用上了，狠狠地羞辱了她一顿。如此做事简直令人难以置信。我致电玛尔琳，又致电伊娃。伊娃对我说："我理解你，可你走吧……"

我觉得她完全是站在安格拉德的立场说话!难以想象。毫无道理,真是忘恩负义……电话挂断前,我还是建议她在法国另找一名经纪人,否则她会遇到麻烦。她并没有听我的,这很遗憾,我相信,相比她目前的发展,她原本可以在法国有更好的成绩,就像玛丽昂·歌迪亚那样,能更合理地分配在美国和法国工作的比重。此后,我很少再见她。这成了玛尔琳的心病,她对我说:"她会写信给你。"

伊娃没有写信给我,不过,有一年,我们在伊娃·圣保尔学校的年终演出上相遇了,因为我们俩都是这里的荣誉学员。伊娃说:"多米尼克,我想请求你的原谅……"

"算了,都过去了,生活中还有更重要的事。"

她能向我道歉,我还是很感动的!她时不时会给我发一些问候短信,但关系毕竟淡了……玛尔琳和纳塔莉是我名下最早的女演员,伊娃和劳拉是我名下最晚的女演员。说这些事情其实有点离题了,许多事与雅美达的经纪人工作并无关系,但在结束这章之前,我想说的是,虽然自己曾是明星们的经纪人,我并不确定自己是否适合做她们女儿的经纪人!

2
大明星!

我在雅美达忙了一两年后,让-克洛德·布里亚利提出要我做他的经纪人。就这样,我成了他的经纪人,长达二十年之久。这二十年里,他每天都会打我电话,甚至一天好几通。我刚到雅美达时,他在克洛迪娜·圣德里尚名下,但他们之间的关系并不太好。

"我恨利维让这个女人做我的经纪人,我受不了她!"

某日，克洛迪娜称呼他让-路易（让-路易·特兰蒂尼昂也在她名下，但他们之间关系也不好），他发作了。不得不说，克洛迪娜这人确实不太机灵，她更适合去从事法务工作，而不是做经纪人。我记得，某晚我陪她参加《真实生活》的首秀。那是汤姆·斯托帕德写的戏剧，安德烈斯·吴辛纳斯执导，主演是皮埃尔·阿尔迪蒂和再次回归舞台的埃夫利娜·布伊，而克洛迪娜是埃夫利娜的经纪人。演出期间，克洛迪娜一直叹气："她演得真差！"

她可是埃夫利娜的经纪人！更糟糕的是，她也不喜欢皮埃尔·阿尔迪蒂。我对她说："你不要这样说，尤其是今晚！"

我们来到埃夫利娜的包厢，我觉得克洛迪娜很激动，抑制不住自己的情绪："我早和你说过，别接这部戏！这不是什么好角色！"

我试着调解："我不这么觉得。你可能开始时有点受皮埃尔的影响，不过后来你演得很好……"

这也确实是我的真实想法。结果，三天后，埃夫利娜打电话给我：

"我不想待在克洛迪娜那里，我希望你来负责我。"

我们其实从布朗什学院那会儿就认识了，后来也一直都有联络。她是我喜欢的女演员，我喜欢她的坚忍和含蓄，也觉得她被低估了。在戴维·黑尔导演的《埃米的看法》里，她与朱迪思·马格里搭档让我深受震撼。

克洛迪娜对让-克洛德·布里亚利也一样。有一天，让-克洛德真的是被她气坏了，事后打我电话："我想去你那里，我们很久以前就认识了，而且，你至少喜欢演员……"

我与他相识于《马丁·盖尔归来》。在那之前，我们之间的交集仅有两三次。当时，他出演的帕斯卡尔·雅尔丹的《夫人出门了》正在巡演，恰好来到佩皮尼昂市，距离我们影片的拍摄地不远。剧组的人都准备去观看，但最后大家都放弃了，包括纳塔莉。

只有我一个人去了。演出结束后，让-克洛德·布里亚利邀请我一起吃晚餐。只有我们两个人。他风度翩翩，亲切迷人，显然，他想要吸引我，当然是在工作方面。

"我们一定得合作，我想演……"

他表现得几乎像个初入演艺圈的女演员，希望我喜欢他。他讲了他演过的电影、认识的明星，略微有些自吹自擂，说自己有很多戏等着挑选，还谈起了过往的时光和经历。他当时四十七岁，外表依旧英俊。他出演的电影中，不少导演都是知名大腕，他虽然一直在拍戏，担纲主角的作品却不多。他对表演的渴望令人感动，他发现我了解他的过往，也喜欢戏剧，对他的各类逸事听得津津有味，我们很快就亲近了起来。第二天，杰拉尔·德帕迪约理所当然拿我开涮："你和布里亚利聊得如何？他被你搞定啦？"

回到巴黎后，我和他也常常见面，我曾试图找他出演《歌剧红伶》里的戏班班主，但让-雅克·贝奈克斯想要一个不那么出名的演员，因此更倾向洛朗·贝尔坦，洛朗也是……我推荐的。他对布里亚利好像真的不来电。

我记得，有次演完戏后，我和让-克洛德·布里亚利、让-雅克·贝奈克斯以及格扎维埃·圣马卡里一起吃晚餐。我很喜欢格扎维埃，看过他演的阿兰·卡瓦利耶的《马丁与蕾雅》，觉得他的演出很精彩，因此推荐他出演了让-玛丽·普瓦雷导演的《男人到底还是爱胖子》。他有些像蒙哥马利·克利夫特，有一点忧伤和心碎的感觉。格扎维埃在西蒙戏剧艺术院认识了纳塔莉·贝伊，曾是她的男朋友，后来又爱上卢德米拉·米卡埃尔。那时的他，总想要更大的刺激，后来沉陷于毒品和酒精，数年后死于脑溢血，年仅四十。

回到那天的晚餐。让-克洛德演出结束后，来到戏剧酒吧与我们会合，一开始就暗示自己和格扎维埃有过一段故事。我感觉格扎维埃都想上去给他一拳！贝奈克斯也有些不置可否。其实，让-克洛德很喜欢那些男演员，甚至会在他们困难时施以援手，但他又很难不把他们当成潜在的竞争对手，因此显得有些吃力不讨好。所以，虽然他会去看所有的戏，也知道哪些演员有才华，但当他自己挑选演员时，周围很少有出色的演员，仿佛他遗忘了那些他见过并欣赏的演员一样。

当晚和贝奈克斯以及圣-马卡里在一起时，我发现，原来让-克洛德也是个小人！虽然他极其有趣，但确实是个小人！别人休想侵占他的领域，除非和他一样巧言善辩！后来的《真爱大逃亡》和《不害臊的姑娘》都是我负责选角，片中都有他，那期间我们有过许多交流。从那时候起，他常常找我一起去看戏。他为人热情，非常搞笑，对其他演员和他们的故事都很好奇，后来他请我做他的经纪人时，我这样回答他：

"这得先和利维谈，我可不想让人觉得我是在挖克洛迪娜的人！"

他于是去找了老板。几天之后，老板召见我说："为什么这些人都想去你那儿？这个星期，特兰蒂尼昂和布里亚利都来找我，想要换经纪人。你别去撩他们……"

我没有撩他们，是他们自己对克洛迪娜失望，而且我负责的那些新人也都喜欢我。利维也看到了，我总是跑来跑去，办公室里也总是人来人往，因此他同意他们俩都转入我的名下。克洛迪娜难免不视我为眼中钉。

每天早上，让-克洛德都打我电话，告诉我他昨晚做了什么，然后问我做了什么，看了什么。下午时，他又会打我电话。如果我没接电话，他就会对着雅美达的前台接待员维尔日妮大喊大叫：

"他在哪儿？"

"你不是早上打过电话给他了吗！"

"是打过，可是我还得和他再聊聊。"

他对她很凶，可一旦我接了电话，他口气马上变甜了："那是她没有幽默感！"

下班后，他还会打我电话，问我晚上有什么安排，或者请我去看戏。他会和我讲他在"欧洲1号区域"电台的采访，还有他在《费加罗报》写的文章，也会了解我名下演员的情况。

"啊！她会演？这电影里有适合我的角色吗？"

他心里有点老龄演员的忧虑症，担心自己的将来，这既好笑又令人感动。他的愿望是能与克洛德·夏布罗尔再度合作，他之前能在电影圈站住脚，多亏了夏布罗尔。但夏布罗尔没有选他出演《铁镣》和《冷酷祭典》，而是选了让-皮埃尔·卡塞尔，他因此很难受。他很欣赏让-皮埃尔，可同时又很讨厌他，觉得他在和自己竞争。他总是认为如果没有让-皮埃尔，那些角色会由他来出演。我常常去找夏布罗尔，每次他的答复都一样：

"再看吧，也许……现在，我没有适合他的角色。而且……我不是很想找一个这样的演员，几乎天天都能在报纸、电视和广告上看到他，随时都能在广播中听到他……"

我很欣赏他敢闯敢干的劲头，就在我成为他的经纪人不久之前，他刚刚接下了巴黎香小剧院的管理工作。数年后，他又发起了安茹戏剧节和拉马蒂埃勒戏剧节。但我深感他操心的事确实太多了，精力过度分散，这对演戏并没好处。作为朋友，我相当赞赏他，但作为经纪人，他这种大包大揽的个性令我相当恼火！我曾督促他静下心来，多专注于本职工作。他的"影视教母"让娜·莫罗也这样认为。他听不进去，无法让自己闲下来，那样会令他觉得自己在逃避。

克莱尔·德尼拍摄《不怕死》时，里面有极其精彩的斗鸡戏，他想找一个合适的演员出演影片中地下斗鸡的组织者。我想到了贝尔纳·韦尔莱，我在青少年时期看过他演的《雏鹰》，他是我当时热追的一个明星。我常常想他怎么样了。有一次，我为苏菲·玛索商讨《来自巴黎的女孩》的合约时偶然遇到他，他居然和丽丝·法约尔都是电影的制片人。他当时成了大胖子，和奥逊·威尔斯差不多，但我深信他依然能演戏。另外，在那个时期，我曾尝试为他量身定制一部作品，摄影大师莎拉·莫恩想拍摄自己的第一部电影，主题是嫉妒，剧情非常精彩，可惜未能找到投资方。我还把他介绍给格扎维埃·博瓦出演《北方》，由此重启了他的演艺之路。虽然我把贝尔纳·韦尔莱推荐给克莱尔·德尼，但他未被选中，个中缘由我也无从得知。我又推荐了让-克洛德·布里亚利，结果他获得了这个角色，演得很出色，展露了我们不熟悉的一面。他性格刚硬却无赖，令人印象深刻。他在安德烈·泰西内的《无辜者》中的表现也很精彩，他在里面有一段关于年龄和青春的台词，精彩至极，凭借这部电影，他获得了恺撒奖最佳配角。他还在帕特里斯·夏侯的《玛戈皇后》中出演科利尼上将，也很抓人，透着天生的霸气。可能因为他之前演的洛亚尔先生太深入人心了，以至于我们都忽略了他也有这种特质。筹备《玛戈皇后》期间，他一直对我唠叨："我要演这个电影。"

他一直怂恿我给夏侯打电话。夏侯很有兴趣，可又有些犹豫，原因与夏布罗尔相同。为此，我还专门打电话给克洛德·贝里，因为他是制片人，祈求运气能站到我们这边。夏侯最后终于决定选他，他的表现也未令夏侯失望。另外，贝尔纳·韦尔莱也参演了这部电影，后来在夏侯的电影中也总能见到他的身影。在此之前，我曾找让-克洛德和玛尔琳·若贝尔搭档出演了一部电视剧，他们早先合作过《烦人的茱莉》，玛尔琳很喜欢他。不得不说，他的搭档通常都非常喜欢他，因为他愿意付出。但是……对我除外！当我对他说，我会和他搭档出演爱德华·莫利纳罗导演的《傲慢的博马舍》时，他好像不怎么接受："勒博维西，他会去演电影吗？既然成了著名经纪人，就不要当演员！"

他好像在妒忌我："现在，我们是竞争对手了！"

我出演了一个小角色，这也是我第二次出演路易十六。也就在这次，出演博马舍的法布莱斯·鲁奇尼略带疑虑地给我留了言："我得知你的台词不少，你得好好背。如果有人不熟悉台词，真的很耗时间！"

我没有惊慌，给他回了电话，在留言中把我的台词背诵了一遍，而且没有超出留言的时间限制！来到片场后，他态度很好。让-克洛德也是。不过，还是过了一段时间，他才认可我也是一个演员。另外，在何塞-玛丽亚·桑切斯-席尔瓦执导的电影佳作《将死》中，安排让-克洛德杀了我，这显然令他很有快感！导演何塞-玛丽亚是西班牙人，在意大利拍摄，他请我出演片中的一个杀手，去杀让-克洛德；见到我之后，他转而让我出演里面的一个龌龊角色，一个嗜杀的告密者，被让-克洛德饰演的角色关在一个冰箱里……狠狠地打！

几年之后，在让娜·拉布吕纳导演的《妙想奇缘》里，我出演让-克洛德的跟班，或者说他的伙伴？他非常高兴又可以和我一起拍戏。拍摄期间，他就像一个好友，尽管说错台词时，他把责任都推到我头上："都怪多米尼克，他令我分心了！"

同时，他常常帮助我，给我一些建议。他来到片场，一边走，一边会拍周围人的屁股，居然没有人因此不满，这令我相当吃惊。在场的人，看来不像西蒙·德·拉布罗斯那般冲动！虽然有些导演可能会犹豫，不知道是否应该给他一些阳刚的角色，但他扮演的科利尼上将，足以证明他们错了！日常生活中，他坦承自己的缺点，毫不造作，既不因此而困扰，也不为此辩护，这确实令人耳目一新，让人平添几分对他的信任。也许这不算典范，但至少算是一种该有的态度。他不是一个积极的社会活动家，但这并不影响他热心于公益，尤其是与丽娜·雷诺一起参与抵抗艾滋病运动。

2002年，在让-克洛德出演的最后一部真正意义上的戏剧里，和他搭档的正是丽娜·雷诺。那一年，因为他的回忆录《我忘记了说》大卖，他再次登上舞台，剧名叫《存局候领》，导演是诺埃尔·科沃德。为了让这部戏上演，我竭尽了全力。我早期在伦敦看到这部作品，雅美达购得作品的版权，我负责找人改编，联络好皇家宫殿大剧院，并充当让-克洛德和丽娜·雷诺之间的联络人，他们俩都是我名下的演员。尽管我付出了这么多努力，让-克洛德居然觉得我不应向演员收取佣金，说我作为项目的促成人，已经拿到一部分酬劳。我对此非常惊讶，觉得他很无耻。我不愿意让步，如果是在他的剧院里演，我自然什么都得按他说的来，但这是在其他剧院，我没有理由接受这样无理的要求。我最后能得到佣金，应感谢丽娜和皇家宫殿大剧院的总经理弗朗西斯·纳尼。在生意上，让-克洛德会很苛刻，尤其是在……有机会打友情牌的时候！为了这部戏，我打的电话绝对是最多的。

每天早上，我都要轮流和丽娜以及让-克洛德通话。丽娜非常担心，对我说："他对台词不熟悉，他花在其他方面的精力太多了！昨晚，又是我去把他抓来的！"

然后轮到他："她把舞台给占了，把我当成她的佣人，想要一个人风光！"

我也经常打电话给弗朗西斯·纳尼："你知道昨晚他们俩又对我做什么了吗？"

都是前辈演员之间的故事！我感觉像是回到过去，在与戏剧界的大腕们打交道。有一天，让-克洛德甚至斥责了我一顿："因为你我才演这个戏的。我做不到，台词太难了！"

确实，他那时的记忆力开始衰退了，很容易疲劳。不过，丽娜和他互相欣赏，他们在舞台上的表现都很精彩！

就这样，二十年时间里，我们频繁见面，一起看戏剧，我还陪着他和他的伴侣布鲁诺·芬克一起去了昂热和拉马蒂埃勒。他这人有时极其吝啬，这可能与他从艺初期的困境有关。但有些时候，他又大方得令人吃惊。他有时非常精打细算，甚至会把收到的礼物转手送给别人！有时又极其挥霍，例如，他经常会在圣路易岛自己名下的橙园酒店里大宴宾客。他也很乐意照顾别人，愿意把自己在蒙蒂永的城堡借给别人住。雅克·沙佐就是在那儿度过了最后的时光，罗密·施耐德也曾在儿子死后到那儿疗伤，伊莎贝尔·阿佳妮曾藏在那里躲避狗仔队……

如果有朋友没戏演，他会担心："卡罗利娜·塞利埃与其待在家里不如去演戏剧，不然简直是浪费生命。"

他在巴黎意大利歌剧院举办盛大晚会，向让·马雷、达尼尔·达黎欧等人致敬。为此,他拿出自己的电话簿,一个个打电话邀请友人前来造势。他也会让我去关注一些青年演员,虽然他自己并不会去跟踪他们,虽然他常常对我"发掘"的演员嗤之以鼻,说:"你看中的那些女演员,一个个都蓬头垢面!"他喜欢和朋友分享自己的喜好、见识和人际关系。通过他,我认识了许多人,例如阿莱缇、苏姗·弗隆。那时,他比任何人都懂得如何抬举你。他非常愿意分享一些秘密和奇闻逸事,尤其是当他发现对方感兴趣的时候,比如我!我喜欢听他讲故事,例如下面这个关于爱尔薇儿·珀派斯科的趣事:爱尔薇儿有次在瑞士过安检,她把护照递给安检人员,安检人员看了看照片,很吃惊:

"这是您的照片?怎么和现在变化这么大?"

她回答说:"因为我哭得太多了!"

他还会和我讲他和阿兰·德龙籍籍无名时的友情,讲他从艺初期遭遇的法国新浪潮……对于戏剧界的前辈大腕,他可谓无所不知,而且还认识当时所有的配角,这些人被后人遗忘,他很生气……我们会整夜整夜地聊不同的演员,他会把他们的回忆录给我看。这些书就像是活的百科全书,非常有意思!当然,他有时会瞎编,他很会讲故事,有时让人不知道他说的是真是假。例如,他说自己和玛琳·黛德丽关系亲密,但在他说的那段时间里,应该是萨沙·布里凯和路易·博宗跟她更近。让-克洛德和萨沙确实是很好的朋友,两人都出身于国立戏剧艺术学院,萨沙是通过夏布罗尔的电影出道的,之后片约不断。

萨沙常饰演一些小角色,也常出演一些荒诞的同性恋者,经常与一些大导演合作。他成名主要是通过电视剧,尤其是《神圣爱人》,我正是通过这部电视剧知道他并喜欢上他的。另外,他在《今晚看戏剧》以及儿童节目《孩子之岛》中的表现也为他积攒了不少人气。生活中的他热情如火,超级有趣,但脾气也很坏,为了一句玩笑话,他会与自己最好的朋友翻脸。他喜欢过去的女演员,收藏黑胶唱片,常听玛丽·迪巴和米斯坦盖的歌,这令我觉得又好笑又感动,让-克洛德也常常取笑他。不过,他们俩都是讨人厌的家伙！我与萨沙的相识，不是因为让-克洛德，而是通过阿兰·凯尔西的介绍。阿兰和他是密友，按照阿兰住在多维尔的妻子的说法，他们甚至太亲密了。我要去巴黎时，她还叫我要当心萨沙这人：

"如果你哪天遇到萨沙，你得当心点。他很坏！"

我在布朗什学院时，他恰巧在学院旁边的巴黎大剧院出演《唐璜》，跟乔治·盖塔里搭档！所以我最终还是与他见面了。

"啊，是您啊，凯尔西很喜欢您这个年轻人，常在我面前提起您！"

我把他推荐给一些年轻导演和演员，他们和我一样，都觉得他有趣。我也推荐他演了几部电影。我记得，在出演妮科尔·加西亚的《隔周末》时，他居然这样对纳塔莉·贝伊说："您总算接了部好戏！"

有时，因为我没有找他出演某部电影，他会在电话里骂我。

萨沙与玛琳·黛德丽的相识，是通过让-雅克·德布。那时让-雅克·德布正开始准备巴黎奥林匹亚音乐厅的演唱会。玛琳·黛德丽之所以喜欢萨沙，是因为他老惹她笑。随后，两人过往甚密，她帮他煮火锅、炖猪腰子和小牛肉，他带她去毕加尔的一些小餐馆和咖啡厅。后来两人吵翻了，很长时间都不来往，之后又和好了。玛琳·黛德丽几乎幽居于蒙田大道的公寓里，很少出门，而萨沙确实经常去看望她。她对他说，"一个女演员，如果老了，就没有任何异性愿意来看你、陪伴你！"

她还对他说："叫布里亚利别老拿我来说事，他没有给我送过饭，也没来看过我。"

我喜欢听萨沙跟我说玛琳·黛德丽的事，萨沙也是一个很会讲故事的人。有一天早上八点左右，玛琳·黛德丽打电话给萨沙，向他要阿莱缇的电话："我想和她聊聊，有重要的事。我在读《费加罗报》上一篇关于她的采访，她是一位杰出的女性。"

"《黄页》里有她的电话。她住在雷米萨街14号……我帮您找吧！"

一刻钟后，她又打来电话："千万千万别和任何人说我向您要了阿莱缇的电话号码。"

"为什么?您打她电话啦?聊得不好?"

"没有的事,但在那篇采访的结尾处,她说了一些我的坏话。她说人得知道适可而止,像我这么年长的艺人还出现在舞台上,很可悲。这个叛徒,居然敢这样说我!"

他转述玛琳·黛德丽的这段话时,语气简直是活灵活现!路易·博宗和萨沙都说玛琳·黛德丽是一个极其自私的人,甚至说她就是个怪物!

我从未见过玛琳·黛德丽本人,但却与她通过电话。萨沙有段时间需要离开巴黎数周,把我的电话给了她,以备不时之需。某日,雅美达的前台对我说:

"玛琳·黛德丽打你电话!"

我虽有心理准备,但真的接到她的电话,我还是很惊喜。毕竟,她可是玛琳·黛德丽!她应该察觉了电话那头的惊讶:

"贝纳尔先生吗?我是玛琳·黛德丽,是,玛琳·黛德丽,您坐下吧,没必要大惊小怪,您冷静一下……是萨沙·布里凯给了我您的电话……"

她接着说:"雅美达,就是罗密·施耐德之前的公司吧?"

"是的。"

"当时谁是她的经纪人?勒博维西?"

"不是,是让-路易·利维。"

"这就好,既然罗密·施耐德曾在那儿待过……这样,我想要《综艺》周刊。萨沙·布里凯说您可以每周把它送来给我。"

萨沙曾跟我说过,她热衷于阅读这本美国周刊上的艺人辞世公告,这令她觉得欣慰,毕竟她还活着!雅美达在乔治五世大道,她住在蒙田大道,相距不远。我来到她的小区,只能把杂志放在门卫那儿。两周后,她再次来电,称我为贝纳尔先生,而不是多米尼克。听着她的口音,我觉得自己都成了德国人。

"我拿到《综艺》了,不过得早些送来,更早些!"

第三章　在雅美达的那些年

这已经不是请求，而是命令了！为了此事，我与她前后通过六七次电话。有一天，她请我为她协商一次采访的片酬，那是一家意大利报纸的采访。我同意了。当我重新打电话给她，告知她我协商的价格时，她发火了："您可真是个糟糕的经纪人，这价格太低了！"

其实，是她把新旧法郎搞混了！在同一个时期，我记得若赛特·阿里戈尼在帮一位英国经纪人，为黛博拉·蔻儿谈一个合约，让-路易·利维之后对我们说："别在这些老女演员身上浪费时间了，她们没法提升我们的业绩！"

还有一次，我向她要三张签名照。一张给自己，一张给碧翠斯·黛尔，还有一张给玛尔琳·若贝尔，其中给玛尔琳的那张，我已经想好了要这么写：

致玛尔琳！

玛琳

我收到了我和碧翠斯要的签名照，上面写了一个很漂亮的"爱"字，我估计碧翠斯的那张应该被她弄丢了！但玛尔琳那张，却是门儿都没有。

"永远不可能，您听好了，永远！我讨厌那个女演员，尖嗓门，一脸雀斑，而且还盗用我的名字！"

萨沙回到巴黎后，我请他出面帮忙去要这张相片，叫他别说是给我的玛尔琳的。"我就和她说，是送给我常去的那家肉店老板的女儿，她叫玛尔琳。她超爱我给她做的火锅，应该没问题……"

结果，萨沙提出要求时，她问道："真的？不是给那个满脸雀斑的女演员？"

最终，我们还是没有要到这张签名照！另有一次，因为托尼·斯科蒂买了她自传的版权，想把它拍成一部音乐剧，我向她提到雪儿薇·瓦丹，说可以找她来演。

"这是好事，因为可以给我带来很多钱，但雪儿薇演'蓝天使'实在是太老了！"

我虽然与萨沙有过许多美好的时光,但最终还是和他闹掰了。他有时显得很无情,有一次,他对一位身患癌症的女友说,她离死不远了。听到这话,我彻底与他决裂了。这样说话实在是太过分了!而且他和身边的人都闹掰了,包括让-克洛德,还有他的另一个朋友亨利-让·塞尔瓦,以至于他死于多维尔家中时,居然无人知晓,直到数天后,一位护工才发现了他的尸体。凄惨的结局。

让-克洛德·布里亚利介绍我认识的人当中,有一个人对我非常重要,当时我自己却完全没想到。他常常这样讽刺我:"与其总是去看雪儿薇·瓦丹的演唱会(其实他和我一样,也很喜欢她),你还不如去听听另一位伟大的女歌手:娜娜·穆斯库莉①。"

2004年,他为娜娜庆祝七十岁生日,邀请我参加,并安排我坐在她旁边。我觉得她美丽又有趣,思维活跃,我被她的魅力深深吸引。有时,先入为主的想法是很可怕的。她告诉我,她会在奥林匹亚音乐厅开演唱会,我说那我会去看。让-克洛德听到后,让我非常郑重地许下诺言。正是他对朋友的这种忠诚,令我很喜欢他!周日,我一大早就去了,可没人愿意陪我去,连贝特朗·德·拉贝都回绝了我:

"我知道,她在全世界卖出了3.5亿张唱片,可是这次,你还是一个人去吧!"

就连我母亲都不愿意去。在我少年时期,娜娜可是她最爱的女歌手。至于奥兰多,他这人周日是绝不出门的!音乐厅坐满了观众,气氛热烈。我从未想过,她对舞台还有如此激情、如此热爱。我到她的包厢去找她时,只能实话实说:"很抱歉,我这么晚才发现您……"

她跳起来抱住我的头,我们互相逗乐,又在一起喝香槟,喝了很多!第二天,让-克洛德打我电话:"亲爱的,她很感激你能去。她很喜欢你,

---

① 娜娜·穆斯库莉(1934—),希腊国际流行音乐歌手,被誉为"希腊国宝""雅典的白玫瑰"。

第三章 在雅美达的那些年

想再见到你……"

随后,我、让-克洛德、布鲁诺·芬克和她偶尔会小聚,共进晚餐。她是一个非常有趣的女人,非常机灵,会讲自己和一些爵士男歌手的故事,这与我们之前的印象,那个戴着眼镜、梳一头非常知性发型的她,差了不知道多少个光年。真实的娜娜,并不是我们所说的"希腊雕像"!而且,她为人非常大方,甚至可以说,她是我见过的女性中最大方的,例如,她可以不听项目介绍,就捐出一大笔钱给抵抗艾滋病基金会。

那段时间里,我离开了雅美达,刚刚成立了自己的制片公司。我把让-克洛德"送给了"弗雷德里克·穆瓦东,她刚刚进入雅美达,之前也负责选角。他们之间相处愉快,证据是他此后不再那么频繁地打我电话了,变成我经常打电话给他了。我一度非常维护塞戈莱纳·罗亚尔,他还因此怨恨我:"别和那个女疯子搅在一块儿!"

我觉得他精力减退了,变胖了。见面时,我觉得他吃得太多,酒也喝太多,我暗暗担心他的胆固醇!有一天,他对我说:"经过五十年的演唱生涯后,娜娜准备开始自己的全球告别巡演,你得制作一部关于她的纪录片。"

由于我的制片公司刚刚起步,于是我去找了菲利普·蒂利耶,他是电视制片人,我曾和他合作过一部纪录片,主角是我年少时非常喜欢的一位男歌手——米歇尔·德尔佩什。合作非常愉快,他拥有的资源也比我们多!我们与一些电视台接洽了,但好像没人对此感兴趣,不过,在没有一个电视台签约的情况下,我们还是决定开拍。导演是让-皮埃尔·德维莱和埃里克·博菲斯,摄制组里还有一个热心的小伙子,名叫马克西姆·德洛内,也是诺曼底人,当时和我共事,后来进了雅美达,成了夏洛特·甘斯布、雪儿薇·瓦丹和亚历克斯·博潘等人的经纪人。我们跟着娜娜去了伦敦、雅典、巴黎、日内瓦、纽约……她到哪里唱我们就跟着去哪里。过程非常艰难,但没有人抱怨。后来,我约见了法国电视台的总经理帕特里斯·迪阿梅尔。在此期间,让-克洛德遗憾离世了,但我曾向他许诺,一定会竭尽全力完成这部纪录片。我把这事告诉了帕特里斯·迪阿梅尔,当时我们已经拍完了娜娜近期所有的演唱会。他决定促成我们的项目,就在新年到来前的某一天,他打来电话:"送给你的圣诞礼物,娜娜·穆斯库莉的纪录片通过了。会在法国电视三台播映。"

帕特里斯·迪阿梅尔不必为此遗憾,这部纪录片的收视率非常高。

2007年4月,我们在纽约拍摄时,让-克洛德来看我们。我当时觉得他很疲惫,看到他老是喘气。大家什么都没说,他本人也只字不提。我问娜娜:"你不觉得他病了吗?"

娜娜抓住我的手:"我不应该告诉你的,但他确实病了,病得非常重。"

我非常担心他,也担心布鲁诺,他看起来失魂落魄。之后,让-克洛德出演了罗姆阿尔·伯尼翁的《你是警察?》,片中的故事发生在一家养老院,在比利时拍摄。其间,我经常打电话给他,询问他的近况。他常对我说:"你来看我们。这里有你的好朋友米谢琳·普雷斯勒,她总说只有她在圣安德烈德萨尔影院下午两点看过电影。"

"让-皮埃尔·卡塞尔怎么样?"

"哦,他啊,他拍戏间歇都在睡觉,他在这里不适应。"

说完,他大笑了起来。

数周之后,我再次见到他,一起参加让-皮埃尔·卡塞尔的入土仪式,他比在纽约时更加憔悴。我们最后一次谈话,是在不久后的戛纳电影节,他前来录制《大脑袋》[①]的一期节目。几天之后,他就去世了。死于癌症。得病之事,他没有对任何人提起,甚至是他最亲近的朋友,肯定是因为他曾经那么耀眼、那么风趣,现在难以忍受别人的可怜。

让娜·莫罗不愿意孤身前去向他的遗体告别,请我陪她一起去。看到让-克洛德的遗体时,她抓住了我的手,抓得很紧。我们一起握住他已

[①] 法国广播电视台的节目。

无知觉的手。伤心断肠的时刻。从房间走出来时,我们都瘫倒了。回家路上,我们不得不让司机中途停车,因为让娜很难受,一直呕吐。看到这一幕,我难以自持。在去让-克洛德家的路上,我看到的她很是体面,但是失去一位多年老友的悲伤和痛苦还是击倒了她。从这天开始,对我来说,她不再是以前的让娜了,她与我之间的关系也变了,变得更近,更加贴心。今时今日,我还是常常想起让-克洛德。我想念他的一切,他的搞怪,他的博学,他的音容笑貌,他的霸道,他的机警,他的思想,他的陪伴……是他赋予了我对传承的兴趣。和他一起,我了解了许多与电影有关的故事。一切伟大的故事,不正是由许多这样的小故事组成的吗?他的离去,使我感觉失去的不仅仅是一个朋友,而是自己的一部分记忆……

3
丽娜和达琳达,心上的女子

我母亲九十岁生日那天,丽娜·雷诺坚持要打电话给她,亲口祝她生日快乐。她一直是我家的一分子,在我儿时,我父母就非常喜欢她,他们常提起她,听她的唱片,尤其是我母亲,我记得她会唱丽娜的这首歌:

晚间,你属于我,

晚间,我听到你的声音

…………

如果说我喜欢晚间,

亲爱的,那是为了拥有你,

属于我,只属于我,全属于我……

二十世纪八十年代时,丽娜和达琳达又一起翻唱了这首歌。以前,在辛劳的夏季结束后,我父母会把杂货店暂时托付给别人,从乌尔加特赶去巴黎待上几天,一般是每年的九月或十月,看望他们的老朋友,同时……到巴黎卡西诺音乐厅看丽娜的演出。她的演出都很成功,具体节目我依然记得。两次演出都是在六十年代,第一次名叫《欢乐》,第二次名叫《巴黎的欲望》……母亲会把节目单带回家,我常常会翻阅,一边看一边幻想。但是音乐厅的表演通常包含一些"裸舞"节目,当然不是全裸!因此,我们可以在节目单上看到一些穿着极其暴露的男人和女人的照片,母亲会把它们剪掉,不让我们看到!很神奇,在一份节目单上,这些照片没被剪掉,被我保存下来,并保留了很长时间。上面那些几近赤裸的形象,令还是孩子的我心慌意乱。也是从那时起,我第一次注意到丽娜·雷诺,注意到她那双湛蓝湛蓝的眼睛……必须承认的是,我后来把她遗忘了。对我们这代人来说,拉斯维加斯的那些杂志、丽娜的歌曲还有她的电视秀,都不太对胃口,我们觉得她有些过时了。

我与她的相识,是在为《女布尔乔亚》选演员期间。那是1970年年尾,在巴黎卡西诺音乐厅。她在那里举办名为《巴黎-丽娜》的回顾演出。我去那儿请一位负责人给我推荐一些舞蹈演员,希望从中发现我要的女主角。丽娜听说我到访,叫我到她的包厢见她,想了解我此行的真实目的。

"哦,皮埃尔也是我的朋友……请一定转达我的问候……"

她似乎不怕"揽事"。演出结束后,她亲自带着我去看了一些女孩,都是经她事先筛选过的,但未征求我的意见,这令我不太开心,因为我想自己做决定。我还记得有一年,在戛纳电影节上,她和我以及玛戈·卡普利耶均是最佳新人奖的评委。我听见她对秘书说:"你安排我见见多米尼克·贝纳尔,我必须见到他!"

而出于妒忌,玛戈更愿意和朱丽叶·格雷戈以及乔治·穆斯塔基抱团,不愿意我搭理丽娜,她一直说:"她(丽娜)老跟着我们干吗?走,别管她!"然后就把我拉走了。我们因此未能说上话。很长时间后,当纳塔

第三章 在雅美达的那些年

莉和强尼在一起时，强尼对我说："你知道是丽娜带我入行的吧？你为什么不见见她？她很了不起，立志要一辈子做演员。她将在巴黎新剧场重演《疯狂的阿曼达》，你一定得见见她。"

我看了她在舞台上的演出，觉得她精力充沛。本来约好演出后一起参加晚宴，事后却取消了，具体原因我已忘了。

几年后，我进了雅美达。一位名叫阿克塞尔·施密特的年轻媒体专员是丽娜的粉丝，打电话邀请我和她一起吃午餐，她总是这般"爱出风头"，而且非常热情，这也说明她一直有欲望，一直在鼓励自己。我们约在老佛爷百货后面的一家名叫基拉戈的餐厅见面，这家餐厅今天已经不在了。这次见面，让我见识了一位极具魅力且热情洋溢的女性。她是一个舞台怪兽，知道怎么用她的蓝眼睛捕获你。别忘了，她本来就出生于商人家庭！她一直跟我说她想演电影，舌灿莲花，说她可以出演各种角色，因此，一回到办公室，我就宣布自己要做她的经纪人，而且，我名下确实也没有她那个年代的女演员。众人听后，只有若赛特·阿里戈尼说了一句："可以，我可以让她去演一些很好的电视剧。"

其他经纪人（尤其是伊薇特·艾蒂耶旺和米谢勒·梅里兹，二十世纪五十年代，也就是电影《马德隆》①播出的年代，米谢勒的丈夫好像想找丽娜出演一部电影，结果两人之间闹了矛盾。）都觉得这是无稽之谈，认为我太冲动，因为她不属于雅美达，她配不上我们这么高级的经纪公司，诸如此类。让-路易·利维什么也没说，通过叔叔伊夫·蒙当的介绍，他与丽娜的丈夫路易·加斯泰很熟，也知道她演过《卖花女》②。几年后，我决定做电视电影女导演若泽·达扬的经纪人时（虽然公司的人换了）也遭受了同样的反应！他们都觉得我误入歧途，甚至是犯上作乱，不过很

---

① 源自1914年关于第一次世界大战的流行歌曲，讲述一个名叫"马德隆"的女子的传奇故事，1955年该故事被搬上了法国银幕。
② 原名《皮格马利翁》，爱尔兰剧作家萧伯纳的戏剧。皮格马利翁原是罗马神话中的一位雕刻家，一生不爱女色，却爱上了自己刻的雕像。

快，随着若泽·达扬的作品大获成功，这些"高雅"却缺乏卓见的经纪人又争着把自己名下的演员介绍到她的电影里去，同时把丰厚的佣金收入囊中！

不久，让-路易·利维对我说，克洛德·齐蒂的《皇牌杂差》续集碰到麻烦：雷吉娜·齐尔贝施伯格无法出演原来老妓女的角色，因为她要去美国，推广她的香水品牌。

"如果你有人可以替代她，就打他电话。"

我打电话给齐蒂，他对我说："你得帮我找到这个演员。让-路易说，你的专长就是结识年长女演员！他说你和布里亚利在一起时，就喜欢谈她们。"

恰巧不久前，我在卡堡见过米歇尔·梅奇，她此时已不是我年轻时见过的天使形象，而且正缺钱。在我的推动下，雅美达帮助了她，让她能通过以前出演的一些经典电影获益。我对齐蒂说：

"我有两个人选。第一个与这个角色非常配，但我不确定她是否做好了身体和心理上的准备，她也有很长时间没演戏了，这个人是米歇尔·梅奇；第二个是丽娜·雷诺，这也许有些疯狂，有些出人意料。但我相信她能演得很棒！"

"……丽娜·雷诺，这是个好主意，甚至是一个绝妙的主意！我要见见她，不过，在此之前，我想先问问菲利普·努瓦雷的意见……"

因为菲利普·努瓦雷的经纪人是米谢勒·梅里兹，米谢勒是不愿意我把丽娜招入麾下的，因此我想她会竭尽所能搞砸这事。齐蒂和努瓦雷说了，努瓦雷不反对，但提出要我打电话和他聊聊。

"菲利普，您听我说，我觉得这是个好主意。在戏剧舞台上，丽娜重新诠释了之前雅克利娜·马扬的一些角色，她的状态很好，人也很有趣。"

"您说得对，这个想法确实很好。"

他肯定还没来得及和米谢勒·梅里兹商量！随后，他开始在电话里哼

第三章 在雅美达的那些年

起了丽娜的歌：《橱窗里的小狗》和《我在加拿大的小屋》！一挂掉电话，我就给丽娜拨了过去，想邀功，我们才见面不到一周，我就给她找到一个角色！

"我可能有个角色给您，出演《皇牌杂差》续集里的一个角色。本来是雷吉娜演的，但她要去美国，这次无法出演。"

"她去美国？"

说这话时，我感觉她在冷笑，但并没敢笑得太露骨，我和她毕竟还不太熟，也不好多问。

"我正准备去格拉斯①度假。这可怎么办？要不我把假期往后推？"

"不用，先别着急。您先去，如果有事，我打您电话。"

第二天，齐蒂就和我说要见见她。我给她打电话，她刚刚到格拉斯的家："我们还没来得及取出行李，看来又得赶回来。我马上出发……"

"不用，丽娜，您待在那儿，我来安排。"

"可是他们会不会变卦？"

"您为什么觉得他们会变卦？"

"世事无常，您还是跟紧些……"

此般决心，此般意愿，真是令人动容。她已经挣扎了这么多年，却依然充满斗志，永不放弃。最后，一切安排妥当：齐蒂周末恰好要去圣特罗佩，中途可以安排他们见面。

我周一又打她电话，询问事情的进展，但感觉她的态度有些冷淡：

"谈得很好，他很迷人。如果您希望我演这个角色，我就演……"

"我跟您说过，这就是一次合作……"

"不，没问题，一切都好。努瓦雷很好，齐蒂也好……"

"可是我觉得不对劲。您有什么不满吗？"

"您读了剧本吗？"

---

① 法国阿尔卑斯省市镇。

"当然读了,这是一个配角,我之前和您说过(我以为她是因为这个不高兴),但戏份很足。"

然后我听到她在电话里问:"我要和他说吗,路路?"

她说的是路易·加斯泰,她的丈夫,他也一直在电话机旁边,我听到他说"说吧"。

"您手头有这部电影的剧本吗?"

我一边嘟哝,一边找剧本。

"您看这段……路路,是哪段来着?啊,对,第四十段台词……"

"可那里面没有您啊?"

"我是不在里面,可是您看到他们是怎么说我的吗?"

我看了看,这是两个被收买的警察的对话:

"西蒙娜,她怎么样?"

"哦,虽然她已如风干的腊肉,但每天还能接十趟活呢!"

我忍住笑。

"您懂吧,多米尼克,别人不能这样说我。"

"他们说的不是您,是角色。这是电影,丽娜。"

"路路对我说:'他们这样说你是原则问题!这绝对不行!'"

恋爱中的男人,容不得自己的宝贝被人说一句不好听的话。庆幸的是,我找到了解决的办法:"没问题,丽娜,这是写给雷吉娜的。他们会帮您重写这段台词。"

"你听到啦,路路,他们会重写这段对白!"

我把通话内容转述给齐蒂时,他笑得直不起身子。

"我来叫迪迪埃·卡明卡重新写这段话。"

我们甚至把卡明卡介绍给了丽娜,他是《皇牌杂差》系列作品的编剧。他们后来也成了朋友,五年后,她还出演了他导演的最后一部影片《我的妻子离开了我》。

出演了《皇牌杂差》续集后,丽娜重新开始接演电影,从未停歇。

第三章 在雅美达的那些年

我给她介绍了克莱尔·德尼，两人合作了《难以入眠》，影片讲述了老年妇女连环杀手蒂埃里·保兰的故事。她之前从未挑战过此类角色，但她演得很精彩，并因此被提名为恺撒奖最佳女配角。我还安排她和加布里埃尔·阿吉翁见面，他在《爱上岳母大人》里面给了她一个很棒的角色，出演凯瑟琳·德纳芙的母亲，她把这个不按常理出牌的妈妈演得极具喜感。与我从事选角时期一样，我一旦喜欢上一个演员，就想让所有人都知道。除了电影，她也出演了一些戏剧，例如，迪迪埃·卡明卡把《彗星美人》改编为戏剧《熊熊火焰》时，经我协商，最后由她和韦罗妮克·雅诺搭档出演；还有《老妇还乡》以及我之前提到的《存局候领》，她在里面与让-克洛德·布里亚利搭档。她还出演了许多电视剧，甚至太多了。我常对她说："您得少接一些戏……"

但丽娜教会了我一点：欲望是最大的动力。她一直想演，从不松懈，即便是在今天九十二岁的高龄，也依然如此。她的人生经历和演艺生涯完美地诠释了这一点。她就是一个斗士，勇往直前。息影了三十年之后，她在六十岁的年纪重新启程，对演戏的渴望从未熄灭，仿佛要追赶失去的时间。没有什么比这更令人动容了。我做她的经纪人期间，她和让-克洛德·布里亚利两人无疑是与我通电话最多的，他们总是处于跃跃欲试的状态。她的口头禅就是："好像某人接了一部戏，里面有没有适合我的角色？"

她热衷于喜剧。多年的演出经验使她表演起来轻松自如。她阐释的角色，既有她的风格，又忠实于角色本身，即使碰上要求严格的导演，她也总能在不经意间就达到对方的要求。我还知道，她也可以是一个生意人，推动你尽力为她争取更好的合约。这于我确实是个挑战！

正是通过她，我才得以结识米里埃尔·罗班[①]以及……雅克·希拉克。丽娜和我政见不同，但我们都对不同的人充满好奇。在二十世纪九十

[①] 米里埃尔·罗班（1955— ），法国女演员，曾获恺撒奖提名和莫里哀奖提名，主要作品有《你无法选择自己的家人》《时空急转弯2》等。

年代，我就认识了希拉克的女儿克洛德，当时她和蒂埃里·雷伊在一起，后者成为柔道世界冠军后，决定转行做演员，现在是弗朗索瓦·奥朗德麾下的体育顾问。克洛德与克里斯托弗·朗贝尔也是好朋友，她身上有某种令人感伤的气质，非常打动我。如果说她母亲代表了她父亲保守的一面，她则体现了他进取的一面。1995年总统选举期间，她的生活并不容易。不过，她还是专心于父亲的选举宣传，而我却选择支持利昂内尔·若斯潘。有一天，丽娜对我说："我知道，我们支持的政党不同，不过，我希望你能帮帮他，再说共和国联合会①里也有一些戏剧和影视界的老人。"

我不是太想帮助他们，由于经纪人的身份，我必须保持一定的克制。丽娜清楚这点，但还是请我陪她去参加法国电视二台的一档节目《真相时间》，那天的嘉宾正是雅克·希拉克。按照惯例，要有一些名流来陪衬总统候选人，可他的民意票选得票率很低，因此除了克劳迪娅·卡汀娜和克里斯托弗·朗贝尔之外，他们找不到别人。当时支持右派的艺术家都跑去声援爱德华·巴拉迪尔②了，认为他能当选总统。我陪着丽娜去了，但刻意保持低调。节目录制完后，我们去法国电视二台对面的瑞莱广场酒店共进午餐。在场的有丽娜、克里斯托弗、克洛德，爱戴圆圆小眼镜的弗朗索瓦·巴鲁安以及多米尼克·德维尔潘。这是我与政治圈的初次实际接触。他们谈论"朋友"时表现出来的残忍，还有幕后策划的算计和手段，令我大开眼界……

2001年市政选举期间，我和克洛德的关系有些紧张。她还记得1995年时，我曾对她说，作为一名经纪人应保持克制！当时受贝特朗·德拉诺埃③之邀，我正为他的选举活动造势。贝特朗和我算是老朋友了。在二十世纪八十年代，我们甚至有过共同的朋友！那是一位很可爱的年轻人，不久前刚刚被癌症夺去生命。他离世之前的那段时间，是我和贝特朗两人

---

① 法国的新戴高乐主义者和保守派政党，起源于共和国民主联盟，由雅克·希拉克于1976年创立，作为戴高乐主义政治的继承人。
② 爱德华·巴拉迪尔（1929— ），法国政治家，1993年至1995年间任法国总理。
③ 贝特朗·德拉诺埃（1952— ），法国政治家，社会党成员，曾任巴黎市长。

第三章 在雅美达的那些年

一起陪着他的。我们甚至一起在他的床边与他的遗体道别,后来又一起参加了他的入土仪式。伤心的默契……这次市政选举,也是我第一次在政治活动中投入如此多的精力。我打电话给各位导演和演员,鼓励他们参与选举。虽然当时雅美达的老板贝特朗·德·拉贝从未指责我,克洛德却出言责备:

"你不应该在这上面付出如此多精力……"

"可是克洛德,我从未隐瞒过你,我支持'左'派,永远支持。"

"我知道,但作为经纪人,你有义务保持克制……"

选举一结束,我们的关系又恢复如前。十年后,当她嫁给总统府前任秘书长弗雷德里克·萨拉-巴鲁时,她甚至还邀请贝特朗·德拉诺埃为她主持婚礼。丽娜和米谢勒·拉罗克一起见证了他们的结合。每次见到克洛德,我总是很高兴。

1995年11月,丽娜再次请求我陪她去见雅克·希拉克,不过这一次是去总统府爱丽舍宫,为希拉克庆祝生日。"希望你能和我一起去,这与政治毫无关系,纯粹是友谊……"

当时,我还从未去过爱丽舍宫,有什么理由不去呢?那天的事,我至今铭记。就在出发之前,加布里埃尔·阿吉翁和我要到丽兹酒店见雪儿[①],雪儿想翻拍阿吉翁的电影《变性上班族》,这位美国著名女歌手还笑着对我们说:"电影的最后,女主角怀孕了,大家又要指责整形手术了!"

因为丽兹酒店与爱丽舍宫相距不远,而且当时发生了一场大规模罢工,所有交通都瘫痪了,根本叫不到出租车,于是我决定步行。那天非常冷。丽娜对我说,要在晚上八点准时到场。我不想成为第一个到达的宾客,因此准备八点一刻左右到那儿。我给希拉克总统的礼物,是和纳塔莉·贝伊一起选的。我本来非常想送他一本很精彩的新书,里面讲述二十

---

① 雪儿(1946—),美国演员,流行乐歌手,代表作有《月色撩人》《面具》等。

世纪三十年代巴黎一些乱七八糟的事。纳塔莉笑着对我说:

"这种书还好吧,他肯定会喜欢,但有点文化色彩的书也不错,还是送他一本关于戏剧历史的书吧。"

到了爱丽舍宫,传达员对我说:"请,有人送您到总统所在的地方。"

我跟在工作人员身后,手上拿着礼物,穿过了总统府的各个大厅。见到总统之前的几分钟,一条黑色的拉布拉多犬,戴着蓝白红三色的颈圈,很亲热地扑到我身上。随后,总统前来迎接我,声音洪亮:

"啊,贝纳尔先生,您是第一个到的!今天大规模罢工,他们都还没到。请跟我来,在大家到来之前,我们可以先喝一杯。"

我和他单独待在一起。"哦,您太客气了,不用送我礼物的……丽娜非常喜欢您。您觉得她还可以继续做演员吗?"随后,他又非常和蔼地询问了我的工作,"经纪人,就像戏班班主?你们什么时候拿到薪水?演员一般都小气,是吧?"他还问了我名下有哪些演员。

"有苏菲·玛索。"

"啊,是那个娇小的科雷兹①女演员!"

"碧翠斯·黛尔。"

"这个人应该给您带来了很多麻烦!"

"克里斯托弗·朗贝尔。"

"哦,我很喜欢克里斯托弗……不过,他的生活最好能更有条理一些。"

"您这么觉得?"

"是的,我什么都知道!"

第一批客人到了:克洛德·希拉克、丽娜、樊尚·兰东、帕特里克·赛巴斯蒂安等。克里斯托弗没来,他在国外,但打来了电话。电话里,希拉克与他放肆地说着各种玩笑话,电话挂断后,还一直说个不停,他的夫人

---

① 法国西南部省份。

贝尔纳黛特眼神中透着责怪：

"好了，雅克，别说了！"

他这才停了下来。总统夫人建议宾客去参观一下爱丽舍宫。我去了，同去的还有总统夫人很喜欢的樊尚·兰东。我记得她说了一些密特朗总统的坏话，说在他的总统任期内，总统府打理得不好。

"这些人真是不仔细！看看那些地毯和窗帘（她指给我们看）……而且，他们从来不去向厨房的员工问好！现在，我们得接管这些房子……"

就这样，多亏了丽娜·雷诺，我有机会参与一些既惬意又热烈的活动，不过这确实也与实际生活……离得太远了！

之后，丽娜又投身于法国的抵抗艾滋病运动。据奥兰多说，在1983年还是1984年的时候，有人曾对达琳达说，她应该动员各界名流加入抵抗艾滋病的运动，就像美国的伊丽莎白·泰勒一样。达琳达觉得此事关系重大，因为她身边就有许多男同性恋者，尤其是一些男舞者，正面临死亡的威胁，可她不认为自己能够领导这样一场战斗。她和朋友丽娜说起了此事，出于相同的原因，丽娜对于艾滋病也不陌生，她凭着自己的政治直觉和热情，凭借自己面对公众时的自信以及长袖善舞的能力，投身于这场战斗。起初，奥兰多对此多有怨言，但同时他也承认，达琳达可能永远做不到像丽娜一样，投入那么多的精力，因为丽娜为此毫不吝惜自己的精力和时间。

1985年11月，她在拉丁天堂夜总会召开了第一场抵抗艾滋病大会，并组织了一场拍卖会，参与大会的有伊丽莎白·泰勒、雅克·希拉克总统和总统夫人、西蒙娜·韦伊以及其他社会名流。达琳达则在为她参演的电视剧《真相游戏》做宣传时，呼吁艺术家们参与这项运动。紧接着，丽娜成立了艺术家抵抗艾滋病协会，十年之后，她和皮埃尔·贝尔热成了抵抗艾滋病运动的主席。该协会不仅为艾滋病防护以及艾滋病人提供资助，还资助艾滋病研究活动。这场战役是她发起的，从此，她

3 丽娜和达琳达，心上的女子

再未停歇。

在认识丽娜之前，我已经见过达琳达。有一个场景我一直记得：有一次，我在弗朗索瓦一世路和皮埃尔-莎朗路交叉处的拉贝尔·费隆妮叶咖啡馆露台上，看到她们俩从对面一家酒店走出来，可能刚刚在里面健身。两人都穿着跑步服，头上还缠着卷发夹，一起钻进达琳达的奥斯汀小车！我觉得这场景实在好笑。达琳达经常对我说："你一定得见见丽娜，她很了不起。"

达琳达一度想要自杀，那段时间，丽娜还在巴黎卡西诺音乐厅有演出，每天晚上都会打电话给奥兰多，了解他姐姐的情况。达琳达对此一直铭记。当然，我与达琳达相识，源于她弟弟奥兰多。我与奥兰多相识于《海盗夺金冠》选角时期，从此成了一辈子的好友。他称呼自己姐姐为"那位女士"。于是，在认识了玛尔琳·若贝尔、让-克洛德·布里亚利以

1985年，和达琳达以及奥兰多一起。

及雪儿薇·瓦丹之后，命运再次把我童年时的一位偶像带入我的生活。要知道，我小时候曾打扮成达琳达的样子，在教养院演唱她的歌曲《小冈萨雷斯》！追随着达琳达和奥兰多的脚步，我又有幸认识了贝特朗·德拉诺埃、达尼埃尔·瓦扬、马克斯·加奇尼、帕斯卡尔·塞夫朗……那个时期，我住在让蒂根，每次去巴黎找奥兰多时，晚上就睡在他蒙马特的家里，我有自己的房间，而达琳达的家就在旁边。他还给我买过一件睡衣，上面有一些小兔子图案，因此他叫我"我的胖兔子"！我们常去大格拉齐亚诺酒店吃晚餐，那是达琳达喜欢的意大利餐厅，她常常和自己的好邻居阿努克·艾梅一起去。我和奥兰多会另外找一张桌子坐下，避免打扰她们谈话。

奥兰多经常调侃我，因为我喜欢雪儿薇·瓦丹甚于"那位女士"。某晚，我们在博维利耶餐厅共进晚餐，在座的有达琳达、米雷伊·马蒂厄及其秘书纳迪娜和另外一两个人。当时雪儿薇在议会大厦的演出很成功，但米雷伊·马蒂厄和纳迪娜却在席间对她多有指责。奥兰多也在一旁火上浇油，想惹恼我。我顿时热血上头，为雪儿薇辩护："马蒂厄小姐，我想对您说，也许雪儿薇的粉丝不如您的多，但她可不只是个歌手，她是一个明星！"

气氛紧张起来。最后，达琳达不得不敲桌子："够了。多米尼克，你有理由为她辩护。既然她一直在唱……"

奥兰多插嘴："但她模仿我们！"

达琳达赶紧说："奥兰多，你闭嘴！既然她今天一直在唱，那就说明她确实是个明星！"

米雷伊·马蒂厄很不高兴！数年以后，我再次见到她，她正在疗养。和她一起的还有她的母亲和姐妹，她们身上都披着同样颜色的罩衣，看起来像企鹅一家子！她请我过去和她们喝了一杯："我们认识这么久了！"

出于礼貌，我没有跟她提起之前的那次争论。

由于奥兰多的邀请，我参加了优素福·沙欣导演的《第六日》的私人首映式。通过该片，达琳达不仅重拾了最初对电影的热爱，而且重新建立起与祖国埃及的联系。我确信她可以借此走上电影之路，甚至成为一名戏剧演员。她在这部影片中的表现，确实颠覆了我对她固有的看法，她也收获了一片赞扬声。我相信，她去演戏剧会很出色。她是安娜·麦兰妮那种类型的演员。我喜欢作为歌手的她，而她的演技更令我惊喜。在奥兰多的推动下，我开始帮她寻找一些角色。奥兰多常在我耳边说，他姐姐想尝试新鲜事物，改变身上固有的标签，同时摆脱事业成功后一直纠缠着她的噩运，她因此变得忧郁、焦虑，待在蒙马特的家中感觉生无可恋，对此，奥兰多也无能为力。

我向达琳达推荐了一部意大利戏剧，希望她借此重返戏剧舞台。那是爱德华多·德菲利波的作品，维托里奥·德西卡曾把它改编成电影《意大利式结婚》，由索菲亚·罗兰和马切洛·马斯楚安尼主演。我甚至认识了他在法国的合作伙伴乌戈·托尼亚齐。不过由于优素福的电影上映，紧接着又开始音乐剧《克利奥帕特拉》的筹备工作，这事就耽搁了。我还给她介绍过一些年轻导演，例如因处女作《我生命中的女人》而获得关注的雷吉斯·瓦尔涅。我给达琳达找了一些她可能感兴趣的剧本，还送给她一本很好的小说——米歇尔·德尔·卡斯蒂略写给他母亲的《蒂娜的荣光》——我觉得可以改编为连续剧。另外，我们一起参加过一次晚宴，我至今还记得。当晚有雅美达的老板让-路易·利维以及另外两三个人，其中让-马克·罗贝尔给我留下了奇怪的印象。达琳达穿着一件水貂袖长裙盛装出席，可用餐过程中，我们觉得她心不在焉，眼神散乱，整个人好像飘到了另一个世界里。不过，谈话时，她又会突然回过神，满面微笑看着我们……

我此后见到她，总是有这样的感觉。她人虽然和我们在一起，面带微笑，专心倾听，但突然间好像走开了，仿佛她身上某个部分离开了。奥兰多看着自己深爱的姐姐陷入抑郁，变得越来越忧伤、越来越紧张、越来越力不从心。1987年5月2日晚,我和他又在大格拉齐亚诺酒店碰面。席间,我们自然谈到他姐姐。当天下午,奥兰多去看她,发现她在哭。他安抚了她,离开前,她面容安详地看着窗外的巴黎,心情好像平复了。

"你应该多打电话给她,试着让她开心,"他对我说,"她现在不怎么好,我觉得她正处于失恋的阴影中。如果她没法使自己的生活恢复正常,我担心她会走上极端。"

那天晚上,我睡在他家。我们说好第二天一起去特罗兹街上的一家小餐馆,那里的老板也是达琳达的崇拜者。我到了餐馆,奥兰多不在,大家都在流泪:达琳达自杀了。下午时分,有人发现她死在床上。旁边留下了这些字:

生命已无法承受。请原谅我!

第二天早上,我来到位于奥尚街的达琳达家中,看望奥兰多。当时已来了一些人,罗歇·哈宁和克里斯蒂娜·古兹-勒纳尔也在场。我们都待在底楼,达琳达的遗体在二楼。奥兰多一直在号啕大哭。

"多米尼克,你得上来见见'那位女士'!"

我不想去,因为我一直害怕见死人。但他坚持要我上去:"你上来,看看她穿着剑士服有多美!"

我别无选择,只好上去。奥兰多和罗歇·哈宁在我旁边。奥兰多突然呻吟起来:"你为什么这样对我?为什么?为什么?"

他的呻吟声非常古怪,和他姐姐很像。我们都惊呆了,甚至感觉有些不适。我喜欢达琳达,和她相处很愉快,我觉得她也喜欢我的坦率和直接。同时,她也给我留下了极深的印象,她就像一个关在魔法世界里的皇后。在其他明星中,只有凯瑟琳·德纳芙给我类似的感觉。她们身上有一种无法抵挡的光环,令人不敢靠近……奥兰多对我说过,他姐姐很喜欢我,叫我多逗她笑,多去看看她。我不敢,她身上仿佛自带一种"生人勿近"的气息,令我胆怯。今天想来,我很遗憾,遗憾自己没有鼓足勇气去克服这种胆怯……

4
苏菲·玛索和朗贝尔——世纪之恋

可以这么说，他们的故事，源自我的办公室，就像我亲手把自己的孩子嫁了出去……从业至今，克里斯托弗·朗贝尔身边一直有我，或者说我的身边一直有他！至于苏菲·玛索，我第一次见她时，她才刚满十四岁，刚刚入选《初吻》。后来，我成了她的经纪人，达十七年之久……故事发生在2006年，我离开雅美达之前的几个月里。苏菲·玛索正在筹备自己导演的第二部长片《魅影追击》，寻找男主角。有一天，她来到我的办公室，眼睛落在了我身后书架上一张很好看的照片上，上面是克里斯托弗·朗贝尔。

"你为什么没和我提起克里斯托弗·朗贝尔？"

"我不知道，有些人，也许你越是亲近就越害怕推荐，担心被人怀疑……"

"为什么不找他？"

"是啊，为什么不呢！"

看看他们在二十世纪八十年代的经历，如果说他们互不相识，确实很奇怪。他们约好了时间见面，谈得很愉快，他很喜欢她的剧本，接演了这部电影。她担任导演，合作非常顺利，就这样……我觉得他们之间的爱情是在电影拍摄结束之后发生的。苏菲是一个很腼腆的人，我和她之间有深厚的友谊，也有愉悦的合作，直到现在，但我们并不算是密友。对于女性朋友，如果她们不主动敞开心扉，我从不会主动去跨越那条界限。苏菲非常正直，非常诚实，也非常内敛。她很早就成为演员，没有真正的

第三章 在雅美达的那些年

1992年,与苏菲·玛索一起。

1992年,与苏菲·玛索在雅美达公司的办公室里。 © Sygma/Corbis

少年时光,很快就进入这个圈子,并迅速成为一位公众人物,成了明星。我觉得她给自己铸造了一副厚厚的盔甲,保护自己,让自己可以按照自己的意愿生活。这么说吧,她好像同时过着两种生活:一种是演员的生活,另一种是普通女人的生活。她的朋友通常与这个行业毫无关联,她也从不对人提起他们。她精心守护着自己的私密花园。在报纸期刊的头版里,我们看不到她的孩子、她的家人以及她生命中的男人。正因为如此,如果有八卦媒体透露她的私生活,她会非常受伤,非常生气。我一直欣赏并敬佩她这种低调。

我认识她时,正是世界形势一片大好之时。当时让-路易·利维准备离开雅美达公司。苏菲离开乔治·博姆之后,她的经纪人一直就是利维。利维对我说,他已经找苏菲谈过,准备将来让我做她的经纪人,她也同意了。在此之前,我们只是在公司的走廊碰面时会互相打个招呼而已,并无深交。利维对我说:

"为了建立感情,你最好去洛杉矶跟她待一段时间,她在那里拍《来自巴黎的女孩》。"

我此前从未去过洛杉矶,那次我去待了十来天,了解苏菲的同时,也了解了加利福尼亚州。贝尔纳·施米特导演的这部电影,制片人名单中有我的好友丽丝·法约尔,还有我青年时期的偶像贝尔纳·韦尔莱。我前面说过,此次洛杉矶之行,让我有幸与丽丝重逢,一方面是因为当时经济危机还没来,另一方面也因为丽丝就喜欢干大事。那次旅行,我们坐的是商务舱,住的是豪宅,天天大摆宴席,出行都是敞篷跑车,飞驰在太平洋海岸公路上,听着蒂娜·特纳高亢的歌声,平日里见的都是名牌经纪人,晚上接触的都是些记者,他们可谓三教九流,无所不识,例如《巴黎竞赛画报》的记者达尼·朱高,平时就经常和明星一起参加晚宴,还有雅克利娜·比塞,她有着一双海一般蓝的眼睛……这就是好莱坞!像往常一样,苏菲不愿受到约束,自己租了一套房子,心情很放松。电影拍摄顺利,甚

第三章 在雅美达的那些年

至可以说是太顺利了。此前,贝尔纳·施米特曾和让-雅克·高德曼①以及强尼·哈立戴合作拍过一些短片,因此得到关注。丽丝很喜欢他的作品,坚持要做他第一部长片的制片人。她总是干劲十足,声称《来自巴黎的女孩》预示着一个"新浪潮"的到来,完全没考虑过短片和长片完全是两码事。

"今天,我们又提前一小时结束了。"她愉快地说。

贝尔纳·韦尔莱相对要谨慎一些:"丽丝,我看了样片,我们得谈谈。"

可是丽丝听不进去。她活在自己的世界里,就像那年塞戈莱纳·罗亚尔义无反顾投身于拉罗谢尔②的议会选举一样!这部电影最后拍成了一部关于苏菲·玛索的……宣传片,苏菲·玛索在片子里光彩照人,故事情节却好像被遗忘了。不管怎样,能与苏菲相处那么久,氛围又是这般舒适,我们的关系马上就近了起来。让-路易·利维的判断很对。

利维离开了雅美达,成了制片人。之后,他连续制作了多部成功的作品:《小女贼》《日出时让悲伤终结》《伴奏女郎》《察伯上校》……我和他共事五年,合作非常愉快。他离开不久继任者就确定了:贝特朗·德·拉贝原先是一名音乐编辑,曾先后与吉尔贝·贝科和朱利安·克莱尔③有过合作。二十世纪七十年代中期,在热拉尔·勒博维西的推动下,贝特朗·德·拉贝创立了雅美达的音乐子公司"看我的经纪人",公司的名称来源于梅·韦斯特的一首歌《金发女郎和我》,主歌部分多次重复了这句话。八十年代初,与他关系很近的凯瑟琳·德纳芙请他做经纪人。随后,刚刚导演了《我生命中的女人》的雷吉斯·瓦尔涅也去找他做经纪人。他就这样进入了电影圈。当时,"看我的经纪人"的办公室就在雅美达楼下,短短几年之间,就取得巨大成功。起初,我们只是在楼梯上碰见他,

---

① 让-雅克·高德曼(1951—),法国歌手、词曲作者,曾获格莱美奖。
② 法国西部比斯开湾东岸港口城市。
③ 朱利安·克莱尔(1947—),法国歌唱家和音乐人。

后来，他越来越频繁地参加我们周四的例会。

虽然我们能感觉到，利维和贝特朗之间的谈判有些胶着，但他们的关系好像尚属融洽。两人之间有些像萨科齐总统和菲永总理之间的关系。介于冰与火之间！有时，气氛会骤然紧张。确实，对于贝特朗的到来，公司许多人冷眼旁观。有些人选择与利维一道离开，例如伊薇特·艾蒂耶旺。我却一直为贝特朗辩护，我喜欢他的开拓精神和他内敛而直接的性格。不得不说，在我们的圈子里，这样的性格并不多见。我成了他在雅美达的支持者，但并未因此失去利维的友谊。利维对我很慷慨，为了表彰我的工作和为公司带来的收益，他在出让公司股权时也给了我一些股份。同样，贝特朗在举债收购了公司三分之二的股份后，也建议我收购一些股份。

1991年，贝特朗入驻雅美达，公司面貌焕然一新。首先是一些新人加入公司，例如克莱尔·布隆代尔。克莱尔曾是贝特朗在"看我的经纪人"的助理，不久之后也成了经纪人，并在最近几年成了他的左膀右臂……当然，还有伊丽莎白·坦纳，她本来就是公司员工，但随着贝特朗上任，她也换了岗位。利维招她来做我的专职助理，但如我之前所说，她很有做经纪人的天赋，因此很快就转行当经纪人。在贝特朗进驻后的几年里，也有一些老人离开了：米谢勒·梅里兹退休了，克洛迪娜·圣德里尚转行做了制片人，塞尔日·卢梭也走了。塞尔日的离开令我很难过，而且他离开时，整个经济形势也不太好。虽然贝特朗跟他是很好的朋友，两人甚至会一起去度假，但是贝特朗觉得他不如从业初期那么优秀了，因此，虽然塞尔日不愿意，贝特朗还是促成了他的离开。确实，塞尔日对工作越来越不上心，也在慢慢失去自己的客户，但贝特朗也许可以考虑在雅美达给他另找合适的位置，而不是迫使他离开公司。塞尔日非常难过，他后来去了影视艺术制片公司，继续担任经纪人，直至终老。那段时期我也不轻松。我明白了一点，贝特朗首先是公司的老板，在他心中，生意和友谊是两回事。之前利维做老板时，公司有些像一个大家庭，他就像家长，管理比较粗

第三章 在雅美达的那些年

放,完全是"意大利式"工作风格;贝特朗到来后,我们进入一个新时代,注重管理、成本和效益……

但相处不久,贝特朗和我之间就建立了融洽的关系,虽然我们是完全不同的两类人。也许正因如此,我们才会很和谐。他和我有点像唐璜和他的侍从斯卡纳雷尔!我肯定比他更喜欢胡来,当然,也更多身涉险地!但他知道如何调配力量,如何在不同的经纪人之间扮演裁判的角色,知道怎样制订战略、论证方案……

我正式成为苏菲·玛索的经纪人,是在她参演《情书战场》期间,这是亚历山大·阿尔卡迪导演的影片,她和里夏尔·贝里担纲主演。所以一开始……我就遇到了重头戏,而且很快就遭遇难题,被叫去充当消防员。这部电影在以色列拍摄,故事背景是第二次海湾战争初期。有一天,苏菲打来电话:

"没法拍了,我简直没法和里夏尔·贝里搭档,我有时都想离开剧组!"

与此同时,贝特朗·德·拉贝作为里夏尔的经纪人,也从他那儿得到同样的反馈。于是,导演阿尔卡迪请我们前去救火:

"你们必须得介入,否则我就得停止拍摄了。"

由于个性、气质、品性甚至是肤色的原因,里夏尔和苏菲完全合不来,期待的化学反应并未如期而至。贝特朗不想去,或者是不能去。

"你和里夏尔很熟,你一个人去吧。"

那是我第一次去以色列。到达耶路撒冷那天的情景,我一直记得。我感觉像是来到一个战争国度,机场到处都是安检,向入境官员说明我的旅行缘由困难重重,人们好像都以极大的恶意怀疑你……令人不寒而栗。

我来到剧组下榻的酒店,一进大厅,就看到一边是苏菲·玛索和她的发型师,另一边是里夏尔和法比安·奥西埃、尼埃尔·杜伯斯特等演员。我该怎么办?得装一阵子。我注意到苏菲没有看见我进来,于是我也装作没看见她,首先朝里夏尔走去,他迎面就问:"为什么贝特朗没来?"

"你知道,要贝特朗离开巴黎可不容易……"

"她惹恼我了,我实在受不了她了!"

"我来就是为了解决这事的。"

和他交谈同时,我觉得这会儿苏菲应该看到我了,她应该会想为什么我去和他打招呼却不理她!我于是准备结束谈话。里夏尔说:

"晚上一起吃饭!"

我只能回答"好的",但心里想,"我该怎么办?"毕竟,苏菲是我的朋友,还是我名下的明星!我转身对她说:

"啊,苏菲,你在这儿啊!我没看见你。你知道的,我和里夏尔认识很久了,还是我推荐他去参加《一袋弹珠》的试镜的……"

"我受不了他了!我们一起吃晚饭?"

"好的,好的,当然可以……"

于是,我那天晚上吃了两次晚餐,先是和苏菲,因为她睡觉时间早,之后和里夏尔。苏菲对我说,里夏尔举止粗俗。里夏尔则说,她需要安德烈·祖拉斯基帮她提神……两人为了些许琐事在这个小镇上闹得不可开交,而外面却差点儿要发生世界大战,这不免令人觉得可悲又好笑!同时,我也觉得,由于海湾战争的紧张局势,令剧组原本紧张的气氛雪上加霜。我试着劝说两人理性看待他们的关系,告诉他们已经没有其他选择,只能和解,尽量完成影片的拍摄,要不对大家而言都是灾难。

第二天,我去了片场。气氛很紧张,不仅仅是指拍摄工作,镇上也是如此,我感觉这里的居民一点都不友好,显得很冷淡,甚至傲慢。但慢慢地,气氛缓和下来。首先是在连续多日的坏天气后,那天天气骤然变好了;其次,他们还拿我来取笑了一会儿,好像我成了他们关系缓和的交易品。我当然很愿意担当这样的角色。为了挽回局势,有什么不能做的呢?晚上我和苏菲一起去吃晚饭,随后去一家夜总会喝了一杯。夜总会里空空荡荡,墙上挂满了镜子,就我们俩在那里跳舞。在大厅深处,还有几个斜挎机枪的人。不是军人,而是平民!真是荒诞。之后几天,我一直和她待在一起，她那几天正好不用拍戏。我们就一直逛到加利利湖①和拿撒勒②，拿撒勒大教堂与利雪③大教堂一样恐怖！一些有关教养院和教义的回忆重新浮现在我脑海。我离开的时候，虽说他们的关系并未完全好转，但至少稳定了，拍摄能继续进行了……有些时候，演员们只是需要一点关注和关心，就能抵抗并战胜自身的焦虑。

紧接着，苏菲开始尝试表演戏剧。她出演了让·阿努伊的《欧律狄刻》，导演是乔治·维尔森。对于此前从未有过戏剧艺术培训的她来说，这是一次大胆的赌博。当然，我还是很鼓励她去尝试的。乔治是个好老师，而且演员中还有朗贝尔·维尔森，苏菲和他曾合作过《初吻2》，对他印象很好，那是一个极和蔼的人。我第一次去看排练时，老实说，心里有些担心，不过事实证明完全没有必要。她的表现异常出色，让我大吃一惊。那天大厅里只有我一个人，让·阿努伊是我最喜欢的作家之一。作为一个从未上过戏剧舞台的演员，这个女孩的表现撑起了整个舞台，仿佛她一出生就会演戏！我看到的，就是一位戏剧表演大家。我很明显能感受到，她的表演超凡脱俗，她有这个天分。几年之后，在蒙帕纳斯喜剧院，看到夏洛特·甘斯布在莫里斯·贝尼舒自导自演的《奥利安娜》（作者是大卫·马梅）里的表现，我也有一样的感受。我原本想"但愿我们能听清她的话"，结果，我们不仅能听懂她的台词，她还有一种超凡的优雅和坚决……戏剧表演，不仅仅是说出台词而已，还要求演员在某个时刻沉浸于戏剧艺术中，这当中不得有任何强求，应出于真挚的情感以及对情感的控制。凭借《欧律狄刻》中的表现，苏菲获得了莫里哀奖戏剧新人奖。这部戏从1991年2月开始在作品剧场上演，演出开始之前票已售罄。苏菲签下了六十场表演的合约。剧院方面希望她继续演下去，但当

---

① 以色列最大内陆淡水湖。
② 以色列北部地区城市。
③ 法国诺曼底市。

时她住在枫丹白露，每天来回奔波，令她身心疲惫。为了成全剧院好意，她又加演了十几场，随后就终止了。她应该继续演下去，舞台上的她看起来非常幸福。此后，她又演了两部戏，其中一次再度与朗贝尔·维尔森搭档，出演《皮格马利翁》；她的下一次表演要等到十八年之后，她在《灵魂的故事》中说了一段英格玛·伯格曼写下的台词，这部作品的女导演贝内迪克特·阿科拉来自舞蹈界，刚刚转行为导演。苏菲其实比大家以为的要勇敢得多。

不要忘了，她十六岁时就从阿兰·普瓦雷手中买断了自己与高蒙公司的合约，目的就是为了能够自由选择自己喜欢的影片。为此，她支付了一百万法郎，是借来的！之后不久，她就和安德烈·祖拉斯基合作了《狂野的爱》，试图打破以往的形象。但有一个奇怪的"苏菲·玛索悖论"：在各类民意调查中，她常常是法国人最喜欢的女演员之一，因此毫无疑问是法国最受欢迎的女明星；但在很长时间里，那些年轻的作者电影的导演反而不敢去找她，并且当她在这个领域勇敢尝试时，观众也不怎么认可。女演员的星途，管理起来很复杂。她与祖拉斯基共同生活了约二十年，还有了一个儿子，但问题颇多。他们在一起时，祖拉斯基就出轨了，迷上埃夫利娜·布伊和亚历桑德拉·马提尼斯，更乱的是，她们同时还和克洛德·勒卢什在谈恋爱；另外，他还被人看到和阿努克·格林伯格在一起，后者同时又和贝尔纳·布利耶有交往。女演员和导演成为伴侣是很棘手的，况且，这个导演还是祖拉斯基，一个特立独行又性格苛刻之人，假如这又是个"该死的"家伙，事情就更复杂了。作为经纪人，我希望苏菲可以演朱丽叶·比诺什的那些电影，但这并不容易。首先，鉴于她的身份，其他导演总会带着怀疑的眼光看她，这随之也增加了她自身的疑虑，而且此前她与莫里斯·皮亚拉合作出演《警察》，过程并不愉快。其次，我并不确定祖拉斯基是否赞同我的想法。他好像希望苏菲最好接演一些他自己不涉猎的影片，例如喜剧或情感剧。另外，她自己也会否决一些角色，免得伤害祖拉斯基，因为祖拉斯基在筹备影片时似乎总会遇到些

第三章 在雅美达的那些年

困难……在我的坚持下，她出演了米开朗琪罗·安东尼奥尼导演的《云上的日子》，影片编剧维姆·文德斯当时年纪很大，又生着重病，只能坐在轮椅上通过手势指点她，两人已无法正常交流……我还试过推荐她出演帕特里斯·夏侯的《爱我就搭火车》，但她在最后时刻拒绝了，我很难过……

我和祖拉斯基的关系很好，而且，在选我做苏菲经纪人的问题上，我觉得他是支持我的。五六年前，我曾见过他，当时碧翠斯·黛尔有机会出演他的《为爱憔悴》，但最终导演变成了雅克·德雷，女主演也变成娜塔莎·金斯基。我不能接受他是苏菲的精神领袖的说法，他们之间的关系实际上非常微妙。祖拉斯基比人们以为的要简单，尤其是在日常生活中；而苏菲则更复杂，她有一定的个性，当下怎么想的，她就会怎么表达，她不喜欢算计。这也是她作为演员的动人之处。她的表现直接而明白，因此她能很快进入自己的角色，正所谓大众明星饰演大众角色。她常常会爱上自己电影的导演，至少在我作为她的经纪人期间是如此，不过现在的她似乎不这么冲动了。她出演一部影片时，会付出许多，全身心投入，可在电影之外，她好像并不是这样的人。她并不害怕向导演要求更好的机位，也不害怕被剧组的人指责吹毛求疵，电影上映时，也不怕拒绝一些推介会之类的烦人套路！当然，这种率真并非所有人都会喜欢，因此她常陷入尴尬境地，也让她的经纪人很尴尬……除了之前说到的《情书战场》，我后来又有过数次类似的经历。最难的一次，就是薇拉·贝尔蒙的《路易十四的情妇》。

苏菲很喜欢莫里哀剧团的女演员迪帕克小姐的故事，让·拉辛专门为她写了《安德洛玛克》。她也很喜欢莫尔迪亚写的对白，她想演那个女演员，和朗贝尔·维尔森以及贝尔纳·吉罗多（《初吻》中饰演英语老师）再度合作……此外，她也很欣赏丽丝·法约尔和薇拉·贝尔蒙这类的女性，她们人缘好，热情洋溢，对人简单直接，眼中不会有冷意。但她能否和导演薇拉好好相处，我其实并不乐观，我甚至提醒过她。作为导演的薇拉，我是知道的，我看过她和夏洛特·瓦兰德蕾拍摄的《红唇》，也看过她和范蕾丽尔·卡帕里斯基合作的《米雷纳》,她是那种没什么规划甚至有些随性的导演,凭感觉和激情拍摄。而苏菲非常专业,要求一切井井有条。工作时,她不会考虑私事。她的台词和戏前准备从来都无可挑剔。电影在罗马拍摄了几天后,她们之间就起了冲突。苏菲一直指责薇拉,甚至要求换导演,换成与她关系很好的贝尔纳·吉罗多来拍摄!事情很快就恶化到不可收拾的地步。各种矛盾接踵而至。最后,影片被迫中止拍摄,苏菲把自己关在房间里哭泣,不想见任何人,于是我迅速赶去罗马,建议薇拉先拍摄一些没有苏菲的戏,以免损失时间。几天之后,通过贝尔纳·吉罗多的出色协调,还有第一助理导演格扎维埃·卡斯塔诺的努力,我们总算令事态平息下来。当然,她和薇拉之间不再有任何交流,都是通过卡斯塔诺传话。

"格扎维埃,你去和玛索小姐说要拍这个和这个……"

现场的气氛可见一斑!随后,情况略微好转。大家都做出了让步,苏菲塑造了一个非常出色的角色,薇拉也没有失去对影片的控制。样片初次放映时,我陪着苏菲去了讷伊市奥古斯蒂娜夫人影院的一个小放映厅。当然,薇拉不在场。电影结束时,苏菲对我说:"嘿,这还真是个惊喜。"

我随后致电薇拉,她一直担心再出什么问题,因此一直焦虑不安地等我的电话。

"苏菲对电影基本满意,继续推进吧……"

苏菲之后也同意参加电影的新闻发布会,一切都还算顺利。随后,电影上映不久前,她接受了《周末三日》的一个访问。那天她很烦躁,原因当然是那段时间访约不断,连周末都有,有些过度宣传了。记者询问她拍摄过程是否顺利时,她回答说:

"就像地狱!我和薇拉·贝尔蒙完全合不来,由她来做导演简直荒谬,我不想给这部电影好评。"

杂志随后打出标题——《苏菲·玛索:这部电影就是垃圾!》。恰逢电影上映之际!

第三章 在雅美达的那些年

"我没这么说,是《周末三日》在肆意夸大。"她对我说。

"可你之前和我一起看样片时并没有如此不满啊……"

她个性顽固,那个时期的她很难承认自己有错,到后来才有所改变。她并不是有意伤害别人,但恶劣影响已无法挽回。薇拉因为此事气疯了,更令她不开心的是,影片一开始票房就不好。所有媒体都转载了那篇采访,当然那时还没有网络。这种做法很粗暴了,对影片也并不公平,因为影片有它的优点。我也因此处境尴尬,我喜欢薇拉,我初为选角导演时,她曾帮助过我;我也很喜欢苏菲,我是她的经纪人,必须保护她。她应当知道,在电影拍摄阶段,我也许可以陪伴并保护她,但一旦电影开始放映就没那么容易了,而且那几天我根本联系不上她。

电影发行方把责任归咎于薇拉,薇拉几经犹豫,最终决定起诉苏菲,虽然我竭力阻止!她还数次声明,苏菲的做法影响了电影的票房。这是我第一次遇上这样的事,也是唯一一次。苏菲立即想到要请雅克-乔治·比通为她辩护,那是一位口碑极好的律师,可惜……他已经被薇拉雇用了!于是她找了另外一位也非常有名的律师,乔治·基耶日曼。我出席了庭审,当日苏菲和薇拉均未出庭,薇拉要求的赔偿金之高把我吓坏了。我一边忧心如焚,一边见证了一场律师之间的高水平较量。截然不同的辩护风格和方式。我的焦虑很快被这种智力对决带来的愉悦所取代。乔治·基耶日曼条理清晰,理论素养高,紧扣法律条文展开有序辩护;雅克-乔治·比通则打感情牌,辞藻华丽,并且毫不费力把我也给扯了进去。我记得自己曾不由自主叫起来:"您所说的不属实!简直一派胡言!"以至于审判官出面提醒我:"先生,请住口,我们不是在演戏!"

苏菲胜诉。对方再次上诉……直至今天,我都不知道这事最后是如何收场的!但几个月前,苏菲陪我去法国电影宫,参加桑德里娜·伯奈尔导演的电影《移情失控》的推广会,我们在人群中看到一位面容友善的红发女士。

"哦,薇拉在那儿!"

"不,不是她。"

她居然现在还害怕遇见薇拉,这实在令我吃惊……

不过,也有许多电影之旅令我们深感幸福,例如亚历山大·雅尔丹的《芳芳》。苏菲很钟爱这本书,影片拍摄时她很积极,担当了类似艺术指导的角色。制片人阿兰·泰尔齐安以及导演亚历山大·雅尔丹也任她发挥。她想樊尚·佩雷担任男主角,确实,她迅速被他迷住了,两人因此成了一对美妙的银幕拍档。通过她的演绎,电影故事比小说更有亮点。《勇敢的心》的拍摄过程也很愉快。梅尔·吉布森看过她的《情书战场》,因此选择了她,可见她此前没有负气离开是明智之举!来找我们的是美国的一位选角导演,她说想找一个漂亮的法国女演员出演片中的一个小角色,一位法国公主,后来成了英国的皇后。于是我把《芳芳》和《情书战场》的录像带给了她,当时还没有DVD!梅尔·吉布森看完之后,觉得她在《情书战场》中的表现很精彩,因此给了她这个角色。可笑的是,因为我英语不好,只能通过我忠实而耐心的女助理雅库塔与他交流。两人交流非常顺利,以至于我后来去爱尔兰的剧组探班时,梅尔·吉布森还向我询问雅库塔的消息,问我她长得是否漂亮,并送了一张自己的签名照给她。

我陪着苏菲参加了洛杉矶的首映会,现场气氛非常热烈。大家都想认识她,好像他们就想看到她!影片大获成功,获得五项奥斯卡大奖,包括最佳影片和最佳导演,世界影坛也向她敞开了大门。但她不想留在美国。可要真正在美国获得成功,就得定居在那里。但她之后出演的英语电影,除了《安娜·卡列尼娜》之外,其余都是在欧洲拍摄的。《安娜·卡尼尼娜》是一部以传统手法拍摄的影片,但苏菲的表现精彩绝伦;《心火》则是一部非常精致的影片,当中有些场景在乌尔加特拍摄,就在我儿时玩耍的海滩上!拍摄的当天晚上,我们和乌尔加特市市长一起共进晚宴,而市长就是我儿时的医生。席间,苏菲不停地说我的好话,我觉得既高兴自豪,又有些拘束。苏菲在洛杉矶有一位经纪人,但她还是倾向于让我来安排她的工作；不过，她与美国的经纪人戴维·恩格关系也很好，他是我介绍给她的，法语说得非常好。

《勇敢的心》拍摄四年之后，有人向她推荐了一部"007系列"电影：《黑日危机》，由迈克尔·艾普特执导。芭芭拉·布洛柯里对我说，她很想请苏菲，但是苏菲的美国经纪人并不热心："饰演邦德女郎对她没有好处！"

可他们不是要找她演邦德女郎，而是一个真正的女反派！很好的角色……但片酬很低！我们努力争取更高的片酬，但很困难。他们甚至要我们自掏腰包，才可以出演一部"007系列"电影！拍摄进展顺利。有机会重温这样的环境，苏菲觉得很有趣。令她惊讶的是，皮尔斯·布鲁斯南的那些惊险镜头都是替身完成的，而她是绝不愿意要替身的！戛纳事件，正发生在这部"007"的完工阶段。我觉得那是我和苏菲一起经历过的最痛苦也是最残酷的事了。

苏菲是戛纳电影节的常客。为了感激电影赠予她的一切，她常常来这里走红毯，走台阶，甚至在她怀着儿子的时候。当然，尽管身怀六甲，她还是一样高贵而端庄！1999年，她受邀成为金棕榈奖的颁奖嘉宾，那年的桂冠最后花落让-皮埃尔·达内与吕克·达内兄弟的《美丽罗塞塔》。她此前曾有犹豫，而且祖拉斯基无法陪她同去。她到达马杰斯迪克酒店时，我已经在那里欢迎她了。白天，她参加了尼古拉·于洛组织的一场慈善活动，和一些生病的小孩待在一起，她有些心不在焉。再度身陷戛纳的喧嚣和秀场，她内心有些无奈。她不喜欢别人给她准备的演讲词，那不像她。于是，出于一贯的坦诚与真实，她决定自己临时重写……在去往影节宫①的路上，我和她聊了一些我看过的入选影片，聊

---

① 建于1982年，是戛纳影展的重要会议地点，金棕榈奖即在此颁发。

1999年，戛纳电影节，与苏菲·玛索（中）在台阶高处。　© Rindoff-Petroff/Agence Angeli

戛纳的氛围，聊接下来我们要参加的卡堡电影节，那里素来都热闹非常，觥筹交错。

站到台上，她开始了一段长长的独白，说了一大堆事，说到生病的小孩、电影、戛纳和卡堡电影节等。她显得有些词不达意，她实际想表达的是，电影可以照亮生活中那些灰暗的时刻。当天下午她和那些生病的孩子待在一起时，他们对她说，她的一些电影给他们带去了安慰，包括《初吻》，这些话令她深受感动。我当时就坐在第一排，旁边是强尼·哈立戴，发生这样的事，我深感难过。我想冲上台阻止苏菲。颁奖典礼的女主持人克里斯汀·斯科特·托马斯先我一步，上去打断了她的演讲，请她宣布金棕榈奖得主。有些人可能觉得她的做法有些突兀和生硬，我却觉得她挽救了苏菲，使她不至落入更尴尬的处境。我后来去苏菲的房间找她：

"我们可能不能参加晚宴了……"

"不！"她回道，"不去会更糟，我来承担……"

她向来不缺乏骄傲的羽毛和勇气！当晚，我看到圈内人都不搭理她，在她背后偷笑。唯一令人感到安慰的是安杰丽卡·休斯顿，她上来对她说：

第三章 在雅美达的那些年

"这没什么,您不需要烦恼……我们是演员,但我们首先是普通人!"

之后,电视节目《皮偶新闻》①还以此大做文章,为此,我不得不连续几个月在各类社交场合为她辩护。同时,我觉得这次意外事件反而拉近了她和大众的距离,因为正如安杰丽卡·休斯顿所说,大家都是普通人。

戛纳电影节结束几个月后,苏菲开始出演《情欲写真》,这也是她第四次出演安德烈·祖拉斯基的作品。这部电影可以说是我们三个人的项目。经过艰难努力,我们才找到电影的投资人。祖拉斯基此前已经很长时间没在法国拍电影了,这部作品取材于《克莱芙王妃》,但他进行了极度的自由发挥,写出了一个很美的剧本……我给他推荐了制片人保尔·布兰卡。我喜欢祖拉斯基,是因为他喜欢演员。他热衷于发现他们身上新的亮点。我向他提起了当时还不是明星的吉约姆·卡内②,还有我打小就认识的玛丽娜·汉斯。玛丽娜是卢德米拉·米卡埃尔的女儿,我刚到巴黎时,卢德米拉是法兰西剧院的演员。玛丽娜早期出演的是戏剧,成绩骄人,《情欲写真》是她的第一部长片。她后来的第三部长片《野蛮入侵》也是经我介绍的,导演德尼·阿康是我的好友。苏菲母亲的人选,我推荐了达尼·卡雷尔,可不巧她生病了,于是我们想到玛佳丽·诺埃尔。配角阵容强大,有帕斯卡尔·格雷戈里、米歇尔·索博等演员。有时候,当自己出于兴趣和信念投身于一部影片时,影片本身的利益甚至会超越自己作为经纪人的利益,我会为此推荐一些不是我名下的演员,甚至不是雅美达公司的演员!

记得有一次,苏菲和所有演员围着一张桌子阅读剧本。工作时的祖拉斯基令人钦佩,他很会鼓舞大家,他在这方面真的很出色。拍摄进展顺利。我看了祖拉斯基首次剪辑后的样片,觉得前半部分很精彩,但后半

---

① 该节目播放一些讽刺性的木偶戏,在法国电视台"Canal+"播出。
② 吉约姆·卡内(1973—),法国演员、导演、编剧、制片人,曾获第32届恺撒奖最佳导演奖,主要作品有《不可告人》《两小无猜》《我的偶像》等。

部分交代得不清楚,也太冗长……我向他指出了这一点,我也是唯一对此发表异议的人。制片人保尔·布兰卡手里的项目太多,虽然这部电影可能达到《重要的是爱》的高度,他却没时间参与讨论。苏菲也大致认同我的看法,但她的处境微妙,我也是之后才得知,他们的感情已接近决裂的边缘。片名的选择可能本就暗藏玄机……我去找了还在剪辑样片的祖拉斯基,坚持我的观点。某日,他听从了我的建议,又召开了一次样片放映会,保尔·布兰卡和一些投资方的代表都在场。他一开口就说:"你们今天将看到的是贝纳尔的版本,不是……我的!"

也就是说,他完全不认同我的观点。最后,他还是固执己见。影片上映后,票房惨淡。我觉得,这次失败也加速了他们的分手。有些女人总让我难以理解,她们心理上可以接受些许欺辱,但如果有一天她们觉得碰到底线时,那就绝对不可以了。我依然会去看望祖拉斯基。在他面前,我不会提起苏菲,但在苏菲面前,我会告诉她我还会去看他。她似乎有所触动,甚至感到放心。随后,生活依然继续,但祖拉斯基和我却渐行渐远了……

两年之后,苏菲决定做导演,令所有人大吃一惊。首先是我!《当爱变成习惯》是一部自传电影,讲述一对夫妻分手的故事。片中的丈夫比妻子年长许多,两人一起生活了十五年,好像除了吵架,已经找不到其他沟通方式。苏菲很快就想到,可以找尼尔斯·阿莱斯楚普和朱迪丝·戈德雷什饰演男女主角。听到这个故事,很难不让人想起祖拉斯基和苏菲以及他们最后的分手……苏菲在拍摄现场的坚决和掌控力令我印象深刻。有些时候她表达不清楚自己的感受和想法,这主要是因为在谈话中,随着思路推进,她一直在权衡利弊;但与此同时,我也看到,她是一位目的明确且专注的导演,光彩熠熠。她第一次剪辑的样片就给我留下了深刻的印象。影片主题清晰,情感线索交代清楚,风格内敛,最后收获不错的评价,她还荣获了2002年蒙特利尔电影节的最佳导演奖。我不好断言,这部影片能否改变大众对她的看法，但我们确实看到，她身上还有未被释放的潜能。通过这次的导演经历，她好像也摆脱了过往的一些担忧，随后她更乐于进行一些冒险和尝试，例如她后来和洛尔·迪蒂耶尔合作了《晚上见》，又和玛丽娜·德·梵合作了《不要回头》。

2005年，她请我陪她一起去北京，参加中法文化交流年闭幕典礼，同时在中国推广《当爱变成习惯》《晚上见》以及热罗姆·萨勒执导的《逃之夭夭》。因为苏菲，我几乎游遍世界。她是那么慷慨，无论到哪儿，她总是要求我陪着她。我们去了以色列、英国、美国、俄罗斯、中国……无论到哪儿，我总能感受到她庞大的影迷群体。她在中国的影响力真令人不可思议。在中国人眼中，她就是一位超级巨星，法国女性的象征。在北京的经历越梦幻，回到法国后的感受就越平淡。当时，苏菲和美国制片人吉姆·莱姆利生活在一起。两人相识于《安娜·卡列尼娜》剧组，数年之后，两人确定了关系，并有了一个女儿朱丽叶。美国的制片人一般都不怎么喜欢或尊重经纪人，甚至厌恶这个群体，因此吉姆似乎也不怎么喜欢我。他一直不明白苏菲为什么总要我陪着他们，经常说我不应该与他们待在一起，说这不是一个经纪人该有的待遇……

也许是受了他的影响，总之，从中国返回后，苏菲突然正式召见我，说有正事商谈。这尚属首次。我来到她家。我们在客厅里面面相觑，她儿子樊尚陪着她。她的表情相当冷淡，说不久前有人跟她说了一些剧本，她一直在等，但我没有发给她。我回答说这不可能，同时拿出了证据。如果她还没收到剧本，那就是别人还没发给我们。实际上，因为之前一个事件，有人直接把《英国病人》的剧本从英国寄到她家里，但被她忽略掉了，所以，后来她的剧本都会寄到雅美达，我的助理雅库塔会认真记录所有收到的剧本。显然，她是故意在找茬儿。奇怪的是，她的儿子樊尚好像感觉到事情不对劲，突然站起来，坐到我的旁边，好像是为了表明对我的支持。因为揪不到我的小辫子，她略显生硬地结束了此次谈话。第二天，苏菲请求我的原谅，原谅她的心血来潮，这不是她的本意，我们也再未提起此事。

她执导的第二部电影《魅影追击》反响不如第一部好。电影上映时，发行方把它当成一部暑期档美国大片，其实没有必要……这只是一部有想法的剧情片，并非主流大片，她想在影片中讲述几个并行发生的故事，营造类似于阿尔弗雷德·希区柯克擅长的那种悬疑氛围，因此需要观众有更多的耐心。大众对它的评价是不公正的，相比影片的内容，也许制作方期待的票房成绩有些过高了，但电影本身还是有亮点的，尤其是克里斯托弗·朗贝尔的表现。片中的克里斯托弗，就像是苏菲亲手完成的雕塑作品。她和他在一起的感觉，就像是祖拉斯基和她在一起一样，但少了一些歇斯底里。她就是他的雕塑师，赋予了他全新的艺术生命。我知道祖拉斯基和苏菲两人对克里斯托弗一直抱有好感，我记得祖拉斯基曾说过："我很想找他演戏，他比大家想的要更好。"

某种意义而言，我得感谢苏菲，通过她，我坚定了自己转行为制片人的想法。我跟着她一起参与了电影的构思和融资运作，一起参与了与制片人、电视台、发行方等方方面面的会议……

能做她的经纪人，是我的幸运，虽然由于祖拉斯基性格方面的原因，有些事情会变复杂，尤其是最初那几年。成熟的气质在苏菲身上体现得淋漓尽致，越是"老去"，她越是美丽。今天她四十七岁，之前的三十三年，她都献给了影视，如今她依然是法国最受欢迎的女演员之一，才能卓著，并有着洞悉世事的智慧。她的进步总是令我瞠目，我做她的经纪人时，总喜欢和她待在一起，去她科雷兹省的家，和她的家人待在一起。那些时光是美妙的，简单而热烈。我离开雅美达时，伊丽莎白·坦纳接任我成为她的经纪人。我们互相承诺，以后得经常联系……她是一个非常守信的人。我希望以后能有机会制作她的第三部电影。我很想看看，还有什么等待着她去继续开拓……

她和克里斯托弗·朗贝尔属于同类型的人，都是我们口中的"正派人士"，有着同样正直而诚实的性格，都带有一些天真，因此，他们不会麻木不仁或厚颜无耻，从他们长久的艺术生命力来看，这当然是一个优点！有趣的是，我接手让-路易·利维成为苏菲的经纪人之后不久，我也成了克里斯托弗的经纪人。起先，他对我说："我先去美国把事业稳定下来，然后来找你……"

我推荐给他的第一部电影，是克莱尔·德韦尔的《马克斯和热雷米》。他的演技获得大家的认可，借此再度迎来事业发展的好机会，但他并未好好把握。

克里斯托弗的问题在于，他的艺术追求常常会被出演一些纯娱乐影片带来的快感淹没。可以说，他就像是个孩子，电影对他来说就像一个游乐场。他接演了美国的许多娱乐片，包括一些纯虚构的动作片，例如"挑战者"系列，还有一些根据电子游戏改编的影片，有些甚至都未能上映，只在游戏中播出。接拍这样的影片，我大多数时候都持反对态度，但他觉得演这些电影好玩。注意，我这里所说的好玩，纯粹就是小孩子理解的好玩！另外，出演这些角色收入不菲，他可以借此继续经营他的生意。对于此事，我们之间有过多次争论。这些影片最后其实损害了他的声誉，也破坏了他的形象。直到有一天，我实在忍不住了，直接把他从我的办公室轰了出去，说我今后不再做他的经纪人了！他为了接演一部我到现在连名字都不记得的美国烂片，接连推掉了妮科尔·加西亚的《爱子》和乔丝安·巴拉思科的《两性三人痕》！这实在太过分了！只有面临这样的场面时，我才觉得经纪人的权力是有局限的，而这种无能为力之感，令人极其难过。但是……我真的很喜欢克里斯托弗，从未改变。一年后，当他再来敲我的门时，我又把他招入麾下！

当他继续自己在美国的"事业"，起草他的那些合约时，我确实学到许多知识，虽然我并不是很满意那个时期的他。他在法国的机会也不多，有些作品虽然纸面上的感觉很好，例如克洛德·齐蒂的《阿莱特》以及雅克·多尔夫曼的《天朝生死斗》,但最终并未达到他们期待的佳绩。庆幸的是,当我提起萨米埃尔·本谢特里的《詹妮斯和约翰》时,他同意出演里面那个整天幻想的唱片收藏者,毒品可没给他带来什么好处。此外,在克莱尔·德尼导演的《白色物质》里,他出演了伊莎贝尔·于佩尔的前夫,也是片中尼古拉·德沃谢尔的父亲,表现极其精彩。他很少出演纯粹的文艺片,所以这于他而言是一次有趣的挑战。在阿兰·莫内的《枕边的男人》里,他和苏菲·玛索的组合堪称完美。那时,我已经不是他的经纪人了,但依然是他的朋友。

5
名叫"雪儿薇"的礼物

在我的脑海中,"雪儿薇"就是奖赏的代名词。我之前说过,我小时候,每次拿到零花钱(可能是因为做好事受到表扬,或是因为做事很听话)之后总会去买雪儿薇·瓦丹的唱片。可以说,我的零用钱几乎都花在这上面。因为花的都是自己的钱,所以每张唱片都是一份礼物。今天,它们都成了我的收藏、我的宝贝。雪儿薇是我的第一位偶像。我对她想入非非,我也一直钦佩像她这样的女性,奋斗不息,不言失败,即使遇到阻碍,也从不轻易放弃。她们就是我的一切,可能也因为……在别人眼中,她们不受器重。所以我喜欢塞戈莱纳·罗亚尔,喜欢雪儿薇·瓦丹。我刚迷上雪儿薇时,其实有些媒体和听众贬低她,说她唱功差,舞技差。我一直为她辩护。某次,我在《法兰西周日》杂志上读到一篇报道,说她在勒卡内[①]表演时,观众嘘声一片,我非常难过。对于当时的我而言,她就是

[①] 法国东南部滨海阿尔卑斯省市镇。

超级巨星。

1964年在奥林匹亚音乐厅，我听到现场有人嘘她，怒火中烧，原本当晚还有披头士乐队的演出，但我一看完她的表演就直接离场了。几年以后，我又在多维尔卡西诺看到她。当时大约是1968年，就在不久前，由于布鲁诺·科卡特里克斯的邀请，她还在奥林匹亚音乐厅举办了一场巨星演唱会。多维尔卡西诺是一个有趣的地方，人们到这来不仅仅是为了看演出，也为了吃喝消费。对于当时的我们来说，这里算是高档娱乐场所了，身处其中，能明显感觉到我们虽然不算是穷人，但这里肯定也不是能随便消费之地。父亲为了奖励我通过了中考，才带我来这里，但他只能买大厅一楼底部的座位，要知道之前在奥林匹亚音乐厅，教母给我买的可是前排座位！虽然这不至于令我丧失观看的兴趣，但坐在这样的位置，确实不能清楚看到自己喜欢的明星。不过，正是通过这次演出，我了解了雪儿薇的品性以及她的近况。她刚刚遭遇了一场车祸，虽然得以幸免，却失去了最好的朋友梅赛德斯，后者不仅是她的合伙人，还是她儿子戴维的教母。尽管如此，她的表演依然令人折服。演出厅坐满了观众，大家都在认真看她的表演。毫无疑问，我们看到的就是一位明星。

1970年，经历了第二次车祸后，她重返舞台，站在了奥林匹亚音乐厅。这次车祸，强尼·哈立戴也在车里，雪儿薇差点儿毁容。奥林匹亚音乐厅的表演是她回归后的首秀，我在现场看得心醉神迷。她没有因为车祸而消沉或丧失勇气，而是去纽约接受了外科手术，同时还加强了舞蹈训练。她是一个真正的女斗士。舞台上的她，能量十足，灵动跳跃，信心满满。这是一场全新的"美国式"演出，其中融合了音乐、戏剧和舞蹈。她是法国流行乐坛第一位敢于如此尝试的偶像歌手。

随后一段时间，我得承认，我没有继续关注她的动态。我有了新的偶像，有了其他的事情要操心。不过来到巴黎后的几年时间里，我和我老师马德莱娜·奥泽雷的干儿子弗雷德里克·诺贝尔形影不离，他总能想到办法,带着我免费观看各类演出。有一次,他带我去议会宫看了雪儿薇的演出。这是她当年的首秀,往年一般是在奥林匹亚音乐厅,这是她第一次面对这样一个规模大得多、环境也复杂得多的演出厅,也是她首次独力支撑一场时长超过两个小时的表演。相比原先在奥林匹亚音乐厅的演出,她对自己提高了要求。最后,这场秀变成了一场微型音乐喜剧。但在当时的法国,还从未有人进行此类尝试,因此身边所有人都预测演出会失败,并劝说她放弃。可自1975年11月开始,演出连续四周场场爆满,观众达到12万人次! 为此,她还调整了演出计划,在第二年2月又加演了两周,之后12月又再次加演了两周。真是疯狂! 通过这场演出,我有幸结识了多米尼克·塞加尔。他当时负责议会宫的媒体服务工作,与蒂埃里·勒吕龙是同事,自然也成了雪儿薇的媒体专员。经弗雷德里克的介绍我认识了他,随后几乎到哪儿都能碰到他。十几年后,他成了巴黎最具影响力的影视媒体专员,这并不令人诧异。他还是我们安古兰法语电影节的媒体专员!

我第一次遇到雪儿薇,跟她说话,是在1981年,当年她在议会宫举办演唱会。她对每场演出,都会提出更高的要求。议会宫的这场演唱会,毫无疑问是当时最重要的一场演出,她非常期待。开场时,她从天而降,随后几段热辣的表演完全具备拉斯维加斯(几年之后,她确实去了拉斯维加斯)的演出水准。我和她的见面,是记者亚努·科拉尔安排的,作为媒体专员,亚努与一些巴黎名流和美国明星的关系都很好。

那时的我,是一名闻名一时的选角导演,颇受关注,而亚努知道雪儿薇的演员梦,也知道我钟爱她,于是想到我也许能帮助她出演电影。雪儿薇与电影的故事很长,充满了希望、失望和挫折。儿时的她,理想是将来成为演员,而不是歌手。在演唱会里,她很高兴能出演一些不同的角色,这在某种意义上可以实现她的演员梦想。六七岁时,她在保加利亚出演了一个小角色,崭露头角,之后一直有演戏的想法。她的命运已发生改变。初为艺人的她确实出演了一些电影,例如《莫伯日的一缕月光》《强尼，你从哪儿来？》《找寻偶像》《甘薯》等，但结果总是不尽如人意。之后，她本有机会再演几部影片，其中值得一提的有《狂人皮埃罗》，据说让-吕克·戈达尔想过找她出演；好像雅克·德米也曾建议她出演《瑟堡的雨伞》，二十世纪七十年代末，他还想找她出演一部改编自《安娜·卡列尼娜》的音乐剧——《阿努什卡》，计划去俄罗斯拍摄，但最后并未拍成。1981年我认识她时，她在歌唱方面已无须再证明什么了，她觉得自己已经准备好再次投身影视圈。

于我而言，认识雪儿薇，像是儿时的梦想终于成真，甚至可以说是一次重逢，因为长久以来，她都是我生命中的一部分。初次接触，她总会有些戒心，不会表现得很亲热，她不容易相信别人。但一旦她相信你，所有事情就会变得简单起来。她知道我熟悉她的演艺生涯，对她的歌曲烂熟于心，很快，我们就以你我相称，变得亲密起来。当然，她为人非常机灵，并不急着跟我说她想演戏！但我很了解她……我们认识不久后，我就想推荐她出演一部电影——我朋友加布里埃尔·阿吉翁执导的首部长片《猩红热》。但那个角色最后给了布利吉特·福塞。加布里埃尔曾和我一起去RTL广播电台找雪儿薇，她在那里录制一个直播节目。她读了这个剧本，觉得很好，可没有档期。我到了雅美达后，自然也成了她的经纪人，经常试着给她找合适的电影角色。可是在法国，想改变人们固有的观念是很难的，一旦你在某个领域获得成功，想再开拓其他领域，人们通常难以接受，至少在那个时期是如此。我每次试图推荐她，别人总会这样回复我："可她并不是演员啊！"

直到有一天，让-克洛德·布里索①终于同意让她出演《黑天使》。布里索是一个有自己风格的导演。那个时期，他还不像今天这样声名狼藉。雅美达的夏洛特·瓦兰德蕾曾与他合作过《白色婚礼》，并把我介绍

---

① 让-克洛德·布里索（1944—2019），法国电影制片人，代表作有《秘密事物》《毁灭天使》等。

给他，我很快就成了他的经纪人。他是一个狂热的电影爱好者，出身于普通家庭，童年生活不算优裕，因此看电影成了他躲避外界不幸的避难所，他借此活在虚幻的美丽世界里。由于缺钱，他未能参加法国高级电影研究学院的入学考试，他先是在小学代课，之后成了正式教师，后来才有机会全身心投入导演工作。我非常喜欢他早期的电影，例如《残酷的游戏》和《声音与愤怒》，还有之后的《白色婚礼》。我喜欢他在电影中混杂诸多元素：现实、暴力、幻想甚至神秘。他做的电影只属于他。他晚上会来雅美达找我，我们一起畅聊美国的黑色电影，直至深夜。我们聊里面悲惨的金发美女，聊道格拉斯·塞克，聊阿尔弗雷德·希区柯克以及《迷魂记》的女主角金·诺瓦克……巴黎所有的电影院，他都知道，包括那些已经消失的影院。我和他散步时，他常常会指着一个地方说："那里以前有一家影院……"

然后，他会讲述那家影院的历史。当时的他才华横溢，谈笑风生，已经有轻微的妄想症，但还不像日后那般出格和疯狂。他一直喜欢雪儿薇·瓦丹，喜欢的理由和我有些相似。而且他们同岁，她陪着他一起长大，电视里的她曾令他浮想联翩。我记得他在筹拍《白色婚礼》时，曾对我说："我之所以找凡妮莎·帕拉迪斯，就是因为我觉得她很像年轻时的雪儿薇·瓦丹……"

二十世纪九十年代初，雪儿薇常常陪同托尼·斯科蒂参加戛纳电影节。托尼会趁机购买一些影片的放映权，其间我向雪儿薇介绍了让-克洛德·布里索。两人一见如故。不久，我和他一起去看她的演唱会，他立即就对我说："我要为她拍一部电影。"

通常，他并不喜欢为某个演员量身定做剧本，可是为了她，他一反常态，专门为她写了一个故事，这就是《黑天使》。这是一部悬疑片，雪儿薇一读完，就喜欢上了里面的角色：一个婊子、爱人和受害人的综合体。就像电影圈的人常说的那样，布里索是一个"有好牌"的导演，一个真正的作者，有自己独特的风格和观点，找到投资人于他并不是什么难事。而且那个时期，正是频道电视台①初建阶段，它需要电影资源。跟雪儿薇搭戏的，布里索选用了米歇尔·皮科利以及一位新人女演员亚历山德拉·维妮斯基。我还向他推荐了切基·卡尤、贝尔纳·韦尔莱、菲利普·托尔通以及法兰西喜剧院的大牌女星克洛德·温特。（一位了不起的女性，我崇拜她，想把她放进所有电影里！）

雪儿薇非常喜欢这个剧本，但里面有两三场戏令她有些担心，尤其是一场裸戏，她需要在监牢里与饰演她律师的切基·卡尤做爱。她的贞操观念极强，年届五十的她，还从未演过这种戏，而且《白色婚礼》之后，风传布里索与片中的女演员有不正当关系，还说他在寻找片中雪儿薇女儿的年轻演员时，要求她们脱光衣服，因此，雪儿薇非常不放心。为此，按照与美国女演员签订合约的惯常做法，我在她的合约里增加了一个"裸体条款"，说明如果影片涉及裸戏，必须提前得到女演员的同意。我还在里面耍了一个小把戏，提出应由雪儿薇本人为英语和保加利亚语配音！某日，克里斯蒂娜·戈兹朗（她与阿兰·萨尔德都是该片的制片人）打来电话，语气惊慌，叫我立刻去她办公室。布里索正在她办公室里大发雷霆，因为那条"裸体条款"，他不愿意签合同，也不再想要雪儿薇！

我赶了过去，好言好语安慰他，同时说到保加利亚语配音的条款，但他完全不搭这个茬儿："我才不在乎她会不会为保加利亚语配音！你为什么背叛我？你为什么不相信我？为什么雪儿薇敢提出由自己来审查裸体戏的要求？"

我说这是雅美达公司合同中的常规条款，试图令他平静下来。为此，我不得不找来一份苏菲·玛索的合约，里面也有这个条款，这才说服了他。因为这个事儿，雪儿薇在波尔多拍摄这场引起风波的裸戏时，要求我去现场。我和切基·卡尤的经纪人伊丽莎白·坦纳一起去了片场。布里索看到我们，很是惊讶：

---

① 成立于1984年11月4日的法国付费电视频道。

"你们为什么偏偏在今天这个时候来?"

随后,迎接我们的是一场暴风骤雨般的指责。真是个狡猾而恶毒的家伙!

影片中有场梦境般的戏:雪儿薇用一支手枪指着切基·卡尤的太阳穴,场景突然变得很虚幻,他们身边出现一群年轻的裸体女孩,她们互相抚摸。拍摄这场戏时,身处此般迷乱景象中的雪儿薇觉得非常不适!更不可思议的是,布里索的伴侣莉萨·埃雷迪亚也出演了这场戏,还兼任影片的编剧、剪辑师以及导演助理。取景过程中,有些歇斯底里的她,衣服都没穿,裸着身子踏上一条板凳说:"不对,不是这样,灯光!"

雪儿薇非常尴尬。我估计她应该会永远记住这个场景!片场还发生了其他一些故事,尤其是布里索面试过的那些女演员。在面试时,他曾要求她们脱光衣服表演性高潮。对于女人,他一直有一种执念般的欲望,为此他拍了多部相关题材的电影。布里索确实是个怪人,甚至会通灵试验!几年以后,我们闹掰了,他的怪异举止开始令我感到苦恼。虽然切

1989年,与年轻时代的偶像雪儿薇一起参加强尼·哈立戴的婚礼。

基·卡尤和他之间的关系非常紧张,切基·卡尤甚至想要揍他,但雪儿薇和布里索却相处愉快。除了前面说到的一些意外,片场的她非常高兴。对于此次独特的体验,她也很兴奋。得悉一些我非常看重的评论人不喜欢这部电影时,我非常沮丧。我致电一些我认识的评论人,试图分享我对电影的喜爱:"这可是一部希腊式的悲剧!"

可这没什么用,我曾那么热心于这部电影,为了让雪儿薇成为演员,我曾那么投入,进行了那么激烈的斗争,以至都快抑郁了。唯一的安慰,还是一个大安慰,是这部电影得到了《解放报》和《世界报》的高度赞誉,雪儿薇还成了……《电影纵览》的封面人物!这可是所有女演员的梦想!

如果说她与布里索的合作还算愉快,那1990年,因为我的介绍,她和阿尔弗雷多·阿里亚斯之间发生的故事,就不那么愉悦了。当时雪儿薇正在筹备一场体育馆的演出。她此前已有七年没在巴黎举办大型演出了,此次回归,她还是想和以往一样制造惊喜。她想和一位戏剧界人士合作,携手进入一个她从未涉足的领域,这也与她一贯的演员梦有关!我想到阿尔弗雷多·阿里亚斯,他曾导演过《奢华》《屋顶上的猫大人》和《丛林野兽》,是我刚到巴黎那几年非常喜欢的一位导演。他喜欢听音乐,喜欢民歌,但并不是一个循规蹈矩之人,对这个行业有一种不切实际的看法,介于梦幻和伤感之间,这应该能吸引雪儿薇,给她带去惊喜。我促成了他们的相识,为了……给她惊喜。但带来的却是惊吓!开始几个月,没发生什么大事,后来他想插手音乐指导工作,还建议她骑马进入舞台,一群裸露上身的男子围着她,她唱着别人的歌,参拜投影在玫瑰花组成的教堂里的玛琳·黛德丽的头像。雪儿薇为此寝食难安,我被迫介入。他们的合作因此终止。我很怨恨阿里亚斯,此时距首场演出仅剩两个月,却什么都没准备好。一切得从头开始!他只想着自己出名,根本没有考虑雪儿薇的想法、渴望和个性。他属于那种不喜欢女人的人,一味想嘲讽女人。

生活总是比我们想象的更加惊人。我成为纳塔莉·贝伊的朋友后不久就认识了雪儿薇。而就在我认识了我童年时代的偶像一年后，由于一次电视节目，我的朋友纳塔莉却爱上曾经与雪儿薇好过的强尼·哈立戴！我感觉自己像是走进了迷宫，周围的剧情都是命运安排好的。我记得我去纳塔莉在克勒兹省的家中度假时，强尼也在那儿。那天恰好有一场雪儿薇演唱会的电视转播，我想看，可强尼不想，但我还是看了。纳塔莉在一旁说："雪儿薇很棒！"

强尼回答说："我不感兴趣！"

其实，他也很想看！那时，我和强尼的关系很好。看到我那么喜欢雪儿薇，他心底也有触动，尽管有一天他曾这样半开玩笑半认真地说："你总是喜欢我的女人胜过喜欢我！"

庆幸的是，我从未因为纳塔莉和雪儿薇之间的关系惹过任何麻烦。雪儿薇觉得强尼和纳塔莉在一起是好事，因为纳塔莉是她尊敬的一个演员，相比强尼以前爱上的那些女孩，纳塔莉要比她们好几个光年。我从未听过纳塔莉说雪儿薇的任何坏话，也未听过雪儿薇说纳塔莉的任何坏话。强尼在王子公园体育场举办五十岁演唱会时，纳塔莉已经和他分开了，但还是鼓励他应该和雪儿薇在演唱会上合唱，虽然当时他和雪儿薇之间关系略显冷淡："你们应该对唱，那会很精彩。"

我记得，就在演唱会的前几天，我和强尼还有雪儿薇在香榭丽舍大街附近的一家餐厅吃午餐。餐厅在地下，当他们走下台阶时，整个大厅难以置信地突然陷入沉默。我从未经历过类似的时刻，我陪过的明星还是有一些的，但出现这种场面，不仅仅因为他们是明星，还有其他东西，可以说是传说，是神话。餐厅的人看到他们，看到他们在一起，如此亲密……似乎都呆住了。虽然纳塔莉和雪儿薇之间来往不算频繁，但她们关系很好，而且我知道，每当纳塔莉遇到女儿劳拉的养育问题时，总会请教雪儿薇。

第三章　在雅美达的那些年

友谊，并不总是那么简单。在很长一段时间里，雪儿薇和丽娜·雷诺之间很冷淡。身为双方经纪人和朋友的我，确实很难办。她们之间的矛盾得追溯到1982年，雪儿薇要在拉斯维加斯表演。演出前几个月，她在东京认识了托尼·斯科蒂，两年后两人还结婚了。托尼为这场演出策划了一场轰轰烈烈的宣传运动，口号是："雪儿薇·瓦丹，自由女神像之后法国送出的最美礼物"。而在二十世纪六十年代，丽娜在巴黎卡西诺音乐厅获得成功后，到拉斯维加斯开过一场回顾演唱会，她是第一个在那里演出的法国女歌手，因此这个口号令她非常不快。《法兰西晚报》的明星记者之一雅克利娜·卡蒂埃是丽娜很好的朋友，号召大家抵制雪儿薇，并把她演出的消息从他们的报纸上撤掉了，而他们的报纸当时影响力很大。从此，两人互不往来，我也避免在她们面前谈及另一方。这有些像是法兰西喜剧院内文艺团成员与编制演员之间的对立关系。让-克洛德·布里亚利和我一样，都喜欢她们，通过他的斡旋，在他和丽娜搭档出演《存局候领》时，我们在他的橘园餐厅安排了一场两人的重逢宴。我们都担心她们会横眉冷对，可狡猾又有趣的让-克洛德·布里亚利开场就来了一句："好了，女孩们，你们总不会为了这么一件愚蠢的往事就闹翻一辈子吧！"

两人之间的坚冰就此打破了，那次晚宴气氛一直很友好，曾经的不快仿佛烟消云散。

成了雪儿薇的朋友和经纪人之后，我仍是她的粉丝。因此，我鼓励她展出她穿过的长裙、礼服、舞台服以及正装。我们觉得最适合展出这些服装的地方是巴黎时尚博物馆。我充当中间人，去找贝特朗·德拉诺埃谈。2004年10月，展览正式开放，取得了巨大成功。这样的展览非常打动我。我知道每条裙子后面的故事，为何做成这样，在哪次巡演穿过……看着它们，就好像回顾了一遍自己过去四十年的职业生涯！雪儿薇是一个忠实而慷慨的朋友。我们之间的友情从未有过任何阴影，只是在最近一次总统大选时，因为她支持萨科齐，而我支持奥朗德，略微冷却了一点。

为了避免在一起时争吵，我宁愿少与她碰面。但在第二轮总统选举结果出来之后，我们的友谊又回到原先的轨道，简单自然，清晰明了。这算是幸运吗？当那个滨海迪夫小镇上的九岁男孩第一次掏钱买下雪儿薇的一张唱片时，如果有人对他说，五十年之后他们会成为好朋友，他能天天和她聊天，他绝对很难相信！这张唱片，我一直珍藏着，就在不久前，我还请雪儿薇在上面签了名：

我亲爱的多多，谁能想到，你才是我的礼物。友谊的礼物。我爱你。

雪儿薇

我也爱她，一如初见，甚至比初见时更爱她，因为现在我还懂她。

6
帕特里克，迷途的朋友

不知出于什么原因，我总是被那些所谓的"坏男孩"吸引。可能对于打小就活在一个友爱而平顺环境中的我而言，禁忌的东西总是充满诱惑，我总是期待生活能出现一些波澜……每次拍摄班级的集体照，我都喜欢紧挨着学校里那些坏学生的头头！能吸引我的，并不一定是那些作威作福之人，也不是赌徒，而是那些被生活伤害之人，他们为了走出困境，选择了非同寻常的人生路。我最喜欢的电影，就是让·热内的《情歌恋曲》，我觉得它唯美。这应该不是偶然吧？而在我遇到的"坏男孩"中，帕特里克·奥里尼亚克无疑在我的生命中占据了重要位置。我非常依赖他。他的死去，令我的人生经历了一次大地震，在我心中留下了永久的伤痛，那种苦楚，至今无法磨灭。而命运曾让我们的人生之路如此交错……

1994年，与帕特里克·奥里尼亚克一起。

那是在1984年，当时我正忙于罗班·戴维斯《法外之徒》的选角工作，我见了巴黎这座城市里几乎所有的年轻演员，排查得比以往任何一次都要彻底。其间，我看到一部中短片《在多维尔的旅行》，导演是一位年轻的助理剪辑师，日后成了专业的纪录片导演，片中的年轻男主角深深打动了我，他身上交织着优雅和隐忍的暴力。我想方设法想认识他，可我和我的助理罗曼·布雷蒙始终难以觅到他的踪迹。意外的是，他居然来参加了我们的试镜，尽管显得紧张而焦虑，但依然非常出彩，因此我们想让他出演片中的一个主要角色，就是最后给了克洛维斯·科尔尼亚克的角色。可当我想找他再次试镜时，却找不到他了。接电话的是他父亲，听起来年纪非常大，他说他根本不知道儿子在哪里，叫我们最好不要再找他了。于是我忘了他，任时间流逝……

两年后，我和玛戈·卡普利耶来到布瓦达尔西①的监狱，观看在押囚犯排练的一场戏剧，导演是一位了不起的戏剧家——塞尔日·桑多尔，他

---

① 法国伊夫林省市镇。

花了许多时间在监狱排演作品。在此之前,我还从未踏足过监狱,这是第一次,我极度震撼。首先,那些安检、排查、搜身的手续就够令人惊讶了……而且,那里弥漫着一种特别的气氛。我觉得肩膀发紧,内心焦虑,玛戈也显得很诧异。同时,那里的情景也令人窘迫。我第一次看到一大群人全都是成年男性,没有一个女性,这真是扎眼。各种紧张、负面情绪和压力仿佛触手可及。这令我想到让·热内……当天的作品是莫里哀的《唐璜》,所有女性角色均由男性囚犯饰演,他们穿着女性的服装。而唐璜的角色,每一幕演员都不一样,这可以让更多囚犯参与进来。当饰演唐·卡洛斯的演员现身时,我立刻被他的英俊打动了,他的表演显然很有天赋。演出结束后,我询问塞尔日·桑多尔这个演员的名字。

"帕特里克·奥里尼亚克。"

"奥里尼亚克……奥里尼亚克……我听过这个名字,啊!对了,就是我为《法外之徒》选演员时见过的那个男孩,他后来消失了!"

"对,是他。这事他一直记得很清楚,他知道您要来时吓坏了,因此显得更加不自在。您的到访更让他感到自己多么失败。"

这让我感到不可思议。这种巧合使我震惊,我不由觉得命运想要暗示些什么。

演出结束后,到了餐会时间,当然不会有酒。塞尔日·桑多尔带着我朝他走去。

"您来参加第一次试镜后,我曾想再联系您,可没联系上……"

"是的,我那时已经坐牢了!我太着急了,把电影和现实混在了一块儿。我把自己当成另一个人,然后倒在了……"

"您爸爸好像年纪很大。"

"他现在在养老院里。我把一切都搞砸了……"

"您母亲呢?"

"哦,我母亲……"

他向我讲述他的过往。他的父亲以前从事保险行业,母亲是酒吧的

第三章 在雅美达的那些年

女侍应，年纪比他父亲小很多，刚生下帕特里克，她就丢下小孩走了。在十七还是十八岁时，因携带大麻提炼物，帕特里克被送进了监狱。身边的囚犯与他年纪相差很大，都是真正的帮派头目，其中一个把他收入麾下。出狱后，他和原来监狱的同伙还有他们的朋友待在一起，加入郊南帮会，并参与了数起持械抢劫案，其中几起造成人员伤亡。他手上并没有命案，当时的他还太年轻，帮会的人都把他当作小跟班，涉及大案时不会叫他参加，但他还是被捕了，目前正被羁押，等候审判。

他讲述的这一切打动了我，我心绪不安，天真地问他："您精神不错，对生活充满信心。您是怎么做到的？"

"父亲偶尔会写信给我，给我寄些钱。"

"我也会写信给您。"

"之前也有人这么说，可是……"

此后两年，我们经常通信。我在信里跟他讲我的工作，问他需要些什么，我也会寄些钱给他，让他不至于饿死。虽然我想去监狱看他，可我没有探视权，因此无法前往。我对他非常关心，有些像父亲关心叛逆的儿子，也许还掺杂有其他原因。毫无疑问，我喜欢上他了。他的信写得很精彩，字也写得很好。他在监狱里继续自己的学业，并通过了普通大学文凭考试。他有充实的内心世界：向我讲述他的理想，他喜欢电影，最喜欢的是萨姆埃尔·菲莱的《恐怖走廊》，他在布瓦达尔西监狱的图书馆里读书，他最忍受不了的是审判日期迟迟未到。对于一个囚犯来说，不知道自己的刑期有多久，是最难受的事。我一直在问：

"可你为什么迟迟未判呢？把你律师的名字给我，我打电话给他！"

他告诉我他的律师叫让-伊夫·利埃纳尔。

有一天，我下定决心拿起电话打给那个律师，可他不接我电话。我很生气，跟电话那头的人介绍了自己，并说明了致电原因。几天后，可能是有人因为什么事在媒体中谈论到我，他的秘书打来电话，约我在巴黎司法宫的小酒吧见面。因为不知道他长什么样，来到酒吧时，我对酒吧的女侍应说,我没有见过他。

"您别担心,我会示意您,但您可能要等一会儿,因为他正在打一场官司。"

我等了两个小时!他终于来了,头发蓬松,有点不修边幅,看起有些像让-路易·博洛,但人很亲切。我们很快就成了朋友,后来碧翠斯·黛尔的案件我也是找他做的律师。他是一位声誉斐然的大律师,常常被人认为是流氓坏蛋的律师,因为他确实常常为他们辩护。他是杰拉尔·德帕迪约非常忠实的朋友,曾为他儿子吉约姆当过律师。

"嗨!多米尼克·贝纳尔!您做了一件了不起的事!"

"我可没做什么了不起的事,我只想知道,为什么帕特里克·奥里尼亚克的案子一直未判。他还年轻(他当时应该是二十四岁左右),可他已经在牢里待了四年了!"

他向我解释说,他的案件涉及的民事诉讼方众多,手续很长,很麻烦。"帕特里克很可爱,我很喜欢他……"

"有没有办法申请假释?"

"这不可能,他已经被判过一次刑了。不过,我可以请人权法庭关注他的案子。"

"您觉得我有可能获得探视权吗?"

"我会帮您安排。"

"我可以担保在他出狱后帮助他。"

"但您为什么要做这些呢?"

"就好像您在街上见到一只流浪猫,它很可爱,您摸了摸它,可您没时间照看它。您走时,发现那只小猫跟着您,因此您没法不管它,抛弃它……您看,这就是我遇到帕特里克时的感受。"

终于等来了案件的开庭审理,在凡尔赛镇。利埃纳尔不仅请求我参与庭审,还要充当品行证人。他提醒我注意,庭审现场场面可能相当激烈,因为检察官可能非常具有攻击性。格扎维埃·博瓦和布鲁诺·希什陪我一同前往,因为他们不放心我一个人去。帕特里克进到庭审大厅,手上戴着镣铐,一同进来的还有另外三个犯罪嫌疑人,其中有他在监狱里面认的帮会老大。他们告诉我,作为品行证人,我不能参与法庭辩论,只能在一个独立的房间里等待。

"可能会等很长时间,"利埃纳尔告诉我,"我希望您带了些书来读!"

可我根本没带什么书!我几乎整个白天就待在那个小房间里,里面放了一本过期的《嘉人》杂志,我现在还记得很清楚,当中有一篇米谢勒·芒索写的关于朱利安·克莱尔的采访。我应该读了三遍或四遍!晚上七点,终于轮到我进场了。要知道我可是早上十点到的!我瞬间感到从未有过的担心和害怕。

我的身子发抖,喉结发紧,双脚好像已经失去知觉。我讲了流浪猫的故事,说了帕特里克给我写的信,我还说我们得拯救他,他出狱后我会帮助他,帮助他找到工作之类的话。显然,我太天真了,这是一个我完全不了解的世界。我完全没想到检察官说话会那么粗暴,他说出的每一个字都在攻击我,他对在场的人说:

"大家看看,这些电影圈的人,他们已经不满足于佛罗朗戏剧学院或西蒙戏剧艺术学院了,而是跑到监狱里来觊觎这些年轻人了……"

庆幸的是,大腹便便的主法官还算善良,在那个长得有些像克洛德·盖昂①的检察官攻击我时,出言为我辩护:

"检察官先生,我禁止您这样对贝纳尔先生说话。贝纳尔先生是一个有才华的人,他有很好的理由出现在这里,您不能以这样的方式攻击他……"

于是他们开始争吵起来。利埃纳尔出言相助,说我原本没有必要来当品行证人。我也补充道,我每天接触的都是一些特权人士,不用担心自己的生活,也正因如此,如果有人请求我的帮助,我不能任由他继续待在

---

① 克洛德·盖昂(1945—),法国政客,曾任法国内政部部长。

监牢里。我看到帕特里克很认真地在听,我感觉到陪审团也被打动了。当时的气氛真是非常紧张。随后,法官们离席商议,大概商议了两个小时。当他们重回大厅宣判时,已是凌晨三点。我们都精疲力竭。帕特里克还得囚禁几个月,之后将重获自由。这样,他的总刑期是五年零六个月。我被允许上前和他说话。我拉着他的双手,对他说:"出狱时来找我。"

可他出狱时我竟然不在,因为……没人提前通知我。某天早上,我在雅美达办公室接到他的来电:

"我是帕特里克·奥里尼亚克。"

"你在哪儿?"

"我昨天出狱了,可当时身上没电话卡。"(那会儿还是投币公用电话亭的年代。)

他走出监狱时没有回头往后看,因为按照习俗,回头意味着会再次入狱!但他不知道去哪儿。最后,他找到一个朋友家,去他家借宿。我叫他马上来雅美达。让公司所有人尤其是老板贝特朗·德·拉贝大吃一惊的是,他胳膊下夹着行李就来到雅美达。我当时住在让蒂根的一栋房子里,于是把他安置在那里。他在那儿待了十几天。每天夜里,他都显得极度焦虑,这也让我心神不宁。他出狱的那个周末,我带他去参加卡堡电影节。他就像个顽童,开着我的奥斯汀小车,车子开得飞快。所有的女孩都看他,他也回头看她们。很快,他就征服了很多女性。他能说会道,风度翩翩,有一双明亮的眼睛和一脸明艳的微笑。

多亏了伊夫·布瓦塞的实习导演克里斯蒂娜·戈兹朗,我为他在电影《团伙》里找了点活儿。男主角斯特凡纳·弗雷斯很喜欢他,克里斯蒂娜则说:"那些实习生会爱上他的!"

我把他介绍给卡特琳·布雷亚,他在《和天使一样肮脏》里出演了一个小角色。随后,他与克里斯托弗·朗贝尔搭档,出演了克莱尔·德韦尔的《马克斯和热雷米》;与碧翠斯·黛尔搭档,出演了马鲁·巴格达迪的《空中的女孩》；与纳塔莉·贝伊搭档，出演了弗朗索瓦·马戈兰的《谎言》；不久后，在迪亚娜·库莉丝的电影《六天六夜》里，他和碧翠斯再度聚首。我之前曾提到，拍摄过程中他们俩都和安娜·帕里约闹得不愉快，因此，两人便联合起来对付她，我还不得不出面调解……不久，我得去魁北克探望范蕾丽尔·卡帕里斯基，她刚刚成为我名下的艺人，正在那里出演蕾雅·普尔导演的一部电影，也是出于我的建议。我把帕特里克一起带了去。在那里，大家都被他迷住了，包括制片人丹尼丝·罗贝尔和范蕾丽尔……

几天后，他和一位女演员开始交往，关系持续了六个月。有趣的是，蕾雅·普尔的这部电影名叫《情欲絮语》，我不禁觉得好笑！

他接着又拍了几部电影，但他真的不适合做演员。他的性格太急躁，这与他近六年的监狱经历有关。我觉得他和格扎维埃·博瓦有些像，兼具懒散和活力，既热衷于享受生活，又能下定决心干实事。他想做导演，曾在接受采访时开玩笑说："持械抢劫的故事，已经在筹备了。"

他想把自己的经历拍成一部电影。在我的鼓励下，他写出了《年轻傻子回忆录》，得到国家电影中心的资助，我做他的制片人。是的，我已经在做制片人了！我去找投资方，同时叫他去找制片人内拉·邦菲，她曾是西里尔·科拉尔的《野兽之夜》的制片人。我还帮他找演员，找了弗朗索瓦·佩里耶，这应该是他出演的最后一部电影了。他的记忆力已严重下降，但演技还是很惊艳。我还找来了达尼埃尔·吕索以及一些年轻演员，例如亚历山德拉·伦敦、玛蒂尔德·塞涅，他们后来都引起了关注。帕特里克自己饰演狱中老大，新人克里斯托弗·埃蒙饰演他，我又成了……选角导演！这部影片入选了威尼斯电影节，在昂热电影节入选了观众最喜欢的电影名单，媒体也给予了很高的评价。我记得当时法国总理阿兰·朱佩和他夫人伊莎贝尔都非常喜欢这部电影，伊莎贝尔给予了帕特里克很大的支持，并在之后帮助了他。可惜的是，影片最后上映时准备不充分，排映的场次很少，票房也不好。帕特里克那段时间非常难过，常来找我，一直在说这部电影,"我们应该这么做的……本来应该这样做的……"

他身边的女孩如走马灯般更换,最后他和一个女瘾君子在一起了。他自己也开始吸毒。从那时起,我们见面开始变少了。他好像也放弃了努力,仿佛觉得无论怎么奋斗,也没法走出当时的困境。他为此自责,就像有些人通过努力走出困境,再度深陷困境时,他们会难以忍受这样的再次堕落。不过帕特里克还是写出了第二个剧本《震动走廊》。他拿来给我看时,我觉得他非常焦躁,几乎是前言不搭后语,完全不顾及别人的感受。我们争论了起来。我对待他有些像对待碧翠斯·黛尔:"你和那个女孩在一起做什么?你没看到她只会给你带来负面影响吗?"

"算了吧,你不是我的父亲。"

"可我觉得你这样不好……"

当时我没有想到这会是我们最后一次见面。确实,我之后不怎么管他了,他也不再来看我,显然是害怕我又给他上课。我现在很自责,但那个时候我真的对他很生气。面对毒品,我再次感到自己有多么无力。有一天,和他同居的女孩打来电话,叫我去他的工作室:帕特里克自杀了,朝自己的脑袋开了一枪!我觉得天一下子塌了。可我还得过去,去他自杀的工作室。他躺在血泊之中,非常吓人。连续几年我都会在噩梦中见到这个画面。那是1997年5月16日,他的电影上映才一年多。他还不到三十三岁啊。多么悲哀!他出狱仅仅七年,七年啊!如此短暂的时间,他就选择了死亡这条路!他还那么英俊,那么生气勃勃,还充满活力和梦想……我难以释怀。

我怨恨身为制片人的马克·米索尼耶和奥利维耶·迪保斯不够朋友,不是因为我决定转行做制片人时,他们甚至都没打来一个电话,尽管在一些年间,我曾帮助过他们并为他们介绍了许多项目,更多是因为他们曾对我许过一个诺言却没有兑现。由于《八美图》的成功,他们赚得钵满盆丰,所以问我怎样可以令我开心。

"你们去买帕特里克·奥里尼亚克的《年轻傻子回忆录》的版权,出版DVD。"

他们许诺会去做,可并没有做。不说了。时间流逝,为了电影行业职业公约的斗争,我和他们又走到一起。生活就是这样。

帕特里克被葬在了科尔梅耶-昂帕里西斯。他下葬那天,那些女演员都来了:碧翠斯·黛尔、玛蒂尔德·塞涅、亚历山德拉·伦敦、范蕾丽尔·卡帕里斯基……此后,我每年都会去看他。我保留了他的一件羊毛衫,还有我送他的一瓶香水。

7
演员这个职业

帕特里克·奥里尼亚克自杀一年后,前后相差应不到一个月,西蒙·德·拉布罗斯也自杀了!我再度遭到重重一击。他还不到三十岁!我非常悲痛,不仅仅因为他是一位才华横溢的演员,那么俊美、年轻,一直在演戏……更因为他的突然离去令我心中满是疑惑。感伤之余,我不免有些自责:毕竟是我把他们引到摄影机前,就某种意义上来说,可能正是我的介入造成他们的厄运?为了他们能够走出困境,我曾竭尽全力帮助他们,毫无保留。帕特里克走投无路时,我甚至收留了他。但他们也许根本就不适合这个充满苦难的复杂行业……我只看到他们的才华和热情,却对他们的焦虑和不适应预见不足,也对他们直面行业艰险以及披荆斩棘的能力估计失误。他们陷入困境时,毒品显然不是出路。也许毒品并不是他们生存艰难的原因,而是结果?诚然,人生总会面临这样的时刻,我们虽然希望能保护一些人,却心有余而力不足,毕竟每个人必须对自己的生命负责,可我们依然无法避开一些问题,殚精竭虑也无法绕过它们。我们找不到答案,也无法解决由此带来的内疚、自责和不眠之夜……

演员是一项艰难的工作。对此,我负责选角时已有所了解,成为经纪人之后,我了解得更深了。我每天都能体验到这种困难。日常生活中,人们通常能在工作和家庭之间找到一种平衡,大致总算稳定。但对演员而言,无论他们在工作和感情上多么成功,这种平衡都不存在。出演一个角色之前,他们就已经开始担心;真正演出时,他们会产生怀疑;演出结束后,他们会对一切失去信心。通常,也正是这些忧虑和感性造就了他们的才华横溢……但关键是,他们的明天充满了不确定性。即使是那些身处顶端的演员,他们也得等待机会,等待别人的决定。伊莎贝尔·于佩尔曾说过这样一句话:对于一个女演员来说,最美妙的时刻就是电话铃响的时刻!虽然有些开玩笑,但也并非全是玩笑。我目睹过一位女明星因为一部电影的失败而潸然泪下。要继续演下去,就得有人想看你。那些成功的演员,就是因为观众一直想看他们。

可是,还有那些不成功的演员,他们的数量比成功演员多得多,他们无戏可演,或者很少有戏演……确实,很少有其他职业如此依赖偶然、运气、命运或其他我们无法用语言描述的东西。可惜的是,我认识一些演员,他们有想法,愿意为实现自己的理想而努力,参加培训,接受老师的指导,努力提高自己,但最后却是白费功夫,或者收效甚微。这很可怕……对于演员来说,失业不仅仅意味着没有工作,更意味着缺乏爱慕。再说一遍,如果没人想要你,那就是演员最大的失败。只有演员这个职业,会令人觉得如果没有戏演,就是被人完全抛弃了。

甚至那些"幸运"的演员,有时也面临巨大的压力。沃达克·斯坦克才克有一天打来电话,说他不想做演员了,当时他依然能收到邀约,虽然并不都是他想要的角色,但至少他还有戏可演。他开始环球旅行,并投身于孟加拉国的人道主义行动。不过,成为演员意味着可以肆意做梦,可以体会到无尽的快感和肾上腺素的飙升,所以,真正能下定决心改行的人并不多。于是沃达克又回来了……可今时不同往日:他跑去意大利演戏,回来后陷入抑郁之中,只能和自己的母亲住在一起……不久前我刚见过他,帮他找了一些小角色。他很高兴能天天和我在一起,他想重新启程,虽然老了,但依然英俊。他重拾了对电影的爱好,又有了经纪人,而我也衷心祝愿他能收获累累硕果。

在二十世纪八十年代末的那一拨演员中,我觉得他的职业生涯很具代表性。在我刚成为经纪人的那些年里,这也是我最失望的事情之一:不少我看着进入这个圈子的演员,最后真的像"一次性纸巾"那样,一个个消失不见了。为此,我不得不接受这样的事实:他们并不适合这个职业。克洛德·贝里的父亲建议他"要做一个发牌的人",他常说,虽然我给那些演员发了牌,可惜他们并未打好手中的牌。这个职业虽然令人兴奋,但要求也很高。我看到的情形是,当时一些年轻演员完全没想过要去读一读缪塞①写的戏剧,不去经营自己的人际关系,不去上课进修,甚至从未翻开过一份报纸。相反,桑德里娜·伯奈尔、朱丽叶·比诺什或者苏菲·玛索等人,她们付出了诸多时间,提升自己的素养,并保持对"人情世故"的好奇。这样一比,你怎能不怨他们?看着某些演员那么放荡不羁、疏忽大意、马虎散漫,对比同时期樊尚·兰东、帕特里克·布吕埃尔以及朗贝尔·维尔森的热情、坚定和决心,那些演员最后会消失无踪,这又有

2004年,和克洛德·贝里一起,他是我的领袖!© Rindoff-Petroff & Castel

---

① 阿尔弗雷德·德·缪塞(1810—1857),法国浪漫主义诗人、小说家、剧作家。

何奇怪呢？他们显然缺乏智慧！机缘巧合之下，他们成了演员，他们从中得到好处，但并不是我们通常理解的好处：他们仅仅是吃喝玩乐，迷恋各种晚会、聚光灯和金钱带来的虚荣感……毒品、酗酒就不说了。不幸的是，对他们来说轻松的生活只能持续一段时间。他们本来就没有良好的基础，又不愿去努力夯实自己。而那个时期的我，显然也误读了他们的真实想法和欲望……我记得有一个非常漂亮的女孩，名叫阿丽亚娜·拉特吉，当时是一个模特，我非常喜欢她。我在负责《女布尔乔亚》选角时认识了她，之后把她介绍给让-玛丽·普瓦雷，她在《男人到底还是爱胖子》中出演了一个重要角色；之后我又把她推荐给皮埃尔·格拉涅尔-德弗利，出演《怪事》。后来，她再也没有演过电影，她身上的问题太多了，而且她并不热衷于演戏。这可能涉及天性以及性格原因，不是每个人都能承受这个职业带来的强烈刺激。帕特里克·奥里尼亚克和西蒙·德·拉布罗斯的不幸，就证明了这点。对有些人来说，成为演员虽然不能说解决了他们的问题，但至少帮他们跨越障碍，例如儿时的伤害、心中的创伤等；但对另外一些人而言，问题反而加重了。能脱颖而出的，通常是那些很坚强之人。

作为经纪人，我最兴奋的莫过于：别人给了我一个剧本，我读了之后很喜欢，开始考虑我名下哪些演员能完美演绎里面的角色；而他们读了剧本后也热切想扮演这些角色！这是最理想的状态。最无奈的是为一个演戏机会接下一个蹩脚的剧本：为了"填饱肚子"，他就必须接下吗？纳塔莉·贝伊经常对我说："要想有一个好的职业生涯，学会接受和学会拒绝同样重要。"

她说得没错，可有些时候，有些人没有其他选择。如果收到的邀约稀少，经纪人就不得不量体裁衣。他无法凭空创造出奇迹。因此，演员会纯粹因为经济原因出演一些电影，虽然他们并不想演。他们心里清楚，但什么也不说。经纪人心里也清楚，也什么都不说。这种互不道破的情形，

第三章　在雅美达的那些年

我觉得最难承受,于是只好这样安慰自己:一部蹩脚的电影,并不会掩盖一个演员优异的表现……也许还会引起其他导演的注意。接受还是拒绝,在此种情形下,是一个极其微妙的决定。

此外,我们也不能期望每个导演都富有想象力。例如,长期以来,米歇尔·勃朗都受邀出演同类型的角色,虽然他有能力饰演莎士比亚笔下的人物……还有范蕾丽尔·卡帕里斯基,为什么没有更多的导演找她?作为演员,她有美貌,有才华。二十世纪九十年代末,她的处境很艰难。2000年之后,她才又有戏演,主要出演一些电视剧。我希望她能重新登上戏剧舞台,她出演了一部我弟弟创作的戏剧——《女乘客》,还有一部约翰·卡萨维兹改编的《面孔》,她演技很好……去年夏天,克洛德·勒卢什对我说,他很高兴能和她合作,想请她出演他最新的电影《混蛋,我们爱你》,里面还有强尼·哈立戴、艾迪·米切尔、桑德里娜·伯奈尔以及阿涅丝·索拉尔等人。其实,我本来可以……签约给这部电影当选角导演的!

总之,有些演员会对一些角色没兴趣,另外一些会不想演(或者恰好相反)。经纪人身处其中,可周旋的余地真的很少。我们可以试图提升自己的品位,诚实待人,严格筛选,但总会碰到这样的时候,我们不得不面对现实,要让某个演员也有戏可接。正因如此,我总是去找项目,并努力推动,促成演员和导演的会面,找到一本有可能拍成好电影的书,或是一部可能被搬上银幕的戏剧……正是通过此类尝试,1999年,卡罗利娜·塞利埃在阔别舞台十年之后,出演了菲利普·阿德里安导演的《欲望号街车》,收获了一片赞扬。剧中还有萨姆埃尔·乐比安以及弗洛朗斯·佩内尔,后者十五岁时我就认识了她。但后来这个"疯丫头"放弃了演戏,去做旧货生意,是我又把她带回这个行业。卡罗利娜·塞利埃是一位大明星,虽然我做她的经纪人已近二十年之久,她于我而言仍是个神秘的女人。仿佛有些东西限制了她出演更多的角色,具体是什么呢?还有伊莎贝尔·阿佳妮,多么遗憾不能在银幕上再看见她。她那么有才华……

当她拒绝帕特里斯·夏侯的《费德尔》时,我非常难过。这么好的作品,这么美好的艺术尝试……那种时刻,我们会感到自己的能力和影响力有点微不足道。米歇尔·费勒离开雅美达时,我成了伊莎贝尔·阿佳妮的经纪人,此前,她经常更换经纪人。我接手她之后,只负责了两部电影:伯努瓦·雅科导演的《阿道夫》以及让-保罗·拉佩纽导演的《旅途愉快》。随后,我也离开了雅美达。和她在一起工作的时间太短,做她经纪人也太晚了,但能再次和她共事,我感觉很愉快。我在法兰西剧院认识了她,她那时还那么年轻。做她经纪人期间,我们相处非常愉快,虽然友情因素多于工作原因。我们一起享用午餐,一起共进晚餐,一起去魁北克……她的演艺成功之路是一个谜。毕竟,只有一个伊莎贝尔·阿佳妮……

经纪人日常生活中另一个艰难时刻,是合约谈判。我不像一些同行,借机漫天要价,仿佛把钱当作工作的唯一动力。今天这种情况更加严重!我会尽力维护演员的权益,同时考虑影片本身的资金情况。例如,让-皮埃尔·巴克和阿涅丝·夏薇依合作拍摄他的导演处女作《他人的品位》时,他很高兴我不像其他经纪人一样,非要为阿兰·沙巴争取天价片酬。争论过后,我们的关系反而升温了……如果一个演员仅仅因为片酬原因就拒绝一个可能对他有利的角色,这实在是再糟糕不过了。通常情况下,我会竭尽所能说服他。我认为,不能仅仅因为金钱的原因而拒绝一部有内涵的电影。曾经有一两次,为了电影能够拍摄成功,为了演员能够有戏演并获得体面的片酬,我甚至放弃了自己的佣金。庆幸的是,有很多人也不把金钱当作工作的唯一动力。苏菲·玛索就曾以微薄片酬接演了安东尼奥尼的最后一部影

1999年,与阿兰·沙巴一起。

片《云上的日子》。我曾说过,纳塔莉在接演格扎维埃·博瓦的《小小警探》以及其他一些电影时就如此大气……

对于那些知名演员或是明星,入股通常是一个很好的解决之道。这既能满足演员的身价,又能让电影不至于因为巨额片酬而流产。但需要找到一个平衡点。里夏尔·安科尼纳出演《真的不骗你》的合约是我帮他签下的,我对此非常自豪。更何况是他……我说过,我和他相识于二十世纪八十年代,刚开始关系并不好。我加入雅美达时,他的经纪人是塞尔日·卢梭。塞尔日走后,他又转投其他经纪人。有一天,他和贝特朗·德·拉贝在一起聊天,后者建议他找我做经纪人。

"您觉得好吗?多米尼克和我以前关系很僵……"

"我知道,但那是过去的事了。"

贝特朗随后告诉我他们的谈话内容。我致电里夏尔,约好一起吃午餐,我们和解了。我对他说,我承认自己以前做错了,想弥补,而且他的经历令我敬佩。最后,我们的关系变得极好。我很喜欢和他共事,他出演的角色总能深入人心、令人心碎……我对他唯一不满的地方,就是他接演的戏不够多。他拒绝了太多的机会,例如,收到《真的不骗你》的邀约时,他想要一百万法郎片酬。制片人回复我,电影的预算不多,不可能给他这么多钱,他也不值这个价,因为这是一部多名演员共同担纲主演的电影。于是,我说服里夏尔接受了七十万法郎的片酬,但有附加条款:电影在法国本土的观影人次超过七十万后,每增加一人次,他可以额外获得一法郎。结果,这部电影的观影人次达到五百万,他不仅得到了想要的一百万,还多出许多。

有的时候,谈判会复杂得多,因为涉及原则问题。夏洛特·甘斯布签约埃里克·拉蒂戈执导的《借你的手儿牵》时就是如此。她想要和阿兰·沙巴同样的片酬,不仅仅是钱的原因,主要是因为地位。她坚决不退让,油盐不进。我们就此讨论了许多次,我甚至去阿根廷找她面谈,虽然不是专程为了此事,但毕竟……更敏感的是,我也是阿兰·沙巴的经纪人。

我认识夏洛特许久了，我甚至还负责《不安分的姑娘》的选角。起先，她的经纪人是贝特朗·德·拉贝，因为贝特朗还负责管理塞尔日·甘斯布的著作权事宜，她觉得这样搅在一起不好。可能也因为她感觉压力太大了……于是，她离开了雅美达，去了弗朗索瓦-玛丽·萨米尔埃松的公司。有一天，她打电话给我，说想见我。我到她家去找她，她当时住在十四区。

"待在萨米尔埃松那里我不开心，我很烦恼。你能给我些建议吗？"

"我不好多说什么，要不……我做你的经纪人，我很乐意！"

"太好了，我不敢向你开口……"

贝特朗对此并无不快，他甚至很高兴她能"回家"。之后，由于夏洛特的请求，我也很高兴接手了伊凡·阿塔尔①。达尼埃勒·汤普森找她出演《圣诞蛋糕》时，夏洛特有些犹豫，我一直鼓励她。幸亏她接了，因为这部电影很成功，让她收获了恺撒奖。某种意义而言，她的事业也就此上升到一个新台阶。她第一次去参加巴黎世家②的走秀是我带去的，因为一位女性友人对我说，刚刚加入巴黎世家的设计师尼古拉·盖斯奇埃尔非常喜欢她。他们成了密友，她成了他的灵感源泉。

阿兰·沙巴来到我名下，是在《两性三人痕》之后。我之前说过，这部电影最初想找克里斯托弗·朗贝尔出演，可他拒绝了。那段时间，我恰好看到《六天六夜》初次剪辑后的样片，这是迪亚娜·库莉丝执导的影片，主演有碧翠斯和阿兰·沙巴。我觉得阿兰·沙巴演得很精彩，于是在克里斯托弗拒绝后，我向乔丝安·巴拉思科推荐了阿兰·沙巴。在《两性三人痕》中，他出演的角色超级有趣。我很少在银幕上看到这样又蠢又可爱的形象！从这时起，他就成了我名下的演员。与他共事，也是一件乐事。有几次和他在一起时，我笑得像个疯子……他出演了诸多经典角色：《恐惧之城》里的丑陋记者、《阿斯特克斯与奥贝里克斯》里的光头品酒师……

回到《借你的手儿牵》这部电影。夏洛特对我说："我的片酬没有理

---

① 伊凡·阿塔尔（1965— ），出生于以色列的法国电影导演和演员。
② 时尚界最有影响力的品牌之一。

由不如他……"

"有理由，阿兰是一位非常受欢迎的演员，而且有票房保证！"

我还向她解释说，从剧本来看，这部电影很有可能大卖，因此可以在原则问题上稍稍让步，接受一个不那么高的片酬，但要求参股。如果这部影片真的大获成功，她甚至可以比阿兰赚得更多。我们还没谈妥，她就去了阿根廷，拍摄艾玛努埃尔·克里亚勒斯导演的《金色大门》。这事必须尽快解决，而且她说希望我去看她，于是我长途跋涉，去了布宜诺斯艾利斯。超长的旅程！回国时，我不是很开心，可能是因为我并没说服夏洛特改变主意。她能获得她想要的片酬，但红利却没有了。这部电影日后的观影人次达到三百万，她最后也承认，她确实应该听从我的建议。

每当我名下两个艺人出现不合或者竞争时，我总是尽量保持公正透明，从最有利于电影的角度向他们直抒己见。至今，我不觉得有谁因此而怨恨我。而且，我遇到此类冲突的次数也并不太多。毫无疑问，作为经纪人，我最大的优点就是感性，这也是我最大的缺点。对于我喜欢的演员，如果他在工作和生活中遇到问题，我无法不管，我现在虽然不做经纪人了，但依然如此！我最自豪之处，就是觉得自己似乎能使他们重拾信心，使他人相信他们还有潜能。其实在这个行业里，最大的难题并不是管理合约，而是说服别人，有些演员连续拍了两三部失败的作品，但并不意味着他们就该息影去养老了。我确实太容易原谅演员了，很多事情都睁一只眼闭一只眼，但我再强调一次，那是因为我清楚地知道，如果一个人带着情绪去工作，后果会多么严重。我也知道，在某些人看来，感性有时也意味着缺乏思考……但无论在哪种情况下，我总是尝试成为一个演员可以信任的人，无论是在感情上、经济上还是艺术上。朗贝尔·维尔森是唯一从我名下出走的演员，这确实是我的错。他问我：为什么他接到有意思的邀约不多？我的回答太过拙劣，也太过直接和强硬。谈完后第二天，他给我写了一封信，文字很美也很忧伤。经纪人回答此类问题时，总不会太轻松。应该跟他们说实话，乃至伤害他们，还是应该保护他们？我们毕竟有理由保护他们。我曾亲眼看见一位女演员在我面前晕倒,因为她也一直问我同样的问题,最后我向她坦白,她整形过度,许多导演都觉得她根本没法上镜了,所以她才接不到戏!

确实,演员有时会显得孩子气、自私、忘恩负义、反复无常……但他们又那么吸引人!他们脆弱而粗暴,可能很有攻击性,我们必须关心和帮助他们。他们可能肤浅得令人难以忍受,却又能勇敢而深刻,而且作为公众人物,他们容易遭到攻击。我爱他们,也理解他们。正因为我理解他们,所以我爱他们,他们总是带给我惊喜和震撼。而且,他们身上承载着那么多梦想和苦难,好像还活在童年里;他们可以经历上千种不同的生活,体验各种不同的感觉和情绪,并把它们分享给我们……有那么多理由让我觉得,能看到他们演戏、看到他们本人是多大的幸事!我无法想象没有他们的生活。他们就是我的氧气。贝特朗·布利耶曾说过这么一句话,我完全赞同:"演员就像花儿。生活中可以没有花儿,但那样生活会无趣得多!"

8
青　苗

确实,我一直仰慕明星,因为他们传奇而浪漫,因为他们富有魅力;但我也会喜欢一些当下的无名之辈,因为我觉得他们不会沉寂太久;或是一些新人,因为我预感他们将要腾飞。在写这本回忆录,追溯自己人生的过程中,我发现自己其实向来如此:无论在人生的哪一个阶段,无论面对什么人,也许是演员、导演、制片人或是经纪人,我常做之事,就是把一些初出茅庐的年轻人带进雅美达公司,例如塞西尔·费尔森贝格、赛琳娜·卡米娜、后来成了我合伙人的米歇尔·费勒以及现在成了制片人的马克西姆·德洛内,后者还一直和我协作管理安古兰法语电影节。当然,即使没了我,他们也终究会功成名就,可能我的出现,只是缩短了这个过程,或者说,我恰巧出现在某个时刻。这并没有什么可炫耀的,仅仅是天性使然。我生来如此! 这得感谢我的父母。另外,也可能因为雅克·杜瓦隆、克洛德·贝里和其他一些人,他们曾给过我机会,因此我想效仿他们,也给予那些热情的年轻人一些属于他们的机会。所以,我加入雅美达后,很快就成了许多年轻演员的经纪人。我最乐意做的,就是竭尽所能去完成一些看起来不可完成的任务,或是遵从自己的热情和信念,令一部历经磨难的电影拍摄完成。也许这样显得野心太大,太自负,但对于我这样一个从不参加任何体育竞赛的人来说,这就像是破了一项比赛的纪录!

理所当然,我名下的第一个导演,就是我的好朋友加布里埃尔·阿吉翁。我刚认识他时,他是热拉尔·韦尔热的助手。我说过,在他执导第一部电影《猩红热》时,我曾帮助他负责选角,而且在他的第二部电影《巴克街》惨淡收尾后,通过我的协调,他有机会执导了一部电视剧——《指定律师》,女主角是玛尔琳·若贝尔,这可谓一举两得! 不过,他还是等待了大概五年,才有机会执导自己的第三部电影。一段时间以来,他一直对我说,他要拍一部喜剧,剧本他已经写好,叫《狂人们》,最后改名为《变性上班族》,是谁的主意,我已经忘了,但肯定和皮埃尔·莱斯屈尔有关。皮埃尔·莱斯屈尔当时是Canal+电视台的老板,强烈建议我们换一个更好的名字! 难得的是,他相信这部作品会成功。经他协调,才有了其他一些人的帮助。当时我们找投资,真是困难重重。

起初,没有人喜欢这个题材,但克洛德·齐蒂的妻子玛丽-多米尼克·吉罗代除外,她非常喜欢。法国电视一台的纪尧姆·德·韦尔热斯极其讨厌这部作品,曾不惜一切代价阻挠拍摄,甚至建议他的朋友蒂埃里·莱尔米特不要批准这个项目。我们今天熟知的大部分有票房号召力

8 青苗

1988年，与丽娜·雷诺一起，在巴黎的波蔻咖啡馆。 © Baldini

的明星都拒绝了我们的邀约。后来，笑星帕特里克·坦西被深深吸引了，当时他还不像今天这般出名，但他在《危机》以及《都市外来客》中的表现已经展示了他的潜能。他甚至和加布里埃尔一起，协同编剧皮埃尔·帕尔马德讨论并创作了影片的对白，并在里面融入自己的生活经历。里夏尔·贝里和芬妮·阿尔当也满怀热情投身于该作品的拍摄。

粉红色电视①创始人帕斯卡尔·乌泽洛的加入打破了之前的僵局。当时的他还不是今天我们熟悉的活跃人士，当时他是法国电视一台艾蒂安·穆若特的下属，负责与特别项目相关的所有事宜。和丽娜·雷诺参加首次抵抗艾滋病运动时，我认识了他。他了解到有这样一个项目后，非常兴奋。我和他谈话时脑子里总会想起《变性上班族》里帕特里克·坦西饰演的一个角色：白天西装革履，晚上放浪形骸！多亏了他的支持，尽管纪

---

① 欧洲卫星电视频道。

尧姆·德·韦尔热斯极力反对,我们在获得Canal+电视台的投资之后,又得到法国电视一台的资助。不过,资金的缺口还是很大,为此,许多参演影片的人,尤其是芬妮·阿尔当和帕特里克·坦西,都参与了投资。他们不必为此后悔,看看电影的骄人成绩吧:超过四百万的观影人次!芬妮还收获了恺撒奖最佳女演员奖。可惜七年后,他们都拒绝出演这部电影的续集,我觉得这说不过去,甚至是有些忘恩负义,加布里埃尔一度非常伤心。

加布里埃尔也给了我一个角色,名叫里基,是芬妮管理的餐厅爱娃之家的厨师,在电影里有一些疯疯癫癫的台词,给观众留下了很深的印象。多年以后,在萨米埃尔·本谢特里拍摄《詹妮斯和约翰》期间,有一次我去探班,凌晨三点时,我和克里斯托弗·朗贝尔在热讷维耶街上闲逛,突然碰到三个小流氓,正紧张之际,他们居然认出了我,却没认出克里斯托弗。

"嘿,你好啊,里基!"

电影拍摄期间,笑声不断。大家都玩疯了!玛丽-多米尼克·吉罗代不免让我想到安娜-玛丽·拉桑,但不是后者阴暗的一面。她很有趣,喜欢热闹,总是给我送礼物,但对于具体工作细节并不太在意。因此,加布里埃尔的合约拖了很长时间,以至于到了最后,谁都没有发现合约中有一个错误:根据影片票房的百分比计算片酬时,居然把毛利和净利搞混了。他因此发了一笔横财!

我和加布里埃尔关系亲密,可能正是因为太亲密了,在筹备他的下一部电影《爱上岳母大人》时,我们的关系一度紧张起来。他想邀请阿兰·沙巴参演。阿兰一开始同意了,最后又拒绝了。我是他们俩的经纪人,因此陷入水火之中。如果导演在我名下两个演员之间踌躇,我的原则是尽量保证公正透明。但这一次,我却一直想拖延时间,希望阿兰·沙巴能够改变主意,为此,我并未立即通知加布里埃尔。但我最终未能说服阿兰·沙巴,更糟糕的是,在我通知加布里埃尔之前,他已经得知这事。他冲进我的办公室,像疯子一般辱骂我:"我不想要你做我的经纪人了,我要和你决裂！你甚至无法说服沙巴！你这是什么工作方式？"

我骂了回去。两人声音越来越大，最后……我们就像两个捡破烂的人，为了争夺一件废品大打出手！就在雅美达公司里！老板贝特朗听到吵闹声赶紧跑来把我们俩拉开："你们都给我住手！这是闹的哪一出啊？"

我们还是面露凶光。加布里埃尔最后选择了樊尚·兰东，并且真的抛弃了我，转投伊莎贝尔·德·拉·帕特利埃名下。我觉得他反应太强烈了，毫无道理，甚至有些忘恩负义。不能因为《变性上班族》的成功，他就为所欲为！我们之前曾那么亲近，就这样闹掰也太轻率了。不过，我不会长期记恨某人，于是，我们又聚在了一起，尤其在他想邀请纳塔莉·贝伊出演《美妙至极》期间，还有他和让-克洛德·布里亚利合作电视剧《麦克斯先生》期间。后来他再次邀请我在《特殊家庭》中出演里基。我一成为制片人，就想找他拍摄一部作品，可惜最后项目流产了。不过，我也并不确定他是否真的想拍。关系一旦有了裂痕，就无法修复了……

在我成为加布里埃尔的经纪人的同时，我也成了格扎维埃·博瓦的经纪人。我认识他是托马斯·朗曼介绍的。我也是托马斯的经纪人，而且多年之前，我为克洛德·贝里打工时，还做过他的保姆！受父亲影响，托马斯起初想当演员，因此我把他介绍给皮埃尔·布特龙。他在《夹心年代》里出演了第一个"成人角色"。凭借里面的表现，他首次被提名为恺撒奖最佳新人男演员奖。但很快，他就对接到的邀约不太满意。要等着角色来找他，他觉得太煎熬，因此条件一具备，他也决定做"发牌人"，随后便有了我们现在熟知的制片人托马斯·朗曼。在《彩票追缉令》《头号公敌》以及《艺术家》获得成功后，他获得了期待已久的认可。我现在很想看看他接下来还想做些什么项目。不过在当演员期间，他已经给出了一张漂亮的成绩单，合作的导演包括阿蒂尔·若费、尚塔尔·阿克曼、雅克·杜瓦隆……

二十世纪八十年代末，托马斯向我介绍了格扎维埃·博瓦，我很快就对他有了好感，由于他对电影的热爱，还有他强烈的导演欲望。他聪明，热情大方，脑子里充满疑问。我记得《电影纵览》的影评教父让·杜歇也和我谈起过他。格扎维埃此前拍过一部短片，安德烈·泰西内执导影片《无辜者》时，他是助理导演……他一和我说起《北方》的构想时，我就被打动了。这是一部自传性质的佳作，里面掺杂着暴力和黑暗，但并不乏柔情。因此，我只能帮助他实现梦想。在纷繁复杂的程序中，我耐心指点，安排他去见不同的制片人以及Canal+电视台的管理人员，还给他推荐了一些技术人员和一位女剪辑师，甚至把片中的一个角色——一个因嗜酒而与儿子渐行渐远的父亲，推荐给了皮埃尔·里夏尔，里夏尔喜欢这个剧本，但他的经纪人让-路易·利维觉得这个角色不适合他。不久，里夏尔坦承，拒绝这部电影是他的一个错误。后来，我还向格扎维埃推荐了贝尔纳·韦尔莱。贝尔纳后来不仅出演了片中的一个角色，还成了电影制片人。格扎维埃自己出演片中的儿子，展示出他也有成为好演员的能力。他具备一名好演员的一切素质！我是那么痴迷《北方》，甚至在星星电影院专门组织了一次私人放映，邀请纳塔莉·贝伊、玛尔琳·若贝尔、碧翠斯·黛尔以及克里斯托弗·朗贝尔等人前来观看。我希望大家都能知道它。克里斯托弗也很喜欢，并决定要帮助格扎维埃制作他的下一部电影。他的合伙人安娜·弗朗索瓦（两人刚刚联合制作了《哇！我把父母分开了》）和格扎维埃签了一个合约，可惜最后未能实现。《北方》上映后，票房惨淡，但格扎维埃还是收获了一些好评，并获得了让-雨果奖。但差不多五年后，他才有机会拍摄下一部电影《别忘记你将死》。

几乎在《北方》上映的同时，我看到另一位年轻导演塞德里克·卡恩的处女作《铁路酒吧》，影片真实动人，讲述青春期的冲动、烦躁和苛求。它与《北方》一样，很快就打动了我。这部电影让人想起皮亚拉擅长表现的领域和情感。于是，我再次鼓动我的朋友们，建议他们一定要去看看这部电影。《铁路酒吧》的女主角是法比耶纳·巴布，经她介绍，我认识了塞德里克·卡恩，接触不久，他就提出要我做他的经纪人。从《马丁的恋情》开始，我成了他的经纪人。他才华横溢且富有亲和力，《罗贝托·苏科》《红光》等大作足以证明，他是和格扎维埃·博瓦一样的大导演，而且也是一个好演员。巧合的是，他的电影首秀正是格扎维埃的《别忘记你将死》。我喜欢这些年轻电影人独有的电影风格，他们带我走进了他们的生活，我也把他们带进了我的工作，感觉自己就像他们的大哥。这群人包括格扎维埃·博瓦、塞德里克·卡恩、米歇尔·贝纳等，其中米歇尔拍过一部短片（里面有格扎维埃的身影），而且为了他的《巴黎的天空》，我首次与国家电影中心资助委员会进行艰难磋商。我刚认识卡特琳·科尔西尼时，她还是一名演员，经她介绍，我认识了皮埃尔·萨尔瓦多里。克莱尔·德尼是我名下的第一位女导演……我很高兴成为他们的经纪人。我一向兴趣广泛，多方涉猎，试图招揽各领域最优秀的人才。

如果说塞德里克·卡恩很快就摆脱了皮亚拉的标签，那么格扎维埃却越来越受到后者的影响。这也与他的天性有关，尤其是他的第四部电影《小小警探》。这是一部关于酒精和孤独的佳片，剧本原是他为雅克·迪特龙量身定制的。两人初次见面于巴黎七区的一家酒吧，喝了不少酒。他们喝起酒来，都是痛快异常的！也许雅克·迪特龙身边的人觉得这部电影的内容不妥，总之，雅克突然之间没消息了。格扎维埃并未因此一蹶不振，他很聪明地把女主人公改成剧本的主角，并邀请纳塔莉·贝伊出演。刚入电影圈时，他就和她关系很近，两人合作过《致马修》，他很喜欢和她共事。帕斯卡尔·科舍特显示出了大制片人的功底，很快就看中了这个项目。而且，多亏纳塔莉的帮助，电影在投资方面未遭遇太多困难。

《北方》过去约二十年之后，他执导的《人与神》在戛纳电影节上获得评委会大奖。这其实并不令人惊讶。我为此感到高兴，也非常骄傲。他上台时，抓住了我的胳膊，说道："是他让我有机会执导了自己的第一部电影……"这话令我非常感动。格扎维埃是一个重感情之人，对朋友很忠诚。

第三章　在雅美达的那些年

1996年戛纳电影节评论周期间，我认识了弗朗索瓦·欧容。我看过他执导的一部短片——《夏日吊带裙》。米谢琳·普雷斯勒推荐我看的，她总能快速发现那些新晋导演，她这样对我说："你一定不要错过这部电影！"

电影节上，《夏日吊带裙》恰好就在《有人漏夜赶监房》之前播放，后者是让-皮埃尔·阿梅利的处女长片。看完短片后，虽然后面的电影也很精彩，我还是让-皮埃尔·阿梅利的经纪人，但我脑子里只有一个念头：找到这个弗朗索瓦·欧容，这部短片实在令人兴奋！我喜欢他的胆量，既离经叛道，又设计巧妙……我们因此相识。他向我介绍了他的制片人马克·米索尼耶和奥利维埃·德尔博斯克。他们三人相识于法国国立高等电影学院，后来便一直在一起。在此之前，他们制作的都是一些短片，目前正筹划拍摄欧容的首部长片《失魂家族》。我安排他们和Canal+电视台的纳塔莉·布洛克-莱内面谈。会面期间，他们都显得很害羞，眼睛一直盯着自己的鞋子。纳塔莉同意他们的项目后，我建议他们送她一束鲜花表示感谢。

"啊……有这个必要吗？"

第二天，纳塔莉打电话给我："这些孩子，真的很出色！"

确实如此，但我几乎得从头教他们！不过他们学得很快，成了我的心头肉。我安排他们参与一些项目，介绍他们认识一些导演。不过他们也不是什么都擅长，例如，他们把自己的电影制作公司命名为"忠诚"，为此，我和他们谈起了帕特里克·奥里尼亚克，说这个名字并不太好！

《沙之下》获得成功后，欧容的事业顺风顺水，几乎可以说想拍什么就能拍什么。有一天，他对我说，他想拍这样一部电影，里面的角色全是女性，就像乔治·库克的《淑女争宠记》。于是，我想起了罗贝尔·托马斯的《八美图》，二十世纪七十年代，我的戏剧老师克洛德·热尼亚曾出演过。一部阿加莎·克里斯蒂风格的警察喜剧，里面只有女演员，她们被大雪困在了一个房子里，互相指责有人杀了一个男人。

"当然，"我对欧容说，"这个作品已经很老了……里面的人物形象都很刻板，不够细腻……但至少可以作为参考，我来帮你找。"

第二天,欧容打来电话,他自己找到了这个剧本,而且读完了!"我知道应该怎么改编它。我要把它做成一个道格拉斯·塞克风格的影片,线条简单,优雅,有趣,邪恶……"

由于罗贝尔·托马斯已经过世,我需要查询作品的版权所有人。亏得戏剧活百科雅克·科拉尔的帮助,我最后得知版权的归属人是贝尔纳·德朗,他曾是法兰西剧院的演员,我算是认识他。于是我打电话给他。

"哦,多米尼克,很高兴您能打电话给我。您找我演戏吗?"

我向他解释了找他的原因。

"那我把电话给我妻子吧,她才是罗贝尔·托马斯遗产的继承者。"

我和她约好见面。见面那天,出现在我们面前的是一个阿利奥-马里①式的女性,精致而冷漠,她让我们……去找她的律师谈。她要到了一个条件丰厚的合约,因为电影日后大获成功,她得到了一笔可观的收入。尽管如此,她并未出面感谢我们,甚至没有邀请我们吃午餐!

2000年,在多维尔电影节,与布鲁诺·希什、弗朗索瓦·欧容以及玛丽·特兰蒂尼昂一起。

---

① 米谢勒·阿利奥-马里(1946—),法律和政治学博士,两次出任政府部长。

我和欧容一起考虑角色的人选：玛尔琳·若贝尔、卡罗利娜·塞利埃、玛丽·特兰蒂尼昂……我还想到米谢琳·普雷斯勒、纳塔莉·贝伊以及碧翠斯·黛尔。她们都是我的"宝贝儿"，这也很正常。欧容有一天问道："为什么不找德纳芙呢？"

凯瑟琳·德纳芙收到邀请时很吃惊，竟能参与罗贝尔·托马斯的《重生》！她知道罗贝尔也是《单身男人的陷阱》的作者，阿尔弗雷德·希区柯克曾想改编它。于是，她接受了欧容的邀请，项目自此加速进展。投资很顺利，演员的选择却走入另一个方向，朝着豪华阵容发展：伊莎贝尔·于佩尔、达尼尔·达黎欧、芬妮·阿尔当等。雅美达群情激昂，这可是一部完完全全的室内电影！随之而来的合约谈判又令大家伤透脑筋。但这些都和我无关了，因为到最后，我名下的女演员没有一个被选中。别人不能再说我没有遵守电影圈的游戏规则了！不过，欧容是我名下的导演，我只会为他感到高兴。为了感谢我，他送给我一块很漂亮的腕表。欧容完成了一部属于他的作品，风格独特，结构精巧，很少有导演会这样拍摄。他懂得把性的诱惑作为电影的中心，同时又兼顾其他主题，十分注重形式。今天的他，拥有一群忠实、好奇的观众。我们能感受到，电影就是他的全部。他和我一样也钟爱女演员。这是一个充满魅力的男人。后来他离开了忠诚制片公司，找了克洛迪·奥萨尔做他的制片人，后来又找了埃里克和尼古拉两兄弟。当时我已经成立了我的邻居制片公司，当然很想成为他的制片人，但因为他一直把我当作经纪人，而且我觉得，他应该认为我是一个好经纪人，因此可能有些难以接受我转行去做制片人……

通常，我更多关注的是演员而不是导演，这没错。但我依然喜欢和这些年轻的导演合作，虽然今天他们已不再年轻了！回顾他们的成长道路，我还是很欣慰的。作为他们的经纪人，我感觉自己接触的这批人，就是当时电影圈的新生力量，这种感觉很美好，也很让人激动，我因此领略到不同的精彩。我应该感激他们。

9
玛丽、让-路易、纳迪娜等人……

萨米埃尔·本谢特里打电话给我，我才得知这个惨剧：黑色欲望①的主唱贝特朗·康塔把女友玛丽·特兰蒂尼昂打得生命垂危。悲剧发生于2003年7月27日，她当时正在立陶宛的首都维尔纽斯拍摄母亲纳迪娜·特兰蒂尼昂执导的影片《科莱特：一个自由的女子》。此次通话，我至今没有忘记。当时我在纳塔莉·贝伊位于克勒兹的家中，家里没有信号，我不得不走到花园的一棵大树下接听电话。听完这个消息，我失神许久。萨米埃尔告诉我，玛丽身上遭到多处重击，陷入昏迷，过了很长时间才有人叫急救人员，医生正在竭力抢救。当晚萨米埃尔还和凶手通过电话，通话时，对方就在毫无知觉的玛丽旁边，相隔不过几米，简直难以想象……多么地悲哀！我无言以对，完全傻了。我觉得自己得立刻赶去那里，待在玛丽身边，待在纳迪娜身边……

我是玛丽的经纪人，也是纳迪娜和让-路易·特兰蒂尼昂的经纪人。我之所以成为玛丽的经纪人，是她父亲让-路易提出的要求。他甚至说，如果我要做他的经纪人就必须带上他女儿！我加入雅美达时，他的经纪人是克洛迪娜·圣德里尚，但两人并不合拍。他每次到公司，总会来我的办公室打声招呼："你还好吗？"

我对他有些了解，在克洛德·贝里拍摄《我爱你们》时，我就认识了他，之后尼古拉·利波斯基拍《男人的事》时，我又遇见他，彼此有些好感，但并未深交。同时，我们都认识莫里斯·雅克蒙，一位我非常欣赏的

---

① 法国波尔多摇滚乐队。

演员，我曾邀请他出演《马丁·盖尔归来》。这是一位伟大的戏剧家，主张权力分散。他担任香榭丽舍戏剧学校校长达三十多年，是那个年代的年轻导演。1960年，正是在那儿，让-路易·特兰蒂尼昂和他合作导演了《哈姆雷特》，但很不成功，他因此得到了一生中最为糟糕的差评。1971年，两人再度合作，把这部作品搬上音乐剧院（即日后的快乐抒情剧院），由比勒·奥吉耶出演欧菲丽。我看过这部作品，当时我还是高中生，至今记忆犹新，但它的成绩并不比上一次好多少。我和莫里斯·雅克蒙在一起时常聊起让-路易；他们俩是密友，莫里斯肯定也会经常和他谈到我……总之，让-路易总是会来跟我打招呼。某天早上，他对我说："真得让您来做我女儿的经纪人……"

当时玛丽的经纪人是安娜贝尔·卡鲁比，我不可能把她抢过来。之后，让-路易又和我说："您人缘好像很好，大家都想到您这儿来，我也不喜欢我现在的经纪人……"

对于他的坚持，我受宠若惊，又难免尴尬，毕竟我到公司不是为了抢别人的客户。有一天，他直接这样对我说："我必须和让-路易·利维当面谈谈，我想来您这儿。您同意吧？"

就这样，我被动地成了让-路易·特兰蒂尼昂的经纪人。而且，这也不是一件轻松的事，因为在出演了贝特朗·布利耶的《感谢你生活》之后，他决定放慢工作节奏，甚至决定不再接演新的角色。有时，他会出演一些戏剧，最后他决定再也不演电影了。他对我说："您想办法吧，就说我得了癌症！"

"可是您可别拿癌症这事儿来开玩笑！"

真是个怪人……从此，他就开开心心地与"癌症"斗争去了。不过，他还是接演了里夏尔·登博导演的一部很美的电影——《天使的本能》；接着，又出演了另一部不那么成功的影片，多米尼克·鲁莱的《猩红之眼》，再度和斯特法尼娅·桑德雷利联手。他们自从合作出演《同流者》之后，搭档的机会非常多，他还邀请她出演了自己导演的第二部电影《游泳大师》。正是通过这部电影,我认识了斯特法尼娅。她告诉我,有那么一段时间,她和让-路易搭档演了一部电影(电影名字我忘了),意乱情迷,约好了几周后一起去酒店共度爱之夜……但最后他居然没来,或者是她没去,我记不清了。但我非常喜欢这个故事,这就像一部电影的开头!他每次出演新角色都是经我百般劝说才同意。至于他出演克日什托夫·基耶斯洛夫斯基①的《红》,是由于女儿玛丽·特兰蒂尼昂的鼓励。为此,我得面对马兰·卡尔米兹,跟他谈合同。他是我最害怕的谈判对手,才华出众,坏得冒泡儿,但每次都皆大欢喜。

让-路易出演雅克·奥迪亚尔的处女作《男人最痛》时,差点儿离开剧组。因为在第一场戏中,他得和一些妓女待在一辆大篷车里,这让道德感极强的他难以接受。为此,我不得不再次前往里昂充当协调人,由此也获得了他的好感。他对我说:"至少,您不像有些经纪人,他们为了达到目的只会双手一摊说:'没事,船到桥头自然直。'"

我非常喜欢让-路易。他很聪明,也非常坏,比任何人都懂得利用自己的魅力。我们会面时,他总是和我说:"不,我不想演这部电影……不,我没兴趣……"

面对《爱我就搭火车》的邀约,他就一直这么说,最后,词穷的我只好对帕特里斯·夏侯说:"你得像引诱一位女演员一样引诱他。"

帕特里斯去见他,像我们常见的一样风度翩翩、自信满满,最终得到让-路易的首肯,而让-路易也很为自己骄傲——能被帕特里斯出面引诱!这部电影之后,他决定不再出演电影。四年之后他才出演了《詹妮斯和约翰》,这是一次例外,是为了女儿玛丽·特兰蒂尼昂与女婿萨米埃尔·本谢特里,是他们促成了这部影片。让-路易很爱自己的女儿女婿,也很喜欢和他们共事。在女婿执导的戏剧《写给露的诗》中,父女俩曾合作朗诵了纪尧姆·阿波利奈尔的诗,还出演了萨米埃尔的舞台剧《月台上的

---

① 克日什托夫·基耶斯洛夫斯基(1941—1996),波兰导演、编剧,主要作品有《蓝白红三部曲》《杀人短片》等。

第三章　在雅美达的那些年

喜剧》。

当安娜贝尔·卡鲁比离开雅美达时,让-路易再次来找我,要我做他女儿玛丽·特兰蒂尼昂的经纪人。那是1996年,虽然我名下已经有许多女演员,我还是未能拒绝。我去见了玛丽。

"让我去你那儿吧,我不会占用你很多时间,但是……我需要跟你谈一谈!"女演员的矛盾心态……她很可爱,有着放荡不羁的一面,非常吸引人。她唯一的难题就是合约,因为对于片酬问题,她的观念非常不合常理,甚至可以说很奇特。有一天,她对我说:"你最好也能做我母亲的经纪人。"

就这样,我又成了纳迪娜·特兰蒂尼昂的经纪人。我同时是父亲、女儿和母亲的经纪人,不久又成了他家中女婿的经纪人。

我打电话到玛丽家时,接电话的经常是一个很客气的男孩,声音优雅,但我肯定没见过他。直到有一天,她对我说:"你得见一见我丈夫,他有很多作品,就是没钱!"

就这样,她把萨米埃尔·本谢特里介绍给我。我很快就被他吸引了。首先,因为他真的超级迷人,这么说吧,就连一张椅子都会被他迷住!其次,他和玛丽相反,满脑子都是各种念头和想法,就像那些自学成才的人,不愿眼看着自己的青春白白流逝。他很早就辍学了,之后很快有了工作,什么都没错过,他一直坚持自己的创作和电影梦想!我们从此形影不离,他每天会打四通电话给我,惹我发笑。玛丽很高兴我可以照顾他,虽然后来我和萨米埃尔聊的内容比她还要多!他很有写作天赋,写出来的东西相当有现代感,与时下的潮流紧密相关。他的节奏有时会快起来,但主要还是处于闲适状态,活在当下。他给我读了他的一些作品,我给他介绍了我的好友贝蒂·米亚莱,我和贝蒂相识于《巴黎野玫瑰》时期。贝蒂也很快被他的魅力所折服,帮他出版了《一个混蛋的自白》。紧接着,他执导了一部短片,并试图拍摄一部类似于《邦妮和克莱德》风格的电影，想请克洛德·勒卢什担当制片人，可惜并未成功。随后，他产生了拍摄《詹妮斯和约翰》的想法，该片讲述了一个极其荒谬的故事：两个骗子假扮成詹妮斯·乔普林和约翰·列侬，去找一个有妄想症的唱片收藏家，想诈骗一百万法郎！

这个时期，我开始考虑摆脱苛刻的经纪人工作，想更深入地参与一些项目。我曾为弗朗索瓦·欧容的《八美图》做了许多工作，此次为了《詹妮斯和约翰》的成功，我也是竭尽所能。我仿佛觉得自己是造物主，能促成电影的成功，我热衷于这样的游戏。不知不觉之中，我可能已经有了转行做制片人的想法……于是，我把萨米埃尔介绍给了忠诚制片公司的制片人马克·米索尼耶和奥利维埃·德尔博斯克。他们也一样，倾倒于萨米埃尔的魅力。克里斯托弗·朗贝尔也如此。我说服他回法国，在萨米埃尔的这部处女作里出演那个疯狂的唱片收藏家。玛丽和萨米埃尔夫妇并肩作战，披荆斩棘，一直坚持到最后。

电影开拍不久，一天夜里十一点，萨米埃尔打来电话："我得见你，出大事了。"

这天恰巧是克里斯托弗·朗贝尔第一天参加拍摄，我的第一反应是，可能他的拍摄出了问题。我赶到共和国广场的假日酒店，为了方便工作，萨米埃尔就住在那里。碧翠斯·黛尔也经常约人在那里见面，但我不是很喜欢这个地方，因为那里有太多不好的回忆，而且我觉得那里的风水不好。萨米埃尔在大厅等我，面色苍白。

"出什么事了？是克里斯托弗有问题吗？"

"不是，克里斯托弗一切顺利，是我和玛丽出了问题！她欺骗我！"

"她怎么欺骗你了？"

"她瞒着我和贝特朗·康塔在一起。我有证据！我没法拍戏了，我坚持不下去……"

站在我面前的，是一个被爱摧残的男人。我听完后脑子一片空白。

为了这部电影，玛丽陪着他并肩战斗，现在怎么会反过来欺骗他呢？这部影片就是他们共同的故事！她为什么不能等到拍摄结束再开始新的恋情呢？突然之间，一切崩塌了，几个月的努力仿佛化为虚无！我还是试着安慰萨米埃尔，说这不可能，可能只是一次外遇……我说服他继续拍摄电影。制片人也非常善解人意，同意让他休息一两天。随后，摄制工作重新启动。就这样，萨米埃尔每天和一个他还爱着但对方已移情别恋的女人一起工作。这对他来说并不容易……

《詹妮斯和约翰》的杀青仪式，应该是我经历过的最伤感的一次了。那是在一家咖啡馆里，现场一边放映拍摄花絮，一边循环播放詹妮斯·乔普林的歌，在场的人心情沉重，紧张感触手可及。玛丽曾经的伴侣弗朗索瓦·克吕塞也出演了此片，并且也来到了现场。空气中弥漫着沉重、凄凉甚至痛苦的气息。玛丽中途离开了……拍摄结束后，萨米埃尔就和她正式分手了，另外找了一间公寓。我后来也再没打通过玛丽的电话，我给她留言，她也不回复。那是一段艰难的时期，有些像碧翠斯和乔伊·斯塔尔的经历：两个相爱的人与世隔绝了。有一天晚上，我去看望让-路易·特兰蒂尼昂，他和玛丽一起出演了萨米埃尔的《月台上的喜剧》。那是巡演的最后一场，我在餐厅里遇到了贝特朗·康塔，他来接玛丽。当晚气氛异常凝重。从见到萨米埃尔的第一天起，让-路易就非常喜欢他，这种喜欢，不仅仅是因为萨米埃尔会请他演戏，或是会专门为他写一些作品。虽说平日里他对女儿异常宠爱，但这一次，他不能接受她的新恋情，面对贝特朗·康塔，他表现得非常不友好。我从知道这事的第一天起，就站在萨米埃尔这一边，所以对贝特朗·康塔态度冷淡，他也完全没有示好的意图。再往后，就开始了《科莱特：一个自由的女子》的拍摄，在维尔纽斯。

我去过立陶宛的剧组，一方面是为了看望玛丽和纳迪娜，另一方面，也因为纳迪娜请我出演片中的一个小角色，一个文学评论家。我有一场和玛丽的戏，拍摄非常顺利。但我邀请她一起吃晚餐时，她回答说不行，因为她从来不去外面吃晚饭。我觉得她在躲避我，因为我和萨米埃尔的关系还是很近。她肯定想要换经纪人，准备离开我这儿。我把自己的想法告诉了她母亲纳迪娜，纳迪娜安慰我："这只是因为她恋爱了，他们俩看起来真的非常相爱，我从来没见过她这样。"第二天，我再次邀请她一起吃晚餐，她回答说："你知道，我晚上都和贝特朗待在一起，什么人都不见。"

有一天，我和热心的朗贝尔·维尔森去了一家夜店，那天店里居然一个顾客都没有！他也说，玛丽对所有人都这样，她处于热恋中，从来不和剧组的人一起吃午餐，只要有一点点时间，她都和贝特朗·康塔一起待在旅行车里，这令我再次想起了碧翠斯和乔伊·斯塔尔。我发现玛丽清瘦了许多，离开立陶宛时，我心里感觉怪怪的。

7月27日，刚挂掉萨米埃尔的电话，我就想起几个星期前阿努克·艾梅跟我说过一段话。她和纳迪娜是很好的朋友，所以纳迪娜想请她出演希多，即片中科莱特的母亲。对于邀约，阿努克·艾梅总是迟迟不予答复。纳迪娜催我去找她，于是我打了电话过去："你得早做决定，否则她会找她的另一个朋友，玛丽-若泽·纳特。"

阿努克回答说，她从碧姬·芭铎那里得到一些关于立陶宛的消息，她不愿去一个虐待动物的国家演戏！我做了调查后，再次致电她，告诉她在立陶宛没有人虐待动物。她这才把真正原因告诉了我："我不想演这个电影，我对它没感觉。会发生一场灾难，发生一些很严重的事，我感觉整个故事好像蒙着一层黑纱……"

我根本没当回事："那个地方不会发生地震！"但她坚持说："我跟你说了，多米尼克，会有不好的事情发生，我感觉到了。"

我本应想到的，阿努克有些像通灵者，经常能预感到一些事情的发生。我突然想到"9·11"事件。那天，我来到纳迪娜和阿兰·科尔诺家里，他们坐在电视机前，看到纽约世贸大厦双子塔倒塌时，家里一片死寂。奇怪的关联，回忆的轨迹有时令人莫名其妙……

我立刻决定赶去维尔纽斯，可我这会儿还在……克勒兹。我订了第二天凌晨五点的出租车,随后打电话给克洛德·希拉克,请她帮忙尽快更换已经过期的护照。但是,悲剧发生时,总会伴随着一些离奇事件。那天早上出租车居然没到,司机把时间搞错了,以为是下午五点!我临时又叫了一辆,但已经赶不上去往蒙吕松①的火车了,司机把我直接送去了……巴黎。他不认识路,又没有GPS,其间一直在查看地图,最后把我放在了巴黎警察总局门前,然后问我:"现在该怎么办?我迷路了,都不知道怎么回去!"

我找了一个巴黎当地的出租车司机,让他指路。新护照一到手,我就赶去机场。

维尔纽斯是一座很小的城市,市中心有许多苏联的遗迹。我赶到时,空气中弥漫着一种紧张的气息。街道上遍布着从巴黎赶来的记者,都在打探内幕消息。纳迪娜和玛丽·特兰蒂尼昂的亲属和朋友待在同一家酒店里,贝特朗·康塔的亲人朋友待在另一家酒店里,包括他的妻子和兄弟。仿佛是在上演《罗密欧与朱丽叶》,蒙太古家族和凯普莱特家族②正针锋相对。萨米埃尔已经到了,还有里夏尔·柯兰卡,他曾是电话乐队的鼓手,也是玛丽长子罗曼德的父亲。纳迪娜的伴侣阿兰·科尔诺正在住院,无法前来。让-路易和他的妻子玛丽安娜来了又走了。纳迪娜的坚强震撼了我,一天中午,我们约在一家餐厅会面,现场正播放唐娜·莎曼的一首歌,唱得声嘶力竭,我想叫人把音量降低一些,纳迪娜说:"不用,这样可以给我换换心情。"

生活,生活总是让我们无奈……她坚持要把玛丽送回法国,德拉茹医生已经实施了几次手术,但玛丽依然处于昏迷之中。多亏了当时的法国文化部部长让-雅克·阿拉贡、外交部部长多米尼克·德维尔潘以及内政部部长尼古拉·萨科齐(正因为如此,纳迪娜后来在2012年总统大选时会支持他,虽然她一向以支持"左"派闻名),她申请到一架医疗专机并

---

① 法国阿列省城市。
② 在悲剧《罗密欧与朱丽叶》里,凯普莱特的女儿朱丽叶与蒙太古的儿子罗密欧相爱。

获得立陶宛的离境许可。为了不让她独自一人和玛丽及医护人员待在一起,我提出陪她。起飞前,影片的布景师让-马克·凯尔德吕韦也加入了我们。我一生中从未有过如此伤心的旅程,纳迪娜一直在对玛丽说话,并要求我也跟她说话。我拉着母亲的手,随后又拉起女儿的手,悲痛之情难以言表。像儿时常做的那样,我不由得双手合十,我已经很久没有祈祷了。飞机在云雾中穿行,我祈祷玛丽现在就离开人世,以缩短她痛苦的时间,也尽快让纳迪娜摆脱悲伤。

玛丽的去世大大拉近了我和纳迪娜的距离,但奇怪的是,却让我和让-路易疏远了,直到三年后我离开雅美达公司,其间我几乎没有再见过他。最后一次见到他时,我觉得他很辛酸。不过,发生这样的惨剧,我又如何忍心责备他呢?至于萨米埃尔,慢慢地,我也与他渐行渐远。他后来几年的所作所为,我并不喜欢。他成了一个花花公子,我离开雅美达时,他对公司的态度也不友好,虽然公司曾大力扶持过他。他对我的好朋友,第一个为他出书的贝蒂·米亚莱态度也不好。他有魅力,有才华,但也太喜欢卖弄风雅。他和若泽·加西亚合作的影片《吉诺》的失败,也许会让他重新成为过去那个讨人喜欢的人……不过,确实是因为他的努力,玛丽的孩子们才拥有了一个完整的家。

纳迪娜总是令我吃惊,因为她的勇敢,也因为她的坚强。经历了那么多悲惨的时刻,我感触最深的,就是看清了艺人家庭与其他普通家庭之间有多大的不同。尤其是他们这样的家族,关系错综复杂,分支庞大,一直在无限融合膨胀,里面交织着各种心照不宣和明争暗斗。虽然有些家人关系融洽,但灾难仿佛总会在不久后降临。歌剧《朗布达家族》的剧情,常人也许会惊愕,但对于他们来说,却像是司空见惯。比如,玛丽离世不久,纳迪娜就出版了《我的女儿玛丽》,回顾了在维尔纽斯发生的一切;2010年9月阿兰·科尔诺辞世,不久,她就又写了一本关于他的书——《向着其他早晨》,讲述他们之间持续三十七年的爱情。与之类似,1970

年,她出生仅九个月的大女儿离世后,她执导了《流不尽的眼泪》,并要求让-路易出演本人,但他拒绝了,让马切洛·马斯楚安尼来演。这样的事发生在其他人身上,人们可能会觉得他们不近人情。但发生在她身上,我们反而觉得她就应该这样活着。于她而言,写作,就像是驱魔,是发泄的途径,是继续活下去的唯一手段。正因如此,这才更令人震撼……

10

国王和疯子

在雅美达的那些年里,我依然会演戏。时断时续。在这部电影里客串一个角色,又在那部电影里有两三个镜头,偶尔还会获得一个重要角色……就这样,我出演了一系列形形色色的人物,他们一点都不平庸。有人还就此制作了一档电视节目,巴黎一台也拍摄了一部纪录片[1],把我演过的一些电影片段串在一起。看到那些场景,我还是挺吃惊的,感觉影片里的我仿佛不是我,或者说与我脑中的形象不一致,更加离经叛道,更加不切实际……当然,我有时也会本色出演,例如在米歇尔·勃朗的《累得要命》中。安娜贝尔·卡鲁比离开雅美达转投克洛德·贝里时,米歇尔·勃朗曾来找我做他的经纪人:"你曾是我电影里的经纪人,现在,你愿意做我现实中的经纪人吗?"

就这样,我把他接管过来。我不能理解的是,许多导演都找我演一些疯疯癫癫或是性格暴躁的角色,这些角色特别容易发火,自以为是,而且通常都很惹人厌……很少有人找我出演温情的角色,和纳塔莉·贝伊搭档的《谎言》是一个例外。就连《致我们的爱情》里,皮亚拉也剪掉

---

[1] 2014年,斯维特拉娜·柯林斯科瓦制作了纪录片《多米尼克·贝纳尔的影视人生》。

了我和桑德里娜之间唯一的一场感情戏,显然是因为我这个角色的原型是克洛德·贝里,皮亚拉不愿意法外开恩!总之,我出演的都是些真正的丑角,言谈举止浮夸,地位微不足道,往往与我的职业有些联系,如经纪人、戏班班主、唱片店管理人、编辑等,好像从事我这种职业的人都不通人情!

我还演过一些丑陋的记者,在《恐惧之城》里,我对那个跪倒在我脚下的女媒体专员说"女士,我要在您头上撒泡尿";在《热拉尔·弗洛格的放荡人生》里演过歇斯底里的工人;在《都市外来客》中饰演过通灵的精神领袖;还演过浑浑噩噩的家伙、古怪的旅客、性格怪僻之人等。看着这些形象各异的人物,我原本应该担心这些厉害的人物会影响我的形象,但我却觉得好笑……而且,令我非常吃惊的是,这些人物给一些观众留下了深刻印象。一些年轻人在路上见到我时,会叫住我,说起我在某部电影里的一些片段或者对白,让我觉得不可思议。而且,演戏的过程总是非常有趣,我从来不担心自己在电影里滑稽可笑。在让娜·拉布吕纳的《明天会更好》里,我穿着红色三角裤,毫不害臊地唱起了达琳达的《班比诺》!在内心深处,我从不觉得银幕上的滑稽形象会令我不快。滑稽之人本身就是独特的,在人生的每一个阶段,我觉得正是自己的独特造就了我的力量。滑稽的表演会瞬间让观众觉得真实,一个惊慌失措的人,会让人觉得有趣。我喜欢将悲喜交加的情绪融入滑稽的表演之中。

除了《致我们的爱情》,我最自豪的角色就是《玛丽·安托瓦内特皇后》中的路易十六。卡罗琳·于佩尔导演把这部电影归入了她拍摄的系列电影《大革命中的衬裙》。我喜欢它,是因为我觉得这是一个真正有意义的角色,它与现实中的我和我出演的其他角色不一样,不再是围绕我的职业进行嘲讽。在我演的路易十六身上,我没看到自己的影子,我觉得他是另一个人。不过,围绕这个角色,却发生了一系列奇特的事……第一件怪事,就是我差点儿未能出演这个角色。因为合约规定,经纪人不能同时当演员,虽然我一直在演。我这个特例,似乎证实这一法律条文确实存

第三章　在雅美达的那些年

在,似乎在法律当中,有一条是针对我的特别条款!不过这一次,当卡罗琳宣布要找我出演路易十六时——这确实是一个重要角色,经纪人协会立即威胁要举报我,并吊销我的执照!发生这样的事,如果说我不会难过或恼火,总归有点虚伪!很多人不都是被同行出卖的吗?老板让-路易·利维和以往一样,宽容待我,为我辩解。其他经纪人最后也接受了此事,而我一直都很注意,不会威胁到其他演员,我演戏的片酬也会用于一些公益事业,例如防治艾滋病,资助一些年老演员的"转轮"计划,或是资助阿加迪尔的孤儿院(因为我和纳塔莉·贝伊是孤儿院的赞助商)。在卡罗琳·于佩尔宣布此事之前,我已经对路易十六有所了解,过程还有些奇怪……

我当时结交了一个朋友,名叫让-米歇尔·鲁齐埃,先后任皇家剧院[①]和杂耍剧院的总经理长达二十多年。他为人风趣,说话尖酸刻薄。作为经纪人,我跟他打过交道,这是一个不好对付的谈判对手,因为他真的非常吝啬。每周日晚,他都会举办晚宴,但每个参与晚宴的人都要带点礼物去。客人中不仅有行业内人士,还会有一些出人意料的怪人,比如一些年长的伯爵夫人,一些非常英俊的年轻人……有一次晚宴上,我旁边坐着一位外省来的药剂师,他也是一位占卜师。我们来到旁边的房间,他给我抽牌。

"您是做什么工作的?我看到您周围都是女演员,很多女演员!"

"我是经纪人。"

"哦,您负责管理女演员,但您自己不是演员吗?我看您像演员。"

"偶尔也会演戏。"

"很奇怪,我竟然看到了路易十六……您要演路易十六吗?您负责的女演员里有人演玛丽·安托瓦内特吗?"

"据我所知,没有。"

[①] 位于巴黎的一座剧院,始建于1784年。

"不可能,我确定您会演路易十六……"

那年恰逢法国大革命两百周年,与此相关的电影有许多,但我并未得到任何与此相关的角色。几天后,我走出雅美达办公楼,在乔治五世大道碰到卡尔洛·科蒂,他执导《毫不犹豫》时,我曾经给他推荐过托马斯·朗曼。他对我说:"我刚从凡尔赛回来。这本书给你,我肯定你会感兴趣。"

"你们怎么都和路易十六搞在一起!两天前刚有人和我提起他!"

几个月后的一天,我接到卡罗琳·于佩尔的一个电话:

"你愿意出演我电影里的路易十六吗?和艾曼纽·贝阿搭档。"

"好啊,我就知道我要演路易十六!"

"啊,是吗?是哪部电影?"

"你是第一个邀请我出演路易十六的人,但是……"

随后,我和她说起了之前的两件怪事,她也觉得不可思议,之后她让我试镜,并决定用我。预言实现了。

这是我第一次出演历史人物,我必须保持客观严谨。我开始做功课,阅读了关于他的许多著作,甚至专门去了凡尔赛宫……我喜欢这个不受待见的国王,对于受害者,我总是抱有同情心。电影随后就开始拍摄了,服饰极其精美,艾曼纽·贝阿非常美丽,对我也很好,拍摄期间她给了我很多帮助。和她搭戏时,她非常投入,眼睛一直注视着我。城堡里来了许多日本游客,他们都想和我拍照,小声地叫着:"路易十六!""是路易十六!"

这让我放心了,觉得自己的形象还是有说服力的。然而正式拍摄的第一场戏却异常艰难。在这场戏里,别人问路易十六为什么至今还没有继承人,我得回答说:我的生殖器有缺陷,和王后做爱时会不舒服,觉得难受甚至疼痛。这样惹人发笑的戏并不好演,毕竟我们演的不是喜剧!我最终挺了过来,顺利通过了这一条。结束后,一位显得非常老派的男士朝我走来,他穿着极其精致,甚至可以说有些做作。他说自己是剧组的顾问,负责教授路易十六时期的宫廷礼仪。

第三章　在雅美达的那些年

"我看了您的表演，您很了不起，外表也像我们的国王。令人震惊……明天您有戏吗？"

"有的。"

"我会来看您，届时送您一件礼物，您演戏时得一直带在身上。"

第二天，他来了，送了我一个老金币，上面有路易十六的头像！我每天都把它装在帝服口袋里。几天后，他又给了我一个。数年后，当卡罗琳·西洛尔在罗贝尔·奥山的一部戏剧里出演玛丽·安托瓦内特王后时，我把这枚金币转送给了她。

有一场戏里，我要和艾曼纽做爱，要求体现出我前面提到的各种难处。虽然这是一部严肃的历史系列片，内容还是偏轻浮了些，系列名就很俗，叫《大革命中的衬裙》。我得费劲地爬到她身上去……我演得那么逼真，以至于现场的摄影指导多米尼克·勒·里戈乐儿就像他名字一样乐得不可开交。他的笑声一下子传染了整个剧组，我们不得不重拍了许多次……直到那天工作结束，这条戏还是没通过！庆幸的是，第二天总算过了，而且效果很好。艾曼纽甚至宣称，这是她演过的最美的一场床戏！

随着拍摄工作接近尾声，那个送我金币的奇怪男人又来看我了。"您穿着这些衣服出演这个角色，真令我震惊……我确定您能和我们的国王沟通，虽然不知道具体应如何运作……我有时会在家里组织聚会，尝试与他联系。我真希望您能穿着您这身衣服来参加……"一个通灵者！在好奇心的驱使下，我真的去了，但没穿戏服！我感觉到了另一个世界，那里有一些没落的贵族，一些潦倒的世家子弟，还有一些举止奇怪的人……我到时，正是午茶时间，大家围坐在一张桌子四周，谈论路易十六。突然，那个礼仪顾问说，到了和"他"联系的时候了。"陛下，陛下……您在吗？您的替身在这里……"然后，我看到桌子转了！我飞快地逃了，因为实在吓得够呛。后来我再也没去过他那儿！但我和路易十六的缘分并未结束。十七年后，爱德华·莫利纳罗又邀请我在《傲慢的博马舍》里出演国王的角色。我希望自己不会因此精神错乱！

如果说我确实想在演艺界占据一席之地,那也是像二战前的吉恩·提希尔、儒利安·卡莱特、吉恩·柏利迪斯那样的配角,出演一些凶悍的角色……在今天的银幕上,这样的角色并不多见。正因为如此,后来和让-米歇尔·里布改编《咖啡馆里的调侃》时,我们试图重新找回这些东西……儿时的我,都不敢幻想自己能成为演员,但今天的我觉得自己就是想当演员。我不需要有多么重要的角色来满足自己的渴望,演一些配角,偶尔客串一下,足以满足我的心愿,我心里也就不会一直再惦记着这事了。这种渴望,就像是渴望吃到蛋糕顶端的一颗樱桃,纯粹是惦记。我前面一直在说,想成为演员,就得有人愿意看你,但我觉得自己生性好动,不擅长吸引别人。而且,我可能也对自己的魅力不够自信……

11
传奇女星(和一位男星)

高中时期,透过学校的窗户,我曾见过阿努克·艾梅,那时她在多维尔的海滩拍摄《一个男人和一个女人》。可是第一次近距离见到她本尊是何时,我却忘了,不过在此期间,我已经对她的演艺生涯有所了解。她是一个明星,一个大明星,演过许多经典电影,日常生活中神秘莫测。她甚至任性地息影了七八年,为了爱情!为了和著名的英国演员阿尔伯特·芬尼厮守!我到巴黎工作时,她重新开始接戏,自然选择和克洛德·勒卢什合作,与凯瑟琳·德纳芙搭档出演《如果重来一次》。也许,在她出演《我的初恋》之时,我就和她认识了,因为我和里夏·贝里是好友。或者是在《大卫为何跑路?》那段时期?那是埃利·舒拉基导演的电影,制片人是伊夫·罗贝尔和达妮埃勒·德洛姆,两人都和我熟稔。或

第三章　在雅美达的那些年

2005年11月，与让娜·莫罗（左）以及弗朗索瓦·欧容（中）一起参加《时光驻留》首映式。© Stéphane Cardinale/People Avenue/Corbis

者是因为她的经纪人乔治·博姆？我很喜欢乔治，他也很喜欢我。从他对我的态度来看，我甚至觉得某种意义而言，他好像把我看成他的继承人。他的履历很耀眼，早期是一位记者，二十世纪六十年代成了一名经纪人，负责年轻时的阿兰·德龙。随后，他的经纪公司迅速壮大，签约了罗密·施耐德、西蒙娜·西涅莱、帕特里斯·夏侯、让娜·莫罗等明星。他为人正直仁慈，很有教养，喜欢和演员待在一起。2011年夏天他去世时，他的教子安东尼·德龙送给我一张一直放在他办公室里的照片。看着这张照片，我感慨万分：照片里的乔治，拉着罗密·施耐德的手，好像正保护着她。这恰是经纪人工作的最好写照。

总之，与阿努克初次相识于何时，我真的忘了，但我记得自己时常会遇见她，通常她都是和达琳达在一起，在蒙马特的大格拉齐亚诺酒店，她们常去那里吃晚饭。记得有一次，在让-路易·特兰蒂尼昂的要求下，我故意避开了她。当时他们一起出演《情书》，而我已经是让-路易的经纪人，我去马赛看望他们，当我告诉让-路易我想去看他时，他对我说："别到化妆间来找我，我们直接到餐厅会面，我不想和阿努克一起吃晚餐。你别到这儿来,我想跟你单独在一块儿!"

我按他的要求做了。影片杀青那天,我也在现场,阿努克突然上前来斥骂我:"让-路易对我说您是一个很棒的经纪人,但您居然等到拍摄最后一天才来看望您的演员!"

让-路易装作没听见,但显得很尴尬。其实他只是希望我在马赛就和他待在一起,他也知道我非常喜欢阿努克,知道她想找我做她的经纪人,但是……他根本不想促成此事。这就是演员的占有欲……几年前我刚刚加入雅美达时,乔治·博姆开始收缩公司的业务,阿努克因此曾找过我,想要到我这儿来,我因此去找了让-路易·利维,可老板回答说不可能,因为她曾和雅美达公司有过不愉快的经历。雅美达的创始人热拉尔·勒博维西曾把阿努克看作心头肉,非常喜欢她,他当时是她的经纪人。阿努克一度处境艰难,勒博维西还借了钱给她。问题在于,当时没有明确借钱是以公司的名义还是以个人的名义……后来,勒博维西离开了,她也随之去了乔治·博姆的公司。让-路易·利维觉得她欠公司钱,因此不愿意把她再招进公司。我因为这事找了他许多次,但他根本不想听到阿努克的名字。他待人还算宽厚,但有时也会记仇……再者,与他关系亲密的伊薇特·艾蒂耶旺也不是太喜欢阿努克:"她并不是演员,只是有张漂亮的脸蛋……"

她有时真的很毒舌!后来让-路易·利维离开了雅美达,接任他的贝特朗·德·拉贝改变了工作思路,最终同意我做阿努克的经纪人。因为少年时期多维尔海滩的远远一瞥,我居然成了她的经纪人,这好像又实现了儿时的一个梦想!

阿努克的问题,在于很难说服她接戏。她想演,但总是犹豫,然后会变得无所适从!确切地说,她一开始总是会拒绝,之后会改变主意。她不是一个悲观的人,完全不是,但她遇到过那么多才华出众的人,有过那么多美妙的经历,因此可能觉得事情不应该总这么顺利,一开始难免会有些怀疑。要一段时间之后,她才会认真考虑接到的邀约。通常,她总是先找各种各样的借口拒绝，那时，她可能会言不由衷！另外，那些讨厌的宠物也是问题！我记得有一次见面时，她说她想工作，她也需要工作，我于是向她推荐了一个项目。这时一个男人带着一条拉布拉多犬进了餐厅，结果，她就听不进我说的话了，眼睛里只有那条凑到她脚下的狗。我变成了空气！那个项目也一样。就因为没人帮忙照顾她的那些猫儿，她真的推掉了一些电影！

2000年前后，我成了她的经纪人。此后，她出演了一部很有意思的美国电影——《戛纳电影节》，饰演里面的一位传奇女演员。还在系列电影《拿破仑》里面饰演了拿破仑的母亲。但名气最大的一部电影当属《白桦林》，这是一部自传题材的电影，马塞利娜·洛里丹讲述了一个关押在奥斯威辛集中营的老年女犯回国的故事。原本让娜·莫罗要出演这个角色，可她很快就决定放弃，同时声称："这个角色属于阿努克。"

让娜很喜欢阿努克，也了解她的处境艰难，一直保护着她……阿努克接受了这个角色，随后又开始犹豫。我最后说服了她："你应该去演，这不就是在讲述你的出身和你的经历吗？"

阿努克的父亲是犹太人，因此在战时她不得不逃离巴黎躲了起来。有两三次，她差点儿被抓住。她极少提及自己的这段经历……我离开雅美达之后，米里埃尔·弗利-特雷夫制作了一部关于她的纪录片，她的这段回忆触动了许多人，此前她从未如此谈及这段往事。她同意返回米尔顿街的那所学校，当时她还是一个孩子，有一个德国士兵经过这所学校时，她的一些同学居然告发了她，说她是犹太人。这个士兵什么都没说，抓住她的手，问她家在哪儿，随后把她带到她祖母位于罗什舒阿尔街的家中。重新站在这所学校门前，她难以克制自己内心的激动，我至今记忆犹新……阿努克很自豪也很高兴能出演《白桦林》，但整个过程并不容易，甚至很沉重。她怨恨我没有去奥斯威辛拍摄地探班，这确实是我的错，我对此感到抱歉。走完这段旅程对她来说并不容易，我应该去陪她，站在她身边。我之所以没去，选择留在巴黎，可能是为了另一个更重要、更有名,也更骄纵的女演员……

2009年安古兰法语电影节期间,因为和塞戈莱纳·罗亚尔的突然决裂,我伤心欲绝。阿努克立刻赶到我的身边,鼓励我,还邀请我陪她一起去参加特柳赖德①电影节,她在那里获得了一个奖项。这次旅行很美妙,也很有趣。在某些街区,人们仿佛置身于美国西部片中。我记得镇上有一条街到处都是狗,它们一看见阿努克,就会停止吠叫,走到她身边。也许她最后成了一个动物守护神?每只狗走近时,她都会停下来,和它们说话,抚摸它们。我极其不耐烦,因为这样下去会错过电影节的开幕式!对于美国的演员和导演而言,阿努克即使算不上是一位殿堂级演员,至少也是一位标杆级艺术家,值得他们仰望。在《王后游戏》的拍摄期间,我们在巴黎为凯文·克莱恩②举办了一场晚宴,他当晚的第一个愿望,就是能看到阿努克。特柳赖德电影节期间,我们和海伦·米伦以及尼古拉斯·凯奇一起吃了一顿晚饭,尼古拉斯席间请我给他推荐一些法国影片,他想翻拍。在当晚的宾客中,还有前来推荐《预言者》的雅克·奥迪亚尔和塔哈·拉希姆,阿努克对后者可谓一见倾心,而且,她总是在别人面前提起我。她是一个非常愿意付出的人,对人非常大方。多亏她的引荐,我认识了伍迪·艾伦、史蒂芬·弗莱尔斯、亚历山大·佩恩等名人。她向来低调,除非是在开玩笑,才会说自己在奥斯卡的提名DVD碟片中发现一部还未上映的美国片,漫不经心间,暗示了她有奥斯卡奖项的投票权!她的美丽、风姿还有温柔的声音令我为之倾倒,时间仿佛并未在她身上留下明显的印记。能看到她在舞台上出演戏剧《情书》是一种幸运,戏中的台词是她本人写的。让-路易·特兰蒂尼昂、菲利普·努瓦雷以及阿兰·德龙珠玉在前,她最近有幸和杰拉尔·德帕迪约再次把这部作品搬上舞台,他们也是一对绝妙的搭档……

---

① 美国科罗拉多州圣米格尔县的一个镇。
② 凯文·克莱恩(1947—   ),美国著名演员,1988年凭借影片《一条名叫旺达的鱼》获得奥斯卡最佳男配角奖。

第三章　在雅美达的那些年

1988年，仿佛自己成了电影圈的超级预言师！　© Catherine Cabrol/Kipa/Corbis

大约就在同一时期，我还成了另一位传奇女明星让娜·莫罗的经纪人。能结识她，得感谢若泽·达扬，我一直非常钦佩后者的活力和交际的热情。我认识让娜·莫罗之时，她还未出演后期那些著名的电视剧，例如《巴尔扎克》《悲惨世界》等。我经常看到她和若泽·达扬在一起，当时她的经纪人是弗朗索瓦-玛丽·萨米埃尔松，在此之前她的经纪人是乔治·博姆，后来乔治退休，她就投入弗朗索瓦-玛丽门下。因为电影《这份爱》，我们的关系变得更近，电影结束之后，她就提出要我做她的经纪人。我弟弟准备文科大学考试那年，他和玛格丽特·杜拉斯的情人扬·安德烈亚成了朋友，两人自此一直有联系。在《这份爱》中，扬·安德烈亚讲述了他和杜拉斯之间的爱情。我弟弟读了这本书，跟我提起过，并把书给了我。我后来向若泽·达扬说起了这书，她当时正为让娜寻找合适的电影。巧的是让娜也读过这本书，还和若泽·达扬讨论过它！就这样有了这部电影，制片人是阿兰·萨尔德和克里斯蒂娜·戈兹朗。让娜的性格和阿努克有点像是两个极端，后者常说她从不想主动去决定什么事情，生活会帮她做出决定；让娜却想要把命运抓在自己手中，让它屈服于自己的意愿，她会主动去了解电影圈的动向，搜索各类消息，而且善于表达自己的想法。她知道有哪些新书上市，我去她家时，恰巧要经过福纳克的一家连锁店，她常常会让我帮忙买些书带给她。多丽丝·莱辛的《祖母》一出版，让娜就告诉了我，并把书送给了我："对于你的那些女演员来说，这可以是一部很好的电影。"

我最先想到的人选是纳塔莉·贝伊，还有芬妮·阿尔当和妮科尔·加西亚。我还想推荐妮科尔·加西亚做导演，可她没有答复，弗朗索瓦·欧容以及雅克·杜瓦隆也未答复。随后，我把书给了安娜·方丹，她读后非常兴奋，而且看到当时《时尚先锋香奈儿》在国际上的成功，她觉得最好用英语拍摄。见了作者多丽丝·莱辛之后，她的这个想法变得更加坚定了，觉得影片的背景只能在澳大利亚或新西兰。于是，许多英语国家的演员参与进来：克里斯汀·斯科特·托马斯、朱丽安·摩尔、娜奥米·沃茨、罗宾·怀特……娜奥米·沃茨初次接触这个项目时，兴致就很高，而且一直没有放弃。她和罗宾·怀特组成了一对绝妙的搭档。最终，我的公司和菲利普·卡尔卡索纳联合出品了这部电影，我对此非常自豪。从某种意义而言，我得感激让娜。她的思维之活跃不亚于年轻人，直觉超强，常常令我瞠目，而且总是蓄势待发，无论是和阿莫斯·吉泰在一起导演或出演戏剧，还是和萨米·弗雷再度合作《四重奏》，还是与伊天·达荷重逢并开启《死囚》之旅，或是举办昂热欧洲电影节……她曾作为主席主持了一届昂热电影节，此后就经常在电影节上策划回顾展，发起并负责一些培训。让娜是一位杰出的女演员，天生就是演员。最近，我重新看了吉勒·格朗吉耶导演的《瓦斯油》，一部1955年上映的电影，里面除了让·加潘和她之外，其他人演得都很假。当时她的表演就具有令人难以置信的现代感。要知道，那时的她，还没有出演之后的一系列巨作……我喜欢与她聊天。

要说米谢琳·普雷斯勒和让娜·莫罗有什么共同点，就是她们都有敏捷的思维，充满好奇心，非常热爱电影。我前面说过，正是米谢琳的推荐，我才注意到弗朗索瓦·欧容和其他一些年轻电影人。我和她成为朋友，是在她出演《阿德里安娜·蒙蒂》期间，这部作品里有她，也有纳塔莉·贝伊。演出结束之后及巡演期间，我们经常见面。当时她的经纪人是我非常欣赏的一位女性，名叫苏西·瓦迪奈。苏西有一家小规模的经纪公司，运作良好。我负责选角时常常会去找她。后来我也成了经纪人，但还是继续经常去找她。她超级喜欢米谢琳，我们在一起时常常说起她。记得有一天晚上，我们从南泰尔剧院坐出租车回家，途中，苏西拉着我的手，对我说："多米尼克，我生病了，所剩时日不多。我想求你一件事：希望你能继续照顾米谢琳。"

我答应了她。不久后，米谢琳请我为她推荐一位经纪人。

"我啊！"

"可你名下都是一些新晋女星，而且你那么忙……"

我向她讲述了我对苏西许下的承诺。米谢琳向来含蓄、内敛，听完后哭了。之后，我就成了她的经纪人。我曾制作过一部关于她的纪录片，她并不是一个多愁善感之人，很难让她说不喜欢哪些电影，她会抹掉相关的记忆，仿佛在她看来，诸如此类的事情应该留存于历史！米谢琳不自恋，别人鼓励她，她才愿意讲述自己的生活。她并不想别人找她去回忆过去，但和我在一起时，我可以连续几个小时问她与电影有关的一些问题。例如，关于《肉体的恶魔》；关于约瑟夫·罗西的《摩根探长判案》，这部电影里有她和哈迪·克鲁格，虽然名气不大，但我非常喜欢；当然，还有我少年时追过的电视剧《亲爱的宝贝》！平时她更喜欢和一些年轻人待在一起，而不是和同龄人。工作中也是如此。二十世纪七十年代，我记得她接演过热罗姆·萨瓦里和让-米歇尔·里布执导的戏剧；八十年代,她又加入热拉尔·弗罗-库塔以及雅克·达维拉的团队,其间我也常常与他们见面……后来亨利-让·塞尔瓦为了向"三位闪耀的女星"(米歇尔·摩根、达尼尔·达黎欧和米谢琳·普雷斯勒)致敬,想拍摄一部纪录片,但这并不容易……因为米谢琳是一位活在当下的人。她最感兴趣的事,是谈论她看过哪些最新的电影,发现了哪些新晋的电影人。她几乎每天都去电影院。她原本可以成为一名制片人,因为她眼光独到。

为法国电视五台录制系列纪录片《印记》时,我很高兴能和米谢琳以及阿努克一起制作关于她们的纪录片,重温她们的电影,了解她们辉煌的职业生涯,了解她们如何步入电影圈,又做出过哪些改变……别人的经历总是令我感到惊讶,尤其是被载入电影史册的那些人……

讲了这么多传奇女性,我必须在她们之间加入一位男性,这位男演员和上面一位女明星演过一部很美的影片。他的电影生涯开始得比较晚,经历也比较独特,他就是皮埃尔·里夏尔,和米谢琳搭档出演过《钟情的厨师》。我曾陪他去俄罗斯,途中的经历证实他也有资格成为一位传奇演员。在俄罗斯期间,我们全程都有保镖护送,因为他的崇拜者众多,他们又是那么急迫、那么热情!我小时候就非常喜欢他的电影,例如《心不在焉》《倒霉的阿弗莱德》《我知道的不多但我都会说出来》《金发大个子》……负责为弗朗西斯·韦贝尔的《危险玩具》挑选演员期间,我和他共事,他对我非常好,因此让-路易·利维离开雅美达时,我向皮埃尔·里夏尔提出要做他的经纪人。我非常喜欢这个男人,无论是作为演员的他还是生活中的他,尽管有些时候,因为没有打通我的电话,他会疯狂骂我。他很独特,讨人喜欢。正如美国那些伟大的喜剧明星一样,他有一张极具表现力的脸,外表也非常出众,非常特别。

就这样,我成了他的经纪人,此时的他,已经与弗朗西斯·韦贝尔合作了《灾祸连连》《伙伴》和《逃犯》。在这些影片里,他和杰拉尔·德帕迪约组成了绝佳的喜剧搭档,大获成功。那时他的形象已经深入人心,随着年龄的增长，转型变得很艰难。他的影视生涯后期与他的才华和创新不匹配，我觉得这不公平。其实，随着年华逝去，他的脸反而更加有戏。作为经纪人，未能和他一起完成他职业生涯的华丽蜕变，就像米歇尔·塞罗一样，可以说是我最大的遗憾。他想转型，表演风格不想再那么诙谐，而是更注重情感的表达；不再想当富有魅力的谐星，而是内心拥有复杂情感的悲剧演员。他尝试了，也做到了。他勇敢，不害怕冒险，和一些风格独特的导演合作，包括马尔科·比科和达米安·奥杜尔，但观众并不买账，业界也没有给予他足够的支持。在他自己命名为《碰壁》的影片中，他甚至给自己找了一个"过气谐星"的角色！他一直尝试不同的电影风格，例如《疯子的越狱》《棋局》《钟情的厨师》《死前戏》等。在电视剧领域，他也进行了诸多尝试，收获颇丰。他出演了让-达尼埃尔·费尔哈格导演的《苦儿流浪记》，还有蒂埃里·沙贝尔的《鲁滨孙漂流记》。顺带提一句，我从事选角的那些年里，蒂埃里是我最喜欢的第一助理导演……

《钟情的厨师》是二十世纪九十年代上映的作品，对于格鲁吉亚导演娜娜·裘杨兹来说，它有着非常重要的意义。这是一部佳作，参加了1996年的导演双周影展[1]，收获了诸多好评。对皮埃尔来说，这是一次绝妙的尝试，于我也是一样！拍摄期间，我决定去格鲁吉亚看望皮埃尔。当时还没有直达的航班，我先转机去莫斯科，一切顺利。然后我登上一架苏联"图式"螺旋桨客机，一个极其古老的型号！我此前从未害怕坐飞机，但进入这架飞机时，我突然被一种恐惧支配，感觉自己的生命就要终结了。遇到气流时，我一直对自己说："我要死在这架'图式'客机里了，死在去格鲁吉亚看皮埃尔·里夏尔的路上了！"

但走下飞机后，皮埃尔的接待是如此热情，我很快就忘记了旅途的恐惧。看到我，他非常高兴，简直像是接待一位王子。他开着一辆大轿车来机场接我，接下来的日子里，他对我百般照顾。为什么在其他剧组我从

---

[1] 戛纳电影节期间举行的法国独立影展，创办于1969年。

未获得如此款待呢？在格鲁吉亚的首都第比利斯，他受欢迎的程度简直令我难以置信，我从未见到一个演员能带来如此大的轰动，除了苏菲·玛索在中国和雪儿薇·瓦丹在日本的时候。和他一起在格鲁吉亚度过的那些日子，给我留下了让人激动和美好的回忆……那真是一段美妙的时光。

两年前，他回归戏剧舞台，出演了乔治·费多创作的戏剧《堕胎》以及《丈母娘过世了》，与米里埃尔·罗班搭档。两人的合作并不顺畅，可能是他们的差异太大了，而且无法互补。更不幸的是，我也是米里埃尔·罗班的经纪人，两人我都很喜欢。于是我不得不居中协调，缓和他们之间的关系。这肯定不是我乐意做的事，但只有这样，才能让皮埃尔重拾对舞台的兴趣。出身戏剧舞台的他，最近十年来展示出了对戏剧的极大热情，他的演艺生涯也将结束于此。他重新回到原点，独自登上舞台，讲述自己的生活，有不幸、快乐、失败、成功、回忆、幻想……他出演了三部作品，每一部都那么与众不同。欢笑和情感交织碰撞，呈现出一种罕见的诗意。

随着年华老去，我成了在此多次提起的那些传奇演员的经纪人。与他们频繁接触，这确实能带给我巨大的快乐，当然，与那些并非我名下的女演员交往也一样快乐，例如弗朗索瓦丝·法比安、米莱娜·德蒙若和弗朗辛·贝热。我喜欢和这些传奇明星待在一起，这并不意味着我更加迷恋过去的辉煌，或是喜欢怀旧。未来一样令我兴奋，令我惊讶，令我激动。那些可能与未来有关的事情更是如此。在最后几年的经纪人生涯中，我遇到不少冉冉升起的新星，例如法伊娜·乔康、塞西尔·德·弗朗斯、斯坦尼斯拉斯·莫哈以及利蒂希娅·卡斯塔等。

说到利蒂希娅·卡斯塔，我感到遗憾的是，我成为她经纪人的时间有些晚了，也不够长。我第一次见到她时，她初到巴黎，只有十五六岁。那是双叟咖啡馆①的一场走秀，我受邀参加，具体原因已忘了。我立刻被

---

① 巴黎著名咖啡馆，位于左岸的圣日耳曼德普雷大街。

第三章 在雅美达的那些年

她独有的美丽所打动,她与当时模特界流行的审美标准相去甚远,但显得健康,风姿绰约……走秀结束后,我记得自己去找了她,知道了她的名字,从哪儿来,想要做什么……十几年后,当她决定要做演员时,她加入了雅美达,投入贝特朗·德·拉贝麾下。她对演戏非常好奇,而且完全没想过要依赖过往的名气。她想学习新的知识,体验不同的生活。但她最初的几部电影,除了《高卢勇士》之外,成绩都不算好。其间贝特朗一直非常看重她,但后来他也开始怀疑,不知道后续该如何规划她的演艺生涯。有一天,他对我说:"利蒂希娅想演戏剧,你有什么适合她的作品吗? 她今天下午会来公司,你来和她谈谈。"

于是,她来找贝特朗谈话时,我过去和她打了招呼。"如果你想演戏剧,那得去演让-皮埃尔·吉罗杜的《水中仙》,那个角色适合你。"

"哪里可以找到这个剧本?"

"我来帮你找找。"

她刚离开办公室,贝特朗就对我说:"你现在就去给她找这个剧本……她可能明天就会改主意……"

第二天,她不仅没有改变主意,还去找了这个剧本,并且读完了它,她想演! 从那一刻开始,贝特朗觉得最好由我来做她的经纪人。我们将《水中仙》排演完了,她表现得非常出色。这于她可谓真正的冒险,但她并未害怕,而是勇敢地进行了尝试。她想做好这件事,态度非常坚决。这样的

1999年,与利蒂希娅·卡斯塔一起。

态度总是令我感动。其间,她还出演了达米安·奥杜的电影《徒步之旅》,再次表现得相当精彩,出人意料。

一开始,电影圈内的人并不太接受她。我记得在日本横滨举办的法国电影节上,克洛德·齐蒂本应陪她一起出席,结果一直没到。她成了"孤家寡人",几乎所有的人都斜着眼看她笑话。我当时陪着纳塔莉·贝伊,见此情景便邀请她和我们待在一起。后来整个电影节期间,她都和我们在一起。我们相处得非常愉快,晚上,看着她自由地跳舞,我觉得很高兴。周围的那些男孩子,例如纪尧姆·卡内、樊尚·埃尔巴兹等人,都用火热的眼睛看着她……也许作为女演员,她并不令他们心动,但作为女人,她令他们意乱情迷!让我非常高兴的是,在乔安·史法的《甘斯布》中,她饰演的碧姬·芭铎获得了大家的认可,因此还被提名了恺撒奖最佳女配角。不得不承认,她在里面确实光芒四射……在她的请求下,我成了她伴侣史蒂芬努·阿科西的经纪人,他们有两个小孩。史蒂芬努在法国出演了朱莉·加夫拉斯的处女作《都是菲德尔的错》,在里面饰演了一个非常迷人的角色。虽然今天我不再是经纪人,但我和利蒂希娅依然经常联系。她确实是一个很好的人。

我和斯坦尼斯拉斯·莫哈的相识,有许多的故事可说,我享受其中,同时觉得难免有些宿命的味道……1996年的一天,我和自己曾经的助理罗曼·布雷蒙待在一起,他后来成了TFM影视出版公司的制片人。在场的还有一位女实习生,她正在为安娜·方丹的电影《干洗》挑选演员。见面地点在玛莱区的宝藏咖啡店。我和罗曼在女实习生面前扮演着"前辈",觉得很有趣。我们向她炫耀当年如何野蛮地寻找演员,说到我们甚至会直接在大街上找演员。说着,我们开始观察街上的行人。突然,我看到一个外表略显粗犷的男人,有些骄傲,同时又有些腼腆。"你看,例如他,就很适合出演《干洗》的年轻男主角。你去找他搭讪!"她走上前去,把他带到我们这里,向他介绍了这部电影,询问他是否愿意演电影。这时,那个男子说他知道我是谁,因为……十五年前,我曾给他推荐过一个角色!

根据他讲述的细节,我想起了这段往事。当时我在找一些小演员,直接去学校找比较麻烦,于是便瞄准了巴黎市中心蒙帕纳斯大楼附近的一家儿童戏剧培训班,校长是一位热衷于戏剧的女性,名叫米雷耶·阿邦,我常去找她,她也完全相信我,里面孩子们的父母,即未来的"波波族"①,态度也还比较开放,因此我不需要一而再再而三地跟他们解释我找孩子们的原因!我注意到斯坦尼斯拉斯·莫哈,是为了帮吉拉尔·皮雷的《还我钥匙》寻找一位小演员,即片中雅克·迪特龙和简·柏金的儿子,可他的父母不同意他演戏。这次,他终于同意试镜,并被安娜·方丹选中。《干洗》是他出演的第一部电影,收获了恺撒奖最佳新人男演员奖。斯坦尼斯拉斯是一位独特而神秘的演员,耀眼、优雅、迷人。他的斯洛文尼亚血统令他看起来有些像年轻时的洛朗·特兹弗。在伯努瓦·雅科导演的《阿道夫》中,他与伊莎贝尔·阿佳妮搭档表现精彩。他唯一的问题,是性格腼腆,有时让人觉得他傲慢。他也不愿意改变自己,向别人敞开心扉。庆幸的是,他在戏剧舞台上顺风顺水,近些年出演了不少作品。他的电影都很精致,可戏路偏文艺,这种风格的影片现在越来越难做了……

注意到塞西尔·德·弗朗斯,是我去里昂的时候,那时,旧的布朗什路学校已从巴黎迁去里昂。顺带提一句,那栋大楼见证了法国近四分之三电影人的诞生,可巴黎市政府却把它扔在一边,许久未有动作,这实在是一大丑闻!最后,他们终于决定对大楼进行改造,却把它改造成了一座体育中心……某日,作为曾经的校友,我来到里昂参加国家高等戏剧艺术学院的年会。塞西尔在年会上出演了一部经典的戏剧作品,她的表演非常精彩,我建议她应该尽快去巴黎发展。

"我还不确定……我一直想演街头戏剧,参加一家剧团,然后到各

---

① "布尔乔亚"和"波希米亚"这两个词的缩写组合,指高学历、高收入、崇尚自由、追求享受的一类人。

地去演出……"

"您再考虑考虑,很多人一开始都这么说,可以后再改变主意就太晚了……"

第二年,我再次来到里昂参加学校的活动。塞西尔依然在那儿,出演的戏剧依然很精彩。我再次建议她来巴黎,这一次,她下定了决心。她没有选错,不久后,里夏尔·贝里就邀请她担任他首部长片《精致艺术的诱惑》的女主角;随后她又遇到塞德里克·克拉皮斯,出演了《西班牙旅馆》……我当时名下的演员众多,所以决定不做她的经纪人,而把她"送"给了伊丽莎白·坦纳,就像当年塞尔日·卢梭把纳塔莉·贝伊"送"给我一样……她是一个美丽的演员,非常有亲和力,这在女演员身上可不多见……

我对于发掘和认识新人的兴趣,其实自始至终,从未改变,仿佛这是我基因的一部分。直到今天,我依然会去参加各戏剧学校的年终演出和各个电影节,观看各类电影短片。如果发现一些新演员,我依然如入行第一天那样欣喜万分,例如阿娜伊斯·德穆斯蒂埃,在十年时间里,她展示出绝佳的演技,我觉得她可以成为下一个伊莎贝尔·于佩尔;还有费利西安·朱特纳,他在法兰西喜剧院演出的《欧那尼》非常精彩。另外,自编自导自演《故事搬运工》的亚力克西斯·马沙利克,《自然而然》的主角格雷戈里·蒙泰尔……还有一些年轻人,他们虽然目前默默无名,但迟早有一天会脱颖而出,例如巴塞洛缪·博特里斯、樊尚·布拉穆莱、神似玛蒂妮·卡洛的毛德·巴克以及很像梅丽尔·斯特里普的萨拉·施特恩等。这个行业令人兴奋之处,正是这种持续的热度与激情以及不断的欲望和承诺。

12
终　局

　　大致是在2005年春天，我去了趟阿根廷，探班夏洛特·甘斯布。回到法国后，我首次有了疲倦之感。旅途极其漫长，超过十三个小时的飞行，我坐的是经济舱，夹在两人中间：一个正统犹太教徒，一个身材巨胖的女人，前者一直在祈祷，后者身上散发出一股恶臭！我之所以去阿根廷，是因为夏洛特的请求，之前与她通电话时，我觉得她情绪不佳，另外也是借机和她协商《借你的手儿牵》的合约。可是，我不仅未能就片酬问题说服她，更糟的是，在阿根廷期间，我很少能见到她。五天时间里，我与她待在一起的时间，还不如和她的一位女友以及和法国航空公司机组人员在一起的时间多。法航的员工恰巧与我下榻同一家酒店，那些乘务员老是取笑我：

　　"喂，您什么时候能见到您的女演员啊？"

　　确实，她白天大部分时间都待在海上的一艘大驳船里，拍摄《金色大门》，并不方便交谈。我第二天看见她时，甚至感觉她都忘了我要来找她。临走前的最后一个晚上，她最终得了空闲，表现得尽量和善。这是一个谜一般的人物，可以突然对人疯狂示好，第二天却又会冷漠无情。她大方而自私，温柔而果敢，但一直讨人喜爱。她也是一位出色的演员，喜欢接受挑战，演戏自然。我喜欢和她共事，正如我喜欢伊凡·阿塔尔一样，伊凡有时真的非常无赖，经常令我哭笑不得！此次阿根廷之旅，终于令我觉得有些累了，也开始觉得有些力不从心了。

　　还有一些电影，例如《八美图》，可以说它们就诞生于我的办公室，我深度介入，多方争取，但最后其他人并不怎么感激我，这种感觉很不好受。虽然我所做的一切，不是为了一声感谢，但毕竟……可能也是自己太过感情用事了！此外，之前几个月里，贝特朗·德·拉贝与我之间也出现了一些龃龉。我们之间发生摩擦原属平常，最后往往都能握手言和，将所有的不快忘得一干二净。可这一次矛盾要激烈得多，也复杂得多。我觉得他对我的批评不仅毫无根据，而且也有失公允。再怎么说，我也是给公司带来利润最多的经纪人之一，甚至就是最多的那个，背后的工作量可想而知！可就因为我陪苏菲·玛索去了几天莫斯科，参加尚美一家珠宝店的开业典礼，贝特朗就严厉地指责我。我觉得这难以忍受。诚然，这个合约与雅美达无关，可苏菲邀请了我，而我也想通过这样的旅行，加深我们的了解。我已经不是小孩子了，不能再接受家长的面壁处罚！贝特朗已经让我习惯了拥有更多的自主权和更多的信任，但雅美达现在成了一家巨型企业。我们换了办公楼，搬到拉普大道，更加豪华，功能性也更强，就像安古兰法语电影节的合伙人玛丽-弗朗斯·布里埃所说："皮毛层太厚了，把城市里的声音都给吸收了。"

因此，利润仿佛成了唯一的目标，像贝特朗这样优秀的商人似乎觉得利润胜于一切。面对着他，好像隔阂大了，激情也就少了。

可我们之间依然相处融洽，很互补。我们搭档已经十五年了，这也是公司至今运转良好的原因之一。他就像总统、内政部部长和财务部部长，而我像是他的总理和公关部部长，他也许觉得我太爱表现，虽然某种程度而言，他也能接受我的知名度高于他。他过去常这样对我说："去吧，为公司的牌子战斗！"

但他时不时也会毫不犹豫地敲打我一下，当他觉得我太张扬的时候，例如宴请过多，或是花太多的时间在一些进展困难的项目上，或是过于关心一些无戏可接的演员。公司开会时，他也会毫不顾忌地拿我开涮，目的仅仅是为了向其他经纪人传递一些信息。他知道我不会在意，不会像有些经纪人，尤其是一些女同事一样摔门而出！我经常扮演的是工会

第三章　在雅美达的那些年

代表的角色，为那些"小员工"仗义执言，我觉得他也喜欢我做这样一个刺头，但最近的那些摩擦令我迷惑，甚至受伤。

我名下的艺人越来越多，整天忙得团团转，我觉得都无法正常平衡自己的日常生活了。到了晚上，我常常感到有罪恶感：我有没有竭尽全力帮助某个处于困境的演员？这个周末，有时间阅读那三四个剧本，然后把我的意见或者答复反馈给演员吗？下周一要和一位女演员吃午餐，她很想得到一个角色，可我知道这个角色已经花落他家了，届时场面会尴尬吗？……每周日的晚上，我总是满心焦虑。自从做了经纪人之后，我的体重增长很快，二十年长了二十公斤！工作紧张当然是一方面，同时也因为要宣布一个不幸的消息而喝下的香槟，以及为了弥补自己而吃下的焦糖。我虽然常去布里德莱班①疗养，但于事无补。我想起儿时住在白鸽林，门前的那条街就叫"克重"。也许，我应该有所警惕的……应该把体重的增长当作一个警告。如果继续做经纪人，最后我的健康肯定会出问题。

当我从阿根廷回到法国后，凡此种种，让我重新对自己的人生进行了诸多思考。本来四处奔波的人，一下子突然停下了脚步，我难免会担心失去热情，害怕再也感受不到这个行业的魅力，于是我最终决定，改变职业，成为一名制片人。当时与我来往密切的一些朋友，几个月来也一直鼓励我，例如纪录片导演埃里克·卡尔多，他曾执导过《脱衣舞》，当时还是我的邻居；还有当时法国新闻频道（LCI）的记者纪尧姆·贝尔坦。我决定听从他们的意见。当然，成为制片人的想法也并非凭空而来，为写这本回忆录整理资料时，我找到一个采访视频，那是我加入雅美达之后接受的一次采访，我在里面说："我做经纪人有一年了，我希望能做上十年，然后尝试去做制片人。"结果，我做了二十年的经纪人。时间不短了。

---

① 法国萨瓦省地名。

12 终 局

2005年9月,在公司传统的假后午餐会上,我对贝特朗说,我想在2006年夏天离开雅美达。我想他一定很意外,他有点想挽留我:"禁止经纪人兼职制片人的条款肯定会修改,届时你可以两个都做。你不想再多待上一年时间吗?"

但他很快就摆正了心态,对我说我的决定很对,说我很有勇气,甚至建议我考虑先制作一部电影,他可以给予指点:"你看让-路易·利维就这样,他离开公司时已经在开拍《女小偷》。"

受这番话启发,我在离开雅美达之前就买下了多丽丝·莱辛《祖母》的改编权。我开始慢慢准备离职,和同事以及名下的演员交接,我当然鼓励演员继续留在雅美达,并让他们考虑转投哪个经纪人。

随后,到了需要协商离职条件的时候了。贝特朗和我之间的关系也紧张起来,想完美平衡感情和金钱是很难的!再者,也许是自己笨拙,我没有直接和贝特朗对话,因为害怕影响我们的友情,我找了一位专业的律师……他此前的主业是负责足球运动员的转会!离开前的最后三个月,真是度日如年。他的贴身保镖以前和我关系非常好,可是那段时间里,对我态度极其生硬。庆幸的是,平时和我关系并不很好的人反而安慰我,甚至给我打气:"好好谈!你帮公司带来了那么多利润,你应该要求应得的补偿!"

伊丽莎白·坦纳夹在中间,她对我的离开感到很伤心,问我:"你真的要走吗?"

鉴于我这二十年来为公司所做的贡献和带来的收益,我是不会让自己惨淡离开的。过去这么些年,再加上贝特朗曾建议我购入一些股份,因此我现在拥有的股份比当年让-路易·利维离开时要多。我拥有百分之十的雅美达股份,这可不是一笔小数目。谈判过程非常艰难,我们之间有过激烈的争论,有时贝特朗还一副居高临下的样子,虽然他平时会加以隐藏。有些日子,他还会躲着我!最后有那么一刻,我决定放弃一两个点的利润，希望就此结束这种艰难局势。同时，我也不想为了钱而把自己和他十六年的友谊搞僵，把和公司二十年的关系搞砸，最后，我也差不多得到了我想要的补偿。

有了这笔补偿，像母亲说的那般，我可以"顺其自然"了。再者，多亏了雅美达的财务总监雅克利娜·帕朗，我从一名负债者变成了一名有产者！我非常钦佩雅克利娜，她为雅美达贡献颇多，例如，是她鼓励贝特朗买下了拉普大道的办公楼。有段时间，我的奖金不少，由此也遭遇了税务问题！于是我把自己的资产委托给她管理。我今天能拥有自己的房子，真得感激她！而这栋房子，就是我二十岁到巴黎时租住的房子，当时主人的女儿是我姐姐的朋友，我只是租住了里面的一间阁楼！

2006年6月，离开公司之际，我在塞纳河的一艘游船上举办了一场盛宴。邀请信上有一张我扮演路易十六的照片，我的朋友们纷纷应邀前来参加我的"退位仪式"！我非常高兴，也有些伤感。二十年的时光，认识了那么多朋友，发生了那么多事，交织着欢乐、伤感、幸福……要翻篇并不容易。此外，为了记录这些年发生的趣事，也为了向我曾经的职业致敬，我筹拍了一部关于经纪人的电视剧《百分之十》。片子还在创作阶段，会由塞德里克·克拉皮斯担当导演，并在法国电视台播映。宴会当晚，我与朋友们拥抱，畅谈。他们令我感动，更令我幸福。我深深觉得，没有他们的帮助，我不可能取得今天的成就。他们当中，有我忠诚而耐心的女助理雅库塔，她是克莱尔·布隆代尔推荐进

2006年6月，与阿努克·艾梅一起，在我离开雅美达的告别宴上。© Rindoff-Petroff

公司的；还有雅美达尽职尽责的前台维尔日妮。她们俩帮我接过无数次电话，有时是因为我不在，有时是因为我的电话实在太多，这边还没谈完，那边已经有两个电话在等待。她们帮我处理了许多的客户投诉，使我免遭责难……除了她们，还有其他一些宾客，其中有演员、导演、朋友。他们就是我生活的全部。

离开之后，耳边听到的坏话也多了起来。有些人来找我，说雅美达怎么不好。我对此从不附和，总是出言维护公司，它已经成了我生命的一部分。如果有外人指责它，我觉得他们就是在指责我！尽管我竭力挽留，有些艺人还是离开了雅美达。默契问题……弗朗索瓦·欧容找了一个律师负责合约，克莱尔·德尼和塞德里克·卡恩去了弗朗索瓦-玛丽·萨米尔埃松的公司，夏洛特·甘斯布最后转到了塞西尔·费尔森贝格名下，后者曾是雅美达的员工，离开后与赛琳娜·卡米娜成立了"一个真正的经纪人"公司。赛琳娜很聪明，她最早是达尼埃勒·佩库公司的经纪人，名下的演员都是佛罗朗戏剧学院的同学，都是些新人，她给了他们许多指点。跳槽到雅美达时，这些人也随她而去，后来她自己成立了公司，又把他们也拉走了。卡罗利娜·塞利埃和利蒂希娅·卡斯塔则去了洛朗·格雷格瓦那儿，洛朗是一位我欣赏的经纪人，我觉得他有些像是我的家人，就像让-弗朗索瓦·加巴尔，我成为制片人之后与他接触频繁。虽然工作是工作，但他还是保有温情的一面，可以感觉到，他见过一个演员，并不会很快就忘得一干二净。他经常去看戏，喜欢演员，有好奇心，愿意承担风险，一直关注新演员，也愿意促成影片的成功……我甚至有些嫉妒他，因为他得到过奥斯卡奖，其实……是他名下的女演员玛丽昂·歌迪亚得的！万幸的是，我名下的大部分演员都选择了留下。纳塔莉·贝伊、苏菲·玛索和阿努克·艾梅转投了伊丽莎白·坦纳，阿兰·沙巴、丽娜·雷诺和贝纳尔·斯托拉去了贝特朗·德·拉贝麾下，米歇尔·勃朗和皮埃尔·萨尔瓦多里找到了克莱尔·布隆代尔（而且我成了制片人之后，与克莱尔的关系更好了），弗雷德里克·穆

第三章　在雅美达的那些年

2004年,与纳塔莉·贝伊、苏菲·玛索和碧翠斯·黛尔一起。

瓦东则成了伊凡·阿塔尔和菲利普·托尔通的经纪人……我知道他们都有了好归属。我离开后的两三年里,我和老板贝特朗之间的关系有裂痕,但最后我们还是能够坐在一起共进午餐。我们也找回了一些这么多年磨合出来的默契,他还同意加入安古兰法语电影节的组委会。

二十年间,我一直在为他人服务,为演员、导演们奔波。他们是我生活的中心,我对他们的情感不会改变,但此后,我的情绪不会像以前那样总是因别人而变化,我会更多地考虑自己。这是一种必然,时间变了,我希望有新的关系。我不会再像以前一样,周日晚上总是担心自己有些剧本还没看完,或者有些演员还没联系。我可以读一些剧本之外的文字,闲逛,参观博物馆或看展览,甚至静静地胡思乱想,考虑我自己的项目……我已经五十二岁了,新的生活在等着我。

第四章
新的生活

第四章　新的生活

1
游戏规则

　　为了向自己证明生活已有改变，离开雅美达后的第一天，我就去做了那些幻想已久之事。以前不敢做，主要还是"负罪感"作祟！一整天的时间里，我沿着塞纳河边信步前行，河边有许多的旧书摊。想想自己前一天尚身处雅美达的旋涡，现在的一切像在做梦……那天，我恰巧看到安德烈·莫洛亚的《气候》，装帧精美。莫洛亚是我读过并喜欢的第一位正经作家，高中会考时有一道题目，就是关于他笔下的一段文字，而且，我们多维尔的高中就叫安德烈·莫洛亚高中……我这人相信天意。四年后，法国电视三台推出了影片《气候》，导演是卡罗琳·于佩尔，由我们的公司"我的邻居"制作。

　　虽然我想做制片人，但并不想单打独斗。我起初想和克里斯蒂娜·戈兹朗合作，她曾是阿兰·萨尔德长期而忠实的合作伙伴，两年前，她成立了自己的制片公司泰尔马影视。我认识她已经很久，她就像我的姐姐一样保护着我。我们俩太像了。她的公司和我的公司离得并不远，很长时间里，我们就待在同一栋楼里，就在丽娜·雷诺的办公室边上！我们联合制作了《以胖为美》等其他影片。不久，我想找米歇尔·费勒做我的合伙人。他和我正好相反，为人严谨、务实、精确、有条理，喜欢自己动手。真正喜欢自己修理东西的人，很少给其他人带来麻烦！我认识他时，他年仅十八岁，刚刚从比利时来到法国。他想做演员，可惜不是当演员的料，于是我建议他加入雅美达，成了一名经纪人。他在公司主要负责的演员就是伊莎贝尔·阿佳妮。随后，受外界诱惑，他跳槽去了吕克·贝松的欧罗巴电影公司,学习做制片人。他和托马斯·吉鲁导演合作《阿拉伯男孩米奇》时,纳塔莉·贝伊与他相处得极其融洽。他品性正直,很了解我,会拿我的缺点来打趣,但喜欢我精力充沛。我负责去找影片的投资人,他负责管理钱袋,就这样,我和他成了一对互补性极强的搭档。

我能翻越障碍,从经纪人转行为制片人,也有让-米歇尔·里布的一些功劳。自从来到巴黎后,我一直跟踪他的动态。二十世纪七十年代,我记得曾看过他的《"无花果号"的沉没》《栗子树之外》。在巴黎城市剧院,我还看过他的《杰克帕拉迪》,非常喜欢……他为人热情,不会为名声所累,总是去剧院看别人的演出。他开放的思想、对演出的爱好、广泛的兴趣、好奇心以及他歌唱家的一面,我都很喜欢。他立志要把一些现当代作家的作品搬上舞台,不惜任何代价,因此他才有了在巴黎圆点剧院的工作计划。他看起来总是处于某种癫狂状态,我也一样!但他非常关注别人的反应,写过一本书——《惊动、细枝与鞭炮》,他是这样写我的:"多米尼克·贝纳尔是明星们的经纪人,无论是在他们成名之前还是之后,最罕见的是,在他们过气之后,他依然会照顾他们。"我非常感动。

2002年,他创作的《博物馆喜剧》在圆点剧院演出,获得了巨大成功,因此他想把它拍成电影。当时我是他的经纪人,开始为他寻找制片人。奇怪的是,居然没有人想到把它搬上银幕,除了爱皮泰特影视公司的弗雷德里克·布里永和吉勒·罗格朗,他们曾是《荒谬无稽》以及《圣皮埃尔的寡妇》的制片人。在我离开雅美达之前几个月里,由于让-皮埃尔·热内的《尽情游戏》,他们俩忙得焦头烂额,我觉得他们想放弃这个项目。这时,我想起贝特朗·德·拉贝建议我可以在离职之前先制作一部电影,于是提议和他们联合制作这部影片。如果说作为经纪人,我算是为让-皮埃尔·里布要到了一个丰厚的合约,但一旦身为制片人,我就不觉得这个合约美好了!这有点像《水浇园丁》的故事!就这样,

第四章 新的生活

通过和弗雷德里克·布里永的合作，我积累了一些经验。和他在一起，我学到许多知识，我也喜欢和他共事。转行做制片人初期，帮助我最多的反而是一些之前了解不多的制片人，而不是之前接触频繁的那些人。生活就是这样……

我和让-米歇尔·里布的故事并未就此结束。不久前，根据让-玛丽·古里奥的反馈，我们刚刚把他的另一部戏剧《柜哥柜姐站出来》改编成电影，这部作品在圆点剧院也很受欢迎。片中人物众多，他们既有趣，又很吓人。另外，还多亏了他，我在2011年夏天再次登上戏剧舞台！上次演戏还得追溯到多维尔的高中时期了，阿曼达·斯泰尔斯写了一部独角戏《皮皮先生》，想找我演，里面的忧郁情绪非常打动我。我于是找了让-米歇尔，他当即决定把它纳入圆点剧院的《怪物阅读》。在剧场演出的第一天晚上，我心情既激动又忐忑，至今记忆犹新。上场之前，我一度非常慌乱。那天夜里，对于演员经常遭遇的孤独和无助，我有了更深的体会。我问自己："我为什么要接这个戏？既然并非必须，是什么促使我做这事？是出于自恋情结才想演戏剧的？为什么？"

我很怯场，但登上舞台后，我开始感受到文字的力量，还有观众的瞩目。那种喜悦，又是多么令人沉醉……

制作《博物馆喜剧》的同时，我的制片公司也参与制作了《野蛮入侵》的续集《黑暗年代》，这是我的好友德尼·阿康的影片，和我共事的还有来自魁北克的好友丹尼丝·罗贝尔，以及另一位友人菲利普·卡尔卡索纳。这可是观众第一次能在影片中看到我的邻居制片公司，而且是在戛纳的红地毯大楼里……这对处女作来说是个好地方。

做选角导演，是少年时期梦想的延续，是相信当下，是想要认识更多的人；做经纪人，是因为自己成年了。那么做制片人，是因为什么呢？我不希望这是因为自己老了……我想享受重新获得的自由，追逐世界浪潮，掌控自己的命运，抓住身边的机会，开启崭新的旅程。也正因为如此，我追随塞戈莱纳·罗亚尔步入政坛，当时的我，丝毫未考虑接下来可能会发生什么。

2
塞戈莱纳，惨淡收场的爱情

我曾觉得，塞戈莱纳是我一生中最美的遇见，但最终受到了最沉重的一击，痛彻心扉。只有另一场爱情曾令我如此伤心。在那场爱情里，我爱得毫无保留，那是2000年之后的几年间，我爱上一位朋友，一位纪录片导演。但和塞戈莱纳在一起时，我从未想过日后会惨淡收场，遭到此般重创。我完全没有准备。而且，能与她共事与合作，事先也毫无预兆……

我一直都支持"左"派，虽然我父母作为普通的诺曼底人是纯粹的戴高乐支持者。我有印象的第一次政治辩论，是1965年的总统选举，当时我十一岁。当时角逐总统的候选人有戴高乐将军、密特朗和极右翼的让-路易·蒂克西埃-维尼昂库尔。当时我们家刚有电视机，我父母坚决支持戴高乐将军，憎恶密特朗，母亲这样评价后者："他有猛兽一般的牙齿！"

在父母亲看来，此时的"左"翼，还是一帮嘴里衔着刀的红军。1968年5月发生政治风暴时，他们甚至接回了在巴黎的姐姐，因为他们觉得那座城市很危险，正处于血与火之间。到了选举年龄后，我第一次投票就投了"左"派。1974年总统选举，我选了密特朗，1981年也是选他。而且这些年过去后，我觉得自己最终也让父母改变了主张，至少母亲是如此，她开始在选举时投票给"左"派。

第四章 新的生活

我第一次听到塞戈莱纳·罗亚尔的名字，是在1984年，我当时正负责《法外之徒》的选角。某日，我的助理罗曼·布雷蒙对我说："你记得要回电给总统府一个名叫塞戈莱纳·罗亚尔的女士。"

此前，我和他从未听过这个名字，而且，把罗亚尔（法语意指"忠诚"）的姓和总统府联系在一起，令我们觉得好笑。那段时间，她帮助密特朗的特别顾问雅克·阿塔利制作宣传单。因为艾滋病肆虐，她想要联络达琳达，达琳达和身边的一些舞蹈演员已经开始参与抵抗艾滋病的活动。我和塞戈莱纳之间只简短地谈了一会儿。此后，我偶尔会遇见她，因为她和弗朗索瓦·奥朗德都是贝尔纳·米拉的好友，后者又和让·普瓦雷以及卡罗利娜·塞利埃过往甚密，而我和卡罗利娜又经常见面。我记得在一起共进晚餐时，她的话不多。还有一次，在巴黎的"13俱乐部"放映科斯塔·加夫拉斯的《小启示录》，她也在场，她当时是环境部部长，那会儿应该有四十岁了，穿着一袭罗兰爱思品牌的长裙，相比此前的她，她显得开朗了许多，也更放松。她问我："今天在场的女性中，您觉得有人适合演电影吗？"

她问我话时，眼睛顺势扫了一眼现场的所有女政客。

十几年后，有一次我陪碧翠斯·黛尔参加拉罗谢尔电影节，她主演的《清洁》入选了此次电影节。电影放映时，塞戈莱纳正好坐在我们旁边。在卡西诺的晚宴上，她从我们餐桌经过，我们就邀请她和我们坐一会儿。

"那就坐一会儿……"

最后，她就留在了我们这桌。通过这次机会，我算是认识了她，我们对彼此都有好感，一起谈笑风生。她夸奖碧翠斯，而碧翠斯很快就注意到塞戈莱纳的司机是黑人，非常英俊。"嘿，您坐他的车应该不乏味！"

"我一会儿要坐车回普瓦捷，因此需要他。"

"我倒是乐意坐在您的位置！"

听到这儿，塞戈莱纳笑了起来，碧翠斯又加了一句："我多么希望自己也叫塞戈莱纳·罗亚尔！"

这样的恭维话更令她高兴。之后一年时间里，塞戈莱纳好像总会问起我："多米尼克，他在哪儿？"

她记住了我们在电影节上的愉快笑声。

2006年6月，我离开雅美达的那年秋天，贝尔纳·米拉打来电话："你一定得帮助我们。去见见塞戈莱纳，她很喜欢你，她说和你在一起很开心，我相信你可以帮到我们，你一定得加入。"

在此之前，我从未表示过自己厌恶政治，虽然作为经纪人，我尽量不表达自己的政治见解，以免影响我名下的艺人。当时，法国社会党的初选活动正在轰轰烈烈地进行，需要选出党内候选人参加2007年的总统大选。围绕她发生了一些有趣的事情。她跳出束缚，打破了一些常规，并发出了一种新的声音。我觉得相比其他政客，她要更超前。她出身于外省的普通家庭，父母都是勤恳的工人，也都是天主教徒，我欣赏她的正派。外省人一向受到巴黎有产者的嘲笑，我却倍感亲切。我记得在两次晚宴上，一些声名显赫并伪称支持"左"派的人士冷酷而放肆地对她进行攻击，我因此中途离席。他们对外省人的那种根深蒂固的偏见和蔑视令我难以忍受。不久，在观看艾力·瑟蒙的一场演出时，我遇见了她。

"多米尼克，感谢您为我辩护。我们得常见面，您得来帮我。"

两天后，她打电话给我，约我和贝尔纳·米拉在米拉餐厅见面，在奥特伊门地铁站附近，离她家不远。

"我知道您支持'左'派，您怎样能帮到我？"

我对她说，我们可以考虑动员文化界人士，我最后总结道："而且，我希望有一位女总统！"

在社会党的初选中，她战胜了多米尼克·斯特劳斯·卡恩和洛朗·法比尤斯，随后全身心投入总统大选，但她的参选并未得到社会党的全力支持。

第四章 新的生活

从那时开始，她和我联系频繁，经常给我打电话、发信息。我安排她会见了一些演员、导演、歌手，如让娜·莫罗等。她喜欢这些艺术家。和他们在一起，她很放松，至少曾经是这样。我邀请她参加一些电影活动，一起去听演唱会、看戏剧。她来到大雷克斯电影院看米歇尔·德尔佩什演出，米歇尔为她演唱了《玛丽安娜多么美丽……》。那天影院里来了许多歌手，他们都愿意和她拍照，其中阿兰·苏雄非常有趣，但朱利安·克莱尔马上就走了，他不愿意和她拍照！我认识了塞戈莱纳的一些同事，我安排她和一些人共进晚餐，包括一些不拥护她的人，例如当时Canal+电视台的负责人亚历山大·邦帕尔、萨科齐的办公室主任洛朗·索利以及银行家马蒂厄·皮加斯。我甚至安排她和前总统德斯坦的顾问安娜·梅奥见面，安娜当时是右翼的公关专家。在第二轮总统选举之前，我还安排她见了之前支持弗朗索瓦·贝鲁的弗朗索瓦·贝莱昂。塞戈莱纳既乐于倾听他人意见，又富有魅力，而且充满了好奇心，学习能力强，专注而敏锐，很吸引人。我觉得她像一个演员，但她的坚决果敢却是一般演员身上不常见的。

我们也和弗朗索瓦·奥朗德一起吃过两三次晚餐，我当时根本没想到他们已经分开了。我记得曾和他们一起去圆点剧院观看菲利普·科贝尔的演出。这场演出持续了三个小时，其间我睡着了，她还掐醒了我。随后，我们一起去吃饭，饭后他们乘坐同一辆车走了。我从未想过他们那时已经分居了，我估计当时应该无人知晓此事。

我经常见到奥雷莉·菲利佩蒂，互相交换信息，她协助塞戈莱纳负责文化事务，为此，2007年3月，我才会再次乘坐火车前往南特，参加塞戈莱纳在那儿举办的关于文化的大会。大家都在会上给她递纸条。她原本应该发表长篇大论，可她好像并没有什么准备，大家都很惊讶。看到我和贝尔纳·米拉在一起，她对我们说："贝尔纳、多米尼克，你们两个熟悉实情，这样，你们到我旁边来，也讲讲你们的看法！"

面对这么多汇聚一堂的"左"翼精英,我确实有些不适应。站在演讲台上的她无可挑剔,令人赞叹。她请我也讲讲,我很少像那天一样怯场,站在讲台上,就像风中的叶子,瑟瑟发抖。我问自己:"我在这上面干什么?"

我的发言全是围绕塞戈莱纳,好像一切都是为了她。会场一片欢呼声:"来我们这儿!来我们这儿!"

她很喜欢我的厚脸皮。

我陪她参加了许多会议,气氛都异常热烈,接触的人三教九流,但大家都很兴奋。我也和她一起度过不少晚间时光,之后,她会给我发一些荒唐的短信:"我醒了,我想您。""您让我充满活力。""您让我有勇气面对新的一天。""疑惑时,我想到的是您。"

看着这些句子,我怎会不被打动,怎会不相信她的话?再者,我确实需要被信任。相信别人,相信冒险,相信敢闯敢干,相信他人的命运。我觉得在生命中信任不可或缺。在工作中,无论是负责选角,做经纪人,还是今天做制片人,都需要信任和诚信,需要相信别人和他们的项目。

但有一些朋友并不觉得我做这些有什么好处,他们总是这样问我:

"你为什么要搅和到里面去?"

我和纳塔莉·贝伊只大吵过一次,就是为了塞戈莱纳。我记得那是2006年圣诞节,我和纳塔莉以及她女儿劳拉在热尔省丹尼尔·托斯坎·杜普兰蒂尔家里。纳塔莉依旧支持密特朗,她问我:

"你为什么对她那么感兴趣?为什么这么投入?你自己也许不觉得,但她只是在利用你,她在操控你……"

"但她至少想要改变一些现状,而且为此竭尽全力。"

我们争论得很激烈。几个月之后,我说了这么一句话,说塞戈莱纳具有纳塔莉·贝伊以及妮科尔·加西亚身上的职业女性风范,同时兼具苏菲·玛索身上的自然,不知道纳塔莉听到此话做何感想!

第四章 新的生活

"你应该和让-路易聊聊，"她对我说，"他很了解塞戈莱纳，你会明白的……"

她说的是让-路易·博洛，在很多年里，他和纳塔莉的关系都非常密切。几个月之后，那时还是冬季，博洛打电话给我，说要见我，也许是纳塔莉对他说她没法在这事上改变我的想法。博洛有一大优点，就是他说话不含糊，他当时和政界的朋友关系不是太好，包括一些政坛名流。见面后，他甚至问了我这样一个问题："如果我参加选举，你觉得我有机会吗？"

我这样回答他："也许吧，可我全力支持塞戈莱纳。"

这种谈话有些不切实际，这时他补充了一句："我了解塞戈莱纳·罗亚尔。你当心点，很明显，这个女人有些怪癖。"

这是第一次有人跟我这样说，但不是最后一次。

"这是什么意思？"

"意思是，对于她而言，你正是一个怪癖，某天早上醒来，她就会把你抛弃，你甚至都不知道为什么……你当心点，你会被她愚弄的，你人很好，但政坛人士都是些怪物。他们不像你日常接触的那些艺术家……"

我根本听不进去，这很正常，就像一个刚刚恋爱的人，是不会相信自己选错了人的。我因此反而更想要保护她。就在这个时期，我的邻居制片公司遭遇盗窃，几个月前，塞戈莱纳·罗亚尔的公寓也进了小偷，窃贼没有偷支票，也没有偷银行卡和DVD，只偷了两台电脑。一切好像纯属偶然……萨科齐当选总统后，我的公司还接受了两次税务审计。当然，这一切也纯属巧合。

2007年4月22日，即总统大选第一轮当晚，我在电视上看了她在梅尔的演讲，她把普瓦图-夏朗德的这个小镇变成了自己的大本营。原本应欢欣鼓舞的我，看完后内心却极度失望。她的演讲很糟糕，可以说一无是处，无论是语气、声音还是内容、停顿。我想她应该非常孤独，因为周围居然没有人提醒她。同时,也正是这一点打动了我:她不是一台战争机器,也不是一个政治动物,而是一个感性的女人。她有时表现很出色,例如她和何塞-路易斯·萨帕特罗[①]在图卢兹召开的那次会议;有时她又不在状态,就像一位女歌手,也许今晚还在舞台上光芒四射,明天却很糟糕。我给她打了电话,她立即邀请我陪她参加两天后在蒙彼利埃举行的会议。我和弗朗索瓦·欧容一起去了。大选初期,弗朗索瓦·欧容对她有些不信任,但之后就被她吸引了。他有些胆大包天,飞行途中,对塞戈莱纳说,他觉得她演讲时声音不自然,而且会结巴。随后,他居然开始给她上课,讲解演讲技巧!我和她的关系还不是那么亲密,觉得有些尴尬:

"欧容,你太夸张了……"

她反而乐于受训:"没事,您让他说,他可是导演。我确实得听他的……"

她喜欢《八美图》,喜欢欧容。有一次,可能也是欧容或是朱莉·加耶告诉她,戏剧舞台上演员和观众互动是有技巧的,演员的注意力太过集中反而可能显得孤立,会阻碍和观众的交流……随后,就有了5月1日在夏洛蒂体育场的大会。那天可谓群情激昂。她非常兴奋,一直站在讲台上……太不可思议了,仿佛一切皆有可能……我和她忠诚的合作伙伴达尼·布尔容不遗余力,联系了许多歌手和演员,邀请他们到场。我们竭尽了全力。幸好我当时已经不是需要全勤的经纪人了!

在里尔市的最后一次会议,我们开始泄气了。当天,弗朗索瓦·欧容、雅克·韦伯等人都到了现场。我们之前已经见过塞戈莱纳,可在现场,她更喜欢跟欧容和韦伯交谈,却不愿和当地代表们说话。我记得上一次大选时,我曾跟奥朗德参加一些会议,他就不是这样。无论是他还是希拉克,他们都不会遗漏任何与会者,和每个人都会说上一会儿话。塞戈莱纳表现得有些像女演员:"我必须保持专注……"

[①] 何塞-路易斯·罗德里格斯·萨帕特罗(1960—),西班牙前任首相。

第四章 新的生活

她完全没兴趣和代表们谈话。阿诺·蒙特堡[1]到达会场时，发现自己的位置不好，旁边有一个座位是预留给科斯塔·加夫拉斯的，可他没到场。蒙特堡直接把写有科斯塔·加夫拉斯名字的指示牌给撕了。

"这是科斯塔·加夫拉斯的位置。"我对他说。

"哦，没事……"他回答说。

随后他就坐了下去。当天率先发言的是雅克·德洛尔[2]。轮到塞戈莱纳发言时，坐在第一排的玛蒂娜·奥布里[3]心不在焉，仿佛完全置身事外。在场这些"伙伴们"的表现，真的令我难以想象。同时，某项民意调查显示，她的支持率在下滑，很不容乐观。为此，她不想见任何人，闭门谢客，随后直接坐汽车返回了巴黎，而没有和我们一起乘坐火车。在里尔的火车站大厅，支持塞戈莱纳的记者和反对她的记者开始争论。此后，我每次来到这个火车站，脑海里都会浮现这个景象。

"总之，她一无是处。"

有一个记者甚至当场哭了起来……我和欧容一起乘坐火车回去。我们俩都非常欣赏的伊丽莎白·吉古，塞戈莱纳却对她异常严厉，（正所谓伴君如伴虎！）而我一直为她说好话。吉古在这场大选中一直很卖力。回程途中，欧容也这样对她说：

"您为她所做的一切，真是无可挑剔。您相信她……"

"我们无法预测结果。不过现在看来，她可能会失败……"

5月6日，第二轮大选当晚，我们约好在社会党总部见面。来到圣日耳曼大街时，街上黑压压挤满了人。到处都是年轻人。我当时已经知道她输了。出租车司机是一位好心的年轻黑人，对我说："真好，塞戈莱纳会赢……"

"不，她不会赢。"

"要等到晚上八点才知道结果。"

---

[1] 阿诺·蒙特堡（1962— ），法国政治家，时任法国工业振兴部部长。
[2] 雅克·德洛尔（1925— ），法国经济学家、政治家，第八任欧盟委员会主席。
[3] 玛蒂娜·奥布里（1950— ），法国女政治家，曾担任法国社会党第一书记。

2007年,与塞戈莱纳·罗亚尔一起,在她位于巴黎拉斯帕伊大道的办公室里。
© Jean-Luc Luyssen/Gamma/Gamma Rapho

"我们已经得到结果了,她输了。"

他停下出租车,哭了起来!我差点儿就要和他一起哭了。那天晚上发生的一切,至今依然历历在目。塞戈莱纳站在社会党总部大楼顶上发表了演讲,显得体面、勇敢而激动,她承诺会带着她的支持者走向新的胜利。在拉美之家餐厅的晚宴上,她安排艺术家们坐在一桌,里面并无政坛人士,除了伊丽莎白·吉古,是的,又是她。我和洛朗·法比尤斯的一个同事吵了起来,因为法比尤斯和多米尼克·斯特劳斯-卡恩当天就开始在一些电视节目上拆塞戈莱纳的台!

"太丑陋了,你们怎么能这样对她?如果你们之前真的支持她……"我歇斯底里地大叫。

我还记得,女制片人法比耶纳·塞尔旺-施赖伯对我说:"她是一个忘恩负义之人,你看着……"

我跟她大吵起来。很久之后,我才知道其实塞戈莱纳·罗亚尔自己可能也并未倾尽全力将大家都团结起来。但在那个时期,我真是毫无保留

第四章 新的生活

地支持她。

我和她的关系变得亲密起来，其实是在她大选失败以后。即时，她和奥朗德分手之事也被曝光了，闹得沸沸扬扬。她很难过。无论仕途还是生活，一切都不顺利，仿佛遭遇了双重背叛。那段时期，她非常孤独。当然，她的孩子们都支持她，还有她的一些拥趸。我会去她家吃午餐。她和奥朗德未分手时，我从未去过她家。皮埃尔·贝尔热刚刚给她在拉斯帕伊大道租了一个办公室，取名"期望未来"，我也常去那里找她，安排她和一些艺术家以及电影圈、戏剧界、歌唱界的人士见面，也会安排她和克洛德·希拉克以及前总统雅克·希拉克的办公室主任弗雷德里克·萨拉-巴鲁见面。我们一起外出，一起看戏剧、电影和演唱会。就像一位记者所说，我成了她"落寞时的伴侣"。

这一切，就像一场恋爱。我甚至送给她一张《欲望号街车》的海报，这是马龙·白兰度的经典影片，曾引起巨大轰动。她去穆然小镇度假时，我也陪着前去。我住在她府邸旁边的一家宾馆里，觉得自己还是应该和她保持一点距离。这个领域于我而言是陌生的，我需要守住自己的位置。而且，我们彼此依旧以"您"互称。我们一起吃饭，一起去海边，我甚至帮她在背上抹防晒霜。我得承认，我对她心动了。我不得不克制自己的冲动，隐藏自己的欲望，这就像是一个禁忌，我仿佛难以打破。毕竟，我面前的女人，差点儿就成了法兰西共和国的第一位女总统！有些时候，我会带着她和她的两个女儿克莱芒丝和弗洛拉一起去酒吧。我们玩得很高兴。我笑着对她说："塞戈莱纳，您还有很多事情没体验呢！"

她的保镖和布莱斯·霍特菲克斯①的保镖是好友，后者也来到这里度假。两个保镖和我下榻同一家酒店。每天早上，我看着他们俩一起喝完

---

① 布莱斯·霍特菲克斯（1958—　），法国保守政治家，2011年起担任欧洲议会议员。

咖啡后,一个去找塞戈莱纳,一个去找霍特菲克斯!我觉得这简直像是一部电影的开头。我们一起去参加拉罗谢尔的法国音乐节,还在那里碰到凡妮莎·帕拉迪斯。她对我说,她现在没有经纪人,想找我做她的经纪人,但别人对她说,我现在成了塞戈莱纳·罗亚尔的专职经纪人!

"不是这样的,我不做经纪人了,我现在是制片人。"

我们一起去了魁北克。这是塞戈莱纳落选后的第一次正式出访。她以大区代表的身份出访,同时也是为了准备次年魁北克成立四百周年的庆典。她在大学里发表了演讲,表现得异常出色。当地人都把她当成明星,他们很喜欢她,说她的人气甚至比奥巴马还要高。就在这个时候,利昂内尔·若斯潘出版了《绝境》,书中对塞戈莱纳的评价并不太好。若斯潘对她的攻击使她在一场媒体见面会上不得不面对魁北克记者们的提问:"您为什么会被认为是一名二流政客?"

回应质疑时,她显得骄傲而幽默,仿佛对这些讽刺无动于衷。次年,我们再度访问魁北克,参加它的四百周年庆典,她的孩子们也去了。我还邀请了达尼·布尔容和我们一同前往,其间举办了一场宴会,邀请了魁北克当地的一些艺术家出席,例如莫拉娜和罗贝尔·沙勒布瓦;随后,我们一起前往罗贝尔·沙勒布瓦儿子的餐厅共进晚餐……和在法国时一样,我把自己在魁北克的人脉都介绍给她了。她的孩子们后来去魁北克上学,就住在罗贝尔·沙勒布瓦家里。

2007年,就在我们第一次出访魁北克时,她开始撰写自传《我最美的故事,就是你们》,书名是我帮她想的……我还向她推荐我很喜欢的电影摄影师玛丽安娜·罗森斯蒂埃尔为她的书拍封面照。照片中的她,显得前所未有的美丽。在这本书中,她第一次谈到如何和奥朗德分手。她在送给我的书上亲手写了下面这段话,与书名遥相呼应:

　　送给多米尼克,他为了法兰西……这个最美的故事……贡献颇多。谢谢。

塞戈莱纳

第四章 新的生活

2008年初,她受邀担任米歇尔·德吕克的节目《非常周末》的明星嘉宾,我和她一起筹备。我跟她说起了安古兰法语电影节。举办这个电影节的想法,源于和玛丽-弗朗斯·布里埃的一次午餐,她是雅美达老板贝特朗·德·拉贝的前妻,我和她很熟。二十世纪八九十年代,她成了一位非常著名的电视制片人。2006年我离开雅美达之后,她曾打电话给我,说她于1994年辞去法国电视二台娱乐节目总监的职务后去了安古兰。在那里,她先是制作了一部动画系列剧《山鲁佐德公主》,在世界范围内广受好评。随后她决定进入半退休状态。但她最近有个新想法,让她很是兴奋:她想和我一起创办一个电影节。这个主意让我也很激动。我之所以不愿意继续做经纪人,也是想争取这样的机会。于是,我们一边吃晚餐,一边讨论这个电影节的主题。以爱情和历史为主题的电影节已经有了,以早期电影为主题的电影节也有了。但法国还没有一个完全针对法语电影的电影节。而我们俩应该是捍卫法语电影的最佳人选了。我一向很喜欢魁北克;玛丽-弗朗斯的母语是西班牙语(她母亲是阿根廷人)。她父亲是一名船长,带着她漂泊于世界各个城市,她就在世界各地的法语联盟里学会了法语。而且,之前成立电影制片公司时,我已经与安古兰这座城市有了关联。因为多丽丝·莱辛,日后诺贝尔文学奖获得者,当时就定居在安古兰。2006年,我刚成为制片人不久,就从她手中买下了《祖母》的改编权。

塞戈莱纳·罗亚尔当时是普瓦图-夏朗德大区的主席,我和她之间的亲密关系,玛丽-弗朗斯心知肚明,她知道这对我们创立电影节可能有帮助。她没有看错,我对塞戈莱纳·罗亚尔说了这个想法后,她非常兴奋,愿意支持我们。我们去找了安古兰市市长,他不属于"左"翼,但听了我们的想法后,他也非常热情。出访魁北克期间,塞戈莱纳得悉我们的项目还有资金缺口,便对我说:"我来帮你。"

她没有食言。从魁北克一回到法国,我就收到一条很暖心的短信:"亲爱的多米尼克,我刚刚结束了大区的工作会议。我们投票通过了8.5

万欧元的拨款。另外,普瓦图-夏朗德大区将通过安古兰市政府拨出2万欧元。今晚我要去见让娜·莫罗。魁北克真的太美了!"

当然,这样的补贴属于特批,是一次性的,下次不会再有。这也只能对我们电影节的启动有所帮助。那年夏末,塞戈莱纳·罗亚尔和罗贝尔·沙勒布瓦共同出席了第一届安古兰电影节开幕式并致辞。电影节给观众留下了美好的印象。这样看来,我和她的这段故事中,至少还留下了这个电影节,还不算太糟糕。我并没有全输。

那一年,我们经常联系。我常常见到她,有时是独自两人,有时是和她的孩子、她的朋友或者我的朋友在一起。我们一起去看查尔·阿兹纳弗、托马斯·杜特朗等歌手的演唱会。她常常打我电话,就像一位接戏不多的女演员经常会打电话给朋友一样。在一些忧郁的周末,她会给我发短信,有些内容我还记得:

您在哪里?又回家去看望父母了吗?什么时候回来?

我们随时都会见面。她重新振作了起来,心想,虽然没有得到社会党的真正支持,至少还是获得了1700万张选票,以后她会改变战术。大选之后,她再也没有回过社会党总部,但已经决定要接替奥朗德的位置,掌管社会党,后者将不再继任第一书记。五月,她宣布竞选党内第一书记。准备竞选期间,她想在巴黎天顶体育馆举办一场团结大会。因为此事,我和她发生了一次激烈争论。她想在人道报节①当天举办此次庆典。从政治角度而言,这是不可能的。我们争吵得很厉害、很激烈,但我最后说服了她,把日期定在了9月29日。我和她还有她的团队共同筹备此事,可与上次夏洛蒂体育场的活动相反,这次我们遭遇了层层阻碍!我致电邀请各位歌手和艺术家时,他们都回答说:"这有什么用?她已经输了,结束了。现在搞这样的活动,就是为了她自己,为了她能接管社会党。"

---

① 法国每年9月举行的大型游园活动,得名于法国共产党党报《人道报》。

第四章　新的生活

要邀请他们前来不容易。马克西姆·德洛内当时与我共事，对我帮助颇多。他帮忙打电话给唱片公司和歌手。我记得我们的朋友卡利曾问我："我们参加这个活动到底是为了谁？"

他后来还是来了。埃尔韦·维亚尔也来了，他的表现很精彩，到场的还有贝尔尼·博瓦桑、本杰明·比奥雷、达·席尔瓦以及亚历克斯·博潘等人。

我曾提醒过塞戈莱纳要注意自己的声音，之前欧容也提醒过她。我知道她在接受演讲方面的培训，跟着一位老师还有阿里亚娜·姆努什金的一位女助手学习。我记得我们曾一起去万塞讷老弹药剧场观看一部佳作，那是太阳戏剧团的一个作品。剧团的创始人之一阿里亚娜·姆努什金曾对我说："贝特朗·德拉诺埃①从未来过这儿！"

阿里亚娜一见到塞戈莱纳就喜欢上她，就像若泽·达扬曾经对让娜·莫罗一见钟情。剧团里所有的演员也都很钦佩她，虽然我未能目睹，她本人也从未跟我说过，但有人告诉我，天顶体育馆庆典活动之前，她曾步行来到万塞讷的老弹药剧场练习演讲，纠正自己的声音。有人甚至还说阿里亚娜帮她写了演讲稿……但庆典当天，在天顶体育馆后台，她在排练时，我觉得她的声音听起来很假，显得咬字过重，就像一位新演员在准备戏剧学院的考试。我很担心，过去跟她说了我的想法。"哦，是吗？您这样想？"

"我觉得像是在念咒语一样。"

"您说得对，我得注意一点。"

别人也批评她的形象——顶着波浪头，穿着牛仔裤，外面还套上一件印度式长裙——我对此没有什么办法，这与外人想的并不一样。又不是我帮她烫的发型！至于长裙，我确实向她介绍过安蒂克-巴蒂克的创始人加布里埃拉·科蒂斯，自此她就一直穿这个品牌的长裙。加布里埃拉建议她不要穿以前那种粗丝的长裙，而是穿单色裙子，这样更简单也更素雅。庆

---

① 贝特朗·德拉诺埃（1950—　），法国政治家，2001年至2014年担任巴黎市长。

典当天，我们看到的是一个全新的塞戈莱纳·罗亚尔。她仿佛决定了要摆脱以前的那种外省人形象，那种形象并不完全适合她。她仿佛终于摆脱了以往的某些束缚。这种果断，还有这种敢于突破阻碍并承受打击的能力，总是令我惊叹。她有疯狂的一面，当然是指有益的疯狂。就像恋爱中的女人，她们能不顾一切闯入爱人家中，甚至不惜大闹一场，就为了让对方倾听她们、爱她们。在这方面，她简直可以媲美伊莎贝尔·阿佳妮！

但所有这一切并不足以让她接任社会党第一书记。两个月之后，即当年十一月，在兰斯举办的社会党大会上，最终是玛蒂娜·奥布里被任命为第一书记。当时的情景，我们至今依然记得。可以说，这天晚上，成为一名社会党人并不是什么值得骄傲之事。就连奥朗德最终都把票投给了玛蒂娜·奥布里！不过，日后让-弗朗索瓦·高备和弗朗索瓦·菲永为了人民运动联盟主席一职闹得不可开交，让我们看到，右翼党派可以做得有过之而无不及。对于那些有政治信仰的人而言，这不是什么好事。兰斯大会的失败击倒了塞戈莱纳。她输了，并招致一片嘘声。她非常难过，她的生活也就此发生转折。她变得不如以前快乐，欢笑变成眼泪，眼睛里仿佛也蒙上一层雾，整个人显得很沉闷。这样的精神状态，不禁让我联想到一些遭遇巨大挫折后的导演和演员。我们继续常常见面，其间我与她有过一次美妙的相聚。那时她去戴高乐机场，准备接女儿一起去旅行。她打电话给我，邀请我吃午餐。我们在一起待了两个小时，就我们俩。她那天精神很好，也不需要赶时间，她和我谈生活，谈她的往事。她有能力绝地反弹。年底，我们将一起参加宴会，一起去尚佩雷门观看罗马内马戏团的表演。2009年2月，我庆祝五十五岁生日，她也来了。纳塔莉·贝伊要求我不要把她安排在塞戈莱纳的旁边或对面。当天在场的还有让娜·莫罗、雪儿薇·瓦丹、苏菲·玛索、米谢琳·普雷斯勒、夏洛特·兰普林、桑德里那·伯奈尔、皮埃尔·莱斯屈尔、弗朗索瓦·萨米尔森等好友。塞戈莱纳现场讲了一小段话："感谢多米尼克的邀请，我感觉自己来到了一场

第四章 新的生活

1994年2月7日，在纳塔莉和母亲之间，庆祝我的四十岁生日。

1994年2月7日，在我（左五）四十岁生日宴上。

圣会，里面有纳塔莉圣女、苏菲圣女、雪儿薇圣女，还有我们的圣母让娜……"这真有趣。

可能是出于天真或是好玩，我们在表达对彼此的喜爱时，似乎有些过头了。她说我是一块"瑰宝"，在当时刚出版的访谈作品《起来吧，女人》（法国国际电台记者弗朗索瓦丝·德古瓦跟她的访谈）中，她甚至说我是"上天赐予的礼物"。而我说自己是她的火枪手"达达尼昂"，提醒她注意危险。她就是王后，而我是她的侍从，随时保持警惕，并预判可能出现的危机。2009年3月，玛蒂娜·奥布里组织"自由春天"庆典失败，我毫不犹豫在脸书上出言报复："让投票箱爆满，要比让天顶体育馆爆满容易得多！"

也许是这句话惹恼了某些人？关于她和我的恶意评论从此越来越多。直到有一天，若斯潘夫人西尔维亚娜·阿加辛斯基在接受洛朗·吕基耶采访时说："如果她的经纪人贝纳尔先生能让她在娱乐圈有所发展的话，我觉得这对大家都是好事。"真是毫不留情面。

因为这事，《皮偶新闻》决定制作并播出一部嘲讽我的木偶剧。剧中把我比作约翰尼·斯塔克[①]，说我跟他操纵米蕾耶·玛蒂厄和贝卡西纳一样，也操纵着别人。尽管朋友们都来宽慰我，而且长期以来，一直都有人在模仿我，有些人的模仿，甚至我看了都觉得好笑，但这一次，我真不觉得这个木偶剧有趣。我从事这个行业达二十五年之久，却因为塞戈莱纳才有机会做了一次《皮偶新闻》的主角。此前有一部嘲讽强尼·哈立戴的木偶剧，我亲眼看到给他女儿劳拉带来了伤害。现在这事居然也发生在我的身上，我觉得难以置信。况且我也在为Canal+电视台做事，其电影频道的《一路顺"疯"》就是我的节目。我和电视台的老板鲁道夫·贝尔摩说了此事，他这样回答说："《皮偶新闻》是国中国，我

[①] 约翰尼·斯塔克（1922—1989），法国制片人，曾帮助米蕾耶·玛蒂厄成为国际明星。

第四章 新的生活

也无能为力……"

于是，我只能怪我自己，而且，我向来不觉得这些木偶新闻符合事实。我从未把塞戈莱纳·罗亚尔当作供自己取乐的洋娃娃，也从未对我名下的任何一个女演员或我亲近之人有类似的想法。这些说法与我所做所想以及我本人的实际差了十万八千里。

2009年初，有人说塞戈莱纳恋爱了。在《巴黎竞赛画报》的封面上，我们看到她和安德烈·阿杜杰在马贝拉①共度爱情周末。阿杜杰是一名商人，经营一家游戏公司，与帕特里克·萨巴捷以及洛朗·菲尼翁等名人都有联系，但在政界籍籍无名。他们相识，好像是在2008年假期，她身边的人目睹了他一步步接近她，大家都不是很欣赏他，也难以接受他。他曾匿名陪伴她出席了社会党在兰斯的大会，没人知道他身上什么地方打动了她。我并不认识他，甚至从未见过他，她也从来没有跟我说起过他。之后，我见她的次数变少了，但她依旧经常打我电话。她恋爱了，这于她毕竟是好事。但我从别人口中了解的她的爱人，并未给我留下什么太好的印象，我甚至很担心她。之后，阿杜杰出现的次数越来越多，在与她相关的消息中占的位置也越来越重要，甚至对她的政治策略的影响也越来越大。他陪她去了雅典，协调她和媒体之间的关系，随后两人又一起去了夏朗德大区，一起和当地代表吃午餐，为《西南报》拍照。（不久前还与《巴黎竞赛画报》就照片事件打了一场官司！）五月底，他们又一起出席了雷泽的党内会议，此次会议缓解了她和玛蒂娜·奥布里之间的矛盾。总之，他变得越来越不可缺少。

从那时起，情况开始变化。她开始有意识冷落身边的人，达尼·布尔容因为直言对安德烈·阿杜杰的看法，她居然两天都没有联络自己的这

---

① 西班牙南部城市。

位忠心的助手。为了摆脱她,塞戈莱纳甚至想让我把她招进安古兰电影节,但我们当时根本没有人员需求,也缺乏资金!值得庆幸的是,达尼·布尔容先是被调去拉罗谢尔的一个小办事处,后来进了让-马克·埃罗总理的内阁,在总理府给克里斯托弗·尚特皮当助手。塞戈莱纳还辞退了她的一位顾问——菲利普·吉尔贝,又赶走了"期望未来"网站的主编艾莉丝·柯莱特。在几个星期内,她的媒体专员多米尼克·布伊苏两次递交辞呈,事情的变化让布伊苏十分生气,最后自己卷铺盖走人。不久后,她又辞退了自己的办公室主任西里尔·皮克马尔。当年七月底,塞戈莱纳对拉斯帕伊大道的办公室进行了一次真正的大扫除,把所有的东西都扔进了垃圾桶!显然,她这是要表明走向新阶段的决心。她甚至与让-皮埃尔·米尼亚尔也疏远了,米尼亚尔是她的好友,她曾把他当作兄长,他还是她两个孩子的教父。九月初接管"期望未来"后,她聘用了一位律师,但她居然不希望后者出席蒙彼利埃的第二届团结大会。尽管一上主席台,她就当众向他致谢,说能够体谅他没有出席此次大会,甚至说他是因为工作而羁留在利伯维尔[①]!

2009年夏天,她有一段时间待在奥莱龙岛[②]。有一天,她打电话给我:"多米尼克,我想对你说,我们今后见面要少一些。我想重新夺回我的大区主席职位,但我觉得自己现在的形象太巴黎化了。看演出,结识艺术家,再加上《皮偶新闻》事件,这些事情加在一起会影响我的民众基础。我得回归以前的重心,重新脚踏实地……"

这一年八月,我们的关系开始朝着无法挽回的境地恶化。她应该是看了《皮偶新闻》节目的重播,安德烈·阿杜杰显然没有宽慰她,帮助她理性看待这个事件,毕竟,这只是个娱乐大众的皮偶新闻而已!而且,正如他这年夏天不遗余力让她疏远以前的合作伙伴一样,他肯定也建议她

---

① 加蓬首都。
② 法国第二大岛,位于法国西南部滨海夏朗德省。

第四章　新的生活

疏远我。不过,她还是说她会来安古兰参加电影节的开幕式,但待我已不像以前那般热情,也不再兴冲冲地约我出门,一起吃晚餐……我把这一切归因于她的爱情。

随后,在电影节开幕前四天,我接到她办公室主任亚历山大·戈丹的来电:"塞戈莱纳想和你谈谈电影节的事,她去不了了。现在这个时期,她得避免浮华,避免过多曝光……你得来普瓦捷找她。"

"可我离不开,现在是电影节筹备的最后时刻,每一分钟都很重要。"

"她一定要见你!"

"我打电话给她,她这样不是要找我谈话,而是在召见我!"

"她就是要召见你。"

我解释说我现在离不开安古兰,有什么事我们可以在电话中说。他对我说,塞戈莱纳怀疑是我在幕后筹划了《皮偶新闻》事件,随后挂断了电话!我义愤填膺,给她发了下面这条短信:

> 感谢您用这些无稽之谈来气我。确实,政坛实在是太没有底线了。今晚,我后悔自己曾参与其中。

没有回复,没有回电,就此渺无音讯。安古兰电影节前夜,《自由夏朗德》报刊登大幅版面,介绍此届电影节,其中有一个关于我的采访,我做了一个性格测试游戏,需要回答一些喜欢什么不喜欢什么之类的问题。比如您喜欢披头士还是滚石乐队? 喜欢塞戈莱纳·罗亚尔还是玛蒂娜·奥布里? 这样的采访要求欢快有趣,有些像是做游戏,个人色彩浓烈。记者问我喜欢樊尚·佩永还是阿诺·蒙特堡时,我回答樊尚·佩永,因为他有知识,而且一直支持塞戈莱纳·罗亚尔,我觉得阿诺·蒙特堡像是一个蹩脚的演员,哗众取宠,惹人不快。最近几周以来,塞戈莱纳的阵营发生了一些变化,具体原因我不知情,出于何种考虑我也不知道,总之,她和樊尚·佩永的关系搞僵了,而开始接近之前一直不太信任的阿诺·蒙特堡……第二天,诸多演员、导演和嘉宾蜂拥赶到电影节现场,塞戈莱纳·罗亚尔却在《自由夏朗德》报上发布了一条冰冷刺骨的声明:

2 塞戈莱纳，惨淡收场的爱情

塞戈莱纳·罗亚尔再次请求多米尼克·贝纳尔专注于影视圈，发挥他在该领域的卓越才华，不要再赋予自己一个子虚乌有的政治角色，而且，塞戈莱纳·罗亚尔也从未想过要找他做她的顾问或专家。

真是当头一棒！这是一次有预谋的公开杀戮，是毫无情义的侮辱。

"塞戈莱纳杀了我！"

让-路易·博洛说得对："怪癖该滚蛋了！"她另有新欢了。从来没有人这样对我。从来没有人这样伤害过我。我惨遭践踏。

我想起一件事，就在几个月之前，她想邀请我参加她的政治会议，但我谢绝了，因为我知道那不是我该去的地方，而且就在不久之前，她曾对我说："有人问您在我身边扮演何种角色时，您为什么只是回答说'我是她的朋友'，而不说您是我的顾问呢？"

"因为我本就不是什么政治顾问，更不是什么精神领袖。我就是您的朋友。"

"是，您是我的朋友，但朋友就会给建议，会保护……"

在发布这条杀人公告之前，她没有打我电话，也没有提醒我。亚历山大·戈丹也没有提醒我，我试着联系他们，但都是徒劳。我给塞戈莱纳发了一条短信：

> 遇到这种可笑之事，最好一笑了之。之前，我从正常生活进入非正常生活，现在我将回归我原本就不应该离开的领域，它要高尚得多。晚安。

从此，我再也没有和他们通过电话。

那年的安古兰电影节期间，发生了一件怪事。电影节第一天，我的左臂仿佛瘫痪了一般，无法动弹。在第二天的颁奖典礼上，我略微影射了一下之前发生的事情："我现在明白了，还是应该和艺术家待在一起。"

当地的媒体借此炒作，我想奋起反抗，但力有不逮！不仅我的左臂动弹不了，后来我的整个身体都动不了。前来诊断的医生，当然对我的事

第四章 新的生活

一无所知,问我是否最近有亲人过世:"一般情况下,这是因为亲人离世给身体造成的创伤。"

我这样回答他:"不,不是因为亲人离世,是因为塞戈莱纳·罗亚尔离开了我!"

我告诉了他所发生的一切。就在塞戈莱纳发布公告的第二天,我收到一条纳塔莉·贝伊的问候短信。阿努克·艾梅也安慰我:"我受邀参加美国特柳赖德电影节,你和我一起去吧!"

于是我去了美国,为了换换空气。这里的空气突然令我窒息。

回到法国时,我看到各大报纸还在拿我们决裂的事大做文章,而且有人对我说,塞戈莱纳与记者之间素来交恶,因此她觉得,这些报道又是我在后面推波助澜。我给她发了这样一条短信:

事情的转折真令我难过,我想告诉您,报纸上说的那些事情与我毫无关系。

和之前一样,我没有收到回复。我甚至要求和她面谈,但也没有下文。直到2011年8月,就在安古兰电影节开幕前几天,我父亲去世,我才收到她的短信:

晚上好,多米尼克,我知道了这个不幸的消息。尽管我们之间有分歧,我还是真心地请您节哀顺变。塞戈莱纳。

2011年8月,在第四届安古兰法语电影节,与桑德里娜·伯奈尔在一起。　© Guillaume Gaffiot/Visual Press Agency

我这样回复她：

> 感谢您的短信。激情往往会导致严重失控，但这有时与事实真相并无任何关系。

她没有回复我的短信。

这很粗暴，很痛苦，很残酷，很悲伤。然而让我惊讶的事情还没完呢！痛苦也远远没有结束。几个月之后，《解放报》记者大卫·勒沃·达诺那出版了《同志间的小谋杀》，里面一些内容令我难以置信。塞戈莱纳说："身处政坛，有人会有意接近你，通过你实现他们的价值。他们会说，正是因为他们，你才有存在的价值，你得感谢他们。这些人利用你，通过你来提升他们的名声和关注度。他们不是为了某项事业，仅仅是为了他们自己。贝纳尔利用了我的名字。但政治家的本领，就在于能够发现这些寄生虫，并把它们铲除。"

想到我之前的辛劳，还有我的付出，我该如何回应？我唯一想做的，就是躺下睡觉，希望第二天醒来，发现这一切只是一场噩梦，好像从未发生过。我怎会因她变得如此糊涂？几个月之前，在弗朗索瓦丝·德古瓦的《起来吧，女人》里面，她还说没有我，就没有天顶体育馆的盛典："啊，多米尼克……他是上天赐予的礼物。他目光敏锐，一直支持我。他的建议非常宝贵，但他和所有艺术家一样，尊崇自由的意志……我应该早发现这群人，他们的优雅和直觉伴随着政治思想。"想想现在，简直天壤之别。

因此造成的创伤很难愈合，不仅仅是对我而言。9月19日，她在蒙彼利埃参加社会党的团结大会，我们这些失意者也在巴黎阿卡谢尔斯街我家旁边的一家意大利餐厅组织了一场"被遗弃者"晚宴，在场有十几个人，经历了这场灾难，我们需要这样的相聚。就像是爱情幻灭后，大家聚在一起疗伤。我们发誓不会提她的名字，也不会向外界宣扬。但之后还是有人在媒体上透露了一些消息。肯定是我们当中的某个人，太过伤心失望，想让别人知道，想让她知道……

第四章 新的生活

旧伤未愈新伤又来,因此伤口难以愈合。塞戈莱纳后来指控我们在电影节管理上有问题,最后我们只能上法庭解决。随后,我为一家电视台制作并改编安德烈·莫洛亚的《气候》,原本计划全程在安古兰拍摄,可塞戈莱纳主席领导下的普瓦图-夏朗德大区拒绝帮助我们。庆幸的是,省级部门愿意支持我们。后来,项目中只要有我的名字出现,大区行政部门就会予以否决。气量如此之小,也真令人觉得可笑。我因此想起了自己亲历的一件事,我早就应该有所警醒的。那天,我们一起乘坐火车前往普瓦图大区。塞戈莱纳和她的一个同事布兰卡正在处理一些文件,主要是关于政府对现场演出活动补贴的分配,里面有一家公司布兰卡没有听说过,于是塞戈莱纳问我:"您认识这些人吗?"

"我也不认识。"

"哦,如果连您都不知道他们的话,那就不用考虑了。"

"可是塞戈莱纳,不能因为我不知道这个公司,就不给他们补贴。也许他们的工作很出色呢!"

"那好,为了让您高兴,我们就同意给他们补贴!"

我非常感动,但也有一些担心,觉得这未免太过草率。我本应就此警醒,可当时也许是被感情蒙蔽了眼睛,而且,我总骄傲地觉得自己能给她帮助和建议,便犯下了如此错误。

我觉得塞戈莱纳需要接受心理咨询。她幼时的遭遇导致了许多问题,至今尚未解决。她父亲一直认为她们姐妹低人一等。有一天,她跟我说了一些很感伤的话:"在姐妹中处于中间的女孩子是很可怜的,因为她一直得穿姐姐们剩下的衣服……"

她和姐妹的关系很复杂,觉得她们并不爱她,因此很痛苦。她想被爱,想被关注。在这方面,她第一次向密特朗提要求时就让人觉得不可思议,她大声地要求总统给她一个区。这需要胆量。她并不缺乏胆量。她也有魅力,有勇气,但我不确定今天的她是否还有底线,还记得初衷。若斯潘此前说她只是一个二流政客,现在的我会觉得这也许不无道理。此

2 塞戈莱纳，惨淡收场的爱情

次痛苦的决裂终于让我清醒了……

政坛的有些男人和女人，就如演员，甚至更糟！他们和演员一样有魅力，但与我们想象的相反，他们要自恋得多。相比他们的残忍和厚颜无耻，舞台上的演员简直像是合唱团的小孩。很难想象，这些人外表光鲜亮丽，受过良好的教育，绝大部分都有智慧有修养，居然会表现得像是课间休息时的学生。他们极尽害人之能事，第二天还能若无其事。一个演员如果不喜欢另一个演员，他们不会坐在一起吃饭，但是政客可以。虽然他们心中恨对方恨得要死，但依然互相打招呼、交谈、举杯。我从未见过这样的人！当然，与塞戈莱纳之间发生的故事，不会影响我再次投身政界。我决定在2012年总统大选时支持奥朗德。不过，这一次与之前完全不同，我考量更多的是政治因素，感情因素不多。我和塞戈莱纳之间再无往来，只是在参加奥朗德在图卢兹市组织的会议时，与她擦身而过，打了个招呼，那次和我一起的还有桑德里娜·伯奈尔以及弗朗索瓦·欧容。奥朗德大选胜利当晚，我特意避开了她。她在国民议会选举失败后潸然泪下，我还是很感动。尽管她不惜一切代价要前往拉罗谢尔。她的眼泪好像是发自内心的，不是故作姿态，不过面对她，我也不能确定。以往的教训，教会了我要谨慎。

此次决裂一直纠缠着我，直到……总统府。我之前并不认识尼古拉·萨科齐，他当选总统之前，我只是见过他两三次而已。但2010年3月10日那天，他向米里埃尔·罗班颁发了荣誉军团勋章，由于后者的邀请，我去了现场。大厅里群英荟萃，有阿兰·德龙、让·雷诺等人。我和让-米歇尔·里布待在大厅角落。发表完算是热情洋溢的颁奖辞之后，萨科齐总统开始问候到场的宾客。看到我时，他停下了脚步，说：

"多米尼克·贝纳尔到了爱丽舍宫！多米尼克·贝纳尔到了爱丽舍宫！"

当然，他的惊讶引起了周围一片笑声。

第四章 新的生活

"您知道吗,卡拉①很喜欢您……"他接着说。

我向他微笑致意,以为他会就此打住。让我意外的是,他继续说:"您曾大力支持的好朋友,待您可真是不地道。您为她所做的那些事……夏洛蒂体育场的活动……天顶体育馆的大会……可都是大工程。换作是我,我真希望能邀请到那么多人……塞戈莱纳·罗亚尔生性冷漠。您知道吗?在第一轮和第二轮总统大选期间,我们有一场辩论,辩论当天,我前往直播厅时,觉得需要去和她打个招呼,于是敲了她房间的门,但她居然拒绝开门和我握手。在民主国家,这样的事情真不应该发生……她对您的所作所为真是卑劣至极。我们这些政界人士都知道政坛就是角斗场,所有的攻击都可能发生,我们也习惯了承受打击或者打击别人……但对待一个民间人士,我们不能采取这样的做事方式……这不好。"

我无言以对。他接着说:"别人都说您感觉敏锐,怎么会事先没有怀疑呢?您怎么会没有注意到那些事情的前兆呢?"

(长时间的沉默。)

我回答说:"总统先生,我曾经爱过她。"

"啊,是的,如果您曾爱过她……"

让-米歇尔·里布此时背诵了一首龙萨②的爱情小诗。萨科齐往前走了几步,又回过头来,抓住我的胳膊,带着戏谑的笑,对我说:"我不明白,我对您的过去有所了解,对您的性格也有所了解,知道您喜欢什么样的人……真要说爱,您应该爱上的是我!"

一个半月后,我再次来到爱丽舍宫。这一次是因为雪儿薇·瓦丹被授予荣誉军团勋章。嘉宾要少一些,主要是一些好友。我和纳塔莉·贝伊待在一起。

---

① 卡拉·布鲁尼(1967—),法籍意大利裔著名歌手与超级名模,法国前总统尼古拉·萨科齐的妻子。
② 皮埃尔·德·龙萨(1524—1585),法国著名诗人。

2 塞戈莱纳，惨淡收场的爱情

"啊，多米尼克，您又来啦。当然……"

随后萨科齐对纳塔莉说："他对您说过我们上次开玩笑的事吗？他没对您说，他爱上了塞戈莱纳·罗亚尔吗？"

纳塔莉回答说："我们知道一些！庆幸的是，他回家了……"

雪儿薇接着帮我说好话。萨科齐提出要跟她们拍照，并邀请我也加入。我没答应。我并不想把事情做得太出格。

但在影片《征服》中出演萨科齐总统顾问皮埃尔·沙龙一事，我毫不犹豫就接受了，甚至是主动请缨！我一直很欣赏他的。帕特里克·罗特曼曾跟我说起过这部电影，他原本想找弗朗索瓦·欧容担任导演，但后者并不很感兴趣，于是他找到我，请我帮他找一位导演。我向他推荐了格扎维埃·杜兰热，还补充了一句："如果这部电影能拍成的话，我很想演里面的皮埃尔·沙龙。"

电影开拍了，罗特曼打来电话，邀请我出演这个角色。我感觉皮埃尔·沙龙与萨科齐的关系非常亲密，就像我当年跟塞戈莱纳一样，因此演起来应该很有趣。但萨科齐得悉此事时，好像这样说：

"他会给这个角色带来太多的感情色彩。"

顺带提一句，当时沙龙已经不受他的宠幸了……在电影中，罗特曼写了这样一场戏，沙龙和萨科齐一起为电视辩论做准备，由沙龙来扮演塞戈莱纳。这当然只是电影情节，在真实生活中，真正扮演这个角色的是埃里克·贝松，他曾是奥朗德和塞戈莱纳的密友，后来背叛了社会党。拍这场戏那天，我心中有一种奇怪但强烈的感觉：我人生中的这一章总算翻篇了，情感终于找到了一个宣泄口，我好像需要这场戏，彻底地把它释放掉；我好像就是需要拍这场戏，才能让自己平和地对待这段伤心往事。

第四章 新的生活

3
与生俱来的爱

有些事情无法避免，有些相遇无法错过。我的邻居制作的第一部电影是《与生俱来的爱》，改编自夏洛特·瓦兰德蕾大胆而激动人心的作品，这绝非偶然。在这本书中，她讲述了自己的奇妙人生，为了生活，她进行了无休止的斗争。把书改编成电影这事，只能由我们来做，由我来做……

正如之前所说，我与夏洛特相识于《法外之徒》试镜期间。她当时不满十五岁，虽然被剧组选中了，但她父母觉得电影情节太过暴力，不同意她出演。不过，她的试镜并非毫无用处，正是看了她试镜的视频，薇拉·贝尔蒙才决定找她出演自己的处女作《红色接吻》中的女主角，与朗贝尔·维尔森搭戏。电影讲述一位共产主义女战士和一位记者之间的爱情，故事发生在冷战时期和摇滚乐盛行的年代。夏洛特当时还叫安娜-夏洛特·帕斯卡尔，制片人建议她换一个"更有异域风情和更浪漫"的名字，于是她改名为夏洛特·瓦兰德蕾。这名字源于布列塔尼地区的一个海滨浴场——纳瓦-昂德雷，她儿时年年夏天都待在那里。这个名字后来家喻户晓，《红色接吻》使她提名了恺撒奖最佳新人女演员奖，不过最后该奖项被另一个夏洛特收入囊中，即《不害臊的姑娘》中的夏洛特·甘斯布，但夏洛特·瓦兰德蕾后来还是荣获柏林电影节最佳女演员奖，电影向她张开了双臂，她全身心投入其中。出身于小资产阶级家庭的她，酷爱自由，但在当时算是一个好女孩，不过总觉得生活有些烦闷。成为演员之后，她到了我麾下。之后，她接连又演了两部电影。有一天,因《声音与愤怒》而声名鹊起的导演让-克洛德·布里索联系她,想找她出演他的下一部电影《白色婚礼》,影片讲述一个有些可怜的年轻女孩,性格孤僻而神秘,爱上了自己的哲学老师。布里索是一个吹毛求疵的导演,开始对她进行考验,让她连续几个月钻研这个角色。合约也在洽谈之中,一切进展顺利。但就在影片开拍前几个星期,摄制组打来电话,通知我说夏洛特落选了:"请您理解,保险公司不愿意给她出保单。因为她……"

"她怎么啦?"

"她艾滋病血清检验呈阳性。"

我哑然,夏洛特艾滋病血清检验阳性?我难以相信,感到压抑和焦虑。她还不满十八周岁……她为什么没和我提起过?

我立刻打电话给她,要求见她。她告诉我她确实感染了艾滋病,她知道是被谁传染的,可能是一个年轻的音乐人,一个非常流行的摇滚乐队的成员,他们有过一段甜蜜的爱情。但是他吸毒,最后抛弃了她,她为此伤心欲绝。而且分手时,还是他建议她去做艾滋病排查的!我听完深感不安,因为是我把他介绍给了她!我知道她是他的粉丝,因此某晚在凡尔赛宫安排他们见面。

得知她艾滋病检测呈阳性后,父母建议她选择沉默。因此她未和任何人提起此事,只是有一天,出于完全信任,她告诉了让-克洛德·布里索,而后者显然无法把这样大的一个秘密压下来,于是告诉了制片人。那还是1987年至1988年间,人们对艾滋病束手无策,当时也还没有研究出ART疗法,所以制片人很担心,不想承担任何风险。如果此前夏洛特跟我说过这事,我肯定会建议她守口如瓶。走一步看一步即可。艾滋病血清检验呈阳性,并不是染上了艾滋病……于是,布里索找凡妮莎·帕拉迪斯替换了她。因为导演的背叛,夏洛特可谓遭到极大打击。之后花了很长时间,才恢复过来。她的演艺生涯也从此困难重重。庆幸的是,她在

第四章 新的生活

电视剧方面得到了一些机会，尤其是在电视剧《科尔迪耶家的法官和警察》中，她获得了一个很好的角色，出演里面探长的女儿，一个不屈不挠的女孩子，她持续演了十年。其间她需要面对常人难以想象的困难和绝望，她得接受治疗，坚持工作，忍受孤独、沉默和流言。出于生命的本能和坚强的意愿，她依然幻想得到爱情，而且终于梦想成真，她在2000年有了一个女儿。三年后，因身体多次不适，经过检查，医生告诉她心脏有两处之前未发现的梗塞，因此她在三十五岁就得接受心脏移植手术！有时我们真想咒骂命运的不公……

我们经常见面，我试着给她找一些角色，帮助她出演一些戏剧，但并不容易。整个电影圈的人几乎都不愿意帮助她，毕竟大家都不喜欢体弱的人，有人甚至散布谣言，说她吸毒！某日，我们一起吃午餐，她的状态不太好，我建议她把自己的经历写成书，既是为了打发时光，让自己无戏可演时能有事情做，更是为了记录下与生命抗争、求得自由、自我安慰的过程。我给她介绍了一个编辑，名叫弗朗索瓦·韦尔杜，是纳塔莉·贝伊之前介绍认识的，我们在寻找午时餐厅谈了一次，随后夏洛特开始写作……《与生俱来的爱》出版于2005年，成了一本畅销书。一年之后，当我成为制片人时，最想做的，就是把它拍成电影。这是一个非常好的故事，有着深刻的人生教训，而我本人就是这个颠覆性故事的见证者……夏洛特同意了，我们拍出了一部震撼人心的电影，导演是樊尚·莫奈，2008年11月在法国电视三台播出。影片中真实与虚幻交错，令人百感交集。夏洛特出演成年后的自己，我也同样。年轻演员奥萝尔·帕里斯出演年轻时初入影视界的夏洛特，布鲁诺·希什演年轻时的我，一名选角导演。夏洛特之后又写了两本书，《未知的心》和《别忘了爱我》，都充满了人生教训。而且，她从写作转为亲身实践，充满热情地投入一些人道主义活动，例如拯救饥饿行动。对于她，我只想说一句当下年轻人的口头禅："厉害啦！"

按照我和米歇尔·费勒的想法,《与生俱来的爱》本可以成为我的邻居制作的一部标志性作品:很好的故事情节、感人的主人公、打动人心的主题……我们的目标,是制作一部面向大众的艺术作品,但并不排除喜剧因素,就像电影《以胖为美》一样。我们制作的影片并不总能大卖,但也从未亏过钱,而且我觉得我们公司还处于发展初期。八年间,我们制作了三部电视剧,十几部电影,其中四部是故事长片。三年前,出于对未来

2005年,与夏洛特·瓦兰德蕾一起,当时她的《与生俱来的爱》出版。

形势的判断,我们冒险成立了一个短片部门,负责人是我看着长大的一个年轻人,有激情有效率,名叫安托万·勒·卡尔庞捷。他负责制作的短片,主要有克里斯托弗·布拉谢导演的《出发》,后者是我很喜欢的一位摄影师,也是一个冲浪爱好者,一直想要拍一部以此为题材的长片。

我已经做了八年的制片人!生活发生了改变。但我对新生活非常满意。除了制片人的工作外,我同时还在做一些其他事情,当然,有时这些事情与制片人的工作会有交集!我继续冒险,但只是一个方向。我为自己崇拜的传奇女星娜娜·穆斯库莉、米谢琳·普雷斯勒和阿努克·艾梅拍摄纪录片;主持电视节目,例如,连续几年夏天,我和皮埃尔·莱斯屈尔都在法国电视五台主持《墙上留言》,回顾几十年前的一些电影和音乐作品;我现在还主持一些与影视圈和戏剧圈相关的访谈节目,如

Canal+电影频道的《电影人》,这个节目的前身是《一路顺"疯"》;我还会出现在巴黎一台以及安古兰法语电影节。所有这一切都让我乐在其中……当然,我依然会经常去看戏、看电影,出席各大艺术戏剧学院的作品报告会,仿佛还想发掘明星,依然会喜欢上一些新晋演员和歌手。我的兴趣一直未变,正如我的初心。如果要选一句话作为自己的座右铭,我会选我弟弟最近发给我的源自斯宾诺莎①的一句话:"认真做事,保持愉悦。"

但我不会太天真。毕竟我和大家一样,见证了这个圈子日益残酷的竞争,电影曾是我们的骄傲,是我们"卓越的文化",但现在受到的威胁越来越多,目前的平衡是脆弱的,投资者比艺术家有更大的话语权,决策者有时并不懂我们在说什么,他们对电影作品和演员会有一些太过主观的看法,甚至对观众也同样……虽然我觉得人们的热情和信念总体减弱了,但我也看到还有一些人在抗争,他们隐身于某个角落,为创造新的规则而努力,毫无保留地投入一些独特而大胆的作品之中……这些火花和灵感,都是未来的希望。

作为制片人的同时,我也参与其他许多活动,其中安古兰法语电影节当然占据着一个特殊的地位。尽管塞戈莱纳·罗亚尔多方阻拦,这个电影节还是生存了下来,成为每年不可错失的一场电影盛宴,算是下一年度电影作品的风向标。别忘了,《无法触碰》正是通过我们电影节才大获成功!我们也会在电影节推荐一些电影新秀,介绍其他国家和地区,如魁北克、马里、比利时、布基纳法索等的电影技术,重播一些经典的法语电影,向一些伟大的电影人致敬……我最欣喜的是,观众总能如期而至。各个展播厅都座无虚席,有时甚至会出现座位不足的情况。2013年,我们播映了《中国益智游戏》,观影人数超过了四千人,需要我们妥善安排。我们

---

① 巴鲁赫·斯宾诺莎(1632—1677),犹太人,近代西方哲学公认的三大理性主义者之一,主要著作有《笛卡儿哲学原理》《神学政治论》《伦理学》等。

总在尝试解决问题，虽然……有些问题会很棘手！能在这座城市让观众欣赏到这些风格迥异的影片，是一种美妙的体验。我感觉自己和这座城市有了一个契约，这种感觉是全新的。我一直知道电影是有观众的，但能亲身回应他们的关切和喜好，这还尚属首次。我仿佛发现了自己性格中全新的一面，或者说自己生命有了新的意义，成了一条纽带、一个传递者——这令我所有其他工作都变得更加真实。突然之间，我仿佛明白了一个道理：激情的意义在于传递，回忆也只有通过分享才变得有意义……

说到这儿，我想回过来谈这本书，创作它的目的其实很简单。经历了这么多事，最令我惊讶的是，书中的那些地名和面孔，依然清晰地留存于我的脑海中。遗憾的是，我之前拍的照片还是不够多，虽然装满了我的几个箱子，我公寓的墙上也贴满了照片。我讲到的这些瞬间，我觉得有实证才会更有力量，才好像确实存在，而不是我的想象或者幻想。也许正如密特朗所说，这源于我信奉"精神的力量"。在我的心中，矗立着一座弗朗索瓦·特吕弗珍爱的"绿屋"！不需要太多的崇拜和仪式，重要的是生活。它也不是一个神坛，而是一个开心的大杂烩。所有我见过和爱过的这些人，我依然在见，依然在爱，他们的照片和海报装饰着我家的墙壁，陪伴着我，无论他们是否尚在人世。我常常会想起帕特里克·迪瓦尔、帕特里克·奥里尼亚克、西蒙·德·拉布罗斯，想起我的父亲，想起那些早早被疾病夺去生命的好友，当然还有那些天天在一起的人。我们常常前一天晚上在一起吃饭，第二天一早又聚在一起……他们一直在我的身边，和我在一起，他们是我的家人。现实生活中，我从未想过，也从未渴望过组建一个家庭，当然我也没有时间。孤独并不令我害怕，我对此已习以为常，而且我知道……如果有一天晚上我不想独自吃饭，我总能找到人来陪我。

这本书现在该完结了，尽管生活并不会因此而停止！我拥有的回忆一千年也讲不完！有些回忆当然会被忘却，但到明天，生命迟暮之时，我会回忆起其他人、其他面孔、其他欢乐、其他疑虑。我不知道自己讲述的这些故事是否有趣,但我天真地觉得,还有许多有趣的故事等待我去体验。"我刚刚六十岁,生命才过一半!"萨沙·吉特里在《父亲的抉择》中所说的这句话,让-克洛德·布里亚利经常提起,但我不敢据为己有。

但是……此刻的我,心中的感觉很奇怪。确实,如此回顾自己的生命轨迹,直面自己的回忆,像是电影一样,把它们串联起来,这并不是一件容易之事!通常情况下,由于一段影像、一股香味、一场谈话、一次巧合或者一次相遇,回忆会突然浮现。回忆的到来纯属偶然。主动去搜寻回忆,费力去想它们,可能会使自己沉浸于过去,仿佛时光停滞、手表停转,这会让自己陷入怀旧情绪之中,虽然我很了解这种情绪,也很喜欢这种情绪!但它也会在不知不觉中对我产生负面影响。

我很清楚,回忆过去并不会妨碍我的激情、好奇心和欲望。我甚至觉得,反而更能激发它们。但愿少一些遗憾,多一些希望。但愿我能从昨日之故事中为明天汲取生命的力量,也有更多展望未来的理由,怀着兴奋之情等待那些未知的相遇……我有时心想,如果未来够幸运,我希望能有一座自己的剧院,这样才能为我的人生画上一个漂亮的句号。如果不那么幸运,我希望将来能成为一名检票员,在冬日里,站在一家电影院门口,一家剧院门口,或者是在一家小卡西诺的观影厅门口……